LA COLLINE AUX DISPARUS

Tana French est une autrice et actrice italo-américaine qui vit à Dublin depuis plus de trente ans. En 2008, elle a raflé de nombreux prix de littérature policière pour son premier roman, *La Mort dans les bois*. Tous ses livres sont des best-sellers traduits dans trente-quatre pays. Son cycle sur le Dublin Murder Squad est adapté en série par la BBC depuis 2019. Elle a reçu le Grand Prix des lectrices de *Elle* en 2022 pour *La Colline aux disparus*.

Paru au Livre de Poche :

L'Arbre du mal

TANA FRENCH

La Colline aux disparus

TRADUIT DE L'ANGLAIS (IRLANDE) PAR ÉRIC MOREAU

CALMANN-LÉVY

Titre original :

THE SEARCHER
Publié par Viking, imprint de Penguin Random House LLC,
New York, New York, États-Unis, 2020.

ISBN : 978-2-253-10759-0 – 1re publication LGF

Pour Ann-Marie

1

Dans le jardin, les corbeaux se sont emparés d'une proie. Six d'entre eux, attroupés sur la pelouse trop haute et parsemée de mauvaises herbes à fleurs jaunes, assènent des coups de bec en sautillant. Apparemment, leur victime n'est pas grosse et bouge encore.

Cal pose son sac-poubelle bourré de papier peint et les observe depuis le pas de la porte. Il hésite à aller chercher son couteau de chasse pour abréger les souffrances de l'animal, mais les oiseaux vivent là depuis plus longtemps que lui. Ce serait impertinent de sa part de s'immiscer dans leurs affaires. Il s'abstient donc et s'assoit sur la marche moussue.

Il les aime bien, ces corbeaux. Il a lu quelque part que ce sont des bêtes très intelligentes : elles peuvent apprendre à vous reconnaître, et même vous apporter des cadeaux. Cela fait trois mois qu'il essaie de les amadouer en leur laissant des restes sur la grosse souche vers le fond du jardin. Chaque fois, ils l'observent qui vient et repart, depuis le chêne envahi de lierre où ils nichent, et, dès qu'il est assez loin, ils s'élancent de leurs perchoirs pour picorer bruyamment les restes, tout en gardant un œil cynique sur lui. S'il tente de s'approcher, ils se réfugient illico dans leur chêne, d'où ils lui lancent des quolibets et font tomber des brindilles sur sa tête. La veille, alors qu'il consacrait son après-midi à décoller le papier peint moisi, un corbeau de taille moyenne s'était posé sur le rebord de la fenêtre ouverte, et lui avait braillé ce qui ne pouvait être qu'une insulte, avant de repartir en se gaussant.

Les convulsions de la proie qui se débat agitent les longs brins d'herbe. Un gros mâle s'avance d'un bond, décoche un puissant coup de bec à l'animal, qui s'immobilise.

Un lapin, peut-être. Cal en voit souvent au petit matin, qui grignotent et gambadent dans la rosée. Leurs terriers sont dans le pré derrière la maison, près du large bosquet de noisetiers et de sorbiers. Quand il aura reçu son permis de détention d'arme, il compte bien vérifier s'il se rappelle ce que son grand-père lui a appris concernant le dépeçage du gibier, et si sa connexion Internet poussive lui permettra de trouver une recette de civet. Les corbeaux s'agglutinent pour arracher des lambeaux de chair, d'autres se hâtent de quitter les branches pour profiter du festin.

Cal les observe quelque temps, tout en étirant ses jambes et en bougeant une épaule par mouvements circulaires. Ses travaux de rénovation sollicitent des muscles dont il avait oublié l'existence. Il se découvre de nouvelles courbatures chaque matin, bien que certaines puissent être dues au fait qu'il dort sur un mauvais matelas posé à même le sol. Il est trop vieux et trop charpenté pour ça, mais il ne voit pas l'intérêt d'installer du bon mobilier dans des pièces pleines de poussière, d'humidité et de moisissures. Il s'équipera quand il aura retapé la maison, et quand il aura trouvé où tout acheter ; ça, c'était le rayon de Donna. En attendant, il s'accommode de ces menues douleurs, dont il retire une certaine satisfaction. Comme les ampoules et des cals qui gagnent en épaisseur, elles constituent la preuve concrète et palpable de ce qu'est devenue sa vie.

En cette longue et fraîche soirée de septembre, le temps est assez couvert pour qu'on ne distingue aucune trace d'un coucher de soleil. Le ciel, badigeonné d'un subtil dégradé de gris, s'étend à l'infini, tout comme les prés, dont on peut identifier l'usage à leurs nuances de vert, délimités par des haies foisonnantes, des murets de pierres sèches et, çà et là, de petites routes étroites. Plus loin vers le nord, une bande de hautes collines se dessine à l'horizon. Après tant d'années de vie citadine, Cal doit encore s'habituer à ce que son regard porte si loin. Les paysages comptent parmi les rares choses pour lesquelles la réalité n'est jamais décevante. L'ouest de l'Irlande semblait magnifique sur Internet et, sur place, c'est même mieux. L'air y est si onctueux et parfumé qu'on aurait presque envie d'y mordre à pleines dents.

Au bout d'un moment, les corbeaux se calment ; leur repas touche à sa fin. Cal se lève et reprend son sac-poubelle. Les oiseaux lui lancent aussitôt des regards méfiants et, lorsqu'il s'engage dans le jardin, ils prennent leur envol et hissent leurs ventres pleins jusqu'à leur arbre. Il traîne son sac jusqu'à un coin à côté de l'appentis en pierre délabré et envahi de plantes grimpantes, s'arrêtant en chemin pour jeter un coup d'œil à la proie des oiseaux. Gagné : c'est bien un lapin, tout jeune, mais à présent à peine reconnaissable.

Il dépose le sac avec les autres et fait demi-tour. Il a presque atteint la maison quand les corbeaux s'envolent à tire-d'aile, secouant les feuilles et poussant des jurons. Cal ne se détourne pas, ne ralentit pas. Il referme la porte de derrière en grondant tout doucement, entre ses dents :

— Putain de *merde*.

Depuis dix jours, quelqu'un l'épie. Cela fait sans doute plus longtemps, mais il avait l'esprit occupé, et il était parti du principe, comme tout un chacun peut y prétendre dans un lieu si isolé, qu'il était seul. Il avait volontairement inhibé ses systèmes d'alarme internes. Puis un soir, alors qu'il se préparait à manger – il faisait griller un steak haché sur le seul brûleur en état de marche de la gazinière grêlée de rouille, du Steve Earle tabassant à fond dans l'enceinte connectée à son iPod, y allant de temps en temps de ses propres coups de cymbale dans le vide –, sa nuque s'était hérissée.

Nuque forte d'une solide expérience acquise en vingt ans de carrière dans la police de Chicago. Il se fie à elle. Il avait donc traversé tranquillement la cuisine, fait semblant de chercher quelque chose sur le plan de travail en balançant la tête au rythme de la musique, puis s'était soudain précipité à la fenêtre : personne. Après avoir éteint la cuisinière, il avait foncé jusqu'à la porte, mais le jardin était vide. Il avait ensuite fait le tour de la maison, sous le ciel tapissé d'étoiles et une lune géante, scruté les champs baignés d'une clarté blanche, au son des hululements des chouettes.

C'était sans doute un animal, avait-il songé, dont le bruit avait été étouffé par la musique, de sorte que seul son inconscient l'avait décelé. L'obscurité foisonne d'activité, par ici. Plus d'une fois, il est resté sur son perron après minuit, à observer la vie nocturne en buvant quelques bières. Il a vu des hérissons s'affairer un peu partout dans le jardin, un renard élancé interrompant sa marche pour le défier du regard. À une occasion, un blaireau étonnamment gros et costaud avait longé la haie d'un pas tranquille avant de disparaître. Peu après, un petit cri strident avait retenti, suivi par le bruissement de la végétation.

Avant de se coucher cette nuit-là, Cal avait empilé ses deux tasses et ses deux assiettes sur le rebord de la fenêtre de sa chambre, et tiré un vieux bureau contre la porte. Puis il s'était traité de crétin et avait tout retiré.

Deux jours plus tard, alors qu'il décollait du papier peint, fenêtre ouverte pour ventiler la poussière, les corbeaux s'étaient brusquement envolés du chêne en croassant, dérangés par un intrus. La cavalcade rapide de ce qui s'était alors enfui derrière la haie avait été trop lourde et sonore pour qu'il puisse s'agir d'un hérisson ou d'un renard, et même d'un blaireau. Le temps que Cal aille voir, c'était encore trop tard.

Sûrement des mômes qui s'amusaient à espionner le nouveau venu pour tuer l'ennui. Il n'y avait pas grand-chose à faire dans ce village pas plus grand qu'un timbre-poste, le premier bourg digne de ce nom se trouvant à une vingtaine de kilomètres. Cal s'était senti idiot d'envisager une autre explication. Mart, son voisin le plus proche, dont la ferme se trouve un peu plus loin sur la route, ne verrouille sa porte que la nuit. Face à l'air dubitatif de Cal, il s'était tordu de rire : « T'as vu l'état de ta baraque ? avait-il ricané en la montrant du doigt. Qu'est-ce que tu veux qu'on te pique ? Et qui viendrait te cambrioler ? Tu crois que je vais me ramener en douce un matin pour fouiller dans ton linge et me dégoter de quoi me saper comme un prince ? »

Cal avait ri lui aussi et répondu que ça ne le dérangeait pas. Mart l'avait alors informé que sa garde-robe lui suffisait amplement, lui qui n'avait aucune intention d'aller courir le guilledou.

Il n'a pas tout imaginé, pourtant. Rien de méchant, juste des bricoles qui chatouillent son instinct de flic. Des moteurs qui grondent à trois heures du matin sur les petites routes au loin. Une bande de types au fond du pub certains soirs, trop jeunes, tenue vestimentaire qui détonne, parlant trop fort, trop vite, avec des accents qui ne cadrent pas, leur tête qui pivote brusquement vers la porte quand Cal entre, les regards qui s'attardent une seconde de trop. Il s'est gardé de révéler à quiconque son ancien métier, mais le seul fait d'être un étranger peut déranger, selon sur qui l'on tombe.

C'est débile, se répète Cal, en allumant le brûleur sous sa poêle, avant de contempler par la fenêtre les prés verdoyants, le chien de Mart trottinant à côté des moutons qui regagnent tranquillement leur enclos dans le jour déclinant. Après tant d'années à courir après les bandits dans les quartiers chauds, il voit des caïds même chez les ouvriers agricoles.

Dix contre un que ce sont des gamins qui s'emmerdent. Il n'empêche, Cal s'est mis à écouter sa musique moins fort, et il envisage d'investir dans un système d'alarme, ce qui le fait suer. Pendant des années,

Donna se précipitait pour baisser le volume : *Cal, le bébé d'à côté essaie de dormir ! Cal, Mme Scapanski sort de l'hôpital, tu ne vas pas lui casser les oreilles avec ça ! Cal, tu as envie que les voisins nous prennent pour des sauvages ?* Il avait voulu un grand terrain en partie pour pouvoir faire dégringoler les écureuils des arbres en balançant du Steve Earle à fond, et vivre au milieu de nulle part notamment pour se passer d'une alarme. Il a l'impression de ne même pas pouvoir se replacer le paquet sans jeter un coup d'œil par-dessus son épaule, ce qu'on devrait être en droit de faire dans sa propre cuisine. Mômes ou pas, il faut qu'il règle cette affaire.

À Chicago, il aurait arrangé ça avec deux caméras discrètes qui auraient stocké les images directement dans le cloud. Ici, même si son Wi-Fi pouvait tenir la charge, ce dont il doute, la perspective d'apporter ses vidéos de surveillance au commissariat ne l'emballe pas. Il ne sait pas dans quoi il va mettre le doigt. Ça risquerait de provoquer un conflit de voisinage, l'intrus pourrait être le cousin du brigadier, ou autre joyeuseté.

Il a envisagé de cacher des fils de détection. Ceux-ci sont sans doute illégaux, mais Cal est à peu près sûr qu'on ne lui chercherait pas les poux : Mart lui a proposé par deux fois de lui revendre un fusil de chasse non enregistré qu'il garde dans un placard, et tout le monde prend le volant pour rentrer du pub sans jamais être inquiété. Encore une fois, le problème est ce qu'il risquerait de mettre en branle.

Ou ce qu'il a peut-être déjà mis en branle, d'ailleurs. À force d'écouter les récits de son voisin, Cal commence à entrevoir que les relations entre les gens du coin sont un vrai sac de nœuds, et qu'il faut faire très attention où l'on met les pieds. Noreen, la propriétaire du seul magasin dans la courte double rangée de bâtisses qui constitue le village d'Ardnakelty, refuse de commander les biscuits favoris de Mart à cause d'un conflit compliqué qui, dans les années 80, a opposé ses oncles au père de Mart autour d'une affaire de droits de pâturage. Mart n'adresse pas la parole à un agriculteur au nom imprononçable installé de l'autre côté des collines, parce que le type a acheté une petite chienne qui a été saillie par le chien de Mart alors que ça n'aurait pas dû se produire. Il existe des tas d'histoires de ce genre, mais il n'a pas tout saisi en détail, Mart se perdant en longues digressions, et parce que pour sa part il n'est pas encore complètement au point avec l'accent du coin. Il l'aime bien, cet accent – aussi gouleyant que l'air de la région, avec un côté pointu qui lui évoque un torrent glacé ou un vent alpin –, mais de gros pans de la conversation lui échappent carrément, il s'égare à écouter ces rythmes inhabituels, et il en rate davantage. Quoi qu'il en soit, il en comprend assez pour savoir quand il a pris le tabouret de quelqu'un au pub, ou coupé par la mauvaise parcelle lors d'une de ses balades, et que ça peut lui valoir des inimitiés.

À son arrivée en Irlande, il s'était préparé à ce qu'on fasse front contre l'étranger. Ça ne le dérangeait pas, tant qu'on ne mettait pas le feu chez lui. Il n'était pas en quête de partenaires de golf ou d'invitations à dîner. Mais ça ne s'était pas passé ainsi. On s'était montré accueillant avec lui. Le jour où il avait débarqué et commencé à transbahuter des affaires dans la maison et à en sortir d'autres, Mart était venu s'appuyer contre la barrière et le questionner, avant d'aller lui chercher un vieux mini-réfrigérateur et de lui conseiller un bon magasin de bricolage. Noreen lui avait expliqué qui était le cousin de qui, comment se raccorder au réseau local de distribution d'eau et, plus tard, après qu'il l'avait fait rire quelques fois, lui avait proposé, en ne plaisantant qu'à moitié, de le caser avec sa sœur veuve. Les vieux qui semblaient passer leur vie au pub étaient passés des signes de tête aux commentaires sur la météo, puis aux explications enflammées sur le hurling, sport qui, si Cal comprenait bien, combinait la vitesse, la dextérité et l'agressivité du hockey sur glace, mais en retirant la glace et la quasi-totalité des protections. Jusqu'à la semaine précédente, il avait eu l'impression, sans qu'on l'ait tout à fait accueilli à bras ouverts, qu'on l'acceptait tel un phénomène présentant un relatif intérêt, un peu comme si un phoque s'était installé au bord de la rivière. À l'évidence, on ne le considérerait jamais comme un gars du coin, mais il avait eu le sentiment que ça ne posait pas de problème. Il n'en est plus si sûr, désormais.

Quatre jours plus tôt, Cal s'était rendu en ville pour acheter un gros sac de terreau, conscient de l'ironie de la chose, lui qui venait de dépenser presque toutes ses économies pour acquérir cinq hectares de terrain. Mais sa terre est grossière et granuleuse, infestée de racines et de petites pierres acérées, et pour son projet il lui fallait quelque chose de fin, meuble et homogène. Le lendemain, il s'était levé avant l'aube pour en épandre une couche devant son mur, sous chaque fenêtre. Il avait dû arracher mauvaises herbes et plantes grimpantes, et retirer des cailloux pour obtenir une surface à peu près plane. L'air froid lui avait saisi les poumons. Petit à petit, les prés alentour s'étaient éclaircis ; les corbeaux s'étaient mis à se chamailler. Quand le soleil s'était hissé dans le ciel et qu'au loin avait retenti le sifflement autoritaire que Mart adressait à son chien de berger, Cal avait roulé le sac en boule pour le fourrer au fond de sa poubelle, avant de rentrer préparer son petit déjeuner.

Le matin suivant, rien, le surlendemain non plus. Il avait dû s'approcher plus qu'il l'avait cru, la dernière fois, effrayer l'intrus. Il avait donc vaqué à ses occupations, sans spécialement surveiller ses fenêtres et ses haies.

Ce matin-là, en revanche, des empreintes de pas parsèment le terreau disposé devant son salon. Des chaussures de sport, si l'on se fie aux fragments de motifs, mais les traces sont trop pêle-mêle et superposées pour qu'on puisse déterminer leur pointure ou leur nombre.

La poêle est chaude. Cal y dépose quatre tranches de bacon, plus tendres et savoureuses que celles dont il a l'habitude, et dès que le gras grésille il y ajoute deux œufs. Il s'empare de son iPod, qui reste en permanence sur l'antique table où il prend ses repas (avec un vieux bureau en bois fendu d'un côté et deux chaises grêles en Formica, abandonnés là comme la table par les derniers occupants, ainsi qu'un gros fauteuil vert que le cousin de Mart allait jeter, c'est pour l'heure la totalité de son mobilier) et met du Johnny Cash, pas trop fort.

S'il s'est attiré l'inimitié de quelqu'un, c'était vraisemblablement en achetant cette maison. Il l'a choisie sur Internet, parce qu'elle disposait d'un grand terrain, qu'on trouvait de bons coins de pêche dans les environs, que le toit semblait sain et que les documents qu'on voyait dépasser du bureau l'intriguaient. Cela faisait belle lurette qu'il n'était pas allé au bout d'une lubie, ce qui présentait à ses yeux une raison supplémentaire de se lancer. Les agents immobiliers en demandaient trente-cinq mille. Cal avait fait une offre à trente, en espèces. Ils lui avaient mangé dans la main.

À l'époque, il n'avait pas envisagé que quelqu'un d'autre puisse s'y intéresser. C'était une maisonnette quelconque, basse et grise, construite dans le courant des années 30, d'une petite cinquantaine de mètres carrés, au toit d'ardoises et aux fenêtres à guillotine, à laquelle seules les pierres angulaires massives et la large cheminée de grès conféraient un peu de cachet. À en juger par les photos publiées sur le site, elle était à l'abandon depuis des années, voire des décennies : peinture lépreuse et cloquée se détachant en grands lambeaux, pièces jonchées de meubles en bois foncé renversés et rideaux à motifs floraux moisis, pousses d'arbres s'élevant devant la porte d'entrée et plantes grimpantes s'insinuant par une vitre cassée. Mais il en a appris assez depuis pour comprendre que quelqu'un aurait justement pu avoir des vues dessus, pour des raisons pas forcément évidentes, et que quiconque estimait qu'elle lui revenait risquait de prendre l'affaire très au sérieux.

Cal dépose son frichti sur deux épaisses tranches de pain, y ajoute du ketchup, sort une bière du mini-frigo et emporte le tout à la table. Donna lui aurait tapé sur les doigts en le voyant manger si mal, son régime alimentaire étant très pauvre en fibres et légumes frais, mais le fait est que même en ne cuisinant qu'à la poêle à frire et au micro-ondes il a perdu du poids, peut-être quelques kilos. Il le ressent, non seulement au niveau des hanches, mais aussi dans ses mouvements : dès qu'il bouge, il éprouve une légèreté renouvelée. C'était déroutant au début, comme s'il s'était arraché à la pesanteur, mais il y prend goût.

C'est l'exercice qui change tout. Presque chaque jour, Cal va marcher une heure ou deux, sans destination particulière, pour explorer son nouvel environnement au hasard de ses pérégrinations. Souvent, il a droit à une averse, mais ça ne le gêne pas ; il s'est acheté une grande veste huilée, et la pluie n'est qu'une bruine si fine qu'elle paraît rester en suspens. La plupart du temps, il ne relève pas sa capuche, afin de sentir ce crachin sur son visage. En plus de voir un panorama plus vaste, il entend également beaucoup plus loin aux alentours : de temps à autre, le bêlement d'un mouton, le meuglement d'une vache ou le cri d'un agriculteur semble parcourir des kilomètres pour lui parvenir, amoindri et adouci par la distance. Parfois, il aperçoit un agriculteur affairé dans un champ, ou doit se coller à la haie hirsute en bord de route le temps que le fermier passe en le saluant de la main au volant de son tracteur. Il a croisé des femmes solidement bâties qui trimballaient des objets lourds dans des cours de ferme encombrées, de jeunes enfants aux joues rouges qui le scrutaient derrière des portails, agrippés aux barreaux, tandis que des chiens élancés lui aboyaient dessus à gorge déployée. Quelquefois, un rapace pousse un cri strident au-dessus de lui, ou un faisan surgit des fourrés à son approche. Quand il rentre, il a le sentiment d'avoir fait le bon choix en lâchant tout pour venir s'installer ici.

Entre deux promenades, rien d'autre ne requérant son attention, Cal fait des travaux du matin au soir. Sa première tâche en arrivant avait été de déblayer l'épais cocon de toiles d'araignée, de poussière, d'insectes morts et diverses saletés qui envahissaient jusqu'aux moindres recoins de la maison. Ensuite, il avait mis des vitres aux fenêtres, remplacé les toilettes et la baignoire – lesquelles avaient été défoncées à coups de masse par quelqu'un qui avait une dent farouche contre les sanitaires –, lassé de faire ses besoins dans un trou et de se laver au seau. Cal n'est pas plombier, mais il a toujours été bricoleur et il s'aide de tutos sur YouTube, quand Internet ne le lâche pas. Il s'en est bien tiré.

Par la suite, il a passé du temps à examiner les affaires abandonnées qui encombraient les lieux, sans se presser, en consacrant son entière attention à chaque objet. Les derniers occupants étaient très versés dans la religion : ils possédaient des images de sainte Bernadette, d'une Vierge Marie à l'air déçue, et d'un homme nommé Padre Pio, toutes dans des cadres de pacotille, condamnées à jaunir dans un coin par des héritiers moins dévots. Ils aimaient le lait concentré sucré, dont il y avait cinq conserves dans le placard de la cuisine, périmées depuis plus de quinze ans. Ils avaient aussi laissé des tasses en porcelaine à motifs roses, des casseroles rouillées, des nappes cirées enroulées sur elles-mêmes, une figurine d'enfant dont on avait recollé la tête, affublée d'une longue tunique rouge et d'une couronne, et une boîte à chaussures qui contenait une paire de souliers d'homme, plissés par l'usure et encore impeccablement cirés. Cal s'était étonné de n'avoir décelé aucune trace d'occupation des lieux par des adolescents – ni cannettes de bière vides ni mégots de cigarettes, pas de préservatifs usagés, aucun graffiti. Cet endroit devait être trop lointain pour eux. Sur le moment, ça lui avait paru préférable. À présent, il n'en était plus si sûr. Il aurait mieux aimé être confronté à des ados revenant traîner vers leur ancien squat.

Les documents du bureau n'étaient pas grand-chose, tout compte fait : des articles arrachés dans des journaux et des magazines, puis soigneusement pliés en rectangle. Cal tenta de trouver un fil directeur à ces articles, sans succès : ceux-ci concernaient, entre autres, l'histoire des scouts, des conseils pour la culture des petits pois, des mélodies pour flûte celtique, la présence de Casques bleus irlandais au Liban, et la recette d'un plat nommé welsh. Cal les avait gardés, puisque d'une certaine manière c'était ce qui l'avait poussé à venir s'installer là. Il avait jeté la majeure partie du reste, y compris les rideaux, choix qu'à présent il regrette. Il a hésité à les récupérer dans le tas de sacs-poubelle qui s'amasse derrière le cabanon, mais depuis le temps un animal les aura sûrement mâchonnés ou souillés d'urine.

Il a changé gouttières et descentes de pluie, puis il est grimpé sur le toit pour arracher de mauvaises herbes à fleurs jaunes coriaces qui avaient envahi le conduit de cheminée, poncé et reverni le vieux plancher en chêne, et depuis quelques jours il s'attaque aux murs. Le dernier occupant avait des goûts fort peu conventionnels en matière de décoration, à moins qu'il ait obtenu un assortiment de pots de peinture pour une bouchée de pain. La chambre de Cal était d'un indigo vif et foncé, avant que l'humidité la zèbre de traînées de moisissure et y creuse des plaies de plâtre lépreux. L'autre chambre, plus petite, était d'un vert menthe assez clair. La partie séjour de la salle principale était d'un ocre tirant sur la rouille, tartiné sur plusieurs épaisseurs de papier peint gondolé. Pour ce qui est du coin cuisine, c'est un mystère : il semblerait que quelqu'un ait voulu le carreler, avant de laisser son projet en suspens. On ne s'était même pas donné ce mal avec la salle de bains, cube exigu greffé au fond de la maison, pourvu de cloisons de placo et d'un reste de moquette verte couvrant peu ou prou le plancher brut. Avec son mètre quatre-vingt-dix, Cal doit se contorsionner pour entrer dans la baignoire, les genoux presque sous le menton. Quand il aura posé du carrelage, il installera une barre de douche, mais ça peut attendre : il veut d'abord terminer la peinture pendant qu'il fait assez beau pour laisser les fenêtres ouvertes. Certains jours déjà, seulement deux ou trois pour l'instant, le ciel s'est couvert d'un gris dense, le froid est remonté du sol, le vent a parcouru des centaines de kilomètres et traversé la maison comme un rien, afin de lui indiquer à quel hiver il doit se préparer. Rien de commun avec les congères et les températures négatives de Chicago – il l'a lu sur Internet –, mais un temps tout de même rigoureux et inflexible, un peu traître.

Tout en mangeant, il contemple le résultat de sa journée de labeur. Le papier peint est incrusté dans le mur par endroits, ce qui le ralentit, mais il a mis le plâtre à nu dans plus de la moitié de la pièce. Le mur qui entoure l'arc en pierre trapu de la cheminée est encore barbouillé d'ocre. Il se surprend à trouver un certain charme à cet entre-deux. Cal n'est pas artiste, mais, si c'était le cas, il laisserait les choses ainsi quelque temps, en profiterait pour peindre quelques tableaux.

Il est à la moitié de son repas, toujours plongé dans ces rêveries, quand sa nuque se hérisse à nouveau. Cette fois, il entend même le signal qui a déclenché cette réaction : des pas traînants précipités sous la fenêtre, presque aussitôt interrompus, comme si quelqu'un avait trébuché dans les ronces avant de se rattraper.

Cal mord nonchalamment une grosse bouchée de son sandwich, la fait glisser avec une grande goulée de bière, avant d'essuyer la mousse sur sa moustache. Puis il grimace et se penche, en rotant, pour poser son assiette sur la table. Il se lève, fait craquer ses cervicales et se dirige vers les toilettes, les mains sur la boucle de sa ceinture.

La fenêtre de la salle de bains, qu'il a préalablement lubrifiée, s'ouvre silencieusement. Cal s'est déjà entraîné à se hisser sur le réservoir de la chasse d'eau pour se faufiler par l'embrasure, acrobatie qu'il exécute avec une adresse surprenante pour un type de sa carrure, ce qui ne change rien au fait que, s'il a rendu son insigne, c'est entre autres parce qu'il en avait plus qu'assez d'escalader des supports improbables pour courser des voyous, et il avait la ferme intention de ne pas remettre le couvert. Il se réceptionne de l'autre côté le cœur battant au rythme rapide et familier de la traque, gagné par une inquiétude grandissante.

Il n'a pour arme qu'un bout de tuyau, un reste de ses travaux de plomberie qu'il a caché dans un buisson. Malgré tout, il se sent démuni et trop léger sans son pistolet. Il reste immobile un moment, tendant l'oreille le temps que ses yeux s'habituent à l'obscurité, mais dans la pénombre qui foisonne de petits bruits il ne parvient pas à en isoler un qui soit plus pertinent qu'un autre. La nuit est tombée ; la lune, croissant acéré devant lequel défilent des nuages déchiquetés, ne projette qu'une timide clarté trop peu fiable et des ombres trop nombreuses. Cal ajuste sa prise sur son tuyau et se dirige vers l'angle de la maison, recourant au bon vieux compromis entre rapidité et silence qu'il a pratiqué des milliers de fois.

Sous la fenêtre du salon, il distingue une tache d'obscurité plus dense, une forme accroupie, la tête juste assez haute pour épier par-dessus le rebord. Cal examine les environs du mieux que possible, mais la pelouse est dégagée : pas d'autre intrus alentour, apparemment. À la lumière qui filtre par la fenêtre, il devine une coupe rase et une bande de rouge.

Il lâche sa barre et passe à l'attaque. Il a l'intention de plaquer le type et d'improviser ensuite, mais il se prend un pied dans une pierre. Alors qu'il fait des moulinets avec les bras pour ne pas perdre l'équilibre, l'inconnu détale. Cal se jette en avant dans la quasi-obscurité, saisit un bras et tire dessus de toutes ses forces.

L'autre vole vers lui trop facilement, et son bras est si fin que Cal en fait le tour avec les doigts. C'est un môme. Il relâche sa poigne. Le petit pivote sur lui-même comme un lynx, en crachant, et lui plante les dents dans la main.

Cal rugit. Le garçon se libère d'un coup sec et s'enfuit sur la pelouse comme une fusée, à pas presque silencieux dans l'herbe. Cal s'élance à ses trousses, mais en quelques secondes le fuyard s'est enfoncé dans les ombres confuses projetées par la haie du fond, puis disparaît. Cal se fraie un chemin à travers les buissons et scrute le fin ruban enténébré de la route. Rien. Il lance quelques cailloux dans les fourrés au hasard, dans une tentative de débusquer le gamin : rien non plus.

Il doute que des renforts puissent venir en aide au garçon, qui aurait alors crié pour les appeler à la rescousse ou lancer l'alerte, mais il fait quand même le tour du jardin par acquit de conscience. Les corbeaux dorment ; la brève agitation ne les a pas dérangés. De nouvelles empreintes de pas marquent le terreau sous la fenêtre du salon, les mêmes piétinements que la fois précédente, mais nulle part ailleurs. Cal se retire dans les ténèbres épaisses de l'appentis et attend longtemps, s'efforçant de calmer son souffle haletant, mais il ne détecte aucun bruissement dans la haie, aucune ombre qui s'enfuie à travers champs. Rien qu'un intrus, et juste un gamin. Qui ne reviendra pas, du moins pas ce soir.

Dans la maison, il inspecte sa main. Le garçon ne l'a pas raté : trois dents ont percé la peau, et une des perforations saigne. Cal a été mordu une fois par le passé, pendant le service, incident qui lui avait valu un tourbillon de paperasse, d'entretiens, d'analyses sanguines, de tractations juridiques, de comprimés à prendre et de comparutions au tribunal qui avaient duré des mois, jusqu'à ce qu'il en ait sa claque et se contente de donner son bras ou sa signature à la demande. Il va chercher sa trousse de premiers soins et imbibe ses plaies d'antiseptique, puis se met un pansement.

Son repas est froid. Il le passe au micro-ondes et le rapporte à table. Johnny Cash chante toujours, pleure sa Rose et le fils qu'il a perdu, d'une profonde voix tremblotante et brisée, comme s'il était déjà un fantôme.

Cal ne sait pas quoi penser. Avoir affaire à des ados qui s'amusaient à espionner le nouveau voisin était pourtant l'explication qu'il espérait, la moins inquiétante. Il avait imaginé qu'il leur crierait de vagues menaces pendant qu'ils déguerpiraient en hurlant, en riant et en lui lançant des insultes, puis qu'il rentrerait en pestant contre les jeunes d'aujourd'hui comme un vieux schnock, et qu'on n'en parlerait plus. Peut-être seraient-ils revenus à la charge de temps en temps, mais il était prêt à jouer le jeu. Entre-temps, il pourrait reprendre sa rénovation, monter sa musique à fond et se remettre le paquet en place quand bon lui semble, son instinct de flic rangé bien au chaud dans un placard.

Pourtant, il n'a pas le sentiment que l'affaire est réglée, et son instinct de flic refuse de se mettre en veilleuse. Des gamins venus enquiquiner l'étranger se seraient déplacés en bande, et ils auraient été survoltés par leur audace. Il repense à l'immobilité du garçon sous la fenêtre, à son silence quand il l'avait attrapé, à sa morsure d'une férocité digne d'un serpent. Ce petit n'était pas là pour s'amuser. Il avait un objectif. Il allait revenir.

Cal termine son assiette et fait sa vaisselle. Il cloue un plastique de protection par-dessus la fenêtre de la salle d'eau et prend un bain rapide. Puis il s'allonge sur son lit dans le noir, les mains derrière la tête, en contemplant le ciel étoilé mangé de nuages et en écoutant les renards se battre dans les champs.

2

Le bureau abîmé, que Cal transporte dehors pour l'examiner de plus près, est plus ancien et de meilleure qualité qu'il le pensait : en chêne aux veines foncées, orné de courbes délicates gravées au-dessus de l'abattant et au fond des tiroirs, et pourvu d'une dizaine de cases dans le compartiment intérieur. N'ayant pas l'intention de travailler dessus avant un certain temps, il l'avait entreposé dans la petite chambre, mais ce jour-là il a le sentiment qu'il pourrait lui être utile. Il l'a porté jusqu'au bout du jardin, à une distance soigneusement choisie de la haie et de l'arbre aux corbeaux, avec sa table qui lui servira de plan de travail, et sa caisse à outils. Celle-ci compte parmi les rares affaires qu'il a fait expédier de chez lui. Dans leur majorité, ses outils appartenaient à son grand-père. Ils sont couverts d'éraflures, ébréchés et mouchetés de peinture, mais ils fonctionnent quand même mieux que la camelote qu'on trouve dans les magasins de bricolage de nos jours.

Le principal problème du meuble est un gros éclat dans un côté, comme si le vandale de la salle de bains avait donné un coup de masse dedans pour faire bonne mesure. Cal le garde pour la fin, quand il se sera refait la main. Il préfère commencer par les coulisses des tiroirs. Deux d'entre elles ont carrément disparu, et les deux autres sont tordues et fendillées. Il retire les tiroirs, couche le bureau sur le dos et trace des contours au crayon à papier autour des guides restants.

La météo est de son côté : c'est un jour doux et ensoleillé, balayé par une légère brise, égayé par les oiseaux dans les fourrés et les abeilles sur les fleurs, le genre de journée où l'on ressent naturellement l'envie d'aller bricoler dehors. On est en milieu de matinée, un jour d'école, mais Cal estime que ce n'est pas forcément vain. Même si rien ne se produit tout de suite, il a largement de quoi s'occuper jusqu'à la fin des cours. Il sifflote les vieilles chansons traditionnelles de son grand-père, dont il chante parfois quelques paroles quand il se les rappelle.

Lorsqu'il entend des frottements de pied dans l'herbe, un peu en retrait, il continue à siffler et reste penché sur le bureau. Au bout d'une minute, un bruissement confus lui parvient de la haie, et une truffe humide se fiche sous son coude : c'est Kojak, le chien de berger au poil noir et blanc hirsute de Mart. Cal relève le buste et adresse un signe de la main à ce dernier.

— Comment va ? s'enquiert Mart, par-dessus la clôture.

Kojak repart à toute vitesse renifler ce qui a fourragé dans la haie depuis son dernier passage.

— Pas mal. Et toi ?

— Au poil.

De petite taille, un mètre soixante-dix peut-être, Mart est filiforme et ridé. Il a des cheveux gris ébouriffés, un nez qui a subi quelques fractures, et possède un large assortiment de couvre-chefs. Ce jour-là, il porte une casquette plate en tweed qui semble avoir été grignotée par un animal de la ferme.

— Qu'est-ce que tu fabriques avec ce machin ?

— Je vais le retaper, répond Cal.

Il essaie de déboîter le deuxième guide, mais celui-ci tient bon. Il ne sait pas quand ce meuble a été fabriqué, mais l'ébéniste a fait du bon boulot.

— Tu te fatigues pour rien, lui rétorque Mart. Va sur un site de petites annonces, t'en trouveras une demi-douzaine pour des clopinettes.

— Il ne m'en faut qu'un seul, et j'en ai déjà un.

À l'évidence, Mart caresse l'idée de le contredire, mais il préfère dévier sur un sujet plus agréable.

— T'as bonne mine, commente-t-il, en examinant Cal de la tête aux pieds.

Mart était prédisposé à lui faire bon accueil : c'est un grand bavard et, en soixante et un ans, il a épuisé les réserves de patience de tout le monde aux alentours. Pour lui, Cal est une manne providentielle.

— Merci. Toi aussi.

— Je plaisante pas, fiston. T'es mince comme tout. Ta bedaine a fondu.

Voyant que Cal, qui remue patiemment la coulisse du tiroir, ne réagit pas, il ajoute :

— Tu sais à quoi c'est dû ?

— Le boulot que j'abats là-dedans, répond Cal, en désignant la maison d'un signe du menton. Au lieu de rester le cul derrière un bureau toute la journée.

Mart secoue vigoureusement la tête.

— Pas du tout. Je vais te le dire, moi. C'est les saucisses et les côtelettes que t'achètes chez Noreen. C'est du local, tellement frais que ça pourrait se barrer de ton assiette pour te faire enrager. C'est ça le secret.

— Je te préfère à mon ancien toubib.

— Écoute-moi bien. La viande américaine que tu mangeais, elle est bourrée d'hormones. Ils en gavent les bestiaux pour les engraisser. Alors qu'est-ce que ça donne quand ça se retrouve dans ton sang ?

Il attend une réponse.

— Rien de bon ? suggère Cal.

— Ça te fait gonfler comme une baudruche et ça te file des nénés pareils qu'à Dolly Parton. C'est de la saloperie. L'Europe les a toutes interdites, chez nous. C'est ça qui t'a fait grossir. Maintenant que tu bouffes de la bonne bidoche irlandaise, tu perds tout. Tu vas ressembler à Gene Kelly en moins de deux.

Visiblement, Mart a deviné que Cal a une idée derrière la tête, et il est déterminé à le dissuader de la mettre à exécution, soit par devoir amical, soit parce que le défi le motive.

— Tu devrais commercialiser le concept, lui conseille Cal. « Mart et son régime miracle : Pour retrouver votre silhouette, mangez des côtelettes ! »

Mart pousse un petit rire, apparemment satisfait.

— Je t'ai vu aller au village, hier, mentionne-t-il, l'air de rien.

Les paupières plissées, il lance un coup d'œil à Kojak, qui a jeté son dévolu sur une touffe de buissons et se tortille énergiquement pour y glisser tout le poitrail.

— Ouais, répond Cal, avant de se redresser.

Il sait ce que Mart lui réclame.

— Bouge pas.

Il retourne dans la maison et revient avec un paquet de biscuits, qu'il tend à Mart par-dessus la clôture.

— Ne mange pas tout d'un coup, lui recommande-t-il.

— T'es un chic type, rétorque Mart d'un ton joyeux. Tu les as goûtés ?

Ces biscuits sont constitués d'une superposition élaborée de guimauve rose moelleuse, de confiture et de noix de coco râpée ; aux yeux de Cal, ils ressemblent à une friandise plutôt destinée à amadouer une fillette de cinq ans qui ferait un caprice.

— Pas encore.

— Faut les tremper, mon gars. Dans ton thé. La guimauve devient toute tendre et la confiture fond sur la langue. Un vrai régal.

Mart fourre les biscuits dans la poche de sa veste huilée verte, sans proposer de les lui rembourser. La première fois, il avait présenté cette course comme un dépannage exceptionnel, un service qui enchanterait un pauvre agriculteur, et Cal n'avait pas l'intention de réclamer quelques pièces de monnaie à son nouveau voisin. Par la suite, l'éleveur s'était comporté comme s'il s'agissait d'une tradition établie de longue date. Le plissement amusé de ses yeux chaque fois qu'il les lui prend est un signe évident qu'il le teste.

— Je suis plutôt café, moi, répond Cal. Ça serait pas pareil.

— Faut pas que t'en parles à Noreen, par contre. Elle trouverait juste à me priver d'un autre truc. Ça lui plaît de croire qu'elle a le dessus.

— À propos de Noreen… Si tu passes au magasin, tu peux m'acheter du jambon ? J'ai oublié.

Mart pousse un long sifflement.

— T'essaies de te mettre mal avec elle, ou quoi ? Je te le déconseille, coco. Regarde où ça m'a mené. Je sais pas ce que t'as fait, mais va vite la voir avec un bouquet de fleurs et présente-lui tes excuses.

À la vérité, Cal tient à ne pas bouger de chez lui.

— Nan, c'est pas ça. Elle veut me maquer avec sa sœur.

Mart arque les sourcils.

— Laquelle ?

— Helena, si je me souviens bien.

— La vache, eh ben, fonce, alors ! Je croyais que tu parlais de Fionnuala, mais apparemment Noreen t'a à la bonne. Lena a la tête bien sur les épaules. Son mari était raide comme la justice, et il avait une sacrée descente, paix à son âme, alors elle est pas trop exigeante. Elle se fâchera pas si tu rentres avec tes godasses crottées ou que tu pètes au lit.

— Ça serait mon genre de fille, répond Cal. Si je cherchais quelqu'un.

— C'est une belle plante, en plus, pas une gamine maigrichonne qu'on voit même plus quand elle se tourne de côté. Une femme, c'est quand même mieux qu'elle ne soit pas trop sèche. Ah, ça va…, s'interrompt-il, en pointant l'index sur Cal, qui s'est mis à rire. C'est toi qu'as l'esprit mal tourné, tiens. Je te parle pas de la bête à deux dos. J'ai parlé de ça, moi ?

Cal secoue la tête, toujours hilare.

— Voilà, rétorque Mart, qui appuie les avant-bras sur la clôture, afin de se mettre à l'aise pour développer son idée. Ce que je dis, c'est que si tu veux une femme à la maison, faut qu'elle prenne un peu de place. Ça sert à rien d'avoir un sac d'os avec une petite voix de souris qui te dit pas un mot de la journée. T'en aurais pas pour ton argent. Quand tu rentres chez toi, il faut que tu la voies, et que tu l'entendes. Faut savoir qu'elle est là, sinon à quoi ça sert ?

— À rien, acquiesce Cal, avec un sourire fendu jusqu'aux oreilles. Lena parle fort, c'est ça ?

— Elle, tu la louperas pas. Alors va chercher ton jambon, et demande à Noreen de t'arranger le coup. Prends une bonne douche, rase-moi cette barbe de Chewbacca et enfile une belle chemise. Emmène-la en ville, hein, et au resto. Surtout pas au pub, sinon vous vous ferez reluquer par tous les vieux schnocks.

— C'est toi qui devrais l'inviter au resto, répond Cal.

Mart pousse un grognement moqueur.

— J'ai jamais été marié.

— Justement. Ça serait pas réglo de ma part de garder toutes les femmes qui parlent fort pour moi.

Mart secoue vigoureusement la tête.

— Ah, non, non, non. Tu piges pas. Quel âge t'as ? Quarante-cinq ?

— Quarante-huit.

— Tu ne les fais pas. Ça doit être les hormones dans ta viande qui te conservent.

— Merci.

— Enfin bref. Quand un homme arrive à quarante ans, il a une façon de fonctionner selon qu'il est marié ou pas. Les femmes, elles ont leurs idées, et moi je suis habitué qu'aux miennes. Pas comme toi.

Mart avait soutiré cette information et d'autres détails personnels à Cal dès leur première rencontre, avec une expertise si discrète que Cal avait eu l'impression d'être un bleu.

— Tu as vécu avec ton frangin, lui fait remarquer Cal.

De son côté, Mart n'est pas avare de renseignements : Cal l'a écouté en long, en large et en travers lui parler de son frère, lequel préférait les biscuits à la crème anglaise, un imbécile fini qui n'avait pas son pareil pour aider à l'agnelage, qui lui avait cassé le nez d'un coup de clé à molette lors d'une dispute pour la télécommande, et qui était mort d'un AVC quatre ans plus tôt.

— Il avait pas d'idées, lui, répond Mart, avec l'air satisfait de quelqu'un qui marque un point. Il était bête à manger du foin. J'aurais pas supporté qu'une bonne femme m'impose ses lubies. Des fois qu'elle aurait voulu un lustre, ou un caniche, ou que je m'inscrive à des cours de yoga.

— Tu pourrais en dégoter une pas trop futée, tente Cal.

Mart écarte cette suggestion d'un souffle.

— J'ai assez donné avec le frérot. Mais tu vois qui c'est Dumbo Gannon ?

Il montre du doigt une bâtisse longue et basse, au toit rouge.

— Ouais, répond Cal.

Il procède par déduction : un des vieux du pub est une demi-portion avec de grandes oreilles décollées par lesquelles on pourrait l'attraper à pleines mains.

— Le Dumbo, il en est à sa troisième bourgeoise. On croirait pas, avec sa tronche et tout le bazar, mais je te mens pas. La première est morte et l'autre l'a quitté, mais chaque fois il s'en est déniché une nouvelle dans l'année. Dumbo se trouve une femme comme moi je reprendrais un chien si Kojak me claquait dans les doigts, ou une télé si la mienne rendait l'âme. C'est parce qu'il a pris l'habitude qu'on lui souffle des idées. Sans femme à la maison, il sait pas quoi manger, ni quoi regarder à la téloche. Et sans femme à la maison, toi, tu saurais pas quelle peinture choisir pour les salons de ton manoir.

— Je vais partir sur du blanc, indique Cal.

— Et quoi d'autre ?

— C'est tout.

— Qu'est-ce que je te disais ! lâche Mart d'un ton triomphant. Sauf qu'à la dernière minute, tu le feras pas. Tu es trop habitué à avoir quelqu'un pour t'apporter des idées. Tu vas aller te chercher une moitié.

— Je pourrais faire appel à un décorateur d'intérieur. Un hipster super chic qui peindra tout dans les tons chartreuse et puce.

— Où tu comptes le dégoter, ton type ?

— Je le ferai importer de Dublin. Il lui faudra un visa ?

— Tu feras pareil que Dumbo, insiste Mart. Que tu l'aies prévu ou non. Moi, j'essaie juste de faire en sorte que tu te plantes pas, avant qu'une petite nana maigrelette te mette le grappin dessus et te fasse vivre un enfer.

Cal ne parvient pas à déterminer si Mart est convaincu de son discours ou s'il improvise pour le pousser dans ses retranchements. Mart aime autant les discussions animées que ses biscuits. Parfois, Cal joue le jeu, pour se montrer bon voisin, mais aujourd'hui il a quelques questions précises à poser, et il veut qu'ensuite Mart débarrasse le plancher.

— Peut-être dans quelques mois, répond-il. Je ne veux rien engager avec une femme dans l'immédiat. Je vais attendre d'avoir assez avancé dans ma rénovation pour ne pas l'inviter dans un taudis.

Mart contemple la maison en plissant les paupières et hoche la tête, lui concédant la validité de cet argument.

— Traîne pas trop. Lena peut avoir qui elle veut, dans le coin.

— Ça fait un bail que c'est laissé à l'abandon, reprend Cal. Ça va être du boulot de tout retaper. Tu sais depuis combien de temps elle est vide ?

— Quinze ans, je pense. Peut-être vingt.

— On a l'impression que ça fait beaucoup plus longtemps. Qui habitait là ?

— Marie O'Shea. Elle, elle s'est jamais recasée après la mort de Paudge, mais les femmes c'est pas pareil. Elles s'habituent à vivre mariées, comme les hommes, sauf qu'elles aiment bien s'accorder une pause entre deux. Marie est restée veuve qu'un an avant de mourir. Elle a pas eu le temps de souffler. Si elle avait perdu Paudge dix ans plus tôt…

— Ses enfants n'ont pas eu envie de récupérer la maison ?

— Ils vivent loin. Deux en Australie, un au Canada. C'est pas pour critiquer ta propriété, mais c'est pas ça qui va les faire accourir.

Kojak s'est désintéressé des buissons et a trottiné jusqu'à Cal, en remuant la queue. Cal le gratte derrière l'oreille.

— Pourquoi ils l'ont vendue que maintenant ? Ils étaient pas d'accord sur ce qu'ils comptaient en faire ?

— À ce qu'il paraît, ils ont d'abord préféré la garder parce que les prix flambaient. Ces imbéciles croyaient qu'ils allaient en tirer des millions, du coup ils ont laissé se perdre de bonnes terres.

Le visage de Mart se fend d'un rictus de jubilation peu charitable.

— Et puis, il y a eu la crise, et elle leur est restée sur les bras parce que personne voulait leur en donner un kopek.

— Ah, OK.

Voilà qui pouvait susciter une certaine animosité.

— Personne n'a envisagé de l'acheter, alors ?

— Mon frère, si, répond Mart du tac au tac. Quel couillon. On avait déjà assez d'emmerdes comme ça. Il regardait trop *Dallas*, celui-là. Il se voyait à la tête d'un empire du bétail.

— Je croyais qu'il avait jamais d'idées.

— C'était un fantasme, plutôt. Je t'ai vite étouffé ça dans l'œuf. Tu peux pas faire pareil avec les idées d'une femme. T'en coupes une, t'en as dix qui germent ailleurs. Ça te filerait le tournis.

Kojak est appuyé contre la jambe de Cal, les yeux mi-clos de contentement, lui donnant un coup de tête dans la main chaque fois qu'il oublie de le caresser. Cal a pour projet de prendre un chien ; il prévoyait d'attendre que la maison soit en meilleur état, mais finalement ça lui semble une bonne idée d'en adopter un plus tôt.

— Des proches d'O'Shea vivent encore dans le coin ? s'enquiert-il. J'ai trouvé des trucs qu'ils pourraient vouloir récupérer.

— S'ils les avaient voulus, ils ont eu vingt ans pour se servir. Quel genre de trucs ?

— Des papiers, répond vaguement Cal. Des photos. Je préfère vérifier avant de tout balourder.

Un sourire carnassier fend le visage de Mart.

— Il y a Annie, la nièce de Paudge, qui vit à quelques bornes après Moneyscully. Si tu tiens à lui apporter tout ça, je t'emmène, rien que pour voir sa tête. Sa mère et Paudge pouvaient pas se voir en peinture.

— Ça ira, merci. Elle a des enfants qui pourraient être intéressés par des souvenirs de leur grand-oncle ?

— Ils se sont tous tirés, tu penses. À Dublin ou en Angleterre. Sers-toi de tes papelards pour allumer ton feu. Ou revends-les sur Internet, à un autre Ricain qui cherche à renouer avec ses origines.

Cal se demande si c'est une pique. Avec Mart, il n'en est jamais sûr, ce qui amuse beaucoup l'intéressé.

— Je te prendrai peut-être au mot. Ce ne sont pas mes origines, en revanche. Mes ancêtres n'étaient pas irlandais.

— Vous avez tous du sang irlandais, là-bas, affirme Mart, avec une assurance déroutante. D'une façon ou d'une autre.

— Je vais tout garder, alors, répond Cal, en donnant une dernière petite tape à Kojak avant de retourner à sa caisse à outils.

Annie n'a pas l'air du genre à envoyer des enfants inspecter la maison de ses aïeux. Cal adorerait obtenir une piste sur l'identité du gamin – il croyait avoir bien cerné qui étaient ses voisins les plus proches, et à sa connaissance il n'y a pas d'enfants dans les environs –, mais pour un étranger bientôt quinquagénaire, se renseigner sur les jeunes garçons du coin semble le plus sûr moyen de recevoir une raclée et quelques briques à travers ses fenêtres. Qui plus est, il a déjà assez de pain sur la planche. Il cherche son ciseau à bois.

— Bonne chance avec ton vieux machin, lance Mart, qui se redresse en grimaçant.

Une vie de labeur à la ferme a réduit ses articulations en bouillie : il a des problèmes au genou, à l'épaule, et tout ce qui se trouve entre les deux.

— Je te délesterai du petit bois quand t'en auras fini.

— Pense à mon jambon.

— Il faudra que tu ailles voir Noreen à un moment ou un autre. Tu peux pas te planquer ici en espérant qu'elle oubliera. Je te le répète, coco : quand une femme a une idée en tête, elle l'a pas ailleurs.

— T'auras qu'à être mon témoin, plaisante Cal, en poussant son ciseau dans la coulisse.

— Ton jambon, c'est deux euros cinquante.

— Ouais. Pareil que les biscuits.

Mart part d'un rire d'asthmatique et donne une grande tape sur la clôture, qui tremble en produisant des craquements inquiétants. Puis il siffle Kojak, et ils s'éloignent.

Cal se remet à son bricolage en secouant la tête d'un air amusé. Il soupçonne parfois Mart de surjouer le rôle du péquenot à la langue bien pendue, pour la rigolade, ou pour qu'il soit mieux disposé à aller lui chercher ses biscuits ou baisse sa garde. *Je te parie*, aurait dit Donna, à l'époque où ils adoraient blaguer, *que quand t'es pas là il porte le smoking et parle avec une patate chaude dans la bouche. Ou alors il se balade en Yeezy et se déhanche sur du Kanye.* Cal ne pense pas à Donna en permanence, contrairement au début – il lui a fallu des mois à se plonger dans le travail, à écouter de la musique à plein volume et à réciter des compositions d'équipe de football américain à voix haute comme un abruti chaque fois qu'elle surgissait dans son esprit, mais il a fini par se sevrer. Elle rejaillit quand même de temps en temps, surtout lorsqu'il songe à quelque chose qui l'aurait amusée. Il a toujours aimé son sourire, franc et éclatant, qui illumine son visage tout entier.

Ayant vu ses copains en passer par là, il craignait qu'en se soûlant il ressente le besoin irrépressible de l'appeler, aussi avait-il évité l'alcool quelque temps, mais ça ne fonctionnait pas comme ça. Après quelques bières, Donna lui semble être aux confins de la galaxie, dans une autre dimension, injoignable par téléphone. Il est accablé de faiblesse quand elle le prend par surprise comme en cet instant, lors d'une matinée d'automne anodine, lui apparaissant avec une telle vivacité qu'il sent presque son odeur. Il ne se rappelle pas pourquoi il n'aurait pas le droit de sortir son portable – *Salut, chérie, tu sais quoi ?* Il ferait peut-être mieux d'effacer son numéro, mais ils pourraient avoir à discuter d'Alyssa, et de toute façon il le connaît par cœur.

Le tiroir finit par se libérer, et Cal en arrache les vieux clous rouillés avec une pince. Il prend les cotes du guide et les note dessus. À sa première visite au magasin de bricolage, il a acheté plusieurs morceaux de bois, de différents gabarits, au cas où. Parmi eux, un long tasseau de pin est presque de la largeur adéquate pour les nouvelles coulisses, un brin trop épais mais de peu. Il le fixe avec un serre-joint et entreprend de la raboter.

Aux États-Unis, sa stratégie aurait consisté à attendre de retrouver le gamin, de le saisir au collet et de lui instiller une terreur divine avec un laïus portant sur la violation de propriété privée, les coups et blessures, la prison pour mineurs, et ce qui arrive à ceux qui se frottent aux flics, puis de parfaire l'ensemble avec une bonne claque derrière la tête avant de le mettre dehors sans ménagement. Ici, où il n'est plus policier et où la crainte de ce qu'il risque de déclencher se fait de plus en plus profonde, rien de tout cela n'est possible. Quoi qu'il fasse, il doit se montrer malin et prudent, et agir avec doigté.

Une fois le bois raboté, il trace deux lignes dessus à la règle et scie de chaque côté sur cinq millimètres de profondeur. Il se demandait vaguement s'il allait encore savoir se servir de ces outils, mais ses mains n'ont pas oublié : les poignées s'adaptent à merveille comme si elles n'avaient pas refroidi depuis leur dernière utilisation et les lames mordent sans accroc dans le bois. C'est agréable. Il se remet à siffloter, cette fois sans s'encombrer d'une mélodie, se contentant d'échanger petits trilles et motifs répétitifs avec les oiseaux.

Le soleil devient assez vigoureux pour que Cal retire son sweat-shirt. Il s'attelle à creuser au ciseau la bande de bois délimitée par les deux lignes sciées, sans se presser. Il a tout son temps. Le gamin, qui que ce soit, veut quelque chose. Cal lui offre l'occasion de venir le chercher.

La première fois qu'il détecte un bruit, un peu plus loin derrière la haie, ses sifflements et le frottement du ciseau le couvrent. N'étant pas sûr de lui, il ne lève pas la tête. Avec son mètre, il mesure la rainure : assez longue pour un guide. Lorsqu'il fait le tour de la table pour prendre sa scie, il entend de nouveau un bref craquement de brindilles, quelqu'un qui s'accroupit ou se cache.

Cal dirige les yeux vers la haie cependant qu'il se penche pour ramasser son outil.

— Si tu as l'intention de m'observer, déclare-t-il, autant être aux premières loges. Viens donc me filer un coup de main.

Le silence qui règne derrière la haie est total. Cal en perçoit les palpitations.

Il coupe la coulisse, souffle sur les sciures et compare la longueur de la pièce avec l'ancienne. Puis il la lance, par en dessous et en douceur, vers la haie, avant d'expédier une feuille de papier de verre.

— Tiens, dit-il. Ponce-moi ça.

Il reprend son ciseau et son maillet, et recommence à creuser le sillon. Le silence dure assez longtemps pour qu'il ait l'impression d'avoir fait chou blanc. Puis il entend le bruissement de quelqu'un qui se faufile, lentement et prudemment, à travers le buis.

Cal continue sa tâche. Du coin de l'œil, il aperçoit un éclat rouge. Au bout d'un long moment retentit un frottement de ponçage, maladroit et inexpérimenté, entrecoupé de halètements.

— Pas besoin que ce soit une œuvre d'art, commente-t-il. Ça va finir à l'intérieur du bureau, personne ne le verra. Il faut juste enlever les échardes. Va dans le sens des veines, pas en travers.

Une pause. Puis le ponçage reprend.

— Ce qu'on fabrique, explique-t-il, ce sont des rails pour les tiroirs. Tu sais ce que c'est ?

Il lève les yeux. C'est le gamin de la veille, pas de doute, qui se tient sur la pelouse cinq mètres plus loin et le fixe, muscles tendus et prêt à déguerpir. Coupe rase et cheveux châtain clair, sweat à capuche trop grand d'un rouge passé, jean élimé. Il doit avoir une douzaine d'années.

Le petit secoue la tête d'un mouvement brusque.

— C'est l'élément qui tient le tiroir. Ça permet de le sortir et de le rentrer en douceur. Cette rainure, là, il y a une partie du tiroir qui va s'emboîter dedans.

Cal se penche vers le meuble, très lentement, pour montrer la pièce. Le garçon suit ses mouvements de très près.

— Les anciens se disloquaient.

Il se remet à creuser au ciseau.

— Le plus facile, ça serait d'utiliser une défonceuse, ou une scie à format, mais je n'en ai pas sous la main. Par chance pour moi, mon grand-père aimait la menuiserie. Il m'a appris à faire tout ça à la main, quand j'avais à peu près ton âge. T'as déjà travaillé le bois ?

Il jette un autre coup d'œil. Nouveau hochement de tête négatif du gamin. Celui-ci a un physique tout en nerfs, du genre aussi rapide qu'il en a l'air et plus fort, ce dont Cal a déjà fait l'expérience la nuit précédente. Pour ce qui est du visage, il est banal : quelques vestiges de douceur enfantine, ni beau ni laid, les traits ni fins ni remarquables. Seuls ressortent son menton en galoche et des yeux gris rivés sur Cal comme s'il le passait aux rayons X.

— Eh bien, maintenant ça y est, assène Cal. Les tiroirs d'aujourd'hui, ils ont des rails métalliques, mais ça, c'est un bureau ancien. Je ne sais pas de quand il date exactement, je ne suis pas spécialiste. J'aimerais bien que ce soit une belle antiquité qui vaut une fortune, mais le plus probable c'est que ce soit un vieux machin sans intérêt. Mais il me botte quand même, alors je veux voir si j'arrive à le remettre en état.

Il parle comme s'il s'adressait à un chien errant, d'un ton posé et régulier, sans trop se soucier de ce qu'il raconte. Le gamin a pris le coup pour poncer ; ses gestes gagnent en vitesse et en assurance.

Cal mesure sa rainure et scie l'autre coulisse.

— Ça devrait suffire, dit-il. Montre-moi.

— Si c'est pour un tiroir, répond le garçon, il faut que ça soit super lisse. Sinon, ça va accrocher.

Il s'exprime d'une voix claire et soyeuse, qui n'a pas encore mué, avec un accent presque aussi fort que celui de Mart. Et il est futé.

— Exact, confirme Cal. Vas-y, prends ton temps.

Cal s'incline afin de le voir du coin de l'œil pendant qu'il travaille au ciseau. Le petit s'attelle à sa tâche avec un grand sérieux, vérifie soigneusement chaque surface et chaque angle du bout du doigt, repasse le papier de verre sans lésiner jusqu'à obtenir satisfaction. Finalement, il relève la tête et lance le guide à Cal, qui l'attrape.

— Beau boulot, le félicite-t-il en inspectant la pièce avec le pouce. Regarde.

Il l'encastre sur le tenon au côté du tiroir et la fait coulisser d'avant en arrière. Le gamin tend le cou pour mieux voir, mais ne s'approche pas.

— C’est au poil, enchaîne Cal. On le cirera plus tard, pour que ça glisse encore mieux, mais on pourrait presque s’en passer. Tiens, fais-en un autre.

Lorsqu’il allonge le bras vers le deuxième guide, le petit porte le regard sur son pansement.

— Eh ouais, commente Cal en montrant sa main. Si ça s’infecte, je serai vraiment fumasse.

Le garçon écarquille vivement les yeux et ses muscles se crispent. Il est prêt à prendre la fuite, remonté comme un ressort.

— Tu m’as pas mal observé, dis donc. Tu as une raison particulière ?

Au bout d’un moment, le garçon secoue la tête. Il est toujours paré à détaler, les yeux rivés sur Cal pour détecter le moindre signe d’une offensive.

— Tu cherches à savoir un truc ? Parce que si c’est le cas, c’est le moment de me poser la question franchement, droit dans les yeux.

Le gamin secoue encore la tête.

— Tu as quelque chose contre moi, alors ?

Nouveau hochement négatif, plus vigoureux cette fois.

— Tu as l’intention de me cambrioler ? Ça serait une très mauvaise idée. En plus, sauf si ce bureau vaut vraiment une fortune, il n’y a rien à voler, chez moi.

Hochement de tête énergique.

— C’est quelqu’un qui t’envoie ?

Grimace incrédule, comme si Cal tenait des propos grotesques.

— Ben nan.

— Tu fais ça souvent ? Ça t’amuse d’espionner les gens ?

— Pas du tout !

— Quoi, alors ?

Au bout d'un moment, le gamin hausse les épaules.

Cal attend, mais il n'obtient pas d'autres renseignements.

— Très bien. Je me fiche pas mal de savoir pourquoi t'as fait ça. Mais tu arrêtes tes conneries. À partir de maintenant, si tu as une soudaine envie de m'observer, tu viens me voir en face. Pas en douce. Je te le dirai pas deux fois. On s'est compris ?

— Ouais.

— Parfait. Comment tu t'appelles ?

Ayant compris qu'il n'aurait pas à s'enfuir, le garçon s'est un peu détendu.

— Trey.

— Trey, d'accord. Moi, c'est Cal.

Le gamin hoche la tête, comme si cela confirmait ce qu'il savait déjà.

— Tu es toujours aussi bavard ?

Nouveau haussement d'épaules.

— Je vais me faire un café. Avec un biscuit, je pense. Tu veux un petit gâteau ?

Si on a appris au garçon à se méfier des inconnus, il a mal joué son coup, mais Cal subodore qu'on ne lui a pas appris grand-chose. En effet, Trey fait oui de la tête.

— Tu l'as bien mérité. Je reviens tout de suite. Ponce-moi ça pendant ce temps-là.

Il lui lance le second guide et s'éloigne dans le jardin sans un regard en arrière.

Dans la maison, il se prépare une grande tasse d'instantané et va chercher son paquet de cookies aux pépites de chocolat. Cet encas rendra peut-être Trey plus loquace, quoique Cal en doute. Il a du mal à cerner ce gamin, qui a pu lui mentir sur un ou plusieurs points, ou pas du tout. Pour l'instant, il ne perçoit chez lui qu'une profonde fébrilité, si intense qu'elle miroite autour de lui comme la chaleur se dégageant d'une route.

Lorsque Cal ressort, Kojak est en train de renifler les fourrés au pied du cabanon, et Mart est appuyé contre la clôture, un paquet de tranches de jambon pendant mollement dans une main.

— Bah mince, dit-il en inspectant le bureau, il tient encore debout. Je vais devoir attendre pour mon petit bois.

La coulisse en partie poncée et le papier de verre gisent sur la pelouse. Trey a disparu, comme s'il n'avait jamais été là.

3

Les jours suivants, aucun signe de Trey. Cal n'estime pas pour autant que l'affaire est un échec. De toute évidence, ce garçon est du genre sauvage, même plus que la moyenne, et les gamins sauvages ont souvent besoin de temps pour digérer une rencontre inattendue avant de passer à l'étape suivante.

Il pleut sans discontinuer, d'une bruine légère, mais implacable, aussi Cal rentre-t-il son bureau et revient-il à son papier peint. Cette pluie lui plaît. Elle ne recèle aucune agressivité ; son rythme régulier et les odeurs qu'elle charrie par les fenêtres atténuent l'aspect délabré de la maison, lui donnent un côté douillet. Il a appris à déceler les variations du paysage sous ce crachin, les verts qui deviennent plus vifs et les fleurs des champs qui s'épanouissent. Il considère ce temps comme un allié, sans y voir les inconvénients qu'il lui trouvait en ville.

Cal est à peu près certain que le gamin ne viendra pas fouiner chez lui en son absence, assez sûr de son fait pour que le samedi soir, lorsque le ciel se dégage enfin, il se rende au pub du village. Par mauvais temps, cette marche de trois kilomètres suffit à le forcer à rester chez lui. Mart et les vieux du pub trouvent son acharnement à faire le trajet à pied à mourir de rire, au point de rouler au pas à côté de lui en lui lançant des encouragements ou en poussant des appels de berger. Cal estime que son 4×4, un Mitsubishi Pajero bruyant, grincheux et vétuste, risquerait d'attirer l'attention du premier policier désœuvré, et préfère éviter de récolter une amende pour conduite en état d'ivresse alors qu'il attend encore son permis de détention d'arme, qu'on pourrait lui refuser si on lui prêtait un penchant pour l'excès d'alcool.

— Vaut mieux pas qu'ils te filent une pétoire, de toute façon, avait commenté Barty, le barman, quand il avait avancé cet argument.

— Pourquoi ?

— Parce que t'es américain. Z'êtes tous des cinglés de la gâchette. Vous vous canardez pour un oui pour un non. Vous êtes prêts à flinguer un mec parce qu'il a acheté le dernier paquet de Twinkies du supermarché. On serait pas en sécurité, nous autres.

— Qu'est-ce que tu connais aux Twinkies, toi ? avait demandé Mart, depuis l'encoignure où deux de ses copains et lui étaient installés avec leurs bières.

Mart se sent la responsabilité, en tant que voisin, de défendre Cal quand on le chahute.

— T'as pas dû en voir beaucoup, des Twinkies, là où t'as grandi.

— J'ai pas bossé deux ans comme grutier à New York, peut-être ? J'en ai bouffé, des Twinkies. C'est dégueu, ces trucs.

— Et on t'a tiré dessus ?

— Jamais. Ils ont compris qu'il valait mieux pas.

— Ils auraient dû, avait plaisanté un des camarades de Mart. On aurait peut-être eu un barman correct.

— Toi, tu mets plus les pieds ici, avait rétorqué Barty. Et ça m'aurait bien fait marrer qu'ils essaient, tiens.

— Le problème est réglé, donc, avait conclu Mart, content de lui. Noreen ne commande plus de Twinkies, de toute façon. Alors laisse monsieur tranquille avec sa carabine, et file-lui sa pinte.

Le pub, dont le nom Seán Óg's est inscrit en lettres celtiques mal proportionnées au-dessus de la porte, est situé dans la même bâtisse blanc cassé décrépite que la supérette. En journée, les clients circulent entre les deux, achètent des cigarettes qu'ils rapportent au pub ou emportent leur pinte dans le magasin, où ils s'appuient à la caisse pour bavarder avec Noreen, mais, le soir, la porte communicante reste fermée à clé, sauf si Barty a besoin de pain et de jambon pour préparer un sandwich. Le petit établissement bas de plafond est pourvu d'un sol de lino rouge parsemé de bouts de moquette effilochée qu'on croirait disposés au hasard. On y trouve un assortiment disparate de tabourets de bar très abîmés, des banquettes en PVC vert déchirées, tout un tas de fanions sur le thème de la bière, une plaque à laquelle est fixé un poisson en plastique qui chante « I Will Survive », et un filet de pêche infesté de toiles d'araignée suspendu au plafond. La personne qui l'a accroché là a eu le bon goût de le décorer avec des boules de chalut. Au fil des années, les clients y ont ajouté de nombreux sous-bocks, une botte en caoutchouc et un Superman en plastique manchot.

Ce soir-là, pour le Seán Óg's, c'est la grande affluence. Mart et deux copains sont assis dans leur coin habituel, où ils jouent aux cartes avec deux jeunes gens peu avenants en survêtement qu'ils ont réussi à embarquer dans leur partie. La première fois que Cal a vu Mart et ses camarades sortir les cartes, il a pensé poker, mais ils jouent à un jeu nommé le Spoil Five, qu'ils pratiquent avec une vitesse et une ardeur disproportionnées pour les menus tas de pièces qui s'accumulent sur la table. Apparemment, le nombre optimal de joueurs est de quatre ou cinq et, quand personne d'autre n'est disponible, ils essaient d'embringuer Cal. Celui-ci, sachant quand il est surclassé, préfère s'abstenir. Les jeunes vont perdre leur salaire de la semaine, si jamais ils en touchent un, ce qui lui paraît peu probable.

Au comptoir, d'autres habitués se livrent à un débat animé. Un troisième groupe est installé dans un autre coin, où un musicien joue de la flûte celtique, déroulant une mélodie rapide et tourbillonnante qui pousse les autres à battre le rythme sur leur genou. Une femme prénommée Deirdre est seule sur une banquette, un petit verre dans chaque main, le regard dans le vague. Cal a du mal à comprendre ce qu'elle fait là, même s'il a sa petite idée. Dans la quarantaine, c'est une femme boulotte aux robes déprimantes et aux grands yeux tombants à la morosité déconcertante. De temps en temps, un des vieux types lui offre un whisky double, ils restent assis côte à côte et boivent sans s'adresser un mot, puis partent ensemble, toujours sans se parler. Cal se garde bien de chercher à en savoir plus.

Il s'installe au comptoir, commande une pinte de Smithwick's et écoute la musique un moment. Il n'a pas encore retenu tous les prénoms, mais il a identifié la plupart des visages, et bien intégré les personnalités de chacun, ainsi que les liens qui unissent les uns et les autres. Il a des excuses, la clientèle du Seán Óg's étant constituée quasi exclusivement d'hommes blancs de plus quarante ans, rasés de frais, qui portent tous peu ou prou les mêmes pantalons robustes, vestes molletonnées et pulls antiques, sans compter que pour la plupart on les croirait cousins. À la vérité, après vingt-cinq ans à entretenir une base de données mentale très détaillée de tous ceux qu'il croisait pendant le service, Cal savoure le sentiment reposant de ne pas avoir à se rappeler si Sonny est celui qui rit fort ou le type à l'oreille en chou-fleur. Il a bien cerné qui il vaut mieux éviter et avec qui il peut engager la conversation, s'il est d'humeur à bavarder et en fonction de quoi il a envie de parler, et il estime qu'il a déjà de quoi faire.

Ce soir, il a prévu de profiter de la musique. Cal n'avait jamais entendu une flûte irlandaise avant de s'installer ici. Il n'est pas persuadé qu'il en apprécierait le son ailleurs, par exemple lors d'un concert d'écoliers ou dans un bar à flics du centre de Chicago, mais dans ce cadre c'est approprié ; cet instrument se marie à merveille avec l'atmosphère chaleureuse de ce pub résolument rustique, et lui donne une conscience accrue de la campagne silencieuse qui s'étend sur des kilomètres à la ronde. Quand le vieux musicien maigre comme un coucou la sort, deux ou trois fois par mois, Cal prend place sur un tabouret un peu à l'écart des autres et se contente d'écouter.

Il a donc entamé sa deuxième pinte lorsqu'il prête une oreille au débat enflammé qui a lieu au comptoir. Cette discussion attire son attention parce qu'elle semble sortir de l'ordinaire. La plupart du temps, les polémiques qu'il entend là sont de celles qu'on rebat en long et en large, qu'on peut faire durer des années, voire des décennies, et qui refont surface quand il n'y a rien de plus frais à commenter. On ergote sur les techniques agricoles, l'incompétence relative de divers politiciens locaux et nationaux, la pertinence que le muret du côté ouest de la route de Strokestown soit remplacé par une clôture, on argumente pour déterminer si le coûteux jardin d'hiver de Tommy Moynihan est une jolie touche d'élégance moderne ou un étalage prétentieux. Tout le monde connaît déjà la position des autres sur chaque sujet, sauf celle de Mart, celui-ci changeant de camp régulièrement pour pimenter les échanges, et l'on est avide de demander son avis à Cal afin de relancer la machine.

La discussion en cours est plus bruyante et plus désordonnée, comme s'ils n'avaient pas eu l'occasion de répéter leurs gammes.

— Pas possible que ce soit un chien qui ait fait ça, affirme d'un air buté un type au bout du comptoir.

De petite taille et rond, avec une tête petite et ronde elle aussi, il est souvent l'objet des railleries des uns et des autres. D'habitude, il ne semble pas en prendre ombrage, mais cette fois il devient écarlate d'emportement et d'indignation.

— Vous avez regardé les plaies, oui ou non ? C'est pas des crocs qu'ont pu faire ça.

— C'est quoi, alors, à ton avis ? demande le grand gaillard chauve le plus proche de Cal. Les fées ?

— Je t'emmerde. Tout ce que je dis, c'est que c'est pas un animal.

— Oh, non, tu vas pas remettre ça avec tes extraterrestres, raille le troisième, qui lève les yeux de sa pinte.

C'est un long échalas à la casquette enfoncée profond sur la tête. En tout et pour tout, Cal ne l'a jamais entendu prononcer que cinq phrases.

— Te moque pas, lui ordonne le type rondouillard. Tu dis ça parce que t'es ignorant. Si ça t'arrivait de t'intéresser à ce qui se passe juste au-dessus de ta tête de crétin…

— Je me prendrais une bouse de vache dans l'œil…

— On va lui demander, intervient le costaud, en pointant le pouce vers Cal.

— Ben voyons, qu'est-ce que tu veux qu'il y connaisse ?

Le colosse (Cal est à peu près certain qu'il s'appelle Senan, et en général il a le dernier mot) ne tient aucun compte de cette remarque.

— Hé, toi, dit-il en pivotant sur son tabouret pour lui faire face. Écoute voir : la nuit d'avant-hier, y a un mouton à Bobby qu'a été tué. Quelque chose lui a arraché la gorge, la langue, les yeux et le cul, et laissé le reste.

— Pas arraché, *tranché*, corrige Bobby.

Là encore, Senan l'ignore.

— C'est quoi qu'a fait ça, à ton avis, hein ?

— Je n'y connais pas grand-chose, répond Cal.

— Je te demande pas un avis d'expert. Juste du bon sens. Alors, c'est quoi ?

— Si j'étais joueur, je parierais sur un animal.

— Quel animal ? l'interroge Bobby. On n'a pas de coyotes ou de pumas, par chez nous. Un renard touchera pas à une brebis adulte. Et un chien errant l'aurait déchiquetée.

Cal hausse les épaules.

— Si ça se trouve, c'est un chien qui lui a arraché la gorge, et il a pris peur. Le reste, c'est les oiseaux.

Cette suggestion lui vaut un moment de silence, et un haussement de sourcils de la part de Senan. Ils l'avaient catalogué comme citadin, ce qui n'est vrai qu'en partie. Ils sont en train de revoir leur opinion sur lui.

— Eh ben, voilà, lance Senan à Bobby. Et toi tu nous fais passer pour des hurluberlus avec tes aliens. Il va raconter ça à ses copains américains, et ils vont nous prendre pour une bande de pécores qui gobent n'importe quoi.

— Ils ont des extraterrestres aussi, en Amérique, se défend Bobby. C'est même eux qu'en ont le plus, tiens.

— Y en a *nulle part*, des aliens, putain.

— On est cinq ou six à les avoir vues, les lumières, au printemps dernier. Tu crois que c'était quoi ? Les fées de la forêt ?

— Ça, c'était le poitín de Malachy Dwyer. Si je bois trois gorgées de son tord-boyaux, moi aussi, je vois des loupiotes. Un soir, en rentrant de chez lui, j'ai vu un cheval blanc avec un chapeau melon traverser la route juste devant moi.

— Il a tué tes moutons ?

— C'est moi qu'ai failli y passer, oui ! J'ai fait un de ces bonds. Résultat, je me suis vautré dans le fossé.

Bien installé sur son tabouret, Cal sirote sa bière en savourant cette atmosphère bon enfant. Ces trois-là lui rappellent son père et ses copains qui venaient boire des verres dans la galerie, qui aimaient se chambrer de la même façon. Ou encore les vannes entre collègues au poste de police, avant qu'une couche de vraie méchanceté s'infiltre sous les taquineries – à moins qu'il ne l'ait remarqué que sur le tard.

— Mon grand-père et trois de ses potes ont vu un OVNI, une fois, dit-il, afin d'alimenter un peu la conversation. Ils étaient à la chasse, un soir vers le crépuscule, et un gros triangle noir avec les lumières vertes aux angles a plané au-dessus de leur tête un moment. Ça ne faisait pas un bruit. Mon grand-père me racontait qu'ils avaient bien failli faire dans leur froc.

— Ah, c'est pas vrai, s'indigne Senan. V'là que tu t'y mets aussi. Y a personne ici qu'a un peu de plomb dans la cervelle ?

— Tiens tiens ! jubile Bobby. T'entends ça ? Et toi qui te bilais à cause de ce que l'Amerloque allait penser de nous.

— Calme ta joie, va. Il dit ça pour être sympa avec toi, c'est tout.

— Mon grand-père n'en démordait pas, ajoute Cal, un sourire jusqu'aux oreilles.

— Il connaissait des bouilleurs de cru clandos, ton grand-père ?

— Quelques-uns.

— Moi, je dis qu'il connaissait surtout leur tord-boyaux. Réfléchis un peu, poursuit Senan, en se tournant vers Bobby, avant de pointer sa pinte vers lui.

Ce débat est bien parti pour devenir un classique du répertoire.

— Admettons que les extraterrestres existent. On va dire qu'ils se sont cassé le bol à construire un vaisseau et qu'ils se font farci je sais pas combien d'années-lumière de voyage pour venir de Mars ou ce que tu veux. Ils pourraient se choisir un beau troupeau de zèbres pour se livrer à leurs expériences, ou un chouette rhinocéros, ou aller en Australie ramasser des kangourous, des koalas et tout un tas de trucs bizarres, juste pour se marrer. Mais au lieu de ça (il hausse la voix pour faire taire Bobby, qui objecte), au lieu de ça, bah tiens, ils rappliquent ici et choisissent une de tes brebis. Ils sont tous mabouls, sur Mars ? Ils sont neuneus ou quoi ?

Bobby bout de nouveau.

— Qu'est-ce qu'elles ont, mes brebis ? C'est toujours mieux que des *koalas* à la con. Ou que tes pauvres carnes maigrichonnes et boiteuses qui…

Cal a décroché. La tonalité de la conversation à la table de Mart a changé.

— J'ai misé vingt, affirme un des jeunes gens, d'un ton que Cal connaît par cœur.

C'est le ton outré du camé qui va jurer ses grands dieux, au point de rendre la soirée de tout le monde beaucoup plus compliquée qu'elle n'aurait dû l'être, qu'il ne sait pas comment cette pipe à crack s'est retrouvée dans sa poche.

— Arrête ça, dit un des copains de Mart. T'as misé vingt-cinq.

— Tu me traites de tricheur ?

Le type a une vingtaine d'années, il est trop flasque et trop pâle pour être agriculteur. Pas très grand, avec de petites mèches brunes grasses et quelques poils qui un jour formeront peut-être une moustache. Cal l'a déjà remarqué, deux ou trois fois, serré dans le coin du fond avec ses acolytes qui vous dévisagent une seconde trop longtemps. Sans jamais lui avoir parlé, il pourrait énumérer un certain nombre de ses caractéristiques sans grand risque de se tromper.

— Je te traiterai de rien du tout si tu remets ce tapis, rétorque l'ami de Mart.

— Je l'ai remporté, putain. À la régulière.

Derrière Cal, le débat a cessé, et la flûte s'est arrêtée aussi. En se souvenant qu'il n'est pas armé, Cal a une montée d'adrénaline. Ce type serait bien du genre à porter un Glock pour jouer les gros durs et à faire n'importe quoi avec. Il lui faut quelques instants pour se rappeler qu'ici, en Irlande, c'est très peu probable.

Le type grassouillet se tourne vers son comparse.

— Tu m'as entendu dire vingt. Défends-moi, toi.

Le camarade, physique dégingandé et grands pieds, a une longue mâchoire toujours pendante à cause de ses dents de lapin, et dans l'ensemble un air pas très vif.

— J'ai pas trop fait gaffe, répond-il en battant des paupières. C'est bon, c'est que vingt balles, Donie.

— Personne me traite de tricheur, rétorque l'autre, avec un regard buté qui déplaît à Cal.

— Moi si, l'informe Mart. T'es un tricheur, et le pire, c'est que même pour ça t'es bidon. Un môme de deux ans se démerderait mieux.

Donie repousse son tabouret en arrière et écarte les bras en signe de provocation.

— Vas-y, viens. Je vais te casser la gueule.

Deirdre pousse mollement un petit cri. Cal ne sait pas comment réagir, ce qui ajoute à son désarroi. À Chicago, c'est le moment où il se serait levé, après quoi Donie se serait calmé ou serait parti, d'une façon ou d'une autre.

Ici, ça ne lui semble pas judicieux – pas parce qu'il n'a ni arme ni insigne, mais parce qu'il ignore comment on procède dans ce pays, ni s'il a le droit d'intervenir. Il éprouve de nouveau un étrange sentiment d'inconsistance, comme s'il était perché au bord de son tabouret à la façon d'un oiseau. Il se prend à vouloir que Donie s'attaque à Mart, pour ne plus hésiter.

— Donie ! tonne Barty depuis le comptoir, en pointant un torchon vers le jeune homme. Dehors.

— J'ai rien fait. Ce trouduc m'a traité de…

— Dégage.

Donie croise les bras et se rassied lourdement, la lèvre inférieure sortie, plongeant dans le vague un regard entêté.

— Ah, bordel ! s'exclame Barty d'un ton exaspéré.

Il pose brusquement son torchon et sort de derrière le comptoir.

— File-moi un coup de main, dit-il à Cal en passant.

Barty a quelques années de moins que lui, et il est presque aussi costaud. À eux deux, ils soulèvent Donie par-dessous les bras et manœuvrent à travers le pub, en esquivant tables et tabourets, en direction de la porte. Pour la plupart, les habitués sont hilares ; Deirdre observe la scène bouche bée. Donie se fait tout mou pour n'être plus qu'un poids mort, et laisse traîner ses pieds sur le lino.

— Allez, debout, et arrête de faire le guignol, lui ordonne le barman, aux prises avec le battant.

— J'ai encore une pinte entière, là-bas, se plaint le jeune homme, indigné. Aïe ! s'écrie-t-il quand Barty lui cogne plus ou moins accidentellement l'épaule contre le chambranle.

Sur le trottoir, Barty le tire en arrière pour prendre le maximum d'élan, puis l'expédie dans la rue d'une puissante poussée. Donie galope maladroitement, en faisant des moulinets avec les bras. Son bas de jogging glisse sur ses jambes, et il chute.

Sous la surveillance de Cal et Barty, qui reprennent leur souffle, il se relève pesamment et remonte son pantalon. Il porte un slip kangourou blanc.

— Le prochain coup, demande à maman de t'acheter des caleçons de grand, lui lance le barman.

— Je vais te cramer ton pub, hurle Donie, sans grande conviction.

— Rentre chez toi t'astiquer le poireau, va. T'es bon qu'à ça.

Donie balaie les alentours du regard et ramasse un paquet de cigarettes, qu'il jette sur Barty. Ayant manqué sa cible de presque deux mètres, il crache vers lui et s'en va d'un pas furieux.

Il n'y a pas de réverbères, et seules quelques maisons parmi celles qui bordent la rue sont éclairées. La moitié d'entre elles sont inhabitées. Il disparaît dans l'obscurité au bout de quelques secondes. Les bruits de ses pas s'espacent, résonnent sur les bâtisses plus loin dans les ténèbres.

— Merci, dit Barty. Tout seul, je me serais flingué le dos. Gros tas de mes deux.

Le copain dégingandé sort du pub, s'arrête sur la marche et, sa silhouette se découpant sur la lumière jaune, se gratte le dos.

— Il est où, Donie ? demande-t-il.

— Il est rentré chez lui. Tire-toi aussi, J.P. On t'a assez vu pour ce soir.

J.P. réfléchit.

— J'ai son blouson.

— Eh ben, rapporte-lui. Allez, file.

J.P. s'enfonce docilement dans l'obscurité à grandes enjambées.

— Il fout souvent la merde ? s'enquiert Cal.

— Donie McGrath, peste Barty, avant de cracher sur le trottoir. Tu parles d'un pendard.

Cal n'a pas la moindre idée de ce que ça signifie, même si au ton de Barty il devine que c'est un synonyme de vaurien.

— Je l'ai déjà vu au pub.

— Il vient de temps en temps. Les jeunes préfèrent aller en ville pour draguer, mais quand ils ont pas assez de fric, ils rappliquent ici. Il va se tenir à distance un petit bout de temps, en tout cas. Après il débarquera avec ses potes, comme si de rien n'était.

— Il va vraiment essayer de foutre le feu ?

Barty ricane.

— Tu parles ! Il a que de la gueule. Et ça ressemblerait trop à du boulot pour une feignasse comme lui.

— Il est inoffensif, d'après toi ?

— C'est qu'un baltringue, affirme Barty d'un ton sans appel.

Derrière lui, la flûte reprend, limpide et joyeuse. Il tape dans ses mains pour en chasser toute trace de Donie et retourne dans le pub.

Personne ne semble plus contrarié que ça par l'incident. Mart et ses camarades ont rebattu les cartes et commencé une nouvelle série de Spoil Five. La discussion au comptoir a dévié vers les mérites de l'équipe de hurling de cette année. Barty offre une pinte à Cal. Deirdre finit son verre, promène un long regard accablé dans le pub et, personne ne mordant à l'hameçon, se traîne vers la porte.

Cal s'attarde et fait durer sa bière gratis, jusqu'à ce que Mart et ses copains terminent leur partie et rassemblent leurs affaires. C'est Mart qui a accusé à tort. Lorsqu'il propose à Cal de le raccompagner – ce qu'il fait chaque fois, rien que pour le plaisir de l'asticoter quand il décline l'offre –, ce dernier accepte.

Mart est un peu ivre, assez pour faire tomber ses clés sur le plancher de la voiture et devoir ressortir pour les chercher à tâtons.

— Tinquiète donc pas, dit-il avec un sourire fendu jusqu'aux oreilles, en voyant la tête de Cal, tout en donnant une tape sur l'aile de sa Skoda bleue cabossée, maculée d'éclaboussures de boue et imprégnée d'une forte odeur de chien mouillé. Cette guimbarde sait rentrer toute seule, même si je m'endors au volant. Elle l'a déjà fait.

— Génial, commente Cal, qui ramasse les clés et les tend à son voisin. Me voilà rassuré.

— Qu'est-ce que t'as à la main ? s'enquiert Mart, en se glissant tant bien que mal au volant.

La main de Cal cicatrise à merveille, mais il garde quand même le pansement afin qu'on ne voie pas les traces de dents.

— J'ai ripé avec ma scie.

— Voilà ce qui arrive. Le prochain coup, tu m'écoutes et t'épluches les annonces en ligne.

Il fait démarrer la voiture, qui tousse, tremble et cahote sur la route à une vitesse alarmante.

— Qu'est-ce qu'il baragouinait, ce gros empoté de Senan ? Il parlait de la brebis de Bobby ? s'enquiert l'éleveur.

— Ouais. Bobby pense que ce sont les extraterrestres. Senan n'est pas d'accord.

Mart éclate d'un rire sifflant.

— Du coup, tu prends Bobby pour un givré, pas vrai ?

— Nan. Je lui ai raconté la fois où mon grand-père a vu un OVNI.

— T'as fait un heureux, alors, commente Mart, avant de quitter la départementale et de changer de vitesse dans un vilain crissement. Bobby n'est pas fou. Son seul problème, c'est qu'il passe tout son temps à s'occuper de ses bêtes. C'est un métier formidable, mais, à moins de rien avoir dans le ciboulot, ça peut finir par taper sur le système. Nous autres, on a autre chose pour y remédier : la famille, les cartes ou l'alcool, ce que tu veux. Mais Bobby est célibataire, il aime pas picoler, et il est tellement nul aux cartes qu'on lui interdit de jouer avec nous. Quand il a besoin de se changer les idées, il ne trouve rien de mieux à faire que de crapahuter dans les collines pour guetter les OVNIS. Les copains veulent lui offrir un harmonica, histoire qu'il ait autre chose pour s'occuper, mais moi je préfère largement écouter ses délires sur les extraterrestres.

Cal médite la question. Il lui semble que les aliens constituent sûrement un antidote plus sain à l'ennui que certains parmi la liste de Mart. La façon de conduire de ce dernier le conforte dans sa théorie.

— Tu crois quand même pas que ce sont les extra-terrestres qui lui ont tué sa brebis ? demande-t-il, rien que pour le charrier.

— Raaaaah, je t'emmerde, tiens.

— Il dit qu'il n'y a aucun animal de la région qui aurait pu faire ça.

— Il connaît pas tout ce qu'il y a dans le coin.

Cal attend la suite, mais Mart ne développe pas. La voiture cahote sur des nids-de-poule. Les phares illuminent une bande de route étroite et des branches oscillant de part et d'autre. Deux yeux brillants s'embrasent soudain, près du sol, avant de disparaître.

— Et voilà, annonce Mart, en pilant devant le portail de Cal. Sain et sauf. Comme promis.

— Tu peux me déposer chez toi. Au cas où tu aurais un comité d'accueil.

Mart le regarde fixement un instant, puis rit si fort qu'il se plie en deux en toussant et en tapant sur le volant.

— Bah ça alors, dit-il après avoir repris son souffle. V'là que j'ai mon chevalier servant pour me raccompagner. Tu t'inquiètes quand même pas à cause de ce branleur de Donie McGrath ? Et c'est toi qui viens de la grande méchante ville ?

— On a des types comme lui en ville aussi. Je les aime pas là-bas non plus.

— Donie me touchera pas un cheveu, va.

Son amusement se lit encore sur son visage, mais il poursuit avec une froideur qui surprend Cal :

— Il oserait pas.

— C'est ce qu'on va voir.

Mart repart d'un petit rire en secouant la tête, puis redémarre.

— En avant, alors. Tant que t'attends pas un baiser de remerciement.

— Dans tes rêves.

— Réserve-les pour Lena, enchaîne Mart, qui glousse pendant tout le trajet.

Chez Mart, qui habite une grande longère blanche aux toutes petites fenêtres, bâtie loin en retrait de la route au milieu d'une pelouse négligée, la lampe du porche est allumée et Kojak est là pour l'accueillir quand il ouvre la porte. Cal adresse un salut au fermier et reste dehors un moment, le temps qu'il ait allumé à l'intérieur. Rien ne se produisant, il amorce le chemin du retour. Même si Donie McGrath faisait preuve d'un sursaut d'initiative inhabituel, Kojak est là pour assurer la garde. Toutefois, en voyant Mart dans l'encadrement de sa porte, à l'aise au cœur des champs et des immenses ténèbres battues par le vent, avec Kojak remuant la queue à côté de lui, Cal s'est senti un peu bête, sans que ce soit forcément une mauvaise chose.

Son portail se trouve à quatre cents mètres de là. Le ciel est dégagé et la lune assez grosse pour qu'il puisse suivre la route sans recourir à sa lampe de poche, même si, à une ou deux reprises, quand les ombres des arbres s'accumulent, il perd le sens de l'orientation et sent son pied s'enfoncer dans l'herbe épaisse du bas-côté. Il ouvre l'œil au cas où il recroiserait ce qui a traversé devant la voiture, mais soit l'animal est loin, soit il se montre prudent. À l'horizon, les collines donnent l'impression qu'on a tracé des courbes nettes au canif et retiré la pièce ainsi découpée pour ne laisser que du noir. Çà et là brillent les rectangles jaunes de fenêtres éparses, minuscules et vacillantes.

Cal aime les nuits d'ici. Celles de Chicago étaient pleines de monde et tendues, il y avait toujours du tapage quelque part, une dispute qui se termine en cris ailleurs et un bébé qui hurle sans discontinuer, et il ne connaissait que trop bien ce qui se déroulait dans les recoins cachés et risquait d'en déborder à tout instant, requérant son attention. Ici, il a la certitude apaisante que ce qui se passe pendant la nuit ne le regarde pas. Dans l'ensemble, tout se régule de soi-même : courtes chasses échevelées, affrontements et accouplements ne nécessitant aucune action de la part de l'homme. Même si un événement se produisant sous ce grand fouillis d'étoiles exigeait l'intervention d'un policier, Cal n'est pas concerné. C'est aux flics du coin de s'en occuper, et ceux-ci préféreraient sans doute aussi qu'il ne se mêle de rien. C'est dans ses cordes, et d'ailleurs il s'en accommode à merveille. Grâce à Trey, par qui la nuit était redevenue un moment requérant vigilance et action, il s'est rappelé à quel point son ancienne vie ne lui manquait pas. Et s'il s'était découvert un talent caché pour laisser couler ?

Chez lui règne le même calme que chez Mart. Il se sort une bière du réfrigérateur et va la boire sur la marche de derrière. Un jour, il se construira une terrasse et y installera un gros fauteuil bien dodu, mais pour l'heure ce perron lui suffit. Il garde sa veste ; une fraîcheur piquante annonce que l'automne est bien là, on ne fait plus semblant.

Une chouette pousse un cri, un peu plus loin dans la propriété de Mart. Cal scrute le ciel quelque temps et l'aperçoit, tache de ténèbres plus dense qui passe tranquillement entre deux arbres. Si la vie l'avait voulu autrement, se demande-t-il, aurait-il pu être cet homme depuis toujours : un type qui retape des meubles et boit une bière sur son perron, en observant les chouettes et en laissant le reste du monde tourner tout seul ? Il ne sait pas trop ce que ça lui inspire. Ça le met mal à l'aise, d'une façon qui lui échappe en partie.

Pour s'arracher à l'agitation qui vient de s'abattre sur lui comme une nuée de moustiques, il sort son portable de sa poche pour appeler Alyssa. Il lui téléphone tous les week-ends. La plupart du temps, elle répond. Quand ce n'est pas le cas, elle lui écrit sur WhatsApp plus tard, généralement vers deux ou trois heures du matin heure irlandaise : *Désolée d'avoir raté ton appel, j'étais occupée ! Ce sera pour le prochain coup !*

Cette fois, elle décroche.

— Salut, papa. Ça va ?

Elle a la voix vive et légèrement déformée, comme si elle avait coincé son mobile sous sa mâchoire et faisait autre chose en même temps.

— Salut, dit Cal. Je te dérange ?

— Non, c'est bon. Je suis juste en train de nettoyer un truc.

Il tend l'oreille, cherchant à déterminer de quoi il s'agit, mais il n'entend que des frottements et des coups sourds par-ci par-là. Il essaie de se la représenter : grande et athlétique, son visage combinant le meilleur de Donna et lui – yeux bleus et sourcils réguliers de Cal, traits francs et lumineux de Donna –, d'une beauté qui ne cesse de l'émerveiller. Le problème, c'est qu'il l'imagine toujours vêtue d'un short en jean coupé et d'un sweat-shirt trop grand, ses cheveux châtain relevés en queue-de-cheval brillante, et il n'a aucun moyen de savoir si ça correspond encore à la réalité. La dernière fois qu'il l'a vue, c'était à Noël. Depuis, elle a pu se faire une coupe courte, se teindre en blond, acheter des tailleurs, prendre dix kilos et sortir maquillée comme une voiture volée.

— Comment ça va ? lui demande-t-il. Tu t'es débarrassée de ta grippe ?

— C'était juste un rhume. C'est fini.

— Et le boulot ?

Alyssa travaille pour une ONG à Seattle, en rapport avec les adolescents à risque. Cal est passé à côté des détails quand elle lui a annoncé qu'elle postulait chez eux – elle envoyait des tas de candidatures et, à l'époque, il avait la tête occupée essentiellement par le travail et par Donna –, et c'est désormais trop tard pour se rattraper.

— Ça marche bien. On a obtenu notre subvention… Gros soulagement ! Du coup, on va pouvoir faire encore un peu de route.

— Et ce gamin pour qui tu t'inquiétais ? Shawn, DeShawn ?

— Shawn. En fait, il continue à venir, ce qui est le principal. Je crois que ça reste compliqué chez lui, genre super compliqué, mais il se bloque quand je le questionne. Du coup…

Elle ne termine pas sa phrase. Cal voudrait pouvoir lui donner des tuyaux, mais, dans leur majorité, les techniques qu'il connaît pour faire parler les gens ont été élaborées pour des situations sans grand point commun avec ce qu'elle rencontre.

— Laisse-lui du temps, lui recommande-t-il au bout du compte. Tu vas assurer.

— Ouais, dit-elle après un silence.

Elle a l'air fatiguée, tout à coup.

— J'espère, conclut-elle.

— Et Ben, ça roule ?

Ben est son petit copain depuis la fac. Il a l'air sympa, un peu trop enflammé en ce qui concerne ses opinions sur la société et ce que tout le monde devrait faire pour l'améliorer, mais Cal est certain que lui-même était casse-bonbons à vingt-cinq ans.

— Il va bien aussi. Il pète un câble à son boulot, mais il a un entretien ailleurs la semaine prochaine, alors on croise les doigts.

Ben a un job chez Starbucks ou quelque chose dans le genre.

— Souhaite-lui bonne chance de ma part, dit Cal.

Il a toujours eu l'impression que Ben ne le portait pas dans son cœur. Au début, il s'en moquait, mais il lui semble à présent qu'il serait temps d'y remédier.

— Je lui transmettrai. Merci.

— Tu as eu des nouvelles de ta mère ?

— Ouais, elle va bien. Et toi ? La maison, ça avance ?

— Ça suit son cours. (Il sait qu'Alyssa ne veut pas lui parler de Donna, mais parfois c'est plus fort que lui.) Lentement, mais j'ai tout mon temps.

— J'ai reçu tes photos. La salle de bains a l'air super.

— Je n'irai pas jusque-là. Mais ça ne donne plus l'impression que je me suis barricadé là-dedans pour combattre des zombies.

Sa plaisanterie fait rire Alyssa. Petite, déjà, elle avait ce rire magnifique, franc et mélodieux. Cal en a le souffle coupé.

— Tu devrais venir me rendre visite, lui suggère-t-il. C'est superbe, ici. Ça te plairait.

— Ouais, je m'en doute. Il faudrait. C'est pas évident de prendre des congés, quoi.

— Je sais, fait Cal, avant de préciser, après un court silence : De toute façon, tu ferais mieux d'attendre que les travaux soient finis. Ou au moins que je me sois meublé.

— Ça marche. (Cal se demande s'il a imaginé la pointe de soulagement dans sa voix.) Tiens-moi au courant.

— Compte sur moi. Ce sera bientôt.

Dans le lointain, par-delà les champs, une petite fenêtre s'éteint. La chouette continue à pousser ses cris impassibles et inexorables. Cal voudrait ajouter autre chose, garder sa fille en ligne un peu plus longtemps, mais rien ne lui vient.

— Tu devrais aller te coucher, commente Alyssa. Il doit être super tard, chez toi.

Lorsque Cal raccroche, il ressent le dépit qui depuis quelque temps l'accable toujours après avoir parlé à Alyssa, le sentiment que malgré tout ce temps passé au téléphone, ils n'ont pas eu de véritable conversation. Leur échange n'était fait que de vent et d'écume, rien de substantiel. Quand elle était petite, elle trottinait à côté de lui en lui tenant la main, et lui racontait tout, bon ou mauvais ; tout se déversait droit de son cœur. Il ne se rappelle pas quand ça a changé.

Le nuage d'agitation ne s'est pas dissipé. Cal va se chercher une deuxième bière et la rapporte sur la marche. Il aimerait qu'Alyssa lui envoie des photos de son appartement. Il en a exprimé le souhait une fois, elle a répondu qu'elle le ferait, mais il n'a jamais rien reçu. Il espère que c'est parce qu'elle n'a pas pris le temps, et non parce qu'elle vit dans un taudis.

Dans la haie au fond du jardin, une brindille craque.

— Petit, lance Cal d'un ton las, haussant la voix pour qu'elle porte à l'autre bout de la pelouse. Pas ce soir. Rentre chez toi.

Après un court silence, un renard sort délicatement du buis et l'observe, une proie inerte dans la gueule, ses yeux insondables luisants au clair de lune. Puis il le juge sans intérêt et repart d'un pas allègre.

4

Deux jours plus tard, le garçon revient. Le ciel s'étant dégagé après un début de matinée pluvieux, Cal a ressorti son bureau dans le jardin. Il a terminé les guides des tiroirs la fois précédente, aussi s'attaque-t-il aux niches intérieures. Les fragiles pièces de bois qui les composent, et dont plusieurs sont cassées, sont assemblées par embrèvement et forment un puzzle complexe. Cal couche le meuble sur le dos sur une bâche de protection, photographie l'ensemble sur son téléphone avant de retirer avec précaution les éléments défectueux, puis racle la vieille colle avec une lame de cutter et prend les mesures pour les pièces de remplacement.

Alors qu'il met la touche finale à la première, taillant au ciseau la mortaise qui viendra s'encastrer parfaitement dans la rainure, il entend un craquement de brindilles. Cette fois-ci, pas besoin de ruser. Le gamin se faufile à travers la haie et se positionne pour l'observer, les mains dans les poches de son sweat à capuche.

— Bonjour, le salue Cal.

Le petit lui répond d'un signe de tête.

— Tiens, dit Cal en lui tendant le bout de bois et une feuille de papier de verre.

Trey s'approche et les prend sans hésiter. Depuis leur dernière rencontre, il semble avoir sorti Cal de la catégorie « Inconnu dangereux » pour le requalifier en « Élément connu inoffensif ». Son jean est mouillé jusqu'aux tibias après sa marche dans l'herbe humide.

— Cette pièce va être visible, explique Cal, alors on va devoir être un peu plus tatillon. Quand tu auras terminé avec ce papier de verre, je t'en passerai un plus fin.

Trey examine la pièce, puis l'original fendu posé sur la table. Cal pointe l'index vers son emplacement vide parmi les niches.

— Ça va là.

— C'est pas la bonne couleur.

— On le teintera pour que ça corresponde. Ce sera pour plus tard.

Trey hoche la tête, s'accroupit non loin de la bâche et se met au travail.

Cal trace le contour de la pièce suivante au crayon, se positionnant de sorte à pouvoir observer le garçon, par brefs coups d'œil. À l'évidence, son sweat est de seconde main, et un de ses gros orteils dépasse par un trou dans sa basket. Il vient d'un foyer sans argent. Mais il n'y a pas que ça. Cal a vu des tas de jeunes issus de familles plus pauvres, et dont on s'occupait pourtant très soigneusement, mais lui, personne ne lui rapièce son pantalon ni ne vérifie s'il s'est bien lavé derrière les oreilles. Selon les apparences, on le nourrit, mais ça s'arrête là.

Des restes de pluie gouttent dans les haies, de petits oiseaux sautillent et picorent sur la pelouse. Cal scie, mesure, rabote mortaises et rainures, et donne à Trey le papier de verre au grain plus fin. Il sent que le gamin lui lance des coups d'œil, comme lui, pour l'évaluer. Il siffle doucement, de-ci de-là, mais cette fois il ne parle pas. C'est au tour du garçon.

Apparemment, il n'est pas tombé sur le bon candidat pour cela : Trey semble très à l'aise avec le silence. Une fois satisfait de sa planchette, il l'apporte à Cal.

— Parfait, le félicite ce dernier. Prends-en une autre. Je vais cirer celle-ci ici et là, tu vois ? Ensuite, je l'encastrerai dans son espace.

Pendant un moment, Trey observe Cal qui passe de la cire le long des mortaises, puis regagne sa place et se remet à poncer. La cadence a changé, pourtant ; ses mouvements sont plus rapides et moins appliqués. La première étagère lui a servi à faire ses preuves. À présent, autre chose lui occupe l'esprit, cherche un moyen de s'exprimer.

Cal ne s'en préoccupe pas. Il s'agenouille à côté du bureau, aligne l'étagère et l'insère soigneusement dans ses rainures en la tapotant au maillet.

Derrière lui, Trey déclare :

— Il paraît que vous êtes un policier.

Cal manque se donner un coup sur le pouce. Il a pris soin de garder cette information pour lui, fort de son expérience avec les habitants des environs de la maison de son grand-père, dans la campagne profonde de Caroline du Nord, aux yeux de qui être flic en plus de ne pas être du coin ne lui aurait pas fait gagner des points. Il ignore comment on a pu l'apprendre.

— Qui t'a dit ça ?

Trey hausse les épaules et continue son ponçage.

— La prochaine fois, tu n'es pas obligé de croire ce qu'on te raconte.

— Vous en êtes un, ou pas ?

— J'ai l'air d'un policier ?

Trey l'examine, les paupières plissées à cause du soleil. Cal lui rend la pareille. Il sait que la réponse est négative. C'est justement une des fonctions de sa barbe, de ses cheveux trop longs : ne plus ressembler à un flic, et ne plus se sentir comme tel. *Tu as plutôt l'air d'un yéti*, aurait plaisanté Donna, en entortillant une mèche autour de son doigt pour tirer dessus.

— Non, conclut Trey.

— Alors, tu vois.

— Vous en êtes quand même un.

À ce stade, Cal a pris une décision : inutile de baratiner si les gens sont déjà au courant. Il envisage de proposer un marché – tu me dis où tu as entendu ça, je réponds à tes questions –, mais estime que ça ne fonctionnera pas. Le gamin est curieux, d'accord, mais pas assez pour balancer. Pour les échanges de bons procédés, il va falloir attendre un peu.

— Je l'étais, avant, reconnaît-il. Plus maintenant.

— Pourquoi ?

— Je suis à la retraite.

Trey le scrute.

— Vous êtes pas si vieux que ça, pourtant.

— Merci.

Le garçon ne sourit pas. Visiblement, il n'est pas porté sur le sarcasme.

— Pourquoi vous êtes à la retraite, alors ?

Cal retourne à son bureau.

— C'est devenu trop la merde. C'est l'impression que ça donne, quoi.

Il pense trop tard qu'il aurait peut-être dû surveiller son vocabulaire, mais le gamin ne semble pas choqué, ni même surpris. Il se contente d'attendre.

— Il y avait trop de colère. Tout le monde avait la rage.

— À cause de quoi ?

Cal réfléchit à la question en tambourinant sur le coin de l'étagère.

— Les Noirs en ont eu marre qu'on les traite comme des chiens. Les mauvais policiers enrageaient que tout à coup on ne laisse plus passer leurs conneries. Et les bons avaient la haine qu'on les prenne pour des enflures alors qu'ils n'y étaient pour rien.

— Vous étiez un bon flic ou un mauvais ?

— Je m'efforçais d'être un bon. Mais tout le monde te dirait ça.

Trey hoche la tête.

— Vous aviez la haine, vous ?

— Ça m'a fatigué. Épuisé, même.

C'était la vérité. Chaque matin, il avait l'impression de se réveiller grippé, et de devoir gravir des kilomètres de colline.

— Du coup, vous êtes parti à la retraite.

— Voilà.

Le gamin passe les doigts sur le bois pour évaluer sa douceur, et se remet à poncer.

— Pourquoi vous êtes venu ici ?

— J'aurais pas dû ?

— Personne vient jamais s'installer par ici, répond Trey, comme s'il exposait une évidence à un attardé. Les gens se barrent, c'est tout.

Cal agite l'étagère pour l'enfoncer d'un demi-centimètre supplémentaire. Ça rentre tout juste, ce qui est une bonne chose.

— J'en ai eu marre du temps pourri. Ici, vous n'avez jamais de neige ou de grosses chaleurs, comme on les connaît nous. Et j'en avais ma claque des grandes villes. Par ici, ça ne coûte pas cher. Et il y a de chouettes coins de pêche.

Trey le scrute, sans cligner de ses yeux gris, l'air dubitatif.

— Il paraît que vous vous êtes fait virer parce que vous avez tiré sur quelqu'un. Pendant le travail, quoi. Et comme on allait vous arrêter, vous vous êtes enfui.

Cal tombe des nues.

— Qui t'a dit ça ? demande-t-il encore une fois.

Haussement d'épaules.

Cal réfléchit à ce qu'il peut répondre.

— Je n'ai jamais tiré sur personne, dit-il au bout du compte.

— Jamais ?

— Jamais jamais. Tu regardes trop la télé.

Trey continue à le fixer. Il ne cligne pas assez des paupières. Cal s'inquiète pour ses cornées.

— Si tu ne me crois pas, cherche-moi sur Google. Avec une histoire pareille, on en parlerait partout sur Internet.

— J'ai pas d'ordinateur.

— Un téléphone ?

Petite torsion au coin des lèvres de Trey : nan.

Cal sort son portable de sa poche, le déverrouille et le lance sur la pelouse devant le garçon.

— Tiens. Calvin John Hooper. Le réseau est naze, mais ça finira par marcher.

Trey ne ramasse pas l'appareil.

— Quoi, qu'est-ce qu'il y a ?

— C'est peut-être même pas votre vrai nom.

— Purée, petit, peste Cal, avant de récupérer son mobile. T'as qu'à croire ce que tu veux. Tu vas me poncer cette pièce, ou pas ?

Trey s'y remet, mais Cal devine au rythme de ses mouvements qu'il n'en a pas terminé. Effectivement, au bout d'un moment, il demande :

— Vous étiez doué, vous ?

— Pas mauvais. Le boulot était fait.

— Vous étiez inspecteur ?

— Ouais. Les derniers temps.

— Quel genre ?

— Les atteintes aux biens. Les cambriolages, surtout.

Il lui semble déceler la déception dans le regard de Trey.

— Et la recherche des fugitifs, quelque temps. Je retrouvais les malfaiteurs qui essayaient de nous échapper.

Cette révélation lui vaut un coup d'œil rapide. Il est remonté dans l'estime du garçon.

— Comment ?

— Il y a plusieurs moyens de s'y prendre : parler aux proches, aux copains, à l'amoureux ou à la petite amie, selon les cas. Surveiller chez eux, les endroits où ils aiment aller. Vérifier s'ils utilisent encore leur carte bancaire. Placer les téléphones sur écoute, parfois. Ça dépend des cas.

Trey continue à le fixer intensément. Ses mains se sont immobilisées.

Cal pense avoir deviné la raison de sa présence.

— Tu veux devenir inspecteur de police ?

Trey le regarde de nouveau comme s'il était demeuré. Ce regard fait beaucoup rire Cal – c'est celui qu'on lance au débile de la classe qui se fait toujours avoir quand on lui dit « Tes lacets sont défaits ».

— Moi ?

— Non, ta grand-mère… Mais oui, toi.

— Il est quelle heure ? questionne Trey.

Cal consulte sa montre.

— Presque une heure.

Constatant que le gamin ne cesse pas de le scruter, il demande :

— T'as faim ?

Trey fait oui de la tête.

— Je vais voir ce que j'ai, alors.

Lorsqu'il pose son marteau et se relève, ses genoux craquent. Il estime que quarante-huit ans, c'est encore un trop jeune âge pour que son corps proteste de la sorte.

— T'as des allergies ?

Le garçon le fixe d'un regard inexpressif, comme s'il lui avait parlé chinois, et hausse les épaules.

— Tu manges des sandwichs au beurre de cacahuète ?

Nouveau hochement de tête.

— Tant mieux. Je n'ai rien de plus chic. Finis de poncer, pendant ce temps-là.

Il s'attend presque à ce que le garçon ait décampé quand il revient avec l'encas, mais il est toujours là. Trey lui tend la pièce de bois pour inspection.

— Ça m'a l'air impeccable, commente Cal.

Il lui donne une assiette, prend la brique de jus d'orange coincée sous son bras et des mugs dans la poche de son sweat à capuche. Du lait aurait peut-être été plus approprié pour un jeune en pleine croissance, mais il n'en a pas, car il boit son café noir.

Ils mangent assis par terre, sans échanger un mot. Le ciel est d'un bleu clair intense, les arbres commencent à perdre leurs feuilles, qui gisent avec légèreté sur l'herbe. Au loin, une nuée d'oiseaux virevoltent en décrivant des motifs géométriques aussi changeants qu'improbables.

Trey dévore à grandes bouchées affamées, avec tant d'entrain que Cal se réjouit de lui avoir préparé deux casse-croûte. Quand il a fini, il engloutit son jus d'orange d'une traite.

— Tu en veux plus ? lui demande Cal.

Trey secoue la tête.

— Faut que j'y aille, répond-il avant de poser son verre et de s'essuyer la bouche sur sa manche. Je peux revenir demain ?

— Tu devrais pas être en cours ?

— Nan.

— Je pense que si, moi. T'as quel âge ?

— Seize ans.

— Mon œil.

Le gamin le jauge quelques instants.

— Treize, avoue-t-il.

— Alors tu devrais carrément y être.

Trey hausse les épaules.

— Enfin bref, lâche Cal, frappé par une révélation. C'est pas mon problème. Sèche le bahut, tout ce que tu veux.

Il s'aperçoit que Trey sourit. C'est la première fois, et c'est aussi stupéfiant que d'assister à la première risette d'un bébé, de voir éclore une nouvelle personne.

— Quoi, qu'est-ce qu'il y a ? lui demande-t-il.

— Un policier, ça doit pas dire ça, normalement.

— C'est que je t'ai expliqué. Je ne suis plus policier. On ne me paie pas pour t'emmerder.

— Du coup, reprend Trey, dont le sourire s'est effacé, je peux revenir ici ? Je vous aiderai pour le ponçage. Et la teinture, tout ça.

Sa fébrilité ressurgit, mal dissimulée ; elle voûte ses épaules et crispe son visage.

— Pour quoi faire ?

Au bout de quelques secondes, Trey répond :

— Ben parce que. Je veux apprendre comment on fait.

— Je vais pas te payer, hein…

Le gamin aurait bien besoin d'un peu d'argent, mais même s'il pouvait se permettre des largesses, il n'avait aucune intention d'être le type venu d'ailleurs qui distribue des billets aux jeunes garçons.

— Je m'en fiche.

Cal songe aux solutions possibles. Il suppose que s'il refuse, Trey continuera à l'espionner, et il préfère qu'il soit visible, au moins le temps de comprendre ce qu'il veut.

— Pourquoi pas ? Un coup de main, ce ne sera pas de refus.

Trey relâche son souffle.

— Ça marche, dit-il en se mettant debout. À demain.

Il époussette son jean et se dirige vers la route à longues enjambées bondissantes. En passant à côté de l'arbre aux corbeaux, il lance un caillou dans les branches d'un geste expert et lève la tête pour regarder les oiseaux voleter dans toutes les directions, le maudire à grands croassements et revenir se percher.

Après avoir fait la vaisselle de son déjeuner improvisé avec Trey, Cal prend le chemin du village. Noreen est toujours au courant de tout et bavarde comme une pie. D'après Cal, ce sont là deux raisons pour lesquelles elle ne s'entend pas avec Mart, qui aime avoir le monopole dans ces domaines. S'il parvient à l'orienter dans la bonne direction, il pourrait bien glaner des infos sur Trey et découvrir d'où il sort.

Le magasin de Noreen est plein à craquer d'une infinité de marchandises contenues dans un minimum d'espace. Il est rempli du sol au plafond de rayonnages chargés des indispensables – sachets de thé, œufs, barres chocolatées, jeux à gratter, conserves de haricots cuisinés, piles, confiture, papier d'alu, ketchup, allume-feu, antalgiques, sardines – et d'un assortiment d'articles, comme le sirop de mélasse et le Angel Delight, dont l'intérêt lui échappe, mais qu'il s'est promis d'essayer s'il trouve quoi en faire. La boutique dispose d'un petit réfrigérateur pour le lait et la viande, d'un panier où s'entassent des fruits à l'aspect peu vaillant, et d'un escabeau pour que Noreen, qui mesure un mètre cinquante-deux à tout casser, puisse atteindre les étagères du haut. Il flotte dans la supérette un mélange de toutes ces odeurs, sous lequel affleure une forte trace d'un détergent impitoyable sorti tout droit des années 50.

Lorsque Cal pousse la porte, qui émet un tintement de clochette joyeux, Noreen est perchée sur son escabeau, occupée à épousseter des bocaux en chantonnant, au son de la radio qui diffuse la soupe niaise d'un jeune type cherchant à faire chanteur de bal populaire. Noreen a une prédilection pour les hauts à grosses fleurs très voyantes, et les boucles de ses cheveux courts sont si serrées qu'on croirait un casque.

— On essuie ses chaussures, je viens de lessiver par terre, ordonne-t-elle.

Puis, constatant qu'il s'agit de Cal, elle ajoute :

— Ah, c'est toi ! J'espérais bien que tu passerais, aujourd'hui. J'ai reçu le fromage qui te plaît tant. Je t'en ai gardé un paquet, parce que Bobby Feeney en raffole tellement qu'il m'achèterait le lot entier. Il s'empiffrerait de ça comme de bonbons, celui-là. Il va finir par nous faire une crise cardiaque.

Cal frotte ses pieds docilement. Noreen descend de l'escabeau avec une agilité inattendue pour une femme ronde.

— Suis-moi, reprend-elle, en agitant son chiffon vers Cal, j'ai une surprise pour toi. Je veux te présenter quelqu'un.

Elle appelle par la porte de l'arrière-salle :

— Lena ! Viens voir par ici !

Au bout d'un moment, une voix de femme, ferme et voilée, répond :

— Je suis en train de faire le thé.

— Laisse donc le thé et apporte le fromage qu'est au frigo, le paquet noir. Faut quand même pas que j'aille te chercher, si ?

S'ensuit une pause, pendant laquelle Cal pense percevoir un soupir agacé. Puis il y a du mouvement dans la remise, d'où sort une femme munie d'un paquet de cheddar.

— Bon, dit Noreen d'un ton triomphant. Voici ma sœur Lena. Lena, je te présente Cal Hooper, qui vient de racheter chez les O'Shea.

Lena est différente de ce que Cal avait imaginé. Après la description que Mart lui en avait donné, il s'attendait à une grande balèze poil de carotte meuglant comme une vache en brandissant une poêle à frire. Lena est grande, effectivement, et elle n'a pas que la peau sur les os, mais Cal la voit plus en train de randonner en colline que d'assommer quelqu'un. Elle a quelques années de moins que lui, une épaisse queue-de-cheval blonde, des pommettes larges et les yeux bleus. Elle porte un vieux jean et un pull bleu ample.

— Enchanté, dit Cal, en lui présentant sa main, qu'elle lui serre d'une poigne ferme.

— Cal l'amateur de cheddar, commente Lena. J'ai beaucoup entendu parler de toi.

Elle lui tend le fromage en lui adressant un petit sourire ironique, qu'il lui rend.

— Pareil de mon côté.

— Ça, je n'en doute pas. Ça se passe bien dans la maison des O'Shea ? Tu as de quoi t'occuper ?

— Je m'en sors pas mal. Mais je comprends pourquoi personne d'autre n'en a voulu.

— Il n'y a pas grand monde qui cherche à acheter, dans le coin. La plupart des jeunes partent s'installer en ville dès qu'ils le peuvent. Les seuls qui restent sont ceux qui reprennent l'exploitation familiale, ou ceux qui aiment la campagne.

Les bras croisés sous la poitrine, Noreen les observe tous les deux avec une satisfaction maternelle qui met Cal mal à l'aise. Lena, les mains dans les poches de son jean et une hanche appuyée contre le comptoir, semble s'en ficher comme d'une guigne. Il émane d'elle une impression de calme naturel, et elle a un regard direct dont il est difficile de se détourner. Mart avait raison sur ce point : on sait qu'elle est là.

— Et toi tu es restée, donc, rebondit Cal. Tu es agricultrice ?

Lena secoue la tête.

— Plus maintenant. J'ai vendu la ferme quand j'ai perdu mon mari, et je n'ai gardé que la maison. J'en avais marre.

— C'est juste que tu aimes la campagne, alors ?

— Voilà. La ville, ça ne serait pas pour moi. Subir les bruits des autres jour et nuit, je ne supporterais pas.

— Cal vivait à Chicago, avant, précise Noreen.

— Je sais, répond Lena avec un haussement de sourcils amusé. Qu'est-ce que tu viens faire ici, du coup ?

Une part de Cal le pousse à payer son fromage et à filer, avant que Noreen appelle un prêtre pour les marier sur-le-champ. D'un autre côté, il est venu avec un objectif en tête, en plus du fait qu'il lui manque quelques bricoles. Pour compliquer le tout, ça fait très longtemps qu'il n'a pas rencontré une femme avec qui parler et qui ne lui déplaît pas, et il ne sait pas trop si c'est un argument pour s'attarder ou au contraire décamper fissa.

— J'imagine que la campagne me botte, à moi aussi.

Lena ne se départit pas de son regard amusé.

— Il y a pas mal de gens qui le croient, jusqu'à ce qu'ils y vivent à l'année. On verra si tu es toujours autant emballé quand tu auras passé un hiver ici.

— Je suis pas complètement novice, en fait. J'ai pas mal vécu à la cambrousse, quand j'étais gamin. Je m'attendais à me réhabituer tout de suite, mais je dois être plus citadin que je le pensais.

— Qu'est-ce qui te tracasse ? Pas assez de trucs à faire ? Pas assez de monde ?

— Non, répond Cal, avec un petit sourire penaud. Ça ne me pèse pas du tout, ça. Mais je dois reconnaître que je suis un peu nerveux, la nuit, sans voisin assez près pour remarquer s'il y a du grabuge.

Lena rit. Elle a un rire agréable, franc et rauque. Noreen pousse un grognement moqueur et s'exclame :

— Ah, bah mince. T'étais trop habitué aux attaques à main armée et aux fusillades.

Le coup d'œil brillant qu'elle lui lance est pour Cal la confirmation qu'elle est au courant pour son métier.

— Il y a pas de ça, par ici.

— Ça, je m'en doute, répond-il. Je songeais plutôt à des gamins désœuvrés qui pourraient faire des conneries pour s'amuser. Avec ma bande de copains, on aimait bien jouer des tours aux voisins : on calait des poubelles pleines d'eau en équilibre contre la porte de quelqu'un, on sonnait et on partait en courant, ou alors on remplissait de mousse à raser de gros emballages de chips, on glissait le côté ouvert sous la porte, et on appuyait dessus fort avec les pieds. Des trucs débiles dans ce genre-là.

Lena rit de nouveau.

— Je pensais qu'un étranger aurait droit à ce genre de farces. Mais comme tu l'as dit, les jeunes ne restent pas. J'ai l'impression d'être la seule à avoir moins de cinquante ans sur des kilomètres à la ronde. À part vous deux, bien sûr.

Noreen embraie aussitôt :

— Non, mais tu l'entends qui nous fait passer pour un mouroir ! Il y a des tas de petits jeunes, dans le coin, tiens ! Moi-même, j'en ai quatre… mais ils sortent pas faire les guignols, parce qu'ils savent qu'ils se prendraient une sacrée trempe. Senan et Angela en ont quatre, les Moynihan ont leur garçon, et les O'Connor en ont trois, et ils sont tous super, personne n'a jamais eu de problème avec eux…

— Et Sheila Reddy en a six, ajoute Lena. Ils vivent encore chez elle pour la plupart. Ça te suffit ?

Noreen fait la moue.

— Si t'as tes ennuis, dit-elle à Cal, c'est de leur côté qu'il faudra chercher.

— Ah oui ? répond-il, tout en parcourant les étagères avant de choisir une conserve de maïs. Ils font des conneries ?

— Sheila est pauvre, intervient Lena. C'est tout.

— Ça coûte rien d'éduquer un gamin, rétorque sèchement Noreen, ou de l'envoyer à l'école. Et chaque fois qu'un de ses mômes vient ici, quelque chose disparaît. Sheila dit que je peux rien prouver, mais moi je sais ce qu'il y a dans mon magasin, et…

Elle se rappelle que Cal est là, en train de comparer tranquillement les barres chocolatées, et s'interrompt.

— Sheila, elle ferait bien de se prendre en main, conclut-elle.

— Elle se débrouille au mieux avec ce qu'elle a, dit Lena. Comme nous tous.

Elle se tourne vers Cal et poursuit :

— C'était ma copine, au lycée. On a fait les quatre cents coups, toutes les deux. On faisait le mur le soir pour aller picoler dans les champs avec les mecs, ou du stop pour aller en boîte.

— Les ados dont je me méfie, c'était vous, alors.

Nouveau rire de Lena.

— Oh, non, pas du tout. On n'a jamais fait de mal à personne, à part à nous-mêmes.

— Sheila s'est bien fait du mal, ça, c'est clair, confirme Noreen. Regarde ce que ça lui a valu, ces conneries. Johnny Reddy et six vauriens comme lui.

— Johnny était très bien, à l'époque, la contredit Lena, qui esquisse un sourire. Moi-même, je suis sortie une ou deux fois avec lui.

Noreen fait un bruit réprobateur.

— Au moins, t'as pas été assez bête pour l'épouser.

Cal se décide pour une barre chocolat-menthe et la pose à la caisse.

— Les Reddy vivent assez près de chez moi pour que j'ouvre l'œil ? s'enquiert-il.

— Ça dépend. Tu es du genre méfiant ?

— Ça dépend. Le danger est près comment ?

— T'inquiète. Ils sont à plusieurs kilomètres derrière chez toi, dans les collines.

— Ça me va. Johnny, c'est un agriculteur, c'est ça ?

— Personne sait ce qu'il fait, Johnny, répond Lena. Il est parti à Londres il y a quelques années.

— Il a planté Sheila, ajoute Noreen, d'un ton où se mêlent condamnation et satisfaction. Un copain à lui qui vit là-bas a eu l'idée du siècle qui devait faire d'eux des millionnaires, soi-disant. Moi, j'y crois pas deux secondes, et j'espère que Sheila non plus.

— Johnny a toujours été très fort pour faire des projets, commente Lena, mais beaucoup moins pour les concrétiser. Tu peux dormir sur tes deux oreilles. Pour les gamins de Johnny, un paquet de chips rempli de mousse à raser, ce serait déjà trop élaboré.

— C'est bon à savoir.

Il a le sentiment qu'un des fils de Johnny Reddy, au moins, ne tient pas de son père.

— Au fait, Cal, lance Noreen, soudain frappée par une idée en pointant son chiffon vers Cal. Tu m'as pas dit l'autre jour que t'envisageais de prendre un chien ? Ça serait pas le meilleur moyen pour te rassurer, ça ? Écoute voir : Lena a sa chienne qui va mettre bas d'un jour à l'autre, et il va falloir qu'elle case les chiots. Va donc avec elle jeter un coup d'œil.

— Elle n'a pas encore mis bas, rétorque Lena. Ça ne l'avancera pas à grand-chose de voir son ventre.

— Il verra bien s'il la trouve à son goût. Allez-y donc.

— Ah, non, répond Lena d'un ton plaisant. Il me faut mon thé.

Noreen n'a pas le temps d'ouvrir la bouche pour insister qu'elle adresse un signe de tête à Cal et déclare : « Ravie d'avoir fait ta connaissance », avant de disparaître dans la remise.

— Reste boire une tasse avec nous, ordonne Noreen à Cal.

— C'est gentil, mais je préfère ne pas traîner. Je suis venu à pied, et on dirait bien qu'il va pleuvoir.

Noreen réagit par un reniflement offensé, monte le volume de la radio et retourne à ses poussières, mais Cal devine aux coups d'œil qu'elle lui lance de temps en temps qu'elle ne renoncera pas si facilement. Il fait des provisions en vitesse et plus ou moins au hasard, avant qu'elle ait pu échafauder un nouveau stratagème. À la dernière minute, alors qu'elle calcule le total sur sa caisse enregistreuse aussi vieille que bruyante, il ajoute une brique de lait.

5

Trey revient en effet le lendemain, et les jours suivants. Parfois, il fait son apparition en milieu de matinée, parfois, au milieu de l'après-midi, ce qui donne à Cal l'impression rassurante qu'il va quand même en cours de temps en temps, même s'il se rend compte que ça pourrait être une ruse de la part du garçon. Celui-ci reste une heure, quelquefois deux, et surtout le temps de manger un morceau. Puis, répondant à quelque alarme intérieure mystérieuse, ou juste parce que l'ennui le gagne, il annonce : « Faut que j'y aille », et repart à grandes enjambées, les mains enfoncées dans les poches de son sweat à capuche, sans se retourner.

Au premier jour pluvieux, Cal s'attend à ne pas recevoir sa visite. Il est occupé à décoller du papier peint en chantonnant des bouts de paroles sur du Otis Redding lorsqu'il voit passer une ombre et, quand il se retourne, Trey est à la fenêtre, en train de l'observer, engoncé dans une veste huilée usée jusqu'à la trame et deux tailles trop petite. Dans un premier temps, Cal a des scrupules à le faire entrer, mais avec la pluie qui dégouline sur sa capuche et au bout de son nez, il lui semble qu'il n'a pas vraiment le choix. Il suspend sa veste à une chaise et lui donne un grattoir.

Par beau temps, ils reprennent leur réfection du bureau, mais les belles journées se font plus rares à mesure qu'on avance dans le mois de septembre. De plus en plus souvent, la pluie fouette la maison, et le vent amasse des feuilles détrempées au pied des murs et des haies. Les écureuils font des réserves à marche forcée. Mart a annoncé que c'était le signe d'un hiver de chien, avant d'embrayer sur des récits déchirants d'années lors desquelles la région avait été coupée de tout pendant des semaines et des gens étaient morts de froid chez eux, sans toutefois réussir à vraiment impressionner Cal.

— J'ai l'habitude de Chicago, lui avait-il rappelé. On ne parle pas de froid si nos cils ne gèlent pas.

— C'est pas le même froid, l'avait informé Mart. Celui d'ici est sournois. Tu le sens pas venir, et après c'est trop tard.

L'opinion de Mart au sujet des Reddy rejoint celui de Noreen, mais il la lui donne avec plus de fioritures. Sheila Brady était une fille adorable issue d'une famille comme il faut, avec des jambes de rêve. Elle envisageait de se former dans une école d'infirmières à Galway, mais son projet avait tourné court quand elle s'était entichée de Johnny Reddy. Celui-ci était un tchatcheur invétéré, qui n'avait jamais gardé le même travail plus de trois mois, rien n'étant assez bien pour lui. « Une sacrée feignasse », avait assené Mart, avec un mépris que sa clique et lui réservent aux voleurs s'attaquant aux sacs à main des grands-mères. Sheila et Johnny avaient eu six enfants, vivaient des aides sociales dans la maisonnette délabrée d'un membre de la famille (Mart prend soin de lui expliquer le lien de parenté, en détail, mais Cal perd le fil après trois ou quatre degrés), et à présent Johnny s'est tiré, les proches de Sheila sont tous morts ou ont déménagé, et la famille vit dans une misère noire. Comme Lena et Noreen, Mart a convenu que les enfants pourraient être tentés par quelques petits larcins, mais sont vraisemblablement incapables de crimes plus élaborés. « Bon Dieu, s'est-il exclamé, quand Cal lui a déroulé son laïus de citadin inquiet, t'as vraiment trop de temps pour gamberger. Trouve-toi une femme, je te dis. Là au moins t'auras des raisons de te faire du mouron. »

À la vérité, Cal a quasiment exclu la possibilité que le gamin ait l'intention de le voler, car il s'y prendrait alors de la plus idiote des façons et, d'après ce qu'il a pu en voir, il est loin d'être un imbécile. Maintenant qu'il en sait un peu sur la famille qui pourrait être la sienne, d'autres scénarios, plus probables, se dessinent : Trey se fait harceler et cherche une protection, il est maltraité d'une façon ou d'une autre et veut se confier à quelqu'un, sa mère est alcoolique, droguée ou battue par un petit ami et il veut s'en ouvrir à quelqu'un, il veut que Cal retrouve la trace de son père défaillant, ou il vient se construire un alibi pour quelque activité répréhensible. Cal a le sentiment que les gens du coin, aveuglés par la médiocrité de Johnny, sous-estiment peut-être les capacités du fils dans ce domaine. Et même s'il est bien placé pour savoir que les enfants parviennent de temps en temps à s'extraire de milieux familiaux misérables, il est également bien placé pour savoir que la plupart du temps ça n'arrive pas.

Il tend quelques perches à Trey pour qu'il lui parle de Johnny Reddy si c'est là son intention, mais le garçon clôt assez vite le sujet.

— Oui, c'est utilisable, déclare Cal en examinant une rainure exécutée par le garçon, qui s'est essayé au ciseau à bois. T'es doué de tes mains, petit. Tu aides ton père à bricoler ?

— Nan.

Trey reprend l'étagère et donne quelques coups supplémentaires à une extrémité de la rainure, en scrutant le bois, paupières plissées. Il est perfectionniste. Pour des pièces qui conviendraient à Cal, il secoue la tête et les retravaille deux ou trois fois avant d'être satisfait.

— Qu'est-ce que tu fais avec lui, alors ?

— Rien. Il est parti vivre ailleurs.

— Où ça ?

— À Londres. Il nous téléphone, des fois.

Cette information constitue la quasi-confirmation que Trey est un Reddy, à moins que Londres ne soit une destination courante pour les pères tire-au-flanc de la région.

— Mon père s'absentait beaucoup aussi, lui indique Cal, cherchant à établir une communauté d'esprit entre eux.

Trey ne répondant pas, il demande :

— Il te manque ?

Trey hausse les épaules. Cal a appris à déchiffrer ces mouvements, qui sont nombreux et tout en nuances. Celui-ci signifie que la discussion n'ira pas plus loin, faute de l'intéresser.

Cal en tire deux hypothèses principales : soit Trey commet des actes répréhensibles, soit il en est victime. Pour l'instant, rien ne lui permet de pencher pour l'une plus que pour l'autre. Il a conscience que s'il se trompe, il ne reverra plus le garçon. Cal se moque bien que Trey soit un fauteur de troubles, mais son nouveau talent pour la non-intervention atteint ses limites s'il est question de violences sur un enfant. Il se comporte avec Trey comme il l'a fait au début : en vaquant à ses occupations, et en laissant le gamin venir à lui à son rythme, quand il sera prêt.

Cela demande environ deux semaines. La vérité surgit par une matinée fraîche et bruineuse, avec une légère brise qui vagabonde par les fenêtres, chargée d'une odeur de pâturages. Cal et Trey ont fini de poncer les murs du salon, ils ont mis une couche de peinture d'apprêt sur les bords, et ils prennent une pause avant de s'attaquer au gros du travail. Ils sont à la table en train de manger des biscuits fourrés au chocolat – la contribution de Trey. Celui-ci a pris l'habitude d'apporter des gâteaux certains jours, et même une tarte aux pommes à une occasion. Cal est à peu près sûr d'en connaître la provenance, et il ressent de toute façon une pointe de culpabilité à se servir, mais leurs relations seront forcément plus apaisées s'il n'aborde pas la question.

Trey fait un sort au paquet de biscuits, avec méthode et détermination. Cal, de son côté, tente de dénouer une tension dans son cou. Celle-ci est due à son matelas ; ses courbatures et ses douleurs ont presque disparu. Ses muscles et ses articulations s'habituent aux travaux, ce qui lui plaît, de la même façon que ses courbatures lui avaient semblé satisfaisantes au début. Les premiers temps, il s'était demandé s'il n'était pas déjà trop vieux pour se faire à ces efforts, mais ses muscles ont répondu présents. Il se sent plus jeune que six mois auparavant.

— Regarde l'écureuil, dit-il, en pointant le doigt vers le jardin. Un de ces quatre, je vais en dégommer quelques-uns et nous préparer du civet.

L'air songeur, Trey observe les rongeurs qui filent sous la haie.

— Ça a quel goût ?

— C'est bon. Ça fait penser au gibier. C'est plus fort que le poulet.

— Un écureuil a mordu ma sœur, une fois. Au doigt. Je veux bien les bouffer.

— Quand j'avais une dizaine d'années, j'habitais chez mon grand-père et, avec trois copains, on campait dans la forêt derrière chez lui. La première fois, mon grand-père m'a dit qu'on devait être prudents, à cause d'un animal, le chacureuil, qui vivait dans ces bois. Une bête entre l'écureuil et le chat, mais plus grosse que l'un ou l'autre, et plus agressive. Ça a des crocs et de grandes griffes, un pelage roux, et ça te saute à la gorge si t'es assis, ou aux roubignolles si t'es debout. On sait quand il s'apprête à attaquer parce qu'il pousse un cri bizarre. Un mélange de grognement et de caquètement.

Il lui fait une démonstration. Trey l'écoute en raclant la couche centrale de chocolat d'un biscuit. Cal a pris l'habitude de raconter à Trey tout ce qui lui passe par la tête, afin d'être de bonne compagnie, sans se préoccuper de si Trey rebondit ou pas.

— On a quand même campé, reprend-il, mais on s'est préparé un gros tas de cailloux dans la tente, au cas où. Tard dans la soirée, quand on commençait tout juste à se mettre à l'aise dans nos sacs de couchage, on a entendu du bruit dehors.

Il refait le cri.

— Je te dis pas la trouille qu'on a eue. On est sortis discrètement de nos duvets, on a pris une grosse poignée de cailloux chacun, et on est sortis de la tente en canardant à tout-va. On a mis dans le mille plusieurs fois, et là on a entendu mon grand-père nous crier d'arrêter. L'un de nous l'avait touché en pleine poire et lui avait fendu la lèvre.

— C'était lui, commente Trey. C'est lui qui faisait le bruit.

— Exactement. Les chacureuils, ça n'existe pas.

— Qu'est-ce qu'il a fait ? Il vous a filé une dérouillée ?

— Tu parles ! Il s'est marré comme une baleine, il a nettoyé le sang, et il nous a apporté un gros paquet de chamallows.

Trey médite ce récit.

— Pourquoi il a fait semblant ? Ça servait à quoi ?

— Il voulait sans doute voir comment on allait réagir en cas de danger, étant donné qu'il nous laissait dormir dehors tout seuls. Le lendemain, il a commencé à m'apprendre à tirer à la carabine. Il m'a dit que si j'avais l'intention d'affronter les bêtes qui me faisaient peur, il fallait s'y prendre comme il faut, et que je devais être sûr à cent pour cent de ce que je visais avant de presser la détente.

Trey réfléchit.

— Vous pouvez m'apprendre, à moi ?

— Je n'ai pas de fusil. Quand j'en aurai un, on verra.

Cette réponse semble satisfaire Trey, qui hoche la tête en finissant son biscuit.

— Bobby Feeney raconte qu'il a vu des extraterrestres dans les collines, enchaîne-t-il, suivant un raisonnement bien à lui. J'ai entendu ça au bahut.

— Tu prévois de shooter un alien ?

Trey lui décoche son regard réservé aux attardés.

— Ça existe pas, les aliens.

— Tu penses que Bobby a tout inventé pour faire marcher les gens, c'est ça ? Comme mon grand-père ?

— Nan.

Cal boit une gorgée de café, un grand sourire amusé aux lèvres.

— Qu'est-ce qu'il a vu, alors ?

Trey hausse une épaule, petit tressaillement signifiant qu'il ne veut pas en discuter.

— Vous croyez pas aux extraterrestres, quand même ? s'enquiert-il, en le fixant du regard pour vérifier.

— Pas trop, non, même si j'essaie de rester ouvert. Ça se peut qu'il y en ait quelque part, mais je n'ai rien vu qui me fasse penser qu'ils nous rendent visite.

— Vous avez des frères et sœurs ? demande le garçon, de but en blanc.

Il ne maîtrise pas l'art de la conversation. Il pose ses questions comme on procéderait à un interrogatoire.

— Trois, répond Cal. Deux sœurs et un frère. Et toi ?

— Trois sœurs. Deux frères.

— Ça fait beaucoup de monde, ça. C'est grand, chez toi ?

Trey souffle d'un air ironique par le coin des lèvres.

— Pas du tout.

— Tu as quelle place, toi ? Tu es l'aîné ? Le plus jeune ?

— Le numéro trois. Et vous ?

— L'aîné.

— Vous êtes proche des autres ?

C'est la première fois que Trey aborde un sujet aussi personnel. Cal se risque à lui jeter un coup d'œil, mais le garçon s'applique à décoller les deux moitiés d'un autre biscuit. Sa coupe de cheveux a été rafraîchie, mais il s'est peut-être passé la tondeuse lui-même, car un endroit vers l'arrière de sa tête y a échappé.

— Assez, oui, répond Cal.

En fait, ce sont des demi-frères et demi-sœurs, qu'il n'a jamais rencontrés plus de deux ou trois fois, et il pourrait y en avoir d'autres, mais aucun de ces renseignements ne semble très pertinent dans le contexte.

— Et toi ?

— Ça dépend desquels.

Trey enfourne brusquement son biscuit dans sa bouche et se lève. Apparemment, la pause est terminée.

— Bois ton lait.

— J'aime pas ça.

— Je l'ai acheté. Alors bois-le.

Trey le vide cul sec, grimace, et claque son mug sur la table comme s'il venait de boire un shot.

— Bien, dit Cal, amusé. Au boulot. Attends deux secondes.

Il va dans sa chambre et revient avec une vieille chemise de bûcheron qu'il lance au garçon.

— Tiens, mets ça.

Trey attrape le vêtement et l'observe d'un air interdit.

— Pour quoi faire ?

— Si tu rentres couvert de peinture, ta mère sera pas contente.

— Elle remarquera pas.

— Si elle s'en rend compte, elle saura que tu as séché les cours.

— Elle en aura rien à faire.

— Comme tu le sens.

Pendant que Cal soulève le couvercle du pot de sous-couche avec un tournevis, Trey examine la chemise, puis l'enfile. Il se tourne vers lui, les mains levées, avec un sourire goguenard : les manchettes flottent, les pans lui tombent sous les genoux, et le vêtement est assez large pour que trois comme lui puissent tenir dedans.

— Parfait, commente Cal en lui rendant son sourire. Passe-moi ces trucs, là-bas.

Il désigne du doigt les bacs et les rouleaux posés dans une encoignure. Il en a acheté deux kits ; ceux-ci ne coûtaient pas cher, et il a estimé qu'il en aurait l'utilité même si le garçon ne venait plus. De toute évidence, Trey n'a jamais vu ce genre d'accessoires : il les inspecte et adresse un regard interrogateur à Cal, les sourcils froncés.

— Regarde, lui dit Cal.

Il verse de la peinture dans un bac, y trempe le rouleau et en retire l'excédent sur la grille, puis applique quelques allers-retours rapides sur un bout de mur.

— Pigé ?

Trey le lui confirme d'un hochement de tête et l'imite, dans les moindres détails, jusqu'à la petite secousse pour faire tomber les gouttes du rouleau.

— Très bien, le félicite Cal. N'en mets pas trop. On va passer plusieurs couches, ce n'est pas la peine qu'elles soient trop épaisses. Je commence ici et je fais la moitié du haut, toi tu fais le bas à partir de là. On se rejoint au milieu.

Ils travaillent avec aisance tous les deux, à présent ; ils connaissent le rythme de l'autre, et savent se laisser suffisamment d'espace. La pluie s'est calmée. Des cris d'oies s'envolant pour leur longue migration retentissent très haut dans le ciel. Sur la pelouse devant la fenêtre, de petits oiseaux sautillent et foncent sur des vers. Cela fait vingt minutes qu'ils peignent quand Trey annonce, sans crier gare :

— Mon frère a disparu.

Cal parvient à ne se figer qu'une fraction de seconde avant que son rouleau se remettre en mouvement. Même s'il n'avait pas entendu clairement les mots de Trey, son ton ne laisse aucun doute : c'est pour cette raison qu'il est là.

— Ah bon ? Quand ça ?

— En mars. (Trey continue à peindre sa partie de mur, méticuleusement, sans regarder Cal.) Le 21.

— D'accord. Il a quel âge ?

— Dix-neuf ans. Il s'appelle Brendan.

Cal tâte le terrain en douceur :

— Les policiers vous ont dit quoi ?

— Ils sont pas au courant.

— Comment ça se fait ?

— Maman veut pas les prévenir. Elle dit qu'il s'est tiré, et qu'il est assez grand pour décider tout seul.

— Mais toi tu ne penses pas comme elle.

Une souffrance profonde crispe le visage de Trey lorsqu'il cesse de peindre pour lever les yeux vers Cal. Il secoue longtemps la tête.

— Qu'est-ce que tu crois qu'il s'est passé, toi ?

— Je pense que quelqu'un l'a chopé, répond-il tout bas.

— Enlevé, tu veux dire ?

Hochement de tête.

— OK, répond prudemment Cal. Tu sais qui ça pourrait être ?

Trey est tout entier focalisé sur lui.

— Vous pourriez le découvrir, vous.

Un silence s'installe.

— Écoute, dit doucement Cal. Le plus probable, c'est que ta mère ait raison. Tout le monde ici me raconte que le plus souvent, les gens du coin partent dès qu'ils en ont l'occasion.

— Il m'en aurait parlé.

— Ton frère est un tout jeune homme. On fait des conneries, à cet âge-là. Je comprends que ça te fasse de la peine, si vous êtes proches, mais tôt ou tard il va grandir un peu et se rendre compte que c'était nul. Ce jour-là, il donnera des nouvelles.

Le menton volontaire de Trey s'est crispé.

— Il s'est pas tiré.

— Tu as des raisons d'en être si sûr ?

— Je le *sais*, c'est tout.

— Si tu t'inquiètes pour lui, tu devrais aller au commissariat. Même si ta mère ne veut pas, tu peux t'en charger toi-même. Les policiers peuvent prendre la déposition d'un mineur. Ils ne pourront pas le forcer à rentrer, mais ils se renseigneront, et ils pourront te rassurer.

Trey le fixe avec l'air de se demander comment on pouvait être aussi débile.

— Quoi ? demande Cal.

— Ils feront que dalle, au commissariat.

— Bien sûr que si. C'est leur boulot.

— C'est des nazes. Enquêtez, vous. Vous verrez : il s'est pas barré.

— Je ne peux pas, petit, rétorque Cal, encore plus doucement. Je ne suis plus policier.

— Occupez-vous-en quand même, insiste le garçon, plus haut. Faites les trucs que vous avez dit, pour retrouver les gens. Parlez à ses potes. Surveillez leur maison.

— Avant, je pouvais faire tout ça parce que j'avais un insigne. Maintenant que je n'en ai plus, personne ne répondra à mes questions. Si je planque devant chez quelqu'un, c'est moi qu'on va arrêter.

Trey ne veut rien entendre. Il tient son rouleau très haut dans son poing serré, comme une arme.

— Mettez leurs téléphones sur écoute. Surveillez sa carte bancaire.

— Attends ! Même quand j'étais policier, c'était loin d'ici. Je n'ai pas de copains à qui je peux demander un service.

— Alors faites-le *vous-même*.

— Tu crois que j'ai le matos pour…

— Eh ben, autre chose, alors. *Bougez-vous*.

— Je suis à la retraite, mon grand, lui rappelle Cal, d'un ton toujours doux, mais sans appel.

Il ne va pas lui donner de faux espoirs.

— Même si je le voulais, je ne pourrais rien faire.

Trey jette son rouleau à l'autre bout de la pièce. Il arrache la vieille chemise de Cal, dont les boutons sautent, et la plonge dans le pot de peinture. Puis il fait volte-face et, en y mettant tout son poids, expédie un grand coup dans les casiers du bureau avec la chemise dégoulinante. Le meuble tombe à la renverse. Trey part en courant.

Le bureau n'est pas beau à voir. Cal le remet debout et utilise la chemise – qui de toute façon est bonne à jeter – pour éponger le plus gros. Puis il mouille un chiffon et nettoie le reste. Par chance, c'est de la peinture acrylique, mais elle s'est infiltrée dans la moitié des raccords. Cal s'y attaque avec sa brosse à dents, en maugréant et en traitant Trey de petit enfoiré.

À la vérité, il a du mal à se sentir vraiment en colère. Le garçon a vu partir son père, puis son grand frère : pas étonnant qu'il veuille une réponse qui en fasse revenir un à la maison et ne le pousserait pas lui-même à s'en aller sans se retourner. Cal regrette seulement qu'il ne s'en soit pas ouvert plus tôt, au lieu de fonder de grands espoirs sur lui depuis tout ce temps.

Il est plus déstabilisé que furieux. Ce sentiment, qui lui est aussi familier que la faim ou la soif, lui déplaît. Il n'a jamais supporté d'abandonner une enquête sans l'avoir résolue. Dans l'ensemble, c'était un point fort, qui faisait de lui un enquêteur assez patient et persévérant pour élucider des affaires longtemps après que la plupart avaient renoncé, mais de temps à autre c'était également une faille : en s'acharnant à cogner sur quelque chose qui ne se brisera pas, on finit juste épuisé et perclus de douleurs. Tout en frottant le bureau plus fort, il tente de recouvrer le même détachement libérateur qu'au sujet de Trey et de son goût pour l'école buissonnière. Il se répète que ce n'est pas son enquête, et qu'en l'occurrence il n'y a sûrement même pas lieu d'en ouvrir une. Pourtant, son trouble refuse de l'abandonner.

Dans sa tête, il entend Donna commenter : *Bordel, Cal, ça ne va pas recommencer*. Cette fois, elle n'est pas hilare ; son visage las est parcouru de rides qui n'y ont pas leur place.

Un jeune corbeau efflanqué a quitté le chêne pour se poser sur le rebord de la fenêtre et observe la pièce avec convoitise, lançant des coups d'œil à la fois sur le paquet de biscuits et la caisse à outils. Les efforts de Cal ont fini par payer : les oiseaux viennent se percher sur la souche pour picorer ses restes tandis qu'il les contemple depuis la marche de derrière, même s'ils lui donnent l'impression de le regarder méchamment et de lui balancer des blagues grivoises sur sa mère pendant qu'ils bâfrent.

— Bouge de là, dit-il à celui-ci.

Le corbeau émet un bruit qu'on pourrait croire moqueur et reste immobile.

Cal se désintéresse de lui, ainsi que du bureau. Il éprouve soudain l'envie impérieuse de sortir. Il a le sentiment que la seule chose qui pourrait apaiser son esprit serait d'aller pêcher ou chasser lui-même son dîner, mais il ne se sent pas de se mouiller les fesses toute la journée sur la berge d'une rivière dans l'hypothétique espoir d'attraper quelques perches, et il n'a toujours pas vu la couleur de son permis de détention d'arme. Connaissant le genre d'énergumènes qui peuvent se balader avec un pistolet, et bien content que Donie McGrath n'ait pas pu dégainer un Glock au pub, il comprend le raisonnement qui a conduit aux restrictions en vigueur dans ce pays, mais ce jour-là il s'en agace. Il aurait pu se marier ou acheter une maison plus précipitamment, deux entreprises selon lui beaucoup plus périlleuses que la possession d'un fusil de chasse.

Il décide de se rendre au commissariat de la ville pour s'enquérir de l'avancée du dossier pour ce fameux permis. Il en profitera pour passer au pressing et se racheter une brosse à dents, ainsi qu'un radiateur afin que le froid sournois de Mart ne le prenne pas au dépourvu. En sortant de la maison avec son sac-poubelle rempli de linge sale, il ferme la porte à clé.

Il a recommencé à pleuvoir, par longs rideaux qui fouettent le pare-brise. Cal se surprend à essayer d'apercevoir Trey. Quelques kilomètres sur le versant, a indiqué Lena – beaucoup trop loin pour accomplir le trajet à pied par ce temps. Mais la route est déserte, et il ne voit que de petits groupes de vaches s'abritant çà et là contre des murets de pierres, ou des moutons éparpillés dans les pâturages où ils paissent, impassibles. Des branches basses et tombantes effleurent les côtés du Pajero. L'épais voile de pluie donne aux collines un aspect sombre et spectral.

Le bourg de Kilcarrow est ancien et pittoresque, constitué de rangées de maisons crème se déployant autour d'une place centrale, et pourvu d'un panorama sur la campagne et la rivière sinueuse. Il compte environ deux mille habitants, qui, si on leur ajoute ceux des villages environnants, apportent une clientèle suffisante pour une quincaillerie et un pressing. Cal confie son linge et se dirige vers le poste de police, la tête rentrée dans les épaules à cause de la pluie.

Le commissariat est abrité dans un bâtiment aux allures d'appentis géant, coincé entre deux maisons, peint en blanc et orné d'un liseré bleu bien net. Il est ouvert quelques heures par-ci par-là. Dans la salle du fond, plusieurs personnes discutent de la pluie et du beau temps par radio. À l'accueil, un agent en uniforme lit le maigre journal local en se grattant une aisselle avec une grande application.

— Bonjour, dit Cal, en chassant l'eau de sa barbe. C'est le déluge, dehors.

— Une belle journée comme on les aime, raille plaisamment le policier, qui range son journal et se renverse sur son siège.

Il a quelques années de moins que Cal, un visage rond, une bedaine naissante et l'air d'avoir été frictionné comme des cuivres des pieds à la tête. On a recousu une déchirure dans sa chemise à petits points appliqués.

— Je peux vous être utile ?

— J'ai déposé une demande de permis de détention d'arme, il y a deux mois. Je profite d'être en ville pour passer voir s'il y a du nouveau.

— Vous devriez recevoir un courrier dans les trois mois qui suivent la date de dépôt, l'informe l'agent. Si rien n'arrive, c'est qu'on vous l'a refusé, et ça a valeur d'avis officiel. Mais je ne vous cache pas qu'il y a parfois du retard. Même si vous n'avez pas de nouvelles, ça ne veut pas dire que c'est fichu. Attendez un mois avant de vous inquiéter. Peut-être même deux.

Cal a déjà rencontré ce genre d'hommes. Il a un poste dans la cambrousse non pas parce que c'est un zéro ou un trublion, ou un inspecteur raté ruminant son ambition frustrée, mais parce qu'il s'y plaît. Il aime passer des journées calmes et prévisibles, ne voir que des visages connus, et avoir l'esprit léger quand il rentre le soir auprès de sa petite famille. C'est le policier que, sous bien des aspects, Cal regrette de ne pas avoir été.

— Je n'ai pas trop à me plaindre, j'imagine, déclare-t-il. Quand j'étais du métier, la paperasse filait directement au bas de la pile et n'en bougeait plus. On ne s'enquiquine pas avec le permis de détention de chien d'un pékin quand il faut abattre du vrai boulot.

Cette remarque attise l'intérêt de son interlocuteur.

— Vous étiez de la maison ? s'enquiert celui-ci, pour s'assurer qu'il a bien compris. Dans la police, quoi ?

— J'ai été vingt-cinq ans dans la police de Chicago, répond Cal en lui adressant un sourire jusqu'aux oreilles. Cal Hooper. Enchanté.

— Garda Dennis O'Malley, répond le policier en lui serrant la main.

Cal a misé sur le fait que cet agent ne se sentirait pas en concurrence avec lui, et il ne s'est pas trompé : O'Malley a l'air sincèrement ravi.

— Chicago ? Ça devait être du sport, là-bas.

— Oui, mais on se cognait pas mal de paperasse, aussi. Comme partout. Ça m'a l'air chouette, ici.

— Je ne changerais pour rien au monde.

Cal déduit à son accent qu'il n'est pas originaire de la région, mais qu'il vient d'un endroit très semblable : ce rythme indolent et chantant ne s'est pas construit dans une ville.

— Ça ne conviendrait pas à tout le monde, remarquez, mais moi ça me botte, précise O'Malley.

— À quoi vous êtes confrontés ?

— Plutôt les accidents de la route. Les gars d'ici ont tendance à appuyer un peu trop sur le champignon. Et à conduire en ayant picolé. Trois jeunes se sont plantés dans le fossé en rentrant du pub, la nuit de samedi, du côté de Gorteen. Aucun n'a tenu jusqu'à l'hôpital.

— Je suis au courant. Quel gâchis.

Le mari d'une amie d'une cousine de Noreen était le pauvre bougre qui avait signalé l'accident.

— C'est à peu près ce qu'on a de plus méchant. On a aussi des vols de fioul, de temps en temps.

Voyant l'air perplexe de Cal, il précise :

— Le mazout pour le chauffage, dans les citernes. Du matériel agricole qui disparaît, sinon. Et un peu de drogue… Qu'est-ce que vous voulez, il y en a partout, maintenant. Mais rien de commun avec ce que vous voyiez à Chicago, à mon avis.

Il adresse un petit sourire timide à Cal, qui indique :

— On a des tas d'accidents de la route, nous aussi, et de trafic de drogue. Pas beaucoup de vols d'engins agricoles, par contre.

Puis, sur une impulsion, il ajoute :

— J'ai surtout bossé aux Personnes disparues. J'imagine que ce n'est pas le plus fréquent, par ici.

O'Malley rit.

— Ah, pas du tout. Ça fait douze ans que je suis là, et on n'a eu que deux cas. Le premier, on l'a repêché dans la rivière quelques jours plus tard. L'autre, c'était un jeune qui s'était embrouillé avec sa mère et s'était barré chez un cousin à Dublin.

— Normal que vous n'ayez pas envie de lâcher votre poste, commente Cal. Mais j'avais cru entendre parler d'un jeune gars qui aurait disparu, au printemps. J'ai mal compris ?

Cette information secoue O'Malley, qui se redresse sur son siège.

— C'est qui ?

— Un Brendan quelque chose. Reddy, il me semble.

— Les Reddy de là-haut, vers Ardnakelty ?

— C'est ça.

— Pfff, ceux-là, souffle O'Malley, avant de s'avachir de nouveau. C'est lequel, Brendan ?

— Celui qui a dix-neuf ans.

— Rien de surprenant, alors. Et en toute franchise, on ne le regrettera pas.

— Ce sont des voyous ?

— Oh, non. Des cas sociaux, c'est tout. On a dû intervenir pour violence conjugale de temps en temps, mais le mari s'est tiré en Angleterre il y a deux ans, et ça a réglé le problème. Les mômes vont jamais en cours, et la principale ne veut pas appeler les services sociaux, du coup c'est à moi qu'elle téléphone. Alors je vais chez eux, je touche deux mots à la mère, je flanque une trouille d'enfer aux gamins en leur racontant qu'ils risquent la prison pour mineurs. Ils se ressaisissent un mois ou deux, et puis rebelote.

— Je connais ça par cœur, commente Cal.

Il n'a pas besoin de demander pourquoi il faudrait au moins qu'un des Reddy souffre d'une fracture pour que l'administration scolaire se décide à avertir les services de protection de l'enfance, ni pourquoi O'Malley ne s'en charge pas lui-même. La mentalité est la même que dans la campagne profonde de son enfance, chez son grand-père. Personne ne veut que le gouvernement envoie des types de la ville en costume-cravate pour envenimer les choses. On règle les problèmes entre soi le plus possible.

— Leur mère n'arrive pas à les forcer, ou elle n'essaie même pas ?

O'Malley hausse les épaules.

— Elle est un peu… comment dire ? Pas cinglée, ni rien. Elle est à la ramasse, quoi.

— Je vois. Donc, d'après vous, Brendan n'a pas disparu ?

O'Malley pousse un grognement moqueur.

— Oh, non, pas du tout. C'est un petit jeune. Il en a sa claque de vivre chez maman, alors il est parti crécher chez un pote à Galway ou Athlone, où il peut aller en boîte draguer les minettes. Rien de plus normal, quoi. Qui a dit qu'il avait disparu ?

— Eh bien, fait Cal en se grattant la nuque d'un air songeur, un gars au pub racontait qu'il s'était fait la malle. J'ai dû comprendre de travers. Il faut croire que j'ai passé trop de temps aux Personnes disparues ; maintenant, j'en vois partout.

— Pas ici, déclare O'Malley d'un ton affable. Brendan rentrera quand il en aura marre de laver son linge tout seul. Sauf s'il se trouve une petite nénette pour s'en occuper à sa place.

— On voudrait tous avoir ça à la maison, rebondit Cal, avec un sourire ironique. Bref, je n'avais pas l'intention de me servir de ma carabine pour me défendre, mais j'aime autant savoir que je n'en aurai pas besoin dans le coin.

— Ah, ça, c'est sûr que non. Attendez donc deux minutes, dit O'Malley en s'extirpant lentement de son siège, je vais jeter un coup d'œil dans l'ordinateur pour votre permis. Quelle arme vous allez acheter ?

— J'ai versé un acompte pour une chouette Henry .22. J'ai des goûts très classiques.

— C'est une merveille. J'ai une Winchester moi-même. Je ne suis pas une fine gâchette, mais j'ai fumé une saleté de rat dans mon jardin, il y a quelques semaines. Un beau bestiau, qui me reluquait avec un drôle de culot. J'ai eu l'impression d'être Rambo, je ne vous mens pas. Bougez pas, je reviens.

Il se retire nonchalamment dans la salle de derrière. Cal examine le petit vestibule bien chauffé, lit les affiches cornées punaisées aux murs – CEINTURE ATTACHÉE ; VIE SAUVÉE ; MARCHE POUR LA PRÉVENTION DU SUICIDE ; DIX CONSEILS DE SÉCURITÉ POUR LA FERME – et écoute O'Malley chantonner le jingle d'une pub qui passe à la radio. Les lieux sentent le thé et les chips.

— Voilà, lance le policier d'un ton triomphant en revenant à l'accueil. C'est marqué comme approuvé dans le système… Rien de surprenant, il n'y a pas de raison. Vous devriez recevoir votre courrier d'un jour à l'autre. Vous n'aurez qu'à l'apporter au bureau de poste, où vous pourrez payer le timbre fiscal.

— Merci beaucoup. Ravi de vous avoir rencontré.

— Moi de même. Passez à l'occasion à la fermeture, on vous emmènera boire une pinte, histoire de vous accueillir dans l'Ouest sauvage.

— Avec grand plaisir.

La pluie tombe toujours à verse. Cal relève sa capuche et s'enfonce sous les trombes d'eau avant qu'O'Malley ait l'idée de lui offrir un thé.

En attendant d'aller récupérer sa lessive, Cal trouve un pub, où il commande un sandwich jambon-fromage grillé et une pinte de Smithwick's. Cet établissement n'a rien de commun avec le Seán Óg's : vaste et lumineux, embaumant les plats chauds réconfortants, on y trouve des meubles en bois reluisants et une large sélection de bières pression au bar. Un petit groupe de femmes trentenaires déjeunent en rigolant bien dans un coin.

Le sandwich est délicieux, et la bière aussi, pourtant Cal ne les savoure pas autant qu'il l'aurait aimé. Son échange avec O'Malley aurait dû l'apaiser, mais il n'a fait que le tourmenter davantage. Non pas qu'il croie que Brendan Reddy ait été victime d'un enlèvement. O'Malley lui a plutôt confirmé ce qu'il pensait depuis le début : Brendan a tous les motifs pour vouloir partir, et assez peu pour rester dans les parages.

Ce qui le tracasse, c'est le fait que Trey ait eu raison sur un point : les policiers de la Garda, dans ce cas précis, ne lèveront pas le petit doigt. Dès que O'Malley avait entendu le nom Reddy, le sujet était clos. Comme avec tous les autres. Cal songe à ces collines à la silhouette brouillée par l'ondée, à une mère dépassée. Un enfant de cet âge devrait avoir quelqu'un à qui se livrer.

Son malaise continue à le tirailler. Cal termine sa bière plus vite qu'il en avait l'intention et ressort sous la pluie.

Il achète un radiateur à bain d'huile et un nouveau pot de sous-couche à la quincaillerie, puis se rend au supermarché pour faire quelques courses, parmi lesquelles une brosse à dents. Cette fois, il ne prend pas de lait. Il est quasi certain que le gamin ne remettra pas les pieds chez lui.

6

La matinée n'est que brume ouatée, délicate et innocente, comme si la pluie de la veille n'avait été qu'un mirage. Dès qu'il termine son petit déjeuner, Cal prend son matériel de pêche et se met en chemin pour la rivière, à trois kilomètres de là. Dans le cas peu probable où Trey déciderait de revenir quand même, trouver la maison vide serait pour lui une nouvelle gifle, mais Cal estime que ce serait une bonne chose. Mieux vaut que le gamin soit contrarié maintenant plutôt qu'il ait le temps de bâtir à nouveau de faux espoirs.

C'est seulement la deuxième fois que Cal va pêcher. Il s'est souvent couché en ayant l'intention d'y aller le lendemain, mais la maison a toujours exercé sur lui une attraction plus motivante : il fallait se lancer dans ceci, voir ce qu'allait donner cela, et les poissons pouvaient bien attendre. Ce jour-là, cette attraction lui pèse. Il a besoin de se couper des travaux quelque temps.

Au début, la rivière lui semble correspondre à ses attentes. Elle est assez étroite pour que les vieux arbres imposants qui la bordent se rejoignent au-dessus, assez rocailleuse pour que l'eau tourbillonne et soit blanchie par les remous ; les berges sont tachetées de l'orange doré des feuilles mortes. Cal se trouve un espace dégagé sous un gros hêtre moussu, et prend son temps pour choisir un leurre. Des oiseaux virevoltent et bavardent dans les branches, sans se soucier de lui, et l'odeur de l'eau est si forte et soyeuse qu'il en sent la caresse sur sa peau.

Au bout de deux heures, en revanche, l'idylle s'émousse. Lors de sa venue précédente, Cal avait attrapé son repas en une demi-heure chrono. Cette fois, les poissons sont bien là, il les voit gober des insectes à même la surface, mais aucun ne s'est intéressé assez à son leurre ne serait-ce que pour le taquiner. Il commence aussi à comprendre ce que Mart a voulu dire au sujet de la sournoiserie du froid : ce qu'il avait pris pour une fraîcheur agréable s'est insinué par son fondement pour le glacer jusqu'aux os. Il déterre quelques vers de terre dans l'humus riche accumulé sous les couches de feuilles détrempées à côté de lui. Les poissons les ignorent tout autant.

Le jour où il avait emmené Alyssa pêcher pour la première fois avait tourné de la même façon. Elle devait avoir neuf ans. Ils passaient des vacances dans une cabane de rondins dans un lieu que Donna avait trouvé et dont le nom lui échappe. Ils étaient restés assis trois heures au bord d'un lac sans rien récolter d'autre que des piqûres d'insectes, mais Alyssa avait promis à sa mère de rapporter le dîner et refusait de partir bredouille. Cal avait contemplé sa petite bouille rougie, dépitée et entêtée, et lui avait annoncé qu'il avait une solution. Ils avaient fait un crochet par le rayon surgelés du supermarché et acheté un sachet de bâtonnets de poisson pané, qu'ils avaient accroché à la canne d'Alyssa, avant d'entrer dans la cabane en criant : « On en a attrapé un gros ! » Du tac au tac, Donna avait déclaré que ce poisson respirait encore et qu'elle allait l'adopter. Lorsqu'elle avait plongé le sachet dans un saladier rempli d'eau et l'avait baptisé Bert, Alyssa avait ri si fort qu'elle en était tombée sur les fesses.

Cal a le sentiment que si une seule de ces saletés de poissons finissait dans son panier, tout le fouillis qui se balade bruyamment dans sa tête se remettrait en place comme par magie. Les poissons, insensibles à son besoin d'équilibre émotionnel, continuent à se moquer royalement de son hameçon.

Au bout d'une demi-journée de calme plat, Cal commence à penser que la réputation de ce cours d'eau n'est qu'une escroquerie de l'office de tourisme et sa réussite de la dernière fois un simple coup de veine. Il remballe son matériel et amorce le chemin du retour, peu pressé de rentrer. Au cas où Trey reviendrait à la charge, il devra étouffer en douceur toute tentative dans l'œuf.

À mi-chemin, il croise Lena, qui arrive dans l'autre sens d'un bon pas, accompagnée d'un chien qui fouine dans les haies.

— Bonjour, dit-elle, en rappelant l'animal d'un claquement de doigts.

Elle porte une grosse veste en laine brun-roux et un bonnet bleu en tricot enfoncé bas sur ses cheveux blonds, de sorte que seules quelques mèches en dépassent.

— Ça a mordu ?

— Le froid, oui. Pas les poissons.

Lena rit.

— Elle est capricieuse, cette rivière. Retente ta chance demain, tu en attraperas par kilos.

— J'y songerai. C'est la chienne qui a eu des petits ?

— Ah, non. La maman a mis bas seulement la semaine dernière, alors elle est à la maison avec les chiots. Ça, c'est sa sœur.

La jeune beagle noir et fauve, à l'air vif, tremble et halète dans son empressement à examiner Cal.

— Je peux la caresser ?

— Vas-y. Elle est très affectueuse.

Il tend la main. La chienne le renifle assidûment en remuant l'arrière-train.

— C'est un toutou sympa, commente Cal en lui malaxant le cou. Comment vont la mère et ses petits ?

— Super. Elle en a eu cinq. Au début, j'ai cru que l'un d'eux n'allait pas survivre, mais maintenant il est gras comme un loukoum et il pousse tous les autres pour obtenir ce qu'il veut. Tu veux passer les voir, si tu es intéressé ?

Lena remarque la seconde qu'il faut à Cal pour réfléchir à la question.

— T'occupe pas de Noreen, ajoute-t-elle, amusée. Tu peux venir voir les chiots sans que je prenne ça pour une demande en mariage. Promis juré.

— Je m'en doute, répond Cal, gêné. Je me demandais juste si je ne devais pas remettre ça à un jour où je trimballerai pas tout ce bazar. Ça dépend si tu habites loin.

— À peu près à deux kilomètres par là-bas. Comme tu le sens.

— Ça devrait être dans mes cordes, affirme-t-il, quoique en partie pour chasser l'air amusé de Lena. Merci pour l'invitation.

Lena hoche la tête et se détourne, puis ils repartent par la route étroite, les haies d'ajoncs à fleurs jaunes oscillant de part et d'autre. Cal ralentit par réflexe – il est habitué à Donna, qui mesure un mètre soixante-deux chaussée –, avant de constater que c'est inutile : Lena peut le suivre sans problème. Elle avance à longues enjambées de campagnarde, sans effort, comme si elle pouvait marcher toute la journée.

— Ça progresse bien, la maison ? s'enquiert-elle.

— Pas trop mal. J'ai attaqué la peinture. Mon voisin Mart me tape sur les doigts parce que je vais tout laisser en blanc, mais je ne crois pas qu'il soit le mieux placé pour me donner des conseils de déco.

Il s'attend presque à ce que Lena se pique elle aussi de lui suggérer des associations de couleurs – le discours de Mart a dû entamer sa confiance.

— Mart Lavin, déclare-t-elle à la place, avec une moue désabusée. Tu ferais mieux de ne pas l'écouter, celui-là.

Puis elle appelle sa chienne, qui traîne dans sa gueule une chose foncée et détrempée qu'elle a sortie du fossé :

— Nellie ! Lâche !

L'animal abandonne l'objet à contrecœur et repart trouver autre chose en trottinant.

— Et tes terres ? reprend Lena. Qu'est-ce que tu comptes en faire ?

Ironie de la situation, c'est justement une question que Mart lui pose régulièrement, sans même se cacher de chercher à découvrir ses projets à long terme. Cal lui-même n'est pas tout à fait au clair sur le sujet. Pour l'instant, il ne se voit pas aspirer à autre chose que retaper sa maison, aller à la pêche et écouter Noreen lui raconter par le menu l'historique des soins dentaires de Clodagh Moynihan. Il suppose qu'il aura peut-être envie de changement un jour. Si ça se produit, il se dit qu'il pourra vadrouiller un peu en Europe, avant d'être trop âgé, puis revenir quand il aurait assouvi ce besoin de voir du pays. C'est ici qu'il a choisi de finir ses jours.

— Je n'ai encore rien décidé. Ma parcelle boisée, je ne vais pas y toucher. La moitié des arbres sont des noisetiers, et moi je pourrais me nourrir exclusivement de noisettes. J'y ajouterai peut-être quelques pommiers, histoire d'avoir un peu de sucré pour les accompagner. Et j'envisageais de faire pousser quelques légumes.

— Oh, pitié. Tu n'es pas dans le délire de ces gens qui veulent vivre en autarcie, quand même ?

Un sourire ironique fend le visage de Cal.

— Non, non. C'est juste que j'ai passé trop de temps dans un bureau et que j'ai besoin d'être au grand air.

— Ouf, tu me rassures.

— Il y en a beaucoup qui sont dans ce délire, par ici ?

— On en voit de temps en temps. Ils ont des envies de retour à la terre, et ils croient avoir trouvé l'endroit idéal pour ça. La région semble toute désignée, je veux bien le croire.

D'un signe de tête, elle désigne les hautes collines à la robe fauve dans le lointain, voûtées sur elles-mêmes, nappées çà et là de filets de brouillard.

— La plupart ne savent même pas manier une pelle. Ils tiennent six mois à tout casser.

— Moi, ça me va d'accomplir le plus gros de ma chasse et de ma cueillette au magasin de ta sœur. J'avoue qu'elle me fait un peu peur, mais pas assez pour me donner envie de fabriquer mon bacon moi-même.

— Noreen n'est pas méchante. Je t'aurais bien dit de l'ignorer et qu'elle finirait par te ficher la paix, mais elle ne te lâchera pas. Il faut qu'elle trouve une utilité à tout ce qu'elle voit, c'est une manie chez elle. Tu dois juste tout laisser glisser sur toi.

— Elle mise sur le mauvais cheval. Je ne vois pas trop à quoi je peux être utile, pour l'instant.

— Il n'y a pas de mal à ça. Ne laisse pas Noreen te convaincre du contraire.

Ils marchent en silence, sans le moindre malaise. Des mûriers se mêlent aux ajoncs. Dans un pré, deux poneys trapus à la crinière volumineuse les grignotent, et de temps à autre Lena cueille une mûre pour la manger. Cal fait comme elle. Les baies, foncées et charnues, gardent une pointe d'acidité.

— J'en ramasserai un seau, à l'occasion, et je ferai de la confiture, déclare Lena. Un jour où je n'aurai pas la flemme.

Elle bifurque pour s'engager sur un long chemin de terre. Il est bordé de part et d'autre par des pâturages d'herbe épaisse où flotte l'odeur des vaches. Un homme occupé à examiner la patte de l'une d'elles lève la tête lorsque Lena l'appelle en le saluant de la main, et lui crie une réponse que Cal ne comprend pas.

— C'est Ciaran Maloney, explique Lena. C'est à lui que j'ai revendu mes terres.

Cal se la représente dans ces champs, en bottes de caoutchouc et pantalon boueux, en train de maîtriser habilement un poulain récalcitrant.

Sa maison est une longère blanche, récemment repeinte, aux fenêtres décorées de jardinières de géraniums. Elle n'invite pas Cal à entrer, mais lui fait faire le tour de la bâtisse et l'emmène vers un bâtiment de pierre bas, délabré.

— J'ai essayé de la faire mettre bas à l'intérieur, mais elle n'a rien voulu savoir. C'était l'étable ou rien. Je me suis dit que ce n'était pas gênant, au final. Les murs sont assez épais pour que ça ne soit pas glacial et, si elle a quand même froid, elle sait où se réfugier.

— Tu élevais du bétail, avec ton mari ?

— Oui. Des vaches laitières. Mais ce n'est pas là-dedans qu'on les mettait. Ça, c'est l'ancienne étable, qui date d'un siècle ou deux. On s'en servait surtout pour entreposer le fourrage.

Les lieux sont sombres, mal éclairés par de petites fenêtres en hauteur, et Lena n'a pas menti concernant l'épaisseur des murs : il fait plus chaud qu'il l'aurait cru. La chienne s'est installée dans la stalle du bout. Ils s'accroupissent, tandis que Nellie reste en retrait, et jettent un coup d'œil à l'intérieur.

La mère, au poil fauve et blanc, est recroquevillée dans une grande caisse en bois autour d'un amas de chiots glapissants qui se grimpent dessus pour se coller à elle.

— Elle m'a l'air magnifique, cette portée, commente Cal.

— Ça, c'est l'avorton dont je te parlais, dit Lena, en sortant de la mêlée un gros chiot au pelage tacheté. Regarde un peu la taille qu'il fait, maintenant.

Cal tend les bras pour le prendre, mais la mère se redresse, un grognement grave s'échappant de sa poitrine. Les autres petits, dérangés, couinent de plus belle.

— Laisse-lui une minute, conseille Lena. Elle n'est pas aussi bien dressée que Nellie. Ça ne fait que quelques semaines que je l'ai, et je n'ai pas eu le temps de lui apprendre les bonnes manières. Quand elle verra que sa sœur n'a rien contre toi, ça ira mieux.

Cal se détourne de la portée et fait des papouilles à Nellie, qui s'en régale, le léchant et se tortillant d'un air ravi. En effet, l'autre chienne se rencogne parmi ses chiots et, lorsque Cal se retourne vers elle, l'autorise à prendre son petit à Lena en relevant à peine une babine.

Le chiot a les yeux encore collés et sa tête balance mollement sur son cou. Il mordille le bout du doigt de Cal avec ses minuscules gencives sans crocs, en quête de lait. Il a la gueule fauve et les oreilles noires, le museau barré d'une traînée blanche. La tache brune sur son dos a la forme d'un drapeau déchiré battant au vent. Cal lui caresse ses oreilles tombantes et toutes douces.

— Ça faisait un bail que je n'avais pas eu l'occasion de faire ça, déclare-t-il.

— C'est sûr que c'est mignon. Je ne voulais pas de chiots, au départ, ni même deux chiennes, d'ailleurs. Ça me plaisait d'en adopter une, alors je suis allée dans un refuge et j'ai récupéré Nellie, qui avait été abandonnée avec sa sœur sur le bord de la route. Ceux qui avaient pris Daisy ne se sont pas embêtés à la stériliser et, quand elle est devenue grosse, ils l'ont ramenée au refuge. Les gérants m'ont appelée. Au départ, j'ai refusé, et puis finalement je me suis dit : « Pourquoi pas ? »

Elle plonge la main dans la caisse pour gratter le front d'un chiot avec un doigt. Le petit fourre sa truffe à l'aveuglette au creux de sa paume.

— On prend ce que la vie nous amène, je suppose, conclut-elle.

— Dans l'ensemble, j'ai l'impression qu'on n'a pas trop le choix, acquiesce Cal.

— Et bien sûr, les chiots, c'est un croisement de je ne sais combien de races. Je me demande qui en voudra, tiens.

Cal aime la façon dont elle se tient penchée à côté de lui : pas à la manière d'une femme attirée par lui ou qui chercherait à le séduire, ni en déséquilibre comme s'il allait devoir la rattraper à tout instant, mais fermement plantée sur ses pieds, épaule contre épaule avec lui, comme s'ils formaient une équipe. L'étable sent le fourrage, une odeur sucrée aux accents de noisette, et le sol est parsemé de poussière de foin doré. Le froid de la berge commence à s'évacuer de ses os.

— Il y a du retriever, là-dedans, déclare-t-il. Et celui du bout, là, il a un peu de terrier autour des oreilles.

— Des corniauds sur toute la ligne, en gros. Impossible de savoir s'ils pourront servir pour la chasse. Et les beagles sont nuls comme chiens de berger. Même un hamster serait plus hargneux.

— Et comme chiens de garde ?

— Ils t'avertiront s'il y a un intrus dans ta propriété, ça, c'est sûr. Ils remarquent tout, et ils tiennent à te le faire savoir. Mais le type ne risquera pas grand-chose à part se faire lécher à mort.

— Je ne demanderais pas à un chien de s'occuper du sale boulot à ma place. Cela dit, ça me plairait qu'il me prévienne s'il faut intervenir.

— Tu sais t'y prendre avec eux. Tu peux en avoir un, si tu veux.

Cal ne s'était pas rendu compte, jusqu'à cet instant, qu'il passait un test.

— Je vais attendre une ou deux semaines, le temps d'y réfléchir. Si ça te va.

Le visage tourné vers lui, Lena a de nouveau ce petit air amusé.

— Je t'ai fait flipper, avec mes histoires de transfuges de la ville qui se tirent après le premier hiver ?

— Non, ce n'est pas ça, répond Cal, un peu désarçonné.

— Je te l'ai dit, la plupart tiennent six mois. Toi, tu es là depuis combien… quatre ? Ne t'inquiète pas, tu n'établiras pas un nouveau record si tu mets les voiles.

— Je veux être sûr que le chien sera bien avec moi. C'est des responsabilités.

Lena approuve d'un signe de tête.

— Ça, c'est sûr, dit-elle avec un léger haussement de sourcils.

Il ne parvient pas à savoir si elle le croit.

— Préviens-moi quand tu auras pris ta décision, alors. Tu as une préférence pour l'un ou l'autre ? Tu es le premier à qui je les propose. Tu as l'embarras du choix.

— Celui-là me plaît bien, répond-il en caressant le dos de l'avorton. Et il a déjà prouvé qu'il a la niaque.

— Si on me demande, je dirai qu'il est réservé. Si tu veux passer voir comment il grandit, appelle-moi d'abord pour être sûre que je sois là... Je vais te donner mon numéro. Je n'ai pas toujours des horaires réguliers.

— Tu travailles où ?

— Dans un haras de l'autre côté de Boyle. Je m'occupe des comptes, mais ça m'arrive de filer un coup de main pour les chevaux.

— Vous en éleviez aussi, avant ? En même temps que les vaches ?

— Ce n'étaient pas les nôtres. On en prenait quelques-uns en pension.

— Vous aviez une sacrée exploitation, j'ai l'impression.

L'avorton s'est retourné dans sa main ; il lui chatouille le ventre.

— Ça doit être un gros changement.

Il est pris de court par le sourire narquois qu'elle affiche soudain.

— Tu me voyais comme une pauvre veuve solitaire dévastée d'avoir perdu la ferme où son mari et elle avaient sué sang et eau, pas vrai ?

— À peu près, avoue Cal, qui lui rend son sourire.

Il avait toujours eu un faible pour les femmes qui percutaient plus vite que lui, même si ça ne lui avait pas forcément réussi.

— Eh bien, pas du tout, reprend Lena d'un ton joyeux. J'étais juste ravie d'être débarrassée de ce salopard. On a sué sang et eau, ça, c'est sûr, et Sean a toujours eu peur qu'on finisse sur la paille, du coup il s'est mis à boire pour apaiser ses craintes. Ce sont ces trois choses-là réunies qui lui ont valu son infarctus.

— Mes condoléances, en tout cas.

— Ça fait presque trois ans. Je m'y habitue, petit à petit. (Elle gratte la mère derrière l'oreille, et la chienne plisse les yeux de délice.) Cela dit, j'ai pris la ferme en grippe. J'avais hâte de m'en débarrasser.

Cal se fait la réflexion que Lena se livre très facilement alors qu'elle le connaît à peine, et que ceux qui s'étaient comportés ainsi avec lui par le passé étaient pour la plupart siphonnés ou cherchaient à obtenir quelque chose de lui. Mais, venant d'elle, ça ne le rend pas méfiant : bien qu'elle puisse donner l'impression de trop en dévoiler, il perçoit que, pour le reste, elle ne révèle presque rien d'elle-même.

— Ton mari ne voulait pas la lâcher, c'est ça ?

— Impossible. Sean tenait à sa liberté. Il ne supportait pas l'idée de travailler pour quelqu'un d'autre. En ce qui me concerne…

Elle incline la tête vers sa maison.

— … c'est ça, la liberté. Pas l'inverse. Quand je pars du travail, je suis tranquille. Je ne serai pas tirée du lit à trois heures du matin parce qu'un vêlage se passe mal. J'adore les chevaux, mais je les aime encore plus maintenant que je les quitte à la fin de la journée.

— Ça me parle. Et ça s'est réglé facilement ?

Elle hausse les épaules.

— À peu près. Les sœurs de Sean n'ont pas été tendres. On m'a reproché d'avoir vendu la ferme familiale Sean à peine enterré. Elles voulaient que je laisse leurs fils s'en occuper, puis la leur léguer à ma mort.

Je me suis dit que je vivrais mieux sans eux plutôt qu'avec cette exploitation sur le dos. Je ne les ai jamais trop appréciées, celles-là, de toute façon.

Cal rit, et peu après Lena fait de même.

— Elles me prennent pour une garce sans cœur. Elles ont peut-être raison, mais je suis beaucoup plus heureuse maintenant qu'avant.

Elle lève le menton vers l'avorton, qui s'est retourné vers sa mère et couine assez fort pour qu'elle dresse les oreilles.

— Regarde-moi ce glouton. Je ne sais pas où il va mettre tout ça, mais il a encore un petit creux.

— Allez, je vais vous laisser en famille, annonce Cal, en faisant glisser doucement le chiot dans la caisse. Je te tiens au courant pour ce petit garnement.

Lena ne l'invite pas à prendre le thé, et ne le raccompagne pas à la route. Elle le salue d'un signe de tête devant sa porte d'entrée et rentre chez elle, Nellie bondissant sur ses talons, sans même lui faire au revoir de la main. Malgré cela, Cal quitte cet endroit plus guilleret qu'il ne l'a été de toute la journée.

Sa bonne humeur dure jusqu'à ce qu'il arrive chez lui et découvre qu'on lui a dégonflé ses quatre pneus.

— Petit ! hurle-t-il, à pleins poumons. Sors de là !

Le jardin est silencieux ; on n'y entend que les cris moqueurs des corbeaux.

— Trey ! *Tout de suite !*

Aucun mouvement.

Cal jure et va dans son coffre chercher son booster de batterie, qui est équipé d'un gonfleur intégré. Une fois l'appareil paré au fonctionnement et son premier pneu remis en état, il s'est assez calmé pour mieux appréhender la situation. Ça aurait été plus rapide et plus facile de crever les pneus. Si Trey avait pris la peine de seulement les vider de leur air, c'est qu'il ne voulait causer aucun dégât. Il tenait juste à faire passer un message. Cal ne sait pas exactement duquel il s'agit – *Je vais t'emmerder tant que je n'aurai pas obtenu ce que je veux*, peut-être, ou tout simplement *T'es qu'un con* –, mais la communication n'est pas le fort du garçon.

Alors qu'il s'attaque au deuxième pneu, Mart et Kojak arrivent.

— Qu'est-ce que tu lui fais, à ta pouliche de concours ? s'enquiert son voisin, en désignant le Pajero d'un signe de tête.

Mart, qui un jour était passé alors qu'il le briquait au polish, estime que Cal le bichonne beaucoup trop pour une guimbarde de la cambrousse.

— Tu lui mets des rubans dans la crinière ?

— Presque, répond Cal, en caressant la tête de Kojak, qui renifle les traces des chiens de Lena sur son pantalon. Je vérifie la pression.

Par chance, Mart a l'esprit accaparé par un sujet trop grave pour se préoccuper du fait que ses pneus sont à plat.

— Y a un jeune qui s'est pendu, l'informe-t-il. Darragh Flaherty, qui habitait de l'autre côté de la rivière. Son père est sorti ce matin pour la traite et l'a trouvé pendu à un arbre.

— C'est vraiment terrible. Transmets mes condoléances à ses proches.

— Je n'y manquerai pas. Tout juste vingt ans.

— Ça arrive souvent à cet âge-là, commente Cal.

Un bref instant, il revoit le visage crispé de Trey : *Il s'est pas tiré*.

— Je savais qu'il allait pas bien, ces derniers temps. Je l'ai croisé à la messe trois fois, cet été. J'ai dit à son père de garder un œil sur lui, mais qu'est-ce que tu veux, on ne peut pas les fliquer jour et nuit.

— Pourquoi il n'aurait pas dû aller à la messe ?

— L'église, c'est pour les femmes, lui répond Mart en sortant son paquet de tabac d'une poche de veste, avant d'y trouver une roulée trop fine. Les vieilles filles, surtout. Ça leur plaît de se mettre dans tous leurs états pour savoir qui va s'occuper de la deuxième lecture, ou des fleurs de l'autel. Et les mamans qui amènent les mômes pour qu'ils deviennent pas des voyous en grandissant, et les vieilles qui veulent montrer qu'elles ont pas encore claqué. Quand un jeune commence à aller à la messe, c'est mauvais signe. Y a un truc qui cloche, dans sa vie ou dans sa tête.

— Tu vas à la messe, toi, lui fait remarquer Cal. C'est là que tu l'as vu.

— C'est vrai, ça m'arrive. On bavarde bien au Folan's, après, et il y a le rôti. De temps en temps, ça me botte que mon repas soit cuisiné par quelqu'un d'autre. Et si je cherche à acheter ou à vendre des bêtes, c'est à la messe qu'il faut aller. Des tas d'affaires se concluent au Folan's après la messe de midi.

— Et moi qui te prenais pour un homme pieux, raille Cal.

Mart rit et finit par s'étrangler avec sa fumée.

— Qu'est-ce que tu veux, j'ai pas besoin de tout ce bazar, à mon âge. Je risque plus de commettre beaucoup de péchés, vieux comme je suis. J'ai même pas le haut débit.

— Il doit bien y avoir quelques tentations, dans le coin. Et le poitín de Malachy Machin, alors ?

— C'est pas un péché, ça. Il y a ce qui est interdit par la loi, et ce qui est interdit par l'Église. Parfois ça se recoupe, parfois non. On t'a jamais appris ça, dans ta paroisse ?

— C'est pas impossible, répond Cal, un peu distrait.

Il se sentirait plus à l'aise en sachant plus précisément de quoi Trey est capable et quelles sont ses limites. Il croit deviner que celles-ci sont variables, en fonction de la situation et de ses besoins.

— Ça fait un bail que je n'ai pas mis les pieds dans une église.

— On ferait pas le poids, nous. Vous, vous avez vos pasteurs qui manient des serpents et qui parlent en langues. T'auras rien de tout ça, par ici.

— Tout ça à cause de cette saleté de saint Patrick qui a chassé tout le matériel[1], plaisante Cal.

— Il pouvait pas prévoir que des Ricains rappliqueraient par chez nous. Il faut dire qu'on vous avait même pas inventés, à l'époque.

— Et maintenant, nous voilà, dit Cal, en contrôlant la jauge de pression. On s'incruste partout.

— Vous êtes les bienvenus. Saint Patrick débarquait d'ailleurs lui-même. C'est les gens comme toi qui mettent un peu de piment dans nos vies.

1. Selon la légende, saint Patrick, évangélisateur de l'Irlande, aurait chassé les serpents de l'île au ve siècle. *(N.d.T.)*

Mart écrase sa cigarette roulée sous sa chaussure.

— Au fait, comment tu t'en sors avec ton vieux bureau déglingué ?

Cal lève vivement les yeux de la jauge. Pendant un bref instant, il a cru déceler un sous-entendu dans la voix de Mart. À certains endroits de son terrain, on a une vue imprenable sur le jardin de Cal.

Mart incline la tête d'un air curieux, aussi candide qu'un enfant.

— Pas mal du tout, répond Cal. Il faut encore que je le teinte et que je le vernisse, et il sera bon pour le service.

— Bravo. Si jamais tu cherches des petits boulots, tu peux te lancer comme menuisier : installer ton atelier dans ce cabanon, là-bas, et te trouver un apprenti pour te filer un coup de main. Fais juste gaffe d'en choisir un bon.

Alors que Cal lève la tête, il ajoute :

— Je t'aurais pas vu aller en ville, hier après-midi ?

Cal va lui chercher son paquet de biscuits et bavarde avec le vieux fermier jusqu'à ce qu'il se lasse, siffle Kojak et repart par le champ. Les pneus sont de nouveau opérationnels, pour le moment en tout cas. Cal range son booster de batterie et rentre chez lui. A priori, la maison est intacte.

Les sandwichs qu'il a emportés à la rivière ne sont plus qu'un lointain souvenir, mais il n'a pas envie de cuisiner. Son agitation de la veille a cédé la place à une franche inquiétude, de celles qu'il ne peut mettre en sourdine, et encore moins étouffer.

Il est encore tôt à Seattle, pourtant il ne peut se résoudre à attendre. Il va derrière la maison, où le réseau est moins exécrable, et téléphone à Alyssa.

Elle répond, mais elle semble dans le brouillard, essoufflée.

— Papa ? Tout va bien ?

— Oui. Désolé, j'avais deux minutes, alors je me suis dit que j'allais t'appeler. Je ne voulais pas te faire peur.

— Oh… Non, ne t'inquiète pas.

— Et toi ? Ça va ?

— Ouais, nickel. Par contre, je suis au travail, là, alors…

— Pas de lézard. Tu es sûre que tout va bien ? Ton rhume n'est pas revenu ?

— Non, c'est bon. Je suis juste débordée. On se rappelle une autre fois, d'accord ?

Lorsque Cal raccroche, son inquiétude s'accroît et se fait plus turbulente. Un verre de Jim Beam, voire deux le soulageraient sans doute, mais il renâcle à s'en servir un. Il ne parvient pas à chasser le pressentiment qu'il va bientôt être confronté à une urgence, que quelqu'un est en danger, aussi doit-il rester au maximum de ses capacités s'il veut avoir une chance de régler le problème. Il a beau se répéter que les dangers qui guettent les autres ne le concernent plus, ça n'imprime pas.

Il parie que ce gamin de malheur est en train de l'observer, mais Mart est dans son pré avec ses moutons. Si Cal appelle, il l'entendra. Il longe le périmètre de son jardin, arpente son champ de derrière et fait le tour de son bois, sans rien déceler d'autre que quelques terriers de lapin. Lorsqu'il se rejoue la conversation téléphonique dans sa tête, il trouve à Alyssa une drôle de voix, un ton chaque fois plus accablé.

Sans réfléchir, il téléphone à Donna.

Ça sonne un long moment. Alors qu'il s'apprête à renoncer, elle décroche.

— Cal. Salut.

Il est à deux doigts de raccrocher aussitôt. Elle s'est exprimée d'une voix tout à fait neutre ; il ne sait pas comment réagir à une telle intonation venant d'elle, mais il se sentirait trop idiot de se dégonfler.

— Salut. Je t'embête pas longtemps. Je voulais juste te demander un truc.

— OK. Je t'écoute.

Il ne parvient pas à déterminer où elle est ni ce qu'elle est en train de faire. Le bruit à l'arrière-plan ressemble à du vent, mais ça pourrait n'être que la mauvaise qualité de la connexion. Il calcule quelle heure il est à Chicago – midi, peut-être ?

— Tu as vu Alyssa, récemment ?

Une courte pause. Toutes les conversations qu'il a eues avec Donna depuis leur séparation ont été entrecoupées de ces pauses, le temps qu'elle décide si le fait de répondre à sa question est conforme aux nouvelles règles qu'elle a établies unilatéralement pour leur relation. Elle n'a pas communiqué ces règles à Cal, mais il se prend parfois à tenter délibérément de les enfreindre quand même, comme un morveux.

Apparemment, cette question-là est autorisée.

— Je leur ai rendu visite quinze jours en juillet.

— Et depuis, tu lui parles souvent ?

— Oui. Tous les deux ou trois jours.

— Elle a l'air d'aller bien ?

Cette fois, la pause est plus longue.

— Pourquoi ?

Cal sent l'agacement le gagner, mais s'efforce de ne pas le laisser paraître dans sa voix.

— J'ai l'impression qu'elle ne va pas fort. Je ne sais pas à quoi c'est dû, si elle est juste débordée de travail ou quoi, mais je me fais du souci pour elle. Elle est souffrante ? Ben est sympa avec elle ?

— Pourquoi tu me demandes ça ?

Donna fournit un gros effort pour conserver sa voix neutre, mais elle échoue, ce dont Cal retire un brin de satisfaction.

— Ce n'est plus à moi de jouer les messagers entre vous. Si tu veux savoir comment elle va, tu n'as qu'à lui poser la question.

— C'est ce que j'ai fait. Elle me dit que ça va.

— Alors, qu'est-ce que tu veux de plus ?

— Est-ce qu'elle… C'est bon, Donna, ne sois pas comme ça. Est-ce qu'elle recommence à se sentir angoissée ? Il s'est passé un truc ?

— Tu lui as demandé ?

— Non.

— Eh bien, vas-y.

La pesanteur qui s'insinue dans les os de Cal est si familière qu'elle le fatigue. Donna et lui ont eu des dizaines de disputes comme celle-ci, l'année avant qu'elle ne le quitte, des chamailleries qui s'éternisaient sans aboutir nulle part ni même aller dans une direction particulière, comme les rêves où l'on essaie de courir alors que nos jambes bougent à peine.

— Si quelque chose n'allait pas, tu me le dirais ? insiste-t-il.

— Tu plaisantes ? Si Alyssa ne veut pas que tu sois au courant d'un truc, c'est son choix. Même s'il y avait un problème, qu'est-ce que tu veux y faire, de là-bas ?

— Je pourrais venir la voir. Il faut que je vienne ?

Donna ne peut retenir une exclamation exaspérée. Elle avait toujours été volubile, assez pour compenser le tempérament plus taciturne de Cal, mais les mots ne lui avaient jamais suffi pour exprimer ses sentiments ; elle devait aussi recourir à ses mains, à son visage, et à toute une panoplie de bruits.

— Tu es impossible, franchement. Pour un mec intelligent, purée… Tu sais quoi, je ne rentre pas là-dedans. Je ne réfléchis plus à ta place. Il faut que je te laisse.

— C'est ça, vas-y, répond Cal, en haussant la voix. Et passe le bonjour à bidule…

Mais elle a déjà raccroché, ce qui est sans doute préférable.

Cal reste quelques instants dans son pré, son téléphone à la main. Il a envie de donner un coup de poing dans quelque chose, mais il n'y gagnerait que des blessures aux doigts. Il se sent vieux d'être devenu si raisonnable.

Le soir s'insinue peu à peu ; des traînées d'un jaune froid colorent le ciel au-dessus des collines, et dans le chêne les corbeaux se livrent à leurs débats du soir. Cal rentre chez lui et lance un album d'Emmylou Harris sur son iPod. Il a besoin de douceur, rien qu'un moment.

Finalement, il sort sa bouteille de Jim Beam et se pose sur son perron de derrière. Il ne voit aucune raison de s'en priver. Même si quelqu'un était confronté à un danger, il lui semble qu'il est bien le dernier à qui on viendrait demander de l'aide.

Il ne voit non plus aucune raison de ne pas penser à Donna, vu qu'il a déjà fait la connerie de l'appeler. Cal n'a jamais été du genre nostalgique, mais il lui paraît important de songer à elle de temps en temps. Il a parfois l'impression qu'elle a effacé méthodiquement de sa mémoire tous leurs bons moments afin de se consacrer à sa nouvelle vie radieuse sans raviver aucune plaie. Si lui ne les entretient pas, ils disparaîtront comme s'ils n'avaient jamais eu lieu.

En cet instant, il se remémore le matin où ils ont découvert qu'elle était enceinte d'Alyssa. Il garde un souvenir limpide de Donna alors qu'il la serrait dans ses bras, se rappelle sa peau plus chaude que d'ordinaire, comme un moteur auquel on aurait ajouté des cylindres, la stupéfiante attraction qu'elle et le mystère grandissant dans son ventre exerçaient sur lui. Assis sur sa marche, il contemple les champs qui passent du vert au gris en écoutant la voix douce et triste d'Emmylou, et tente de comprendre comment ils ont pu s'éloigner à ce point.

7

Cal se lève le lendemain matin encore taraudé par son mauvais pressentiment. Pendant ses deux dernières années de service, il se réveillait tous les jours dans ce même état, avec la certitude chevillée au corps qu'un désastre fondait sur lui, une catastrophe imprévisible et inévitable, tels un ouragan ou une fusillade meurtrière. Cette crainte le rendait fébrile comme un bleu ; ses collègues le remarquaient et ne se privaient pas pour le charrier. Quand Donna l'avait quitté, il avait pensé que c'était ça, la bombe qu'il attendait. Pourtant, cette sensation était restée nichée dans ses tripes, toujours aussi encombrante et irritante. Il l'avait alors mise sur le compte des risques du métier qui finissaient par l'atteindre, à un âge où il retrouvait une conscience accrue de sa mortalité, mais, quand il avait pris sa retraite, cette angoisse avait perduré. Elle ne s'était atténuée qu'après la signature chez le notaire pour l'achat de cette maison, avant de l'abandonner tout à fait le jour où il avait traversé la pelouse trop haute et franchi la porte écaillée. Et voilà qu'elle le tourmente de nouveau, comme s'il ne lui avait pas fallu longtemps pour remonter jusqu'à lui, malgré la distance.

Il la combat de la même manière que pendant le service : en l'étouffant sous une montagne de travail. Après le petit déjeuner, il se remet à peindre le salon, avec le plus de vigueur dont il est capable, même si l'envie n'est pas au rendez-vous. Cela fonctionne aussi bien qu'avant, c'est-à-dire pas très bien, mais au moins, dans l'intervalle, il avance à vitesse grand V. En fin d'après-midi, il a fini la sous-couche sur les murs et le plafond, et presque terminé la première couche de peinture. Il est toujours aussi nerveux qu'un cheval sauvage. La journée est venteuse, et donc source d'innombrables bruits dedans, dehors et dans la cheminée, qui tous le font sursauter même s'il sait que ce ne sont que des feuilles mortes et les encadrements des fenêtres. À moins qu'il ne s'agisse du gamin. Sa mère aurait dû l'envoyer en école militaire dès qu'il avait commencé à faire l'école buissonnière.

Les journées raccourcissent. Lorsque Cal pose enfin son rouleau, la nuit est tombée, une obscurité tendue et secouée de bourrasques qui rendent beaucoup moins attrayants ses projets d'aller marcher pour chasser les dernières traces de son malaise. Alors qu'il mange un hamburger en tentant d'affermir sa détermination, un claquement retentit contre sa porte d'entrée. Ce n'est pas le vent, cette fois, mais quelque chose de solide.

Cal pose son hamburger, sort discrètement par-derrière et fait le tour de sa maison. Il n'y a qu'un fin croissant de lune dans le ciel, et les ombres sont assez épaisses pour dissimuler même un type de sa carrure. Depuis les parcelles de Mart lui parvient le cri imperturbable d'une chouette.

La pelouse est déserte, le vent agitant l'herbe en tous sens. Cal attend. Au bout d'un moment, un petit projectile jaillit de la haie et s'écrase contre la façade en pierre. Grâce au craquement mouillé et au bruit d'éclaboussure, Cal comprend. Le môme le bombarde avec des œufs.

Il rentre et reste quelques instants dans son salon, le temps de réfléchir à la situation tout en tendant l'oreille. Il en va de même pour les œufs que pour ses pneus : des cailloux auraient été plus faciles à se procurer, et auraient infligé plus de dégâts. Le gamin n'est pas en train de l'attaquer ; il réclame son attention.

Un autre œuf éclate contre le battant. Sans l'avoir anticipé, il renonce. Il peut tenir le coup contre ce garçon, et contre son nœud de tracas inextricables, mais pas contre les deux à la fois.

Il va à l'évier remplir la bassine en plastique dans laquelle il fait sa vaisselle, et prend un vieux torchon. Puis il emporte les deux jusqu'à la porte, qu'il ouvre en grand.

— Petit ! appelle-t-il, bien fort, en direction de la haie. Sors de là.

Pas un bruit. Puis un œuf volant manque Cal de deux centimètres et se fracasse contre le mur.

— Ça suffit ! J'ai changé d'avis. Arrête tes conneries avant que j'en change encore.

Nouveau silence, plus long celui-là. Puis Trey, une boîte d'œufs dans une main et un œuf dans l'autre, émerge de la haie et reste debout aux aguets, prêt à fuir ou à lancer. Le V de lumière qui s'échappe par l'embrasure étire l'ombre du garçon derrière lui, lui donnant un aspect étroit et allongé, silhouette sombre surgissant dans l'éclat des phares sur une route déserte.

— Je vais me renseigner sur ton frère. Je ne te promets rien, mais je vais voir ce que je peux faire.

Trey le scrute avec une suspicion absolue et animale.

— Pourquoi ?

— Je viens de te le dire. J'ai changé d'avis.

— Pourquoi ?

— C'est pas tes oignons, ça. Pas à cause de ton petit manège, en tout cas. Tu veux toujours que je m'en occupe ?

Trey hoche la tête.

— D'accord. Alors, pour commencer, tu me nettoies tout ça. Quand tu auras fini, tu viens me voir et on discute.

Il pose le torchon et la bassine sur le seuil, rentre et claque la porte.

Il est en train de terminer son hamburger lorsqu'il entend le battant se rouvrir et le vent s'engouffrer dans la maison à la recherche d'objets à emporter. Trey se poste dans l'encadrement.

— T'as fini ?

Nouveau hochement de tête.

Cal n'a pas besoin d'aller vérifier s'il a bâclé le travail.

— OK. Assieds-toi.

Trey ne bouge pas. Cal met quelques secondes à comprendre : il a peur qu'on l'attire à l'intérieur pour lui donner une correction.

— Arrête, merde. Je ne vais pas te frapper. Si tu as nettoyé, on est quittes.

Le regard de Trey se porte sur le bureau, dans une encoignure.

— Eh ouais, tu l'as pas loupé. J'ai réussi à enlever le plus gros de la peinture, mais il en reste dans les rainures. Tu pourras la racler avec une brosse à dents, à l'occasion.

Le gamin paraît toujours méfiant.

— Je te dirais bien de laisser la porte ouverte au cas où tu voudrais te tirer, mais il y a trop de vent. À toi de voir.

Au bout de quelques instants, Trey se décide. Il s'avance dans la pièce, ferme derrière lui et présente la boîte d'œufs à Cal. Il en reste un.

— Merci. Quelle gentille attention. Mets ça au frigo.

Trey s'exécute, puis s'assoit à table en face de Cal, sa chaise bien à l'écart et prêt à détaler. Il porte une parka kaki sale. C'est un soulagement pour Cal, qui craignait que le gamin n'ait même pas un manteau chaud.

— Tu veux manger quelque chose ? Boire un truc ?

Trey secoue la tête.

Cal repousse alors sa chaise – le garçon tressaille –, dépose son assiette dans l'évier, puis va dans sa chambre et revient avec un calepin et un stylo.

— Je te préviens, annonce-t-il en se rasseyant, le plus probable, c'est que je ne découvre rien. Ou alors seulement ce que ta mère t'a déjà dit : que ton frère s'est barré. Ça te va ?

— Il s'est pas barré.

— Possible. Ce que tu dois comprendre, c'est que ça ne se passera pas forcément comme tu l'espérais, et il faut que tu sois prêt à l'accepter. C'est bon pour toi ?

— Ouais.

Cal sait que c'est un mensonge, même si le gamin n'en a pas conscience.

— T'as intérêt, reprend-il. L'autre condition, c'est que tu ne me racontes pas de craques. Quand je te pose une question, tu me donnes la réponse que tu connais. Même si ça ne te plaît pas. Au premier bobard, c'est terminé. C'est clair ?

— Pareil pour vous. Tout ce que vous découvrez, vous me mettez au courant.

— Marché conclu, répond Cal, qui ouvre son bloc-notes. Bon. C'est quoi le nom complet de ton frère ?

Le gamin se tient le dos raide, les mains plaquées sur les cuisses, comme s'il passait un oral.

— Brendan John Reddy.

Cal note les informations.

— Date de naissance ?

— Le 12 février.

— Où vivait-il, avant de disparaître ?

— À la maison. Chez nous.

— C'est qui « nous » ?

— Ma mère. Mes sœurs. Mon autre frère.

— Noms et âges.

— Ma mère s'appelle Sheila, elle a quarante-quatre ans. Maeve a neuf ans. Liam quatre. Alanna trois.

— L'autre jour, tu m'as dit que tu avais trois sœurs, commente Cal en écrivant. Où est la dernière ?

— C'est Emer. Elle s'est installée à Dublin, il y a deux ans. Elle a vingt et un ans.

— Brendan n'a pas pu aller habiter chez elle ?

Trey secoue énergiquement la tête.

— Pourquoi ?

— Ils s'entendent pas.

— Comment ça se fait ?

Haussement d'épaules.

— Brendan dit qu'elle est teubée.

— Qu'est-ce qu'elle fait, là-bas ?

— Elle bosse dans un magasin Dunnes. Elle remplit les rayons.

— Et Brendan ? Il travaillait ? Il allait au lycée ? À l'université ?

— Naaan.

— Pourquoi ?

Nouveau haussement d'épaules.

— Quand a-t-il arrêté l'école ?

— L'année dernière. Il a eu son bac, il a pas lâché le lycée en cours de route.

— Il avait des projets ? Il a envoyé des demandes d'inscription dans des facs, il cherchait du boulot ?

— Il voulait faire génie électrique. Ou chimie. Il a pas eu assez de points.

— Pourquoi ? Il est neuneu ?

— Non !

— Alors pourquoi ?

— Il détestait les cours. Les profs.

Le gamin répond à toute vitesse, comme s'il disposait d'un temps limité dans une épreuve de jeu télévisé. On voit qu'il y met du cœur. Cet échange, tous les deux autour de la table, avec calepin et stylo, est précisément ce que Trey visait depuis le début.

— Dis-m'en un peu plus sur lui. Il est comment, de caractère ?

Trey plisse le front ; visiblement, il n'a encore jamais essayé de poser de mots sur la personnalité de son frère.

— Il est super marrant, déclare-t-il au bout d'un moment. Et il parle tout le temps.

— Tu es sûr que vous êtes de la même famille ?

Trey le fixe d'un regard perplexe.

— Oublie, assène Cal. Je te charrie, c'est tout. Continue.

Le gamin le gratifie d'une grimace déconcertée signifiant « Qu'est-ce que tu veux de plus ? », mais Cal patiente.

— Il tient pas en place, finit par reprendre Trey. Ça fait criser maman. Il a eu des problèmes en cours à cause de ça, et aussi parce qu'il foutait le bordel.

Voyant que Cal attend encore la suite, il ajoute :

— Il adore les motos. Et fabriquer des trucs. Avant, il me construisait des petites voitures qui roulaient vraiment, et il faisait des expériences dans le champ derrière chez nous en faisant exploser des trucs. C'est pas un abruti. Il a plein d'idées. Au collège, il s'est fait plein de blé en achetant des bonbecs en ville et en les revendant à la pause de midi, mais les profs s'en sont rendu compte.

Il jette un coup d'œil à Cal afin de vérifier si c'est suffisant.

Cal songe que Brendan tient beaucoup plus de son père que Trey, et que le papa a fini par mettre les voiles.

— Bon. J'aime bien me faire une idée de la personne que je recherche, pour voir dans quelle direction ça m'oriente. Ton frère a des problèmes de santé ? Des troubles psychiatriques ?

— Pas du tout !

— Ce n'est pas une insulte. Il faut que je le sache, c'est tout.

Le gamin en est quand même offusqué.

— Il a rien qui cloche.

— Il n'est jamais allé chez le médecin ?

— Il s'est cassé le bras, une fois. En tombant à moto. Mais il est allé direct à l'hôpital, pas chez le docteur.

— Il t'a déjà semblé déprimé ? Stressé ?

À l'évidence, ce sont là des questions auxquelles Trey n'a jamais beaucoup réfléchi.

— Il était trop dégoûté de pas avoir été pris à la fac, indique-t-il, après un instant de réflexion.

— Comment ça, dégoûté ? Il restait dans sa chambre toute la journée ? Il mangeait plus ? Il parlait plus ? Explique.

Trey le regarde comme s'il devait arrêter de s'emballer.

— Mais non, il avait la haine, quoi. Genre, il balançait tout le temps des insultes, un soir, il est sorti se murger, et il a fait la gueule toute la semaine. Après, il a dit que la fac c'était de la merde, et qu'il s'en foutait.

Ça ne ressemble pas à un tempérament dépressif, mais les proches ne sont pas toujours les meilleurs observateurs.

— Avec qui il est pote ?

— Eugene Moynihan. Fergal O'Connor. Paddy Fallon. Alan Gerarghty. Et aussi d'autres mecs, mais surtout eux.

Cal note ces noms.

— Duquel il est le plus proche ?

— Il a pas de meilleur ami. Ça dépend juste de qui est dispo.

— Il a une copine ?

— Nan. Pas ces derniers temps.

— Des ex ?

— Il est sorti deux ans avec Caroline Horan, au lycée.

— Ça se passait bien entre eux ?

Trey hausse les épaules, cette fois d'un mouvement exagéré qui signifie : « Qu'est-ce que tu veux que j'en sache ? »

— Ça s'est fini quand ?

— Ça fait longtemps. Avant Noël.

— Pourquoi ?

— Elle l'a plaqué.

— Ça a chauffé entre eux ? Elle l'a accusé de quelque chose ? De l'avoir frappée, trompée ?

Nouveau haussement d'épaules.

Cal souligne le nom de la jeune fille.

— Où je peux la trouver, cette Caroline ? Elle bosse dans le coin ?

— À la ville. En tout cas, elle y travaillait quand Bren sortait avec elle. Dans une boutique de conneries pour les touristes. Des fois, elle donnait un coup de main à Noreen… Sa mère et Noreen sont cousines. Je crois que maintenant elle va à la fac, alors je sais pas.

— Il a eu des problèmes avec quelqu'un d'autre ?

— Non. Lui et ses potes, ils se fritaient, parfois. Rien de méchant.

— Comment ça, ils se fritaient ? Ils s'engueulaient ? Ils se battaient ? Avec les poings ? Au couteau ?

Trey le regarde encore comme s'il allait trop loin.

— Bah non, pas au couteau. Tout le reste, oui. Mais ça voulait rien dire.

— Des trucs de mecs, quoi, commente Cal en hochant la tête.

C'est possible, mais ça mérite quand même qu'il vérifie.

— Qu'est-ce qu'il fait pour s'amuser ? Il a des hobbies ?

— Il joue au hurling. Il sort.

— Il boit ?

— Ça lui arrive. Pas tous les soirs, quoi.

— Où ça ? Au Seán Óg's ?

Cette question lui vaut un roulement des yeux.

— Le Seán, c'est pour les vieux. Brendan va à la ville. Ou dans des soirées.

— Il est comment, quand il a bu ?

— Il est pas agressif ni rien. Il fait des conneries, comme quand lui et ses potes ils ont volé des panneaux de signalisation devant les magasins et qu'il les ont mis dans les jardins des gens. Une fois, Fergal a fait une fête chez lui quand ses parents étaient pas là et, pendant qu'il cuvait, les autres ont ramené un mouton dans sa salle de bains.

— Ça lui arrive d'être bagarreur ? Il cherche la baston ?

Trey pousse un « pfff » de dérision.

— Bah non. Ça lui arrive de se bastonner, genre quand des mecs de Boyle leur sont tombés dessus. Mais sinon il provoque pas.

— Et la drogue ? Il en prend ?

Pour la première fois, Trey marque un vrai temps d'arrêt. Il fixe Cal avec méfiance. Cal soutient son regard. Il n'a aucune obligation à le cajoler ni à ruser pour le faire parler. Si finalement Trey préfère renoncer, ça lui convient.

— Parfois, répond le garçon au bout de quelques secondes.

— Quel genre ?

— Du shit. Des ecstas. Un peu de speed.

— Il se les procure où ?

— Il y a des mecs dans le coin qui ont toujours des trucs. Tout le monde sait que c'est chez eux qu'il faut aller. Sinon, en ville.

— Ça lui arrivait de dealer ?

— Naaan.

— Tu serais au courant ?

— Il me parlait, à moi. Je l'aurais pas balancé. Il le savait.

Une brève lueur de vive fierté brille dans les yeux de Trey. Cal commence à cerner ce qui se joue. Le gamin est le petit chouchou de Brendan, et en tire un immense orgueil.

— Il a déjà eu des ennuis avec la police ?

Une moue méprisante tord les lèvres de Trey.

— À force de sécher les cours. L'autre gros tas rappliquait de la ville pour nous casser les couilles.

— Il est sympa avec vous, en réalité. Il pourrait vous signaler aux services de protection de l'enfance, et votre maman et vous, vous auriez de gros ennuis. Au lieu de ça, il prend le temps de venir vous parler. La prochaine fois que tu le croises, remercie-le bien. Brendan a eu affaire à la police pour d'autres raisons ?

— Il s'est fait choper parce qu'il roulait trop vite, deux, trois fois. Ils se tiraient la bourre avec ses potes. Ils ont failli lui retirer son permis.

— Rien d'autre ?

Trey secoue la tête.

— Et des trucs pour lesquels il se serait pas fait pincer ?

Ils se regardent fixement.

— Rappelle-toi : tu m'enfumes, et c'est rideau.

— Il choure chez Noreen, des fois.

— Et ?

— Dans des magasins en ville. Rien de gros. Juste pour se marrer.

— Autre chose ?

— Non. Vous allez prévenir Noreen ?

— Je crois qu'elle est déjà au courant, petit, rétorque sèchement Cal. Mais ne t'inquiète pas, je ne dirai rien. Comment il s'entendait avec ton père, Brendan ?

Trey ne tressaille pas, mais il cligne des paupières.

— Mal.

— C'est-à-dire ?

— Ils se fritaient.

— Ils s'engueulaient juste ? Ou ils en venaient aux poings ?

Trey lui décoche un regard véhément, estimant sans doute que ce ne sont pas ses affaires. Le sachant tiraillé par son instinct, Cal attend en l'observant, laisse le silence durer.

— Ouais, reconnaît Trey, le visage soudain crispé.

— Souvent ?

— De temps en temps.

— Pour quelles raisons ?

— Papa traitait Brendan de glandeur, de parasite. Bren lui répondait qu'il pouvait parler, lui. Et parfois…

Un soubresaut nerveux secoue son menton, mais il continue. Il respecte sa part du marché.

— Pour que papa lâche la grappe à maman ou qu'il nous laisse tranquilles. Quand il passait ses nerfs sur nous.

— Donc, conclut Cal, sans rebondir sur cette dernière information, il y a peu de chances que Brendan soit parti le rejoindre.

Trey laisse échapper une brusque exclamation proche de l'éclat de rire.

— Ça risque pas.

— Tu as le numéro de téléphone de ton père, ou une adresse mail ? Au cas où.

— Non.

— Et pour Brendan ?

— Je connais son portable.

Cal tourne une page de son calepin et le tend à Trey. Celui-ci écrit soigneusement, en appuyant fort. Dehors, le vent se déchaîne toujours, secoue la porte et s'infiltre par ses interstices pour enrouler du froid autour de leurs chevilles.

— Il a un smartphone, ton frère ?

— Ouais.

Grâce à ce numéro, il aurait suffi d'une heure aux techniciens du département informatique, au bercail, pour tout savoir des intentions de Brendan. Mais Cal ne possède aucune de leurs compétences, il n'a aucun de leurs logiciels, et encore moins leurs habilitations.

Trey lui rend le bloc-notes.

— Tu as essayé de l'appeler ?

Cette question le fait encore passer pour un crétin aux yeux du garçon.

— Évidemment. De notre fixe, chaque fois que maman est pas là.

— Alors ?

Pour la première fois ce jour-là, la terrible tension mêlée de désarroi reparaît sur le visage de Trey. Il se démenait pour la contenir.

— Messagerie, répond-il.

— OK, dit doucement Cal. On tombe directement sur la boîte vocale, ou ça sonne ?

— Le premier jour, ça sonnait dans le vide. Maintenant, ça se met tout de suite sur répondeur.

Cela pourrait signifier, bien sûr, que Brendan est retenu en captivité et que sa batterie a fini par se décharger. Ou tout bêtement qu'il a changé de portable dès qu'il a atteint sa destination. Ou encore qu'il s'est pendu à un arbre, quelque part dans les collines, et que son téléphone lui a survécu quelque temps.

— Bon, dit Cal, tu m'as donné assez de grain à moudre, pour l'instant. C'est bien.

Trey relâche son souffle.

— Attends, c'est pas fini, le prévient Cal. Il faut que tu me racontes la dernière fois que tu as vu Brendan.

Trey prend une grande inspiration et se blinde de nouveau, au prix d'un gros effort cette fois. Il a soudain les traits tirés, le regard fatigué, et il semble trop jeune pour cette épreuve, mais Cal a déjà interrogé des dizaines d'enfants qui étaient dans le même cas, et aucun d'entre eux n'était venu de sa propre initiative.

— Tu m'as dit que c'était le 21 mars.

— Ouais.

— C'était quel jour de la semaine ?

— Mardi.

— Remonte quelques jours avant ça, alors. Il s'est passé un truc inhabituel ? Brendan s'est pris le chou avec ta mère ?

— Ma mère nous engueule pas. Elle est pas comme ça.

— Il s'est embrouillé avec quelqu'un d'autre, alors ? Un de ses potes ? Des mecs en ville ?

Trey hausse les épaules.

— Je sais pas. Il m'a rien dit.

— On lui a refusé un boulot ? Il t'a parlé d'une fille qu'il aurait rencontrée ? Il est sorti plus tard que d'habitude ? On cherche tout ce qui n'aurait pas été dans ses habitudes.

Le gamin réfléchit.

— Il était pas de bonne humeur, cette semaine-là. Un peu ronchon. Le jour où il est parti, ça allait mieux, par contre. Maman lui a dit : « T'as la pêche, toi », et il a répondu : « Ça sert à rien de tirer la tronche, j'ai pas que ça à faire. » C'est tout.

Un projet de changement de vie aurait clairement pu le mettre de bonne humeur.

— Parlons du 21, alors. Commence par le début. Tu t'es levé, donc…

— Là, j'ai pas croisé Bren. Il dormait encore. Je suis allé au collège. Quand je suis rentré, il regardait la télé. Je suis resté avec lui. Au bout d'un moment, il est sorti.

— À quelle heure ?

— Vers cinq heures, je crois. Quand maman nous a appelés pour le repas du soir, il a dit qu'il en voulait pas parce qu'il sortait, et il s'est barré.

— Comment il se déplace ? En voiture, à moto, à vélo ?

— Rien de tout ça. Maman a une voiture, mais il l'a pas prise. Il a pas de moto. Il est parti à pied.

— Il t'a dit où il allait ?

— Non. Je croyais qu'il allait retrouver ses copains. Il regardait tout le temps sa montre, comme s'il avait un rendez-vous.

Ou un car à prendre. Les lignes pour Dublin et Sligo passent toutes les deux sur la grand-route, à trois kilomètres, et même s'il n'y a pas d'arrêt officiel, Noreen a certifié à Cal que les chauffeurs ne sont pas regardants quand on leur fait signe. Il note *Horaires des cars 16 heures-20 heures mardi.*

— Vous avez discuté, devant la télé ?

— De mon anniversaire. Bren m'a promis qu'il allait m'offrir un super vélo. J'ai que son ancien, et il est pourri, la chaîne déraille tout le temps. Et sinon, juste de l'émission. Une de celles où ils chantent, je me rappelle pas laquelle.

— Il t'a semblé bonne humeur ? De mauvais poil ?

— Agité, je dirais. Il parlait tout le temps, en débinant ceux qui chantaient. Il changeait de place dans le canapé, et il me donnait un petit coup quand je lui répondais pas.

— Il est comme ça, d'habitude ?

Trey soulève brièvement une épaule.

— Plus ou moins. Il tient pas en place, qu'elle dit ma mère. Mais quand même pas à ce point.

— Qu'est-ce qui était différent, ce jour-là ?

Le gamin tire sur un fil de son jean râpé au genou et se creuse la cervelle pour trouver les mots justes. Cal ravale l'envie de le brusquer.

— Bren, dit Trey au bout du compte, c'est surtout un déconneur. Il est toujours en train de me faire marrer. Il fait marrer tout le monde, mais… nous, on avait nos blagues. Rien qu'à nous, quoi. Il aimait ça, me faire rigoler.

Cal a un aperçu plus précis de ce que signifie le départ de Brendan pour Trey. Le petit n'a pas l'air d'avoir ri depuis.

— Mais ce jour-là, il n'a pas essayé de te faire rire.

— Non. Pas une seule fois. Il était stressé pareil qu'au moment des examens. (Trey le regarde en fronçant soudain énergiquement les sourcils.) Ça veut pas dire qu'il prévoyait de…

— Concentre-toi, le coupe Cal. Il était habillé comment ? Élégant ?

Trey réfléchit.

— Comme d'hab. En jean et sweat à capuche. Pas comme s'il sortait en boîte, avec une belle chemise ou je sais pas quoi.

— Il a pris un blouson ?

— Juste son bombers. Il pleuvait pas.

— Il n'a rien dit pour quand il allait rentrer ? « Mettez-moi une assiette de côté », « M'attendez pas pour manger », quelque chose comme ça ?

— Je sais pas. (Le visage de Trey se crispe de nouveau.) Je m'en souviens pas. J'ai essayé.

— Et il n'est pas revenu ?

Le garçon enfonce le cou dans sa parka, comme s'il avait froid.

— Non. Pas ce soir-là, ni quand je suis rentré du collège le lendemain.

— Ça lui était déjà arrivé ?

— Ouais. Il créchait chez un copain.

— Alors, tu as pensé que c'était le cas.

— Au début, oui. Je m'inquiétais même pas.

Trey a l'air fermé et recroquevillé sur lui-même, comme souvent les gamins de la rue, à qui la vie en fait voir plus qu'ils ne peuvent en encaisser.

— Quand est-ce que tu as commencé à te faire du souci ?

— Le jour d'après. Juste un peu. Ma mère lui a téléphoné, mais ça a sonné dans le vide. Le lendemain, elle a appelé des gens pour savoir s'il était là, mais personne l'avait vu. Même pas le soir où il est sorti. C'est ce qu'ils ont répondu, en tout cas.

— Elle n'a pas prévenu la police ?

— Je lui ai dit de le faire ! (L'éclair de colère absolue qui fuse dans le regard de Trey désarçonne Cal.) Elle est sûre qu'il s'est juste tiré, comme mon père. Et que les flics s'en occuperont pas.

— D'accord.

Cal inscrit un « 1 » en face du nom de Sheila Reddy et l'entoure.

— Je l'ai cherché, moi, enchaîne brusquement Trey. Au bord des routes, et vers le sommet. Pendant des jours, j'ai fait que ça. Au cas où il se serait cassé la jambe en se prenant le pied dans un trou, un truc dans le genre.

Cal se représente la scène : le gamin recourbé sous les assauts du vent, crapahutant au milieu des versants couverts de bruyère et de molinie bleue, des rochers tachetés de mousse et de lichen.

— Pourquoi il serait allé dans les collines ?

— Il aimait bien ça, de temps en temps. Juste pour être seul.

Ce ne sont pas les Rocheuses, songe Cal, mais elles sont assez hautes et implacables pour que toute erreur s'y paie très cher.

— Tu as fouillé dans ses affaires ?

— Ouais.

— Tu es tombé sur un truc auquel tu ne t'attendais pas ?

Trey secoue la tête.

— Il manquait quelque chose ?

— Je sais pas. J'ai pas fait gaffe à ça.

En voyant Trey baisser vivement le regard, Cal devine ce qu'il cherchait : un message lui étant adressé. « Voici où je me rends », ou « Je rentre bientôt », n'importe lequel.

— Tu as trouvé de l'argent ?

À cette question, Trey relève des yeux brûlants de colère.

— Je l'aurais pas pris.

— Je sais, répond Cal. Alors, tu en as trouvé ?

— Non.

— Tu aurais dû, tu crois ? Brendan garde des espèces chez vous, d'habitude ?

— Ouais. Une enveloppe glissée sous sa commode. Des fois, il me donnait un billet de cinq, s'il avait gagné un peu de blé. Vous voyez ? Il savait que je lui piquerais pas.

— Et cette enveloppe, elle était vide ?

— Ouais.

— La dernière fois que tu as vu de l'argent dedans, c'était quand ?

— Deux jours avant qu'il parte. Quand je suis rentré dans la chambre, il comptait tout sur son lit. Il y avait quelques centaines d'euros, je dirais.

Et le jour où Brendan disparaît, ses économies aussi. Trey n'est pas idiot. Il sait forcément quelle piste ça suggère.

— Et tu crois qu'on l'a enlevé, donc.

Trey se mord la lèvre, puis hoche la tête.

— D'accord. Tu penses à quelqu'un qui aurait pu s'en prendre à lui ? Quelqu'un qui vit dans le coin et qui est dangereux, qui a déjà trempé dans des affaires louches ?

Trey le fixe du regard comme s'il lui était impossible de répondre à une telle question, puis hausse les épaules.

— Je te parle pas de broutilles comme voler dans les magasins ou fabriquer de la gnôle dans sa grange. Il y a déjà eu des cas d'enlèvement ? Un type qui en a salement amoché un autre ?

Encore un haussement d'épaules, plus exagéré celui-ci : *Qu'est-ce que j'en sais ?*

— Quelqu'un contre qui ta mère t'a mis en garde ?

— Gurny Barry Moloney. Il essaie de faire venir les enfants avec lui pour leur donner des bonbons, et si tu dis non il pleure.

— Il a déjà tenté le coup avec toi ?

Trey pousse un souffle méprisant par le coin de la bouche.

— Quand j'étais en primaire.

— Tu as fait quoi ?

— J'ai tracé.

— Et ce type, il s'en est pris à Brendan ? Ou à tes autres frères et sœurs ?

— Non. Gurny Barry, il est pas… (Trey retrousse les lèvres d'un air dégoûté.) Il fait de la peine. Les gens lui jettent des trucs.

— On t'a mis en garde contre autre chose ?

— Non.

Cal pose son stylo et se renverse sur sa chaise, puis se masse la nuque pour en chasser une raideur.

— Il va falloir que tu m'expliques clairement, dit-il. Pourquoi tu penses que ton frère a été kidnappé ? Tu me dis que personne n'avait rien contre lui, qu'il n'était pas mêlé à des affaires, que c'était juste un mec normal. Comment tu peux être si certain qu'il n'a pas juste mis les voiles ?

Avec une certitude absolue, Trey affirme :

— Il ne ferait jamais ça.

Depuis longtemps déjà, Cal a atteint le stade où cette affirmation l'accable d'une grande lassitude envers ses semblables. Tous les êtres innocents répètent ça, et y croient dur comme fer, jusqu'au jour où ce n'est plus possible. *Mon mari ne ferait jamais ça à nos enfants*, *mon petit chérubin n'est pas un voleur*. Cal aurait presque envie de se poster à un carrefour pour distribuer des mises en garde, des papiers qui indiqueraient seulement : *Tout le monde est capable du pire*.

— Très bien, dit-il.

Il ferme son calepin et s'apprête à le glisser dans sa poche de poitrine, par habitude, avant de se rappeler qu'il n'en a pas.

— On va voir où ça nous mène. Comment on se rend chez toi, d'ici ?

Trey incline la tête en arrière d'un air méfiant.

— Un kilomètre après chez Mart Lavin, il y a une route qui monte vers la colline. On habite trois kilomètres plus loin. Pourquoi ?

— Ta mère sait que tu viens chez moi ?

Trey secoue la tête, ce qui n'a rien d'une surprise.

— Personne est au courant, ajoute-t-il.

Cal en est moins sûr que lui, étant donné la vue que Mart a sur son jardin, mais il préfère le garder pour lui.

— Pour l'instant, ça doit rester comme ça. Alors, si un jour je rends visite à ta mère, on ne se connaît pas. Ça te paraît jouable ?

Trey ne semble pas enchanté par la perspective qu'il puisse venir chez lui.

— Tu veux que je m'occupe de ton frère ou pas ?

— Ouais.

— Alors, fais ce que je dis. Je sais comment il faut s'y prendre. Pas toi.

Trey le concède d'un signe de tête. Il a l'air lessivé et plus relâché, comme si on venait de lui arracher une dent sans anesthésie.

— C'est comme ça que vous faisiez quand vous étiez policier ?

— À peu près.

Trey l'observe de ses grands yeux gris, en se creusant la tête.

— Pourquoi vous êtes devenu policier ?

— Ça m'avait l'air d'un boulot stable. C'est ce qu'il me fallait.

Donna était enceinte d'Alyssa, et les pompiers ne recrutaient pas.

— Votre père était policier ?

— Oh, non. Mon père n'était pas quelqu'un de stable.

— Qu'est-ce qu'il faisait ?

— Un peu de tout. La plupart du temps, il voyageait à droite à gauche pour vendre sa camelote. Des aspirateurs, pendant un moment. Une autre fois, c'étaient du papier-toilette et des produits d'entretien, aux entreprises. Ça changeait sans arrêt.

— Et on vous a quand même accepté dans la police…

— Bien sûr. Mon père aurait pu être Mickey Mouse, ils s'en fichaient, tant que j'étais capable de bien faire le boulot.

— C'était chouette ?

— Parfois.

Son attachement au métier, au départ puissant et sans équivoque, était petit à petit devenu assez mitigé pour qu'il préfère ne pas s'appesantir sur la question.

— J'ai cru comprendre que Brendan était doué pour l'électricité, enchaîne-t-il. C'est déjà arrivé qu'il fasse des petits boulots chez des gens pour gagner un peu d'argent ?

— Ouais. Des fois, répond Trey d'un air perplexe. Il réparait des trucs.

— Je n'ai plus ma carte d'inspecteur, précise Cal, alors je ne peux plus me balader en posant toutes les questions que je veux. Pour introduire le nom de ton frère dans une conversation, il me faut un prétexte.

Trey médite cet argument.

— Il a réparé l'installation électrique de notre salon, une fois. Mais les gens sont au courant qu'il est parti.

— Je sais, mais moi, pas forcément. Je ne suis qu'un étranger qui ne connaît pas encore bien tout le monde dans le coin. Si on me parle d'un gars qui a fait des petits travaux d'électricité, comment je suis censé savoir où il est ?

Pour la première fois de la journée, un sourire se dessine sur les lèvres de Trey.

— Vous allez jouer les teubés.

— Tu crois que ça sera crédible ?

Le sourire s'élargit.

— Vous aurez pas besoin de trop forcer.

— Gros malin, va, s'amuse Cal, content de voir son air accablé se dissiper. Maintenant, fiche-moi le camp. Avant que ta mère se demande ce que tu fabriques.

— Elle s'en fiche.

— Avant que je change d'avis, alors.

Le gamin bondit de sa chaise avec empressement, tout en adressant de nouveau un grand sourire à Cal pour lui montrer qu'il n'est pas inquiet. Pour lui, il est évident qu'une fois sa parole donnée, il ne se dédira pas. Cal trouve cela à la fois plus touchant et plus intimidant qu'il ne l'aurait cru.

— Je peux revenir demain ? Pour voir ce que vous avez trouvé ?

— Oh là, du calme ! Laisse-moi un peu de temps. Ça débouchera sûrement sur rien avant au moins une semaine ou deux. Peut-être jamais.

— D'ac. Je peux venir quand même ?

— Ouais, ramène-toi. T'as rendez-vous avec un bureau et une brosse à dents.

Hochement de tête de Trey, clair et net, signe qu'il prend sa tâche très au sérieux.

— Passe dans l'après-midi. Le matin, je ne serai pas là.

Cette information attise la curiosité du gamin.

— Vous allez faire quoi ?

— Moins tu en sais, mieux c'est.

— Je veux me rendre utile.

Il est débordant d'énergie, tellement surexcité qu'il fait presque des bonds. Cal s'en réjouit, mais il ne peut s'empêcher de ressentir un pincement. Il est déjà quasi sûr de ce qu'il va découvrir. Brendan a le profil typique du fugueur, dont il coche toutes les cases : un jeune en difficulté scolaire à la vie merdique chez lui, pas de travail ni de copine ou encore d'amis proches pour le retenir, pas de projets professionnels, dans une région qui ne lui offre aucune perspective ni source d'amusement. Sur l'autre plateau de la balance, il n'y a pas grand-chose : aucune activité criminelle sérieuse, aucun acolyte digne d'intérêt, pas de troubles psychiatriques, rien du tout. Cal estime à cinq pour cent les probabilités qu'il s'agisse d'un accident, cinq pour cent d'un suicide, quatre-vingt-dix qu'il se soit fait la malle. Ou alors quatre-vingt-dix-neuf pour cent fugue, un pour cent autre chose.

— D'accord. Vérifie si des affaires de ton frère ont disparu. Tu as la même chambre que lui ?

— Non. Il partage la sienne avec Liam.

— Et sinon, qui partage avec qui ?

— Moi avec Maeve. Alanna dort avec ma mère.

Et Sheila ne l'a pas changée de chambre. Elle garde la place pour Brendan, même au bout de six mois. Cela semble confirmer les dires de Trey : elle pense que son fils est parti voir du pays et qu'il va revenir. Reste à savoir si c'est juste un espoir de sa part, ou si elle a ses raisons.

— Liam a quatre ans, c'est ça ? Du coup, il va s'en rendre compte si tu fouines. Attends qu'il soit sorti jouer, par exemple. Si aucune bonne occasion ne se présente, tu remets à une autre fois.

Trey lui coule un regard signifiant « Évidemment, crétin », puis remonte la fermeture Éclair de sa parka. Le vent cinglant continue à malmener la porte, s'acharne à essayer d'entrer.

— Cherche le chargeur de portable de Brendan, ou son rasoir. Des trucs qui rentrent dans ses poches, qu'il aurait pu emporter s'il comptait s'absenter quelques jours. S'il a un sac de sport, ou un sac à dos, contrôle ça. Et les vêtements qui manquent, aussi, si tu sais ce qu'il a comme affaires.

Aussitôt sur le qui-vive, Trey a cessé de se battre avec sa fermeture à glissière et relevé la tête.

— C'est ce que vous croyez ? Il est allé quelque part volontairement, et quelqu'un l'a retenu ?

— Je ne crois rien, rétorque Cal. C'est encore trop tôt.

Tout à coup, il éprouve la sensation qui revenait souvent quand Trey n'était qu'une inconnue dans l'équation de sa vie et qu'il se demandait comment l'appréhender : la conscience aiguë de la vaste campagne enténébrée tout autour de sa maison, l'impression d'être encerclé par une immense toile invisible, où le moindre faux pas risquait de déclencher des perturbations si lointaines qu'il n'en mesurait pas encore les conséquences.

— Tu es sûr de vouloir te lancer là-dedans, petit ? Parce que si tu as le moindre doute, c'est le moment ou jamais de me le dire.

Le gamin lève les yeux au ciel comme si Cal venait de lui ordonner de finir ses brocolis.

— À demain, dit-il alors, avant de relever sa capuche et de s'enfoncer dans la nuit.

8

Le versant est plus froid que la plaine herbeuse en contrebas. Le froid qui y règne n'est d'ailleurs pas le même que chez lui : il est plus vif et pénétrant, porté par un vent âpre. Après des décennies pendant lesquelles les conditions météorologiques ne se répartissaient pour lui qu'en catégories larges se rapportant à leur degré de désagrément – humide, glacial, étouffant, supportable –, Cal se plaît à remarquer les nuances subtiles à l'œuvre ici. À ce stade, il parvient déjà à distinguer cinq ou six sortes de pluie différentes.

Les collines, simple enfilade de mamelons de trois cents mètres d'altitude environ, n'ont rien d'exceptionnel, mais le contraste avec le plat environnant leur confère une force disproportionnée. Jusqu'à leurs pieds, les champs sont réguliers, doux et verts, puis les éminences brunes et turbulentes en surgissent sans crier gare, occupant soudain tout l'horizon.

L'ascension de la côte lui chauffe les cuisses. La route, qui n'est guère plus qu'une piste, serpente entre la bruyère et des affleurements rocheux, bordée de part et d'autre par des touffes hirsutes de chiendent et d'herbacées. Un peu plus haut s'accrochent d'épais bosquets d'épicéas.

Un oiseau pousse un cri de semonce strident, et Cal aperçoit dans le ciel un rapace se laissant porter par le vent, petite silhouette se découpant sur le ciel d'un bleu discret.

Les indications de Trey se révèlent fiables. Au bout de trois kilomètres, Cal atteint une maison basse et grise au crépi incrusté de cailloux, bâtie en retrait de la route sur une parcelle d'herbe pelée mal délimitée. Une vieille Hyundai Accent gris métallisé cabossée, un modèle de 2002, est affaissée dans un coin. Deux jeunes enfants, vraisemblablement Liam et Alanna, cognent sur un bout de ferraille rouillée avec des pierres.

Cal continue sa marche. Cent mètres plus haut, il trouve un bout de terre détrempée et y plonge un pied jusqu'à la cheville. Il a plus de mal que prévu à l'en ressortir, tant la boue s'accroche à sa chaussure, comme pour la garder. Après s'être libéré, il fait demi-tour.

Les enfants sont toujours accroupis devant leur plaque de tôle. Lorsque Cal s'appuie sur la barrière, ils interrompent leur jeu pour l'observer.

— Bonjour, dit Cal au plus grand des deux. Ta maman est là ?

— Ouais.

Le garçon a les cheveux bruns trop longs, un sweat-shirt bleu élimé, et une ressemblance assez forte avec Trey pour indiquer à Cal qu'il est au bon endroit.

— Tu pourrais lui demander de venir deux secondes ?

Tous les deux le fixent avec méfiance. Ce réflexe de repli est bien connu de Cal : ces enfants ont déjà intégré qu'un inconnu qui cherche leurs parents est probablement un sbire des autorités, et la visite des autorités n'est jamais une bonne nouvelle.

— J'étais en train de me balader, explique Cal, en grimaçant d'un air attristé, et regardez comme j'ai été maladroit.

Il lève son pied mouillé.

La fillette se met à rire. Elle a un visage sale mais mignon, et des cheveux bruns noués en deux couettes asymétriques.

— Oh, ça va, hein, répond Cal en feignant d'être vexé. Vas-y, moque-toi du gros bêta avec sa chaussure trempée. Je pensais que votre maman pourrait peut-être me donner de quoi éponger un peu, pour que ça ne fasse pas *floc* pendant toute la descente.

— *Floc*, répète la petite, avant de rire encore.

— Voilà, dit Cal, en lui adressant un grand sourire et en remuant le pied. Sinon ça va faire *floc floc* jusque chez moi.

— On va la chercher, annonce le garçon en tirant sa sœur par la manche, assez fort pour qu'elle soit déséquilibrée et tombe sur les fesses. Allez, viens !

Il fait le tour de la maison en courant, sa cadette tentant de ne pas se laisser distancer tout en jetant un coup d'œil à Cal.

Pendant leur absence, celui-ci examine les lieux. La bâtisse est délabrée, les dormants des fenêtres sont pelés et gauchis, de la mousse pousse entre les tuiles. On a quand même fait quelques efforts de décoration. La porte est flanquée de pots de fleurs garnis d'un ensemble multicolore qui commence juste à faner, et d'un côté de la cour se dresse une structure de jeu improvisée avec des bouts de bois, de corde et de tuyaux de plomberie. Cal aurait pensé qu'une femme vivant seule dans la colline avec une ribambelle d'enfants aurait eu un ou deux chiens, mais aucun aboiement ne l'accueille.

Les enfants reviennent en papillonnant autour d'une femme efflanquée de grande taille, vêtue d'un jean et d'un pull à motifs hideux qu'on ne trouve que dans les friperies. Elle a des cheveux roux-brun ramassés en chignon approximatif, et un visage marqué, aux traits bien dessinés, qui avait dû être assez beau dans sa jeunesse. Cal sait qu'elle a quelques années de moins que lui, mais ça ne se voit pas. Elle affiche la même expression méfiante que ses enfants.

— Désolé de vous déranger, madame. Je me promenais dans le coin, et j'ai été assez bête pour m'écarter de la route. Je me suis retrouvé dans une belle flaque.

Il lui montre son pied, que la femme regarde comme si c'était un objet mystérieux dont elle n'avait que faire.

— Je vis quelques kilomètres par là-bas, poursuit Cal en pointant l'index vers l'aval, et ça fait une trotte quand on a le pied mouillé. Je me demandais si vous pouviez me dépanner.

La femme pose lentement les yeux sur son visage. Elle a l'expression d'une femme accablée par un poids immense, qui ne lui serait pas tombé dessus d'un coup, mais par petites quantités au fil d'un grand nombre d'années.

— Vous êtes l'Américain, déclare-t-elle au bout d'un moment.

Elle a la voix rouillée et mal assurée, comme si elle parlait très peu depuis quelque temps.

— Celui qui a racheté chez O'Shea, ajoute-t-elle

— C'est moi, oui. Cal Hooper. Enchanté.

Il tend le bras par-dessus la barrière.

La méfiance de la femme s'efface en grande partie. Elle s'avance, s'essuie la main sur son jean et serre brièvement celle de Cal.

— Sheila Reddy.

— Tiens ! s'exclame-t-il avec entrain. J'ai déjà entendu votre nom. Mais où… (Il claque des doigts.) Ah, oui. C'est Lena. La sœur de Noreen. Elle me racontait ses jeunes années, et elle a parlé de vous.

Sheila le contemple sans curiosité, attendant qu'il expose sa requête.

Cal lui adresse un grand sourire malicieux.

— Lena m'a dit que vous aviez fait les quatre cents coups ensemble. Que vous faisiez le mur et du stop pour aller en discothèque.

Cette anecdote touche assez Sheila pour lui arracher une esquisse de sourire. Il lui manque une dent du haut.

— Ça date, tout ça, commente-t-elle.

— Pareil pour moi, rebondit Cal d'un ton triste. Je me rappelle, quand je sortais, j'allais dans une demi-douzaine de bars différents et je ne rentrais pas avant qu'il fasse jour. Désormais, trois bières au Seán Óg's et j'ai eu ma dose d'animation pour la semaine.

Il prend un petit ait contrit. Cal a une longue expérience dans l'art de paraître inoffensif. Avec sa carrure, il doit donner du sien, surtout avec une femme seule. Sheila n'a toutefois pas l'air effrayée, maintenant qu'elle l'a identifié. Elle n'est pas du genre craintif. Sa méfiance au départ n'était pas due au fait qu'il soit un homme, mais à l'autorité qu'il pouvait représenter.

— À l'époque, reprend-il, je serais rentré trempé sans rechigner. Mais maintenant, j'ai une circulation capricieuse. Quand je serai arrivé en bas, je ne sentirai plus mes orteils. Sans vouloir abuser, je pourrais vous prendre une poignée d'essuie-tout, ou un vieux chiffon, histoire d'éponger un peu ? Et même des chaussettes sèches, si vous en avez en rabe ?

Sheila examine de nouveau le pied de Cal et hoche la tête.

— Je vais vous chercher quelque chose, annonce-t-elle, avant de repartir derrière la maison.

Les enfants traînent à côté de la structure de jeu et observent Cal. Lorsqu'il leur sourit, ils continuent sans changer d'expression.

Sheila revient munie d'un rouleau d'essuie-tout et d'une paire de chaussettes d'homme.

— Tenez, dit-elle en les lui passant par-dessus le portail.

— Chère madame Reddy, vous me sauvez la vie. Merci infiniment.

Elle ne sourit pas. Elle l'observe, les bras croisés sur le ventre, tandis qu'il s'installe sur un rocher près du poteau de la barrière pour retirer sa chaussure.

— Désolé pour mon pied, lâche-t-il avec un petit rictus gêné. Ce matin, il était propre.

Les enfants, qui se sont rapprochés pour le regarder, gloussent.

Cal arrache quelques feuilles d'essuie-tout et les fourre dans sa chaussure pour éponger, en prenant son temps.

— C'est drôlement joli, par ici, déclare-t-il, en désignant la côte qui s'élance derrière la maison.

Sheila jette un bref coup d'œil en arrière.

— Possible.

— C'est un bel endroit pour élever des enfants. Le grand air et de l'espace pour se défouler, ils n'ont pas besoin de plus.

Elle hausse les épaules.

— J'ai grandi à la campagne, explique-t-il, mais après, j'ai vécu longtemps à la ville. Pour moi, c'est le paradis, ici.

— Moi, je n'en verrais plus la couleur que ça me dérangerait pas.

— Ah bon ? fait Cal, mais elle n'élabore pas sa pensée.

Il palpe l'intérieur de sa chaussure, qu'il a séché au maximum.

— J'adore les longues marches dans les collines, poursuit-il. La vie citadine m'avait rendu gras et fainéant. Maintenant que je vis ici, je reprends de saines habitudes. Même si je devrais aussi reprendre celle de faire attention où je mets les pieds.

Cette plaisanterie ne lui vaut pas de réaction non plus. Sheila est plus coriace que prévu – tous les gens du coin ne sont pas forcément des moulins à paroles comme Noreen, Mart et les gars du pub –, mais au moins il sait de qui Trey tient sa grande loquacité. Apparemment, elle ne voit pas d'inconvénient à l'écouter jacasser. Elle l'observe tandis qu'il enveloppe sa chaussette mouillée dans de l'essuie-tout et la fourre dans sa poche, sans intérêt particulier, mais sans donner l'impression qu'il l'a dérangée pendant une activité prenante.

— Aaaah, fait Cal en enfilant la chaussette sèche, qui est usée, mais sans trou. Là, c'est beaucoup mieux. Je vous les lave et je vous les rapporte.

— Pas la peine.

— Je voudrais pas récupérer mes chaussettes, moi non plus, si elles étaient passées sur les grands pieds boueux d'un inconnu, renchérit Cal, en laçant sa chaussure avec un sourire complice. Dans ce cas, je vous en rachèterai une paire dès que j'irai en ville. En attendant…

Il sort deux barres Kit Kat de sa poche de veste.

— J'avais pris ça pour les manger en chemin, mais, vu que je fais demi-tour en avance, je n'en aurai pas besoin. Vous êtes d'accord pour que je les propose à vos loupiots ?

Sheila esquisse un début de sourire.

— Ils seront contents, c'est sûr. Ils adorent les sucreries.

— Quels gourmands, ces enfants. Ma fille, à leur âge, elle se serait gavée de bonbons toute la journée si on l'avait laissée faire. Si ma femme en rapportait des courses, je le savais tout de suite, parce que ma gamine se plantait devant comme un chien d'arrêt.

Il mime la scène. Le sourire de Sheila s'élargit et s'adoucit. Les dons, même les plus modestes, ont cet effet-là chez ceux qui vivent dans le dénuement – ça les décrispe. C'est un trait de caractère qui perdure chez Cal, lui qui ne mange pourtant plus de vache enragée depuis vingt-cinq ans. Mais il connaît la douce et chaude vague d'étonnement qu'on éprouve quand, pour une fois, la vie est d'humeur généreuse envers vous.

— Hé ! les interpelle-t-il, en se levant et en tendant les chocolats par-dessus la barrière. Vous aimez les Kit Kat ?

Les petits jettent un coup d'œil à leur mère pour solliciter sa permission. Lorsqu'elle approuve de la tête, ils s'approchent, épaule contre épaule, et saisissent les barres.

— Dites merci, ordonne Sheila machinalement.

Ils n'en font rien, même si la fillette lance à Cal un grand sourire ravi. Tous les deux repartent en vitesse à la structure de jeu, avant que quelqu'un puisse leur reprendre leur chocolat.

— Vous n'avez que ces deux-là ? demande Cal, en s'appuyant plus confortablement sur la barrière.

— J'en ai six. Ceux-là, ce sont les petits derniers.

— Waouh ! C'est du boulot, ça. Vos grands vont à l'école ?

Sheila balaie les alentours du regard comme si l'un d'eux allait apparaître soudain, ce qui, Cal en convient, serait tout à fait possible.

— Deux, indique-t-elle. Les autres sont adultes.

— Attendez, fait Cal, l'air ravi d'avoir fait le rapprochement. Brendan Reddy, c'est votre fils ? Celui qui a fait les travaux d'électricité chez machin, là, le vieux maigrichon avec une casquette ?

Aussitôt, Sheila replonge dans sa bulle. Ses yeux glissent sur le visage de Cal, et elle les lève vers la route un peu plus haut comme si une action s'y déroulait.

— Je sais pas, répond-elle. Ça se peut.

— C'est un coup de veine, ça. Vous voyez ma maison, donc ? Je la retape moi-même. Je me débrouille bien tout seul pour presque tout, la plomberie et la peinture. Mais j'ai pas envie de trifouiller les fils sans avoir eu l'avis de quelqu'un qui s'y connaît. Brendan touche sa bille en électricité, pas vrai ?

— Ouais. (Ses bras ont remonté pour serrer ses côtes sous sa poitrine.) C'est son truc. Mais il est pas là.

— Il revient quand ?

Un soubresaut agite les épaules de Sheila.

— J'en sais rien. Il est parti de la maison. Le printemps dernier.

— Oh, fait Cal, feignant de comprendre. Il a déménagé ?

Elle hoche la tête, toujours sans le regarder.

— Il est dans le coin, quelque part où je pourrais lui passer un coup de fil ?

Brusque hochement de tête négatif.

— Il m'a pas dit.

— C'est rude, compatit Cal tranquillement. Ma fille m'a fait le coup, une fois. Quand elle avait dix-huit ans. Elle s'était mis en tête que sa mère et moi on ne lui accordait pas assez de liberté, et elle s'est tirée.

Alyssa n'avait jamais rien fait de tel. Elle avait toujours été une fille modèle, respectueuse des règles, et elle détestait contrarier les gens. Quoi qu'il en soit, Sheila a reporté son attention sur lui.

— Sa mère voulait qu'on la cherche, mais j'ai dit non, on la laisse gagner cette fois-ci. Si on va la récupérer, elle sera encore plus furax, et elle partira beaucoup plus loin le coup d'après. On lui fiche la paix, et elle reviendra quand elle sera prête. Vous avez cherché votre fils, vous ?

— Je vois pas trop comment.

— Il a un passeport ? Sans, il n'a pas pu aller très loin.

— Je lui en ai jamais fait faire. Il a pu s'en occuper tout seul. Il a dix-neuf ans. Par contre, il en a pas besoin pour aller en Angleterre.

— Il vous a parlé de villes qu'il aurait aimé visiter ? De gens qu'il aurait voulu aller voir ? Notre fille, elle nous rebattait toujours les oreilles avec New York, et bingo, c'est là qu'elle est allée.

Elle hausse une épaule.

— Des tas d'endroits. Amsterdam. Sydney. Nulle part où je pourrais aller le chercher.

— Quand ma fille a fugué, reprend Cal d'un air songeur, en changeant ses bras de position sur le portail et en regardant les enfants dévorer leurs friandises, sa mère s'est persuadée qu'on aurait pu le prévoir. La petite qui n'arrêtait pas de parler de New York, c'était un indice qu'on aurait dû relever. Elle s'en est voulu à mort. Les garçons, eux, c'est une autre histoire.

Cal n'avait jamais aimé se servir de sa fille pour les récits fictifs qu'il utilisait dans son travail ; dans l'ensemble, il préférait s'en tenir à Buddy, son fils imaginaire. Mais parfois, recourir à une fille permettait une meilleure approche.

— C'est dur de leur arracher deux mots, pas vrai ? dit-il.

— Pas Brendan. Lui, c'est un bavard.

— Ah oui ? Il a laissé entendre qu'il avait envie de partir ?

— Jamais directement. Il répétait qu'il en avait marre. Marre de rien avoir à faire, d'être fauché. Il voulait plein de trucs, depuis toujours, et il pouvait jamais… (Elle lui adresse un regard où se mêlent honte, défi et ressentiment.) C'est usant, quoi.

— Ça, c'est sûr. Surtout quand on se sent coincé. C'est dur pour un jeune.

— Je savais qu'il en avait sa claque. J'aurais peut-être dû…

Le vent plaque des mèches de cheveux sur son visage. Elle les chasse, brusquement, d'un revers de sa main rougie par le travail.

— Vous n'avez pas de reproches à vous faire. C'est ce que j'ai dit à ma femme. Vous n'êtes pas voyante. Vous êtes obligée de vous débrouiller avec les cartes que vous avez en main.

Sheila hoche la tête, l'air peu convaincue.

— Ce qui lui a fait mal, aussi, c'est la lettre que notre fille nous a laissée. Pour nous dire qu'on était des emmerdeurs, et que tout était notre faute. Moi, je pensais qu'elle s'était monté le bourrichon pour avoir la force de partir, mais sa maman ne l'a pas vu comme ça. Il vous a laissé un mot, votre fils ?

Nouveau hochement de tête négatif.

— Rien du tout, répond-elle.

Ses yeux sont secs, mais elle a la voix râpeuse, à vif.

— Il est jeune, remarquez. Comme ma fille à l'époque. À cet âge-là, ils ne se rendent pas compte de ce qu'ils nous font endurer.

— Elle est rentrée, votre fille ?

— Oh, oui, lui confirme Cal, avec un sourire jusqu'aux oreilles. Ça lui a pris deux mois, mais quand elle a estimé que le message était passé, et surtout quand elle en a eu marre de bosser dans un petit resto et de partager une colocation dans un studio infesté de cafards, on l'a vue débarquer. En pleine forme.

Un sourire très fugace anime les lèvres de Sheila.

— Vous avez dû remercier le ciel.

— Oh, que oui ! Et les cafards, aussi, plaisante-t-il, avant d'ajouter, plus sérieusement : L'attente, c'était très dur, en revanche. On s'est fait un sang d'encre. Et si elle s'était retrouvée avec un type qui ne la traitait pas bien, et si elle n'avait pas trouvé de logement… Ou pire.

Il souffle par le nez en contemplant les collines.

— C'était dur, vraiment. C'est peut-être différent avec un garçon. Vous vous faites du souci, ou vous vous dites qu'il est assez grand pour se prendre en main ?

Sheila détourne le regard ; il voit saillir le tendon dans son cou lorsqu'elle déglutit.

— Je m'inquiète, ça, c'est sûr.

— Pour une raison précise ? Ou juste parce que vous êtes sa mère et que c'est votre boulot ?

Le vent rabat de nouveau des mèches sur la pommette saillante de Sheila. Cette fois, elle ne les repousse pas.

— On a toujours des raisons de se faire du souci.

— Je ne voulais pas être indiscret. Désolé si j'ai dépassé les limites. Tout ce que je veux dire, c'est que les gamins nous en font voir de toutes les couleurs. Le plus souvent, ça s'arrange tout seul. Pas toujours, mais la plupart du temps.

Sheila prend une brève inspiration et reporte son attention sur lui.

— Il va s'en sortir comme un chef, affirme-t-elle, d'un ton soudain plus sec.

Elle n'a plus l'air d'être ailleurs.

— Je peux pas lui en vouloir, forcément. Il fait juste ce que j'aurais dû faire moi-même quand j'avais son âge. Ça va mieux, maintenant, avec les chaussettes ?

— Je suis un homme neuf. Grâce à vous.

— C'est bien, dit Sheila, à demi détournée vers la maison. Liam ! Alanna ! Descendez de ce machin et venez manger !

— Encore merci, insiste Cal, mais elle s'éloigne déjà d'un pas vif.

Elle pivote à peine pour lui adresser un hochement de tête avant de disparaître à l'angle de la maison, guidant ses enfants devant elle en agitant les mains comme pour les éclabousser.

Cal redescend le versant. Hormis les bosquets d'épicéas, les arbres sont rares et très espacés. On n'en voit qu'un de loin en loin, contorsionné et tout en pointes, dénudé pour l'hiver et figé de côté par l'œuvre de vents implacables. Quelqu'un a utilisé le creux au pied d'un relief comme une décharge, y a jeté un cadre de lit en fer rouillé accompagné par son matelas taché, et un monceau de grands sacs-poubelle éventrés déversant leur contenu. Plus bas, dans les vestiges des murs en pierre d'une fermette à l'abandon, une vieille corneille perchée parmi les herbes qui ont envahi les interstices ouvre son bec pour lui ordonner de passer son chemin.

Il a rencontré des dizaines de personnes telles que Sheila, à la fois pendant son enfance et dans le cadre de son métier. Qu'ils soient nés dans ces conditions ou y aient été précipités par les aléas de la vie, leur point de mire n'est pas plus large que celui d'un animal de proie.

Ils sont accaparés tout entiers par les efforts fournis pour se maintenir à flot ; ils n'ont pas l'horizon pour voir plus grand ni plus loin que la nécessité de conserver une longueur d'avance sur les périls et attraper un casse-croûte de temps en temps. Il comprend encore un peu mieux ce qu'a pu représenter un frère comme Brendan pour un enfant tel que Trey, dans ce foyer.

Sheila a dit la vérité au garçon, ou du moins la même chose qu'à elle-même : elle croit que Brendan a voulu changer d'air et qu'il reviendra. Sa conviction n'est bâtie que sur l'espoir, sans aucune fondation ; ce n'est que du vent.

Son inquiétude, en revanche, est aussi dense et tranchante qu'un silex. Sheila a des raisons de se faire du souci pour Brendan, même si elle n'a pas l'intention de les lui confier. Ce sera peut-être le cas d'un des copains de Brendan.

Cal croyait qu'il avait tourné la page le jour où il avait rendu son insigne. *Ça par exemple*, songe-t-il, avec un sentiment insaisissable. *Il faut croire que je n'ai pas perdu la main*.

Donna aurait levé les yeux au ciel et commenté : « Je le savais, moi. La seule surprise, c'est qu'il t'ait fallu tant de temps pour t'en rendre compte. » Elle avait déclaré un jour qu'il ne pouvait pas s'empêcher de vouloir régler tous les problèmes, le comparant à un accro aux machines à sous incapable de s'arrêter tant qu'il n'a pas décroché le jackpot. Cal s'en était offusqué, étant donné l'énergie et les compétences qu'il déployait pour régler lesdits problèmes, mais Donna avait brusquement levé les mains au ciel et poussé une sorte de feulement agacé.

Elle avait sûrement raison, au moins en partie. Son agitation s'est évaporée.

Mart est appuyé sur le portail et contemple les champs en fumant une cigarette roulée. Lorsqu'il entend les crissements des chaussures de Cal sur la route, il se détourne vivement, puis l'accueille avec un cri de Sioux en cognant son poing contre le sien.

— Bravo, t'es un chef !

— Hein ?

— Il paraît que t'étais chez Lena, l'autre jour. Le courant est passé ? Vous avez fini au plumard ?

— T'es pas possible, Mart.

— Alors ?

Cal secoue la tête, sans pouvoir réprimer un grand sourire amusé.

Les yeux plissés de Mart flamboient d'une lueur espiègle.

— Me déçois pas, cow-boy. T'as eu un bisou et des mamours, au moins ?

— J'ai fait des mamours à un chiot, répond Cal. Ça compte ?

— Ah, bordel, peste Mart, avant d'ajouter, avec plus de philosophie : C'est quand même un pas en avant. Les hommes qui aiment les chiens, ça plaît aux dames. T'auras aucun mal à l'emballer. Tu vas l'inviter au resto ?

— Même pas. Je vais peut-être prendre le chiot, en revanche.

— Si c'est un de sa femelle beagle, t'aurais tort de te priver. C'est une chienne sensass. C'est là que t'as passé la matinée ? T'es allé câliner les chiots ?

— Non, je suis allé me promener dans la colline. Mais comme j'ai marché dans un coin marécageux, je suis rentré.

Cal lève son pied mouillé.

— Fais gaffe avec les tourbières, commente Mart en inspectant la chaussure, une casquette orange sale floquée de l'inscription « HOULE MA POULE » vissée sur la tête. Elles sont rudement traîtresses. Si tu mets les pieds où il faut pas, t'en ressortiras jamais. Des tas de touristes pourrissent là-dessous… Elles les avalent comme des bonbecs.

Il lance à Cal un regard en biais plein de malice.

— Et je te parle même pas des hommes des collines. Ils sont tous complètement siphonnés, là-haut, et ils te fendront le crâne en deux temps, trois mouvements.

— On risque pas de t'embaucher à l'office du tourisme.

— Ils ont jamais grimpé dans les collines, ceux-là. Reste donc en bas, chez les gens civilisés.

— Je tâcherai d'y penser, répond Cal en tendant le bras pour ouvrir son portail.

Voyant que Mart ne s'écarte pas, il ajoute :

— Je suis pas passé au village. Désolé.

Toute espièglerie abandonne subitement le visage du vieil homme, qui se fait sombre.

— Je suis pas là pour les biscuits, rétorque-t-il, avant de tirer une dernière longue bouffée de sa cigarette et de la jeter dans une flaque. Viens voir dans mon champ. J'ai un truc à te montrer.

Les moutons de Mart sont agglutinés dans l'herbage de première ligne. Nerveux et remuants, ils trépignent au lieu de paître. Le pré de deuxième ligne est vide, ou presque. Au milieu de l'herbe verte, on distingue un amas de forme vague et de couleur pâle, difficile à identifier.

— Une de mes meilleures brebis, annonce Mart, en poussant la barrière.

Il s'exprime d'un ton monocorde si éloigné de son accent chantant habituel que Cal en est dérouté.

— Je l'ai trouvée ce matin, ajoute-t-il.

Cal fait le tour de la carcasse comme il aurait procédé sur une scène de crime, en restant à bonne distance et en prenant son temps. Des grappes de grosses mouches noires s'affairent dans la laine blanche. En s'approchant, il agite le bras pour les chasser, et les insectes s'envolent dans un désordre bourdonnant.

L'animal est atrocement mutilé. Sa gorge n'est qu'une charpie ensanglantée, tout comme l'intérieur de sa bouche pendante, à l'écartement beaucoup trop large. Ses yeux ont disparu. Un rectangle de peau, de deux mains de large, est écorché jusqu'aux côtes. Sous sa queue se trouve une grande béance rouge.

— Elle a été drôlement charcutée, commente Cal.

— Comme celle de Bobby Feeney, lui rappelle Mart, le visage fermé.

Cal inspecte l'herbe, trop souple pour conserver des empreintes.

— J'ai déjà regardé, indique l'éleveur. Et aussi dans la boue au bord de la route. Il n'y a rien du tout.

— Kojak a reniflé une piste ?

— C'est un chien de berger, pas un chien de chasse. (Mart désigne la brebis d'un signe de tête.) Ça lui a pas plu, mais pas du tout. Ça l'a rendu dingue. Il hésitait entre l'attaquer et se tirer sans demander son reste.

— Pauvre bête.

Cal s'accroupit pour l'examiner de plus près, en restant toujours à une certaine distance – l'odeur écœurante de la putréfaction s'échappe déjà de la bête. Les blessures sont bien nettes, comme infligées par un couteau tranchant, mais Cal sait, à force de tailler le bout de gras avec les collègues de la Criminelle, que, dans la mort, la peau peut se comporter étrangement.

— Bobby a perdu d'autres moutons ?

— Non. Ces derniers temps, il fait le guet sur ses terres la moitié de la nuit, en espérant voir les petits hommes verts débarquer pour remettre ça, et il a pas vu plus méchant qu'un blaireau. Explique-moi, tiens : quel animal est assez malin pour ne prendre qu'une brebis dans une exploitation, puis se détourner d'une source abondante de proies dès que le fermier monte la garde ?

Cal se posait la même question.

— Un fauve, peut-être. Mais vous n'en avez pas, par ici, hein ?

— Ils sont futés, c'est certain, répond Mart, qui plisse les paupières pour contempler les hauteurs. Mais il n'y en a pas, non, pas à l'état sauvage. Va savoir ce que certains sont capables de relâcher, remarque. Ces collines, c'est l'endroit rêvé pour se débarrasser de ce qu'on ne veut plus.

— Un homme serait assez malin pour changer d'endroit après un premier mouton, suggère Cal.

Mart garde la vue rivée sur les hauteurs.

— Un gros malade, alors. Un cinglé de première.

— Il y a quelqu'un qui correspond à cette description, dans le coin ?

— Pas à ma connaissance. C'est possible qu'on s'en soit pas rendu compte.

— Dans un aussi petit bled ?

— On sait jamais quand quelqu'un va péter un plomb. Le fils Mannion, par exemple… Un gars adorable, jamais le moindre problème. Il y a quelques années, il a balancé un chat sur un bûcher. Il l'a brûlé vivant. Il avait même pas picolé ni rien. Juste pour s'amuser.

Tout le monde était capable du pire, oui. Même ici, apparemment.

— Il est où, ce fils Mannion, en ce moment ?

— Après ça, il est parti en Nouvelle-Zélande. Il n'a pas remis les pieds ici.

— Hmm. Tu vas prévenir la police, du coup ? La fourrière ?

Comme Trey, Mart le regarde comme s'il était le dernier des imbéciles.

— D'accord, dit Cal.

Il se demande ce que Mart attend de lui, maintenant. On lui a déjà donné largement de quoi s'occuper, dernièrement ; il n'a aucune intention d'ajouter un mouton mort à sa charge de travail.

— C'est ta brebis, c'est toi qui vois.

— Je tiens à savoir ce qui a fait ça. Ta petite parcelle boisée, là, elle est assez épaisse pour que je puisse m'y planquer. Je voudrais juste que tu me laisses y passer quelques nuits.

— Tu crois que le prédateur va revenir ?

— Pas chez moi. Mais depuis ces arbres, on a une vue bien dégagée sur les terres de P.J. Fallon, et il a un beau troupeau. Si cette saleté s'en approche, je l'attends de pied ferme.

— Oui, pas de problème.

Cal n'est pas enchanté à l'idée que Mart fasse le guet tout seul. Son voisin est un vieux monsieur maigrelet aux articulations rouillées, et il ne sait peut-être pas aussi bien que Cal qu'un fusil de chasse n'a rien d'une baguette magique.

— Je pense que je devrais me joindre à toi. Pour qu'on soit sûrs de ne rien rater.

Mart secoue la tête.

— Je m'en sortirai mieux tout seul. C'est plus dur de cacher deux bonshommes.

— J'ai pas mal chassé. Je sais rester immobile.

— Franchement, je préfère pas, répond Mart avec un sourire grimaçant. Avec ta carrure, c'est sûr que le machin te verrait depuis l'espace. Reste donc bien au chaud au lieu de te geler les miches pour un truc qui est sûrement parti depuis longtemps.

— Comme tu voudras.

Cal doit avertir Trey qu'il doit cesser ses visites nocturnes, ou le garçon risque de se retrouver les fesses truffées de plomb.

— Préviens-moi si tu changes d'avis.

Les mouches se sont reformées en masses denses et grouillantes. Lorsque Mart donne un léger coup dans la brebis du bout de sa chaussure, elles s'envolent de nouveau, brièvement, avant de se remettre à la tâche.

— J'ai pas entendu le moindre bruit, lui confie le fermier.

Il assène un autre coup de pied à la carcasse, plus fort cette fois. Puis il se détourne et part d'un pas mécontent, les mains enfoncées profondément dans les poches de sa veste, vers sa maison.

Le facteur est passé entre-temps : le permis de chasse de Cal l'attend par terre devant sa porte. Quand il a déposé sa demande d'autorisation, c'était davantage en rêvant d'un civet de lapin que par réelle nécessité. Une des particularités qui l'avaient marqué lorsqu'il s'était renseigné sur l'Irlande, c'était l'absence de danger : pas d'armes à feu, pas de serpents, ni ours ni coyotes, pas de veuves noires, même pas un petit moustique. Cal a le sentiment d'avoir passé le plus clair de son existence confronté à des créatures sauvages, d'une sorte ou d'une autre, et l'idée de goûter sa retraite sans plus devoir s'en inquiéter lui avait plu. Il avait l'impression que les Irlandais auraient sans doute une insouciance dont ils n'auraient même pas conscience. À présent, il serait rassuré d'avoir cette carabine chez lui, et le plus tôt serait le mieux.

Il se prépare un sandwich au jambon pour le déjeuner. En mangeant, il parvient à consulter les horaires des cars sur Internet. Le mardi soir, l'un d'eux, à destination de Sligo, passe par la grand-route vers cinq heures, et un autre pour Dublin y marque un arrêt peu après sept heures. Les deux sont des possibilités, même si aucune ne s'impose à Cal comme la réponse évidente. La grand-route se trouve à cinq kilomètres de chez les Reddy et, d'après Trey, Brendan est parti de chez lui vers cinq heures, au moment où Sheila les appelait pour dîner, qu'on prend en effet très tôt dans ces contrées. Trey a une conception du temps assez flottante, aussi son estimation peut-elle être erronée, et Cal doute que Sheila serve les repas à heures fixes, mais même un départ à quatre heures et quart serait très juste pour attraper le car pour Sligo. Quant à celui à destination de Dublin, Brendan aurait été beaucoup trop en avance en ne partant qu'à cinq heures et même cinq heures et demie, et cela ne justifiait pas qu'il saute le dîner. Si le jeune homme avait prévu d'aller loin, Cal juge donc plus probable qu'il ait demandé à quelqu'un de l'emmener.

Il compose le numéro du jeune homme, histoire d'essayer. Comme Trey l'a indiqué, la messagerie s'enclenche directement : « Salut, c'est Brendan, laissez un message. » Il a une voix jeune, légèrement éraillée, vive et désinvolte, comme s'il avait expédié cette annonce entre deux tâches plus importantes. Cal tente quelques combinaisons pour accéder à la boîte vocale, au cas où Brendan n'aurait pas modifié le code par défaut, sans succès.

Il termine son sandwich, fait sa vaisselle et prend la direction de l'armurerie Daniel Boone. Celle-ci est cachée aux confins d'une succession de petites routes, et Kevin – le vrai prénom dudit Daniel – est un grand type dégingandé aux longs cheveux embroussaillés, qu'on imaginerait plutôt disquaire dans une salle en sous-sol à l'odeur de moisi, mais il en connaît un rayon. La Henry .22 de Cal l'attend, graissée et prête à l'emploi.

Cal n'en a pas eu une entre les mains depuis une éternité, et il avait oublié la satisfaction absolue que lui procure son contact. La masse compacte et chaleureuse de la crosse en noyer est un régal, la mécanique est si douce qu'il pourrait passer la journée à actionner le levier de sous-garde.

— Ça valait le coup d'attendre, déclare-t-il.

— J'ai pas beaucoup de demandes pour ce modèle, dit Kevin, en contemplant la carabine d'un regard amer, la hanche appuyée contre le comptoir. Sinon, j'aurais pas eu besoin de la commander.

L'armurier l'a pris personnellement. À l'évidence, il a eu le sentiment d'avoir démérité, voire de ne pas avoir fait honneur à son pays, en se laissant prendre en défaut par un Américain.

— Mon grand-père en avait une, indique Cal. Quand j'étais môme. Je ne sais pas ce qu'elle est devenue.

Il la cale contre son épaule et vise dans le vide, savourant son bel équilibre. Cal n'a jamais beaucoup aimé son Glock de service, ses lignes brutales, son arrogance d'arme conçue pour être pointée vers des êtres humains. Ces pistolets suintaient la violence, ne recelaient aucune dignité. La Henry, selon lui, est l'essence même de l'arme à feu.

— Elles n'ont pas beaucoup changé, explique Kevin. Vous allez mettre dans le mille en moins de deux. Direction le stand de tir, maintenant ?

— Pas la peine, répond Cal, un peu agacé qu'on pense de lui qu'il en ait besoin. Je vais me rapporter de quoi dîner.

— Un bon lapin, il n'y a que ça de vrai. Surtout en ce moment, quand ils sont bien gras pour l'hiver. Si vous m'en rapportez un, je vous ferai une ristourne sur les cartouches.

En rentrant, Cal a la ferme intention de rendre ce service à Kevin, histoire de se faire pardonner. Il doit toutefois revoir ses projets, car Trey l'attend assis contre sa porte, les genoux repliés, en train de manger un beignet.

— Arrête un peu de chourer des trucs à Noreen, le tance Cal.

Le garçon se pousse pour qu'il puisse ouvrir, puis fouille dans sa poche de veste et lui tend un sac en papier contenant un autre beignet légèrement écrasé.

— Merci.

— Vous avez une carabine, lui fait remarquer Trey, impressionné.

— Eh ouais. Il n'y en a pas, chez toi ?

— Non.

— Pourquoi ? Si je vivais là-haut, sans personne à des kilomètres à la ronde, je voudrais avoir de quoi me protéger.

— Mon père en avait une. Il l'a vendue avant de partir. Alors, vous avez avancé ?

— Je t'ai dit que ça allait prendre du temps.

Cal entre et pose son arme dans un coin. Il n'a pas envie de montrer à Trey où se trouve son armoire à fusils.

Trey le suit.

— Ouais, je sais. Mais vous avez découvert quoi, aujourd'hui ?

— Si tu continues à me tanner, je vais t'envoyer balader et t'interdire de revenir avant une semaine.

Trey enfourne la fin de son beignet et y réfléchit en mâchant. Visiblement, il parvient à la conclusion que Cal ne plaisante pas.

— Vous m'avez dit que vous alliez m'apprendre à utiliser ça, reprend-il en désignant la carabine d'un signe de tête.

— J'ai dit peut-être.

— J'ai l'âge, en tout cas. Mon père a montré à Brendan quand il avait douze ans.

Ce qui n'est pas logique, la carabine ayant été revendue avant que Brendan atteigne cet âge, mais Cal range cette incohérence dans un coin de sa tête.

— Du travail t'attend, rappelle-t-il au garçon, avant d'ouvrir sa caisse à outils et de lui lancer sa vieille brosse à dents. À l'eau chaude et au liquide vaisselle.

Trey attrape la brosse, dépose sa parka sur une chaise, va chercher une tasse d'eau savonneuse et, avec précaution, fait basculer le bureau sur le dos afin de pouvoir s'agenouiller à côté.

Tout en étendant sa bâche plastique et en soulevant le couvercle de son pot de peinture, Cal l'observe du coin de l'œil. Le gamin se met à la tâche à une cadence qu'il ne pourra pas tenir, désireux de faire de nouveau ses preuves après son coup de colère de l'autre jour. Cal verse de la peinture dans le bac et le laisse faire.

— J'ai vérifié les affaires de Bren, annonce Trey sans lever les yeux.

— Alors ?

— Son chargeur est là. Il y a aussi son rasoir, sa mousse à raser et son déodorant. Il n'a pas pris son sac de cours, et il n'a que celui-là.

— Et ses vêtements ?

— Je crois pas qu'il en manque. Juste ceux qu'il portait. Il en a pas beaucoup.

— Il possède quelque chose qu'il n'abandonnerait pas ? Un objet qui aurait une grande valeur pour lui ?

— Sa montre, qui était à mon grand-père. Ma mère la lui a donnée pour ses dix-huit ans. Elle est pas là. Il l'a toujours sur lui, de toute façon.

— OK, répond Cal, en plongeant son rouleau dans la peinture. C'est bien.

— Alors, vous voyez ? fait Trey, plus fort, une note de victoire et de peur dans la voix.

— Ça ne veut pas dire grand-chose. Il a peut-être pensé que s'il emportait des affaires en douce quelqu'un le remarquerait. Il avait assez d'argent pour tout racheter.

Trey se mord la joue et se penche de nouveau sur le bureau, mais Cal devine qu'il cherche le courage d'aborder un autre sujet. Il commence la deuxième couche et attend.

Cela prend du temps. Dans l'intervalle, Cal se rend compte qu'il préfère son rythme de travail quand le garçon est là. Seul, ces derniers jours, il avançait de façon décousue, tantôt accélérant, tantôt ralentissant, ce qui n'avait rien changé au résultat, mais l'avait mis à cran. En étant contraint de donner l'exemple, il reste bien régulier. Peu à peu, les mouvements effrénés de Trey se font plus raisonnables.

Au bout d'un moment, il déclare :

— Vous êtes allé chez moi.

— Ouais. Tu devais vraiment être en cours, pour une fois.

— Elle a dit quoi, ma mère ?

— Ce que tu m'as déjà raconté.

— C'est pas pour ça qu'elle a raison. Ma mère, y a des trucs qu'elle voit pas, des fois.

— Comme tout le monde, non ? Et elle t'a dit quoi, à toi ?

— C'est pas elle qui m'a pas parlé de vous. C'est Alanna. Elle m'a expliqué qu'un monsieur barbu avec une chaussure mouillée leur avait donné des Kit Kat.

— Exact. J'étais parti me promener, et par malchance mon pied s'est enfoncé dans la tourbière juste à côté de chez ta mère. Quelle coïncidence, pas vrai ?

Trey ne sourit pas. Après un court instant, il ajoute :

— Elle est pas cinglée, ma mère.

— Je n'ai jamais dit ça.

— Y en a qui le disent.

— Les gens en sortent souvent de plus grosses qu'eux.

Trey n'a apparemment aucune idée de ce que ça signifie.

— Vous croyez qu'elle est cinglée, vous ?

En réfléchissant, Cal se rend compte qu'il préférerait de loin ne pas mentir à Trey s'il peut l'éviter.

— Non, ce n'est pas l'impression qu'elle m'a donnée. C'est plutôt quelqu'un qui aurait bien besoin que la chance lui sourie un peu.

Il devine au tressaillement des sourcils de Trey que le garçon n'avait encore jamais envisagé les choses sous cet angle.

— Retrouvez Brendan, alors, lui enjoint-il au bout d'un moment.

— Parmi les copains dont tu m'as parlé, lequel est le plus fiable ?

Trey ne s'est visiblement jamais posé cette question.

— Je sais pas. Paddy, c'est un gros abruti, il racontera n'importe quoi. Et Alan, il est chelou, complètement à la masse. Fergal, peut-être.

— Où habite-t-il ?

— De l'autre côté du village, à un peu moins d'un kilomètre par la route. Chez lui, c'est un élevage de moutons, une maison blanche. Vous allez l'interroger ?

— Lequel est le plus futé ?

Un léger sourire passe sur les lèvres de Trey.

— Eugene Moynihan est convaincu que c'est lui. Il a été pris à Sligo Tech, une école de commerce ou je sais pas quoi. Il se croit trop intelligent.

— Tant mieux pour lui. Il est parti à Sligo pour ses études, ou il vit toujours dans les parages ?

— Il a pas envie de rester tout seul dans son coin. Je parie qu'il rentre tous les jours. Il a une moto.

— Où habite-t-il, lui ?

— Dans le village. La grosse maison jaune avec le jardin d'hiver sur le côté.

— Ils sont comment ?

Trey souffle du coin de la bouche d'un air méprisant.

— Eugene, c'est un bouffon. Fergal, il est débile.

Cal conclut qu'il n'obtiendra pas plus de détails à leur sujet.

— Brendan sait s'y prendre pour dégoter les bons copains, on dirait.

Cette réflexion lui vaut un regard noir.

— Y a pas beaucoup le choix, dans le coin. Qu'est-ce qu'il y peut, lui ?

— Ce n'est pas contre lui, petit, se défend Cal, qui lève les mains en signe d'apaisement. Il traîne avec qui il veut.

— Vous allez les interroger ?

— Je vais discuter avec eux. Comme je te l'ai déjà expliqué. On parle aux connaissances de la personne disparue.

Trey hoche la tête, satisfait par cette réponse.

— Je fais quoi, moi ?

— Rien. Tu n'approches pas d'Eugene, ni de Fergal, tu ne te fais pas remarquer.

Voyant une moue rebelle gagner la bouche de Trey, il ajoute :

— Point final.

Trey lève les yeux au ciel et se remet au travail. Cal juge inutile d'insister ; le gamin sait à quoi s'en tenir, et il n'est pas idiot. Le plus probable est qu'il obéisse, pour l'instant en tout cas.

Lorsque le ciel s'embrase d'orange derrière la ligne des arbres, Cal lui demande :

— Il est quelle heure, d'après toi ?

Trey lui adresse un regard soupçonneux.

— C'est affiché sur votre téléphone.

— Je sais, merci. Vas-y, essaie de deviner au plus juste.

Sans se départir de son regard méfiant, Trey finit par hausser les épaules.

— Sept heures, je dirais.

Cal vérifie. Sept heures passées de huit minutes.

— Dans ces eaux-là, indique-t-il.

Si Trey estime que Brendan est parti à cinq heures, il a dû tomber à peu près juste.

— C'est assez tard pour que tu rentres chez toi. Je veux que tu évites de zoner par ici à la nuit tombée, dans les jours qui viennent.

— Pourquoi ?

— Mon voisin Mart, un de ses moutons a été tué. Il l'a mauvaise.

Trey médite cette information.

— Bobby Feeney aussi s'est fait tuer un mouton, commente-t-il.

— Exact. Tu sais ce qui pourrait s'attaquer à ces bêtes, dans le coin ?

— Je sais pas, un chien ? C'est déjà arrivé. Sean Maguire l'a abattu.

— Possible, répond Cal, en songeant au rectangle dépecé sur les côtes de la brebis. Tu as déjà vu un chien qui se baladait en liberté, quand tu traînais dans le coin la nuit ? Ou un autre animal assez gros pour faire ça ?

— Il fait noir, souligne Trey. On sait pas toujours bien ce qu'on voit.

— Tu as vu quelque chose, donc.

Le garçon hausse une épaule, les yeux rivés sur les allers-retours de la brosse à dents.

— J'ai vu des gens rentrer dans des maisons où ils auraient pas dû aller, deux ou trois fois.

— Et ?

— Rien. Je suis parti.

— Sage décision. Allez, va-t'en. Tu peux revenir demain. Après-midi.

Trey se lève, s'essuie les mains sur son jean, et désigne le bureau d'un signe de tête. Cal s'en approche pour l'examiner.

— Ça progresse, commente-t-il. Plus qu'une heure de travail ou deux, et tu l'auras récupéré.

— Quand j'aurai fini, enchaîne Trey en enfilant un bras dans sa parka, vous pourrez m'apprendre pour ça.

Il indique la carabine d'un petit coup de menton et sort avant que Cal ait eu le temps de répondre.

Cal va à la porte et regarde le gamin s'éloigner à grands pas en longeant les haies. Il détecte d'infimes mouvements dans l'herbe haute de son champ, des lapins sortis pour leur repas du soir, mais la Henry et le civet sont à mille lieues de ses pensées. Lorsque Trey s'engage sur la route qui monte vers les collines, Cal attend encore quelques instants et se rend à son portail. Il observe le dos grêle du garçon tandis qu'il gravit la côte, les mains dans les poches, et s'enfonce dans les ténèbres entre les mûriers. Même après que Trey n'est plus visible, Cal reste les bras appuyés sur la barrière, à tendre l'oreille.

9

Cal a toujours aimé le matin, sans pour autant *être* du matin : il lui faut du temps, la lumière du jour et du café pour se mettre en route. Il apprécie les matins non pas pour l'effet qu'ils ont sur lui, mais pour ce qu'ils sont. Même au cœur d'un quartier tumultueux de Chicago, les bruits de l'aube vous parviennent avec une délicatesse surprenante, et l'air est teinté d'un piquant acidulé qui vous incite à respirer plus profondément. Ici, les premières lueurs se déversent dans les champs comme si un acte divin se produisait, embrasant des millions de gouttelettes de rosée et transformant les toiles d'araignée en arcs-en-ciel. Des volutes de brume s'élèvent de l'herbe, les premiers cris des oiseaux et des moutons semblent voyager sans effort sur des kilomètres. Chaque fois qu'il réussit à s'y contraindre, Cal se lève tôt et prend son petit déjeuner sur son perron de derrière, savourant la fraîcheur matinale et la forte odeur de terre. Le beignet que Trey lui a apporté la veille est encore suffisamment appétissant.

Le Wi-Fi étant d'humeur conciliante, Cal ouvre Facebook sur son mobile pour chercher les profils d'Eugene Moynihan et Fergal O'Connor. Le premier est très brun et filiforme. On le voit sur un cliché de profil, pris sur un pont dans un endroit qui évoque l'Europe de l'Est. Sur sa photo, Fergal a un large sourire, le visage rond et des joues rouges et brillantes de petit garçon, et il brandit une pinte vers l'objectif.

Brendan a un compte Facebook, lui aussi, mais sa dernière publication date d'un an, un like partagé dans une tentative de gagner des places pour un festival. Sa photo le représente sur une moto, souriant de toutes ses dents par-dessus son épaule. Mince et châtain, il a des traits francs et expressifs qui selon son humeur peuvent être séduisants ou beaucoup moins, et sujets à des changements brusques. Cal lui trouve une ressemblance avec Sheila, dans les pommettes et le bas du visage, mais aucune avec Trey.

Si Eugene est étudiant et Fergal agriculteur, Cal sait sans l'ombre d'un doute lequel sera levé de bonne heure un samedi matin. Il traverse le village, où le magasin de Noreen et le Seán Óg's sont encore endormis derrière leurs volets fermés, et la route est déserte : seule une vieille femme qui dépose des fleurs dans la grotte mariale au croisement se détourne pour le saluer. Huit cents mètres plus loin, il atteint de vastes pâturages où paissent avec entrain de gros moutons, et un immense corps de ferme blanc. Dans la cour, un grand gaillard en polaire et pantalon de travail décharge de gros sacs d'une remorque et les porte jusqu'à un impressionnant hangar en tôle ondulée.

— Bonjour, dit Cal, en se postant devant le portail.

— Bonjour, répond le jeune homme en soulevant sa charge suivante.

Il est un peu essoufflé. L'effort confère à son visage le même lustre que sur la photo de son profil Facebook, et il a dans le regard cette même étincelle, comme si Cal, peut-être, lui apportait un encas-surprise.

— C'est un beau troupeau que tu as là, déclare Cal.

— Pas trop mal, acquiesce Fergal, en calant mieux le sac sur son épaule.

Enrobé, il a les cheveux bruns soyeux et des hanches féminines. Il donne l'impression de tout faire au ralenti.

— On aurait dû en avoir plus, mais on fait au mieux avec ce qu'on a.

— Ah oui ? Comment ça se fait ?

À cette question, Fergal marque un temps d'arrêt et ouvre de grands yeux étonnés, comme stupéfait qu'on puisse l'ignorer.

— À cause de la sécheresse de l'été dernier, tiens. On a dû vendre des têtes, parce qu'on pouvait pas toutes les nourrir.

— C'est pas de veine. C'est pas la pluie qui a manqué, cet été.

— C'était mieux, c'est sûr, approuve Fergal. L'année dernière, la sécheresse a duré jusqu'à la saison de reproduction. Ça nous a méchamment entamé le rendement à l'agnelage.

— Je ne vivais pas encore ici, indique Cal. (Il plisse les paupières et contemple le ciel, marbré de blancs et de gris nacrés.) J'ai du mal à imaginer que le soleil puisse taper trop fort, dans le coin. C'est pas ce qu'on nous vend sur les sites pour les touristes.

— J'adore le grand soleil, moi, avoue Fergal, avec un sourire timide. C'était bizarre, l'année dernière, de pas être content de le voir. Je savais plus où j'en étais.

Ce jeune est sympathique à Cal. Leur conversation est agréable, et il se serait bien contenté de continuer dans cet esprit. Il éprouve une pointe d'agacement envers Trey et son imbécile de frère.

— Cal Hooper, se présente-t-il. J'habite dans l'ancienne maison des O'Shea, de l'autre côté du village.

Fergal vient vers lui d'un pas lourd, puis repositionne son sac de façon à se libérer une main et serrer celle que lui tend Cal.

— Fergal O'Connor.

— C'est fou ça ! s'exclame Cal d'un ton ravi. On m'a dit que tu es le type qu'il me faut, et te voilà. Je peux te filer un coup de main pendant qu'on discute ?

Tandis que Fergal essaie de comprendre ce qui se passe, Cal se faufile de l'autre côté de la barrière et la referme soigneusement, puis prend un sac sur la remorque. Il le hisse sur son épaule, songeant avec satisfaction que quatre mois plus tôt cela lui aurait sûrement valu de se déchirer une demi-douzaine de muscles. Sur chacun est imprimé un dessin au trait représentant un mouton, sous lequel figure l'inscription QUALITÉ SUPÉRIEURE.

— Ça va dans le hangar ? s'enquiert-il.

Fergal a l'air perplexe, mais, faute de trouver une réponse sensée à l'incursion de Cal, il ne proteste pas.

— Ouais, exact. C'est les granules pour les moutons.

Cal le suit dans la resserre, qui est propre, haute de plafond et spacieuse, divisée en longues rangées d'enclos à barreaux métalliques. Balles de foin et sacs de nourriture sont entreposés le long d'un mur. En haut, dans les chevrons, deux jeunes hirondelles virevoltent autour de leur nid.

— Ils ont de la chance, tes moutons. C'est nickel, ici.

— On va bientôt en avoir besoin. Les papis du coin annoncent qu'on va avoir un hiver de chien.

Le jeune homme ne cesse de lui lancer des regards par-dessus son épaule, sans parvenir à trouver la question qu'il souhaiterait poser.

— Et les papis ont raison, en général ?

— Ouais. La plupart du temps.

— Dans ce cas, poursuit Cal, en déposant son sac sur une pile bien nette, j'espère vraiment que tu pourras m'aider. Je voudrais finir de retaper ma maison avant que ce gros hiver nous tombe dessus, et je dois refaire l'électricité de ma cuisine. Un gars au pub m'a dit que pour ce genre de trucs il fallait s'adresser à Brendan Reddy.

Il lui jette un coup d'œil pour voir comment il réagit en entendant ce nom, mais Fergal le fixe en clignant des paupières, perplexe.

— Je suis passé chez lui, reprend Cal, mais Sheila Reddy m'a expliqué qu'il n'était pas dans le coin, en ce moment. Elle m'a dit que tu pourrais peut-être me dépanner.

La confusion de Fergal s'approfondit.

— Moi ?

— C'est ce qu'elle m'a dit.

— J'y connais que dalle en électricité, moi. Brendan, il assure, lui, c'est clair. Mais il est pas là.

Cal relève l'emploi du présent – *il assure*.

— Ah, mince. J'ai dû mal comprendre. Je me sens bien con, tiens.

Il adresse un sourire dépité à Fergal, qui le lui rend, visiblement familier de ce sentiment.

— Je m'excuse de t'avoir dérangé en plein travail. Je vais finir ça avec toi, histoire de me faire pardonner.

— Pas la peine, vous inquiétez pas. Désolé de pas pouvoir vous aider.

— Du coup, je me demande si cette Mme Reddy cherchait juste à se débarrasser de moi, continue Cal, cependant qu'ils retournent vers la remorque, et vu que t'es le meilleur pote de Brendan, tu es le premier à qui elle a pensé.

Il hisse un sac sur son épaule et laisse la place à Fergal.

— Je crois que j'ai commis une sacrée bourde. Je suis arrivé avec mes gros sabots, à réclamer après Brendan. J'étais pas au courant de l'embrouille, moi.

La vitesse à laquelle la tête de Fergal pivote vers lui donne à Cal son premier pressentiment que peut-être Brendan Reddy n'a pas juste répondu aux sirènes de la grande ville. Cette intuition lui vient avec la netteté d'un carillon.

— Quelle embrouille ? s'enquiert Fergal, ses yeux bleus écarquillés par la surprise. Elle vous a raconté quoi, sa mère ?

— C'est pas tant ce qu'elle m'a raconté, mais plutôt ce que j'en ai déduit.

— Qu'est-ce que… ?

Cal attend un instant, mais Fergal se contente de le regarder fixement.

— Tu vois, reprend Cal, en choisissant ses mots avec soin et en s'efforçant de montrer qu'il se sent concerné, quand les gens disent que Brendan n'est plus là, pour eux, c'est pas qu'il a fait ses cartons et un bisou à sa mère, qu'il s'est installé dans un petit appart sympa en ville et qu'il revient tous les dimanches pour savourer la bonne cuisine de maman. Pas vrai ?

Fergal est méfiant. Ses traits n'étant pas conçus pour, cela lui donne un air figé assez comique, comme un gamin sur qui se serait posé un insecte.

— Je sais pas, moi.

— Le problème, c'est que les proches de Brendan sont inquiets pour lui.

Fergal cligne des paupières.

— Inquiets dans quel sens ?

Concluant que c'est une question idiote, il s'empourpre de plus belle.

— Ils craignent qu'il se soit fait enlever.

Fergal en est abasourdi.

— Hein, quoi ? Quand même pas. Un *enlèvement*, sérieux ? Par qui ?

— À toi de me le dire, mon grand, rétorque Cal d'un ton doux. Je ne connais pas grand monde dans le coin.

— J'en sais rien.

— Tu ne te fais pas de souci pour lui ?

— Brendan est pas… D'accord, il est… Il va bien.

Cal affiche un air surpris, ce qui ne lui demande pas un grand effort.

— Tu en as la preuve ? Tu l'as vu, au cours des six derniers mois ? Tu lui as parlé ?

Fergal est dépassé par la tournure que prend sa matinée.

— Oh, non… Je lui ai pas parlé ni rien. Je suppose qu'il a pas de problèmes, c'est tout. Brendan, ça roule toujours.

— C'est à ça que je vois que je vieillis, figure-toi, répond Cal en secouant la tête. Les jeunes trouvent que les vieux se font trop de mouron, et les vieux trouvent que les jeunes ne s'en font pas assez. Ton pote a disparu depuis des mois, et toi, tout ce que tu penses, c'est « pas de nouvelles, bonnes nouvelles ». Pour un vieux comme moi, ça paraît dingue.

— À mon avis, il a juste flippé. Il a pas été enlevé, faut pas déconner. Pourquoi quelqu'un le kidnapperait, franchement ?

— Il a flippé de quoi ? Ou de qui ?

— J'en sais rien. De personne.

— Tu viens de me dire qu'il a eu peur, fils. Forcément de quelqu'un. Ça pourrait être qui ?

— Je disais juste… Il est comme ça, quoi. Ma mère répète toujours que les Reddy sont tous de gros nerveux. Il reviendra quand il se sera calmé.

— Mme Reddy se fait un sang d'encre. Elle réagirait comment, ta mère, si tu disparaissais si longtemps sans donner de nouvelles ?

Cet argument fait mouche. Fergal jette un coup d'œil vers la maison.

— Pas super bien.

— Elle pleurerait toutes les larmes de son corps et elle passerait son temps à prier pour que son fils rentre à la maison.

Puis, cherchant à faire vibrer une corde sensible, Cal enfonce le clou :

— D'ailleurs, qu'est-ce qu'elle dirait si elle savait que tu peux rassurer une autre maman, au lieu de la laisser mariner dans son angoisse ?

Fergal regarde le hangar d'un air nostalgique. Il aimerait pouvoir y retourner, soit pour s'asseoir sur un tas de sacs de granules et méditer la question, soit pour s'y cacher en attendant que Cal renonce et s'en aille.

— C'est toi le mieux placé pour l'aider, mon grand. C'est toi que Brendan a retrouvé le soir avant qu'il se tire. Tu l'as déposé quelque part ?

— Quoi ? Mais non, c'est pas vrai !

La stupéfaction de Fergal paraît d'une authenticité absolue, mais Cal prend quand même une expression sceptique.

— Il est pas venu chez moi. La dernière fois que je l'ai vu, c'était deux ou trois jours avant. Il est passé pour m'emprunter du fric. Je lui ai filé cent balles. Là, il m'a dit : « Classe, je te les rendrai », et il s'est tiré.

Si Brendan avait prévu de partir, le moindre euro aurait été le bienvenu, mais Cal s'interrogeait sur la subite urgence de son départ.

— Il t'a dit pourquoi il en avait besoin ?

Fergal secoue la tête, mais d'un air un peu fuyant, et il cille trop vite.

— Après ça, je l'ai pas revu. Je vous jure.

— J'ai dû mal comprendre, alors. En tout cas, si tu sais où Brendan s'est posé, il faut que tu mettes sa mère au courant. Tout de suite.

— J'en sais carrément rien. Sur ma vie.

— Les réponses que tu n'as pas, ça ne va pas être d'une grande aide à Mme Reddy, rebondit Cal.

Il doute que Fergal ait l'idée de se demander pourquoi un étranger se donne tant de mal pour rassurer Sheila Reddy

— Lesquelles tu as, alors ? Brendan t'a expliqué ce qu'il préparait, c'est ça ?

Fergal trépigne comme un cheval agité, pressé de se remettre au travail, mais Cal ne bouge pas d'un pouce.

— Je sais pas.

Son visage s'est relâché ; il s'est retranché derrière un rempart d'impassibilité.

— Je pense juste qu'il reviendra un de ces quatre.

Cal connaît ce regard, qu'il a vu des dizaines de fois au coin des rues et dans les salles d'interrogatoire. C'est celui que vous renvoie non pas le type qu'on recherche, mais son copain, qui est capable de se persuader qu'il ne sait rien parce qu'il n'était pas là, celui qui vient juste de découvrir la situation, et qui fera tout pour prouver qu'il est à la hauteur de ce soupçon d'aventure par procuration en ne balançant pas son copain.

— Dis-moi, fils, reprend Cal, en haussant un sourcil tolérant. Tu me prends pour un crétin ?

— Quoi ? Non… J'ai jamais…

— Je préfère ça. J'ai plein de défauts, mais je ne suis pas un crétin, en tout cas personne n'a jamais semblé le penser.

Fergal s'en tient à la stratégie du regard dans le vague, mais de petits tressaillements d'inquiétude agitent ses traits.

— Et j'étais un casse-cou, moi aussi, à une époque. Quoi que Brendan ait fait, j'ai sûrement fait pire. Par contre, j'ai jamais laissé ma mère flipper comme une malade pendant des mois. Je ne te reproche pas de ne pas vouloir avoir affaire à Mme Reddy, mais elle a le droit de savoir ce qui se passe. Si tu as un message à lui transmettre, je m'en charge. Je ne suis pas obligé de lui expliquer d'où je tiens l'info.

Mais il se heurte à un mur dans l'esprit de Fergal, mélange de confusion et de loyauté figée comme du béton.

— Je sais pas où est Brendan, persévère le garçon, avec plus d'assurance.

Il va répéter cette réponse en boucle, et rien d'autre. Comme souvent ceux qui ont le minimum d'intelligence pour se rendre compte qu'ils ne sont pas des foudres de guerre, il sait qu'il peut s'en sortir par cette pirouette.

Cal connaît des moyens pour effriter ce mur, mais il ne veut pas y recourir. Il n'a jamais aimé enfoncer le nez des gens limités dans leur propre bêtise. Ça ressemble trop à l'acharnement d'écoliers prenant pour cible leur camarade le plus faible, et de plus, une fois cette direction prise, il n'y plus de retour en arrière possible. Il ne cherche pas à se faire d'ennemis dans son nouveau lieu de vie.

— Bon, comme tu le sens, dit-il en soupirant et en secouant la tête. J'espère que tu changeras d'avis.

Il ne parvient pas à déterminer si Fergal sait vraiment quelque chose qu'il ne veut pas révéler, ou s'il ne réagit ainsi que par réflexe. Il accepte la possibilité qu'il voie le mal là où il n'y en a pas, par déformation professionnelle : pendant les enquêtes, c'était toujours la pire source de perte de temps, ces gens qui restent mutiques sans raison, mais Cal ne s'attendait pas à y être confronté ici, au pays des grands bavards.

— Quand ce sera le cas, tu sais où me trouver.

Fergal bredouille quelques mots et se dirige vers le hangar sans demander son reste. Cal le suit d'un pas tranquille et lui pose des questions sur l'élevage des moutons, lesquelles alimentent leur conversation tandis qu'ils finissent de décharger les sacs de granules. Le jeune homme s'est alors un peu détendu, et Cal repart vers le village, l'esprit occupé par Fergal et Brendan.

Avoir dix-neuf ans n'avait pas réussi à Cal. Il pensait le contraire, à l'époque, quand il menait une vie de patachon à Chicago, grisé de liberté, travaillant comme videur dans des boîtes de nuit minables, serré avec Donna dans un studio au cinquième étage sans ascenseur ni climatisation. C'était seulement quelques années plus tard, en apprenant la grossesse de Donna, qu'il avait compris que la vie de patachon ne lui avait jamais convenu.

Il s'était beaucoup amusé, mais au fond de lui, si profondément qu'il ne s'en était jamais rendu compte, Cal aspirait à se reprendre en main et à se montrer responsable.

Il lui semble que les jeunes de dix-neuf ans, pour la plupart, n'ont pas les pieds sur terre. Ils se détachent de leur famille et, n'ayant encore rien trouvé à quoi s'amarrer, ils dérivent au hasard des flots. Ce sont des étrangers, pour leurs proches et pour eux-mêmes.

Ceux qui connaissent le mieux un jeune homme de dix-neuf ans sont ses copains, et sa copine si elle est sérieuse. Fergal, qui connaît l'état d'esprit de Brendan beaucoup mieux que son frère cadet, sa mère ou le brigadier Dennis, pense que Brendan s'est évaporé dans la nature de son plein gré, et qu'il ne court pas vers un but quelconque, mais qu'il fuit quelque chose, ou quelqu'un.

Ce coin d'Irlande a un point commun avec les quartiers chauds où Cal travaillait autrefois : par beau temps, les habitants passent le plus clair de leur temps dehors, ce qui s'avère commode lorsqu'on veut les croiser par hasard. Dans l'allée de garage de la grande maison jaune au jardin d'hiver, en bordure du village, un jeune homme aux cheveux très bruns et en jean moulant est en train de briquer une moto au polish.

C'est une petite Yamaha d'allure grêle, mais elle est presque flambant neuve, et certainement pas donnée. Tout comme l'énorme SUV noir garé à côté, ou le fameux jardin d'hiver. Dans le jardin de devant, des parterres de fleurs impeccablement entretenus entourent une fontaine de pierre en forme de pagode, surmontée d'une boule de cristal lumineuse qui change de couleur. Cal sait grâce aux discussions qu'il a entendues au pub que Tommy Moynihan a un gros poste à l'usine de transformation de viande située à quelques encablures de là. Les Moynihan, comme les O'Connor, tout en appartenant à des milieux différents, sont beaucoup mieux lotis que les Reddy.

— Belle bécane, déclare-t-il.

Le jeune homme lève le regard.

— Merci, répond-il, en gratifiant Cal d'un demi-sourire.

Il a les traits assez réguliers pour que beaucoup de monde, lui-même y compris, le trouve probablement séduisant, mais il a la mâchoire trop étroite et le menton fuyant.

— Ça doit pas être facile de la garder nickel avec les routes du coin.

Cette fois, Eugene ne daigne même pas détacher les yeux de son chiffon en microfibre.

— C'est pas un problème. Suffit d'être prêt à y consacrer le temps qu'il faut.

Avec lui, Cal n'éprouve pas la même envie de tailler une bavette qu'avec Fergal.

— Mais attends, fait-il, comme frappé par une révélation. Tu serais pas Eugene Moynihan, des fois ?

Cette question lui vaut enfin toute l'attention du motard.

— Ouais, c'est moi. Pourquoi ?

— Ça, c'est un coup de chance. On m'a dit que tu étais le gars à qui je devais m'adresser, et voilà que je te croise par hasard. C'est la moto qui m'a mis la puce à l'oreille. On m'a dit que tu avais la plus belle du coin.

— Elle est pas mal, répond Eugene, en haussant les épaules et en passant une dernière fois son chiffon sur la peinture rouge brillante.

Il a une voix légère et agréable, départie du plus gros de l'accent local.

— Je vais bientôt la revendre pour monter en gamme, mais pour le moment elle fait l'affaire.

— J'ai eu une moto, moi aussi, lui confie Cal, en appuyant les bras sur l'épais montant de portail en pierre. Quand j'avais ton âge, à peu près. Une vieille Honda d'occase qui valait pas un clou, mais qu'est-ce que je l'adorais, cette meule. J'y ai englouti tout mon blé.

L'anecdote n'intéresse pas Eugene, qui n'a aucune intention de faire semblant.

— Vous me cherchiez ?

Commençant à rejoindre l'avis de Trey sur la personnalité d'Eugene, Cal lui sert la même histoire qu'à Fergal : il a besoin de quelqu'un pour lui refaire son électricité, et Sheila Reddy lui a indiqué son nom. À la fin du récit, Eugene n'a pas l'air méfiant, contrairement à Fergal, mais juste légèrement hautain.

— Je ne fais pas de travaux d'électricité.

— Ah bon ?

— Non. J'étudie la finance internationale, moi. À la fac.

Cal se montre dûment impressionné, et poursuit en s'exprimant comme les copains de son grand-père.

— T'as bien raison de pas perdre ton temps avec de petits boulots. Moi, je suis un gars qu'a pas fait d'études, mais ça je le sais. Si tu t'es dégoté une belle opportunité comme ça, y a pas photo, faut y aller à fond.

Il revoit le regard, ironique et circonspect, que Donna lui adressait quand il prenait cet accent de l'Amérique profonde. Elle disait qu'il en rajoutait dans le côté péquenot, et elle détestait ça, même si elle ne l'avouait pas, mais il le devinait. Donna était du New Jersey, une fille de la cité, mais elle n'insistait pas sur son accent, pas plus qu'elle ne le cachait : tant pis s'il en défrisait certains. Elle estimait que Cal se rabaissait en se conformant à ces préjugés idiots. Cal a sa fierté, mais il ne l'exprime pas de cette façon. Se comporter comme un bouseux peut s'avérer très utile. Aux yeux de Donna, ce n'était pas un argument valable.

L'opinion de son ex-femme ne change rien au fait qu'une étincelle de dédain passe dans le regard d'Eugene.

— Ouais, répond-il. C'est prévu.

— Je me suis emmêlé les crayons, alors, reprend Cal, en retirant sa casquette pour se gratter la tête d'un air songeur. Bon, mais Brendan Reddy fait de l'électricité, lui, c'est bien ça ? Ça, j'ai bien compris ?

— Il en faisait, oui. Mais je sais pas où il est, en ce moment, désolé.

Cal feint la surprise.

— Ah bon ?

— Non. Qu'est-ce que vous voulez que j'en sache ?

— Eh ben, fait Cal, en rajustant sa casquette, personne n'a l'air de le savoir. C'est une drôle d'énigme. Mais on n'arrête pas de me dire que c'est toi le petit génie, dans le coin. Je me suis dit que si quelqu'un devait avoir une idée d'où Brendan pouvait être, ce serait toi.

— Il m'a rien dit.

— Il s'est attiré des emmerdes, c'est ça ?

Après n'avoir soulevé qu'une épaule, Eugene se concentre sur la peinture qu'il est en train de briquer, en l'examinant de très près, paupières plissées, pour s'assurer qu'il ne subsiste aucune trace.

Cal ne va pas se fatiguer à jouer la carte de la culpabilité envers la maman de son copain. Ça ne fonctionnerait pas.

— Oh, fait Cal, avec un sourire amusé. J'ai pigé. Avec un mec futé comme toi, j'oublie trop vite que t'es encore un môme. Tu crois toujours que si tu l'ouvres, tu te prendras une raclée à la récré.

Eugene relève brusquement les yeux.

— Je suis pas un môme.

— D'accord. Alors qu'est-ce qu'il a fichu, ton pote ?

Cal continue à sourire et s'appuie plus confortablement sur le montant.

— Attends que je devine. Il a tagué des gros mots sur un mur, et il a eu peur que sa maman lui fiche la fessée ?

Eugene ne s'abaisse pas à répondre à cette raillerie.

— Il a mis une fille en cloque, et il a dû décamper avant que le père sorte son fusil ?

— Non.

— Quoi, alors ?

Eugene soupire.

— Je sais pas dans quoi Brendan s'est fourré, dit-il, en inclinant la tête pour examiner le brillant sous un autre angle, et je m'en tape. Tout ce que je sais, c'est qu'il est pas aussi malin qu'il le croit, et y pas meilleur moyen pour se retrouver dans la merde. C'est tout.

Cal, là encore, relève l'emploi du présent.

— Aaah, fait-il, avec un sourire plus large, tu veux dire que ses combines sont tellement compliquées que tu n'y entraves rien, mais que c'est lui le crétin ?

— Non. Ce que je vous dis, c'est que j'essaie même pas d'y entraver quelque chose.

— Hm hm. Tu parles.

— Qu'est-ce que ça peut vous foutre ?

Si Cal avait osé parler de cette façon à un homme assez vieux pour être son père, il n'aurait pas pu s'asseoir pendant une semaine.

— Eh ben, fait-il, d'un accent traînant à couper au couteau, je suis assez fouineur, dans mon genre. Je viens d'un bled où les gens aiment bien être au jus de ce qui se passe chez les uns et les autres. (Il se gratte le cou, en retire quelque chose et l'examine.) Et par chez moi, j'en connaissais un paquet qui la ramenaient comme s'ils étaient au courant de tout, sauf que quand on creusait un peu, ils savaient peau de zob. Faut croire que c'est partout pareil.

— Bon, OK, dit Eugene, agacé.

Assis sur ses talons, il se prépare à s'expliquer par mots simples.

— Je sais que Brendan avait un plan pour gagner du fric, parce que normalement il est toujours fauché, et d'un coup il nous sortait que cet été on pourrait aller à Ibiza. Je sais que c'était un truc louche, parce que quelques jours avant qu'il parte, on traînait ici et, quand deux policiers sont passés, Brendan a carrément flippé. J'ai pensé qu'il avait peut-être du shit sur lui, alors je lui ai dit : « C'est bon, reste tranquille, ils en ont rien à secouer de ton chichon », mais lui il était genre « Tu piges pas, mec, je pourrais être dans la merde, dans la grosse merde », et il a tracé direct. Alors, franchement, ça me va très bien d'être au courant de que dalle. Je suis pas super chaud pour répondre aux questions à la con d'un abruti de flic pendant des jours dans une salle d'interrogatoire. D'accord ?

Cal n'éprouve pas une grande sympathie pour cet Eugene. Il comprend que Brendan et lui étaient des copains de circonstance, plus par habitude que par choix. Cal a lui aussi ce genre d'amis d'enfance, dont certains ont plus tard commis divers actes qui leur ont valu la prison, ou n'ont rien fait d'autre que rester sur leur terrasse à boire de la bière et à avoir des enfants qu'ils n'ont pas les moyens d'élever. Il garde le contact avec eux, et quand ils sont vraiment trop dans le besoin il continue à leur prêter de petites sommes qu'il ne reverra jamais. Il estime qu'Eugene pourrait au moins se soucier du pétrin dans lequel Brendan s'est fourré.

— Qu'est-ce qu'ils voulaient, les policiers ?

— J'en sais rien.

Eugene étend son chiffon sur son pare-carter, saisit une bombe de lubrifiant et vaporise soigneusement ses câbles de frein.

— Rien de sérieux, à mon avis, reprend-il. Je les ai vus repartir vingt minutes plus tard, à peu près. Connaissant Brendan, si c'était pas après lui que les flics en avaient cette fois-là, il a juste pensé que tout roulait et il s'est recollé directement à son grand projet, au lieu d'en profiter pour laisser tomber avant qu'ils viennent le pincer. C'est pour ça que je dis qu'il est pas aussi malin qu'il le croit. Il est pas con, c'est clair, mais il réfléchit pas assez. S'il s'était servi de sa cervelle au lycée au lieu de sécher pour se défoncer, il aurait été pris à la fac. Et s'il s'en était servi pour bien fignoler sa super idée, il aurait pas fini par avoir tellement peur des flics que maintenant il dort sûrement sur un banc je sais pas trop où.

— Il ne te contacterait pas, s'il en arrivait là ? Pour te taxer un peu de blé, plutôt que de crécher à la rue ?

— Oh, fait Eugene, méditant la question pour la première fois. C'est clair que je lui en prêterais, si vraiment il en avait besoin… Mais il me demanderait pas. Brendan est hyper crispé sur l'argent. Tu peux même pas lui proposer de lui payer une pinte, sinon il t'engueule comme quoi il veut pas de la charité et il se casse. Mais putain, on veut juste passer une soirée sympa tous ensemble, quoi, pourquoi tu nous prends la tête ? Vous voyez ?

Cal devine que sa façon de proposer pourrait l'avoir assez énervé pour qu'il se casse, lui aussi, à dix-neuf ans. Il comprend tout à fait la décision de Brendan de s'être adressé à Fergal plutôt qu'à Eugene pour son emprunt. Pour qu'il en arrive là, il devait en avoir un besoin urgent.

— Tout le monde n'est pas si susceptible, commente Cal. Il ne t'a pas dit du tout où il comptait aller, ce jour-là ?

— Quel jour ?

— Celui de son départ. Il est passé te voir, non ?

Eugene le regarde comme s'il était bon pour l'asile.

— Carrément pas. Vu que j'étais à Prague avec mes potes de la fac. C'étaient les vacances de Pâques.

— Ah oui, les vacances de Pâques, c'est vrai. Brendan risque de pas revenir tout de suite, du coup.

— Avec lui, on peut pas prévoir. Il pourrait rentrer demain sur un coup de tête, ou jamais remettre les pieds ici.

— Bon, OK. Y a quelqu'un d'autre qui pourrait s'occuper de mon électricité, sinon ?

— Aucune idée.

Eugene éponge un excédent de lubrifiant et se penche en arrière pour examiner sa moto, avant d'annoncer :

— Je vais rouler un peu, pour que ça sèche bien.

— Bonne idée, dit Cal en se redressant. Si Brendan se manifeste, dis-lui qu'il a du boulot qui l'attend.

Eugene décroche son casque du guidon et, d'une pichenette, en chasse une poussière.

— Ça marche. Comptez pas trop dessus quand même.

— Je suis du genre optimiste. Content de t'avoir parlé.

Il regarde le jeune homme s'éloigner dans un vrombissement et zigzaguer habilement entre les nids-de-poule. Seul un petit fragment de moto était visible sur la photo Facebook de Brendan, mais Cal est quasi certain que c'est celle-ci. Eugene était en tout cas assez généreux pour laisser son copain faire un tour avec. Soit il ne prête pas son casque, soit Brendan était trop bête pour le porter.

Cal repart par le village, qui s'anime de l'activité du samedi. Noreen brique les cuivres de sa porte, et Barty nettoie les vitres du Seán Óg's avec du papier journal. Cal les salue tous deux d'un signe de tête, et allonge le pas quand Noreen pivote brusquement vers lui, son chiffon levé et une lueur dans le regard.

Il arpente les chemins quelque temps avant de prendre la direction de chez lui. Il passe en revue les informations qu'il a récoltées jusqu'à présent. Si Eugene a vu juste et que Brendan fuit la police, le premier des motifs potentiels ne peut être que la drogue. Brendan avait des contacts, même si ce n'était que du menu fretin, et il avait eu besoin d'argent. Peut-être voulait-il se lancer dans le deal, ou bien il avait déjà commencé, sans avoir le cran nécessaire. Dès que la police s'était approchée un peu trop, ou dès que ses fournisseurs s'étaient montrés trop effrayants – et Cal sait combien ils peuvent l'être –, il avait paniqué et pris ses jambes à son cou.

Le brigadier O'Malley n'avait évoqué aucun trafic de drogue centré sur le village, ni désigné Brendan Reddy comme étant dans leur collimateur. Mais O'Malley n'était pas forcément au courant.

À moins que le projet rémunérateur de Brendan n'ait aucun lien avec la drogue. Dans la région, il existe des tas de façons illégales pour un jeune de gagner de l'argent : faire passer des voitures volées de l'autre côté de la frontière, donner un coup de main aux trafiquants de gazole agricole de contrebande. Et ces combines sont seulement celles qui restent assez visibles pour que même un étranger les connaisse. Un gamin comme Brendan, qui ne manque ni d'idées ni d'esprit d'entreprise, a pu en trouver de nombreuses autres.

Une autre possibilité, à laquelle Eugene n'a pas pensé, serait que le plan d'enrichissement de Brendan et sa peur de la police ne soient pas liés. Peut-être envisageait-il de transformer ses petits boulots en business officiel, ou de devenir célèbre grâce à YouTube. Et dans le même temps, sans que les deux soient liés, il trempait dans des magouilles.

Il se peut aussi que rien de tout cela n'ait jamais été réel. C'était peut-être Brendan qui déraillait. D'après ce que Cal a entendu sur lui, il n'a pas de mal à l'imaginer instable : d'abord euphorique et prompt à échafauder de grands projets, puis en proie à la panique et fuyant une menace imaginaire, et enfin décidant de tout plaquer. À dix-neuf ans, on peut se mettre à débloquer pour tout un tas de raisons.

Parmi les enquêtes que Cal aimait le moins figuraient celles où il essayait de suivre une piste qui n'avait jamais existé ailleurs que dans l'esprit du fugitif. Si ce dernier fuyait à Cleveland pour y rejoindre son cousin préféré, ou son ancien compagnon de cellule, ou encore la fille qui l'avait largué, la piste était concrète. Cal pouvait la déceler et la suivre. Si le même type filait à Cleveland parce qu'une voix venue de la télé lui avait dit qu'un ange l'y attendait dans un centre commercial, cette piste était insaisissable. Cal doit découvrir si l'esprit de Brendan lui fabriquait de telles chimères.

Il envisage la possibilité que Brendan soit caché dans les collines, vivant hors de la société dans une masure abandonnée, et redescende la nuit pour écorcher des moutons. Cette image le met plus mal à l'aise qu'elle ne le devrait. Il espère sincèrement qu'il n'aura jamais à la communiquer à Trey.

En ce qui concerne ce dernier, Cal n'est pas enclin à lui communiquer quoi que ce soit des événements de la matinée, du moins pas avant d'avoir élucidé pourquoi Brendan avait si peur de la police. Il a promis au gamin de lui relater tout ce qu'il apprenait, mais il préfère attendre de détenir du concret plutôt qu'un vague faisceau d'indices et de probabilités. Certains actes qu'a pu commettre Brendan devront être annoncés à Trey avec des pincettes.

Cal se rend compte que, pour la première fois, c'est lui qui a pris la décision de s'occuper d'une affaire. Auparavant, il s'en chargeait parce qu'on les lui attribuait. Il n'avait jamais beaucoup pris le temps d'évaluer en détail si les parties concernées et la société dans son ensemble s'en porteraient mieux. C'était en partie parce qu'il allait s'atteler à la tâche quoi qu'il arrive, mais surtout par conviction, que c'était de toute façon le bon choix. La plupart de ses collègues éprouvaient le même sentiment, en tout cas ceux qui avaient la flamme. Il existait des exceptions – de temps à autre, un pédophile se faisait tabasser et, bizarrement, on ne retrouvait jamais la trace des témoins, ou un maquereau finissait sur le carreau et personne ne se démenait pour découvrir qui avait tenu le pistolet –, mais dans l'ensemble, quand on se voyait confier une enquête, on faisait son travail sans se poser de questions. Celle-ci, Cal s'en occupe par choix, et il espère, plus sincèrement que jamais, qu'il a fait le bon.

10

Sur le chemin du retour, Cal fait un crochet par chez Mart, pour vérifier si celui-ci a survécu à sa nuit de garde. Le vieil homme ouvre la porte avec une serviette en papier coincée dans le col de son pull, accompagné de Kojak qui pousse un grondement menaçant. La maison sent la vieille fumée de tourbe, la viande grillée et un déroutant mélange d'épices.

— Je voulais juste m'assurer que les extraterrestres ne t'avaient pas enlevé, annonce Cal.

Mart ricane doucement.

— Je vois pas ce qu'ils pourraient me vouloir. C'est toi qui devrais te méfier, un grand gaillard comme toi. Y a beaucoup plus de matière à prélever.

— Je ferais bien de me fabriquer une combinaison en papier alu, alors, rétorque Cal en présentant sa main à Kojak pour qu'il la lui renifle.

— Demande à Bobby Feeney qu'il te prête la sienne. Je te parie qu'il en a une dans son armoire et qu'il l'enfile pour aller à la chasse aux petits hommes verts.

— Tu as vu quelque chose, cette nuit ?

— Rien qui ait pu nous massacrer un mouton. J'ai protégé ta propriété d'une grosse brute de hérisson, mais j'ai pas eu à déplorer plus dangereux.

Mart adresse à Cal un sourire espiègle.

— T'avais peur que je sois clamsé dans le bois, charcuté de partout ?

— Je voulais juste savoir si je pouvais rayer tes biscuits de ma liste de courses.

— Rêve pas, mon bonhomme. La bestiole qu'a fait ça, elle a intérêt à rappliquer avec ses potes et ses cousins si elle veut se frotter à moi. (Mart ouvre plus grand la porte.) Allez, viens donc, que je te serve des spaghettis et une bonne tasse de thé.

Cal s'apprêtait à décliner l'invitation, mais les spaghettis piquent sa curiosité. Il imaginait Mart du genre à se nourrir exclusivement de viande et de pommes de terre.

— Tu es sûr que ça ne te privera pas ? s'enquiert-il.

— Tu parles, j'en ai pour un régiment. Ce que je fais, c'est que je me prépare une grosse cocotte de ce qui me botte, pour que ça me dure un bout de temps. Allez, viens.

Il lui fait signe d'entrer.

La maison n'est pas sale, ce n'est pas le mot, mais on a l'impression que son entretien se trouve très bas sur la liste des priorités depuis longtemps. Elle a des murs vert caca d'oie, beaucoup de linoléum et de formica, et la plupart des surfaces sont usées au point d'être mouchetées de trous. Dans la cuisine, une grosse radio en bois diffuse « The Loco-Motion » de Kylie Minogue.

— Installe-toi là, lui enjoint Mart, en désignant la table, où son repas est disposé sur une vieille toile cirée à carreaux rouges.

Ce sont apparemment des spaghettis à la bolognaise, qu'il a à peine entamés. Cal s'assoit, et Kojak s'affale lourdement devant la cheminée et s'étire en poussant un grognement d'aise.

— Et moi qui croyais que ce serait de toutes les couleurs de l'arc-en-ciel, chez toi. Après le discours que tu m'as tenu sur le blanc.

— C'est pas moi qui ai peint cette baraque, l'informe Mart, avec l'air de quelqu'un qui marque un point.

Il prend une assiette et un mug dans un placard, puis va à une grosse marmite posée sur la gazinière pour y puiser des pâtes.

— C'est ma mère, paix à son âme, qui a décoré comme ça. Quand je repeindrai, je peux t'assurer que ce sera pas tout blanc.

— Ouais, mais tu ne repeindras pas, insiste Cal, jugeant qu'il est grand temps pour lui de charrier un peu son voisin. Tu peux te mentir autant que tu veux, mais si tu ne t'y es pas encore collé, c'est parce qu'au fond ça te plaît comme ça.

— Pas du tout. C'est la couleur qui sort du troufignon d'un mouton malade. Je pense à un bleu vif pour ici, et à du jaune dans l'entrée.

— C'est du pipeau. Je te parie dix balles que dans un an jour pour jour, tous tes murs seront encore vert chiasse de mouton.

— Je m'impose pas de calendrier, rétorque Mart d'un air digne, en posant une belle assiette devant Cal. Surtout pas pour te faire plaisir. Allez, on casse la croûte, maintenant.

Il faut beaucoup mâcher les spaghettis, et la sauce bolognaise est très chargée en menthe, coriandre, et autre chose à la saveur de graine d'anis. Ce mélange fonctionne assez bien, tant qu'on ne cherche pas de points de comparaison.

— C'est bon, déclare Cal.

— Moi, ça me plaît, répond Mart en lui servant du thé avec une théière dont la forme évoque un Dalek. Et je cuisine que pour moi. Ça me laisse une grande liberté. Quand ma mère était de ce monde, on mangeait jamais rien d'autre que viande et patates. Elle te faisait bouillir ça tellement longtemps que si tu fermais les yeux tu faisais plus la différence entre les deux, et elle assaisonnait jamais : elle disait que si le divorce et les homos existaient dans les autres pays, c'était beaucoup à cause des épices. D'après elle, ça leur passait dans le sang et ça leur détraquait le cerveau.

Il pousse une brique de lait et un paquet de sucre en direction de Cal.

— Quand elle nous a quittés, je me suis lancé dans des expérimentations. Je suis allé à Galway, dans un de leurs magasins chicos, et j'ai acheté toutes leurs sortes d'épices. Ça plaisait pas au frangin, mais vu qu'il était pas fichu de se faire cuire un œuf, tant pis pour lui. Allez, graille avant que ça refroidisse.

Il rapproche sa chaise et retourne à son assiette. Cal est apparemment tombé sur l'unique situation où Mart n'aime pas bavarder. Le fermier mange avec une détermination inébranlable, et Cal suit son exemple. La cuisine a été bien chauffée par la préparation du plat. Dehors, les collines sont enveloppées de brume. Kylie a terminé sa chanson, et une autre femme prend la suite, d'une voix limpide et soyeuse, avec une mélancolie travaillée : « *No frontiers…* » Dans son sommeil, Kojak pousse de brefs halètements, les pattes secouées de tressaillements tandis qu'il pourchasse une proie en rêve.

— On va échapper à la pluie, annonce Mart au bout d'un moment, en repoussant son assiette et en regardant par la fenêtre les yeux plissés. Mais ces gros nuages ne vont pas bouger de là pendant un bout de temps. C'est pas grave : ce que je verrai pas, je l'entendrai.

— Tu vas encore passer la nuit dehors ?

— Je m'y recollerai plus tard, mais ce soir je suis de repos. Je demanderais bien à P.J. s'il veut bien prendre le relais de temps en temps, si ça te dérange pas. C'est pas bon pour mon teint d'enchaîner trop de nuits blanches.

Contre toute attente, le vieil homme paraît très frais. Le seul signe qu'il a passé la nuit à faire le guet sous un arbre est un boitillement plus marqué, comme si ses articulations le malmenaient plus que d'ordinaire, mais il ne s'en plaint pas.

— P.J. peut rester dans mon bois, pas de souci.

Cal connaît un peu son autre voisin : c'est un type aux longues jambes et aux joues creusées qui salue Cal d'un signe de tête par-dessus les murets sans engager la conversation, et qui parfois, en effectuant sa ronde du soir, chante de vieilles ballades mélancoliques d'une voix de ténor étonnamment poignante.

— Combien de temps tu crois que ça va durer, cette affaire ?

— J'aimerais bien le savoir, tiens, répond Mart en se resservant du thé. Cette bête finira bien par avoir faim. Ou par se lasser.

— Ce ne sont pas les moutons qui manquent, dans le coin. Tu as une raison particulière de penser qu'elle va s'attaquer à ceux de P.J. ?

— Bah voyons, fait Mart, en levant les yeux de son sucre, un soupçon de sourire aux lèvres. Je peux pas surveiller tous les moutons d'Ardnakelty. Ceux de P.J., c'est le plus pratique.

— Effectivement.

Cal a la forte impression que Mart lui cache quelque chose.

— En plus, reprend le fermier, on sait déjà que ce prédateur aime bien venir par ici, pas vrai ? Et dans les environs, la plupart des autres fermes font dans le bétail, et peut-être que ça lui convient pas : il est peut-être pas assez gros pour tuer une vache. À la place de ce machin, c'est chez P.J. que j'irais voir.

Il se tapote la tempe.

— Faut penser psychologie, explique-t-il.

— Ça ne fait jamais de mal, confirme Cal. Il n'y a eu que ces deux moutons, le tien et celui de Bobby Feeney ? Ou ça dure déjà depuis plus longtemps ?

— Il y en a eu un autre, au début de l'été. Chez Francie Gannon, en bordure du village. (Mart affiche un sourire carnassier et pointe son mug vers Cal.) Te la joue pas Colombo avec moi, va, avec toutes tes questions. Je maîtrise la situation.

Les mutilations avaient donc commencé peu après la disparition de Brendan. Cal songe de nouveau à la masure délabrée, ou à une grotte dans le flanc de la colline. Il existait des hommes sauvages, vers chez son grand-père, ou du moins des rumeurs de leur existence. Cal et ses copains ne les avaient jamais vus, mais ils avaient trouvé des vestiges de feu de camp et des collets, des glacières cachées dans les broussailles, des peaux mises à sécher sur des branches, dans les profondeurs de la forêt où nul n'aurait dû s'attarder. Un jour, Billy, le copain de Cal, avait failli tomber dans une fosse dissimulée de manière experte. Quiconque l'avait creusée avait sans doute été un adolescent qui ne tenait pas en place et arpentait les confins de son environnement à la recherche d'une issue.

— Bon, fait Mart en repoussant sa chaise, qui racle le lino. Je sais ce qu'il te faut pour terminer ce festin.

Il se penche en poussant un grognement de douleur, fouille dans un placard et se redresse muni d'un paquet de biscuits.

— Tiens, fait-il, en le posant d'un air triomphant sur la table. Il va bien falloir que tu me goûtes ces merveilles.

Il est si enchanté par son idée que Cal ne voudrait pas être grossier en refusant. Le petit gâteau a exactement le goût que son aspect peut laisser imaginer : sucre et mousse d'isolation, décliné en diverses consistances.

— C'est sûr qu'on n'a pas ça chez nous, commente Cal.

— Vas-y, prends-en un autre.

— Je te les laisse, va. C'est pas trop ma came.

— Tu peux pas venir sous mon toit et critiquer ces délices, s'offusque Mart, froissé. Tous les gamins de chez nous sont biberonnés à ça.

— C'est pas pour critiquer, se défend Cal, amusé. Je ne suis pas très sucreries.

— Tu sais à quoi c'est dû ? fait Mart, frappé par une idée soudaine. C'est encore vos hormones américaines. Elles vous flinguent les papilles gustatives. Au point que quand vos femmes sont enceintes, elles sont capables de manger du cake avec des sardines. Reviens donc les regoûter dans un an, quand on t'aura remis d'aplomb, et là tu m'en diras des nouvelles.

— Promis, répond Cal, sans se départir de son sourire sarcastique.

— Dis-moi un peu, Colombo, pendant que je t'ai sous la main, enchaîne Mart, en trempant un biscuit dans son mug. Tu soupçonnes quand même pas ce merdeux d'Eugene Moynihan de s'en être pris à mes moutons ?

— Hein ?

Mart lui décoche un coup d'œil

— Il paraît que t'as tapé la discute avec lui, ce matin. Tu l'interrogeais ? Je parie qu'il est du genre à craquer en deux secondes, celui-là. À filer chialer dans les jupes de sa mère au premier regard sévère. Je me trompe ?

— Ce n'est pas l'impression que j'ai eue. Mais je ne lui ai donné aucune raison de chouiner.

— Eugene n'a pas touché à ma brebis. Pas plus que Fergal O'Connor.

— Ça ne m'a jamais traversé l'esprit.

— Qu'est-ce que tu leur voulais, alors ?

— Tout ce que je cherche, répond Cal, agacé, c'est quelqu'un qui pourra m'aider à refaire l'électricité dans ma cuisine pour que je puisse y brancher une machine à laver et faire mes lessives de caleçons chez moi au lieu de me fader le pressing toutes les semaines. Sauf que tout le monde se défile. On me dit demande à machin, alors j'y vais, mais non, il n'est pas là, faut que je voie avec son pote. J'y vais, mais lui il ne sait même pas visser une ampoule, c'est trucmuche qu'il me faut. Je vais le voir (Mart s'est mis à ricaner) et il réagit comme si je lui demandais de déboucher mes chiottes à mains nues. J'essaie de faire bosser les gars du coin, moi, par correction, mais je ne vais pas tarder à laisser tomber ces conneries et à embaucher un pro, histoire d'avoir mon lave-linge avant d'être trop vieux pour savoir m'en servir.

Mart s'étrangle de rire.

— Ah, la vache, dit-il en s'essuyant les yeux, te mets pas dans cet état, cow-boy, ou tu vas nous faire une crise cardiaque. Je vais te trouver un copain qui te l'installera, ta machine. Il t'en dégotera une pas chère, en plus.

— D'accord, accepte Cal, qui se radoucit, mais reste un peu énervé. Ça m'arrangerait. Merci.

— Je vois pas comment Eugene Moynihan aurait pu t'aider, franchement. Monsieur ne s'abaisserait jamais à se salir les mains en trifouillant des fils électriques, ajoute Mart, sur un ton de profond mépris. Qui t'a raconté ça ?

Cal gratte sa barbe d'un air songeur.

— Je suis pas trop sûr. Un gars au pub. Il m'a donné les noms d'un ou deux candidats pour s'occuper de mes travaux, mais je me rappelle pas son nom. J'avais quelques bières dans le caisson quand j'ai discuté avec lui, et je t'avoue que j'identifie pas encore bien tout le monde. Un vieux, je dirais. Cheveux courts. Un peu plus grand que toi, mais je pourrais me tromper. Il porte une casquette.

— Spanner McHugh ? Dessie Mullen ?

Cal secoue la tête.

— En tout cas, il avait l'air de savoir de quoi il parlait.

— C'est pas Dessie, alors, assène Mart d'un ton sans appel.

— Remarque, tempère Cal, avec un sourire en coin, il s'est bien planté. C'est peut-être lui quand même, finalement.

— Je lui demanderai. Il peut pas envoyer les gens courir à droite à gauche pour rien. On va se faire mal voir, à cause de lui.

Mart prend son paquet de tabac et l'agite en direction de Cal.

— C'est gentil, mais je ne peux pas m'attarder, répond ce dernier, qui repousse sa chaise et débarrasse son assiette. Merci beaucoup pour le repas.

Mart arque un sourcil.

— Qu'est-ce qui presse tant ? T'as un rendez-vous galant ?

— Avec YouTube, oui, lâche Cal en déposant son assiette dans l'évier. Vu que personne d'autre dans ce bled ne va m'aider à faire l'électricité de ma cuisine.

— Joue pas les apprentis sorciers avec ton YouTube, tu vas tout faire cramer. Je t'ai dit que j'allais te trouver un bon plan pour ta machine à laver. (Le fermier pointe sa cigarette vers Cal.) Du coup, si t'es libre ce soir, viens donc au Seán Óg's.

— Qu'est-ce qui se passe ? Tu fêtes ton anniversaire ?

Mart rit.

— Ça va pas, la tête ? Je m'enquiquine plus avec ces trucs-là depuis des années. Viens juste, ce sera la surprise.

Il souffle une volute de fumée entre ses dents et lui adresse un clin d'œil exagéré.

Cal le laisse là, sur sa chaise inclinée en arrière, à fredonner l'air de Dusty Springfield qui passe à la radio, et s'en va. Kojak cogne sa queue par terre et lève un œil vers lui à son passage. Sur le trajet jusque chez lui, il se demande quelle information, concernant P.J., ses moutons et les mutilations, Mart a préféré garder pour lui.

Trey ne se montre qu'en fin d'après-midi.

— J'ai pu venir que tantôt parce que j'ai dû faire les commissions, explique-t-il en décrottant ses baskets sur le perron.

— C'est bien, ça. C'est important d'aider ta mère.

Après un temps de perplexité et d'amusement, Cal s'était habitué aux régionalismes auxquels on recourait ici, et il avait compris par exemple qu'on appelait un sac un « pochon ». Lui qui avait choisi l'Irlande en partie pour ne pas avoir à apprendre une nouvelle langue, il a le sentiment de s'être fait rouler dans la farine.

Trey est très nerveux. Cal le voit à la crispation de son menton et aux mouvements fébriles de ses pieds sur la marche. Le garçon jette un rapide coup d'œil en arrière, comme si on pouvait l'observer, avant d'entrer et de fermer la porte.

— J'étais en plein débroussaillage, déclare Cal, en balayant les touffes de poils qui jonchent sa table et en les jetant dans le carton qui lui sert de poubelle.

Sa barbe commençait à devenir indisciplinée, et il avait estimé que, s'il voulait continuer à poser des questions indiscrètes, il était préférable de présenter un peu mieux.

— Qu'est-ce que t'en penses ?

Trey hausse les épaules. Il sort un paquet de sa parka et le lui tend. Cal reconnaît le papier alimentaire de l'emballage : c'est une demi-douzaine de saucisses, en provenance du frigo de chez Noreen. Il comprend tout à coup pourquoi Trey ne vient jamais les mains vides. C'est pour le payer.

— Tu n'es pas obligé de m'apporter des trucs, petit.

Trey ignore cette remarque.

— Fergal et Eugene, enchaîne-t-il. Ils ont dit quoi ?

— Tu m'as suivi ?

— Mais non.

— Alors comment tu sais que je leur ai déjà parlé ?

— J'ai entendu la mère d'Eugene le dire à Noreen, au magasin.

— Punaise, souffle Cal, en allant ranger les saucisses au réfrigérateur. On ne peut pas bouger le petit doigt sans que tout le pays soit au courant, par ici.

Il se demande combien de temps encore il va pouvoir garder le secret sur ses activités, et ce que les habitants du coin en penseront quand la nouvelle se répandra, mais il n'en a pas la moindre idée. Il ignore autant la réponse à cette question que les facteurs qui pourraient l'influencer.

— Qu'est-ce qu'elle a dit, la mère d'Eugene ?

Trey le suit.

— Juste que vous cherchiez quelqu'un pour faire votre électricité. Elle tirait une tronche de bouledogue en train de lécher de la pisse sur des orties. Alors, ils ont dit quoi ?

— Pourquoi, ma tête lui revient pas ?

— Parce qu'Eugene est trop distingué pour ça. Et parce que vous avez pensé qu'il pouvait avoir besoin de gagner du fric en plus.

— Eh oui, je suis qu'un gros balourd d'étranger à côté de la plaque. Et Noreen, qu'est-ce qu'elle a répondu ?

— Qu'il y avait pas de mal à travailler de ses mains, et qu'un petit boulot pourrait faire que du bien à Eugene. Elle aime pas Mme Moynihan. Ils ont dit quoi ?

Le garçon s'est posté au milieu de la cuisine, jambes écartées et pieds bien campés au sol, pour lui barrer le passage. Cal sent presque la tension qui émane de lui.

— Ils n'ont pas eu de nouvelles de ton frère depuis qu'il est parti, ni l'un ni l'autre. Et tous les deux pensent qu'il est en vie.

Le relâchement de soulagement du gamin n'échappe pas à Cal. Trey a beau se prétendre certain de l'état d'esprit de son frère, il est entré en tremblant à l'idée que les copains de celui-ci le détrompent.

— Et surtout, ils ne croient pas du tout qu'on l'ait enlevé. Ils sont sûrs qu'il est parti de son plein gré.

— Ça se peut qu'ils mentent.

— J'ai été flic pendant vingt-cinq ans. Je me suis cogné les mensonges de vrais champions. Tu crois qu'un âne bâté comme Fergal O'Connor peut me la faire à l'envers ?

— Fergal est pas futé, admet Trey. C'est pas parce qu'il croit un truc qu'il a raison.

— Ce n'est pas une flèche, mais il connaît bien ton frère. S'il pense que Brendan est parti…

— Il est vivant, à votre avis ? l'interrompt Trey en le regardant droit dans les yeux.

Cal sait qu'il ne doit surtout pas laisser s'installer le moindre blanc. Par chance, il sait aussi quoi dire, ayant répété cette réponse quelques centaines de fois au fil des ans.

— Je n'ai pas d'avis, petit. Pour l'instant, je récolte seulement des renseignements. Je me forgerai une opinion plus tard, quand j'en saurai beaucoup plus. Rien ne permet de penser qu'il pourrait être mort, c'est tout ce que je peux te dire.

Tout cela est vrai ; le visage de Sheila Reddy lorsqu'elle a levé les yeux vers les collines ne constitue en rien un renseignement. Il garde toutefois un goût amer dans la bouche. Il lui vient la sensation, plus puissante que jamais, qu'il s'aventure sur un terrain inconnu.

Trey maintient son regard d'airain quelques secondes encore, guettant des failles, puis il hoche la tête en signe d'approbation et relâche son souffle. Il va alors au bureau, qu'il examine au toucher pour évaluer ce qu'il lui reste à faire.

Cal s'appuie contre le plan de travail et l'observe.

— Qu'est-ce qu'on trouve comme genre de drogue, dans le coin ? l'interroge-t-il.

Trey lui adresse un bref sourire inattendu.

— Pour vous ?

— Très drôle. Sans façon, merci. Mais imaginons que j'en cherche. Qu'est-ce qu'il y a sur le marché ?

— Beaucoup de shit, plein de benzos, répond aussitôt Trey. Des ecstas, mais pas toujours. Du Special K. Des fois de la coke. Des fois du LSD. Des champis.

— Eh ben.

Cal ne s'attendait pas à un tel catalogue, même s'il pouvait s'en douter. Aux États-Unis, c'était dans les plus petites villes, où les jeunes n'avaient rien pour s'occuper, qu'on pouvait se procurer toutes les drogues possibles et imaginables.

— Du crack ?

— Non. Pas que je sache.

— De la meth ?

— Pas beaucoup. Deux ou trois fois, j'ai entendu dire que quelqu'un en avait.

— Héroïne ?

— Nan. Ceux qui se défoncent à ça, ils partent. Ils vont à Galway, ou à Athlone. Par ici, on sait jamais quand on en retrouvera. Les camés, ils doivent savoir qu'ils peuvent en choper tout le temps.

— Les dealers d'ici, tu sais où ils se fournissent ? Il y a un gars du coin qui assure la distribution ?

— Non. C'est des gars de Dublin qui apportent le matos.

— Brendan les connaissait ? Ceux de Dublin ?

— Bren, c'est pas un dealer, rétorque aussitôt Trey avec virulence.

— Je n'ai jamais dit ça, mais tu penses que des ordures l'ont enlevé. Il faut que je sache quelles ordures il a pu croiser par ici.

Trey inspecte le bureau, passe un doigt sur quelques fissures.

— Les mecs de Dublin, c'est clair qu'il vaut mieux les éviter, finit-il par répondre. On les entend, des fois : ils viennent dans de gros Hummer, ils roulent à fond la caisse dans les champs, la nuit, quand la lune brille. Et même en plein jour. Ils savent que la Garda arrivera pas assez vite pour les choper.

— Je les ai entendus, en effet, indique Cal.

Il songe à ce petit groupe de types, qui s'installent au fond du pub de temps à autre, trop jeunes et vêtus de tenues qui détonnent au Seán Óg's, et qui le regardent salement.

— Ils ont tué deux moutons, comme ça, une fois. Et ils ont bastonné un gars dans le coin de Boyle parce qu'il les avait pas payés. Ils l'ont carrément défoncé, quoi. Il a perdu un œil.

— Ce genre de personnages, je les cerne très bien. Ce ne sont pas des tendres à la base, et ça ne s'arrange pas si quelqu'un se les met à dos.

Trey lève les yeux vers lui.

— Bren a pas pu se les mettre à dos. Il les connaît même pas.

— T'es sûr de ça, petit ? À cent pour cent ?

— Ils auraient jamais vendu en direct à un mec comme lui, qui consomme pas régulièrement. Bren achetait juste aux gars du coin. Il aurait pas approché ces types-là.

— Alors, qui l'a kidnappé ? Personne ne m'a parlé d'autres criminels. Vas-y, je t'écoute : si ce n'est pas eux, c'est qui ?

— Ils se sont peut-être trompés. Ça se peut qu'ils l'aient confondu avec quelqu'un d'autre.

Trey gratte du résidu de peinture avec l'ongle du pouce et regarde Cal pour vérifier ce qu'il en pense.

— Possible.

Cette théorie lui paraît peu plausible, mais, si Trey en a besoin pour se rassurer, qu'il la garde, au moins pour le moment.

— Dans l'ensemble, ces types-là ne sont pas des génies, je te l'accorde. Si Brendan ne les fréquentait pas, alors qui ? Des potes à lui ?

Trey pousse une expiration moqueuse.

— Non. Vous avez vu Fergal, et Eugene aussi. Vous les imaginez dans le business ?

— Pas du tout. Laisse tomber.

Il vient de songer à quelqu'un qui connaît bien ces messieurs de Dublin. Donie McGrath gravitait dans l'orbite du petit groupe, au pub.

Trey lui lance un regard en biais, une étincelle de son sourire sarcastique égayant de nouveau ses lèvres.

— Vous avez déjà pris des trucs, vous ? Avant de devenir flic ?

L'espace d'un instant, Cal ne sait pas comment réagir. Quand Alyssa lui avait posé cette même question, l'imaginer droguée l'avait tellement ébranlé qu'il n'avait pu que lui raconter ce qu'il voyait dans son métier et la supplier de ne jamais toucher à rien de plus fort que l'herbe. À sa connaissance, elle l'avait écouté, mais elle ne s'y serait sûrement pas risquée de toute façon. Dans le cas présent, la bonne réponse peut se révéler cruciale.

Il choisit de dire la vérité.

— J'ai essayé quelques bricoles, pendant mes folles années. Ça ne m'a pas botté du tout, alors je n'ai pas insisté.

— Vous avez essayé quoi ?

— Ça n'a aucune importance. Le reste ne m'aurait pas plus branché.

À la vérité, tout l'avait rebuté avec une intensité qui l'avait stupéfait, et qu'il n'avait même pas osé avouer à Donna, qui à l'époque acceptait volontiers de tirer quelques lattes ou de sniffer un rail de temps en temps. Il détestait la façon dont toutes les drogues, chacune à sa façon, ôtaient toute solidité au monde, lui conféraient une texture mouvante et des contours vacillants. Elles avaient le même effet sur les gens : sous l'effet de la drogue, ceux-ci devenaient quelqu'un d'autre. Alors qu'ils vous regardaient en face, ils voyaient des choses sans aucun rapport avec vous. Un des bénéfices annexes de la naissance d'Alyssa et de la nécessité de mettre un terme à sa vie dissolue était de ne plus avoir à fréquenter ce genre de personnes.

— Et toi ? demande-t-il d'un air détaché, en contemplant le bureau. Tu as déjà essayé ?

— Non, répond Trey d'un ton sec.

— Sûr ?

— Jamais de la vie. Ça rend débile. C'est trop facile de se faire entuber.

— Ça, c'est sûr, approuve Cal, dérouté par la puissance de son soulagement. Si tu es du genre méfiant, la drogue, ce n'est pas pour toi.

— Je suis comme ça.

— Ouais, j'avais remarqué. Moi aussi.

Trey le regarde fixement. Son visage semble amaigri, cette semaine, et plus pâle, comme si la situation le rongeait.

— Et maintenant, vous allez faire quoi ? s'enquiert-il.

Cal est encore en train d'y réfléchir. Ou plutôt, il hésite sur la façon de s'y prendre. Ce qu'il sait pour l'instant, c'est que le gamin a besoin d'un rayon de soleil dans sa journée.

— Je vais te montrer comment on se sert de cette fameuse carabine.

Le garçon en reste bouche bée et s'illumine comme si Cal lui avait offert le vélo promis par son frère.

— T'emballe pas trop quand même. C'est pas aujourd'hui que tu vas devenir tireur d'élite. En gros, tu vas juste apprendre à ne pas te coller une balle dans le pied et rater quelques cannettes de bière. Si on a le temps, tu pourras peut-être même rater quelques lapins.

Trey essaie de lever les yeux au ciel, mais il ne parvient pas à se défaire de son air ravi. Cal ne peut s'empêcher de sourire lui aussi.

L'armoire à fusils ne semble pas à sa place sur le plancher nu de la chambre. À part ce coffre, il n'y a dans la pièce que le matelas et le sac de couchage, la valise où Cal range ses vêtements propres et le sac-poubelle contenant son linge sale, et les quatre murs indigo zébrés d'humidité. Au milieu, le haut caisson métallique évoque une construction extraterrestre aux lignes aussi épurées que menaçantes.

— Ça, c'est une armoire à fusils, explique Cal, en donnant une tape sur le flanc du meuble. Ma carabine reste dedans tant que je n'ai pas l'intention de m'en servir, parce que ce n'est pas un jouet. Elle a été conçue pour tuer et, si jamais je te surprends à négliger ça, tu ne l'auras plus jamais entre les mains. C'est clair ?

Trey hoche la tête, comme s'il avait peur de parler au cas où Cal changerait d'avis.

— Ce bijou, c'est une Henry .22 long rifle à levier de sous-garde. Une des meilleures carabines de tous les temps.

— Waouh, fait Trey, dans un souffle révérencieux. Le fusil de mon père était pas comme ça.

— Sans doute pas.

En comparaison de la Henry, la plupart des autres armes lui semblent chétives ou caractérielles.

— C'est ce modèle qu'ils utilisaient au Far West, à l'époque des cow-boys. Si tu regardes de vieux westerns, c'est ça qu'on voit.

Trey hume l'odeur de la graisse à fusil et, du bout du doigt, caresse le noyer somptueux de la crosse.

— Magnifique, commente-t-il.

— Avant que tu fasses quoi que ce soit avec, il faut toujours s'assurer qu'elle n'est pas chargée. Le chargeur sort comme ceci, on baisse le levier comme ça, et tu contrôles qu'il n'y a pas de cartouche dans la chambre.

Il remet le chargeur en place et met l'arme dans les mains de Trey.

— À ton tour.

En voyant l'air radieux du garçon quand il saisit la carabine, Cal se félicite d'avoir pris cette décision. Concernant les petits voyous et les délinquants qu'il a pu croiser au fil des années, il a l'intime conviction que ce à quoi la plupart aspiraient, consciemment ou pas, était d'avoir une carabine, un cheval, et un troupeau à conduire lors d'une transhumance périlleuse. Bon nombre d'entre eux – pas tous, mais une large partie – s'en seraient alors bien tirés. Pour compenser ce manque, ils ont tenté de se rapprocher au mieux de cette vie, pour un résultat jamais glorieux, parfois désastreux.

Trey contrôle la carabine avec autant de sérieux et d'application que pour ses travaux de menuiserie.

— Très bien, le félicite Cal. Maintenant, tu vois ça ? C'est le percuteur. Si tu le rabats à fond, il est armé, prêt à faire feu. Mais si tu l'inclines juste un peu, comme ça, et que ça fait clic, c'est sur le cran de sûreté. Tu pourras presser la détente de toutes tes forces, ça ne fera rien. Pour passer de la position armée à la position de sûreté, tu appuies tout doucement sur la détente, puis tu pousses le percuteur vers l'avant. Comme ça.

Trey applique les instructions à la lettre. Sur la carabine, ses mains paraissent petites et fragiles, mais Cal sait qu'il a plus qu'assez de force pour la manier.

— Voilà, reprend-il. La sûreté est enclenchée. Mais n'oublie pas : ne la pointe jamais sur un animal si tu n'as pas l'intention de le tuer. C'est compris ?

— Compris.

La façon dont Trey l'affirme, le regard droit et sans ciller, plaît à Cal. Le garçon prend toute la mesure de cette injonction, et c'est indispensable.

— Bien. Allons l'essayer.

Il va chercher le sac en plastique où il conserve ses cannettes de bière vides et le confie à Trey. Il cale ensuite la carabine sur son épaule, et tous les deux sortent. L'air est doux, chargé de brume et d'odeurs de terre mouillée.

Le soir commence tout juste à poindre ; à l'ouest, où les nuages aux pourtours dorés s'effilochent çà et là.

— Il faut qu'on choisisse bien l'endroit, annonce Cal. Pour ne rien toucher par inadvertance.

— Et eux, on va leur tirer dessus ? demande Trey, en pointant le menton vers les corbeaux, qui se disputent quelque chose dans l'herbe.

— Surtout pas.

— Pourquoi ?

— J'aime bien leur compagnie. Ils sont malins. En plus, je ne sais pas si c'est bon dans l'assiette, et je descends pas les bêtes juste pour le plaisir. Si on tue un animal, c'est qu'on va le dépecer, le vider, le faire cuire et le manger.

Trey hoche la tête.

— Parfait. Et si on s'installait ici ? propose Cal.

Le muret de pierres sèches du pré de derrière donne sur un vaste herbage, où personne ne pourra surgir subitement dans leur ligne de mire. Autre avantage, il ne se trouve pas du côté de chez Mart, mais de chez P.J., le voisin silencieux et indifférent, qui en outre ne semble pas être dans les parages. Ils disposent des cannettes en équilibre sur les pierres brutes, empilées là il y a des lustres par quelque ancêtre de Mart, P.J. et Trey, et se mettent à distance.

Cal montre au garçon comment sortir le chargeur, y insérer les balles et le remettre en place. Ils ont bien choisi leur jour : les nuages empêchent la lumière rasante de les éblouir ou de projeter des ombres, et la brise ne leur vaut qu'une douce caresse sur la joue. Les cannettes de bière se découpent nettement par-dessus le vert des champs, tels de petits menhirs. Les hautes collines s'élèvent derrière elles.

— Tu peux tirer debout, sur un genou, ou à plat ventre, explique Cal, mais on va commencer à genoux. Une jambe à terre, un genou relevé. Comme ça.

Trey l'imite avec application.

— Tu places la crosse dans le creux de ton épaule, juste ici. Bien collée contre toi, pour que le recul ne soit pas trop violent.

L'équilibre de l'arme est parfait ; Cal a l'impression qu'il pourrait rester agenouillé ainsi toute la journée sans que ses muscles fatiguent.

— Tu vois le petit cercle au bout du canon ? C'est le guidon. La demi-lune, là, c'est la hausse. Tu alignes les deux droit sur ta cible. Là, je vise la troisième cannette en partant de la gauche. Je vais prendre ma respiration et la relâcher, tranquillement, et à la fin je vais presser la détente. Pas fort, ce n'est pas une arme qui offre une grande résistance. Elle va travailler avec toi. Tu souffles juste par la bouche, puis par la carabine. Compris ?

Trey hoche la tête.

— Bon. Voyons voir si j'assure toujours.

Bien qu'il n'ait pas tiré depuis des années, Cal n'a pas perdu la main. La boîte est éjectée sans bavure dans un tintement métallique qui résonne à travers les champs, en même temps que la détonation sèche de l'arme.

— Ouais ! s'exclame Trey, aux anges.

— Et voilà le travail, dit Cal. (Il hume l'odeur de poudre, et un sourire fend son visage.) À ton tour.

Le garçon tient la carabine correctement, bien calée contre son épaule comme si elle avait été taillée pour lui.

— Rentre les coudes. Colle la joue à la crosse, tout doucement. Prends ton temps.

Trey ferme un œil, choisit sa cible et aligne la mire.

— Ça va faire pan, l'avertit Cal, et ça va te cogner l'épaule. Ne sois pas surpris.

Trey est si concentré qu'il ne lève même pas les yeux au ciel. Cal l'entend inspirer et expirer lentement. Le garçon n'hésite pas en anticipation du recul, et ne tressaille pas quand celui-ci survient. Il rate sa cible, mais de peu.

— Pas mal, commente Cal. Il ne te manque plus qu'un peu d'entraînement. Ramasse ta douille, tu dois laisser la nature dans l'état où tu l'as trouvée.

Ils tirent chacun son tour jusqu'à ce que le chargeur soit vide. Cal fait mouche cinq fois. Le gamin atteint une cannette, ce qui le ravit tant que Cal traverse le pré pour aller la récupérer.

— Tiens, lui dit-il en lui remettant la boîte de bière trouée. Tu peux la garder. Ton premier trophée.

Trey lui rend son sourire, mais fait non de la tête.

— Ma mère voudra savoir d'où je la sors.

— Elle fouille dans tes affaires ?

— C'est nouveau. Seulement depuis que Brendan est parti.

— Elle s'inquiète, c'est pour ça. Elle veut juste être certaine que tu n'envisages pas d'aller voir du pays.

Trey hausse les épaules et jette le contenant dans le sac plastique. Son visage s'est assombri.

— Bon, reprend Cal. Maintenant que tu connais les bases, allons nous chercher de quoi dîner.

Cette annonce lui vaut de nouveau l'entière attention du garçon.

— Où ça ?

— Vers le bois, par là-bas, répond Cal en le désignant d'un signe de tête. Il y a quelques terriers de lapins en bordure. Je les vois qui sortent se nourrir presque tous les soirs, à peu près à cette heure-ci. Viens.

Ils ramassent les cannettes et se postent assez loin de la lisière pour ne pas effrayer leur gibier, mais suffisamment près pour que le gamin ait une chance. Puis ils attendent. Dans le ciel, l'or a viré au rose et la lumière s'estompe, conférant aux champs un aspect gris-vert et intangible. Dans le jardin de Cal, les corbeaux se livrent à leurs causeries d'avant le coucher. Atténué par la distance, leur vacarme n'est plus qu'un bavardage tranquille en contrepoint des pépiements aigus des oiseaux plus petits.

Trey garde la carabine posée prudemment sur son genou, prêt à mettre en joue.

— C'est votre grand-père qui vous a appris à tirer, c'est ça ?

— Exact.

— Pourquoi pas votre père ?

— Comme je te l'ai expliqué, il n'était pas beaucoup là.

— Vous avez dit pas stable.

— C'est juste.

Trey médite la question.

— Pourquoi votre mère vous a pas montré, alors ? Elle était pas stable non plus ?

— Il n'y avait pas plus stable que ma mère. Elle cumulait deux emplois pour nous nourrir. Du coup, elle n'était pas assez chez nous pour s'occuper de moi. Elle m'a envoyé chez mes grands-parents, presque tout le temps, jusqu'à ce que je sois assez grand pour me débrouiller moi-même. C'est pour ça que j'ai appris avec lui.

Trey digère ces informations, sans cesser de scruter la lisière du bois.

— Quels emplois ?

— Aide-soignante dans une maison de retraite. Et serveuse dans un petit resto, sur son temps de repos.

— Ma mère, elle travaillait à la station-service, sur la nationale. Quand Emer est parti de chez nous, par contre, il y avait plus personne pour surveiller les petits pendant qu'on était à l'école. Mes pépés et mémés, ils sont tous morts.

— Qu'est-ce que tu veux… Chacun fait au mieux avec ce qu'il a.

— Et votre frère et vos sœurs ? Ils sont allés avec vous ?

— Ils sont de mères différentes, explique Cal. Je ne sais pas trop comment ça s'est passé, pour eux.

— Votre père, c'était un chaud du slip, en fait, commente Trey, après avoir eu le déclic.

Cal éclate d'un rire qu'il lui faut étouffer.

— Ouais, confirme-t-il, toujours hilare. C'est bien résumé.

— Chhhut, ordonne soudain Trey, en pointant le menton vers le bois. Ils sont là.

En effet, on décèle du mouvement dans l'herbe haute. Une demi-douzaine de lapins sont sortis chercher leur repas du soir. Ils sont à l'aise, alternent bonds et petites galopades pour se dégourdir les pattes, marquant une pause de temps à autre pour grignoter.

Cal tourne la tête vers Trey, qui s'est mis en position de tir, sur le qui-vive et pressé de tenter sa chance. Ses cheveux ras ressemblent au pelage duveteux du chiot de Lena. Cal éprouve l'envie réflexe de poser la main sur sa tête.

— Très bien, dit-il. Essaie de nous attraper de quoi faire un civet.

La balle file au-dessus des lapins, qui s'enfuient dans les fourrés. Trey lève les yeux vers Cal, dépité.

— C'est pas grave. Ils reviendront. T'es passé assez près pour que ça leur prenne un peu de temps, cela dit, et il va être l'heure qu'on se rentre, toi et moi.

Le crépuscule s'épaissit. Dans peu de temps, Mart ou P.J. s'installera dans le bois pour monter la garde.

— Oh, non ! Encore cinq minutes ! J'ai failli l'avoir.

Le gamin paraît abattu.

— Tu en auras un la prochaine fois, le rassure Cal. Il n'y a pas le feu, ils ne vont pas disparaître. Viens que je t'explique comment on décharge.

Ils retraversent ensuite le pré vers la maison. Trey sifflote une mélodie joyeuse qui pourrait sortir de la flûte celtique au Seán Óg's, celle d'une chanson dont le personnage se préparerait un matin de printemps pour aller voir une jolie fille. Les corbeaux sont en train de s'installer dans les branches, et les premières créatures nocturnes se montrent : une chauve-souris virevolte au-dessus de la ligne des arbres, et un petit animal détale dans l'herbe à leur approche.

— C'était sympa, déclare Trey, en lui adressant un regard en biais. Merci.

— De rien, ça m'a fait plaisir. Tu as l'œil, c'est bien. Tu apprendras vite.

Trey hoche la tête et, n'ayant rien à ajouter, descend la pente douce vers le couvert des haies. Cal tente de le suivre du regard, mais, bien avant qu'il ait atteint la route, il est invisible, englouti par la nuit tombante.

Cal se rend compte qu'il éprouve de la curiosité concernant ce qui l'attend au Seán Óg's. Il se poêle des sandwichs au fromage, puis prend un bain afin de se faire beau. On est samedi, aussi appelle-t-il Alyssa, mais elle ne décroche pas.

11

Lorsque Cal prend le chemin du pub, un froid piquant imprègne l'obscurité. De la fumée s'élève de la cheminée de Dumbo Gannon, et en passant devant chez lui Cal sent l'odeur riche et terreuse de la tourbe que les habitants des environs extraient des collines, font sécher et brûlent pour se chauffer. Les champs et les haies semblent grouiller d'une activité frénétique ; les animaux sentent que le compte à rebours avant l'hiver s'est enclenché.

La porte du Seán Óg's s'ouvre sur une vive clarté et une chaude atmosphère renfermée, trépidante de voix tonitruantes et chargée de volutes de fumée. Attablé avec ses copains à sa table fétiche, Mart accueille Cal d'un rugissement de bienvenue.

— Voilà le patron ! Viens donc t'asseoir par ici, coco. J'ai quelque chose pour toi.

Le coin de Mart est bondé : Senan est là, ainsi que Bobby, et quelques autres dont Cal n'est pas sûr de se rappeler les noms. Tous ont le teint rougeaud et l'œil luisant, comme s'ils étaient déjà beaucoup plus ivres qu'il aurait pu s'y attendre à cette heure.

— Bonsoir, les salue-t-il, avec un signe de tête.

Mart se pousse pour lui faire de la place.

— Barty ! braille-t-il vers le bar. Une pinte de Smithwick's. Tu connais cette bande de voyous, pas vrai ?

— On s'est croisés, répond Cal, qui retire sa veste et s'installe sur la banquette.

Mart ne l'avait encore jamais invité à se joindre à sa clique, sauf quand il leur fallait un quatrième larron pour jouer aux cartes. Dans le coin musique, un violoniste et un guitariste accompagnent le flûtiste, et le trio interprète une chanson dans laquelle il faut scander « *No ! Nay ! Never !* » en tapant sur la table. Deirdre chante avec eux, avec un petit temps de retard, souriant presque et plus animée que Cal ne l'a jamais vue.

— Alors, c'est quoi la surprise ?

— Je voudrais te présenter ce monsieur, déclare Mart en désignant d'un geste théâtral un homme mince au visage émacié, renfoncé dans une encoignure. Voici Malachy Dwyer. Malachy, voici mon nouveau voisin, Calvin Hooper.

— Enchanté, dit Cal en lui serrant la main, devinant soudain le programme de la soirée.

Malachy a des cheveux bruns en désordre, un regard rêveur et sensible qui ne correspond pas au renégat endurci qu'il s'était imaginé.

— Mal, Cal. Cal, Mal, plaisante Bobby, qui se met à pouffer de rire.

— T'es dans un état, toi, commente Senan d'un ton écœuré.

— Je vais très bien, rétorque Bobby, piqué au vif.

— M. Dwyer, reprend Mart, est le plus grand distillateur de la région. Un maître artisan, tiens. (Malachy sourit d'un air modeste.) De temps en temps, quand Malachy tire un millésime particulièrement savoureux de son alambic, il a la bonté d'en apporter ici pour nous en faire profiter. Un geste pour le bien de la communauté, en quelque sorte. J'ai pensé que tu méritais de participer à la dégustation.

— C'est un honneur, répond Cal. Mais je me demande si je ne dois pas avoir un peu peur quand même.

— Oh, non, intervient Malachy d'un ton apaisant. C'est une excellente cuvée.

De dessous la table, il sort un verre à liqueur et une bouteille en plastique de deux litres remplie à moitié d'un liquide transparent. Il sert Cal en prenant soin de ne pas renverser une goutte.

— Vas-y, lui lance-t-il.

Les autres observent Cal, avec aux lèvres des sourires goguenards qu'il ne trouve pas rassurants. La liqueur a un nez trop inoffensif pour être honnête.

— Hume pas le bouquet, bordel, lui ordonne Mart. Vide-moi ça cul sec.

Cal s'exécute, craignant d'avoir l'impression d'avaler de l'essence, mais l'eau-de-vie n'a presque pas de goût, et le feu de l'alcool n'est même pas assez vif pour lui arracher une grimace.

— C'est du bon, reconnaît-il.

— Je te l'avais dit ! s'enthousiasme Mart. C'est du velours. Ce gars-là, c'est un artiste.

Au même instant, l'effet du poitín s'abat. Cal a le sentiment de s'enfoncer dans la banquette comme dans du coton, et la salle se met à tourner.

— La vache ! s'exclame-t-il en secouant la tête.

Toute la tablée éclate de gros rires, qui parviennent à Cal comme un magma de bruit trépidant et lointain.

— Ça a du retour, commente-t-il.

— C'était juste pour te mettre en jambes, explique Malachy. Attends un peu d'être lancé.

— Celui-là, l'an dernier, raconte Senan à Cal, en pointant le pouce vers Bobby, après s'en être jeté quelques-uns…

— Ah, ça y est, proteste Bobby, dans l'hilarité générale.

— … il s'est levé en braillant qu'on devait l'amener chez un prêtre. Il voulait passer à confesse. À deux heures du mat.

— Qu'est-ce que tu te reprochais ? questionne Cal.

Il n'est pas sûr que Bobby l'entendra, car il a du mal à évaluer la distance qui les sépare, mais la communication fonctionne bien.

— J'avais maté du porno, soupire Bobby, en appuyant le menton sur son poing.

L'alcool lui donne un air mélancolique.

— Sur Internet. Rien de tordu, hein, juste des gars qui culbutaient des gonzesses. Les vidéos chargeaient même pas bien. Mais la gnôle de Malachy m'a filé des palpitations, et je me suis convaincu que j'allais avoir une crise cardiaque. J'ai pensé que je ferais mieux de confesser mes péchés, au cas où je casserais ma pipe.

Tout le monde rit.

— Tes palpitations, c'était pas à cause de mon eau-de-vie, le contredit Malachy. C'est ta mauvaise conscience qui te travaillait.

Bobby incline la tête, admettant cette possibilité.

— Vous l'avez conduit chez un prêtre, du coup ? demande Cal.

— Tu parles, répond Senan. On l'a collé dans l'arrière-salle pour qu'il cuve. On lui a promis de dire le rosaire pour lui en attendant qu'il se réveille.

— C'étaient des bobards, indique Bobby, l'air chagrin. Ils ont carrément oublié que je pionçais là. Quand j'ai émergé le lendemain, j'ai cru que j'étais mort.

L'anecdote déclenche une autre vague d'hilarité, qui emporte et ballotte Cal.

— Il était encore à moitié schlass, précise Senan. Il m'a téléphoné pour me demander s'il était mort, et ce qu'il devait faire pour arranger ça.

— Au moins, se défend Bobby d'un air digne, haussant la voix pour se faire entendre, je me suis jamais pété le nez en essayant de sauter par-dessus un muret comme quand j'avais dix-huit piges…

— J'ai presque réussi, répond Mart en levant sa pinte et en adressant un clin d'œil aux autres.

— … et je suis pas allé toquer à la fenêtre de Mme Scanlan sur un pari, complètement à poil, pour me prendre un seau d'eau froide sur le paletot.

Un type à l'extrémité du groupe reçoit des vivats d'approbation et quelques tapes dans le dos, et il secoue la tête avec un sourire ironique. Cal se régale de tous les voir ainsi, ces garnements qui percent sous les solides agriculteurs. L'espace d'un instant, il se demande lequel était un Brendan à l'époque, celui qui ne tenait pas en place, en quête de combines et d'échappatoires, et comment il s'en était sorti.

— Jette-t'en un autre, dit Mart, une lueur espiègle dans le regard. T'as du retard à rattraper.

Cal est éméché, mais pas ivre, et il lui semble préférable que ça reste ainsi. L'alcool ne l'a jamais rebuté comme la drogue – la boisson n'ôte pas sa substance à la réalité, ni aux gens, de la même façon –, toutefois l'atmosphère dans cette salle est débridée, et il sent qu'à la moindre impulsion tout pourrait s'emballer à vitesse grand V, et cette petite réunion a des airs de rite initiatique qui pourrait bien être cet élément déclencheur.

— Je crois que je vais y aller mollo, déclare-t-il. Histoire de ne pas me retrouver à poil devant la fenêtre de Mme Scanlan.

— Ça serait pas un problème, va, lui certifie Mart. Ça pourrait arriver à un évêque.

— Vous avez bu ça toute votre vie, vous tous, souligne Cal. Si j'essaie de vous suivre, je vais finir aveugle.

— Pas avec ma production, se défend Malachy, atteint dans son orgueil professionnel.

— Arrête tes chichis, ordonne Mart à Cal. T'es pas un touriste qui vient boire une pinte de Guinness avec les ploucs et qui rentre à son hôtel après. T'es d'ici, maintenant, tu fais comme nous. Me dis pas que t'as jamais fait de conneries en étant murgé.

— J'ai surtout tapé l'incruste dans des soirées. J'ai sympathisé avec des inconnus, j'ai chanté des chansons. Ça m'est arrivé de piquer un panneau de signalisation. Rien de dingue comme vous.

— On n'a pas de panneaux ou d'inconnus sous la main, répond Mart en lui remettant le verre dans la main, et t'es déjà à la seule soirée du coin, alors on va te faire chanter.

— Vous réussirez à le porter pour le ramener chez lui ? demande Barty de derrière le comptoir. Il est balèze, quand même.

— C'est ce que je dis, rétorque Mart. Il lui en faudra plus d'un pour rouler sous la table. Plus de deux, même, mais on va commencer par là et on avisera.

Ce qui décide Cal, ce n'est pas le fait qu'en arrêtant de boire maintenant il gagnerait une réputation indélébile de petit joueur et de touriste. Ce n'est pas la principale raison, en tout cas. C'est surtout l'aisance avec laquelle les uns et les autres discutent. Cal se rend compte que la compagnie d'hommes qu'il fréquente depuis longtemps lui manque. Ses quatre meilleurs amis comptent parmi les motifs qui l'ont poussé à quitter Chicago ; ils le connaissaient tellement par cœur qu'il en avait éprouvé un certain sentiment d'insécurité, et préféré prendre ses distances. Il avait craint qu'ils ne décèlent quelque chose en lui que lui-même n'aurait pas vu. Malgré tout, dans un coin de son esprit, son envie de passer une soirée au bar avec eux s'est accrue, si graduellement qu'il vient à peine d'en remarquer l'ampleur. Il ne connaît peut-être pas ces hommes, mais eux se connaissent bien, et leur compagnie lui procure du réconfort.

Il se résigne à la possibilité de se réveiller dans un fossé, sans pantalon, une chèvre attachée à la cheville.

— À la vôtre, dit-il, avant de boire d'un trait la dose beaucoup plus tassée que la première.

Le groupe éclate en vivats semi-moqueurs.

Ce deuxième verre achève de convaincre Cal. La salle se remet à tournoyer, et la banquette paraît plus cotonneuse que jamais, mais il se sent à sa place. Il est content de s'être laissé persuader, et rit presque d'avoir été à deux doigts de se dégonfler.

Dans l'autre encoignure, la chanson atteint son apogée, se conclut sur des cris enthousiastes et des applaudissements.

— C'est un timing parfait, ça ! déclare Mart. C'est quoi ta chanson, mon pote ?

Le choix de Cal, dans les soirées qui prenaient cette tournure, se porte toujours sur « Pancho & Lefty ». Il se lance dans le premier couplet. Cal n'a rien d'un chanteur d'opéra, mais il a un beau brin de voix, un timbre profond qui captive une salle, parfaitement adapté à cette chanson qui parle des grands espaces. Les derniers crépitements d'applaudissements s'estompent, et tout le monde se cale sur son siège pour l'écouter. Le guitariste repère la structure du morceau et l'ornemente d'un ruissellement aérien de notes mélancoliques.

Lorsque Cal termine, un court silence précède une explosion de vivats. On lui assène des tapes dans le dos, et quelqu'un crie à Barty de lui apporter une autre pinte. Cal sourit de toutes ses dents, à la fois ravi et un peu surpris par lui-même.

— Bravo, le félicite Mart à l'oreille. T'as un sacré coffre.

— Merci, répond Cal en prenant sa bière.

Il se sent désarçonné, non pas d'avoir chanté en public, mais par l'approbation sincère qu'on lui témoigne et l'ampleur du plaisir qu'il en retire.

— J'ai trouvé ça chouette, reconnaît-il.

— Et nous donc ! C'est super d'avoir quelqu'un pour nous pimenter la soirée. Nous autres, on chante tous ensemble depuis toujours, alors on est contents d'avoir du sang neuf.

L'homme qui s'est présenté nu chez Mme Scanlan se lance à son tour, d'une voix de ténor limpide : « Cette nuit, en rêvant du bon vieux temps… » Les musiciens le rejoignent, et quelques personnes les accompagnent d'un fredonnement grave et doux. Mart penche la tête en arrière pour écouter, les yeux mi-clos.

— Quand j'étais jeune, reprend-il au bout d'un moment, on finissait pas une soirée sans pousser la chansonnette. Ils chantent encore, les jeunes d'aujourd'hui, à part pour passer à la télé ?

— Je saurais pas te dire, répond Cal.

Il se demande si Alyssa et ses amis chantent pendant leurs fêtes. Il faut quelqu'un avec une guitare, déjà, pour amorcer le mouvement. Ben a l'air du genre à juger frivole l'apprentissage d'un instrument.

— Ça fait un bail que je suis plus un jeunot.

— Au fait, mon grand, enchaîne Mart. T'es sûr que tu cherches un gars pour te refaire l'électricité de ta cuisine ?

— Hein ? fait Cal en battant des paupières.

— Je veux pas risquer ma réputation en demandant à un de ces messieurs de prendre un créneau sur son emploi du temps de ministre si tu nous plantes parce que t'as changé d'avis. Tu veux que quelqu'un s'en charge ?

— Oui, oui. Bien sûr.

— Alors, c'est comme si c'était fait, affirme Mart, avant de lui assener une tape sur l'épaule, un large sourire aux lèvres. Locky ! M. Hooper aurait besoin qu'on lui refasse l'électricité de sa cuisine, et d'un lave-linge correct qui lui coûte pas les yeux de la tête. Tu peux t'en occuper ?

— Pas de problème, répond un type râblé, petits yeux et nez d'ivrogne.

De l'avis de Cal, ce Locky n'a pas l'air de la plus grande fiabilité, mais il ne se sent pas en position d'émettre des doutes, même s'il avait été assez sobre pour mettre les formes, ce qui n'est pas le cas.

— Donne-moi quelques jours, et je suis à toi.

— Formidable, se félicite Mart d'un ton joyeux, en réclamant la bouteille de poitín, qui a fait un tour du pub. Voilà, mon cher : plus besoin d'aller chercher des blancs-becs à droite à gauche et de te mettre dans tous tes états. Avec Locky, ce sera réglé dans la quinzaine.

— Merci. C'est sympa.

Mart remplit le verre de Cal et lève le sien.

— Pas de quoi. Faut qu'on se serre les coudes, par ici. Personne le fera à notre place, pas vrai ?

Ils trinquent et boivent. Cal a de nouveau la sensation qu'on lui a coupé les amarres, mais cette fois il s'y attend et y prend plaisir. Le type qui se présente nu aux fenêtres termine sa chanson et hoche la tête solennellement en réponse aux applaudissements et, dans l'encoignure du fond, on entame un morceau entraînant dont les paroles astucieuses commencent par : « Quoi que tu dises, ne dis rien. »

— Maintenant que tu as l'esprit plus tranquille, reprend Mart plus fort, en pointant son verre en direction de Cal. Ça se passe bien avec la charmante Lena ?

Cette question déclenche une bordée de hululements et de rires autour de la tablée.

— Elle est très gentille.

— Je te le confirme. Et vu que j'étais un bon ami de son papa, paix à son âme, je me sens en droit de te demander : c'est quoi, tes intentions avec elle ?

— Oh, ben, fait Cal, jouant la prudence. J'envisage de lui prendre un de ses chiots. Mais je ne me suis pas encore décidé.

Mart secoue la tête vigoureusement en agitant un doigt vers lui.

— Ah, non non non. Ça ne va pas du tout, ça. Tu peux pas donner des espoirs à une belle femme comme Lena Dunne et la laisser en plan après.

— Je ne l'ai rencontrée que deux fois, lui fait remarquer Cal.

— V'là le marieur du village, ma parole, persifle quelqu'un.

— Même que je le serais, lui renvoie Mart, je pourrais rien faire pour un cas désespéré comme toi. Ça me plaît quand les gens sont casés et heureux, c'est tout. Il lui faut une femme, à ce garçon.

— Ça sert à rien qu'il se mette à la colle avec Lena, intervient une voix grave depuis le coin du renfoncement, si c'est pour repartir en Amerloquie avant la fin de l'hiver.

Cette intervention provoque un blanc. À l'autre bout du pub, la flûte celtique émet un trille strident.

— Il se barrera pas, rétorque énergiquement Mart en balayant la tablée d'un regard circulaire pour s'assurer que tout le monde l'entend. C'est un bon voisin, et j'ai pas l'intention de le laisser filer comme ça.

Adressant un sourire espiègle à Cal, il ajoute :

— Parce que je te garantis qu'y en a pas un dans cette bande de voyous qui me les apporterait, mes petits gâteaux.

— Si Lena veut pas de lui, enchaîne quelqu'un, on lui arrangera le coup avec Belinda.

Des éclats de rire fusent. Cal n'en cerne pas bien la teneur. Il y devine de la moquerie, mais ici, la moquerie est comme la pluie : soit présente, soit imminente, et il en existe au moins une dizaine de variantes, allant d'enveloppante à brutale, avec des distinctions si subtiles qu'il faudrait des années pour les identifier toutes.

— C'est qui, Belinda ? demande-t-il.

— Un transfuge, comme toi, répond Senan avec un sourire carnassier. T'aimes les rouquines ?

— Pas sûr que ce soit roux partout, raille quelqu'un d'autre.

— Qu'est-ce que t'en sais, toi ? La dernière fois que t'as touché une femme, Elvis était numéro un.

— C'est pas ce que dit ta sœur !

— Arrête ton char. Les comme toi, ma sœur, elle les roule en boule et elle s'en sert pour briquer son parquet.

— Belinda, c'est une Anglaise, explique Mart à Cal, le prenant en pitié. Elle a une petite baraque vers Knockfarraney, ça va faire presque vingt ans qu'elle vit là. Elle est complètement azimutée. Toujours couverte de grands châles violets et de bijoux décorés de bidules celtiques. Elle s'est installée ici parce qu'elle croit qu'elle aura plus de chances de rencontrer les farfadets.

— Et alors ? rétorque Cal. Elle les a vus ?

Les angles de la salle continuent à se réaligner chaque fois que Cal cligne des paupières, mais de façon plus modérée.

— Elle dit qu'elle les aperçoit les nuits de pleine lune, répond Mart avec un sourire sarcastique. Dans les champs, ou dans les bois. Ce qui est sûr, c'est qu'elle les peint et qu'elle vend ses tableaux dans les boutiques à touristes, à Galway.

— Je les ai vus, ses tableaux, enchaîne quelqu'un. Elles ont de sacrés pare-chocs, les farfadettes. Faudrait que j'aille me balader plus souvent dans les champs la nuit.

— T'as raison. Avec un peu de chance, tu croiseras Belinda.

— En train de danser à poil autour d'un rond de sorcière.

— Dis-lui que t'es le roi des lutins.

— Elle est chouette, Belinda, tempère Mart. C'est une Angliche et elle est barrée, mais c'est une crème. Pas comme Lord Muck.

Tous éclatent de rire. La moquerie est franche, cette fois, forte et féroce, agressive.

— C'est qui, Lord Muck ? s'enquiert Cal.

— Te fais pas de bile, répond Senan en prenant sa pinte, un sourire fendu jusqu'aux oreilles. Il vit plus ici.

— Encore un transfuge, enchaîne Mart. Un Anglais. Il était venu chercher le calme, pour écrire un grand roman. L'histoire d'un génie qui se tape un tas de jeunettes parce que sa femme sait pas apprécier ses poèmes.

— Mais je l'ai lu, ce livre ! raille quelqu'un.

— T'as jamais ouvert un bouquin de ta vie, lui renvoie quelqu'un d'autre.

— Qu'est-ce que t'en sais, toi ?

— T'as lu quoi ? Un peu de Shakespeare, c'est ça ?

— Ça me ferait pas peur.

— Si c'est un album illustré.

Mart ne leur prête pas attention.

— Il y a huit ans, à peu près, Lord Muck s'est installé ici.

— Fin prêt à nous civiliser, nous les sauvages, commente Senan.

— Mais non, le contredit Mart, par souci d'honnêteté. Ça s'est très bien passé, au début. Il était très poli. C'était toujours : « Je vous demande pardon, monsieur Lavin », et « Pourrais-je vous importuner, monsieur Lavin ». (Senan pousse un grognement moqueur.) Ricane pas, toi. Un peu plus de bonnes manières, ça te ferait pas de mal.

— Tu veux que je t'appelle M. Lavin, c'est ça ?

— Pourquoi pas ? Ce bled aurait bien besoin d'un peu d'élégance. Tu pourras t'incliner sur ton tracteur, quand tu me croiseras.

— Ça me ferait mal au cul.

— Là où c'est parti en vrille, reprend Mart, ne déviant pas de son récit, c'est quand Lord Muck a appris pour la vénerie sous terre. Tu sais ce que c'est ?

— Pas exactement, répond Cal.

Le premier coup de chaleur dû au poitín s'estompe, mais il lui semble judicieux de s'en tenir à des phrases courtes.

— Chez nous, c'est illégal, explique Mart, mais les éleveurs n'aiment pas les blaireaux. Ça transmet la tuberculose aux bêtes, tu vois ? Le gouvernement s'occupe de les éliminer, pourtant certains agriculteurs préfèrent s'en charger eux-mêmes. Ils envoient deux ou trois chiens dans un terrier pour débusquer le blaireau, puis ils le sortent de son trou. Parfois ils l'abattent, ou ils laissent les chiens finir le boulot, selon les caractères.

— Quelques copains du coin étaient en train d'organiser une chasse, ici même, indique Senan. Et il a fallu que Lord Muck surprenne la conversation.

— Tout ce cirque, ça ne lui plaisait pas du tout, ajoute un autre. « Monstrueux », qu'il disait.

— « Quelle honte de persécuter ces petites bêtes sans défense. »

— « C'est indigne ! »

— « Inhumain. »

Nouveaux rires. Cette fois, sous la surface, on devine un grondement menaçant, une certaine noirceur.

— Ils sont mabouls, ces Anglais, confie Mart à Cal. Ils ont plus de compassion pour les animaux que pour les êtres humains. Dans son pays, y a des mômes qui mangent pas à leur faim, les bombardements de son armée font exploser des civils au Moyen-Orient, mais ça lui fait ni chaud ni froid, par contre, l'idée qu'on tue ce blaireau, il en aurait chialé. Et il en était qu'à sa deuxième pinte.

— Quel abruti, s'insurge Senan.

— Moi-même, je n'aime pas la vénerie sous terre, tempère Mart. J'ai participé à une chasse une fois, quand j'étais jeune, et j'ai jamais recommencé. Mais moi, je n'ai pas de bovins. Le gars qui a peur que les blaireaux lui foutent en l'air son gagne-pain, ce n'est pas à moi de lui dire de pas bouger en espérant que tout ira bien. Et si ça ne me regarde pas, ça regarde encore moins un pékin qui n'a jamais mis les pieds dans une ferme sauf pour écrire un poème dessus.

— Dommage que Lord Muck n'ait pas été du même avis, commente Senan.

— Pas du tout, même. Il s'est pointé devant le terrier le fameux soir, avec une grosse lampe torche dans une main et une caméra dans l'autre.

— Il gueulait tout ce qu'il pouvait, ajoute quelqu'un, il braillait qu'il allait transmettre ses vidéos à la Garda et aux chaînes de télé.

— Il voulait envoyer tout le patelin en taule. Faire cesser nos « pratiques barbares ».

— Ses images sont jamais arrivées jusqu'à la Garda ni jusqu'aux médias, le pauvre, intervient Malachy. Bizarrement, sa caméra n'a pas survécu à cette soirée.

— Tu parles, il l'a cassée lui-même, dit quelqu'un. Il gesticulait dans tous les sens comme un possédé.

— Il essayait de cogner sur les gars avec sa torche pour les éloigner du terrier.

— Il s'en est mis un coup tout seul et s'est retrouvé avec le nez en sang.

— Et deux coquards, aussi.

— Quand un des chiens l'a attaqué, ça lui a pas plu, et il a filé des coups de pied dans les côtes du clébard. Tu parles qu'il aimait les bêtes !

— Il a même tiré dans le bras de John Joe, ajoute Bobby avec emphase.

— Qu'est-ce que tu racontes ? s'agace Senan. Avec quoi veux-tu qu'il lui ait tiré dessus ?

— Avec un flingue ! T'en as de bonnes, toi.

— Comment il aurait tenu un flingue ? Il avait déjà une torche et sa caméra…

— Qu'est-ce que j'en sais, moi ?

— Il avait pas quatre bras, bordel…

— Il serrait peut-être sa lampe entre les dents.

— Alors comment il leur aurait crié dessus ?

— Tout ce que je sais, insiste Bobby d'un ton buté, c'est que John Joe m'a montré où il a reçu la balle.

— Il s'est pris un coup de torche, c'est tout. Si John Joe a reçu une balle, il s'est fait ça tout seul. Ce gars-là sait même pas par quel bout on tient une carabine…

S'ensuit une dispute générale sans passion, et Cal se retrouve à regarder Mart, qui lui rend son sourire amusé.

— Les écoute pas, ces crétins, lui conseille ce dernier. Va pas voir Belinda, tu finirais zinzin. Elle te ferait danser autour de ronds de fées à la pleine lune, et t'es pas taillé pour ça. Concentre-toi sur Lena.

Le sens de la distance de Cal reste flottant ; le visage de Mart lui paraît très proche, et légèrement trouble sur les pourtours.

— Et donc, conclut-il, Lord Muck ne vit plus dans le coin.

— Je pense qu'il est reparti en Angleterre, lui confie Mart. Il y sera plus heureux, va. Je me demande s'il l'a écrit, son roman.

— Ce que vous faites aux blaireaux, ça me regarde pas, en tout cas.

— Je ne fais rien aux blaireaux, moi, lui rappelle Mart. Je te l'ai déjà dit tout à l'heure. Je suis pour tuer les bêtes que si c'est nécessaire.

Cal aurait aimé avoir les idées beaucoup plus claires. Il boit une gorgée de sa bière, dans l'espoir qu'elle dilue le poitín dans son sang.

— Tu sais ce que t'as très bien fait quand t'es arrivé ? reprend Mart en agitant un doigt noueux vers Cal. T'as demandé conseil. Tu me demandais toujours où étaient les meilleurs magasins de bricolage, et quoi faire pour ta fosse septique. Ça m'a donné une bonne opinion de toi. Faut de la sagesse pour savoir quand on a besoin des conseils de quelqu'un qui s'y connaît. *Ce gars-là finira pas comme Lord Muck*, j'ai pensé. *Il va s'en sortir au poil.*

Il lorgne Cal d'un air chargé de reproches, à travers le brouillard de fumée qui s'est épaissi.

— Et puis, d'un seul coup, t'as arrêté. Qu'est-ce qui s'est passé, hein ? Est-ce que je t'aurais filé un mauvais tuyau ?

— Pas à ma connaissance. Tu m'as baladé ?

— Pas du tout. Alors pourquoi tu me demandes plus conseil ? Tu crois que t'en as plus besoin, c'est ça ? T'as cerné le coin, maintenant, et tu peux te débrouiller tout seul ?

— Allez, vas-y. Je t'écoute.

— Voilà, rétorque Mart d'un ton approbateur. C'est mieux.

Il s'enfonce davantage sur la banquette et fixe les taches d'humidité au plafond. Les musiciens jouent un morceau plus lent, ancien et lancinant, la flûte celtique filant une mélodie dont les variations semblent étranges à Cal, par-dessus le bourdonnement grave du violon.

— Quand mon frangin est mort, raconte Mart, j'étais paumé. Tout seul pendant les longues soirées d'hiver, sans personne avec qui jacter. J'étais plus moi-même, ça me tapait sur le système. C'était pas sain. Alors je vais te dire ce que j'ai fait. Je suis allé dans une librairie à Galway, et je leur ai commandé une palanquée de livres de géologie. Je les ai tous lus de la première à la dernière ligne. Je peux t'expliquer tout ce qu'il faut savoir sur la géologie de la région.

Il pointe l'index vers la petite fenêtre, nappée d'une épaisse obscurité.

— Les collines où t'es allé te promener, l'autre jour. C'est du grès rouge. Il y a quatre cents millions d'années, c'était encore plat, quand le terrain était situé juste à côté de l'équateur. C'était pas vert, à ce moment-là, c'était qu'un désert ocre, sans presque aucun organisme vivant. Mais il y a eu de la pluie, déjà à l'époque, un vrai déluge. Si tu grimpes là-haut et que tu creuses un peu, tu trouveras des strates de cailloux, de sable et de boue, et ça, ça indique qu'il y a eu des inondations monstres dans ce désert. Quelques millions d'années plus tard, deux continents se sont rapprochés, ils ont froissé le sol comme une feuille de papier et fait émerger ces collines. C'est pour ça que certains rochers se dressent à la verticale. Un volcan expédie de la roche dans les airs et fait couler de la lave sur le versant.

Il prend sa pinte en souriant à Cal.

— Quand t'es allé faire ta petite virée, c'est là-dessus que tu t'es baladé. C'est très réconfortant pour moi, de savoir ça. Tout ce qu'on peut faire ici, tes promenades, la distillation de Malachy, ça n'a aucune influence dessus. Pas plus que les moucherons.

Il lève sa pinte vers Cal et boit une grande gorgée.

— Voilà ce que j'ai fait, reprend-il en essuyant de la mousse sur sa lèvre, pour m'occuper l'esprit.

— Je ne suis pas sûr que la géologie, ce soit trop mon truc.

— C'est pas forcément la géologie, le rassure Mart. Faut choisir ce qui te botte. L'astronomie, peut-être… T'as le ciel tout entier à ta disposition, maintenant que t'es loin des lumières de la ville. Achète-toi donc un petit télescope et quelques cartes, et t'es lancé. Ou le latin, ça t'irait bien. Tu m'as tout l'air d'un gars qui s'est pas éduqué au maximum de ses capacités. Ici, on a une grande tradition : on se prend par la main et on se forge nous-mêmes une éducation, si on nous la sert pas sur un plateau. Vu que t'es des nôtres, ça serait logique que tu fasses comme nous.

— C'est comme quand vous avez offert un harmonica à Bobby ? Tu cherches à m'occuper pour m'éviter de péter un plomb ?

— Je veille sur toi, voilà tout, réplique Mart.

Pour une fois, sa voix est dépourvue de toute trace d'ironie, et il regarde Cal droit dans les yeux.

— T'es un chic type, et j'ai envie que tu te sentes bien ici. Tu le mérites.

Il lui donne une tape amicale sur l'épaule, et son visage se fend d'un sourire sardonique.

— Et si tu finis cinglé comme Bobby, c'est moi qui devrai me farcir tes délires. Dégote-toi un télescope.

Et va donc me chercher une pinte, en échange de mes précieux conseils.

Lorsque Cal revient à la table, en se déplaçant très prudemment, avec la pinte de Mart et une autre pour lui, la conversation est clairement terminée : Mart est en pleine discussion très animée avec quelques-uns de ses camarades sur les mérites de deux jeux télévisés dont Cal n'a jamais entendu parler, et s'interrompt seulement pour lui adresser un clin d'œil en prenant son verre.

La soirée se poursuit. Le débat sur les émissions de télé devient assez enflammé pour que Cal garde une main posée sur la table au cas où quelqu'un essaierait de la renverser, puis tout à coup se désamorce dans une explosion d'insultes et de rires. Deirdre chante un « Crazy » mélancolique d'un beau contralto, la tête penchée en arrière et les yeux clos. La bouteille de poitín se vide, et Malachy en sort une autre de dessous la table. Les musiciens se lancent dans un quadrille si endiablé que les clients tapent du pied et battent le rythme sur les tables.

— Tu sais ce qu'on a pensé quand t'es arrivé ? crie Bobby à Cal par-dessus la musique, plus fort que nécessaire.

Des mèches s'échappent de ses cheveux rares soigneusement rabattus sur son crâne dégarni, et il a du mal à se concentrer sur le visage de Cal.

— On t'a pris pour un prêcheur américain, qui allait se coller à un carrefour pour nous bassiner avec le Jugement dernier.

— Pas moi, intervient Senan. J'ai pensé que t'étais un merdeux de hipster et que t'allais réclamer des avocats à Noreen.

— C'est à cause de la barbe, ça, explique Mart. On n'en voit pas beaucoup des comme ça, par ici. Il fallait bien qu'on cherche une explication.

— Et lui, là, ajoute quelqu'un en expédiant une bourrade du coude à son voisin, il pensait que t'étais en cavale.

— C'est juste de la flemme, précise Cal. Je me suis laissé aller sur le rasage, et voilà ce que ça a donné.

— On va te filer un coup de main, va, lance le type à la voix caverneuse installé dans le coin.

— Je m'y suis habitué, en fait. Je crois que je vais la garder encore un peu.

— Lena a le droit de savoir ce qu'il y a là-dessous, avant de s'engager.

— Tu seras beau comme un dieu, va.

— Noreen, elle a des rasoirs !

— Barty ! File-nous les clés du magasin !

Tous sont penchés en avant, un sourire jusqu'aux oreilles tourné vers Cal, et vident leurs verres. La cadence de la quadrille palpite dans l'air comme une pulsation.

Cal les jauge tous depuis le début de la soirée, au cas où. Il devra s'occuper du type à la voix de baryton en priorité. Senan et lui vont lui donner du fil à retordre, et Malachy sans doute aussi. Si Cal réussit à se dépêtrer d'eux, les autres se dégonfleront sûrement. Il se tient prêt à en découdre, du mieux qu'il peut.

— Arrêtez votre cirque, ordonne Mart en prenant Cal par l'épaule. Je vous l'ai dit tout de suite, il est réglo, ce mec-là. J'avais pas raison ? S'il veut avoir la tronche de Chewbacca, ça le regarde.

L'espace d'un instant, la tablée se fige, en équilibre au bord du précipice, prête à basculer. Puis Senan éclate d'un gros rire, et les autres se joignent à lui comme s'ils plaisantaient depuis le début.

— Cette tête qu'il a faite, ironise quelqu'un. Il a cru qu'on allait le tondre comme un mouton.

— Regardez-le, prêt à se bastonner avec nous tous ! Cogne, champion !

Tous se renfoncent sur leurs sièges en riant, les yeux toujours tournés vers Cal, et quelqu'un crie à Barty d'apporter une pinte à ce grand malade. Cal leur rend leurs regards, puis rit aussi fort et aussi longtemps que tout le monde. Il se demande lequel d'entre eux est le plus susceptible de passer ses nuits dans un champ avec un couteau tranchant.

Senan se met à chanter, sans doute en gaélique, de longues phrases musicales mélancoliques s'achevant par un chevrotement, la tête en arrière et les yeux fermés lui aussi. Le type à la voix grave, qui s'appelle Francie, se glisse de côté vers Cal pour se présenter. De fil en aiguille, il se retrouve à lui raconter en détail comment son grand amour l'a quitté parce qu'il a dû s'occuper de sa mère pendant son déclin de douze ans, récit assez déchirant pour que Cal lui offre une pinte et que tous les deux aient besoin d'une autre ration de poitín. Au bout d'un moment, Cal s'aperçoit que Deirdre n'est plus là, tout comme l'apprenti séducteur nudiste. Quelqu'un profite de ce que Barty a le dos tourné pour allumer le poisson en plastique derrière le comptoir, et tous braillent « I Will Survive » avec lui à pleins poumons.

Quand les uns et les autres prennent le départ, Cal est assez ivre pour monter en voiture avec Mart, essentiellement à cause du sentiment confus qu'il serait malpoli de décliner son offre, étant donné qu'il lui doit sa barbe. L'éleveur chante pendant tout le trajet, d'une voix de ténor éraillée à la puissance surprenante, des chansons enlevées à propos de filles qui sont toutes les plus belles du village, dont il oublie parfois les paroles. Un air froid s'engouffre par les vitres ouvertes, et les nuages s'écartent assez pour qu'étoiles et obscurité défilent à une vitesse étourdissante. À chaque fondrière, le véhicule décolle. Cal accepte l'idée qu'ils n'atteindront peut-être pas leur destination et se joint à Mart pour les refrains.

Puis Mart pile devant le portail de Cal.

— L'estomac tient le coup ? s'enquiert-il.

— Pas trop mal.

Tandis que Cal cherche sa ceinture à tâtons, son téléphone vibre dans sa poche. Pendant un moment, il se demande de quoi il peut bien s'agir. Puis il a un déclic et songe que ça doit être un message WhatsApp d'Alyssa : « Désolée d'avoir manqué ton coup de fil, on s'appelle plus tard ! » Il laisse son portable là où il est.

— Bien sûr que oui. T'es un chef.

Les cheveux gris de Mart rebiquent tout droit d'un côté de son crâne dégarni. Il a l'air heureux comme un pape.

— Barty paraissait rudement content de se débarrasser de nous, commente Cal.

La dernière fois qu'il avait regardé sa montre, il était trois heures du matin.

— Barty, répète Mart avec un dédain royal. Ce pub, il est même pas vraiment à lui, tiens. Il l'a récupéré seulement parce que le fils de Seán Óg s'est piqué d'aller bosser dans un bureau, ce dégonflé. Alors il peut bien nous laisser faire une petite bringue de temps en temps.

— J'aurais dû filer quelques billets à Malachy, tu crois ? Pour la…

Le terme exact lui échappe.

— … la gnôle ?

— Je m'en suis chargé. Tu me revaudras ça une autre fois. C'est pas les occasions qui manqueront.

— Oups, fait Cal en sortant de la voiture en titubant, avant de recouvrer son équilibre. Merci de m'avoir déposé. Et merci pour l'invitation.

— C'était une sacrée soirée, pas vrai ? commente Mart en se penchant un peu trop pour lui parler par la vitre passager. T'es pas près de l'oublier, celle-là !

— Je suis pas sûr que je me souviendrai de grand-chose.

— Mais non, t'en fais pas. Un bon roupillon et tu seras comme neuf.

— J'y vais de ce pas. Dors bien, toi aussi.

— J'y compte bien.

Mart se pare d'un sourire grimaçant.

— Et moi qui pensais prendre la relève de P.J. pour le reste de la nuit. J'aurais mieux fait de me taire. Y a jamais eu aucune chance que ça arrive, mais j'ai jamais manqué d'omtim… d'optimimse…

Il bat l'air de la main et renonce, puis salue Cal et repart en poussant les rapports, ses feux arrière décrivant des zigzags.

Cal juge préférable de ne pas aller jusqu'à sa maison tout de suite. Il s'étend dans l'herbe et contemple les étoiles, aussi larges et vives que des pissenlits. Il médite la suggestion de Mart, et conclut qu'un télescope ne lui conviendrait pas. Il n'éprouve nul besoin de mieux comprendre les astres, qui lui suffisent comme ils sont. Ça a toujours été un de ses traits de caractère, salutaire ou pas, de préférer consacrer son énergie à des choses sur lesquelles il peut avoir une influence.

Au bout d'un moment, il dessoûle assez pour sentir la pression douloureuse des cailloux dans son dos et le froid qui s'infiltre en lui. Il lui vient également à l'esprit, petit à petit, que rester allongé là, où quelque chose ou quelqu'un rôde pour égorger les moutons, n'est pas le plus judicieux.

Lorsqu'il se relève, la tête lui tourne, et il doit garder les mains appuyées sur les cuisses quelques instants en attendant que ça cesse. Puis il remonte la pelouse, qui lui semble aussi vaste que vide. Rien ne bouge dans les prés, pas un bruit ne s'échappe des haies ni des branches. On est au plus profond de la nuit, aux confins déserts qui précèdent l'aube. Son massif boisé forme une tache dense se découpant sur les étoiles, silencieux et immobile. La maison de Mart est plongée dans le noir.

12

Cal se réveille tard ; le soleil se déverse abondamment par la fenêtre de sa chambre. Il a mal au crâne et l'impression qu'on le lui a bourré avec des bouloches poisseuses, mais il se sent dans un état étonnamment correct. Il se passe la tête sous l'eau froide, ce qui lui éclaircit un peu les idées, puis se fait cuire œufs au plat et saucisses pour le déjeuner, qu'il accompagne de deux antalgiques et de beaucoup de café. Il fourre ensuite son sac de linge sale dans son coffre et prend la direction de la ville.

Le beau temps se révèle trompeur : un froid piquant se tapit dans les ombres et une légère brise vous tourne autour sournoisement avant de mordre. Le Pajero cahote en cadence sur la surface accidentée de la route en pente douce. Au loin, les ombres projetées par de petits nuages glissent sur les collines brunes.

Cal a compris que, cette nuit, il avait reçu une mise en garde. Celle-ci lui a été délivrée si subtilement qu'il ne sait pas exactement ce qu'elle concerne – était-ce l'effet recherché ? Il ignore si la communauté d'Ardnakelty a remarqué qu'il s'intéresse à la disparition de Brendan Reddy et lui enjoint de laisser tomber, ou s'il s'est montré trop curieux pour un étranger et qu'il a besoin d'une leçon concernant les us et coutumes du pays.

L'endroit et la manière dont on l'a averti n'ont rien d'anodin. Mart aurait pu lui donner quelques brèves préconisations en privé, un après-midi au portail, mais il a préféré attendre la soirée poitín. Soit il voulait que Cal reçoive le message de plusieurs personnes à la fois, pour être sûr qu'il passe bien, soit il tenait à ce que les autres sachent qu'il avait été prévenu. Cal a la forte impression qu'il s'agit de la seconde option, et que cette mise en scène a pour but d'assurer sa protection.

Il s'interroge sur ce qui a pu motiver ces précautions. Cal a l'habitude de naviguer à vue au début d'une enquête, raison pour laquelle il a tardé à se rendre compte qu'il se trouvait là dans une situation très différente. Il ignore non seulement ce que les uns et les autres savent et croient, mais aussi ce qu'ils peuvent en penser, ce qu'ils veulent, pourquoi ils le veulent, et comment ils pourraient l'obtenir. L'amitié qui les lie depuis des décennies, qui paraissait réconfortante en début de soirée, forme comme un fourré impénétrable, dont les couches enténèbrent chaque acte et motivation au point de les rendre indéchiffrables pour qui n'appartient pas à leur cercle. Il se figure que cet effet est délibéré, du moins en partie. Pour que les types comme lui avancent les yeux bandés. Ça n'a rien de personnel ; pour eux, il s'agit d'une précaution élémentaire.

Il a conscience qu'avec son air placide et sensé, on s'attende à ce qu'il tienne compte de l'avertissement. Cette apparence lui a été utile à de nombreuses reprises. Il aurait beaucoup aimé la mettre à profit ici aussi, apaiser les esprits en laissant penser qu'il restait de nouveau à sa place et se contentait de ses travaux de peinture. Le problème, c'est qu'il n'a pas de solution de repli pour cela. S'il était encore en service, il aurait pu se maintenir à bonne distance des amis de Brendan et travailler en coulisses quelque temps : rendre visite au service informatique pour récupérer l'historique du téléphone du jeune homme, identifier les lieux qu'il avait fréquentés et éplucher ses mails, obtenir de la banque qu'elle vérifie si et où sa carte de crédit avait été utilisée, chercher ses connaissances dans les fichiers de la police, questionner les Stups sur les caïds dublinois. Il aurait pu confronter ses idées avec celles de son coéquipier, O'Leary, un cynique bedonnant à l'air fainéant trompeur et avec un sens aigu du ridicule, et le charger du travail de terrain à sa place.

Ici, il est privé de cet arsenal et de ces alliés. Pas de coulisses où agir dans l'ombre. Il est seul, livré à lui-même, et à découvert.

Ce jour-là, il avait initialement prévu de retrouver Donie McGrath, mais il doit revoir ses plans. Tout d'abord, Donie risque d'être une vraie plaie à interroger, et la tête de Cal ne tiendra pas le coup. Surtout, il n'a pas une vision assez claire de ce qui se trame. Même si d'aucuns voulaient le dissuader de s'intéresser à Brendan, ils savent seulement qu'il essaie de trouver où il a fugué, afin de rassurer sa mère et non pour mettre son nez dans les affaires des autres. S'il parle à Donie, ou quiconque serait en lien avec les fournisseurs de Dublin, ils connaîtraient alors ses intentions. Cal n'envisage pas de franchir cette étape avant d'être fin prêt.

Il a en revanche sur sa liste une piste à explorer qui ne dévoilera pas sa main davantage et ne lui prendra pas un week-end. Après avoir confié son linge au pressing, il prend le chemin de la boutique de souvenirs.

Caroline Horan est toujours amie avec Brendan sur Facebook, et Cal en déduit que leur rupture n'a pas été trop houleuse. Sur sa photo de profil, on la voit sur une plage avec deux autres filles, toutes les trois se tenant par les épaules, souriantes et les cheveux dans le vent. Caroline a des boucles brunes en désordre, un visage moucheté de taches de rousseur et un sourire engageant. Elle indique par ailleurs « Étudie à l'Institut de technologie d'Athlone » sur sa page ; si elle a gardé son emploi à la boutique, il est probable qu'elle y travaille le week-end.

Effectivement, lorsqu'il ouvre la porte dans un tintement de clochettes, elle est là, en train de ranger un présentoir de plaques nominatives décorées de lutins. Elle est plus petite que Cal s'y attendait, avec une jolie silhouette tout en arrondis. Ses boucles sont tirées en queue-de-cheval, et elle porte un maquillage léger, juste assez pour avoir l'air apprêtée en restant naturelle.

— Bonjour, la salue Cal en balayant les lieux du regard, stupéfait par l'abondance de marchandise.

La petite boutique est pleine comme un œuf, remplie de bibelots verts, en laine ou en marbre. Dans leur majorité, ils sont parés d'un trèfle ou de symboles celtiques noueux. En fond sonore, un type interprète une ballade sirupeuse qui, même Cal s'en rend compte, n'a rien en commun avec la musique qu'on joue au Seán Óg's.

— Bonjour ! lance Caroline d'un ton mélodieux, en se détournant pour lui sourire. Je peux vous être utile ?

— En fait, je cherche un cadeau pour ma nièce à Chicago. Elle va avoir six ans. Vous pourriez me conseiller ?

— Avec plaisir, répond la jeune femme avec entrain.

Elle se rend derrière le comptoir, en prenant au passage des articles sur des portants et des étagères : une fée en tissu vert et aux jupons de gaze, un tee-shirt à motif de trèfle, un collier en argent dans un petit étui vert, un mouton à face noire en laine feutrée.

— Si elle aime les fées, ça, ça devrait lui plaire. Ou si elle préfère jouer dehors, peut-être un haut et une casquette ?

Cal s'appuie sur le comptoir, en restant à distance convenable, et acquiesce à ce qu'elle dit tout en la jaugeant. Contrairement à Eugene, elle n'a pas gommé son accent pour aller à l'université ; le sien est presque aussi fort que celui de Trey. Cal ne peut qu'approuver, lui qui après avoir vécu près de trente ans à Chicago s'exprime encore comme un petit gars de Caroline du Nord. Il aime aussi sa vivacité et l'efficacité de ses mouvements. Brendan a choisi une fille pleine d'assurance et compétente. Et si elle a bien voulu de lui, c'est qu'il était dégourdi lui aussi.

— Sinon, un collier de Claddagh, ça plaît toujours. C'est le symbole traditionnel irlandais de l'amour, de l'amitié et de la loyauté.

— Ça, c'est mignon, dit Cal en saisissant le mouton.

Enfant, Alyssa adorait les petits animaux en peluche ou en feutre. Il y en avait partout dans sa chambre, disposés avec soin pour donner l'impression qu'ils bavardaient ou jouaient ensemble. De temps en temps, il en prenait deux et les faisait parler, sous les éclats de rire d'Alyssa. Par exemple, un raton laveur s'approchait des autres par-derrière et les chatouillait avant de repartir d'un bond.

— Vous ne trouverez pas plus local, lui explique Caroline. C'est une dame de Carrickmore qui tisse le feutre elle-même avec la laine que produit son frère.

Cal lève les yeux vers elle, sourcils froncés.

— Il me semble que vous vivez par chez moi. C'est vous que j'ai vue aider Noreen à la supérette d'Ardnakelty, une fois ?

Caroline sourit.

— Ça ne m'étonnerait pas. C'est dur de dire non à Noreen.

— Je ne vous le fais pas dire, confirme Cal avec un grand sourire, en lui présentant sa main. Cal Hooper. L'Américain qui a racheté la maison des O'Shea.

Son nom ne provoque aucune réaction chez la jeune femme, relève-t-il en passant.

Elle a une poigne de femme plus mûre, très professionnelle.

— Caroline Horan.

— Alors, voyons si j'ai bien retenu ce que Noreen m'a raconté. Si vous êtes Caroline, c'est vous qui vous êtes cassé le poignet en tombant de l'échelle quand vous avez essayé de chiper des vermicelles de pâtisserie. J'ai bon ?

Caroline rit.

— Oh là là, j'avais six ans ! Ça va me poursuivre toute ma vie, cette histoire. Et je les ai même pas eus, les vermicelles.

— Ne vous inquiétez pas. Je ne sais rien de plus incriminant. Les seuls autres infos que j'ai, c'est que vous sortiez avec Brendan Reddy, le mec qui n'est pas disponible pour refaire mon électricité parce qu'il s'est barré on sait où, et que vous allez à l'université. Qu'est-ce que vous étudiez ?

À la mention du prénom de Brendan, en revanche, Caroline bat des paupières.

— Gestion hôtelière, répond-elle assez naturellement, en se détournant pour descendre d'autres moutons de l'étagère. On peut aller partout, avec ça.

— Vous avez des projets de voyage ?

Elle lui adresse un sourire par-dessus son épaule.

— Ouais, carrément. Le plus possible. Du coup, je pourrais être payée pour ça.

Cal songe que la plus grosse erreur de Brendan, ou l'une d'elles en tout cas, a été de donner une raison à Caroline de le plaquer. Cette fille a l'étoffe d'une femme à qui l'avenir sourit. Elle les aurait emmenés aussi loin que Brendan pouvait en rêver, et même plus.

— Tenez, reprend-elle, en alignant une demi-douzaine de moutons de différents coloris sur le comptoir. Choisissez. Moi, j'aime bien l'expression de celui-ci.

— Il m'a l'air un peu dingue, commente Cal en examinant le regard fixe et exorbité de l'animal. On dirait qu'il se prépare à attaquer.

Nouveau rire de Caroline.

— Il a de la personnalité, c'est tout.

— Si ma nièce en fait des cauchemars, ma sœur va venir jusqu'ici me secouer les puces.

— Et celui-là ? (Elle en prend un couleur crème, à la tête noire.) Vous avez vu cette bouille ? Il ne ferait pas de mal à une mouche.

— Lui, il a peur du maboul, regardez. (Cal pose le mouton craintif derrière les autres, que l'enragé scrute d'un air menaçant.) Il tremble des bouclettes.

Caroline rit de plus belle.

— Alors sortez-le de ce calvaire. Offrez-lui un nouveau foyer, il sera ravi.

— Adjugé vendu. Ce sera ma BA de la journée.

— Vous pourrez dire à votre nièce qu'elle sauve ce mouton d'un grand danger.

Caroline va remettre les autres sur l'étagère.

— Je ne voudrais pas me mêler de ce qui ne me regarde pas, déclare Cal en retournant la casquette verte entre ses mains, mais j'ai discuté avec la mère de Brendan Reddy, l'autre jour, et elle s'inquiète pas mal pour lui. Si vous avez eu de ses nouvelles, vous pourriez peut-être prendre un petit moment pour la prévenir qu'il va bien.

Caroline lui renvoie un coup d'œil, qui ne dure qu'un instant.

— Il ne m'a pas contactée.

— Vous n'êtes pas obligée de me le dire, à moi. Juste à sa mère.

— Je sais. Mais je n'ai pas de nouvelles quand même.

— Même s'il a juste évoqué où il aurait pu aller dans le fil d'une conversation. Elle est très affectée. Même si ce n'est pas grand-chose, ça l'aiderait.

Caroline secoue la tête.

— Il ne m'en a jamais parlé. Il n'y avait pas de raison, en fait. Après notre rupture, on n'est pas trop restés en contact.

La blessure qu'on perçoit dans sa voix est encore à vif ; elle tenait beaucoup à Brendan.

— Il l'a mal pris ?

— Pas très bien, non.

— Vous aussi, vous vous inquiétez pour lui ?

Caroline revient au comptoir. Elle caresse le nez du mouton.

— J'aimerais bien savoir où il est, reconnaît-elle.

— Vous avez des théories ?

Caroline ôte une bouloche grise du dos de la peluche.

— C'est le problème avec Brendan, explique-t-elle. Il a des idées, il s'emballe tellement qu'il ne prend pas les autres en considération.

— C'est-à-dire ?

— Par exemple, on adorait tous les deux Hozier, le chanteur. Et il passait en concert à Dublin, en décembre. Alors Brendan a accepté tous les petits boulots qu'il a pu trouver, pour économiser de quoi payer les billets, le bus et un *bed and breakfast*. Pour mon cadeau de Noël. Ça aurait été génial, sauf qu'il les a pris pour le soir juste avant mon dernier partiel.

— Ah, mince, compatit Cal, en grimaçant.

— Ouais. C'était pas fait exprès, il a juste oublié de me demander si j'étais dispo. Et quand je lui ai dit que je ne pouvais pas y aller, ça l'a vraiment affecté. Et mis très en colère. Du genre : « Il y en a que pour la fac, pour toi je vaux pas le coup parce que j'avance pas dans la vie… » C'était pas du tout ce que je pensais, en plus… mais voilà, quoi.

— Pas facile de faire comprendre ça à un garçon susceptible.

— Oui. C'est pour ça qu'on a rompu, en gros.

Cal médite ces nouvelles informations, et s'enquiert :

— Donc, vous croyez qu'il est parti pour concrétiser une de ses grandes idées, et qu'il a oublié que sa mère allait s'inquiéter ?

Caroline lui jette un bref coup d'œil.

— C'est possible.

— Ou alors ?

— Je vous fais un paquet-cadeau ? demande-t-elle, ignorant sa relance.

— Avec plaisir, oui. Je ne suis pas doué pour emballer les trucs.

— Pas de problème. (D'un geste dynamique, elle sort du papier de soie vert de sous le comptoir.) Remarquez, si elle a six ans, elle s'en fichera, mais peut-être pas votre sœur. Faisons ça dans les règles de l'art.

Cal tente de faire tourner la casquette sur un doigt, écoute le chanteur déverser sa soupe sur le thème du mal du pays, et observe Caroline, qui superpose un camaïeu de feuilles vertes. Avec Eugene, il a joué les imbéciles, parce qu'Eugene veut que les autres soient idiots. De toute évidence, Caroline préfère que les autres soient intelligents, et entreprenants.

— Mademoiselle, reprend-il, je vais vous poser quelques questions, parce que c'est avec vous que j'ai le plus d'espoir d'obtenir des réponses valables.

Elle s'interrompt dans sa tâche.

— À quel sujet ?

— Brendan Reddy.

— Pourquoi ?

Tous les deux se regardent. Cal a conscience qu'il a eu de la chance que personne ne lui ait encore opposé cette question.

— Disons que je suis très curieux, répond-il, ou que je cherche de quoi m'occuper, ou les deux. En tout cas, voilà ce que je peux vous garantir : je n'ai aucune intention de lui nuire. Je veux juste découvrir où il est.

Caroline hoche la tête, l'air convaincue.

— Je n'ai rien à vous dire.

— Vous voulez savoir où il est parti. C'est vous qui allez demander à droite à gauche ?

Caroline secoue la tête d'un mouvement brusque. Cal comprend qu'elle a peur.

— Alors vous n'avez pas d'autre espoir que moi.

— Et si vous trouvez la réponse, vous me tiendrez au courant.

— Ça, je ne peux pas vous le promettre.

Quelques instants plus tôt, il aurait pu le faire, mais ce hochement négatif l'a rendu méfiant. Elle n'a pas l'air du genre à s'effrayer pour un rien.

— Mais si je le retrouve, je lui suggérerai de vous appeler. C'est mieux que rien.

— D'accord, cède-t-elle au bout d'un moment, impassible. Je vous écoute.

— Comment allait Brendan, moralement ?

— C'est-à-dire ?

— Est-ce qu'il était déprimé ?

— Je ne crois pas, répond Caroline, assez promptement pour indiquer à Cal qu'elle y a déjà réfléchi. Il n'était pas épanoui, mais ce n'est pas la même chose.

Ça n'avait pas l'air de le miner, vous voyez ? Il était plutôt… frustré. Agacé. Il est d'un tempérament foncièrement optimiste. Il a toujours pensé qu'il lui arriverait quelque chose de bien.

— Je m'excuse de le formuler aussi crûment, mais aurait-il pu se donner la mort, d'après vous ?

— Non, affirme-t-elle, là encore du tac au tac. Personne n'est à l'abri des idées noires, et les gens peuvent aller beaucoup plus mal que ce qu'ils veulent bien montrer, mais… La façon de penser de Brendan, c'est : « Je vais trouver une solution, obligé, ça finira forcément par s'arranger. » Ça ne ressemble pas à quelqu'un qui va se suicider, je trouve.

— C'est ce que j'aurais tendance à croire.

Dans l'ensemble, il est d'accord avec elle, bien qu'il partage aussi ses réserves.

— Vous l'avez déjà trouvé déconnecté de la réalité ? Est-ce qu'il tenait des propos incohérents, parfois ?

— Comme un schizophrène ou un bipolaire ?

— Tout ce qui serait de cet ordre-là, oui.

Elle réfléchit un instant, les mains immobiles sur le papier de soie, puis secoue la tête.

— Non, répond-elle avec certitude. Ça lui arrive d'être à côté de la plaque, comme pour le concert et mon partiel : « Ça va rouler, t'as qu'à réviser avant et on rentrera par le premier car le lendemain. » Mais ce n'est pas être déconnecté de la réalité, ça.

— En effet, concède Cal.

Il est, ça lui arrive de… Comme Fergal et Eugene, Caroline pense que Brendan est en vie. Cal n'y attache pas une immense importance. Les jeunes ne conçoivent pas que quelqu'un de leur âge puisse mourir. Il espère qu'ils pourront rester dans cet état d'esprit encore un peu.

— Et le fait d'être à côté de la plaque, ça lui a déjà valu des ennemis ?

Caroline ouvre les yeux plus grands, juste une fraction de seconde, mais garde une voix égale.

— Pas comme vous semblez l'imaginer. Ça arrivait qu'il agace les gens. Mais bon… on se connaît tous depuis toujours. Tout le monde sait comment il est. Ce n'était jamais très grave.

— Ça me parle. Est-ce qu'on peut compter sur lui ? Supposons qu'il vous dise qu'il va vous rendre un service, vous obtenir quelque chose. Vous vous attendez à ce qu'il s'en occupe, ou que ça lui sorte de la tête ?

— Il tiendra parole, affirme-t-elle sans hésitation. C'est une question d'orgueil pour lui. Son père était terrible pour ça, il ne respectait jamais ses promesses. Ça horripilait Brendan. Il ne voulait pas lui ressembler.

— Eh oui, c'est comme ça. On pardonne aux gens qui planent un peu, tant qu'on peut compter sur eux.

Cal pose la casquette sur le comptoir et la tapote pour lui redonner sa forme d'origine.

— Du coup, j'imagine qu'il ne vous aurait pas laissée tomber s'il avait cru que vous étiez enceinte.

Il table sur le fait que Caroline soit assez adulte pour ne pas mal le prendre.

Effectivement, elle répond sans ambages :

— Impossible. Il aurait tout fait pour être un papa parfait. En tout cas, il n'y a pas de raison qu'il ait pu croire ça. Je n'ai pas eu d'alerte ni rien.

— Vous m'avez dit que Brendan était fauché, et qu'il craignait que vous pensiez qu'il n'ait pas d'avenir. Avait-il des projets pour y remédier ?

Caroline souffle entre ses lèvres, avec un sourire en coin.

— Ça ne m'étonnerait pas. Il m'a dit... quand on était en train de rompre, en fait... il m'a dit qu'il allait gagner gros, que j'allais voir.

— Il a indiqué comment ?

Elle secoue la tête.

— Par un moyen pas très recommandable, peut-être ? suggère-t-il.

— C'est-à-dire ?

La voix de Caroline s'est durcie.

— En enfreignant la loi, précise Cal d'un ton doux. En volant, par exemple, ou en vendant de la drogue.

— Il a jamais rien fait dans ce genre-là. Pas quand on sortait ensemble.

— Comment a-t-il rassemblé l'argent pour payer les billets de concert, exactement ?

— L'oncle d'un de nos copains fait du débarras de meubles, alors Brendan a travaillé avec lui quelques jours. Et il fait du tutorat.

Face au regard perplexe que lui renvoie Cal, elle précise :

— Du soutien scolaire avec des élèves de notre lycée en chimie et en sciences de l'ingénieur – les matières où il est le meilleur. De petits boulots dans ce genre-là.

Autrefois, Cal aurait pu tout vérifier. À présent, il n'a que son instinct, lequel lui indique que Caroline veut qu'il ait une bonne opinion de Brendan, mais aussi qu'elle n'est pas dupe.

— C'est un futé, commente-t-il. Même si ce n'est pas comme ça qu'il fera fortune.

— Non, mais vous me comprenez. Il n'a jamais rien fait de malhonnête.

— Vous ne me dites pas que ça ne pourrait jamais arriver, remarque-t-il.

Caroline revient à son papier de soie, qu'elle replie autour du mouton de ses doigts agiles. Cal attend.

— Des rumeurs ont circulé, reprend-elle, quand Brendan est parti.

Ses gestes se font plus rapides, sa voix s'est crispée. Il lui est pénible d'évoquer ce sujet.

— Des gens ont raconté qu'il m'avait violée, et qu'il s'était enfui parce que j'allais prévenir la police.

— Et ce n'était pas vrai ?

— Pas du tout. Brendan ne m'a jamais touchée sans que je sois d'accord. J'ai étouffé ça dans l'œuf dès que c'est arrivé à mes oreilles. Mais il y a plein d'autres rumeurs pour lesquelles je ne pouvais rien. Soi-disant qu'il aurait cogné sa mère. Ou qu'on l'aurait surpris en train de reluquer des femmes par leur fenêtre. Et sûrement d'autres ragots encore pires dont je n'ai pas entendu parler.

D'un petit geste sec, elle arrache un morceau de scotch du dévidoir.

— Pour Brendan, ça a toujours été ça, Ardnakelty. Parce qu'il venait de cette famille, les gens imaginaient le pire de lui, sans raison. Mes parents ne sont pas comme ça, et pourtant ils ont été horrifiés quand je suis sortie avec lui, même s'ils m'ont dit que j'avais la tête sur les épaules, et que, si je lui trouvais de bons côtés, c'est qu'il devait en avoir. Ça ne leur plaisait pas pour autant. Même en voyant que ça marchait bien entre nous, ils désapprouvaient. (Elle lève la tête vers Cal, d'un mouvement brusque empreint de colère.) Surtout, n'allez pas croire ce qu'on raconte sur Brendan. La plupart du temps, c'est que des conneries.

— C'est à vous que je demande, alors. Il pourrait tremper dans une activité criminelle ou pas ?

— Je vais vous expliquer comment il est, Brendan. (Ses mains ont cessé de bouger ; elle a tout à fait oublié le mouton en feutre.) Il a une pelletée de petits frères et sœurs, d'accord ? La plupart des gens, quand ils commencent à fréquenter quelqu'un, ils négligent tout le reste. Mais pas Brendan : même au tout début, quand on était complètement dingues l'un de l'autre, il me disait tout le temps : « On peut pas se voir ce soir, je dois accompagner Trey à son match de foot », ou : « Maeve vient de se disputer avec sa meilleure copine, je vais rester à la maison pour lui remonter le moral. » Leurs parents ne s'occupaient pas de tout ça, c'est lui qui s'en chargeait. Mais pas comme d'une corvée. Ça lui tenait à cœur.

— Il m'a l'air d'un bon gars, commente Cal. Mais même les bons gars enfreignent la loi, parfois. Vous ne m'avez pas dit s'il en était capable.

Caroline reprend le pliage de son emballage.

— J'espère que non, lui confie-t-elle au bout d'un moment.

Son visage s'est fermé. Cal patiente.

Elle s'apprête à ajouter quelque chose à ce sujet.

— J'aimerais juste savoir s'il va bien, dit-elle à la place.

— Je n'ai rien entendu qui suggérerait le contraire.

— Tant mieux. (Caroline prend une brève inspiration. Elle a cessé de regarder Cal.) Ouais. Je suis sûre que ça roule pour lui.

— Je dirai à Mme Reddy qu'elle vous prévienne si elle a de ses nouvelles.

— Merci, répond Caroline poliment, en coupant un bout de ruban sur un rouleau. Ce serait super.

La conversation est donc close.

Elle fignole son paquet-cadeau en frisant le ruban. Après l'avoir remerciée pour son aide, Cal laisse planer un silence au cas où elle aurait une dernière info à lui demander, mais elle se contente de lui adresser un sourire impersonnel et de souhaiter bon anniversaire à sa nièce.

Loin du fatras de bibelots et des ballades mièvres de la boutique, le bourg semble spacieux, dégagé et apaisant. Sur la grande place, des familles endimanchées et de vieilles femmes couvertes d'un fichu sortent de l'église. Derrière le clocher, le vent propulse des lambeaux de nuages à travers le ciel bleu.

Cal avait espéré que Brendan aurait parlé à Caroline de son grand projet lucratif. Quand ils essaient d'impressionner les filles, les garçons sont bavards. Caroline n'est pas du genre à être impressionnée par les activités criminelles, mais Brendan aurait pu être trop jeune, trop empressé et trop aux abois pour s'en rendre compte. Cal la croit, en tout cas. Quoi que Brendan ait en tête, il l'a gardé pour lui.

Cal ne rentre quand même pas bredouille. La piste du suicide est écartée, ou tout comme. Non pas parce que Caroline pense que ce n'était pas dans le caractère de Brendan, mais parce que la jeune femme, qui est pour l'instant son meilleur témoin, affirme que Brendan mettait un point d'honneur à tenir ses promesses. Le jeune homme avait dit à Trey qu'il lui offrirait un vélo pour son anniversaire, et à Fergal qu'il lui rembourserait ses cent euros, somme dont il n'aurait pas eu besoin si sa seule intention était d'aller se pendre dans les collines. Si Brendan envisageait de se rendre quelque part, il pensait aussi rentrer.

Et d'après Caroline, Brendan allait bien psychiquement. Cal s'en réjouit. Si Brendan a pris peur, s'il s'est enfui, s'il se cache dans les hauteurs, ce n'est pas pour une raison imaginaire. Cela signifie qu'il a dû laisser des traces concrètes, à un moment ou à un autre.

Il est malgré tout possible que Caroline ait bel et bien une idée de ce que Brendan mijotait et qu'elle ne souhaite pas en discuter, en tout cas pas avec un étranger, de surcroît un ancien policier. Il se peut aussi que Cal ne soit pas le seul à avoir reçu une mise en garde.

Cal n'a pas grand espoir de trouver le commissariat ouvert un dimanche, mais le brigadier O'Malley est assis à son bureau, où il lit le journal en mangeant une grosse part de gâteau au chocolat avec les doigts.

— Ah, tiens, l'agent Hooper, s'exclame-t-il, radieux, hésitant à se lever, pour finalement demeurer assis. Je vous serre pas la main, regardez… (Il lui montre ses doigts poisseux.) Mon gamin vient d'avoir huit ans et, vu la taille du gâteau que madame nous a fait, il en restera pour son anniversaire dans un an.

— Pas de problème, le rassure Cal avec un sourire amusé. Ça a l'air bon.

— C'est un régal ! Faut dire qu'elle ne rate pas un seul concours de pâtisserie à la télé. Si j'avais su que vous passiez, je vous aurais apporté une part.

— Ce sera pour l'année prochaine. Je voulais juste vous prévenir que j'ai fini par l'avoir, ma carabine. Merci beaucoup pour votre aide.

— Y a vraiment pas de quoi, répond O'Malley, qui se renfonce sur son siège et lèche le sucre sur son pouce. Vous l'avez étrennée ?

— Je me suis exercé sur des boîtes de conserve, histoire de reprendre mes marques. C'est une bonne arme. J'ai des lapins sur mes terres, alors je vais essayer d'en tirer quelques-uns.

— C'est des rusés, ces petits cons, commente O'Malley, avec une amertume indiquant qu'il parle d'expérience. Bonne chance.

— J'ai rien d'autre sous la main, à part un chêne plein de corbeaux qui me bousillent ma pelouse. Vous saurez peut-être vous : ça se mange, ces piafs ?

O'Malley semble surpris, mais il réfléchit à la question par politesse.

— J'ai jamais goûté, personnellement, mais mon père nous racontait que sa mère en cuisinait en civet quand il était petit, s'ils avaient rien d'autre. Avec des pommes de terre et quelques oignons. Je parie qu'il y a des recettes sur Internet. Faut dire qu'on y trouve tout et n'importe quoi.

— Je tenterai peut-être le coup.

Cal n'a aucune intention d'abattre le moindre corbeau. Il est persuadé que les survivants feraient des ennemis féroces.

— Pas sûr que ce soit très savoureux, tempère O'Malley en affinant sa réflexion. Ça doit être rudement fort, à mon avis.

— Je vous en garderai une part, rétorque Cal avec un sourire en coin.

— Ça ira, merci, décline O'Malley, guère rassuré. Je serai toujours aux prises avec ce gâteau.

Cal rit, donne une tape sur le comptoir et se tourne vers la porte, mais une idée lui vient subitement.

— Ah, au fait… On m'a dit que deux policiers étaient intervenus vers Ardnakelty, en mars. C'était vous ?

O'Malley réfléchit.

— Non. Les seules fois que je suis allé dans ce coin-là cette année, c'était chez les Reddy, pour leur mettre un peu de plomb dans la cervelle. On n'a pas trop besoin de nous, par là-bas.

— C'est ce que j'ai pensé, lui confie Cal en fronçant un peu les sourcils. Vous sauriez ce qui a pu se passer, en mars ?

— Sans doute rien de méchant, affirme O'Malley. Sinon je serais forcément au courant.

— J'aimerais bien tirer ça au clair, insiste Cal avec un froncement plus prononcé. Je ne dormirai pas sur mes deux oreilles tant que je saurai pas ce qui se joue autour de moi. Déformation professionnelle… enfin, ce n'est pas à vous que je vais l'expliquer, pas vrai ?

O'Malley donne l'impression que ces craintes lui sont tout à fait étrangères, mais il opine vigoureusement du chef malgré tout.

— Vous savez quoi, déclare-t-il soudain. Attendez là deux minutes, je vais chercher dans les fichiers.

— Ça, c'est vraiment sympa, le remercie Cal, surpris et content. Vous aurez droit au civet de corbeau, c'est sûr.

O'Malley rit, s'extirpe de son fauteuil avec quelques grincements sonores et se rend dans le bureau. En patientant, Cal se tourne vers la fenêtre pour contempler le ciel, où les nuages s'épaississent, deviennent plus sombres et plus menaçants. Il ne se croit pas capable de s'habituer un jour à ces virages à cent quatre-vingts degrés de la météo. Il a l'habitude qu'une journée chaude et ensoleillée reste chaude et ensoleillée, qu'une journée froide et pluvieuse reste froide et pluvieuse, etc. Ici, le temps donne parfois l'impression de faire tourner les gens en bourrique juste pour le principe.

— Bon, lance O'Malley à son retour, heureux du résultat de ses recherches. C'est bien ce que je pensais : rien de grave. Du tout, du tout. Le 16 mars, un éleveur a signalé une intrusion sur ses terres et un possible vol de matériel agricole, mais, quand les collègues sont arrivés, il leur a indiqué que c'était une erreur.

Il reprend place sur son siège et enfourne un morceau de gâteau dans sa bouche.

— À mon avis, il s'est rendu compte que c'étaient les petits cons du coin qui s'amusaient. Ils s'ennuient pas mal, faut dire. Les plus téméraires cachent un truc juste pour se marrer en voyant le fermier péter un plomb. Ou ça a vraiment été volé, mais l'agriculteur a trouvé le coupable et récupéré son bien, alors il en reste là. C'est comme ça que ça marche, dans le coin. Ils préfèrent qu'on se mêle pas de leurs histoires, à moins de vraiment pas avoir le choix.

— Alors, me voilà rassuré. Je n'ai pas de matériel agricole à voler. J'ai bien une vieille brouette dont j'ai hérité en achetant la maison, mais si elle tente quelqu'un à ce point, je la lui laisse volontiers.

— Il y a plus de chances qu'on vous la perche sur votre toit, lui confie O'Malley avec indulgence.

— Ça ferait une belle touche d'originalité. Il y a des décorateurs qui facturent des milliers d'euros à des bobos pour des idées dans ce genre-là. C'était qui, l'agriculteur ?

— Un type qui s'appelle Patrick Fallon. Je le connais pas. Ça signifie qu'on n'a pas souvent affaire à lui. Pas de conflits de voisinage, rien dans ce genre-là.

Patrick Fallon est sans doute le nom complet de P.J.

— C'est mon voisin, indique Cal. Je ne crois pas l'avoir entendu se plaindre du moindre problème, depuis que je me suis installé. Ça n'a jamais dû se reproduire.

— Des conneries de jeunes, assène O'Malley d'un ton aussi arrêté que débonnaire, avant de rompre un autre gros morceau de gâteau.

La vue de ce gâteau a mis Cal en appétit. Il trouve un coffee-shop, où il commande une part de tarte aux pommes et reprend du café, pour passer le temps en attendant que son linge soit prêt. Tout en terminant cette collation, il sort son calepin de sa veste et l'ouvre à une page vierge.

Il tâtonne avec la possibilité que Brendan ait eu l'intention de se lancer dans le trafic de matériel agricole volé, qu'il en ait chapardé chez P.J., avant de paniquer et de tout rendre en apprenant qu'on avait prévenu la police, puis de quitter le village pour éviter les retombées, ou carrément de s'exiler comme le fils Mannion, le bourreau du chat. Il n'y croit pas trop – quiconque ayant un minimum de jugeote aurait prévu l'intervention de la police, et Brendan n'est ou n'était pas un imbécile. Peut-être n'avait-il pas anticipé qu'on s'apercevrait du vol si vite. Caroline a expliqué qu'il ne prenait pas en compte les réactions des autres.

Il écrit : *Matériel agricole 16/03. Quels objets volés ? Les a-t-on retrouvés ?*

Un autre élément reste ancré dans un coin de sa tête : les moutons mutilés. Mart ne monte pas la garde dans le bois juste au cas où. Il a des raisons de penser que les bêtes de P.J. seront les prochaines.

Cal dessine un croquis des parcelles agricoles d'Ardnakelty, avec l'aide de cartes trouvées sur Internet. Il marque d'un signe celles de Mart, P.J. et Bobby Feeney. Il ignore où se situe celle de Francie Gannon exactement, mais « en bordure du village » lui donne une idée approximative. Puis il place tous les autres élevages ovins dont il a connaissance.

D'un point de vue géographique, rien ne distingue ces quatre exploitations des autres. Elles ne sont pas les plus proches des collines ou d'un bois où quelque bête pourrait se tapir, ni collées les unes aux autres, ni à proximité de la grand-route, ce qui aurait permis une fuite rapide. Aucune particularité, de ce que Cal peut en voir en tout cas, n'explique pourquoi ces troupeaux offriraient une cible de choix pour un prédateur, homme ou animal.

Il note : *Francie/Bobby/Mart/P.J. Liens ? Éléments communs ? Conflit avec Brendan ? Quelqu'un d'autre ?*

Il songe tout de même à une personne qui a eu un différend avec Mart, peu avant que le mouton de ce dernier se fasse tuer. Il inscrit : *Donie McG ?*

Son fond de café est froid. Cal va faire ses courses, y compris les biscuits de Mart et un lot de trois paires de chaussettes, puis récupère son linge et quitte le bourg.

La route qui mène dans les collines lui semble différente en voiture, plus caillouteuse et moins accueillante, comme si elle cherchait à lui crever un pneu ou à l'expédier dans une tourbière. Il se gare devant la barrière des Reddy. Il n'y a pas de bas-côté, mais il ne craint pas trop qu'un autre véhicule ait besoin de passer.

Cette fois, la cour est vide. La brise fraîche pince sa nuque, et les cordes qui pendent à la structure d'escalade se balancent sans interruption. On ne distingue rien derrière les fenêtres enténébrées en façade, mais, en s'approchant, Cal se sent observé. Il ralentit pour qu'on ait bien le temps de le voir.

Sheila tarde à venir à la porte. Elle l'ouvre de trente centimètres et regarde Cal par l'entrebâillement. Il ne parvient pas à déterminer si elle l'a reconnu. Quelque part dans la maison retentit en sourdine un rire joyeux de dessin animé.

— Bonjour, madame Reddy, déclare-t-il en gardant ses distances. Cal Hooper. Vous m'avez dépanné avec des chaussettes sèches il y a quelques jours, vous vous rappelez ?

Elle continue à le dévisager, sans que sa méfiance se dissolve.

— Je vous ai apporté ça, annonce-t-il, en lui tendant les chaussettes. Avec mes remerciements.

Ce geste allume une étincelle de vie dans les yeux de Sheila.

— J'en ai pas besoin. Je suis pas pauvre au point de pas pouvoir me séparer d'une paire de chaussettes.

Déconcerté, Cal incline la tête et remue les pieds sur le perron.

— Madame Reddy, je ne voulais pas vous offenser. Vous m'avez épargné un long trajet avec des pieds trempés, et on m'a appris à ne pas être ingrat. Ma grand-mère se retournerait dans sa tombe si je ne vous avais pas rendu la politesse.

L'animosité quitte finalement le visage de Sheila, qui détourne le regard.

— Pas de problème, dit-elle. C'est juste que…

Cal attend, toujours désarçonné.

— J'ai les enfants. Je peux pas recevoir des inconnus.

Lorsque Cal relève la tête, l'air stupéfait et vexé, elle précise d'un ton presque courroucé :

— C'est pas contre vous. Les gens sont pas tendres, par ici. Je peux pas leur donner de prétextes pour qu'ils me cassent encore plus de sucre sur le dos que d'habitude.

— Je m'excuse, alors. Je ne voudrais pas vous valoir d'ennuis. Je vais vous laisser tranquille.

Il lui présente de nouveau les chaussettes, qu'elle ne prend pas. L'espace d'un instant, elle semble sur le point d'ajouter quelque chose, mais elle hoche la tête et commence à fermer la porte.

— Vous avez eu des nouvelles de Brendan, au fait ? demande-t-il.

L'éclair de peur qui passe dans les yeux de Sheila lui indique ce qu'il cherchait à savoir. On l'a mise en garde, elle aussi.

— Vous inquiétez pas pour lui.

— Si vous avez de ses nouvelles, lui lance Cal, Caroline Horan serait contente de l'apprendre…

Mais, avant qu'il ait terminé sa phrase, elle a claqué la porte.

Sur le chemin du retour, il fait un crochet par chez Mart pour lui déposer les biscuits, le remercier de la soirée de la veille et laisser entendre qu'il s'est tenu à carreau. Mart est assis sur son perron, à contempler le paysage en brossant Kojak.

— Comment va la tête, cow-boy ? s'enquiert-il, en repoussant la truffe que son chien colle au paquet de biscuits.

Il a l'air frais comme un gardon, quoique un rasage n'aurait pas été superflu.

— Pas aussi mal que je le craignais. Et toi ?

Mart lui adresse un clin d'œil et pointe l'index vers lui.

— Ah, tu vois ? C'est pour ça qu'on l'adore, le Malachy. Sa gnôle est pure comme de l'eau bénite. C'est les impuretés qui te filent mal aux cheveux.

— Moi qui croyais que c'était l'alcool, raille Cal en grattant l'animal derrière une oreille.

— Pas du tout. Je pourrais me descendre une bouteille de l'élixir de Malachy et me lever le matin d'attaque pour une journée de boulot. En revanche, j'ai un cousin, de l'autre côté des collines, je boirai jamais une goutte de son tord-boyaux. J'aurais la gueule de bois jusqu'à la Saint-Glinglin. Il insiste toujours pour que je passe m'en jeter un petit, et il faut que je trouve une excuse chaque fois. Un vrai terrain miné.

— P.J. a vu quelque chose, cette nuit ?

— Que dalle, répond Mart, avant de retirer une touffe de poils du pelage du chien.

— Ce Donie McGrath, il doit pas t'avoir à la bonne, non ?

Mart le regarde fixement un instant, puis éclate d'un petit rire aigu.

— Ah, la vache, t'es un sacré numéro, toi ? Tu parles de notre bisbille au pub ? Si Donie McGrath zigouillait un mouton à tous ceux qui le recadrent, il dormirait plus. Il est trop flemmard pour ça.

— P.J. l'a recadré, dernièrement ? Ou Bobby Feeney ?

— Tu t'arrêtes jamais, toi, commente Mart en secouant la tête. Oublie le télescope, c'est un Cluedo qu'il te faut. C'est moi qui vais te l'offrir, tiens, et tu pourras l'apporter au Seán Óg's pour qu'on se fasse une partie avec les autres.

Après un dernier gloussement, il claque des doigts pour que Kojak revienne se faire brosser.

— Tu passes, ce soir, pour te remettre les idées en place ?

— Non, il faut que je récupère.

Il n'a aucune envie de retourner au Seán Óg's, ni ce soir ni un autre jour. Il a toujours aimé l'éclat et la vivacité des habitués, de leurs conversations et de leurs expressions changeantes, mais, à présent, tout prend un aspect différent : comme un scintillement sur une rivière, dont on ne sait pas ce qui se cache dessous.

— Un costaud comme toi, si c'est pas malheureux, déplore Mart, plus par déception que par moquerie. Il y a plus de jeunesse, tiens.

Cal rit et regagne sa voiture, le gravier de l'allée crissant sous ses semelles.

Arrivé chez lui, il sort son carnet et s'installe dans son fauteuil pour compulser ses notes. Il a besoin de mettre de l'ordre dans ses pensées. Il n'a jamais beaucoup aimé ce stade de l'enquête, lorsque tout est confus et enchevêtré, avec des ramifications partant en tous sens, dont un trop grand nombre n'ont pas lieu d'être. Il s'y attelle seulement pour l'étape où, s'il a de la chance, il parvient à dissiper les théories brumeuses et distinguer les éléments concrets qui s'y cachent.

Cette fois-ci, ce processus revêt une dimension personnelle à laquelle il n'est pas habitué. La crainte dans les yeux de Sheila, et dans ceux de Caroline, lui confirme que la veille on n'a pas cherché à lui faire comprendre qu'on n'aimait pas les fouineurs de façon générale. Cette mise en garde concernait spécifiquement Brendan.

Cal voudrait bien savoir de quoi ou de qui, exactement, il est censé avoir peur. Apparemment, Brendan craignait les policiers, et Sheila pourrait tout à fait se méfier d'eux à cause de lui ou par principe. Mais Cal a du mal à trouver une raison pour laquelle Caroline, Mart ou lui-même devraient redouter le brigadier Dennis, à moins que le canton tout entier ne soit engagé jusqu'au cou dans une entreprise criminelle qui pourrait exploser en vol s'il posait trop de questions, ce qui lui paraît peu probable.

L'autre théorie évidente serait les dealers dublinois. Ils semblent être la seule menace identifiable. Cal suppose que, comme tout gang de trafiquants, ils n'hésiteraient pas à éliminer quiconque constituerait une gêne. Si Brendan en était devenu une, et qu'ils s'étaient débarrassés de lui, ils risquaient de ne pas être ravis qu'un Ricain fourre son nez dans leurs affaires. Restait à comprendre comment ça pouvait leur arriver aux oreilles.

Cal estime que le moment de s'entretenir avec Donie McGrath est venu. Il a un prétexte incontestable pour le faire. Mart a vu qu'il était d'humeur protectrice après la querelle du pub. Il n'y aurait donc rien de plus normal à ce qu'il aille cuisiner Donie au sujet de la brebis. Ça ne constituerait pas une infraction à l'avertissement de la veille, sauf si Mart pense que les mutilations de moutons sont liées à Brendan. Cal est curieux de savoir ce qui se passera quand il aura parlé au jeune homme.

Il consulte son carnet encore quelque temps, contemplant sa carte et se demandant où les habitants d'Ardnakelty, à tort ou à raison, supposent que Brendan est parti, et pourquoi.

Dehors, les nuages retiennent toujours leur pluie, mais le vert des champs se ternit à mesure que la luminosité décline. La soirée dégage une odeur particulière, ici, dense et fraîche, chargée d'un entêtant parfum de plantes et de fleurs qu'on ne sent pas la journée. Cal va allumer la lumière et range ses courses.

Il avait prévu d'envoyer le mouton en feutre à Alyssa, mais il craint que ce ne soit une idée idiote. Elle risque de penser qu'il la traite comme une gamine et se vexer. En fin de compte, il déballe la figurine de son papier de soie vert et la pose sur la cheminée, où l'animal penche paresseusement d'un côté et le fixe d'un regard chargé de reproches.

13

À peine levé, Cal envoie un SMS à Lena. *Salut, ici Cal Hooper. Je me demandais si je pouvais passer dans la journée voir comment se porte notre chiot. Pas de problème si ça ne t'arrange pas. Merci.*

Les nuages se sont crevés pendant la nuit. Même dans son sommeil, Cal a entendu le lourd martèlement incessant de la pluie sur son toit. Le bruit s'est infiltré jusque dans ses rêves, qui lui paraissaient importants sur le moment, et dont il ne se souvenait plus à son réveil. Il prend son petit déjeuner en la regardant tomber à verse, assez dense pour brouiller les champs au-delà.

Il est en train de faire sa vaisselle lorsque Lena lui répond. *Je suis là toute la matinée jusqu'à midi et demi. Le chiot a doublé de taille.*

À cause du déluge, Cal n'a pas d'autre choix que d'y aller en voiture. Le pare-brise se macule de grosses coulées que les essuie-glaces peinent à écoper, et ses pneus expédient par grandes giclées l'eau boueuse des fondrières. Les parfums des prés lui parviennent par sa vitre entrouverte, fraîcheur d'herbe humide et fertilité de bouse de vache. Les collines sont invisibles ; au-delà des herbages, il n'y a que le gris des nuages se fondant dans le brouillard. Les animaux d'élevage restent immobiles, serrés les uns contre les autres, la tête basse.

— Tu as retrouvé le chemin, le félicite Lena en lui ouvrant. Bien joué.

— Je commence à me repérer dans le coin.

Il se courbe pour donner de petites tapes à Nellie, qui, ravie de le voir, tortille son arrière-train.

— Petit à petit, ajoute-t-il.

Il pensait que Lena allait mettre une veste et sortir, mais elle lui tient la porte. Il essuie ses chaussures sur le paillasson et la suit dans le vestibule.

La cuisine est grande et chaleureuse, constituée d'éléments patinés par l'usage, mais assez robustes pour avoir tenu le coup : dalles de pierre grise polies par d'innombrables passages, placards à la peinture jaune pastel parsemée d'éclats, longue table de ferme qui pourrait avoir des dizaines d'années, voire des siècles. Les lumières sont allumées pour contrebalancer la grisaille. La pièce est propre, mais pas aseptisée : un fatras de livres et de journaux est étalé sur la table, et, sur deux chaises, des piles de linge repassé attendent d'être rangées. Cette organisation indique clairement que la maîtresse des lieux n'a à se soucier de personne d'autre qu'elle.

— Les voilà, annonce Lena.

— Ils ont déménagé à l'intérieur, finalement ? commente Cal.

La mère lève la tête et pousse un grondement grave, qui part du plus profond de sa poitrine. Cal se détourne et fait des papouilles à Nellie, qui lui a apporté une vieille basket mâchonnée.

— C'est le givre de l'autre nuit qui l'a décidée, explique Lena, qui s'agenouille et prend le museau de la chienne au creux de sa main pour la calmer. À minuit, elle est venue gratter à la porte avec un chiot dans la gueule, pour les amener tous au chaud. Il faudra qu'ils retournent dans la grange quand ils se mettront à courir partout, parce que je n'ai pas l'intention de nettoyer derrière eux. Mais ils vont rester ici encore quelques jours.

Cal s'approche d'un pas tranquille et s'accroupit à côté de Lena. La maman chien ne proteste pas, bien qu'elle garde sur lui un œil méfiant. Le carton est tapissé d'épaisses couches de serviettes éponge et de journaux. Les chiots se grimpent les uns sur les autres, en produisant des bruits pareils à ceux d'une nuée d'oiseaux marins. En quelques jours seulement, ils ont bien grandi.

— Voilà le tien, dit Lena.

Cal a déjà reconnu le noiraud ébouriffé. Elle plonge les mains dans la boîte, en sort le chiot et le lui passe.

— Salut, mon pépère, dit Cal en soulevant l'avorton, qui se tortille et mouline frénétiquement des pattes.

Il sent qu'il a pris du poids et du muscle.

— Il est devenu costaud.

— C'est vrai. Ça reste le plus petit, mais ça ne lui nuit pas. L'autre grosse brute noir et fauve bouscule tous les autres pour passer en premier, mais le tien ne s'en laisse pas conter : il n'est pas en reste.

— C'est bien, mon grand, le félicite doucement Cal.

L'animal est capable de tenir sa tête sans vaciller. Il commence à ouvrir un œil, révélant une gouttelette d'un bleu-gris trouble.

— Tu veux un thé ? demande Lena. Tu m'as l'air parti pour un bout de temps.

— Avec plaisir. Merci.

Elle se redresse et va au plan de travail.

Le chiot se débat. Cal s'assoit par terre, le blottit contre sa poitrine, et le sent se détendre au contact de sa chaleur et des battements de son cœur, se faire plus mou et plus lourd, le pousser un peu du museau. Il lui caresse une oreille entre deux doigts. Lena s'active, remplit la bouilloire et sort des mugs d'un placard. La pièce embaume le pain grillé, le repassage et le chien mouillé.

Cal suppose que Noreen a toutes les sortes de cartons imaginables. Il pourrait en récupérer un de la bonne taille et le tapisser avec de vieilles chemises, pour que son odeur rassure l'animal. Il l'installerait juste à côté de son lit, où il pourrait garder la main sur lui pendant la nuit, le temps qu'il prenne ses marques et s'habitue à vivre sans sa mère. Cette pensée a sur lui un impact puissant. Même dans son imagination, elle change sa perception de sa maison.

— Je m'attendais à être assaillie d'enfants qui voudraient venir les câliner, lui confie Lena, dont la voix se mêle au sifflement de plus en plus fort de la bouilloire. C'est ce qu'on faisait, nous, quand on était gamins : on débarquait tous dès qu'une chienne ou une chatte avait une portée. Mais moi je n'en ai vu que deux ou trois.

— Les autres sont trop absorbés par leurs écrans ?

Lena secoue la tête.

— Il n'y en a pas d'autres. C'est ce que je te disais l'autre jour. Ce n'est pas seulement cette génération qui va s'installer dans les grandes villes. Depuis qu'on leur offre la possibilité d'avoir de bons métiers, les filles partent. Les mecs restent si on leur laisse des terres, mais dans le coin les filles n'héritent pas des exploitations. Du coup, elles se tirent.

— C'est de bonne guerre, répond-il, en songeant à Caroline.

Le chiot commence à se faire les crocs. Il attrape le doigt de Cal avec ses petites pattes de devant, réussit enfin à en fourrer un bout dans sa gueule, et s'acharne dessus à coups de gencives.

— Je ne le leur reproche pas. J'aurais fait pareil si je n'étais pas tombée amoureuse de Sean. Mais du coup, les mecs n'ont personne avec qui se marier. Résultat, il n'y a pas d'enfants, et des tas de vieux célibataires dans les fermes.

— C'est un coup dur pour la région, compatit Cal.

La bouilloire s'éteint dans un cliquetis après un concert de gros bouillons. Lena verse de l'eau dans les mugs.

— Plus qu'on le croit, ajoute-t-elle. En vieillissant, les hommes qui n'ont pas d'enfants ont souvent tendance à ne pas se sentir en sécurité. Le monde change, et il n'y a pas de jeunes pour leur montrer que ce n'est pas l'apocalypse, alors ils ont le sentiment d'être assiégés. Comme s'ils avaient besoin d'être tout le temps prêts à la bagarre.

— Avoir des enfants, ça peut déboucher sur le même phénomène, tempère Cal. Donner l'impression qu'on a des combats à mener.

Lena lui lance un coup d'œil, tout en jetant les sachets de thé à la poubelle, mais elle ne lui demande pas si c'est son état d'esprit.

— C'est différent. Si on a des enfants, on veut intervenir sur le monde qui va être le leur. On ne se barricade pas pour guetter l'attaque des barbares. Ce n'est pas une bonne chose d'avoir autant de vieux garçons qui s'occupent de leur terre sans personne à qui parler, en étant convaincus qu'ils doivent défendre leur territoire, sans trop savoir contre quels dangers. Tu prends du lait ?

— Non, merci. Nature.

Elle sort du lait du réfrigérateur pour elle. Cal aime sa façon de se mouvoir dans sa cuisine, avec efficacité et sans précipitation, à l'aise dans son intérieur. Il s'interroge sur la vie de ces femmes dont les décisions personnelles, celles de se marier, d'avoir des enfants ou de déménager, ont des conséquences sur toute la communauté locale. Par la fenêtre, la pluie est plus battante que jamais.

— Qu'est-ce qui se passera quand ces vieux garçons mourront ? s'enquiert-il. Qui va reprendre les fermes ?

— Des neveux ou des cousins, pour certaines. Pour les autres, mystère.

Elle pose les mugs par terre près de Cal et s'assoit, adossée au mur et les genoux relevés. Un des chiots tente d'escalader le bord du carton. Elle le prend sur elle.

— Je les aime bien à cet âge-là, lui confie-t-elle. Je peux venir leur faire un câlin chaque fois que j'en ai envie, et les remettre dans leur panier quand j'en ai assez. Dans dix ou quinze jours, ils ne tiendront plus en place, et je les aurai tout le temps dans les jambes.

— Je les aime bien comme ça, répond Cal, mais aussi un peu plus grands. Quand on peut jouer avec eux.

— Ils réclament notre attention en permanence, à ce moment-là. Même si c'est juste parce qu'on doit faire gaffe à ne pas leur marcher dessus.

Elle écarte son mug pour ne pas risquer de brûler le chiot, qui tente d'escalader ses genoux.

— Quand ils sortent du panier, il me tarde qu'ils deviennent assez grands pour avoir un peu de plomb dans la cervelle. C'est pour ça que j'ai adopté une chienne déjà adulte et pas un chiot.

— Tu as réussi à placer les autres ?

— Deux. Noreen prendra ceux qui restent, si personne ne les veut. Elle affirme le contraire, mais elle le fera.

— Elle a le cœur sur la main, ta sœur.

— C'est vrai. Même si parfois elle me rend dingue, la vérité, c'est que sans les gens comme elle, on n'irait pas loin. Ça m'arrive de la charrier parce que Cliona, sa fille cadette, est son portrait craché, mais en fait je m'en réjouis. Si on n'avait personne pour faire vivre Ardnakelty quand Noreen sera vieille, le village péricliterait.

— Cliona, c'est celle qui a dans les dix-onze ans ? La rousse ?

— Voilà.

— Elle lui filait un coup de main au magasin, une fois. Elle m'a dit que j'achetais le mauvais liquide vaisselle, que ça m'assécherait les mains sans faire briller mes assiettes, et elle a grimpé à l'échelle pour me descendre celui qu'elle recommande. Après, elle m'a demandé pourquoi je m'étais installé ici et pourquoi je n'étais pas marié.

Lena rit.

— Qu'est-ce que je disais ? La relève est assurée.

Cal change de position afin de pouvoir tenir le chiot d'une main et boire son thé, qui est corsé et savoureux.

— Je me suis renseigné à droite à gauche au sujet de Brendan Reddy.

— Je sais, oui. (Le chiot de Lena, épuisé par ses efforts, s'est effondré contre ses cuisses. Elle lui chatouille les coussinets minuscules d'une patte.) Pourquoi ?

— J'ai rencontré ton ancienne copine, Sheila. Elle est drôlement contrariée que son fils ait disparu comme ça.

Lena lui décoche un regard amusé.

— Monsieur joue les preux chevaliers ?

— J'ai juste vu une question qui a besoin d'une réponse. Mon voisin Mart a l'air de penser que je m'ennuie et que je cherche de quoi m'occuper.

Lena souffle sur son mug en observant Cal, toujours avec un petit sourire en coin.

— Comment tu t'en sors ? s'enquiert-elle.

— Pas très bien. On m'a beaucoup parlé de Brendan, mais personne ne veut me dire où il aurait pu aller, ni pourquoi.

— Peut-être qu'ils n'en savent rien.

— J'ai discuté avec sa mère, ses deux meilleurs copains et sa copine. Personne n'en avait la moindre idée. À qui je pourrais demander, si même eux sont dans le flou ?

— Si ça se trouve, personne n'en sait rien.

— Je me suis posé la question, oui. Mais j'ai eu droit à une mise en garde de la part de Mart, l'autre jour, qui en gros m'a conseillé de me mêler de mes oignons. Il pense que je vais m'attirer des pépins. C'est un signe que quelqu'un sait quelque chose, ou croit savoir.

Lena continue à le regarder en biais.

— Tu fais partie de ces gens qui n'aiment pas quand tout va bien ? Ceux qui cherchent les ennuis pour pimenter leur vie ?

— Pas moi, non. Ce que je suis venu chercher, c'est le calme et la tranquillité. J'ai accepté ce qui s'est présenté à moi. Pareil que toi.

— Ces chiots, ce sont des embêtements. Pas des pépins.

— Personne ne m'a expliqué en quoi Brendan Reddy pourrait me valoir des ennuis, d'un autre côté. De quoi il a peur, Mart ?

— Je ne crois pas que Mart Lavin ait jamais eu peur de quoi que ce soit.

— Possible. Mais il pense que moi je devrais faire gaffe.

— Alors tu devrais peut-être.

— J'ai l'esprit de contradiction, moi, lui confie Cal. Plus on essaie de me dissuader d'un truc, plus je m'accroche. J'ai toujours été comme ça, même gamin.

Son chiot a cessé de lui mordiller le doigt. Quand il baisse la tête, il s'aperçoit que l'animal s'est endormi, étalé inélégamment aux creux de sa main, contre sa poitrine.

— J'en ai conclu, reprend-il, que si quelqu'un est susceptible de me donner une réponse franche à propos de Brendan Reddy dans ce bled, c'est toi.

Lena se renverse contre le mur et l'observe. Au bout d'un moment, elle déclare :

— Je ne sais pas ce qui est arrivé à Brendan Reddy.

— Tu ne pourrais pas tenter une conjecture ?

— Je pourrais, ouais. Mais je vais m'abstenir.

— Tu ne m'as pas l'air du genre à prendre peur facilement. Pas plus que Mart.

— Je n'ai pas peur.

— Pourquoi, alors ?

— Je reste dans mon coin, moi. (Elle affiche soudain un grand sourire espiègle.) Y en a pas mal que ça chagrine, d'ailleurs. On voudrait que je rejoigne l'Irish Countrywomen's Association, ou que je participe aux Tidy Towns, le concours du village le mieux géré. Si on avait eu des enfants, j'aurais sûrement fait la totale : l'association des parents d'élèves, les clubs de sport et compagnie. Mais on n'en a jamais eu, du coup j'y ai échappé. D'un autre côté, Noreen s'implique assez pour deux.

— Ça, c'est sûr. Certains ont ça dans le sang, et d'autres pas.

— Va expliquer ça à Noreen. Elle a toujours été comme ça, et ça la rend maboule que je ne sois pas pareille. C'est en partie pour ça qu'elle et les autres essaient sans cesse de me caser. Ils croient que si je me trouve un bon gars super engagé dans la vie locale, il me convertira.

Lena lui adresse un autre sourire, espiègle et franc.

— Tu te ranges dans quelle catégorie, toi ?

— Je suis plutôt de ceux qui restent en retrait. Ça me convient à merveille.

Elle hausse légèrement un sourcil, mais se contente d'ajouter :

— Tu peux, toi. Personne ne viendra te chercher les poux. Par ici, les gens respectent le fait qu'un homme vive sans rien demander à personne. C'est quand c'est une femme que ça les défrise.

— Je ne te demande pas de t'impliquer, précise Cal. Je voudrais seulement connaître ton avis.

— Et je ne te le donnerai pas. Tu es tout à fait capable de te faire le tien. (Elle lève les yeux vers l'horloge suspendue au mur.) Je dois partir au boulot. Alors dis-moi, tu le veux ce chiot, ou tu cherchais juste un prétexte pour me questionner sur Brendan ?

— Un peu des deux.

Lena remet dans le carton celui qu'elle portait et tend les bras pour récupérer celui de Cal.

— Donc, tu vas me prendre ce petit loustic.

Cal dépose le chiot dans les mains de Lena, en essayant de ne pas le réveiller, avec une dernière caresse sur la tache blanche en travers de son museau. Émergeant à peine du sommeil, l'animal relève la tête et lui lèche le doigt.

— Donne-moi encore dix-quinze jours. Histoire que je sois sûr.

Elle le toise quelques secondes, sans sourire.

— Ça marche, dit-elle finalement, avant de se détourner et d'installer le chiot parmi les autres.

Trey se présente chez lui tard dans l'après-midi. La pluie a fini par épuiser ses réserves, aussi Cal est-il assis sur sa marche de derrière, où il boit une bière en observant les corbeaux. Leur journée semble aller doucement vers sa fin. Deux d'entre eux se disputent une brindille, deux autres s'explorent mutuellement le plumage, tour à tour et paresseusement, échangeant des remarques sur ce qu'ils trouvent. Un autre s'active sous les gouttes qui tombent de la haie, où il enterre quelque chose en jetant des coups d'œil furtifs en arrière.

Un bruit de pas dans l'herbe mouillée incite Cal à se détourner. Trey arrive en traînant les pieds par l'avant de la maison et dépose un paquet de petits cupcakes au glaçage blanc sur le perron.

— Il faut que tu arrêtes la choure, lui conseille Cal. Noreen va finir par t'envoyer les flics.

— Ça vient pas de chez Noreen.

Le garçon semble crispé, et de nouveau maigrelet. D'après Cal, qui l'observe en plissant les yeux, il a également l'air un soupçon plus grand, comme s'il commençait sa poussée de croissance.

— J'ai cogné à la porte.

— Je ne t'ai pas entendu. J'étais plongé dans mes pensées.

— J'étais déjà passé plus tôt. Et hier, aussi. Vous étiez pas là.

— Exact.

— Vous faisiez quoi ? Vous avez du nouveau ?

Cal finit sa bière et se lève.

— Chaque chose en son temps, déclare-t-il en s'époussetant les fesses, qui sont humides à cause de la pierre. Je vais chercher ma carabine et on va retenter notre chance avec les lapins.

Trey le suit à l'intérieur.

— Je veux savoir, insiste-t-il.

— Et je vais te mettre au courant. Mais si on veut avoir une chance de ramener une prise, on doit s'installer avant qu'ils sortent de leur terrier.

Au bout d'un moment, Trey acquiesce d'un hochement de tête. Cal sort la Henry de l'armoire et emplit ses poches de tout ce dont il pourrait avoir besoin – cartouches, couteau de chasse, bouteille d'eau, sac plastique – et ils prennent le chemin de leur emplacement d'affût face à la lisière du bois. Le ciel est une étendue immobile de nuages d'un gris maussade, liserée d'un jaune pâle délavé à son extrémité ouest. Le sol détrempé s'enfonce sous leurs pas.

— On va finir mouillés, prévient Cal. Et tachés de boue.

Trey hausse les épaules.

— Tu te rappelles tout ce que je t'ai expliqué la dernière fois ? demande Cal en posant un genou dans l'herbe.

Trey lui lance son regard navré et tend les mains.

— Ça marche, fait Cal en lui passant la carabine. Voyons voir ça.

Le garçon vérifie l'arme, enclenche le cran de sûreté et la charge, lentement mais par gestes précis et méthodiques, sans commettre d'erreur. Puis il lève les yeux vers Cal.

— Parfait.

Trey continue à le fixer sans ciller, et déclare :

— Les lapins sont pas encore sortis.

— Très bien.

Cal s'assoit dans l'herbe mouillée, reprend la carabine et la pose sur ses genoux. Il ne voulait pas annoncer au garçon que Brendan avait des projets avant de savoir lesquels, mais visiblement personne n'a l'intention de lui fournir cette information, et il doit l'obtenir d'une façon ou d'une autre.

— Voilà le topo, déclare-t-il. J'ai parlé à pas mal de monde. Ce qu'il en ressort, c'est que Brendan en avait vraiment marre d'être pauvre, alors il s'est trouvé un plan qui d'après lui allait arranger ça. C'est cohérent avec ce que tu m'as dit sur le vélo qu'il t'a promis de t'offrir. C'est quand, ton anniversaire ?

— Le 3 mai.

Le garçon a les yeux braqués sur lui comme sur un prédicateur s'apprêtant à lui délivrer le Verbe. Ça le rend nerveux.

— Ça signifie que selon lui il allait bientôt palper, reprend Cal d'une voix un peu plus détachée. Tu sais ce que ça aurait pu être, son plan ?

— Il donnait des cours particuliers, parfois. Il voulait peut-être en faire plus. Les examens approchaient.

— Ça m'étonnerait. Il parlait aussi de partir en vacances à Ibiza, et de montrer aux autres qu'il allait réussir. Ce ne sont pas quelques heures de soutien scolaire qui allaient lui permettre de mener grand train. Il voulait frapper fort.

Trey hausse les épaules, dérouté.

— Tu ne penses à rien ?

Le garçon secoue la tête.

— L'autre truc que j'ai entendu, c'est que ton frère avait la frousse de la police, la semaine avant sa disparition.

— Bren traîne pas dans les sales combines, assène aussitôt Trey avec véhémence, le regard noir. Juste parce que c'est un Reddy, les gens croient que…

— Je l'accuse pas de ça, petit. Je te dis ce que m'ont raconté des gens qui tiennent à lui. Pourquoi il aurait pu avoir peur de la police, à ton avis ?

— Il avait peut-être du shit sur lui. Ou d'autres trucs.

— Il flippait plus que ça. Il ne s'était pas lancé dans une bricole de rien du tout. Comme je te l'ai dit, il voyait les choses en grand. Et si son super projet était légal, pourquoi personne ne peut m'expliquer ce que c'était ?

— Il voulait peut-être surprendre les gens, suggère Trey après un temps de réflexion. Genre : « Vous me preniez tous pour un tocard, allez vous faire foutre. »

— T'as déjà pensé que c'était un tocard, toi ?

— Non !

— Alors pourquoi il aurait voulu te surprendre ?

— Comme ça, pour se marrer.

— Je vais te poser une question. Quand Brendan réfléchissait à ce qu'il voulait étudier à la fac, il t'en parlait ?

— Ouais.

— Et quand il a envisagé de donner des cours ?

— Ouais.

— Il t'a confié qu'il voulait emmener Caroline à un concert, à Noël ?

— Ouais. Celui d'Hozier. Ils ont rompu avant, alors il a revendu les billets à Eugene. Pourquoi ?

— Brendan te tenait toujours au courant de ses projets, donc.

— Ben oui.

— Conclusion, s'il ne t'a pas mis dans la confidence pour sa super idée, c'est qu'il avait une bonne raison.

Trey reste silencieux. Cal se tait lui aussi, pour lui laisser le temps de méditer cet argument et de s'y résoudre. En bordure du bois, les branches ploient sous les résidus de pluie. Dans le ciel, des moineaux voltigent, minuscules formes noires aux gazouillis aigus.

— Je l'aurais pas balancé, affirme soudain Trey avec virulence.

— Je le sais, ça. Je parie qu'il le savait aussi.

— Alors pourquoi il m'a pas…

— Il voulait te protéger, petit, répond délicatement Cal. Il savait que ses projets risquaient de lui attirer de gros ennuis.

Nouveau silence de Trey, qui tire sur des fils de son jean troué au genou.

— À mon avis, reprend Cal, on peut imaginer sans trop de risques de se tromper que quand Brendan est parti de chez toi ce jour-là, en faisant semblant de devoir se rendre à un rendez-vous important, c'était lié à son projet. Je ne considère pas ça comme une certitude, mais je vais m'appuyer sur cette hypothèse. Il a pu se barrer parce qu'il avait les jetons, ou bien il allait accomplir une autre étape de son plan.

Le gamin continue à triturer la trame de son jean, mais il incline la tête vers Cal. Il est tout ouïe.

— Il t'a promis de t'offrir un vélo ce même après-midi, et deux jours avant il a emprunté du fric à Fergal, en lui disant qu'il allait le rembourser. Ça me paraît donc peu probable qu'il ait eu l'intention de se tirer pour de bon. Il avait peut-être juste prévu de se cacher quelques jours, le temps que le danger retombe, mais, si c'était le cas, il aurait emporté son chargeur, son déodorant et quelques affaires de rechange. Puisqu'il n'a pris que l'argent, il me semble plus logique qu'il ait eu pour projet d'acheter quelque chose, ou de payer quelqu'un.

— Et là, il a été enlevé, conclut Trey d'une voix basse et tendue.

— C'est possible. Nous n'avons pas assez d'éléments pour nous fixer sur cette théorie. Il se peut aussi qu'il y ait eu un problème, et qu'il ait dû fuir. Où aurait-il pu organiser un rendez-vous ? Tu connais un lieu où il aimait aller en particulier ?

Trey fronce brièvement les sourcils.

— Genre un pub ?

— Non, un endroit plus discret. Tu m'as dit que, pour s'isoler, il allait dans les collines. Tu sais où, exactement ?

— Ouais. Une fois, il a dit qu'il allait se balader, et je l'ai suivi, parce que je m'ennuyais. Quand je l'ai rattrapé, il était assis à rien faire. Il m'a collé une taloche et m'a dit de dégager, parce qu'il voulait avoir la paix. C'est ça, vous croyez ?

— Ça y ressemble. C'était où ?

Trey pointe le menton vers les hauteurs.

— Une vieille maisonnette. Abandonnée.

— C'était quand ?

— Il y a quelques années. Mais il y est retourné, après. Je l'ai suivi deux ou trois autres fois, parce que je m'ennuyais encore.

L'espace d'un instant, Cal se représente le gamin en train de gravir ces versants dénudés et venteux, sur les traces de la seule personne dans sa vie qui méritait d'être suivie.

— Tu es allé voir là-haut depuis qu'il est parti ?

— J'ai cherché partout.

— Pas de traces de lui ?

— Non. De vieux déchets, c'est tout.

Le garçon dévie le regard. C'est un souvenir douloureux. Il s'est rendu là-haut dans l'espoir d'y trouver Brendan ou quelque chose qu'il aurait laissé, peut-être un message, mais craignant aussi de tomber sur une découverte macabre.

— Je peux savoir pourquoi tu ne m'en as jamais parlé ?

Regard dédaigneux de Trey.

— Pour quoi faire ? C'est pas là qu'il est allé.

— D'accord. Mais j'aimerais quand même y jeter un coup d'œil. Tu peux m'expliquer comment on s'y rend ?

— Faut monter sur environ deux kilomètres après chez nous. Ensuite, il faut bifurquer sur le coteau et grimper encore un peu. C'est derrière des arbres.

— Mouais. Tu m'enverras les secours si je ne suis pas revenu dans deux jours ?

— Je connais le chemin. Je peux vous emmener.

Le garçon a décollé le genou du sol, presque en position de coureur au départ d'un sprint, comme s'il n'attendait qu'un mot de Cal pour filer comme une flèche.

— Je préfère qu'on ne nous voie pas nous balader ensemble. Surtout par là-haut.

Le visage de Trey rayonne d'un enthousiasme ardent.

— J'irai tout seul. Personne me verra. Prêtez-moi votre téléphone, je prendrai des photos et je vous le rapporterai.

— Non, refuse Cal, plus sèchement qu'il en a eu l'intention. Ne t'approche pas de cette maison. C'est compris ?

— Pourquoi ?

— Par précaution, voilà pourquoi. On est bien d'accord ?

— Je vais pas me faire kidnapper. Je suis pas débile.

— Tant mieux. Tu t'en approches pas quand même.

— Je veux faire quelque chose, moi !

— C'est justement pour ça que tu es venu me chercher. Pour faire les choses. Alors laisse-moi m'en occuper.

Le gamin s'apprête à protester.

— Si tu veux te rendre utile, le devance Cal, rapporte-nous de quoi dîner.

Il lui fourre la carabine entre les mains et désigne la lisière du bois d'un signe de tête. Les lapins sont de sortie.

Après un instant d'hésitation, Trey capitule. Il se remet lentement en position, cale la crosse contre son épaule et ferme un œil.

— Prends ton temps, lui conseille Cal. Il n'y a pas le feu.

Ils patientent en observant. Les lapins sont d'humeur joueuse ; quelques jeunes se courent après, bondissant haut dans l'herbe, dans les longues lamelles obliques de lumière dorée qui se glissent sous la chape nuageuse. P.J. chante en passant ses moutons en revue : des bribes d'une vieille ballade plaintive, trop fragmentée pour être identifiable, dérivent à travers les champs.

— Le gros, là-bas, indique doucement Cal.

Un des lapins est tourné de côté par rapport à eux, en train de grignoter une touffe de mauvaises herbes à fleurs blanches. Trey décale légèrement le canon et ajuste sa visée. Retentit alors le long soupir de son expiration, puis la détonation.

Les lapins font volte-face et détalent, puis un grand cri strident retentit. On croirait entendre un enfant qu'on torture.

Trey pivote brusquement vers Cal, ouvrant la bouche comme un poisson hors de l'eau, sans qu'aucun son en sorte.

— Tu l'as touché, lui annonce Cal, qui se lève et lui reprend la carabine. Il faut qu'on l'achève.

Il sort son couteau de chasse en traversant le pré. Trey doit avancer au pas de course pour le suivre. Ses yeux flamboient d'une panique absolue.

— On pourrait essayer de le soigner.

— Il est dans un sale état, petit. On doit abréger ses souffrances. Je vais le faire.

— Non, rétorque Trey, livide. C'est moi qui ai tiré.

Une des pattes avant du lapin a été en partie arrachée et saigne à rapides giclées rouge vif. Étendu sur le flanc, l'animal est agité de soubresauts, le dos cambré. Il a les yeux exorbités et la bouche ouverte, ses babines retroussées dévoilent des dents robustes et une écume ensanglantée. On n'entend plus que ses hurlements.

— Tu es sûr ? insiste Cal.

— Ouais, répond Trey d'une voix étranglée, avant de tendre la main pour saisir le couteau.

— Derrière la nuque, alors. Juste ici. Il faut trancher la colonne vertébrale.

Trey place la lame. Il rentre les lèvres comme s'il se retenait de vomir, puis prend son souffle et le relâche lentement, comme avant de faire feu. Cette respiration apaise le tremblement de sa main. Il s'appuie brusquement sur le couteau, de tout son poids, et les cris cessent. La tête du lapin s'affaisse mollement.

— Très bien, le félicite Cal, en sortant son sac plastique de sa poche afin de lui épargner la vue du lapin. C'est fini. Tu t'es bien débrouillé.

Il ramasse l'animal par les oreilles et manœuvre pour le fourrer dans le sac.

Trey essuie le couteau dans l'herbe et le lui rend. Il continue à respirer fort, mais l'affolement a quitté ses yeux, et il reprend des couleurs. C'est la souffrance qu'il ne supportait pas.

— Montre-moi tes mains, lui dit Cal en prenant sa bouteille d'eau.

Trey examine ses paumes, sur lesquelles s'entrecroisent de fines traînées de sang.

Cal verse de l'eau dessus, tandis que le garçon frotte jusqu'à ce que tout ait dégouliné dans l'herbe.

— Ça ira pour l'instant. Tu pourras les laver à fond quand on en aura fini avec les étapes salissantes.

Trey s'essuie sur son jean. Il lève la tête vers Cal, encore un peu abasourdi, comme s'il avait besoin de recevoir des instructions pour la suite.

— Tiens, dit Cal, en lui tendant leur prise. C'est le tien.

Trey contemple le sac, et l'information fait son chemin.

— Ha ! s'exclame-t-il, d'un bruit à mi-chemin entre le hoquet et l'éclat de rire triomphant. J'ai réussi !

— T'as assuré, c'est clair, confirme Cal, qui le gratifie d'un grand sourire, tenté de lui donner une tape sur l'épaule, mais préférant s'abstenir. Allez viens, dit-il en se détournant.

Ses murs prenant une pâle lueur dorée sous les rayons du couchant, la masse trapue et radieuse de la maisonnette se découpe sur le ciel gris.

— On rentre.

Ils préparent le lapin sur le plan de travail de la cuisine. Cal montre à Trey comment sectionner les pattes, tracer une entaille le long du dos de l'animal et crocheter les doigts sous la peau pour la retirer, tout en la détachant de la tête d'une torsion, puis comment ouvrir le ventre et en sortir les viscères. Il constate avec satisfaction qu'après tant d'années ce savoir-faire lui revient sans mal. Ce n'est pas sa mémoire qui le guide ; ses mains fonctionnent par automatismes.

Trey l'observe attentivement et suit ses instructions avec la même application méthodique que pour le bureau ou la carabine, tandis que Cal lui explique comment arracher la vessie proprement et inspecter le foie pour y repérer d'éventuelles traces de maladie. Ensemble, ils ôtent la membrane des muscles, les tendons et la patte mutilée, puis découpent les trois autres, les épaules et le râble.

— Ça, c'est ce qui est comestible, indique Cal. La prochaine fois, je ferai du bouillon avec, mais aujourd'hui on va remettre un peu de tout ça là d'où ça vient.

C'est ce que son grand-père et lui avaient fait avec son premier écureuil : rendre à la nature les morceaux dont ils n'avaient pas besoin. Ça lui semble correct pour une première prise.

Ils emportent les abats au fond du jardin et les laissent sur la souche, pour ceux qui, des corbeaux ou des renards, se serviront les premiers. Cal siffle les oiseaux, mais ils sont en train de s'installer dans leur arbre et l'ignorent, se contentant de lui lancer quelques quolibets frileux.

— Bon, on a fait notre offrande. Tu as faim, ou ça t'a coupé l'appétit ?

— J'ai la dalle !

— Parfait, dit Cal en jetant un coup d'œil vers le ciel.

La bande jaune pâle s'est assombrie pour virer au vert clair.

— J'avais prévu un civet, mais ça prend un bout de temps. On va plutôt le faire revenir à la poêle.

Il tient à ce que Trey ne rentre pas trop tard.

— Tu aimes l'ail ?

— Ça se peut, répond le garçon d'un air perplexe.

— On va voir ça. Tu cuisines ?

Trey hausse les épaules.

— Des fois. Vite fait.

— D'accord. Aujourd'hui, tu vas cuisiner.

Ils se décrassent les mains, et Cal met du Waylon Jennings en accompagnement musical. Trey le regarde avec un sourire amusé.

— Qu'est-ce qu'il y a ?

— C'est de la musique de vieux.

— OK, DJ Cool. T'écoutes quoi, toi ?

— Que des trucs que vous connaissez pas.

— Petit comique, va, rétorque Cal en sortant des ingrédients du placard à la charnière cassée. Attends que je devine. De l'opéra.

Trey pousse un grognement moqueur.

— One Direction, enchaîne Cal.

Cette suggestion lui vaut un regard scandalisé qui le fait sourire.

— Ouf, c'est déjà ça. Arrête de te plaindre et écoute, va. Ça t'apprendra peut-être à aimer la bonne musique.

Trey lève les yeux au ciel, puis Cal monte le volume d'un cran.

Il montre au garçon comment secouer les morceaux de viande dans un sachet congélation rempli de farine salée et poivrée, puis les faire frire avec des lamelles de poivron, des oignons et de l'ail.

— Si j'avais des tomates et des champignons, on pourrait en ajouter, mais les tomates de Noreen n'avaient pas l'air très en forme, cette semaine. Ça ira très bien comme ça. On va manger ça avec du riz.

Il en fait chauffer des sachets précuits au micro-ondes pendant que Trey, le front plissé par la concentration, retourne la viande dans la poêle. Une chaleur agréable règne dans la cuisine, qui commence à sentir bon. Cal songe au crépuscule qui s'épaissit de l'autre côté de la fenêtre voilée de condensation, et à la peur qu'il a lue dans les yeux de Sheila et de Caroline, mais il écarte ces pensées de son esprit.

Il s'attend à ce que Trey revienne à la charge au sujet de Brendan, ou de la maisonnette à l'abandon, mais il s'est trompé. Ce silence suscite sa méfiance ; il est enclin à y voir le signe que le garçon a des projets cachés. Puis il jette un regard vers lui, pour contrôler où en est le lapin. Trey donne de petits coups de spatule dans la poêle et hoche la tête sur « I Ain't Living Long Like This », les lèvres resserrées pour siffloter au hasard, les joues rougies par la chaleur de la cuisinière. Il semble plus jeune de plusieurs années, et tout à fait à l'aise. Cal en conclut que, une fois n'est pas coutume, le garçon n'a pas l'esprit accaparé par son inquiétude pour Brendan. Il se récompense pour le lapin en s'accordant ce répit.

Lorsqu'ils s'installent à table, Trey regarde sa portion avec méfiance, mais dès la première bouchée celle-ci s'évapore. Il enfourne la nourriture comme s'il n'avait pas mangé depuis des semaines. Son visage touche presque son assiette.

— C'est confirmé, tu aimes l'ail, commente Cal avec un sourire jusqu'aux oreilles.

Le garçon hoche la tête, avant de reprendre une grosse bouchée.

— Ce plat, tu ne le dois qu'à toi, poursuit Cal. De bout en bout. Pas de fermier, pas de boucher, pas d'usine, pas de Noreen : rien que toi. Ça te fait quelle impression ?

Trey affiche un petit sourire réservé bien à lui, qui, comme Cal a fini par le comprendre, signifie qu'il est particulièrement content.

— C'est pas mal.

— Si ça ne tenait qu'à moi, je ferais comme ça chaque fois que je veux manger de la viande. C'est plus difficile et moins propre que de s'acheter un hamburger, mais ça me semble réglo. Manger un animal, ça ne devrait pas se faire à la légère.

Trey hoche la tête. Ils poursuivent leur repas en silence quelque temps. Dehors, le crépuscule s'enracine et les nuages commencent à se disloquer, laissant apparaître des bandes de ciel d'un bleu lavande lumineux, ourlées par la silhouette noire dentelée de la ligne des arbres. Dans le lointain, un renard pousse un glapissement sec.

— Vous pourriez vivre dans les collines, avance Trey, qui de toute évidence était en train de réfléchir à la question. Si vous devenez assez doué. Vous pourriez rester là-haut et jamais redescendre.

— On ne peut pas chasser un jean, lui fait remarquer Cal. Ni des baskets. À moins de coudre soi-même ses vêtements avec des peaux de bête, il faudrait bien redescendre à un moment donné.

— Une fois par an. Pour faire des réserves.

— Ça devrait être possible, j'imagine. Mais je souffrirais trop de la solitude. J'aime bien avoir quelqu'un à qui parler, de temps en temps.

Trey, qui racle le fond de son assiette, lui lance un regard signifiant qu'ils ont des avis très divergents sur ce point.

— Pas moi, fait-il.

Cal se lève pour le resservir. Depuis la gazinière, il suggère :

— Tu veux inviter un copain, la prochaine fois qu'on ira chasser ?

Il n'a aucune envie de voir d'autres gamins graviter autour de chez lui, mais les risques lui semblent infimes. Il tient seulement à confirmer un soupçon. Effectivement, Trey le regarde comme s'il venait de lui proposer de convier un bison à dîner, et secoue la tête.

— C'est toi qui décides, répond Cal. Tu as des copains, j'imagine.

— Hein ?

— Des amis. Des potes. Des *compañeros*. Des garçons avec qui tu t'entends bien.

— Avant, oui. Faudra que je retourne les voir, un de ces quatre.

Cal pose l'assiette devant Trey et reprend sa place.

— Qu'est-ce qui s'est passé ?

— Ils ont plus le droit de me fréquenter. Eux, ils s'en fichent… ils le feraient quand même. C'est juste que moi…

Après un haussement sec de l'épaule, il tranche un morceau de viande.

— Pas pour l'instant, conclut-il.

Un soupçon de tension s'est de nouveau immiscé en lui.

— Pourquoi ils n'ont pas le droit de te fréquenter ?

— On a fait des conneries ensemble, explique Trey, la bouche pleine, genre voler des bouteilles de cidre pour se soûler. Des trucs comme ça. On était tous les quatre, et le cidre, c'était même pas mon idée. Mais leurs parents sont persuadés que tout était ma faute, parce que moi j'ai mauvais fond.

— Tu ne m'as pas l'air d'avoir mauvais fond, tempère Cal, même si Trey n'a pas l'air plus contrarié que ça. Qui dit ça ?

Mouvement d'épaules de Trey.

— Tout le monde.

— C'est qui, tout le monde ?

— Noreen. Les profs.

— Qu'est-ce que tu as fait de si grave ?

Trey tord un coin de sa bouche, laissant entendre que ses crimes sont légion.

— Choisis un exemple, l'encourage Cal.

— La prof m'a engueulé, aujourd'hui, parce que j'avais la tête ailleurs. Je lui ai dit que je m'en foutais.

— C'est pas avoir mauvais fond, ça. C'est très malpoli, et tu n'aurais pas dû. Mais ce n'est pas une question de sens moral.

Le garçon lui jette son regard dédaigneux.

— Rien à voir avec la politesse. La politesse, c'est quand on doit mâcher la bouche fermée, par exemple.

— Non. Ça, ce sont les convenances.

— C'est quoi la différence ?

— Les convenances, ce sont les règles qu'on nous a appris à respecter. Comme tenir sa fourchette de la main gauche, ou dire « À tes souhaits » quand quelqu'un éternue. La politesse, c'est traiter les autres avec respect.

— Je le fais pas tout le temps, reconnaît Trey.

— Eh bien, voilà. Il faut peut-être que tu travailles là-dessus. Ça ne t'empêche pas de fermer la bouche quand tu manges, d'ailleurs.

Trey ignore cette remarque.

— Qu'est-ce qui est une question de sens moral, alors ?

Cal se rend compte qu'il n'est pas à l'aise avec cette conversation. Elle fait ressurgir des souvenirs qui lui laissent un goût amer dans la bouche. Ces dernières années, la vie lui a montré que les frontières entre moralité, convenances et savoir-vivre, qui avaient toujours été limpides pour lui, ne le sont pas forcément pour tout le monde. On parle beaucoup du manque de moralité des jeunes d'aujourd'hui, mais il lui semble que la question de ce qui est bien ou mal occupe une place centrale dans la vie d'Alyssa, Ben et leurs amis. Toutefois, une grande partie de leurs postures morales, de ce que Cal a pu en voir, concernent les termes qu'on doit employer ou pas pour définir quelqu'un, en fonction de son handicap, de sa couleur de peau ou de ses préférences sexuelles. Même si Cal est d'accord avec le fait qu'on doive désigner les gens comme ils souhaitent être désignés, il estime que c'est une question de savoir-vivre élémentaire, pas de moralité. Ce point de vue avait assez révolté Ben pour qu'il sorte en rage de chez eux en plein dessert de Thanksgiving, Alyssa se précipitant derrière lui en larmes, et mette une heure à se calmer assez pour revenir.

Selon Cal, la moralité va bien au-delà de la terminologie. Ben était monté sur ses grands chevaux sur l'importance d'employer les termes adéquats pour les gens en fauteuil roulant, et de toute évidence il en était fier, mais à l'écouter il n'avait jamais rien fait d'utile pour une seule de ces personnes, et Cal serait prêt à parier que cette andouille s'en serait vantée si ç'avait été le cas. Pour couronner le tout, les termes acceptables changent tous les deux ou trois ans, de sorte que quelqu'un comme Ben attend toujours que d'autres lui dictent sa conduite. Cal estime que ce n'est pas ainsi que l'on doit définir sa conception de ce qui est admissible ou pas.

Il avait tenté d'attribuer ses réticences au fait qu'il devenait râleur à l'approche de la cinquantaine, mais la police de Chicago avait pris la même voie. On avait mis en place une formation obligatoire à la civilité et au tact – ce qui convenait à Cal, étant donné la façon dont certains collègues traitaient, par exemple, les témoins issus des quartiers difficiles et les victimes de viol, mais la séance n'avait tourné qu'autour des termes qu'on pouvait ou non employer. Rien à propos des comportements derrière les mots, ni sur les façons d'améliorer les interactions avec le public. Tout ça n'était que du blabla sémantique, et la personne la plus exemplaire était celle qui critiquait le plus ceux qui recouraient à la mauvaise terminologie.

Il a peur d'induire Trey en erreur et de lui valoir des ennuis, mais personne d'autre n'est là pour s'en charger.

— Le sens moral, explique-t-il, c'est tout ce qui ne change pas. Ce qui est juste quel que soit le comportement des autres. Par exemple, si tu trouves qu'Untel est un con, tu as le droit de ne pas être courtois avec lui. Tu peux lui dire d'aller se faire foutre, et même lui coller un pain. Mais si tu le vois pris au piège dans une voiture en flammes, tu vas le sortir de là. Même si c'est un gros connard. Ça, c'est le sens moral.

Trey médite ces explications en mastiquant.

— Et si c'est un tueur psychopathe ?

— Je ne l'aiderais peut-être pas à se relever s'il se pétait la jambe. Je ne le laisserais pas cramer dans la bagnole, par contre.

Le garçon réfléchit encore un peu.

— Moi, peut-être que si. Ça dépend.

— En ce qui me concerne, j'ai mon code de conduite.

— Vous l'enfreignez jamais ?

— Si tu n'as pas de code, répond Cal, tu n'as rien à quoi t'amarrer. Tu dérives là où les événements te poussent.

— C'est quoi, votre code ?

— Laisse tomber, rétorque Cal, avec un soudain accès de lassitude, ça ne sert à rien que je te raconte ça.

— Pourquoi ?

— Chacun son code. Tu dois définir le tien toi-même.

— Mais c'est quoi, le vôtre ?

— J'essaie de ne nuire à personne. Rien de plus compliqué.

Trey se tait, mais Cal sent que d'autres questions prennent naissance dans son esprit.

— Allez, mange.

Trey obtempère. Lorsqu'il a fini sa seconde assiette, il pose ses couverts, se renverse en arrière sur sa chaise, les mains sur le ventre, et pousse un soupir satisfait.

— Je suis calé, annonce-t-il.

Cal rechigne à remettre le sujet de Brendan sur le tapis, mais s'il n'impose pas un programme pour la suite, Trey serait capable d'élaborer le sien. Après avoir débarrassé la table, il ouvre son calepin à une nouvelle page et le pose devant Trey avec un stylo.

— Dessine-moi un plan, lui demande-t-il. Pour se rendre à la maisonnette où Brendan allait s'isoler.

Le garçon y met du sien, mais en quelques instants Cal conclut que ça ne lui sera d'aucune utilité. Tous les repères sont des approximations telles que GROS BUISSON D'AJONCS et MUR QUI SE COURBE VERS LA GAUCHE.

— Laisse tomber, tranche-t-il. Il va falloir que tu me montres le chemin.

— Tout de suite ?

Le gamin a presque quitté son siège.

— Non. Demain. (Cal tapote la carte au niveau d'un virage de la route qui dessert le versant.) Jusqu'ici, j'arrive à suivre tes indications. C'est là qu'on va se rejoindre. À quinze heures trente.

— Plus tôt. Le matin.

— Pas question. Tu dois aller au collège. D'ailleurs, c'est le moment de rentrer chez toi et d'aller faire tes devoirs.

Il se lève et reprend son calepin, ignorant le regard de Trey signifiant qu'il n'en a aucune intention.

— Prends un cupcake, ça te fera ton dessert.

En allant vers la porte, Trey se tourne de trois quarts et, une moitié de gâteau déjà fourrée dans la bouche, lui adresse un grand sourire inattendu. Cal le lui rend. Il voudrait lui conseiller d'être prudent sur le chemin, mais il sait que ça ne changerait rien.

14

Quelque chose trouble la nuit. Des remous parviennent à Cal dans son sommeil, un accroc dans les rythmes routiniers de la campagne enténébrée, une perturbation. En se réveillant, il entend, au loin dans les champs, un violent hurlement de douleur, ou de rage, ou des deux à la fois.

Il entrouvre sa fenêtre et regarde dehors. Les nuages se sont un peu dispersés, mais le croissant de lune effilé n'éclaire pas assez pour qu'il voie grand-chose à part différentes densités et textures d'obscurité. La nuit est froide et sans vent. La chouette a cessé de hululer, mais il y a encore du mouvement, irrégulier et lointain, dont émane un bruit tout juste perceptible.

Il attend. Au bout d'un certain temps, le bruit gagne en volume et en clarté, et Cal distingue une silhouette dans l'herbe de son pré. Elle se dirige à grandes enjambées vers la route, mais avec une drôle de démarche claudicante, comme blessée. Ça pourrait être un gros animal, ou un homme courbé vers l'avant.

Lorsque la silhouette quitte son champ de vision, Cal enfile son jean, charge sa carabine et sort par-derrière. Il allume les pièces au passage. Mart a un fusil de chasse,

P.J. sans doute aussi, et la forme non identifiée pourrait être n'importe quoi. Il ne cherche pas à prendre qui que ce soit par surprise.

Il balaie les environs avec sa lampe torche, mais celle-ci n'est pas assez puissante pour fendre les ténèbres assez loin. Il ne voit nulle part la masse noire et voûtée.

— Je suis armé ! crie-t-il. Sortez les mains en l'air.

Pendant quelques secondes, il n'obtient qu'un silence absolu. Puis une voix rieuse hurle en retour, quelque part sur le domaine de P.J. :

— Ne tirez pas ! Je me rends !

Un étroit faisceau lumineux s'allume et, dansant comme un flotteur sur l'eau, vient dans sa direction. Cal ne bouge pas, sa carabine pointée vers le sol, jusqu'à ce qu'une silhouette apparaisse dans la lumière blafarde des fenêtres et lève le bras pour le saluer. C'est Mart.

Cal le rejoint dans le pré, en promenant sa lampe sur les environs.

— Bon sang de bois, range-moi ça, lui enjoint Mart en désignant l'arme d'un signe de tête.

Son visage irradie d'exaltation et ses yeux luisent comme s'il était ivre, mais il est tout à fait sobre. Il tient sa torche électrique dans une main et une crosse de hurling dans l'autre.

— Tu sais à quoi tu m'as fait penser, quand t'as crié ? On se serait cru dans cette émission sur les interventions de flics, là, *Cops*. Tu serais un crack dans la Garda, tiens. Tu vas me dire de me coucher à terre ?

— Qu'est-ce qui se passe ? demande Cal.

Il enclenche la sûreté, mais garde le doigt sur la détente. La bête ou l'intrus est peut-être encore dans les parages.

— J'avais raison quand je disais que ce machin allait s'attaquer aux moutons de P.J., voilà ce qui se passe. Et toi qui ne me prenais pas au sérieux. Ça te servira de leçon, pas vrai ?

— C'était quoi ?

— Ah, fait Mart d'un ton attristé, c'est ça le hic. Je l'ai pas bien vu. J'étais déjà assez occupé comme ça, figure-toi.

— Tu l'as touché ? s'enquiert Cal, en songeant à la démarche boitillante du fugitif.

— Je lui ai flanqué deux bons coups, rayonne Mart, en se donnant des tapes sur la cuisse avec sa crosse. J'étais en train de faire le guet dans ton bout de forêt, en pensant que j'avais encore pas eu de veine. Je t'avoue que je roupillais presque. Sauf qu'il y a eu du ramdam chez les moutons. J'y voyais rien du tout dans ce noir, mais je me suis approché en douce, et ça n'a pas loupé, une brebis était à terre et le truc s'activait dessus. Tellement à ce qu'il faisait qu'il m'a pas remarqué. Je lui ai collé un gros taquet, et il a hurlé comme un malade. Tu l'as entendu ?

— C'est ce qui m'a réveillé.

— Je voulais l'assommer, cette saloperie, mais j'ai raté mon coup. N'empêche qu'elle l'a pas vu venir. J'ai réussi à lui en foutre un autre avant qu'elle comprenne ce qui se passait. (Il lève sa crosse et la soupèse avec satisfaction.) J'avais peur d'avoir perdu la main après tout ce temps, mais c'est comme le vélo : ça s'oublie pas. Si j'avais pu la voir, je lui aurais décollé la tête. Je te l'aurais expédiée au milieu de ton jardin.

— Elle s'en est prise à toi ?

— Elle a même pas essayé, siffle Mart avec mépris. Elle est bonne qu'à mutiler les moutons. Dès qu'elle s'est retrouvée face à un adversaire qui se défend, elle a filé sans demander son reste. Je l'ai pourchassée, mais je vais pas me voiler la face, je suis pas Hooker. J'ai juste réussi à me vriller le dos.

— Tu aurais dû lui balancer ta crosse sur le paletot.

— Elle a filé dans ta direction, après. (Mart lève des yeux plissés vers Cal, le regard candide.) Tu l'aurais pas vue de près, par hasard ?

— Elle ne s'est pas approchée assez. (L'expression du visage de Mart le perturbe.) C'était assez massif, c'est tout ce que j'ai vu. Ça aurait pu être un chien.

— Tu sais de quoi ça avait l'air, pour moi ? rebondit Mart en pointant sa crosse vers Cal. Si je savais pas que c'est impossible, j'aurais dit que c'était un félin. Pas un chat, hein. Un puma.

À sa façon de se déplacer, le fuyard n'avait pas du tout l'air d'un félin.

— J'ai surtout remarqué qu'il boitait, le bestiau, précise Cal. J'ai l'impression que tu ne l'as pas loupé.

— Je le louperai encore moins s'il revient, maugrée Mart. On le reverra pas. Il a eu son compte.

— Pourquoi tu as choisi ce machin ? s'enquiert Cal en désignant la crosse d'un coup de menton. Perso, j'aurais pris le fusil.

Mart lui rit au nez.

— Il a raison sur vous autres les Ricains, Barty. Vous seriez capables d'apporter vos flingues à la messe, tiens. Pourquoi je prendrais le fusil ? Le but, c'est de sauver les moutons de P.J., pas de dégommer ces pauvres bêtes parce que j'y vois pas à deux mètres dans ce noir. Ce truc-là a très bien rempli son office.

Il examine la crosse avec satisfaction. Près de l'extrémité s'étend une large traînée foncée qui pourrait être de la boue ou du sang. Mart crache dessus et l'essuie sur son pantalon.

— Apparemment, oui. Et le mouton ?

— Raide mort. La gorge arrachée. (Mart cambre le dos pour tester sa souplesse.) Vaut mieux que j'aille prévenir P.J. avant que ça s'ankylose. Va donc te recoucher. L'animation est finie pour cette nuit.

— Content que ta surveillance ait porté ses fruits. Dis à P.J. que je suis désolé pour sa bête.

Mart lève sa casquette et s'éloigne. Cal repart vers sa maison. Après avoir franchi le portail, il éteint sa lampe et va se cacher dans les épaisses ténèbres sous le chêne aux corbeaux.

Tout est si immobile que les morceaux de ciel étoilé et les nuages ne bougent même pas, et le froid piquant s'insinue par les mailles du sweat-shirt dans lequel Cal a pris l'habitude de dormir. Au bout de quelques minutes, une lumière s'allume chez P.J. Peu après, deux torches électriques se fraient un chemin à travers champs en balayant les alentours, puis s'arrêtent et se fixent sur quelque chose au sol. Cal entend, ou croit entendre, très faiblement, le bourdonnement grave et le rythme courroucé de leur discussion, et la bousculade nerveuse des moutons perturbés. Puis les deux faisceaux repartent vers la ferme de P.J., plus lentement. Les deux éleveurs traînent le mouton mort, qu'ils tirent chacun par une patte.

Cal reste à son emplacement pour scruter la campagne. Quelques papillons de nuit tardifs virevoltent dans la lumière de ses fenêtres. Pas grand-chose d'autre ne bouge, seuls les petits animaux habituels dans les haies, et de temps à autre retentit le cri d'un engoulevent ou d'une chouette en chasse, mais il attend et continue à observer, à tout hasard. Quel que soit l'animal que Mart a affronté, il s'est peut-être caché quand Cal est sorti, et on ne peut pas exclure qu'il soit très patient.

Le trouble qu'a semé en lui le regard innocemment interrogateur de Mart a fait son chemin. Mart savait que, de tous les troupeaux qu'on trouve à Ardnakelty, celui de P.J. allait être la prochaine cible.

Plus Cal y réfléchit, plus la crosse de hurling le tracasse. Seul un imbécile risquerait de se confronter au corps à corps avec une bête capable de mutiler des moutons, alors qu'il possède un fusil de chasse en parfait état qui lui aurait permis de rester à bonne distance. Mart n'est pas un imbécile. L'unique raison pour laquelle il n'a pas pris son arme, c'est qu'il s'attendait à rencontrer une adversaire sur lequel il ne voulait pas tirer. Il s'est posté dans le bois pour guetter un être humain.

Cal se sent soudain effrayé. Il ne comprend que petit à petit les causes de sa peur. Elle concerne le gamin, le traitement infect que les habitants du coin lui réservent, et le fait que le départ de son frère l'ait projeté dans une incontrôlable dégringolade de désespoir. Elle est due aux gestes précis et détachés, dépourvus de la moindre hésitation – ce qui sur le moment lui avait semblé positif –, avec lesquels il a tué et préparé le lapin. Il ne supportait pas de provoquer la souffrance, mais le mouton n'a pas souffert, ou alors quelques secondes tout au plus.

C'est un chouette gamin, songe Cal. *Il ne ferait pas ça.* Il sait pourtant que personne n'a jamais expliqué clairement à Trey la signification de ce qui est bien ou mal, ni l'importance de connaître la frontière entre les deux et de se tenir du bon côté.

Au bout d'un moment, une lampe électrique solitaire retraverse les champs jusque chez Mart. Peu après, la lumière s'éteint chez P.J. et, pour finir, chez Mart aussi. La campagne est plongée dans le noir.

Cal rentre à son tour. En traversant le jardin, il pointe son faisceau sur la souche. Dessus, il ne reste plus une miette des abats.

Lorsque Cal arrive au lieu de rendez-vous, à quinze heures vingt, par un long itinéraire tortueux, Trey n'est pas là. Le versant est tellement désert qu'il a le sentiment d'y être un intrus. Sur le trajet, des moutons en train de paître ont tourné la tête pour le scruter, et il est passé devant des vestiges de murets tachés de lichen, mais, à cette hauteur, les seules traces d'une activité humaine sont le chemin de terre qu'il emprunte, au milieu duquel foisonnent des herbes sauvages, et par endroits une cicatrice foncée dans la bruyère où quelqu'un a récolté de la tourbe.

Le malaise qu'il a ressenti pendant la nuit s'accroît. La seule explication à l'absence du gamin serait qu'il soit trop grièvement blessé pour venir.

Cal pivote sur lui-même et promène le regard sur la colline. Le vent souffle en continu dans les bruyères et les ajoncs. Il est presque trop froid pour qu'on discerne encore son odeur sucrée. Le ciel est d'un gris délicat. Quelque part en altitude, un oiseau lance une puissante stridulation trépidante.

Quand il revient à son point de départ, Trey s'est matérialisé sur la route un peu plus haut, comme s'il était là depuis le début.

— Tu es en retard, lui fait remarquer Cal.

— Je faisais mes devoirs, réplique Trey en esquissant un sourire facétieux.

— Je m'en doute. (Cal ne décèle ni hématomes ni entaille.) Tu es bien rentré, hier soir ?

Trey lui coule un regard soupçonneux, comme s'il trouvait sa question étrange.

— Ouais.

— J'ai entendu du bruit, plus tard. Comme un animal qui se serait fait attaquer.

Le garçon hausse les épaules, impliquant que c'est possible et que ça ne le concerne pas, puis il se détourne pour gravir la route. Cal l'observe. Ses enjambées sont aussi longues et souples que d'habitude ; il ne s'appuie pas sur une jambe plus que sur l'autre, et ne se tient pas comme s'il avait mal quelque part.

L'inquiétude de Cal s'atténue, mais il en garde un résidu. Il est à peu près sûr que Trey n'est pas l'auteur des mutilations, mais ce point ne lui semble plus être le nœud du problème, du moins pas le seul. Les événements lui ont montré qu'il n'a pas une conception claire, loin de là, de ce dont Trey est capable.

Au-delà du tournant, Trey quitte le chemin et coupe par la bruyère.

— Faites gaffe, prévient-il par-dessus son épaule. Y a des tourbières.

Cal tente de caler ses pas sur ceux du gamin, qui connaît mieux le terrain que lui, en plus d'avoir une morphologie mieux adaptée.

— Merde, peste-t-il, lorsque sa chaussure s'enfonce dans le marécage.

— Faut que vous alliez plus vite. Lui laissez pas le temps de vous choper.

— Je ne peux pas. On n'est pas tous gaulés comme un lièvre.

— Vous, c'est plutôt comme un élan.

— Tu te rappelles ce que je t'ai expliqué concernant la politesse ? rétorque Cal.

Trey pouffe de rire et poursuit son chemin.

Ils passent entre des buissons d'ajoncs, contournent de vieilles tranchées d'extraction de tourbe, longent une façade abrupte où des touffes d'herbe surgissent des fissures entre les rochers. Cal reste aux aguets au cas où on les observerait, mais, sur le versant immobile, seule bouge la bruyère agitée par le vent. Ce n'est pas un endroit que l'on découvre par hasard. Quelles qu'aient été les intentions de Brendan, il tenait à ne pas être dérangé.

Trey leur fait emprunter une pente assez inclinée pour que Cal arrive en haut à bout de souffle, puis plonge dans une épaisse futaie d'épicéas. Les arbres sont grands et bien espacés, le sol est tapissé d'aiguilles accumulées pendant des années. Le vent n'y pénètre pas, mais balaie les cimes en produisant un hululement ininterrompu. Les changements brusques de la topographie ne plaisent pas à Cal. Comme ceux du temps, leur caractère imprévisible semble calculé pour vous prendre au dépourvu.

— C'est là, annonce Trey, en pointant l'index, lorsqu'ils émergent de la plantation.

Le refuge de Brendan se situe plus bas, abrité des vents les plus violents au bout d'une légère déclivité, adossé dans un renfoncement à flanc de coteau. La bâtisse ne correspond pas à l'image que Cal s'en était faite. Il s'attendait à une carcasse de murs en pierre délabrés, avec peut-être un bout de toiture çà et là, abandonnée aux lents assauts de la nature depuis des générations. Il s'agit en fait d'une maisonnette blanche et trapue pas plus ancienne que la sienne, et à peu près dans le même état qu'il l'a trouvée à son arrivée. La porte et les cadres des fenêtres ont même conservé la majeure partie de leur peinture rouge.

Cela le perturbe. Une ruine vieille de deux cents ans a sa place dans l'ordre des choses : tout fait son temps, puis se désagrège. Le fait qu'une bâtisse relativement neuve et habitable soit abandonnée semble indiquer qu'il s'y est produit un événement inattendu, aussi tranchant et définitif qu'une lame de guillotine. Cet endroit lui déplaît.

— Attends, ordonne-t-il en allongeant le bras pour bloquer Trey lorsque celui-ci en prend la direction.

— Pourquoi ?

— Pas la peine de se précipiter. Assurons-nous que personne n'a eu la même idée que ton frère.

— C'est pour ça que Bren venait ici. Parce qu'il y a jamais…

— Attends, je te dis.

Il revient sur ses pas, tout doucement, pour se cacher dans les épicéas. Trey roule des yeux impatientés, mais le suit.

Cal ne détecte rien dans la maisonnette, ni mouvement ni bruit. Les herbes qui poussent haut contre ses murs ont été piétinées devant le pas de la porte. Ses vitres sont presque toutes brisées, et de nombreuses ardoises manquent à la couverture, mais quelqu'un a tenté d'y remédier, assez récemment : on a agrafé une bâche sur une partie du toit, et condamné les fenêtres avec du contreplaqué.

— Tu m'as dit que tu y es entré depuis que Brendan est parti, c'est bien ça ?

— Ouais. Deux jours après.

Il est donc peu probable qu'ils y découvrent son cadavre. Deux martinets s'élancent des avant-toits pour y revenir en voletant tranquillement, s'exerçant à leurs acrobaties dans la fraîcheur de l'après-midi.

— Ça m'a l'air bon, annonce enfin Cal. Allons jeter un coup d'œil.

Dans le renfoncement, la condensation des bruits offre un contraste surprenant avec l'espace complètement dégagé en contre-haut. Leurs pas se font secs et sonores sur la terre du petit chemin. Dans un concert de piaillements rageurs, les martinets se précipitent pour se mettre à l'abri.

La porte a été enfoncée à coups de pied répétés et précis qui ont fait sauter un gros éclat près du bas. C'est assez récent : le bois brisé commence à peine à se décolorer. Un moraillon en acier, auquel est encore attaché son cadenas, pend à sa charnière. Ses fixations arrachées au pied-de-biche ont laissé des trous. Cal baisse sa manche de veste sur sa main avant de pousser le battant.

— C'était déjà dans cet état la dernière fois ?

— Quel état ?

— Défoncé. La serrure forcée.

— Ouais. Je suis entré comme ça.

Trey est collé derrière Cal, tel un chien de chasse tout juste dressé trépignant d'impatience.

À l'intérieur, rien ne bouge. Une petite cascade de lumière blafarde filtre dans la pièce du fond, mais, à part ça, le contreplaqué rend les lieux trop sombres pour qu'on y voie. Cal sort sa lampe de poche et la promène autour de lui.

La partie avant de la maison est constituée d'une seule pièce de taille moyenne. Cal remarque immédiatement qu'elle est propre. La première fois qu'il a mis les pieds chez lui, la maison était envahie de toiles d'araignée, de poussière, de moisissures, d'insectes morts, de cadavres de souris, et de toutes sortes de saletés dont il n'avait pu identifier la nature. Ici, le plancher nu n'est couvert que d'une fine couche de poussière. Le papier peint, au motif prétentieux de colonnes de fleurs rose et or, est maculé de taches d'humidité, mais on en a arraché les plaques qui se décollaient.

Dans une encoignure se trouve un réchaud à gaz flambant neuf, à côté duquel on a disposé quelques bombonnes de rechange. Sous une fenêtre obturée se dresse un réfrigérateur, neuf lui aussi. Contre le mur du fond, on a installé un buffet en médium blanc premier prix, de récupération, un balai et une pelle, une serpillière et un seau, et une rangée de bouteilles d'eau en plastique. Les lames du plancher sont éraflées aux endroits où, peut-être, on a traîné des meubles ou des objets lourds.

Lorsqu'ils entrent, toujours aucun mouvement.

— Attends ici, ordonne de nouveau Cal.

Il se rend rapidement dans le fond. Là, dans ce qui était autrefois une cuisine et une chambre, on n'a pas pris la peine de faire le ménage. Le sol est jonché de débris de plâtre et de meubles disloqués, des toiles d'araignée poussiéreuses pendent pesamment du plafond tels des voilages. Les fenêtres du fond ne sont pas condamnées, et des herbes à fleurs jaunes oscillent derrière elles, mais le flanc de la colline est si près qu'il bloque une grande partie de la lumière.

— Vous voyez ? fait Trey, qui le colle. Y a personne.

— On a perdu deux minutes, donc. C'est mieux que de tomber dans un nid de vipères.

Il retourne dans la pièce de devant, s'accroupit devant le réfrigérateur, le gamin planté juste derrière lui, et l'ouvre avec sa manche. Vide. Il examine le réchaud, entièrement assemblé, mais qui paraît n'avoir jamais servi. Il soupèse les bombonnes de propane en les faisant légèrement basculer : une pleine, deux vides. Il se rend ensuite au buffet, en ouvre les portes par les coins et promène sa lampe à l'intérieur.

Le meuble contient trois sachets de gants en caoutchouc, trois flacons de produits d'entretien, un tas d'éponges à récurer sales et de chiffons microfibres, quelques boîtes Tupperware, un gros paquet de filtres à café, un tuyau enroulé sur lui-même, deux paires de lunettes de protection, un sachet de masques respiratoires, une pile isolée qui a roulé dans un angle.

Le cœur chaviré, Cal reste figé sur place. Il voulait trouver des indices qui dissiperaient les possibilités brumeuses et lui dévoileraient l'explication concrète qu'elles lui dissimulaient. Maintenant qu'il les tient, il se rend compte qu'il s'en serait passé volontiers.

Il s'était trompé sur le compte de Brendan. Il s'imaginait un jeune homme paumé se jetant sur la première idée – et la plus facile – qui germait dans son esprit, gonflé à bloc par le ressentiment et l'envie de prouver à tout le monde qu'on l'avait sous-estimé. Mais Brendan avait procédé de façon méthodique, rigoureuse, en prenant son temps pour placer ses pions. Un gamin mal préparé et motivé par la rancœur pouvait s'attirer des tas d'ennuis. Un jeune très organisé risque moins de se mettre dans le pétrin, mais, si ça se produit, ce pétrin est tout de suite plus profond.

Il sent Trey accroupi à côté de lui, qui examine le moindre tressaillement de son visage, conscient de cet instant de suspens.

— Hmmm, fait-il d'un ton détaché en se redressant. Tiens-moi ça, s'il te plaît.

Il lui tend sa lampe.

— Pour quoi faire ? s'enquiert Trey.

Tendu comme une corde à piano, il parvient à peine à contenir son agitation.

Cal ouvre la caméra de son téléphone.

— Quand on enquête, on documente tout. On ne sait jamais.

Trey reste immobile, les yeux toujours braqués sur lui.

— Commence par ici, lui enjoint Cal en désignant la porte d'entrée d'un signe de tête. Puis tu décris un cercle autour de la pièce, tout doucement.

Après un temps de pause, Trey obéit sans un mot. Il déplace la lampe d'un mouvement régulier tandis que Cal filme, puis l'immobilise lorsqu'il photographie le frigo, le buffet, le réchaud, les bombonnes de gaz et les bouteilles d'eau. Cal prend ensuite une vidéo des pièces du fond, sans la lampe. C'est un choix judicieux de ne pas avoir condamné les fenêtres de derrière. Pour l'activité dans laquelle Brendan envisageait de se lancer, une bonne ventilation est primordiale.

La maison ne sent que l'humidité, la pluie et les épicéas. Brendan n'a jamais commencé sa production. Il avait presque tout le matériel à disposition, peut-être même tout, puis il y avait eu un hic.

Une fois les photos terminées, Cal reprend la lampe et retourne dans la première pièce, en promenant le faisceau au sol.

— Vous cherchez quoi ? s'enquiert Trey, qui ne le lâche toujours pas d'une semelle.

— Tout ce qui pourrait me servir. Il n'y a rien, en tout cas.

Il ne détecte aucune tache de sang, ce qui ne signifie pas forcément qu'elles n'existent pas – on a lessivé le sol assez récemment, bien que rien ne permette de déterminer si ce nettoyage était antérieur ou postérieur au départ de Brendan. Du luminol aurait fait ressortir d'éventuelles traces, mais il n'en a pas à disposition.

— Regarde bien partout. Tu vois des différences avec la dernière fois ?

Trey examine toutes les pièces. Au bout d'un moment, il secoue la tête.

— D'accord, dit Cal en rangeant son téléphone. Allons jeter un coup d'œil dehors.

Trey lui rend la lampe et se dirige vers la porte. Cal n'a pas la moindre idée de ce qu'il pense de tout cela. Impossible de savoir si c'est à cause de la nature secrète du garçon, ou s'il ne laisse délibérément rien paraître.

Ils parcourent la parcelle envahie de végétation qui était autrefois le jardinet de devant, mais il n'y a là ni cachette évidente ni traces d'excavation. Ils ne trouvent que des vestiges du temps où la maison était habitée : un petit amas de vaisselle et de débris de bouteilles en verre, en partie envasé sous une couche de terre et de mauvaises herbes qui s'accumulent là depuis des années.

Trey ramasse un bâton et s'amuse à faucher des orties.

— Arrête ça, ordonne Cal.

— Pourquoi ?

— Je préfère ne pas laisser de traces de notre passage.

Trey lui décoche un bref regard, mais ne commente pas. Il jette son bout de bois dans les plantes.

Dans ces hauteurs règne un silence qui les distingue de la plaine. Cette dernière résonne toujours d'un mélange abondant de chants d'oiseaux se chamaillant ou badinant, de moutons et de vaches qui bavardent, d'éleveurs qui crient, mais ici, en altitude, rien de tout cela. L'air ne porte que le vent et un frêle appel pareil à deux petits cailloux qu'on entrechoque, et qui retentit en boucle.

Ils explorent les flancs de l'encaissement, poussant des touffes d'herbe haute du bout de leurs chaussures, revenant systématiquement sur leurs pas par allers-retours méticuleux afin de ne rien manquer. Ils trouvent une binette rouillée dont il ne reste qu'une moitié de poignée, et un enchevêtrement de fil barbelé, rouillé lui aussi. Lorsqu'ils reviennent en haut de la pente, ils fouillent dans la futaie, donnant des coups de pied dans des tas d'aiguilles et scrutant les branches, au cas où Brendan y aurait caché quelque chose. Deux nids abandonnés retiennent leur attention un peu plus longtemps.

Cal savait depuis le début que cette entreprise était vaine. Les lieux sont trop vastes pour qu'un homme et un enfant puissent tout couvrir à eux seuls. Ce qu'il lui faudrait, c'est une équipe d'experts examinant la maison sous toutes les coutures, et une unité cynophile passant le coteau au peigne fin. Il a l'impression d'être le dernier des imbéciles, à jouer au policier dans ce pays étranger, sans insigne ni arme de service, avec un gamin de treize ans et le brigadier Dennis comme seul soutien. Il tente d'imaginer ce que Donna en dirait, mais, à la vérité, elle se garderait de tout commentaire ; elle lui coulerait un regard où une profonde perplexité le disputerait à mille autres sentiments peu charitables, puis elle lèverait les mains en signe de renoncement et s'en irait. Même l'abondant répertoire de termes et de bruits expressifs qu'elle a en réserve ne contiendrait pas de quoi qualifier ce fiasco.

— Bon, je crois qu'on a fait le tour, annonce-t-il finalement.

C'est l'heure de rentrer. La luminosité commence à changer, les ombres des épicéas s'allongent sur la déclivité, en direction de la maisonnette.

Trey lui lance un regard perçant, inquisiteur. Cal l'ignore et s'enfonce davantage dans la futaie. Il se réjouit de quitter ce lieu.

Au bout de quelques minutes, il se rend compte qu'il marche si vite que le gamin est obligé de trottiner pour suivre.

— Alors, lui demande-t-il en ralentissant. Qu'est-ce que tu penses de tout ça ?

Trey hausse les épaules, puis saute pour détacher une branche d'un des épineux.

Cal éprouve un profond besoin de savoir ce qui se passe dans sa tête.

— Tu connais bien Brendan, toi. Pas moi. Ce que tu as vu dans cette maison peut te donner une idée de ce qu'il pouvait préparer.

Trey fouette un tronc avec son rameau. Le sifflement et le claquement sont compressés par les arbres alentour. Malgré le bruit, rien ne s'envole ni ne détale.

— La première fois que j'y suis retourné, quand Brendan est parti, je me suis dit qu'il vivait peut-être là. Vu comment il avait bricolé le toit et tout ça, avec le réchaud et le frigo. Ça y était pas, avant. J'ai supposé qu'il s'était installé là parce qu'il en avait eu marre de nous. J'ai attendu toute la nuit qu'il rentre. Je voulais lui demander si je pouvais rester avec lui.

Il fouette un autre tronc, plus fort, mais le son est tout autant englouti.

— J'ai pigé seulement le matin… j'étais trop débile. Il y a pas de matelas ni de sac de couchage. Il vivait pas là.

C'est la première fois qu'il lui parle aussi longuement. Cal n'est pas surpris que Trey n'ait pas mentionné la maisonnette plus tôt, après cette longue nuit et la gifle cuisante de la déception.

— Apparemment non, confirme-t-il.

Après un court silence, Trey ajoute, en lui lançant un regard en biais :

— Tous les trucs qu'il y a dans le buffet…

Cal attend la suite.

— Les produits d'entretien. Peut-être qu'il voulait nettoyer le reste de la baraque. Pour la louer en scred. À des randonneurs, des routards. Sauf que les proprios s'en sont rendu compte, et ça les a vénère. Du coup, c'est eux que Brendan devait rencontrer. Pour régler le problème. Leur filer de la thune.

— Ça se peut, répond Cal, en se courbant pour passer sous une branche, sentant sur lui le regard fixe du garçon.

— Alors, c'est eux qui l'ont enlevé.

— Tu sais à qui appartient la maison ? Qui y a habité en dernier ?

— Non. Mais ceux qui vivent en haut des collines, ils sont pas commodes.

— Il va falloir que je consulte le cadastre, alors.

— Vous allez le retrouver, pas vrai ?

— J'y travaille.

Il n'a plus envie de retrouver Brendan Reddy.

Trey va pour ajouter quelque chose, mais se ravise et se remet à frapper les troncs avec sa branche. Ils traversent la futaie et redescendent le versant sans un mot.

Lorsqu'ils regagnent le chemin, au coude où ils se sont rejoints, Cal ralentit.

— Il vit où, Donie McGrath ?

Trey s'amuse à propulser un caillou devant lui à coups de pied, mais, à cette question, il s'interrompt.

— Pourquoi ?

— Je veux lui parler. Il habite où ?

— De ce côté-ci du village. Dans la maison grise toute déglinguée. Avec la porte bleu foncé.

Cal la connaît. Les habitants d'ici s'enorgueillissent de leur foyer, mettent un point d'honneur à nettoyer leurs carreaux, à frotter leurs cuivres et à repeindre leurs huisseries. Une maison délabrée est une maison vide. Celle de Donie constitue la seule exception.

— Tout seul ?

— Avec sa mère. Son père est mort. Ses sœurs se sont mariées, et je crois que son frère est parti à l'étranger.

Le caillou a été éjecté hors du chemin. Du bout du pied, le gamin le récupère dans une touffe de bruyère.

— Donie et son frère, ils cherchaient toujours la baston avec Brendan, à l'école. Une fois, ils l'ont tellement tapé que ma mère est allée se plaindre au directeur, et la mère de Donie a dû y aller aussi. Elle répétait tout le temps « Mes fils feraient jamais ça, ils sont gentils comme tout, on est une famille comme il faut », alors que tout le monde sait que le père était un alcoolo et une feignasse. Le directeur en avait rien à battre, de toute façon, vu que c'était nous.

Il cherche le regard de Cal.

— N'empêche que maintenant, Bren pourrait lui éclater la gueule, à ce bouffon. C'est pas Donie qui l'a enlevé.

— Je n'ai jamais dit ça. Je veux juste lui parler.

— Pourquoi ?

— Parce que. Toi, tu gardes tes distances avec lui. Tu ne t'en approches pas.

— Donie, c'est qu'un trou du cul, rétorque Trey avec un mépris absolu.

— D'accord. Garde tes distances quand même.

D'un grand coup de pied, le garçon expédie son caillou dans la bruyère. Il se poste devant Cal pour lui barrer la route, les jambes écartées et le menton relevé.

— C'est bon, je suis pas un *bébé*.

— Je le sais.

— Te mêle pas de ci, te mêle pas de ça, fais rien, t'as pas besoin de savoir…

— Tu voulais que je me charge de ces recherches parce que c'est ma partie. Si tu es tout le temps dans mes pattes pendant que je…

— Je veux parler à Donie. Il dira rien à un étranger.

— Tu crois qu'il parlerait à un gamin ?

— Ouais, carrément. Y a pas de raison. Il pense pareil que vous, que je suis un bébé. Du coup, il peut me dire ce qu'il veut, je pourrais rien y faire.

— Ce que je te dis, c'est que si j'apprends que tu t'es approché de Donie, je laisse tomber. Pas de seconde chance. Pigé ?

Trey le fixe du regard. L'espace d'un instant, Cal s'attend à ce qu'il pique une crise, comme quand il avait renversé le bureau. Il se tient prêt à esquiver un coup.

Mais le visage du garçon se ferme.

— Ouais. Pigé.

— Y a intérêt. Je vais aller le voir demain. Passe dans deux jours, je te ferai un compte rendu.

Il est tenté de lui recommander de ne pas se faire repérer en venant, mais la sonorité un peu louche de cette injonction l'en empêche.

Trey ne proteste plus, ne pose plus de questions. Il se contente de s'éloigner à grands pas dans la bruyère, et disparaît derrière un épaulement du versant.

Cal devine qu'il a compris. Il sait qu'il y a eu un problème dans cette maison ; une image s'est soudain dessinée nettement, et les enjeux ont grimpé en flèche. Il sait que c'est le moment où la situation a dérapé.

Cal a envie de le rappeler et de l'emmener de nouveau à la chasse, de le garder pour le dîner, ou de lui apprendre à fabriquer un meuble. Mais ça n'arrangera rien. Il se détourne et amorce le retour, par le même trajet sinueux qu'à l'aller. En contrebas, les champs jaunissent sous les assauts de l'automne. L'ombre de la colline s'étend sur le chemin, chargée d'une fraîcheur plus marquée. Il se demande si, d'ici une semaine ou deux, le gamin lui en voudra à mort.

Il sait au moins quel matériel agricole a été volé en mars. Brendan est sorti avec un tuyau et une bombonne de gaz une nuit, voire deux, pour siphonner l'ammoniac anhydre de P.J. Hélas pour lui, il s'est fait prendre : peut-être a-t-il été négligent et laissé un morceau de gros scotch sur le réservoir où il avait attaché son tube, ou bien P.J. avait remarqué que le manchon en cuivre s'oxydait. En tout cas, l'éleveur avait appelé les flics. Cal aimerait beaucoup savoir quels arguments Brendan avait pu avancer pour qu'il les renvoie sans donner suite.

Il pourrait sûrement obtenir ses experts et son unité cynophile, s'il allait voir la police – pas le jovial brigadier Dennis, mais les huiles, les inspecteurs de Dublin. Ils le prendraient au sérieux, surtout après avoir vu les photos. Brendan n'était pas dans l'optique de se bricoler un labo d'amateur : il comptait procéder comme un pro, recourir à la méthode à haut rendement, et il détenait les compétences nécessaires en chimie pour cela. On pouvait également supposer sans grand risque de se tromper qu'il avait aussi constitué son réseau pour écouler son produit. Les Stups ne prendraient pas l'affaire par-dessus la jambe.

Cal allumerait alors la mèche d'une bombe dont l'explosion secouerait tout Ardnakelty, et dont il ne pouvait prévoir les répercussions.

Quoi qu'il fasse, il lui paraît impossible que cette affaire puisse bien se terminer. Tel est le sens du changement d'atmosphère que Trey et lui ont éprouvé en examinant le buffet, la bascule froide et implacable qu'il ne connaît que trop bien, l'ayant ressentie lors d'une centaine d'enquêtes : il n'y aura pas de dénouement heureux.

15

La perte d'un des leurs n'a pas effrayé les lapins. Au matin, une bonne douzaine d'entre eux sautillent dans le pré comme si de rien n'était, se repaissent de trèfles mouillés de rosée. Il les observe depuis la fenêtre de sa chambre, et sent le froid se faufiler jusqu'à lui à travers la vitre. Quoi qu'il advienne, même dans le cas d'un meurtre, la nature engloutit tout, se referme sur la fissure et suit son cours. Il a du mal à déterminer si c'est un phénomène réconfortant ou déprimant. Le chêne aux corbeaux luit de toutes les nuances de l'or, ses feuilles tombant en vrille, ajoutant à ses pieds un tapis pareil à un reflet.

On est mercredi, mais Cal ne craint pas de se tromper en supposant que Donie McGrath ne consacrera pas sa journée à un travail honnête. Il suppose aussi que celui-ci n'est pas un lève-tôt, aussi profite-t-il de sa matinée. Il se prépare un copieux petit déjeuner composé de bacon, saucisses, œufs et boudin noir – il n'a pas encore réussi à décider s'il aimait le boudin noir, mais il se fait un devoir d'en manger de temps en temps par respect pour la coutume locale. Ses projets risquant de lui prendre du temps, autant être paré s'il doit attendre longtemps et sauter le déjeuner.

Peu après onze heures, il se rend au village. La maison de Donie se trouve au bout de la grand-rue, à une centaine de mètres du magasin et du pub. C'est une bâtisse étroite et disgracieuse d'un étage, aux fenêtres encombrées, à l'extrémité d'une rangée d'habitations disparates donnant directement sur le trottoir. Le crépi gris est lépreux par endroits, et une vigoureuse gerbe de mauvaises herbes s'échappe par le conduit de la cheminée.

En face de chez lui se trouve une maison rose aux fenêtres condamnées par des planches, devant laquelle se dresse un muret de pierre. Cal s'assoit sur celui-ci, relève le col de sa polaire pour se protéger de l'abondant vent humide, et attend.

Pendant tout un temps, rien ne se produit. Le rideau de dentelle affaissé de la fenêtre de devant ne bouge pas. De petits bibelots en faïence ornent le rebord.

Un vieux bonhomme maigrichon qu'il a vu quelquefois au pub passe d'un pas traînant, lui adresse un signe de tête et un regard perçant. Cal lui rend son salut, et le vieillard continue son chemin vers le magasin. Deux minutes après qu'il est reparti, Noreen sort de la boutique munie d'un arrosoir et se hisse sur la pointe des pieds pour le verser sur sa corbeille de pétunias suspendue. La voyant se démancher le cou pour voir ce qu'il fabrique, il la salue de la main en lui présentant un grand sourire.

Avant la fin de la journée, tout Ardnakelty sera au courant qu'il cherchait Donie. Cal en a plus qu'assez d'être discret. Le moment est venu de secouer le cocotier pour voir ce qu'il en tombe.

Il attend encore. Diverses personnes âgées passent, deux mères avec bébés et jeunes enfants, puis un gros matou roux qui lui lance un regard insolent avant de s'asseoir sur le trottoir pour se lécher les parties intimes afin de lui montrer ce qu'il pense de lui. Chez Donie, quelque chose bouge derrière le petit rideau, et les plis ondulent, mais on ne les écarte pas et la porte ne s'ouvre pas.

Une vieille Fiat 600 jaune décrépite approche en cahotant et se gare devant chez Noreen, puis une femme qui doit être Belinda en descend. Elle a une épaisse tignasse anarchique teinte en rouge, et une pèlerine violette qu'elle enroule autour d'elle d'un grand geste avant d'entrer dans le magasin. Lorsqu'elle repart, elle ralentit en passant devant Cal, lui fait coucou en remuant les doigts et lui décoche un immense sourire radieux. Il répond par un bref signe de tête et sort son téléphone comme si celui-ci sonnait, avant qu'elle ait l'idée de s'arrêter pour se présenter. Apparemment, Noreen est revenue sur son idée de le maquer avec Lena.

Le mouvement derrière le rideau se fait plus fréquent et plus agité. Peu après quatorze heures, Donie craque. Il ouvre sa porte à la volée et vient en direction de Cal.

Il porte le même survêtement blanc satiné qu'au Seán Óg's. Il essaie d'adopter une démarche menaçante, mais l'effet est miné par sa claudication. Il a aussi un œuf violacé au-dessus d'un sourcil, entaillé en son milieu.

Cal ne doute pas que Donie McGrath a pu se prendre une volée pour des tas des raisons, mais il ne faut pas aller chercher la réponse très loin. Mart, le grand expert d'Ardnakelty et de tous ceux qui y vivent, s'est mis le doigt dans l'œil. Cal donnerait cher pour voir la réaction de l'éleveur quand il le découvrira, dans la faible éventualité que ce ne soit pas déjà fait.

— Qu'est-ce que tu veux, putain ? demande le jeune homme, en s'immobilisant au milieu de la chaussée, à bonne distance.

— Ça roule ?

Donie le jauge.

— Va te faire foutre.

— C'est pas très poli, ça. Je n'embête personne. Je ne fais qu'admirer le paysage.

— Tu déranges ma daronne. Elle ose pas aller faire ses courses. Tu restes planté là à mater, comme un pervers.

— Je te jure que je ne m'intéresse pas à ta mère. Je suis sûr qu'elle est charmante, mais c'est toi que j'attends. Assieds-toi là, qu'on discute un peu, et je mets les voiles.

Donie le scrute. Il a un visage plat et adipeux percé de petits yeux clairs qui traduisent mal ses expressions.

— J'ai rien à te dire, moi.

— Je peux rester ici jusqu'à la Saint-Glinglin, le prévient Cal d'un ton aimable. Je ne suis attendu nulle part. Et toi ? Jour de congé ?

— Ouais.

— Ah bon ? Tu fais quoi comme boulot ?

— Un peu de tout.

— Ça ne m'a pas l'air suffisant pour remplir tes journées. Tu n'as jamais envisagé de te lancer dans l'élevage ? Il y a de quoi faire, dans le coin.

Donie lâche un grognement de dérision.

— Quoi, tu n'aimes pas les brebis ?

Donie hausse les épaules.

— J'ai l'impression que t'as une dent contre elles, raille Cal. Y en a une qui a refusé tes avances ?

Donie le fixe d'un regard belliqueux, mais Cal est beaucoup plus costaud que lui. Il crache sur le goudron.

— Comment tu t'es fait ça ?

Cal pointe le menton vers le sourcil du jeune homme.

— Baston.

— Mais faudrait que je voie la gueule de l'autre, c'est ça ?

— Ouais. Exact.

— Il m'avait l'air frais comme un gardon, à moi. En fait, il pétait la forme. C'est la honte, vu qu'il a deux fois ton âge et qu'il fait la moitié de ton poids.

Donie le dévisage, puis il affiche un sourire mauvais. Ses dents sont trop petites.

— Je te prends quand je veux.

— Possible. Je parie que tu ne te bats pas à la régulière. Mais moi non plus. C'est un coup de bol que je sois d'humeur à causer, pas à me battre.

Il constate que l'esprit de Donie court deux lièvres à la fois. Une partie minoritaire, plus lente, enregistre peu ou prou la conversation. Mais la part majoritaire, qui fonctionne en tâche de fond et de façon beaucoup plus experte, évalue quel profit il pourrait retirer de la situation, et ce qui à l'inverse pourrait représenter une menace pour lui. Bien qu'elle soit atténuée, maintenant qu'il est sobre, il émane toujours de lui cette vibration d'imprévisibilité qui a poussé Cal à se méfier de lui d'emblée : l'impression que les mécanismes habituels ne s'opèrent pas entre ses idées et ses actions, idées qui ne viendraient pas aux personnes normalement constituées. Cal est quasi certain que, bien que les attaques contre les moutons n'aient sans doute pas été à l'initiative de Donie, les détails de leur exécution, eux, le sont.

— File-moi une clope, quémande Donie.

— Je ne fume pas, l'informe Cal en tapotant le muret à côté de lui. Viens te poser deux minutes.

— Je suis en état d'arrestation ?

— Qu'est-ce que tu me joues, là ?

— Parce que si je le suis, je dirai rien sans un avocat. Et si je le suis pas, je rentre, et tu peux pas m'en empêcher. Dans tous les cas, casse-toi de devant chez moi.

— Tu crois que je suis flic ?

Donie ricane, se régalant de son air interdit.

— C'est bon, arrête. Tout le monde sait que t'es des Stups. On t'a envoyé d'Amérique pour filer un coup de main à ceux de chez nous.

Depuis le temps, Cal aurait dû s'être habitué à la vigueur débridée avec laquelle les rumeurs se répandent dans les environs, mais il n'en est pas moins pris au dépourvu. Celle-ci ne doit surtout pas s'enraciner.

— Tu te donnes trop d'importance, rétorque Cal avec un rictus sardonique. Vos petits trafics à deux balles, les polices américaines n'en ont rien à secouer.

Donie lui décoche un coup d'œil incrédule

— Alors, qu'est-ce que tu fous ici ?

— Ici à Ardnakelty, ou ici devant chez toi ?

— Les deux.

— Je suis à Ardnakelty parce que le paysage est magnifique, mon gars. Et je suis devant chez toi parce que je vis dans le voisinage, et que je suis curieux d'en savoir plus sur deux ou trois trucs qui se sont passés dans le coin.

Il sourit à Donie, pour lui laisser se faire son idée. Avec sa barbe, ses cheveux longs et le reste, il a plus l'air d'un biker ou d'un survivaliste illuminé que d'un policier. Donie l'examine et médite les possibilités qui lui plaisent le moins.

— À ta place, lui conseille Cal, je viendrais m'asseoir, je répondrais à quelques questions pas compliquées sans en faire tout un plat, puis je reprendrais mes occupations.

— Je suis au courant de rien niveau drogue.

C'est précisément ce genre de conversation à la mords-moi-le-nœud, avec ce genre de raclure horripilante, que Cal se félicitait de ne plus avoir à endurer.

— Tu viens d'avouer que si, ducon. C'est pas grave, remarque, parce que moi non plus j'en ai rien à secouer de vos trafics merdiques. Je suis juste un bon gars du Sud à qui on a appris à être sympa avec ses voisins, et les miens ont eu quelques pépins que j'aimerais bien comprendre un peu mieux.

C'est le moment que Donie aurait dû choisir pour rentrer chez lui, mais il n'en fait rien. Peut-être parce qu'il est idiot ou qu'il s'ennuie, ou parce qu'il cherche toujours un moyen de tirer son épingle du jeu. À moins qu'il éprouve le besoin de découvrir ce que Cal sait exactement.

— Il me faut des clopes, revient-il à la charge. File-moi dix balles.

Même si Cal avait été enclin à donner de l'argent à Donie, celui-ci l'aurait juste baladé pendant des semaines en lui réclamant régulièrement de repasser à la caisse.

— J'ai laissé mon portefeuille à la maison. Assieds-toi.

Donie le jauge encore quelques instants, la bouche fendue par un rictus mauvais. Puis il prend place sur le muret, hors d'atteinte de Cal. Il émane de lui une odeur de vieux repas, chou et friture quelconque, préparé quelques jours auparavant.

— Tu t'amuses à tuer les moutons de mes voisins.

— Prouve-le.

Donie s'allume une cigarette et la fume sans prendre la peine de souffler la fumée loin de Cal.

— T'as des délires pas communs, commente Cal, mais vu que je ne suis pas psy, ça aussi je m'en cogne. Mais quand tu charcutes les parties intimes des brebis, c'est juste parce que ça t'éclate, ou ça s'inscrit dans un ensemble plus complexe ?

— T'inquiète pas, va. Y aura pas d'autres moutons tués.

— Tant mieux. Mais ma question tient toujours.

Donie hausse les épaules. Noreen est de nouveau sortie arroser ses pétunias. Le jeune homme lui tourne son dos voûté, comme si elle pouvait ne pas le reconnaître.

— J'ai à peu près la même, reprend Cal, concernant Brendan Reddy.

Donie pivote brusquement la tête et le regarde fixement. Même sa petite frange, qu'il semble maintenir en permanence collée par une couche de gras accumulée pendant des mois dans le seul but d'économiser temps et mouvement, lui tape sur les nerfs.

— C'est-à-dire ? demande Donie.

— Je me fiche pas mal de ce qui a pu arriver à Brendan, mais j'aimerais beaucoup savoir si c'était juste une bisbille personnelle, ou si ça fait partie d'une combine à plus grande échelle.

— Une combine…, répète Donie avant de ricaner.

— C'est le terme adéquat, confirme Cal, après réflexion. Si tu en as un plus approprié, je suis preneur.

— Qu'est-ce que ça peut te foutre, ce qui est arrivé à Brendan ?

— Quand on est un peu malin, on aime bien savoir à quoi on est confronté. Je parie que ça vaut pour toi aussi. Ça te rend nerveux de ne pas savoir, pas vrai, Donie ?

— T'es dans le business ?

— C'est pas la question. L'important, c'est que j'aime bien rester dans mon coin sans me mêler des affaires des autres. C'est mon but dans la vie. Mais pour ça, je dois savoir à quoi m'en tenir.

— T'as qu'à aller à la pêche, lui suggère Donie en lui soufflant sa fumée au visage. Achète-toi des poules. Ça t'occupera.

— Tout le monde dans ce patelin a l'air de penser que je dois me trouver un passe-temps.

— Bah, c'est vrai. C'était pareil pour Bren Reddy.

— J'adore la pêche, ça, c'est sûr. Mais ce que je voulais que tu piges, c'est que j'aimerais qu'on m'éclaire sur la situation.

— Ouais ? Tu me files combien ?

— Ça dépend de la qualité de l'éclairage.

Donie secoue la tête, avec un sourire grimaçant.

— Allez, Donie, insiste Cal. Je vais te mâcher le boulot. Brendan Reddy a merdé.

Il n'a aucune intention de dévoiler qu'il connaît l'existence du labo de meth. Il ne veut pas que cette maison finisse calcinée ; elle pourrait bien lui servir plus tard.

— Tes potes de Dublin se sont débarrassés de lui, je ne sais pas comment. Mes voisins l'ont appris. Et toi, on t'a chargé de les mettre en garde pour qu'ils la bouclent.

Donie le regarde fixement, puis ricane de nouveau.

— T'en demandes un max pour gratos, mec.

— Je demande gentiment, réplique Cal. Ça ne devrait pas compter pour du beurre, même à notre époque.

Donie se lève et tire sur son survêtement, qui lui était rentré dans les fesses.

— Va chier, lâche-t-il.

Il jette sa cigarette dans la rue, traverse en prenant des airs de gros dur malgré son boitillement et claque sa porte.

Cal attend quelques secondes, fait au revoir de la main en direction du rideau de dentelle et amorce le chemin du retour. Inutile de s'attarder. Le seul moyen de tirer quelque chose de Donie, c'est de payer ou de cogner. Toute autre méthode plus subtile n'aura pas plus d'effet que sur un poisson rouge.

Il n'espérait pas obtenir grand-chose de lui, de toute façon. Ses objectifs principaux étaient de découvrir si Donie avait joué un rôle dans le sort de Brendan – il en a la confirmation –, et de secouer ce fameux cocotier. Il ne s'était pas privé ; on verrait bien ce que ça donnerait.

Quoi qu'il en soit, cet échange l'a mis à cran. Coffrer des types comme Donie faisait partie de ce qu'il préférait, autrefois. Ces imbéciles ne rêvent pas d'une carabine, d'une monture et d'un troupeau. Quand bien même on leur en ferait cadeau, ils finiraient sans doute par se faire descendre après avoir triché aux cartes, volé des chevaux ou violé la femme d'un plus coriace qu'eux. Le plus judicieux avec les représentants de cette engeance consistait à les enfermer là où ils ne peuvent faire de mal à personne d'autre qu'à leurs semblables. Cette option n'étant pas envisageable, Cal ressent la même impression qu'au pub quand Donie provoquait Mart, celle de ne pas trop savoir où il mettait les pieds. Il lui faudrait s'occuper du cas de Donie, mais le contexte ne lui permet pas de savoir de quelle manière.

Cal finit par suivre le conseil de Donie et va à la pêche. Son agitation est telle qu'il se sent à l'étroit chez lui, nargué par toutes les tâches qui le réclament, mais auxquelles il est trop énervé pour s'atteler. D'un point de vue plus pragmatique, il préfère ne pas être chez lui si Trey s'impatientait et venait aux nouvelles.

Cal n'est plus particulièrement motivé pour découvrir où Brendan a pu disparaître. Bien que le flic en lui tique à l'idée d'abandonner une enquête en cours, une autre priorité a pris le pas, du moins pour l'avenir proche : Trey doit arrêter de fouiller.

Ce jour-là, la rivière est molle et s'écoule par ondoiements lymphatiques telle une matière visqueuse. Des feuilles tombent à sa surface, dérivent un instant, puis disparaissent sans même provoquer un tourbillon ou laisser la moindre trace. Cal envisage de dire au gamin que son frère a connu le même sort, par accident.

Il pourrait concocter un récit convaincant, dans lequel Brendan aurait effectué un repérage des lieux dans la perspective de monter une affaire d'excursions de pêche pour les touristes parcourant les sentiers de pèlerinage, ou des retraites nature pour cadres dynamiques en quête de l'homme primitif enfoui en eux, le genre de projets vers lesquels cet imbécile aurait mieux fait de s'orienter.

Ça pourrait marcher. Trey lui accorde un minimum de confiance. Et quand bien même il se refuserait à accepter le fait que Brendan soit mort, il serait soulagé à l'idée qu'il ne l'ait pas abandonné sans dire adieu. Il y verrait aussi une aubaine pour se représenter Brendan en graine d'entrepreneur intègre. Il l'accepterait peut-être même avec assez d'enthousiasme pour ne pas se demander pourquoi Brendan avait emporté ses économies pour repérer des emplacements où des analystes financiers viendraient construire des cabanes, ou pourquoi lesdits analystes auraient eu besoin de masques respiratoires.

Cal hésite à tenter le coup. C'est pourtant le genre de décision qu'autrefois il aurait prise en un clin d'œil, d'instinct, mais il est incapable de déterminer si c'est la bonne ou pas. Ce flottement l'ébranle au plus profond. C'est le signe qu'il a perdu l'habitude de faire les choix judicieux, qu'il n'est même plus capable de les identifier.

C'est ce sentiment qui l'a poussé à rendre son insigne. Tout en sachant que la vérité est loin d'être aussi simple, il l'associe à un jeune Noir maigrelet nommé Jeremiah Payton, qui, quelques mois avant que Cal rende son tablier, avait braqué une supérette armé d'un couteau et profité de sa mise en liberté provisoire pour échapper à la justice. Cal et O'Leary avaient remonté sa trace jusque chez sa copine, où Jeremiah avait fui en sautant par une fenêtre.

Plus âgé que O'Leary, Cal avait trois longueurs de retard sur lui quand il avait passé l'angle. Il avait entendu son équipier brailler : « Les mains en l'air ! », puis vu Jeremiah pivoter vers eux, une main se levant et l'autre plongeant. O'Leary avait fait feu et Jeremiah avait atterri face contre terre.

Cal avait aussitôt appelé une ambulance, mais, quand ils étaient arrivés à sa hauteur, Jeremiah avait crié d'une voix empreinte d'une terreur absolue : « Tirez pas ! »

Cal l'avait menotté mains dans le dos. Une femme s'était mise à hurler.

— T'es blessé ? avait demandé Cal.

Le jeune homme avait secoué la tête, mais Cal l'avait quand même mis sur le dos pour l'examiner.

— Je l'ai raté ? s'était étonné O'Leary.

Verdâtre et en nage, il tenait toujours son Glock entre ses mains.

— Ouais, avait répondu Cal, avant de questionner Jeremiah : T'as une arme sur toi ?

Jeremiah s'était contenté de le fixer du regard. Cal avait mis un certain temps à comprendre qu'il était incapable de parler parce qu'il avait vu la mort en face.

— Il allait prendre un truc dans sa poche, s'était défendu O'Leary. Tu l'as vu aussi.

— Je l'ai vu baisser la main.

— Vers sa poche, putain. Celle de son fute. Sur ma vie…

O'Leary s'était penché, haletant, pour fouiller dans la poche de Jeremiah. Il en avait sorti un couteau à cran d'arrêt.

— J'ai cru que c'était un flingue. Putain de merde.

Il s'était assis sur le bord du trottoir comme si ses jambes ne le portaient plus.

Cal avait eu envie de s'asseoir à côté de lui, mais la femme hurlait de plus en plus fort et un attroupement se formait.

— Ça va aller, avait-il dit bêtement, avant de laisser là son équipier pour annuler l'ambulance et établir un périmètre de sécurité.

Cal était à fleur de peau, à l'époque, Donna venant juste de le quitter. Il avait passé la majeure partie de l'année précédente à tâtonner dans le noir, à démêler des problèmes, puis de nouveaux qui surgissaient dès qu'il en réglait un. C'était un cycle apparemment sans fin. Il avait la certitude absolue que O'Leary était sincère, et la plupart s'en seraient contentés. Mais pour Cal, ce fait semblait noyé parmi tant de couches superposées qu'il ne parvenait pas à en évaluer l'importance. Ce qui comptait, c'était que O'Leary et lui avaient pour mission d'assurer la sécurité de la population. Tous les deux se considéraient depuis toujours comme de bons policiers, des agents qui s'efforçaient d'être justes en toutes circonstances. Ils avaient travaillé d'arrache-pied pour cela, même si des tas de gens les détestaient d'emblée, même si des collègues étaient plus malveillants de jour en jour et que d'autres étaient des pourritures depuis le début. Ils l'avaient suivie, leur satanée formation à la civilité et au tact. Et pourtant, ils avaient failli tuer un jeune de dix-huit ans. Cal savait inacceptable le fait que Jeremiah soit passé à deux doigts de mourir sur ce trottoir, qu'il se soit attendu à se faire abattre, mais, malgré tout le temps passé à méditer la question, il n'avait pu déterminer à quel moment il aurait pu empêcher que ça dérape. Il aurait pu monter la garde sous la fenêtre de la maison pour bloquer l'issue à Jeremiah, mais selon lui ça n'aurait pas arrangé grand-chose.

Lors de l'enquête interne, il avait déclaré que Jeremiah dirigeait la main vers sa poche. Cal avait de bons états de service et comptait moins de plaintes contre lui que la plupart de ses collègues. On l'avait cru. Il était possible que ce soit vrai – Cal le pense toujours. Ce qui ne change rien au fait qu'il n'avait pas donné cette réponse à l'Inspection générale en étant convaincu que c'était juste, mais parce qu'il savait que tout le monde autour de lui en était persuadé, et que pour sa part il n'en avait pas la moindre idée. Le bourdonnement de sa colère, la méprise et les complications qui l'entouraient l'assourdissaient tant qu'il n'entendait plus le battement régulier de son code de conduite, aussi avait-il dû s'appuyer sur celui des autres – choix qui en soi constituait une infraction fondamentale et impardonnable au sien.

Quand son chef lui avait demandé pourquoi il raccrochait, il n'avait pas parlé de Jeremiah. Le sergent aurait pensé qu'il avait perdu la boule, s'il craquait à cause d'un incident où le suspect s'en était sorti avec quelques égratignures aux genoux. Cal se sentait tout à fait capable de supporter la pression du métier, mais il n'aurait pas su comment expliquer que là n'était pas le problème. Que c'était plutôt parce que l'un d'eux, de lui ou du métier, n'était plus digne de confiance.

La rivière, forte d'un esprit de contradiction inépuisable, a décidé d'être adorable. Les perches sont petites, mais, en l'espace d'une demi-heure, Cal en a attrapé assez pour se préparer un bon repas. Il continue à lancer sa ligne malgré tout, même quand le froid investit ses articulations, et que la douleur qu'il y déclenche le fait se sentir vieux. Il ne remballe son matériel que lorsque la lumière filtrant par les branches se ternit et se rétracte, l'eau prenant alors un aspect noirâtre et menaçant. Il n'est pas d'humeur à rentrer dans l'obscurité.

Lorsqu'il arrive dans son allée, Mart est adossé contre sa barrière, le regard dirigé au-delà de la route, la haie des champs parsemés de balles de foin, vers le ciel doré. Une fine volute de fumée sourd de sa bouche et s'éloigne indolemment. À côté de lui, Kojak mordille son pelage pour chasser une puce.

À l'approche de Cal, Mart tourne la tête et écrase sa cigarette sous sa chaussure.

— Le voilà, notre grand chasseur intrépide, plaisante-t-il. Ça a mordu ?

— Je rapporte un paquet de perches, répond Cal en soulevant son sac de conservation. T'en veux ?

Mart décline son offre d'un revers de la main.

— Je mange pas de poisson. Ça me déprime trop. J'en ai bouffé tous les vendredis jusqu'à la mort de ma mère. J'ai eu ma dose.

— Je devrais être pareil avec le grits, mais c'est pas le cas. Je pourrais en manger tous les jours et deux fois le dimanche, si j'en trouvais.

— C’est quoi ce grits, au fait ? Les cow-boys en graillent toujours dans les westerns, mais personne n’a jamais la politesse d’expliquer ce qu’il y a dedans. C’est de la semoule ?

— C’est un gruau de maïs. On le fait bouillir et on le sert avec ce qu’on veut. Perso, j’ai un faible pour le grits aux crevettes. Si j’arrive à en trouver, je t’inviterai pour te faire goûter.

— Noreen pourrait t’en commander sans problème. Si tu lui fais du charme avec tes beaux yeux bleus.

— Possible.

Il revoit Belinda lui adressant un signe par la vitre de sa voiture. Noreen n’est sans doute pas d’humeur à passer une commande spécialement pour lui, à l’heure qu’il est.

— T’as le mal du pays, mon grand ? s’enquiert Mart en l’examinant de près. L’autre jour au Seán Óg’s j’ai parié vingt balles que tu tiendrais le coup au moins un an. Me plante pas.

— J’ai pas l’intention de bouger d’ici. Contre qui t’as parié ?

— T’occupe. C’est une bande de guignols, tous autant qu’ils sont. Ils seraient pas capables de placer un bon pari même s’il leur tombait tout cuit dans l’assiette.

— Je devrais peut-être miser quelques biffetons sur moi-même, alors. C’est quoi, ma cote ?

— T’occupe, je te dis. Si tu me fais gagner, je te refilerai une commission.

— T’as bonne mine, commente Cal.

C’est la vérité. Mart n’a pas un physique à paraître frais et dispo, mais sa jovialité et ses mouvements ont perdu leur côté forcé des derniers jours. Visiblement, il n'a aucune intention d'expliquer la raison de sa présence.

— Monsieur a dormi comme un bébé ?

— Oh, oui, et pas qu'un peu ! J'ai fait le tour du cadran. La bestiole a eu son compte, elle reviendra plus emmerder les moutons de personne.

Mart donne une poussée dans le sac de conservation avec son bâton de berger.

— Tu t'es bien débrouillé. Tu vas faire quoi de celles que tu ne vas pas manger ?

— Je me posais justement la question. Ça ne tiendra pas dans mon petit congélo. Si je savais où vit Malachy, je pourrais lui en refiler quelques-unes, en remerciement pour l'autre soir.

Mart réfléchit et hoche la tête.

— Ça serait pas une mauvaise idée. Malachy vit plus haut dans les collines, par contre. Tu trouveras jamais où il habite. File-les-moi, je les lui apporterai.

Lorsque Cal va chez lui chercher un sac pour les poissons, Mart et Kojak l'accompagnent, mais attendent dehors. L'éleveur appuie une épaule dans l'encadrement, dessinant une silhouette fruste et cabossée devant le couchant. Kojak se couche mollement à ses pieds.

— Il a bonne mine, ton château, constate Mart en inspectant le salon.

— Ça n'avance pas vite. Il me reste encore des tas de trucs à faire avant l'hiver.

— T'as de l'aide, maintenant, enchaîne Mart, en se penchant pour retirer une brindille des poils de son chien. Ça devrait avancer un peu plus vite, du coup.

— C'est-à-dire ?

— Trey Reddy te file un coup de main.

Cal attend cette discussion depuis des semaines, mais le timing est intéressant.

— Ouais, répond-il, en sortant un sachet de congélation de son placard. Trey est venu me demander du boulot, et je me suis dit qu'un peu de renfort ça ne serait pas du luxe.

— Je t'avais pourtant mis en garde contre ces Reddy, non ? réprouve Mart. C'est qu'une bande de vauriens. Ils seraient capables de te voler ton pif et de te le refourguer le lendemain.

— Si, tu m'as prévenu. Mais comme je ne connaissais pas son nom de famille, il m'a fallu du temps pour faire le rapprochement. Et à ma connaissance, rien n'a disparu chez moi.

— Fais gaffe à tes outils. Ça se revend bien.

Cal va chercher son bac à glaçons dans le mini-frigo.

— Il m'a l'air chouette, ce petit gars. Ça fera assez de glace pour que les poissons restent frais en attendant que tu les apportes à Malachy ?

— Ce petit gars ?

— Trey.

— Trey Reddy, c'est une fille, coco. Ça t'a échappé ?

Cal se redresse illico et le fixe d'un regard interloqué. Mart éclate de rire.

— Tu te fous de moi ? demande Cal.

Mart secoue la tête, incapable de prononcer un mot. Il rit si fort qu'il se plie en deux et cogne sa canne par terre.

— Trey, c'est un prénom de *garçon*, putain ! s'indigne Cal.

Cette saillie provoque chez le fermier une nouvelle salve de gloussements.

— C'est le diminutif de Theresa, parvient-il à placer entre deux convulsions. La tête que tu fais, c'est tordant.

— Comment je pouvais le deviner, bordel ?

— Ah, la vache, souffle Mart en se redressant et en s'essuyant les yeux avec la jointure d'un doigt, sans cesser de pouffer.

C'est apparemment ce qui lui est arrivé de plus drôle depuis des semaines.

— Ça explique tout, reprend-il. Et moi qui me demandais ce que tu foutais à laisser une gamine te tourner autour, alors que pendant tout ce temps tu savais même pas que c'était une fille. C'est à se taper le cul par terre, tiens.

— On dirait un *garçon*, quand même ! Les fringues, la coupe de cheveux, merde !

— Si ça se trouve, elle est lesbienne, suggère Mart. Elle vit à la bonne époque pour ça, en tout cas. Elle peut se marier et tout, maintenant.

— Ouais. C'est une belle avancée.

— J'ai voté pour, moi, l'informe Mart. Le curé nous sortait un tas d'âneries à la messe, il jurait qu'il excommunierait tous ceux qui voteraient oui, mais je ne m'en suis pas soucié. Je voulais voir ce que ça donnerait.

— Ça se tient, répond Cal en tempérant sa voix. Qu'est-ce qui s'est passé, du coup ?

Sa stupéfaction initiale retombée, il n'a pas envie de montrer à Mart à quel point il est furieux contre Trey.

D'ailleurs, il ne sait pas exactement pourquoi il l'est tant, Trey n'ayant jamais prétendu être un garçon, mais ça n'atténue en rien sa colère.

— Pas grand-chose, reconnaît Mart, avec un soupçon de regret. Pas dans le coin, en tout cas. Peut-être qu'à Dublin les homos se marient à tour de bras, mais à ma connaissance ce n'est pas arrivé par chez nous.

— C'est ballot, raille Cal, qui n'écoute Mart que d'une oreille. T'as foutu le curé en rogne pour rien.

— On l'emmerde, lui. C'est qu'un vieux schnock qu'a trop l'habitude qu'on fasse ses quatre volontés. J'ai jamais pu le blairer, avec sa grosse tête de Jabba le Hutt. C'est plus sain que les hommes vivent entre eux. Au moins ils se prendront pas le chou. Autant qu'ils se marient, qu'ils s'en paient une bonne tranche.

— Ça fait de mal à personne, conclut Cal.

Il abat sèchement le bac sur le plan de travail et fourre les glaçons dans le sac de congélation.

— Si Trey Reddy te chaparde rien, reprend Mart, qu'est-ce qu'elle te veut ? Ces Reddy, ils ont toujours une idée derrière la tête.

— S'essayer à la menuiserie. Il n'a même pas… *elle* n'a même pas demandé à être payée. J'envisageais de lui filer un peu de blé, mais j'ai peur de la vexer. T'en penses quoi ?

— Un Reddy refusera jamais de l'argent. Fais gaffe, n'empêche. Faudrait pas qu'elle te prenne pour un pigeon. Tu vas la laisser continuer à venir, du coup ?

Jamais, au grand jamais, Cal n'aurait accueilli une gamine chez lui.

— Je n'ai pas eu le temps d'y réfléchir.

— Pourquoi tu l'as pas rembarrée, au juste ? Tu me feras pas croire que t'avais besoin d'aide pour ton bureau.

— Elle est assez adroite de ses mains. Et ça ne me déplaît pas d'avoir de la compagnie.

— Tu parles d'une compagnie ! T'auras de plus grandes conversations avec ton fauteuil. T'as réussi à lui arracher deux mots ?

— C'est pas une bavarde, c'est sûr. Elle me fait savoir qu'elle a faim, de temps en temps.

— Envoie-la bouler, assène Mart d'un ton si péremptoire que Cal le regarde d'un air surpris. File-lui son fric, et dis-lui que t'as plus besoin d'elle.

Cal ouvre son sac de conservation et en sort deux perches.

— Je vais y songer. Il en mangerait combien, Malachy ? Il a une femme, des enfants ?

Mart donne un coup de canne dans la porte, produisant un claquement sourd qui résonne avec une puissance surprenante dans la pièce à peine meublée.

— Écoute-moi, à la fin. J'essaie de t'éviter les ennuis. Si on apprend que Theresa Reddy passe du temps chez toi, ça va jaser. Je dirai à tout le monde que t'es pas tordu, et que tu l'avais prise pour un mec, mais au bout d'un moment ça servira à rien. Je voudrais pas que tu te fasses casser la gueule ou qu'on foute le feu à ta baraque à cause de ça.

— Je croyais que je ne devais pas m'inquiéter des crimes, dans le coin.

— C'est vrai. Sauf si tu vas les chercher.

— Tu as peur de perdre tes vingt balles ? plaisante Cal, mais Mart ne sourit pas.

— Et la gamine ? T'as envie que tout le patelin raconte des saloperies sur son compte si on le découvre ?

Cal n'avait pas songé à cette éventualité.

— C'est une petite qui apprend à bricoler, répond-il en gardant une voix égale. Rien de plus. Si quelques abrutis préféraient qu'elle soit dans la rue en train de faire des conneries…

— Elle s'y retrouvera fissa, à la rue, si tu ne te reprends pas. On la chassera comme une malpropre d'ici Noël. Où elle ira, d'après toi ?

— Pour avoir réparé un bureau et cuisiné un lapin ? C'est vraiment n'importe…

— Je te jure que je vais avoir de la tension, à cause de toi, s'agace Mart. Sans mentir. Ou des palpitations. Vous pourriez pas arrêter d'en faire qu'à votre tête, vous les Amerloques, histoire que les autres aient un peu la paix ?

— Tiens, dit Cal, en lui tendant le sac de congélation. Avec mes remerciements à Malachy.

Mart le saisit, mais ne bouge pas d'un pouce.

— Si j'ai voté pour le bouzin du mariage, c'est aussi pour une autre raison. Mon frère était homo. Pas Seamus qui habitait avec moi, mais l'autre. Eamonn. C'était interdit par la loi, quand on était jeunes. Il est parti vivre en Amérique, à cause de ça. Je lui ai demandé pourquoi il ne devenait pas curé, plutôt. Ils pouvaient faire ce qu'ils voulaient, eux, et personne ne leur cherchait les poux. À mon avis, y en a bien la moitié qu'étaient de la jaquette. Mais Eamonn, il ne voulait pas en entendre parler. Il ne pouvait pas les voir en peinture. Alors il s'est barré. C'était il y a trente ans. Je n'ai plus jamais eu de ses nouvelles.

— T'as essayé Facebook ? suggère Cal, se demandant où le fermier veut en venir.

— Oui. Il y a deux ou trois Eamonn Lavin, là-bas. Y en a un qu'a ni photo ni rien du tout, et je lui ai envoyé un message, au cas où. Que ce soit lui ou pas, je n'ai jamais eu de retour.

Kojak renifle le sac. Mart lui écarte la truffe du plat de la main, et ajoute :

— Je pensais que si on avait le mariage gay, il reviendrait peut-être. Mais non.

— C'est encore possible. On ne sait jamais.

— Non, ça n'arrivera pas. Je m'étais trompé. Le problème, c'était pas la loi, explique-t-il en portant le regard au-delà des champs, vers le ciel rose. C'est un pays sacrément rude, ici. Il n'y a pas plus magnifique, et je le quitterais pour rien au monde. Mais c'est pas tendre. Et si Theresa Reddy ne le sait pas encore, elle ne va pas tarder à le comprendre.

16

Avec tout ce qui l'a accaparé dernièrement, Cal a négligé bien des activités : les corbeaux, par exemple, ainsi que ses promenades quotidiennes dans la campagne, et ce fameux bureau. En voyant la belle matinée qui s'annonce, d'une clarté automnale radieuse, d'un froid vif qui saisit son palais à chaque inspiration, il juge que c'est le moment opportun pour s'y remettre. Ces occupations se dérouleront en extérieur, où il veut être quand Trey arrivera. Et il a besoin d'éloigner ses pensées de ses vieux réflexes d'enquêteur, pour les ramener vers le charmant paysage dont il profitait sans retenue avant que la gamine vienne bouleverser sa tranquillité.

Il commence par une balade assez longue pour en avoir mal aux jambes. Puis il passe aux corbeaux, qui, depuis le temps qu'ils le surveillent, devraient tolérer sa présence. Petite, Alyssa avait un livre sur des enfants ayant accompli des exploits surprenants, notamment une fillette qui s'était liée d'amitié avec une corneille. On voyait des photos des cadeaux que l'oiseau lui apportait : emballages de bonbons, clés de voiture, boucles d'oreilles cassées et figurine Lego. Pendant des mois, Alyssa avait tenté d'établir une relation avec les pigeons du quartier, qui selon Cal étaient trop idiots pour voir en elle un être vivant plutôt qu'une mangeoire de forme étrange. Il adorerait pouvoir lui envoyer une photo de corbeaux lui déposant des présents.

Il dispose une poignée de fraises sur la souche, puis en laisse par terre afin de former une ligne menant jusqu'à sa marche de derrière, où il s'assoit pour attendre. Les volatiles descendent de leurs branches en quelques battements d'ailes, se chamaillent sur le tronc, s'aventurent jusqu'à la moitié de la piste, puis, après avoir adressé collectivement un regard consterné à Cal, ils lui faussent compagnie.

Cal essaie de s'armer de patience, mais celle-ci semble l'avoir abandonné en cours de route, sans compter que la marche est froide. Résultat, il décide très vite que les corbeaux peuvent aller se faire voir, et rentre chercher le bureau et ses outils. Lorsqu'il ressort, il ne reste plus une seule fraise, et les oiseaux sont de retour dans leur chêne, à se poiler à ses dépens.

De la peinture blanche est incrustée dans les fissures, et Trey en a ajouté une en passant ses nerfs sur le meuble. Désolidariser la planchette fendue a l'air tellement casse-pieds que Cal s'attaque aux dépôts avec une brosse à dents et une tasse d'eau savonneuse, tâche qui lui porte sur les nerfs presque aussitôt. Bien qu'il n'ait pas bu une goutte d'alcool la veille, il est d'une humeur qu'il associe à la gueule de bois, éprouvant une vive aversion pour tout ce qui l'entoure. Il a hâte que cette journée se termine.

Renonçant à gratter la peinture, il détache l'étagère et va en tracer le contour sur une planche neuve. Il est en train de finir quand il entend des pas bruisser dans l'herbe.

Trey a la même allure que d'habitude, parka miteuse et regard inébranlable. Cal a le plus grand mal à voir une fille. Peut-être a-t-elle un début de poitrine, mais il ne lui est jamais venu à l'esprit d'y regarder de plus près, et ce n'est pas maintenant qu'il va commencer. S'il l'a mauvaise envers Trey, se rend-il compte, c'est en partie parce qu'il aurait aimé qu'au moins une personne dans ce patelin soit exactement ce dont elle a l'air.

— J'étais en cours, l'informe-t-elle.

— Félicitations. Quel exploit !

La gamine ne sourit pas.

— Vous avez parlé à Donie ?

— Viens, on va terminer ça. C'est toi qui scies ?

Trey l'observe quelques secondes, puis hoche la tête et s'approche d'un pas lourd.

Elle a compris que ce qu'il a à lui annoncer ne va pas lui plaire. Elle n'aurait jamais réclamé un répit de quelques minutes, mais elle l'accepte lorsqu'il le lui sert sur un plateau. Cal est ébloui par une telle résignation, profonde et spontanée.

Il voudrait pouvoir changer d'avis. Mais bien que son plan soit insatisfaisant, toutes les autres possibilités lui paraissent encore plus médiocres. Le fait de ne pas être capable de trouver ne serait-ce qu'une bonne solution à cette gamine intrépide représente pour lui un terrible échec.

Il lui tend la scie et s'écarte afin qu'elle puisse prendre le relais à la table.

— T'as mangé un morceau après le collège ?

— Non, répond-elle, paupières plissées pour examiner la ligne à découper.

Cal va lui préparer un sandwich au beurre de cacahuète, une pomme et un verre de lait.

— On dit merci, la sermonne-t-il par réflexe.

— Ouais. Merci.

Elle s'assoit en tailleur dans l'herbe et s'attaque au sandwich comme si elle n'avait rien avalé de la journée.

Cal retourne à ses coulures de peinture. Il n'a pas envie d'avoir la conversation qui doit suivre. Il préférerait que cet après-midi continue à se dérouler paisiblement, passe indolemment sur les champs fraîchement labourés, au rythme de leur travail, du vent d'ouest et du bas soleil d'automne, et attende le dernier moment pour tout fracasser.

Pourtant, même sans la théorie de Mart, Cal voit quelques raisons possibles expliquant qu'une fille ne veuille pas ressembler à une fille. Si Trey subit des abus, il va devoir revoir tout son plan.

— J'aimerais que tu éclaires ma lanterne, annonce-t-il.

Trey mâche en le fixant d'un regard impassible. Il ne sait pas si c'est dû au sujet qui les concerne, ou si c'est juste qu'elle ne connaît pas l'expression.

— Tu ne m'as jamais dit que tu étais une fille.

Elle baisse son sandwich et l'observe, mille pensées fusant dans ses yeux. Elle tente de lire sur son visage ce que ça signifie. Pour la première fois depuis longtemps, elle semble prête à s'enfuir.

— J'ai jamais dit que j'étais un garçon.

— Mais tu savais que je le croyais.

— Je me suis jamais posé la question.

Elle est toujours sur le qui-vive.

— Tu as peur que je m'en prenne à toi ?

— Vous êtes vénère ?

— Je ne suis pas en colère. Je ne suis pas super fan des surprises, c'est tout. Quelqu'un t'a déjà fait du mal parce que tu es une fille ?

Elle fronce les sourcils.

— Genre quoi ?

— Je ne sais pas, moi. Tout ce qui pourrait expliquer que tu préfères ressembler à un garçon.

Il est aux aguets pour détecter le moindre signe de crispation ou de repli sur soi, mais elle se contente de secouer la tête.

— Nan. Mon père, il était plus relax avec nous les filles.

Elle n'a pas la moindre idée de ce qu'il craignait. Cal éprouve un profond soulagement, vite chassé par une sensation plus épineuse et difficile à identifier. Trey n'a pas besoin qu'il vole à sa rescousse ; il n'a aucune raison de modifier son plan.

— Alors arrête de me regarder comme si j'allais te jeter cette brosse à dents à la figure.

— Comment vous l'avez su ? C'est quelqu'un qui vous l'a dit ?

— Tes cheveux, ça vient d'où ?

Trey se passe la main sur le crâne et l'examine, comme si elle s'attendait à y trouver une feuille ou quelque saleté.

— Hein ?

— La boule à zéro. Ça te fait une tête de garçon.

— J'ai eu des poux. Ma mère a dû me les raser.

— Génial. T'en as toujours ?

— Nan. C'était l'année dernière.

— Pourquoi tu les gardes courts ?

— C'est plus pratique.

Cal tente encore de superposer une fille sur le garçon auquel il est habitué.

— Tu les avais comment, avant ?

Trey lève la main aux environs de son épaule. Cal ne parvient pas à se la représenter ainsi.

— Quand j'étais au collège, une fille qui aurait eu cette coupe-là se serait vachement fait emmerder. Pas toi ?

Elle combine un haussement d'épaules, une moue blasée et des yeux levés au ciel, sa façon d'indiquer que c'est le cadet de ses soucis.

— On me laisse tranquille, dans l'ensemble. Parce que j'ai cassé la gueule à Brian Carney.

— Pourquoi ?

Nouveau haussement d'épaules. Celui-ci signifie que ça ne vaut pas la peine d'approfondir le sujet. Au bout d'un moment, en lui lançant un regard rapide par en dessous, elle demande :

— Ça vous dérange ?

— Ça dépend de pourquoi tu l'as fait. Parfois, on n'a pas d'autre choix que de mettre une correction à quelqu'un.

— Non, que je sois une fille.

— À ton âge, un gamin, c'est un gamin. Garçon ou fille, ça ne change pas grand-chose.

Comme il aimerait que ce soit vrai.

Trey s'attaque de nouveau à sa collation. Cal se demande si pour elle le sujet est clos.

— Vous avez des enfants ? s'enquiert-elle peu après.

— Un seul.

— Garçon ou fille ?

— Fille. Elle est adulte.

— Elle est où, sa mère ? Vous étiez pas mariés ?

— On l'a été. Plus maintenant.

Trey laisse cette information faire son chemin tout en mâchant.

— Pourquoi ? Vous êtes un chaud du slip comme votre père ?

— Pas du tout.

— Vous la frappiez ?

— Non. Je n'ai jamais touché à un seul de ses cheveux.

— Alors, comment ça se fait ?

— Je n'en sais franchement rien.

Trey plisse le front d'un air dubitatif, mais ne dit rien. Elle croque dans sa pomme pour en arracher un morceau, qu'elle glisse dans son dernier bout de sandwich pour en tester l'association, avec un verdict mitigé à en juger l'expression de son visage. Cal éprouve une sorte de vertige en la voyant si bébé, parfois.

— Votre fille sait que vous vivez ici ?

— Bien sûr. Je lui téléphone toutes les semaines.

— Le bureau, il sera pour elle ?

— Oh, non. Elle a déjà sa maison, ses propres meubles. Lui, il ne bougera pas d'ici.

Trey finit le fruit et, d'un vif geste du bras, jette le trognon au bout du jardin, vers les corbeaux. Puis elle s'essuie les mains sur son jean et continue à scier.

Les bruits de leur travail se fondent pour former un équilibre qui pourrait se suffire à lui-même à tout jamais. Les martinets virevoltent dans le ciel bleu cristallin, les agneaux en sevrage échangent des bêlements chevrotants. Sur le terrain de Dumbo Gannon, un tracteur rouge fait patiemment des allers-retours à une vitesse d'escargot, aussi petit qu'un scarabée dans le lointain, laissant une large bande de terre retournée dans son sillage.

Cal temporise aussi longtemps que possible. Trey scie la planchette, la mesure et la contrôle, la retravaille au ciseau et au rabot, plisse les yeux et mesure de nouveau. Cal frotte les fissures, les essuie, les gratte avec une lame en cas de besoin. Trey, enfin satisfaite, passe au ponçage.

La lumière commence à se condenser, dorée comme du miel. Cal ne peut plus reculer.

— J'ai parlé à Donie, déclare-t-il.

Les épaules de Trey se figent. Elle pose la planchette et le papier de verre avec précaution, et se tourne vers lui.

— Ouais ?

Cal distingue le blanc dans ses yeux écarquillés et le frémissement de ses narines lorsqu'elle respire.

— Ce n'est pas une mauvaise nouvelle, petite, d'accord ?

Un profond soupir s'échappe d'elle. Elle s'essuie la bouche avec le dos de la main.

— D'accord.

Elle est aussi livide qu'après avoir blessé le lapin.

— Tu veux t'asseoir, te mettre à l'aise ? C'est un peu long.

— Non, c'est bon.

— Comme tu le sens.

Cal chasse de la poussière de peinture qui s'est déposée sur le bureau et appuie ses coudes sur la partie haute, en douceur, comme s'il était en présence d'un animal effrayé – ainsi qu'il l'a fait lors des premières visites de la gamine, à peine quelques semaines auparavant.

— Première chose, tu te demandais pourquoi je voulais questionner Donie. Voici mon raisonnement : Brendan prévoyait d'utiliser cette maisonnette pour une activité qui lui rapporterait beaucoup d'argent. Un truc pas légal, sinon il t'en aurait parlé. Ça signifie qu'il aura eu besoin de s'adresser à des gens pas très recommandables. Les seuls qu'on peut croiser ici, ce sont les types qui viennent de Dublin pour vendre de la drogue. Et j'ai vu Donie traîner avec eux au pub.

Hochement de tête sec de Trey. Elle comprend ce qu'il lui explique. Elle est toujours blême, mais elle n'a plus un regard affolé.

— Je suis donc allé rendre une petite visite à Donie. Je savais qu'il ne serait pas très chaud pour raconter son histoire à un étranger, comme tu l'avais deviné, d'autant plus que si toi tu as appris que j'étais policier, c'est sûrement arrivé à ses oreilles à lui aussi. Mais on a fini par s'entendre.

— Vous lui avez pété la gueule ?

— Pas besoin. Il suffit d'avoir croisé Donie une fois pour savoir que ce n'est pas un caïd. C'est juste une petite frappe qui fait de la lèche aux vrais gros durs, tout en pissant dans son froc tellement il a peur d'eux. J'ai juste eu à lui faire croire que j'en savais beaucoup plus qu'en réalité, et que, s'il ne me filait pas les infos qui me manquaient, j'allais m'arranger pour que ses copains de la capitale découvrent qu'il avait discuté avec un flic.

À l'évidence, il a l'approbation de Trey.

— Et il a parlé ?

— On ne pouvait plus l'arrêter. Il n'est pas fute-fute, alors il s'est peut-être trompé sur quelques bricoles, mais je pense qu'il a pigé l'essentiel. Bref, voilà ce qu'il m'a raconté… Tu te rappelles tout le bazar dans la planque de Brendan ?

Nouveau hochement brusque.

— Quelquefois, les gens récupèrent de la marchandise qui n'est pas à eux. Ensuite, ils la revendent.

— Brendan, c'est pas un voleur.

— Tais-toi et laisse-moi continuer. Ce n'est pas ce que je dis. Parfois, ces gens-là mettent longtemps avant de trouver un acheteur. Pendant qu'ils cherchent, ils doivent entreposer leur stock quelque part. Dans un lieu sûr et isolé, pour que personne ne tombe dessus par hasard, surtout les policiers. S'ils ont quelqu'un de fiable pour leur garder leur marchandise au chaud, ils sont prêts à payer un beau loyer.

— C'est comme un entrepôt.

— Ouais. Exactement. Et un endroit comme ici, pas trop loin de la frontière, c'est un emplacement de choix. Brendan a identifié un manque dans le marché, et il s'est rendu compte que sa cachette était le lieu idéal pour le combler. Il lui suffisait de rafistoler quelques bricoles, et de contacter des gens qui pourraient l'utiliser.

Trey y réfléchit. Apparemment, ce niveau de crapulerie est compatible avec l'idée qu'elle se fait de Brendan. Elle hoche encore la tête.

— Brendan a retapé la maison. Il a peut-être même laissé quelques gars du coin y recourir de temps en temps, mais c'était trop du menu fretin pour ce qu'il avait en tête. Il lui fallait de plus gros clients.

— Les mecs de Dublin.

— C'est là que Donie est devenu un peu flou sur les détails. Personne n'en dira plus que nécessaire à un abruti comme lui. On s'est contenté de le tenir au courant dans les grandes lignes. Tout ce qu'il sait, c'est que Brendan a attendu que les Dublinois passent dans le coin pour leur demander de le mettre en contact avec du monde qui pourrait vouloir de ses services. Ça les intéressait, mais ils n'étaient pas tous d'accord entre eux concernant la petite entreprise de Brendan. Certains jugeaient qu'il allait être un atout, mais d'autres pensaient qu'il serait plutôt un poids. À ce que j'ai cru comprendre, ils ont le projet de lancer une affaire eux-mêmes dans les collines, alors ils craignaient que Brendan et ses clients attirent l'attention de la police.

— Ce genre de mecs…, commente Trey, sans terminer sa phrase.

— Ouais. Il ne vaut mieux pas se les mettre à dos. Brendan aurait sans doute dû prendre en compte cette possibilité, mais, d'après ce qu'on m'a raconté, il a tendance à s'enflammer et à ne pas se soucier des réactions des autres. Ça te semble exact ?

Elle acquiesce d'un signe de tête. Cal a passé presque toute la nuit à peaufiner son récit et à l'examiner sous tous les angles, pour s'assurer qu'il tienne la route et incorpore tous les éléments en possession de Trey. Il reste quelques failles çà et là, mais rien qui provoquerait l'effondrement de l'ensemble sous la pression. Son histoire comporte assez de vérité pour servir de ciment. Il existe même une chance pour que, à quelques détails près, cette histoire fallacieuse soit vraie.

— Donc, poursuit-il, Brendan a organisé un rendez-vous avec eux, en pensant qu'il allait les payer pour obtenir quelques numéros de téléphone, et que tous se quitteraient bons amis. Mais quand la rencontre a eu lieu, ceux qui voyaient en lui un poids avaient imposé leur point de vue aux autres. Ils lui ont ordonné de déguerpir et de ne pas remettre les pieds ici.

— Ils lui ont juste dit de partir, commente Trey, le souffle rapide. Ils l'ont pas enlevé ? Sûr de sûr ?

— Ouais. Pourquoi ils l'auraient emmené ? Ils voulaient seulement ne pas l'avoir dans les jambes, alors il ne s'est pas attardé. Il est assez malin pour qu'ils n'aient pas eu à le lui dire deux fois.

— C'est pour ça qu'il est parti, donc. C'est pas lui qui l'a décidé.

— Exact. Il n'a pas eu le choix.

Trey expire brusquement et son regard fuse de droite à gauche. La crainte que Brendan les ait abandonnés sans prévenir, de son propre chef, la ronge depuis des mois. Une fois cette peur chassée, elle ne parvient pas à réinvestir la place laissée vacante.

Cal ne la brusque pas. Au bout d'un certain temps, elle demande :

— Il est allé où ?

— Donie n'est pas sûr. Ça serait l'Écosse, pour autant qu'on puisse se fier à lui. Il affirme que les autres n'ont pas pris d'argent à Brendan, alors il devait avoir assez pour faire le voyage et s'installer. Et s'il est futé, il ne reviendra pas avant un petit bout de temps.

— Mais il est vivant, insiste Trey, en appuyant fortement sur ces mots.

— Ça m'en a tout l'air. Ce n'est pas garanti – il a pu tomber à l'eau pendant le trajet en ferry, ou se faire renverser par une voiture, comme tout le monde. Mais sinon, il n'y a aucune raison de croire le contraire.

— Pourquoi il a pas téléphoné, dans ce cas ? Rien qu'une fois, pour nous dire qu'il va bien ?

Cette question lui échappe malgré elle. C'est aussi ce qui la ronge depuis le début. Elle aurait préféré que Brendan ait été kidnappé, car on pouvait y remédier.

— C'est mecs-là fichent vraiment les jetons, petite, répond doucement Cal. À mon avis, Brendan te connaît assez bien pour savoir que si tu avais connaissance du problème, tu risquais d'essayer de tout arranger pour qu'il puisse revenir. Ça n'aurait fait qu'empirer la situation. Pour lui, et pour toi. Il aimait bien te protéger, pas vrai ?

— Ouais. Toujours.

— C'est ce qu'il fait. Si tu veux lui rendre la pareille, le mieux, c'est de lui faire confiance et de t'en tenir à ce qu'il attendait de toi. Rentre les griffes, boucle-la et vis ta vie jusqu'à ce qu'il décide que ça s'est assez calmé.

Trey l'observe encore un long moment, avant de dire :

— Merci.

Elle se détourne vers la table et reprend son ponçage avec une grande application.

Cal retourne à sa brosse à dents et à son eau savonneuse, même s'il ne pourra pas nettoyer le bureau davantage. Trey ne prononçant pas un mot de plus, il se tait aussi. Lorsque la jeune fille lui apporte la planchette, le versant de la colline s'est obscurci, son ombre formidable se répand sur les champs dans leur direction.

Chaque facette est lisse comme du papier. Cal lui passe le marteau, avec lequel elle encastre la pièce avec soin, d'un petit coup d'un côté, puis de l'autre. Elle s'écarte et lève les yeux vers Cal.

— Bravo, la félicite-t-il. Tu as fait du beau boulot. Il vaut mieux que tu files, maintenant.

Trey acquiesce d'un signe de tête, en s'époussetant les mains sur son jean.

— Voilà, reprend Cal. Tu l'as eue, ta réponse. Je ne pourrai pas t'en trouver une plus précise, mais je suis content d'avoir pu t'aider.

Il lui présente sa main, que la gamine observe, avant de fixer son visage, l'air interloquée.

— L'affaire est classée, petite. J'espère que ton frère rentrera à la maison quand tout se sera tassé. On se croisera chez Noreen à l'occasion, si elle ne t'interdit pas de remettre les pieds chez elle.

— Je reviendrai quand même. Pour finir ça.

Elle pointe le menton vers le bureau.

— Non. Ce n'est pas contre toi. Tu es douée de tes mains et de bonne compagnie, mais je suis venu ici pour ne pas en avoir, justement.

Elle le dévisage, la mine stupéfaite. Cal la comprend, avec un chagrin si profond et éreintant qu'il a envie de se laisser tomber à genoux et de poser le front dans l'herbe fraîche, tant il sent qu'elle veut poursuivre ses visites.

Il sait d'expérience ce qui se passe quand on essaie de forcer Trey Reddy à renoncer à quelque chose qui lui tient à cœur. Sa seule solution est de la dégoûter de l'envie de revenir.

Si elle n'a pas conscience de ce qu'on racontera sur son compte, il ne peut pas se résoudre à être celui qui le lui révélera.

— Tu voulais que je découvre ce qui était arrivé à ton frère. J'ai tenu parole. Qu'est-ce que tu attends d'autre de moi ?

Elle garde les yeux rivés sur lui. Elle semble sur le point de rétorquer quelque chose, mais rien ne sort.

Cal affiche un sourire désabusé.

— Ah, d'accord. On m'avait prévenu pour les Reddy et le fric. C'est ça que tu veux ? Être rémunérée pour ton travail ? Je devrais pouvoir te filer cinquante ou soixante euros, mais si tu as l'intention de venir récupérer ton dû pendant que j'ai le dos tourné…

L'espace d'une seconde, il a l'impression qu'elle va de nouveau s'en prendre au bureau, voire à lui. L'un et l'autre ne le dérangent pas. Elle peut réduire le meuble en petit bois si c'est ce dont elle a besoin. Il s'écarte même pour lui laisser le champ libre. Au lieu de cela, elle crache à ses pieds, aussi vive et venimeuse qu'un serpent à sonnette. Son crachat atteint la chaussure de Cal avec un bruit mouillé. Puis elle fait volte-face et s'éloigne à grands pas rapides et énergiques.

Cal attend quelques instants avant de se rendre à son portail. Trey est déjà loin, filant à travers les taches de clarté et d'ombre qui alternent sur la route, la tête basse et les mains dans les poches. Il la regarde jusqu'à ce qu'elle atteigne la côte et s'enfonce dans le méli-mélo lumineux de rayons de soleil et de branches de haie à son faîte, et encore longtemps après. Elle n'est pas suivie.

Il rentre ses outils, puis sa table, et enfin le bureau. Il l'entrepose dans la deuxième chambre, où il n'attirera pas sans arrêt son regard. Il aurait aimé le terminer avec Trey, avant de devoir la chasser.

À présent, le plus judicieux serait sans doute de faire cuire les perches de la veille, mais il se sort une bière et va la boire sur son perron de derrière. À l'est, le ciel vire au bleu lavande. En contrebas, le tracteur rouge est immobile, abandonné au beau milieu d'un sillon. Les labours ont ajouté une nouvelle couche à l'odeur qui imprègne l'air, un parfum plus riche et plus sombre, lourd de choses cachées.

Alors tu vois ? dit-il à Donna, dans sa tête. *Je suis tout à fait capable de laisser tomber une enquête s'il le faut.* Refusant d'être conciliante avec lui, même en pensée, Donna lève au ciel des yeux navrés avec un grommellement véhément.

Cal n'a pas menti à Trey : il ignore, en définitive, pourquoi ils se sont séparés. Tout ce qu'il sait, c'est qu'au cours de sa première année d'université, Alyssa s'était fait agresser et rouer de coups. Deux ans plus tard, Donna le quittait, et apparemment il existait un lien de cause à effet que Cal était trop limité pour comprendre.

À l'époque, rien ne permettait d'anticiper que le premier événement entraînerait le second. Donna et lui avaient si vite sauté dans un avion pour Seattle qu'à leur arrivée leur fille se réveillait à peine d'anesthésie après une opération pour de multiples fractures à l'épaule. Une fois certain qu'elle n'avait rien de plus grave, Cal avait laissé Donna à son chevet pour se rendre au commissariat. Il savait parfaitement qu'une énième agression serait très bas dans la liste des priorités des policiers, mais que pour un collègue ce ne serait pas la même chanson, surtout si le père de la fille venait faire le pied de grue dans leurs locaux. Au cours des deux semaines qui avaient suivi, Cal avait tanné les agents, avec courtoisie mais acharnement, jusqu'à ce qu'ils récupèrent les vidéos de toutes les caméras de surveillance dans le périmètre d'un bloc d'immeubles entier. Ils en avaient extrait deux photos nébuleuses de l'agresseur, que Cal et les enquêteurs du commissariat avaient traqué – certains jours, Cal avait abattu vingt heures de travail – jusqu'à débusquer un junkie roux gringalet prénommé Lyle, qui avait toujours la carte bancaire volée dans sa poche de blouson.

Lorsque Cal en avait informé Alyssa, elle était encore trop secouée pour montrer le moindre soulagement ; elle s'était contentée de détourner la tête. Cal comprenait : il avait espéré qu'elle serait contente, mais il avait rencontré assez de victimes pour savoir qu'un trauma façonne les sentiments en formes inattendues.

Dans les temps qui avaient suivi, Donna et lui avaient été accaparés par leur inquiétude pour leur fille. Elle avait refusé qu'ils restent chez elle, après la première quinzaine, et elle ne voulait pas revenir sous leur toit, aussi avaient-ils été contraints de se ronger les sangs à distance. L'agression avait fendu son esprit de pied en cap, comme un miroir brisé dont les morceaux tiendraient encore en place sans que l'ensemble fonctionne. Cal n'avait jamais réussi à déterminer si c'était dû à ses séquelles physiques ou aux sévices que Lyle avait menacé de lui infliger. Alyssa avait tenté de raisonner son agresseur, d'établir avec lui un rapport d'égale à égal, ce qu'il n'avait pas supporté. En tout cas, elle quittait à peine son lit, et elle avait totalement abandonné les cours, les sorties entre amis, ou tout ce qui aurait dû constituer sa vie en temps normal.

Au fur et à mesure, pourtant, son esprit avait cicatrisé. Elle avait repris le chemin de la fac. Un soir, elle avait ri au téléphone. Quelques semaines plus tard, quand Cal l'avait appelée pour lui annoncer que Lyle plaidait coupable, elle était dans un bar avec Ben. Cal savait que les fissures étaient encore là et demeuraient fragiles, mais aussi que, chez les jeunes gens en pleine santé, l'élan vital est puissant. Il s'était accroché de toutes ses forces à cette conviction.

Quand Donna avait commencé à se montrer imbuvable avec lui, il avait tout d'abord attribué la même cause à son agressivité : un trauma à retardement, qui avait désormais assez d'espace pour se manifester. Ce qui était au départ des explosions de colère diffuse avait fini par revêtir une forme plus nette, à mesure que Donna formulait plus précisément ses griefs, centrés sur leur séjour à Seattle : en particulier sur le fait que Cal avait consacré ses journées à rechercher Lyle. Donna estimait qu'il aurait dû passer ce temps chez Alyssa, auprès d'elle et de ses colocataires, Donna et Ben et tous les amis qui étaient venus lui témoigner leur soutien, échanger des potins et manger des machins aux graines de chia.

— À quoi j'aurais servi ?

— Tu aurais pu lui parler. La prendre dans tes bras. Juste être *présent*, putain. Ça aurait été mieux que de ne rien faire, en tout cas.

— Je ne me suis pas tourné les pouces, je te rappelle. Je me suis démené pour retrouver ce type. Sans moi, personne ne l'aurait…

— Ce n'est pas un flic en train de courir partout qu'il lui fallait. C'était son père auprès d'elle.

— Elle ne tenait pas spécialement à ce que je sois là, avait répondu Cal, perplexe. Elle t'avait déjà, toi.

— Tu lui as demandé ? avait rétorqué sèchement Donna, les mains et les sourcils fusant vers le ciel. Tu as pris la peine de lui poser la question ?

Cal n'en avait rien fait. Il lui avait paru évident qu'en un moment pareil, sa fille avait besoin de sa mère à ses côtés, et que Donna serait bien meilleure que lui pour la rassurer. Il avait tout donné pour amener à Alyssa ce qu'il avait de mieux à lui offrir : la tête pouilleuse de Lyle sur un plateau. À ses yeux, ce n'était pas rien. Sans lui, Lyle serait encore dans la nature, et Alyssa aurait eu peur de le croiser à tous les coins de rue. À présent, pour les sept à dix années à venir, elle pourrait sortir sans être pétrie de peur.

Quoi qu'il en soit, ça n'avait jamais semblé un problème susceptible de mettre fin à leur mariage. Pourtant, au cours des mois suivants, cela les avait conduits, à travers une série de soubresauts et de dérapages, que même à l'époque Cal avait eu beaucoup de mal à suivre, sur un terrain beaucoup plus sombre et fangeux. Ils se disputaient pendant des heures, jusque tard dans la nuit, bien au-delà du stade où Cal devenait si hébété et si épuisé qu'il ne savait même plus ce qui avait déclenché l'orage. Au bout du compte, la colère de Donna avait assez dégénéré pour qu'elle le quitte, ce qui l'avait abasourdi. Pendant leur vie commune, il s'était souvent fâché contre elle, mais jamais au point qu'il envisage de partir.

Il n'avait retenu distinctement qu'un seul élément de ces disputes : Donna était convaincue qu'il aurait été un meilleur mari, et un meilleur père, s'il n'avait pas été policier. Pour sa part, il estimait que ce n'était qu'un amas de bobards, mais il avait choisi de se ranger à ce point de vue. Il tenait ses vingt-cinq ans d'ancienneté, Alyssa avait fini ses études, et le métier n'était plus ce qu'il avait été, ou en tout cas ne correspondait plus à l'image qu'il s'en était faite. Il n'aurait pas pu déterminer ce que c'était devenu, mais il fallait se rendre à l'évidence : ça ne lui plaisait plus.

Il n'avait pas mis Donna au courant de sa décision avant d'avoir déposé son dossier de départ en retraite, obtenu sa validation noir sur blanc ainsi que la date à laquelle il allait devoir restituer son insigne. Il voulait lui présenter du concret, pour qu'elle sache que ce n'était pas du pipeau. Peut-être avait-il trop tardé, car, lorsqu'il le lui avait annoncé, elle avait elle aussi quelque chose à lui dire : elle fréquentait un certain Elliott, de son club de lecture.

Cal n'en avait pas fait part à ses amis. Ils lui auraient certifié que Donna se tapait cet Elliott depuis le début et que c'était la raison de son départ, mais Cal savait que c'était faux. Il aurait pourtant préféré y croire, pour sa tranquillité d'esprit, mais il connaissait Donna mieux que ça. Elle aussi avait son code de conduite. L'idée de sortir avec Elliott ne l'avait sans doute pas effleurée tant qu'elle était encore avec Cal, sinon elle ne se serait même pas approchée de lui après leur séparation. Il avait donc seulement confié aux autres qu'elle avait dit – c'était vrai – que c'était trop tard ; ils lui avaient payé d'autres bières et tous s'étaient accordés sur le caractère incompréhensible des femmes.

Cette conclusion, qui aurait dû lui procurer un certain réconfort, n'avait fait qu'aggraver son sentiment de culpabilité. Il a l'impression d'être un imposteur, car l'autre conclusion qu'il a tirée de toutes ces engueulades, c'est qu'il les a déçues toutes les deux. Cal n'avait toujours aspiré qu'à être un homme stable qui prenait soin de sa famille et faisait le bien autour de lui. Pendant plus de vingt ans, il avait tracé son chemin en pensant être cet homme-là. En cours de route, toutefois, il avait merdé. Son code de conduite lui avait échappé, le pire étant qu'il ne comprenait pas quelle erreur il avait commise. Tout ce qu'il avait été depuis ce moment ne valait rien, et il ne savait même pas quand était survenu ce moment.

Cal finit sa bière et remonte la route dans le jour déclinant. Mart et Kojak se présentent à la porte enveloppés d'une bouffée d'oignon et de paprika.

— Tiens donc ! s'enthousiasme Mart. Salut, mon grand. Comment va ?

— J'ai dit à Trey d'aller voir ailleurs si j'y étais. Elle ne reviendra pas de sitôt.

— À la bonne heure. Je savais que tu ne me ferais pas perdre mon fric. Tu t'en féliciteras.

Il fait signe à Cal de le suivre jusqu'à la cuisine.

— Assieds-toi donc, je vais te chercher une assiette. Je viens de préparer une paella poulet-bacon dont tu me diras des nouvelles.

— J'ai déjà mangé, merci.

Cal frotte les oreilles de Kojak et rentre chez lui, dans l'air froid du crépuscule et l'odeur de fumée dérivant de quelque cheminée.

17

Lorsque Cal entre dans le magasin de Noreen le lendemain, il s'attend dans le meilleur des cas à un regard glacial, mais elle l'accueille avec un gros morceau de cheddar, lui raconte par le menu que Bobby a voulu l'acheter, mais qu'elle lui a expliqué qu'il serait logé à la même enseigne que Cal Hooper quand il serait aussi poli que lui, et que ce grand dadais était reparti presque en larmes, puis elle lui avait remémoré que dans quinze jours les chiots de Lena seraient en âge de quitter leur mère. Cal vit à Ardnakelty depuis assez longtemps pour déchiffrer le sens caché de cet échange : Noreen sait qu'il a entendu raison, ce qu'elle approuve à cent pour cent, et elle va faire en sorte que tout le canton soit au courant. Cal se demande si Mart est allé jusqu'à faire une trêve avec elle pour parvenir à ses fins.

Afin d'en avoir le cœur net, il va prendre la température au Seán Óg's ce soir-là. Quand il franchit la porte, il est assailli par une explosion de cris de Sioux et de hourras ironiques en provenance du coin de Mart.

— Bah merde, s'écrie Senan, un revenant ! On a cru que Malachy avait eu ta peau.

— On se disait que t'étais rudement fragile, enchaîne le nudiste nocturne, pour être dégoûté à vie de la boisson par quelques gorgées de poitín.

— Qu'est-ce que tu racontes, Duchmol ? s'enquiert Mart. Je vous avais dit qu'il reviendrait. C'est juste qu'il avait pas envie de voir vos sales trognes pendant quelques jours. On peut pas lui en vouloir.

Il s'écarte pour laisser de la place à Cal sur la banquette et fait signe à Barty de lui apporter une pinte.

— Allez, vas-y, dit Bobby à Senan. Demande-z'y. Il va savoir, lui.

— Pourquoi il saurait ?

— Je parie que c'est un truc qui vient d'Amérique. Les jeunes utilisent que des mots américains, maintenant.

— Explique-moi, s'te plaît, déclare Senan en s'adressant à Cal. C'est quoi un yolo ?

— Un quoi ? s'étonne Cal.

— Un yolo. J'étais assis dans mon canap hier soir, à digérer tranquille, et mon plus jeune arrive comme une flèche et me saute sur le bide, et là il me gueule « Yolo ! » à la face et se barre aussi sec. J'ai demandé à un de mes grands ce qu'il racontait, mais il s'est juste fendu la poire en me répondant que j'étais un daron. Après, il m'a réclamé vingt balles pour sortir.

— Tu les lui a filés ? s'enquiert Cal.

— Je te l'ai envoyé chier, oui, et je lui ai dit de se trouver un boulot. Alors, c'est quoi un yolo, bordel ?

— T'as jamais vu un yolo ? enchaîne Cal, qui en a ras la casquette que ces plaisantins le fassent tourner en bourrique. C'est un animal de compagnie. Un peu comme un hamster, en plus gros et plus moche. Ça a une grosse face joufflue et de petits yeux de cochon.

— J'ai pas une tronche joufflue, putain. Mon petit dernier m'a traité de hamster, c'est ça ?

— En fait, poursuit Cal, ça veut aussi dire autre chose, mais j'espère que ton fiston n'est pas au courant. Il a quel âge ?

— Dix ans.

— Il va sur Internet ?

Senan devient écarlate et semble sur le point d'éclater.

— Si ce petit con a maté du porno, fulmine-t-il, il peut dire adieu à sa batterie, à sa Xbox, et à… tout le reste. C'est quoi un yolo ? Il a traité son père de bite, c'est ça ?

— Il te fait marcher, crétin, intervient le nudiste nocturne. Il sait pas plus que toi ce que c'est un yolo.

Senan lance un regard noir à Cal.

— Jamais entendu ce mot-là, avoue Cal. Mais t'es mignon quand tu t'énerves.

Dans un concert de gros rires, Senan secoue la tête et dit à Cal qu'il peut se mettre ses hamsters où il pense. On commande une nouvelle tournée, et Mart insiste pour expliquer à Cal les règles du Spoil Five, au prétexte que, s'il est décidé à vivre ici, autant qu'il se rende utile. Personne n'évoque Trey, Brendan, Donie, ni même les moutons morts.

En fait, personne n'aborde jamais aucun de ces sujets. Il tente d'y voir un signe que l'affaire est bel et bien terminée – si le jeune homme avait fait une bêtise, il finirait par l'apprendre d'une façon ou d'une autre. Il n'en est cependant pas tout à fait certain.

Trey, quant à elle, s'est évaporée. Cal s'attend à tout : à retrouver ses pneus crevés ou ses carreaux brisés par une brique, au point qu'il a déplacé son matelas dans une encoignure hors d'atteinte, et qu'il guette d'éventuels projectiles chaque fois qu'il sort de chez lui ou y revient. Rien ne se produit. Quand il passe du temps sur son perron le soir, les seuls bruissements dans les haies sont ceux d'oiseaux et de petits animaux. Lorsqu'il fait des travaux ou se prépare à manger, sa nuque ne se hérisse pas. En d'autres circonstances, il pourrait facilement croire qu'il avait tout imaginé.

Il s'implique de nouveau à fond dans sa maison : il obtient le nom d'un ramoneur auprès de Noreen, achève de peindre son salon et entreprend de décoller le papier peint de la seconde chambre. Locky, l'ami de Mart, vient refaire l'électricité et lui fournit une machine à laver, Cal se gardant bien de chercher à savoir comment il peut en demander un prix si bas. Locky étant du genre bavard, Cal saute sur le prétexte de se rendre en ville et de s'acheter de nouveaux placards de cuisine, ainsi qu'un véritable réfrigérateur avec compartiment congélateur. Ceux-ci installés et une flambée brûlant dans le foyer, le salon est transformé. La pièce perd son aspect morne et désaffecté pour se changer en lieu dont le style dépouillé dégage une chaleur concrète et épurée. Il envoie une photo à Alyssa par WhatsApp. *Waouh*, s'extasie-t-elle, *c'est super !*

Ça prend forme, poursuit Cal. *Tu devrais venir la voir*. Alyssa répond par : *Carrément ! Dès que ça se sera calmé au boulot*, et un émoji qui lève les yeux au ciel. C'est grosso modo ce à quoi il s'attendait, mais il en est quand même peiné et frustré, et ressent une soudaine envie de téléphoner à Donna pour s'amuser à la bassiner.

Au lieu de ça, il passe deux heures dans son bois à ramasser des branches mortes pour sa cheminée. Le froid s'est installé, et un fin voile de pluie flotte dans l'air. Chaque fois que Cal met le nez dehors, il ne sent pas la moindre goutte sur lui, et malgré tout il rentre trempé. L'humidité s'infiltre également dans la maison : malgré le feu et son radiateur à bain d'huile, son sac de couchage et sa couette sont toujours imprégnés d'une légère moiteur. Il achète un autre convecteur pour sa chambre, ce qui arrange un peu le problème, mais pas autant qu'il l'espérait.

Il tente de profiter du fait qu'il peut de nouveau écouter sa musique aussi fort qu'il en a envie, mais le résultat est mitigé. Il commence pourtant bien, en cuisinant au son d'une bonne dose énergisante de Steve Earle, dont il mime la batterie sans retenue, comme si personne ne l'avait jamais épié par la fenêtre et vu se ridiculiser. À la fin de la soirée, il se retrouve toutefois sur son perron avec une bière, à contempler le ciel brumeux qui s'obscurcit, en sentant la bruine s'accumuler sur sa peau et dans ses cheveux, accompagné par Jim Reeves qui interprète une vieille ballade déchirante dans laquelle un malheureux lutte contre un blizzard qui finira par l'emporter.

Une des rares sources de plaisir sincère pour Cal, depuis peu, c'est de constater qu'il est resté fin tireur. Le temps se prête plus à la pêche, mais pour l'heure il n'en a pas la patience. Crachin ou pas, il adorerait profiter davantage de la Henry, mais il y a des limites à la quantité de lapins qu'il peut manger. Il en stocke deux dans son nouveau congélateur et en apporte deux à Daniel Boone, qui le récompense par une ristourne sur les munitions et une présentation de ses armes favorites, puis en offre deux autres à Noreen, en reconnaissance de son soutien. Il a conscience qu'il devrait en donner un à Mart, pourtant il ne parvient pas à s'y résoudre.

Il pourrait en offrir un à Lena, mais il se démène tant pour l'éviter ces temps-ci qu'il se sent idiot, à guetter devant le magasin pour s'assurer qu'elle n'y est pas avant de rassembler le courage d'entrer. Il aurait largement préféré faire ses emplettes au bourg pendant quelques semaines, toutefois il ne peut pas se mettre Noreen à dos en cette période délicate. Cela signifie aussi qu'il ne peut pas passer en coup de vent ; il doit écouter en long et en large les nouvelles d'Angela Maguire et de son problème cardiaque, agrémentées d'explications généalogiques dispensées par le menu – Angela et Noreen étant cousines par une arrière-grand-mère qui aurait empoisonné son premier mari –, ainsi que discuter des retombées que le nouveau parc aquatique inauguré de l'autre côté du bourg pouvait avoir pour Ardnakelty. D'ordinaire, il serait ravi de s'y attarder, mais si Lena le voit elle voudra parler du chiot, et Cal n'a pas l'intention de l'adopter.

Pour la première fois depuis son installation, l'Irlande lui semble exiguë et encombrée. Il aurait besoin de milliers de kilomètres d'une autoroute dégagée où il pourrait rouler pied au plancher jour et nuit, regarder le soleil et la lune n'accomplir leur course que sur le désert ocre et des broussailles enchevêtrées. Ici, au bout de cinquante mètres, il buterait sur un virage à l'existence injustifiée, un troupeau de moutons, un nid-de-poule de la taille de sa baignoire ou un tracteur arrivant à contresens. Il se contente donc d'aller marcher, mais les herbages sont si détrempés qu'il a l'impression de patauger dans une tourbière, et les bas-côtés de la route sont si défoncés qu'ils forment fosses et crêtes qui cassent sans cesse son rythme. D'ordinaire, ces désagréments ne le dérangeaient pas, mais depuis quelque temps il se sent personnellement visé, voit en eux comme des cailloux dans ses chaussures, de petite taille, mais choisis spécifiquement pour leurs arêtes acérées.

Cal se refuse à se laisser miner par ce trouble. C'est là une réaction tout à fait normale, après les perturbations provoquées par l'arrivée de Trey. S'il lâche prise et travaille d'arrache-pied, son malaise finira par passer. C'est ainsi qu'il s'y prenait lorsque, par exemple, il se sentait à l'étroit dans son mariage ou dans son métier, et cela fonctionnait : tôt ou tard, tout se repositionnait de sorte qu'il soit de nouveau à l'aise dans ses mouvements. Quand sa maison sera prête pour l'hiver, il prédit qu'il se sera débarrassé de son désarroi.

Ce pronostic ne se réalisera pas. Moins de quinze jours après qu'il a envoyé Trey promener, Cal s'est installé pour la soirée dans la toute nouvelle opulence de son salon, devant un bon feu. Le temps est colérique, tumultueux, assez venteux pour qu'il se demande si son toit est en aussi bon état qu'il le pensait. Alors qu'il est occupé à lire le maigre quotidien local, en surveillant les claquements des tuiles d'ardoise, on frappe à la porte.

Les coups ont une sonorité curieuse, brouillonne et molle, évoquant davantage les grattements d'un animal. S'ils n'avaient pas retenti dans une accalmie entre deux bourrasques, Cal aurait peut-être cru que le vent avait projeté une branche contre le battant. À dix heures du soir, les éleveurs sont couchés, sauf en cas de grave problème.

Il pose son journal et, debout au centre de la pièce, il hésite à aller chercher sa carabine. On ne toque pas de nouveau. Il va à la porte et l'entrouvre.

C'est Trey, qui tremble de la tête aux pieds, comme un chien battu. Elle a un œil violacé et si gonflé qu'il en est fermé. Du sang ruisselle sur son visage et dégouline le long de son menton. Elle se tient une main, qu'elle replie telle une pince.

— Oh, merde, jure Cal. C'est pas vrai !

Les genoux de la jeune fille se dérobent sous elle. Il voudrait la porter jusqu'au salon, mais il craint tant d'aggraver ses blessures qu'il n'ose pas la toucher.

— Viens, entre.

Elle obtempère d'un pas mal assuré, puis s'immobilise, vacillante et pantelante. Elle donne l'impression de ne pas savoir où elle est.

Cal ne voit personne à ses trousses, mais il ferme quand même à clé.

— Par ici. Allez viens. Par là.

Il la conduit jusqu'au fauteuil en la guidant du bout des doigts par les épaules. Elle s'assoit lourdement, avec une vive inspiration de douleur.

— Attends-moi là, lui dit Cal. Ne bouge pas, je reviens.

Il va chercher couette et duvet dans sa chambre, et en enveloppe Trey, le plus doucement possible. Elle empoigne la couette de sa main valide, si fort que ses jointures blanchissent.

— Ça va aller, ajoute-t-il.

Il se munit d'un torchon propre et s'accroupit à côté du fauteuil pour lui essuyer le menton. Elle a un léger mouvement de recul, mais, lorsqu'il réitère sa tentative, elle est trop hébétée pour l'en empêcher. Il finit par identifier l'origine du saignement : sa lèvre inférieure est fendue.

— Qui t'a fait ça ?

Elle ouvre la bouche en grand, tel un animal blessé s'apprêtant à hurler, mais aucun son n'en sort, et elle n'en saigne que davantage.

— C'est pas grave, la cajole-t-il, avant d'appuyer de nouveau le torchon contre sa lèvre. T'en fais pas. Tu n'es pas obligée de parler. Reste juste immobile un petit moment.

Le regard dans le vague, Trey tremble. Elle respire par halètements brefs qui semblent douloureux. Cal se demande si elle a conscience de ce qui se passe, ou si ses pas l'ont menée chez lui, dans un état second, après qu'elle avait reçu un coup à la tête. Il ne parvient pas à évaluer la gravité de sa blessure à la main, à voir s'il lui manque des dents, ou si sa capuche dissimule d'autres dégâts. Elle est couverte du sang provenant de sa bouche.

— Écoute-moi, reprend-il d'un ton doux. Je veux juste savoir où tu as le plus mal. Tu peux me montrer ?

L'espace d'un instant, il a l'impression qu'elle ne l'entend pas. Puis elle lève sa main recroquevillée pour désigner sa bouche et son flanc.

— D'accord.

Elle comprend ce qu'il lui dit, au moins.

— C'est bien. On va t'emmener chez le médecin.

L'œil encore ouvert de Trey s'écarquille sous l'effet de la panique, et elle tente tant bien que mal de poser les pieds par terre.

— Non, proteste-t-elle d'un grondement rauque, mal articulé à cause de sa lèvre enflée. Pas le docteur.

Cal avance les mains devant lui pour la bloquer dans le fauteuil.

— Attends. Tu dois passer des radios. Et ta lèvre, il faut peut-être des points de suture…

— *Non… Lâche-moi !* Je veux pas que…

Elle le repousse vivement, puis réussit à se mettre debout, toujours vacillante.

— Écoute-moi. Si ta main est fracturée…

— Je m'en fous. Lâche-moi, je te dis…

Elle est prête à forcer le passage jusqu'à la porte et à repartir dans la nuit.

— D'accord, abdique Cal, en reculant d'un pas et en levant les mains en signe d'apaisement. Pas de médecin. Rassieds-toi, va.

Il ne sait pas quoi faire si elle refusait, mais ses mots finissent par faire leur chemin, et toute combativité abandonne la jeune fille, qui se laisse retomber dans le fauteuil.

— Voilà, c'est mieux, la dorlote-t-il, avant de lui appliquer de nouveau le torchon sur la bouche. Tu as envie de vomir ?

Trey secoue la tête, mouvement qui lui déclenche un hoquet de douleur.

— Non.

— N'avale pas le sang, sinon ça viendra. Crache-le là-dedans. Tu as le tournis ? Tu vois double ?

— Nan.

— Tu as perdu connaissance ?

— Non plus.

— Tant mieux. Apparemment, tu n'as pas de commotion.

Une tache de sang s'étend rapidement dans le tissu. Cal choisit un bout propre et presse plus fort. Il a déjà, dans un coin reculé de son esprit, la certitude qu'à un moment donné, quand il aura la situation en main, il tuera quelqu'un.

— Écoute, reprend-il, une fois que le torchon s'imbibe moins vite. Je vais sortir une petite minute. Je serai juste devant la porte. Tu ne bouges pas, d'accord ?

Trey se raidit de nouveau.

— Pas de docteur, insiste-t-elle.

— Je ne vais pas appeler le docteur. Promis juré.

Il lui prend sa main valide et lui resserre les doigts autour du torchon.

— Tiens ça contre ta lèvre. Appuie aussi fort que tu peux tant que ça reste supportable. Je reviens tout de suite.

Elle lui fait encore confiance, à moins que ce soit faute de choix. Cal ignore quelle possibilité lui fend le plus le cœur. La laissant dans le fauteuil, immobile et le regard dans le vague, il sort et referme doucement derrière lui.

Il s'adosse au battant, essuie ses mains maculées de sang sur son jean et balaie le jardin du regard. La nuit est immense, battue par le vent et constellée d'étoiles. Des feuilles mortes fusent et s'envolent, des ombres s'animent sur l'herbe. On ne sait ce qui pourrait être tapi dans l'obscurité.

Lena prend son temps pour répondre, et son « Allô », quand il retentit enfin, est empreint de froideur. Le manque d'égard de Cal envers le chiot ne lui a pas échappé, et ça lui déplaît.

— J'ai besoin de ton aide, annonce Cal. Quelqu'un a méchamment amoché Trey Reddy. Il faudrait que tu viennes me donner un coup de main.

Il s'attend à ce que Lena s'en tienne à son principe de ne pas se mêler des affaires des autres, ce qui serait de loin la réaction la plus sensée. Pourtant, après un moment de silence, elle demande :

— Qu'est-ce que tu veux que je fasse ?

— Que tu l'examines, pour voir si ses blessures sont graves et si elle en a d'autres. Je ne peux pas m'en charger moi-même.

— Je ne suis pas médecin.

— Tu as vu plein d'animaux blessés. C'est déjà mieux que moi. Il faut juste que tu vérifies si elle a besoin de soins médicaux.

— Ça ne se voit pas forcément. Elle pourrait avoir une hémorragie interne. Il faut qu'elle consulte un toubib.

— Elle refuse. Je veux savoir si elle va s'en sortir sans ça. Mais si je dois l'emmener de force, j'aurai besoin que tu la tiennes pendant que je conduis.

S'ensuit un autre long silence, durant lequel Cal ne peut que patienter. Puis Lena répond :

— D'accord. Je suis là dans dix minutes.

Elle raccroche avant qu'il ait pu ajouter quoi que ce soit.

Trey sursaute violemment en entendant Cal rentrer.

— Ce n'est que moi, la rassure-t-il. J'ai une amie qui va venir et qui sait très bien s'occuper des animaux blessés. J'imagine qu'une ado amochée, ça ne doit pas être trop différent.

— C'est qui ?

— Lena. La sœur de Noreen. Tu n'as pas à t'inquiéter. Je ne connais personne d'aussi discret.

— Qu'est-ce qu'elle va faire ?

— Juste t'examiner un peu. Te débarbouiller, beaucoup plus doucement que moi. Et peut-être te mettre un de ces pansements super perfectionnés qui ressemblent à des points de suture.

On sent que Trey a envie de protester, mais elle n'en a plus l'énergie. La chaleur du feu et des épais duvets a eu raison de ses tremblements ; elle est avachie, les muscles tout à fait relâchés. Elle semble avoir à peine la force de tenir le torchon.

Cal va chercher une chaise à la cuisine afin de s'asseoir à côté d'elle et de pouvoir rattraper le linge au cas où elle le laisserait tomber. L'état de son œil a empiré : d'une couleur prune tirant vers le noir, il est si gonflé que la peau est tendue et brillante.

— Voyons voir cette entaille, annonce-t-il.

Il approche un doigt et écarte la main de Trey de sa bouche. Le saignement s'est atténué, juste assez pour que l'on voie se former des gouttes rouge vif. Elle n'a pas perdu de dents.

— C'est mieux, indique-t-il. C'est très douloureux ?

Trey remue une épaule. Pas une fois elle ne l'a regardé en face. Lorsqu'elle essaie, son œil s'écarte vivement comme si ceux de Cal lui faisaient mal.

Il va falloir rincer cette plaie à l'eau salée, et quelqu'un doit évaluer s'il faut recoudre. Cal a déjà prodigué les premiers soins à des bébés, à des camés et à tout ce qui peut exister entre les deux, mais dans le cas présent il ne peut rien tenter. Il a peur de faire plus de mal que de bien. Le seul fait d'être aussi près de la petite l'emplit d'une tension indicible.

— Maintenant, écoute-moi. Je ne vais pas pouvoir arranger les choses si j'ignore ce qui s'est passé. Je ne raconterai rien à personne sans ton accord, mais je dois savoir qui t'a fait ça.

La tête de Trey bascule en arrière contre le dossier du fauteuil.

— C'est ma mère.

La fureur qui envahit Cal est si violente qu'il en est aveuglé un instant. Quand le voile de colère se dissipe, il demande :

— Pour quelle raison ?

— On l'a obligée. Ils lui ont dit de le faire parce que sinon c'est eux qui s'en occuperaient.

— Qui ça ?

— Je sais pas. J'étais pas là. Quand je suis rentrée, elle m'a dit de la rejoindre derrière la maison parce qu'elle voulait me parler.

Cal s'assure que son visage et sa voix de policier sont en place, qu'il dégage un air calme et concerné.

— Qu'est-ce qu'elle a utilisé ?

— Une ceinture. Et ses poings. Elle m'a donné deux ou trois coups de pied.

— C'est grave, ça.

Il a tellement hâte que Lena arrive qu'il en trépigne presque d'impatience.

— Tu connais la raison ?

Trey a un léger mouvement convulsif, que Cal identifie comme un haussement d'épaules.

— Tu as volé des trucs chez quelqu'un que ça aurait pu mettre très en colère ?

— Non.

— Tu as encore posé des questions sur Brendan, je parie.

Trey hoche la tête. Elle n'a pas l'énergie de mentir.

— Bon sang ! s'agace Cal, avant de se radoucir. D'accord. Qui tu as interrogé ?

— Je suis allée voir Donie.

— Quand ?

Trey a besoin d'un petit moment de réflexion.

— Avant-hier.

— Ça a donné quelque chose ?

— Il m'a juste envoyée bouler. Il s'est foutu de moi.

Elle s'exprime de façon saccadée, sans beaucoup articuler, mais elle tient des propos cohérents. D'un point de vue cognitif, sa tête semble intacte.

— Il m'a dit de faire gaffe, parce que sinon j'allais finir comme Bren.

— Donie peut raconter ce qu'il veut. Ce n'est pas pour ça que c'est vrai.

Le fait de parler a rouvert la lèvre de Trey ; un petit filet de sang s'en écoule de nouveau.

— Chut, maintenant. Je vais m'occuper de ça. Toi, ton seul travail, c'est de ne pas bouger.

Le vent chahute les fenêtres et s'engouffre bruyamment dans la cheminée, faisant vaciller les flammes et expédiant des volutes de fumée capiteuse dans la pièce. La flambée crépite et craque. Cal inspecte régulièrement la lèvre de Trey. Lorsque le saignement cesse, il se lève.

À ce mouvement, Trey est traversée par une décharge de panique.

— Qu'est-ce que tu fais ?

— Je vais chercher de la glace pour ton œil et ta lèvre. C'est tout. Ça aidera à dégonfler, et ça soulagera un peu la douleur.

Alors qu'il est à l'évier, en train de démouler des glaçons dans un torchon propre, il voit les phares de Lena fendre la nuit.

— Voilà Mlle Lena, annonce-t-il, en posant le bac avec un vif soulagement. Je vais la prévenir qu'il ne faut pas te bombarder de questions. Reste là, et mets-toi ça sur le visage.

Le temps que Cal sorte, Lena est déjà en train de descendre de voiture. Elle claque sa portière et remonte l'allée à grands pas, les mains enfoncées dans les poches d'une veste huilée d'homme. Le vent fait voler des mèches de sa queue-de-cheval, qui, à la clarté des étoiles, prend un aspect blanc d'une luminosité surnaturelle. En rejoignant Cal, elle arque les sourcils afin d'obtenir des explications.

— La petite a débarqué chez moi dans un sale état. Si tu lui demandes des détails, elle va flipper, alors il vaut mieux éviter. Elle a un coquard, la lèvre fendue, un problème à la main, et apparemment son flanc lui fait très mal.

Les sourcils de Lena se haussent davantage.

— Noreen m'avait dit que si je sortais avec toi ça me changerait des gars du coin, raille-t-elle. Elle a toujours raison, celle-là.

Elle passe devant lui et entre.

En la voyant, Trey est prise d'un autre accès de panique. Elle laisse tomber le torchon, d'où s'échappent tous les glaçons, et semble de nouveau prête à tenter de fuir.

— Du calme, l'apaise Cal. Mlle Lena est venue t'examiner, tu te rappelles ? Si ce n'est pas elle, ça sera un médecin, alors tiens-toi tranquille, d'accord ?

Trey se renfonce dans le fauteuil. Cal ignore si c'est parce qu'elle n'a rien contre Lena, ou parce que ses forces l'ont abandonnée.

— Voilà, l'encourage-t-il. C'est mieux.

Il va chercher sa trousse de premiers soins dans son placard.

— La priorité, c'est de nettoyer tout ça pour que j'y voie plus clair, annonce Lena d'un ton prosaïque, avant de retirer sa veste et de la jeter sur le dos d'une chaise. Tu as un autre torchon, Cal ?

— Sous l'évier, indique-t-il. J'attends devant.

Il remet la trousse à Lena et sort par-derrière. Là, il s'assoit sur la marche et, les coudes appuyés sur les genoux, reste un moment à respirer profondément, le nez sous ses mains jointes. Il éprouve un léger tournis ou se sent nauséeux, il ne sait pas trop. Il faut qu'il fasse quelque chose, là encore sans savoir quoi.

— Putain ! souffle-t-il dans ses doigts. Putain de merde !

Le vent se jette contre lui, le contourne pour s'engouffrer par la porte. Les cimes des arbres se balancent âprement, et le jardin semble déserté, hermétiquement barricadé, comme s'il fallait être aux abois ou dément pour s'aventurer dehors par un temps pareil. Aucun bruit ne lui parvient de l'intérieur, à moins que tous soient couverts par le vent.

Peu à peu, il se reprend suffisamment pour échafauder un début de plan. Il se gardera d'approcher Sheila Reddy, mais Donie, lui, ne perd rien pour attendre.

Il ne peut toutefois rien tenter tant qu'il ne saura pas de quoi Trey a besoin, et qu'il n'aura pas trouvé un moyen de le lui procurer. L'idée lui traverse l'esprit de l'assommer en lui administrant une dose de cheval d'antihistaminiques, puis de profiter de ce qu'elle soit somnolente pour la hisser à l'arrière de la voiture. Outre le fait qu'il est problématique de se présenter à l'hôpital avec une adolescente shootée et battue comme plâtre, il rechigne à engager une action qui, parmi de multiples conséquences imprévisibles, vaudrait sûrement à la petite de finir en foyer d'accueil. Il se demande au passage si elle n'y serait pas mieux. Quand c'était son métier, il l'aurait remise aux services médicaux sans hésitation et aurait laissé le système prendre le relais.

Lena le rejoint en s'essuyant les mains sur son jean, ferme la porte et s'assoit à côté de lui.

— Elle ne va pas essayer de se tirer pendant que tu es là ? s'enquiert-il.

— Ça m'étonnerait. Elle est épuisée. Il n'y a pas de raison, de toute façon. Je lui ai dit qu'elle n'avait pas besoin d'aller chez le médecin.

— C'est vrai ?

Lena hausse les épaules.

— De ce que j'en ai vu, il n'y a pas d'urgence. Son ventre n'est ni douloureux ni gonflé, et elle n'a aucun hématome à l'abdomen. Elle m'a dit qu'elle s'était roulée en boule, alors il n'y a pas de raison de craindre qu'elle souffre d'une hémorragie interne. Il me semble qu'elle a une côte fêlée, et un médecin ne pourrait rien y faire. Sa main m'a l'air contusionnée, pas cassée, mais il faudra qu'elle attende quelques jours pour voir comment ça évolue. Elle a le dos et les jambes couverts d'entailles et d'ecchymoses, mais rien de grave.

En se représentant Trey recroquevillée, il a l'impression qu'on le marque au fer rouge.

— D'accord. Bon, eh bien, voilà. Tu penses qu'il faut lui suturer la lèvre ?

— Ça ne serait pas du luxe, c'est sûr, histoire que ça ne lui laisse pas une trop vilaine cicatrice. Je le lui ai expliqué, mais elle a refusé catégoriquement. Elle dit qu'elle s'en fiche. Du coup, je l'ai nettoyée à l'eau salée, je lui ai collé une de tes bandes de suture, et je lui ai donné un Nurofen. C'est mieux que rien.

— Merci. C'est vraiment gentil.

Lena hoche la tête.

— Ce serait mieux qu'un médecin la voie, au cas où. Mais elle survivra quand même.

— Alors on fera l'impasse. Elle se débattrait tout du long, ça ferait encore plus de dégâts.

— Si son état empire pendant la nuit, il faudra qu'elle y aille, que ça lui plaise ou pas.

— Ouais.

Lena rentre les mains dans les manches de son pull pour les mettre au chaud.

— Tu vas la garder chez toi cette nuit ? s'enquiert-elle.

Même si Sheila remarquait l'absence de Trey avant le matin, il était très peu probable qu'elle prévienne la police.

— Oui. Je pourrais te demander de rester avec elle ? (Cette requête paraît abrupte, mais il ne supporte pas l'idée de se tourner les pouces.) J'ai un truc à faire. Si son état se dégrade, appelle-moi et j'arrive.

— Elle t'a réclamé.

— Explique-lui que je reviens dans la matinée. Et dis-lui de ne pas s'inquiéter. Je ne vais pas chercher un médecin.

— Elle me connaît à peine. C'est toi qu'elle veut.

— Je ne vais pas passer la nuit tout seul avec une fillette.

Lena incline la tête contre l'embrasure et l'inspecte de haut en bas. Elle ne semble pas vraiment impressionnée.

— Je comprends, dit-elle. Je reste à condition que tu restes aussi.

Cette mise au défi met des bâtons dans les roues de Cal.

— Qu'est-ce que tu veux que je fasse pour l'aider, ici ?

— Pareil que moi. Lui redonner du Nurofen, ou un torchon propre si sa lèvre se rouvre. C'est pas comme s'il fallait l'opérer du cerveau. Tu feras plus pour elle ailleurs, peut-être ?

— Je t'ai dit…

Il aurait préféré appeler quelqu'un d'autre, mais il n'y avait personne à prévenir, à moins de contacter Caroline par Facebook.

— J'ai un truc à faire.

— Rien de très malin, je parie.

— Sans doute. Mais je dois y aller quand même.

— Si tu t'en vas, l'informe-t-elle, je pars aussi. C'est ton merdier, pas le mien. Je ne vais pas rester plantée là toute la nuit à attendre que tes problèmes me rattrapent.

Elle ne lui semble pas nerveuse pour un sou, mais pas davantage prête à reculer.

— Mes problèmes ne vont rattraper personne, rétorque-t-il. Pas cette nuit, en tout cas.

— Imagine comment tu te sentiras si la pauvre veuve et la gamine blessée que tu as abandonnées se font tabasser par des voyous.

— J'ai une carabine, je peux te la laisser.

— Bravo. Tu crois que tu es le seul à en avoir une, dans le coin ?

Elle paraît surtout amusée de voir Cal ainsi torturé. Il se passe les mains sur le visage.

— Écoute, reprend-il. Je sais que je te demande beaucoup. Tu pourrais l'emmener chez toi, si…

— Tu crois qu'elle accepterait ?

Cal se frotte la figure de façon plus appuyée.

— Je n'ai pas les idées claires, pour l'instant, reconnaît-il. Tu es sérieuse quand tu dis que tu rentreras si je m'en vais ?

— Absolument. Ça ne me dérange pas de te filer un coup de main si c'est nécessaire, mais je ne vais pas me farcir le vrai boulot pendant que tu te barres pour je ne sais quelle lubie. (Elle lui adresse un sourire en coin.) Je t'avais prévenue que j'étais sans pitié.

Cal la croit.

— D'accord, répond-il. T'as gagné.

Hors de question que Trey reste seule cette nuit.

— Je n'ai qu'un lit, que je vais laisser à la gamine, et toi tu peux prendre le fauteuil.

— Ça alors ! ironise Lena en se levant. La galanterie existe encore.

En échange, elle lui tient la porte et lui fait signe d'entrer d'un geste du bras exagéré.

Le choc et la douleur refluant, l'épuisement a percuté Trey telle une ruade de cheval. Sa tête repose en arrière contre le fauteuil, la main qui tenait le sachet de glaçons est retombée sur ses jambes, et elle a le plus grand mal à garder l'œil ouvert.

— Viens, lui dit Cal. On va te mettre au lit avant que tu t'endormes comme ça.

La jeune fille inspire vivement et se frotte la paupière. La boucle de ceinture lui a laissé des entailles à la main.

— Je dors chez toi ?

— Cette nuit, oui. Tu vas prendre mon lit. Lena et moi, on sera juste à côté.

La lèvre de Trey, propre et maintenue par la suture adhésive, donne l'impression rassurante d'avoir reçu les soins d'une professionnelle. Lena a fait du beau travail.

— Allez, debout, reprend Cal. Je ne vais pas te porter, je n'ai pas envie de me bousiller le dos.

— Un peu d'exercice, ça te ferait pas de mal, le taquine Trey.

En voyant le sourire espiègle qui affleure au coin de sa bouche, Cal est à deux doigts de craquer.

— C'est comme ça que tu me remercies, espèce de chipie ? Reste correcte, hein, sinon tu dors dans la baignoire. Maintenant, du nerf.

Les points douloureux de Trey se raidissent. Cal est obligé de l'aider à se redresser et de la guider jusqu'à la chambre. Ses mouvements la font grimacer, mais elle ne se plaint pas. Lena récupère la couette et le sac de couchage, puis les suit.

— Et voilà ! claironne Cal en allumant. Le grand luxe. Je vais laisser Mlle Lena t'installer. Si tu as besoin de quoi que ce soit pendant la nuit, ou si ça ne va pas, appelle-nous.

Trey se recroqueville tant bien que mal. Lena lâche les duvets et entreprend de lui défaire ses lacets. Aux yeux de Cal, cette scène est une aberration – le matelas taché sur le plancher éraflé, la lumière crue de l'ampoule nue, le monticule de literie bon marché, la femme agenouillée aux pieds de la jeune fille contusionnée et tachée de sang. Il aurait voulu pouvoir offrir quelque chose de douillet à la petite, des oreillers de plume et une parure de lit, une lampe de chevet à abat-jour et un poster de chatons au mur.

Il allume le radiateur.

— Bonne nuit, lui souhaite-t-il. (Fugacement, il a l'idée ridicule de poser le mouton souvenir sur l'oreiller de Trey.) Dors bien.

Cependant qu'il ferme la porte, elle l'observe par-dessus l'épaule de Lena, le regard dépourvu de toute expression.

Les torchons imprégnés de sang sont éparpillés autour du fauteuil. Cal les ramasse et les entasse dans sa machine à laver. Il ne la met pas en route, au cas où le bruit dérangerait la petite. Il enclenche la bouilloire électrique et sort deux mugs – il aurait préféré un whisky, mais il se peut qu'il doive conduire, et il a assez d'expérience pour savoir que dans la région le thé est la réponse adéquate à toutes les situations, à toute heure du jour ou de la nuit. Il va se laver les mains à l'évier pour chasser le sang qui a séché dans les plis de ses phalanges.

Lena ressort de la chambre et ferme doucement.

— Comment elle va ? s'enquiert Cal.

— Le temps que je la couvre avec la couette, elle dormait déjà.

— Tant mieux. Tu veux du thé ?

— Allez.

Lena s'installe dans le fauteuil, en évalue le confort, et retire ses chaussures en les poussant du bout des pieds. Cal verse l'eau chaude et lui apporte un mug.

— Je n'ai pas de lait. Ça ira quand même ?

— Espèce de barbare.

Elle prend la tasse et souffle dessus. Elle semble à son aise dans le fauteuil, comme si c'était le sien. C'est un modèle large et incliné vers l'arrière, d'un étrange vert violacé qui, peut-être, avait été très brièvement à la mode dans un passé lointain, ou juste une couleur très différente au départ. Il est étonnamment confortable, mais Cal n'avait jamais envisagé d'inviter quelqu'un à dormir dedans. Il éprouve encore cette impression d'apesanteur, la sensation de flotter dans le vide sans aucune prise où s'accrocher.

Le feu ayant perdu de sa vigueur, il rajoute du bois.

— Elle t'a dit quelque chose qui pourrait m'intéresser ?

— Rien du tout, à part pour te réclamer. Mais je ne lui ai pas posé de questions.

— Merci.

— Ça n'aurait servi à rien. C'est à toi qu'elle fait confiance, répond Lena, avant de boire une gorgée. Elle est beaucoup venue ici, si je comprends bien.

— Ouais, confirme Cal en posant son mug sur la table.

Il doute que Lena cherche à lui faire la leçon sur le caractère inconvenant des visites de Trey, et en effet elle se contente de hocher la tête.

— Tu vas te prendre des réflexions, à cause de ce soir ? lui demande-t-il.

— Ça m'étonnerait. Toi oui, selon ce que tu vas faire ensuite. Tu vas la ramener chez elle, demain matin ?

— Tu vois un autre endroit où elle pourrait aller ?

Le sous-entendu n'échappe pas à Lena, qui réfléchit et secoue la tête.

— Une tante ? Un oncle ? Des grands-parents ? suggère Cal.

— Ses proches ont presque tous émigré, sinon ils sont morts ou à la ramasse, selon la branche de la famille. Sheila a des cousins dans le coin, mais ils ne voudront pas s'impliquer là-dedans.

— On peut les comprendre.

— Sheila fait de son mieux, poursuit Lena. Toi et moi, on pourrait trouver que c'est très insuffisant, mais on n'a pas passé vingt-cinq ans à se faire mettre la tête sous l'eau par Johnny Reddy et tout Ardnakelty. Ça l'a tellement usée qu'elle n'attend plus grand-chose de rien. Tout ce qui lui importe, c'est que ses enfants qui sont encore là restent en vie et ne finissent pas en prison.

Cal ne sait pas quoi répondre à ce discours. Il ignore s'il en veut à Lena, ou si sa colère envers Sheila et quiconque l'a menacée est si puissante qu'elle déborde sur elle.

— Elle a pris l'habitude de faire le nécessaire pour ça, ajoute Lena. Que ce soit bien ou mal. Elle n'a pas eu trop le choix.

— Possible.

Cal ne trouve pas ces explications rassurantes. Si Sheila a jugé que sa meilleure ou sa seule solution était de rouer Trey de coups, cela risque de se reproduire.

— Je vais voir si je peux régler quelques bricoles avant de renvoyer la petite là-haut.

Lena lui jette un regard par-dessus sa tasse.

— C'est-à-dire ?

— Ce que j'aurais dû faire ce soir.

— Des affaires d'*homme*, ironise Lena en feignant l'admiration. Des trucs trop sérieux pour les oreilles délicates d'une dame.

— Juste des trucs.

La flambée crépite et projette une gerbe de flammèches. Lena tend le pied pour ajuster le pare-feu.

— Je ne peux pas t'empêcher de te mettre en danger, déclare-t-elle. Mais j'espère bien que d'ici ce matin, tu te seras ravisé.

Cal comprend avec un temps de retard pourquoi cette réflexion le surprend tant. Il s'était mis en tête que si Lena l'avait contraint à rester – en plus de son refus de s'occuper de ses problèmes à sa place, ce qui est en soi une excellente raison –, c'était parce que la petite tenait à ce qu'il soit là. Mais à l'entendre, elle cherche à éviter que Cal se prenne une dérouillée ou connaisse un sort approchant. Contre toute attente, ça le touche. Mart s'est démené tout autant avec le même objectif, mais, venant d'elle, c'est différent. Ça faisait une éternité qu'une femme ne s'était pas autant souciée de lui.

— C'est gentil, répond-il. J'y penserai.

Lena pousse un « pfff » ironique, qui le contrarie légèrement, bien que cette réaction soit tout à fait justifiée.

— Je tombe de sommeil, annonce-t-elle en posant sa tasse sur la table. On peut éteindre ?

Cal s'exécute ; seule demeure la lueur du feu. Il va dans la chambre d'amis et sort son épaisse couette d'hiver – il n'a pas encore acheté de housse, mais au moins elle est propre.

— Désolé pour les conditions d'accueil. J'aurais voulu être un meilleur hôte, mais c'est tout ce que j'ai.

— J'ai dormi dans plus inconfortable, le rassure-t-elle, avant de détacher sa queue-de-cheval et de glisser son élastique autour de son poignet. Dommage que je n'aie pas pris ma brosse à dents, c'est tout.

Elle se blottit de côté dans le fauteuil et s'enveloppe dans la couette.

— Je ne peux rien pour toi, navré, répond Cal en décrochant ses deux vestes de leur patère.

— Je vais aller demander à Mart Lavin s'il peut me dépanner, alors.

Cal est si peu dans son état normal qu'il fait volte-face, horrifié. En voyant le sourire moqueur de Lena, il éclate d'un rire inattendu, si retentissant qu'il plaque la main sur sa bouche et jette un coup d'œil vers la porte de la chambre.

— Ça ferait les choux gras d'Ardnakelty, commente-t-il.

— Tu m'étonnes. Ça vaudrait presque le coup, mais Noreen s'en gargariserait tellement qu'elle en boirait la tasse.

— Pareil pour Mart.

— Purée ! Lui aussi, il s'y met ?

— Oh, que oui. Il a déjà arrêté son choix sur Malachy Dwyer pour s'occuper du buffet à l'enterrement de vie de garçon.

— Tant pis pour la brosse à dents, alors. Ces deux-là ne doivent pas s'imaginer qu'ils ont tout le temps raison. Ça leur serait néfaste.

Cal s'installe devant la cheminée et s'emmitoufle dans ses vestes. À la lueur de la flambée, la pièce n'est que chaleureux vacillements dorés et pulsations d'ombres. Il en résulte une intimité plaisante et éphémère, comme s'ils étaient les derniers encore éveillés à la fin d'une fête, emportés dans une discussion qui ne comptera pas au matin.

— On n'a pas beaucoup le choix, à mon avis, tempère Cal. À moins que tu repartes avant l'aube, quelqu'un va voir ta voiture.

— Ça ne serait pas forcément une mauvaise idée, commente Lena après un temps de réflexion. Les gens auront un sujet de conversation, ça leur évitera de trop penser à l'autre truc.

Elle désigne la chambre d'un signe de tête.

— Ça va te retomber dessus, non ? s'inquiète-t-il.

— Tu crois qu'on va me traiter de délurée, c'est ça ? (Elle affiche un nouveau sourire sarcastique.) Nan… Ça va défriser les vieux, mais je m'en fiche. On n'est plus dans les années 1980. C'est pas comme si on pouvait m'envoyer au couvent. Ils s'en remettront.

— Et moi ? Noreen va rappliquer avec le fusil si je ne t'épouse pas ?

— Non, t'inquiète. Elle me reprochera de t'avoir laissé m'échapper. Toi, tu ne crains rien. Si ça se trouve, les gars du Seán Óg's te paieront même une pinte pour te féliciter.

— Tout bénef, quoi.

Cal s'étend sur le dos, les mains sous la tête, et regrette de ne pas avoir pensé à récupérer plus de vêtements dans sa chambre. Il n'a pas l'intention de dormir, s'il parvient à résister, à cause des complications qui pourraient survenir, mais après une nuit passée sur ce plancher il risque de marcher comme Mart.

— J'aimerais savoir un truc, dit Lena, la lueur du feu se reflétant dans ses yeux. Pourquoi tu as décidé de ne pas prendre le chiot ?

— Parce que je voudrais être certain de pouvoir m'en occuper comme il faut, et qu'il ne lui arrive rien. Et ça ne me semble pas possible.

Lena arque les sourcils.

— Et moi qui croyais que tu voulais juste éviter les contraintes.

— Pas du tout, répond Cal en contemplant les flammes. J'ai justement l'impression de toujours chercher des attaches. Je ne sais pas pourquoi, ça ne marche jamais.

Lena hoche la tête. Le vent, ne soufflant plus que par bourrasques lasses, trouble la flambée. Celle-ci s'est de nouveau estompée et ne dégage plus qu'une lueur d'un orange profond.

Depuis la chambre leur parviennent un bruit d'agitation, ainsi qu'un cri rauque et indistinct. Après avoir écarté la probabilité d'une intrusion, Cal fonce à la porte.

Il s'interrompt pour regarder Lena.

— Tu es déjà debout, déclare-t-elle. J'irai la prochaine fois.

Puis elle se détourne pour s'installer plus confortablement et remonte la couette jusqu'à son menton.

Cal reste un instant devant la chambre, d'où s'échappe un autre cri étranglé. Lena ne bouge pas.

Il ouvre la porte. Redressée sur un coude, Trey tourne frénétiquement la tête de droite à gauche et gémit entre ses dents.

— Doucement, la rassure Cal. Ça va aller.

Elle sursaute et pivote brusquement pour le fixer. Il lui faut quelques secondes pour le voir.

— Tu as fait un cauchemar, c'est tout. C'est fini, maintenant.

Trey pousse un long soupir chevrotant et se rallonge, la douleur à sa côte lui arrachant une grimace.

— Ouais, confirme-t-elle. C'était qu'un rêve.

— Exact. Tu as mal quelque part ? Tu veux un autre antalgique ?

— Non, c'est bon.

— D'accord. Dors bien.

Alors qu'il repart, elle remue dans le lit avec un petit grognement rocailleux. Il se retourne et la voit qui l'observe, son œil intact brillant à la lueur qui filtre par l'embrasure.

— Qu'est-ce qu'il y a ?

La petite ne répond pas.

— Tu veux que je reste un peu ?

Elle hoche la tête.

— Pas de problème.

Il s'assoit par terre, adossé contre le mur.

Trey se positionne dans un bruissement de couvertures afin de pouvoir garder l'œil sur lui.

— Qu'est-ce que tu vas faire ? lui demande-t-elle après quelques instants.

— Chut. On verra ça demain matin.

Il devine qu'elle cherche une autre question. Pour la calmer, il se met à chanter, si bas que ce n'est presque qu'un fredonnement, espérant que Lena ne l'entendra pas malgré le vent. L'air qui lui vient est celui de « Big Rock Candy Mountain », qu'il chantait à Alyssa quand, petite, elle avait du mal à s'endormir. Peu à peu, Trey se détend. Sa respiration ralentit et se fait plus profonde, et l'éclat de son œil s'efface dans la pénombre.

Cal continue. Autrefois, il modifiait les paroles pour Alyssa, changeait les arbres à cigarettes en arbres à sucres d'orge, et le whisky en soda. Il ne voit pas l'intérêt de prendre ces précautions avec Trey, mais il le fait quand même.

18

Le vent finit par s'épuiser et, quand l'aube se présente à la fenêtre, elle est froide et paisible, nimbée d'un vert doré limpide. Cal a somnolé par intermittence, dans les intervalles où il n'entretenait pas le feu ou n'allait pas vérifier, à la lumière de son téléphone, si Trey allait bien. À sa connaissance, elle n'a pas bougé d'un pouce de toute la nuit, même quand il s'est approché pour s'assurer qu'elle respirait.

Aux premières lueurs, Lena lui apparaît, recroquevillée dans le fauteuil, le visage enfoui au creux de son coude, sous le fouillis pâle de ses cheveux. Dehors, les petits oiseaux entament leurs bavardages matinaux, et les corbeaux râlent pour qu'ils la bouclent. Comme il l'avait prévu, Cal a mal partout.

Il se lève le plus silencieusement possible et va remplir la bouilloire à l'évier. Il est étourdi de fatigue, mais pas confus ; à la fraîcheur de l'aurore, tout se pare d'une limpidité légère et envoûtante. Dans le jardin, les lapins se courent après, en rond dans l'herbe perlée de rosée.

Lena se réveille et se redresse, se cambre et se frotte le visage. Elle semble désorientée.

— Bonjour, lui dit Cal.

— Ah, la vache, proteste-t-elle en se protégeant les yeux. Si tu comptes avoir des invités souvent, achète des rideaux.

— S'il n'y avait que ça, rebondit Cal en gardant la voix basse. Comment tu te sens ?

— Trop vieille pour ces folies, voilà comment je me sens. Et toi ?

— Comme si j'étais passé sous un camion. Tu te rappelles quand on dormait par terre chez des copains juste pour se marrer ?

— Oui, mais j'étais vraiment pas futée, à l'époque. Je préfère être vieille et en avoir un peu plus dans le ciboulot. (Elle s'étire sans retenue, avec satisfaction.) Trey dort encore ?

— Oui. Plus elle dormira, mieux ce sera. Je te prépare un petit déjeuner ?

Cal se surprend à espérer qu'elle acceptera. Lena n'est pas la personne la plus conciliante qu'il connaisse, mais il aime la façon dont elle modifie l'équilibre de sa maison.

— Je peux te proposer des toasts avec des œufs au bacon, ou des toasts sans œufs au bacon.

Lena lui adresse un sourire amusé.

— Ah, non. Il vaut mieux que je décolle. Je veux me doucher avant d'aller bosser, mais je dois d'abord nourrir les chiens et les faire sortir. Nellie doit être en train de péter un plomb. Déjà qu'elle s'affole si je ne rentre pas avant l'heure du coucher… Je parie qu'elle m'a déjà bouffé la moitié des meubles.

Elle se lève et se met à plier la couette.

— Je repasse par ici quand je pars au boulot ? suggère-t-elle. Pour ramener Trey chez elle ?

— Je ne suis pas sûr.

Il médite à quel point une mère doit être terrifiée pour en arriver à infliger un tel traitement à sa fille. L'espace d'un instant, avant d'avoir pu détourner ses pensées, il se demande ce qu'il aurait fallu pour les forcer, Donna ou lui, à faire ça à Alyssa.

— Je préfère tirer quelques détails au clair, d'abord.

Lena pose la couette pliée sur le dossier du fauteuil.

— Et moi qui espérais que la nuit t'aurait porté conseil.

— Je ne vais pas me mettre en danger.

Le regard de Lena laisse entendre que c'est une question de point de vue, mais elle ne fait aucun commentaire. Elle retire son élastique de son poignet et refait sa queue-de-cheval.

— Je ne la raccompagne pas chez elle, du coup.

— Peut-être plus tard. Ça te va si j'attends de voir comment se passe la journée et que je te rappelle tout à l'heure ?

— Ça marche. Amuse-toi bien.

— Si j'avais besoin que tu restes encore une nuit, tu serais d'accord ? J'irais vite fait en ville acheter un matelas gonflable, pour que tu n'aies pas à te retaper le fauteuil.

Lena le surprend par un éclat de rire.

— Tu ne manques pas d'air, toi, raille-t-elle. Et pour le sens du timing, tu repasseras. Tu m'en reparles plus tard, quand je ne serai pas pleine de courbatures, et on verra.

Elle enfile ses chaussures et sa veste, puis sort.

Cal attend d'entendre sa voiture s'éloigner avant d'aller faire le tour de son jardin. Il ne décèle aucun signe d'intrusion, mais, même s'il y avait eu des traces, elles auraient été effacées. La tempête de la veille a laissé des souvenirs de son passage partout. Des feuilles sont éparpillées en nombre dans l'herbe, accumulées contre les murs et les haies, et les arbres présentent un aspect dénudé, défiant. Sous sa fenêtre, la terre a été lissée par les rafales.

Il rentre et prépare le petit déjeuner. L'odeur du bacon frit fait sortir Trey de la chambre, pieds nus et le visage froissé de sommeil. Sa lèvre a un peu désenflé, mais son œil est encore plus impressionnant à la lumière du jour, et elle a une vilaine contusion à la joue qu'il n'avait pas remarquée la veille. Son sweat à capuche et son jean sont maculés de sang séché. Cal l'observe en se demandant ce qu'il va faire d'elle. La perspective de la renvoyer chez sa mère lui donne envie de se barricader et de se poster à une fenêtre avec sa carabine, au cas où quelqu'un viendrait s'en prendre à elle.

— Comment tu te sens ? l'interroge-t-il.

— Moyen. J'ai mal partout.

— Ça, je m'en doute.

Le fait qu'elle marche et parle l'emplit d'un soulagement qui lui coupe les jambes.

— Mais à part ça ? Tu as bien dormi ?

— Ouais.

— Tu as faim ?

Elle donne l'impression de vouloir répondre non, pourtant les odeurs de cuisine ont raison de sa volonté.

— Oui. Je crève la dalle.

— Ça sera prêt dans deux minutes. Assieds-toi là.

Elle obtempère, grimaçant lorsqu'un bâillement tiraille sa lèvre. Elle regarde Cal pendant qu'il retourne le bacon et beurre les toasts. Sa façon de se tenir, les épaules droites et trop en appui sur ses pieds, lui rappelle sa posture lors de ses premières visites : prête à s'enfuir.

— Tu veux un autre comprimé contre la douleur ?

— Pas la peine.

— Ah bon ? Il n'y a nulle part où tu as plus mal qu'hier soir ?

— Nan. Ça va.

À cause de son visage déformé, Cal a encore plus de mal à deviner ce qu'elle pense.

— Et voilà, annonce-t-il en apportant les assiettes à table. Coupe en petits morceaux, et débrouille-toi pour que ça ne touche pas ta lèvre, à cause du sel. Sinon tu vas le sentir passer.

Trey se jette sur la nourriture sans tenir compte de ses recommandations, tout en gardant un œil méfiant sur lui. Sa main va un peu mieux : elle tient sa fourchette maladroitement, en essayant de ne pas plier les doigts, mais elle s'en sert.

— Lena est partie il n'y a pas longtemps, l'informe-t-il. Elle a du travail. Peut-être qu'elle repassera tout à l'heure.

— Désolée d'avoir débarqué ici, lâche brusquement Trey. J'étais à l'ouest.

— Ne t'excuse pas. Tu as bien fait.

— Ben non. Tu m'as dit de plus venir.

Toutes les relations de Cal, qui lui paraissaient parfaitement huilées et harmonieuses la veille au soir, semblent s'être détraquées pendant qu'il avait le dos tourné. Brendan Reddy pouvait aller se rhabiller : le véritable mystère que Cal adorerait élucider, c'est comment, en se montrant exemplaire, il parvient à tout foutre en l'air.

— Mais là, c'était une urgence, souligne-t-il. C'est différent. Tu as pris la bonne décision.

— Je partirai quand j'aurai fini mon assiette.

— Il n'y a pas le feu. Avant que tu ailles où que ce soit, on doit décider de ce que tu veux que je fasse.

Trey le regarde d'un air inexpressif.

— À propos d'hier soir. Tu veux que j'appelle la police ? ou l'aide sociale à l'enfance, je ne sais pas quel nom ça a ici ?

— Non !

— Ce ne sont pas des monstres, aux services sociaux. Ils te trouveront un endroit sûr où loger quelque temps. Ils apporteront peut-être de l'aide à ta mère.

— Elle en a pas besoin.

Les yeux de la jeune fille lancent des éclairs. Elle serre son couteau comme si elle était prête à s'en servir contre Cal.

— Écoute-moi, la raisonne-t-il doucement. Ce qu'elle t'a fait, c'est très mal.

— C'était jamais arrivé. Elle l'a fait que parce qu'ils l'ont obligée.

— Et s'ils l'obligent encore ?

— Ils reviendront pas.

— Pourquoi ? Tu as retenu la leçon et maintenant tu vas être bien sage ?

— Ça te regarde pas, lui renvoie Trey avec un regard chargé de défi.

— Je te pose la question, petite. Il faut que je sache ce que je dois faire.

— Rien du tout, voilà. Si tu appelles les services sociaux, je leur dirai que c'est toi qui m'as fait ça.

Il est convaincu qu'elle ne bluffe pas.

En la voyant si combative, il a l'impression de se liquéfier sous l'effet du soulagement. En se levant, il avait peur de prendre de ses nouvelles au cas où il l'aurait trouvée brisée, coquille vide au regard absent qu'il aurait fallu sans cesse tenir par la main, attendre qu'elle se souvienne de mâcher et d'avaler la cuillerée qu'on lui aurait mise dans la bouche.

— Très bien, pas de services sociaux.

Trey le fixe encore un moment. Apparemment, elle le croit, car elle revient à son assiette.

— Je sais que c'est des conneries, ce que tu m'as raconté. Comme quoi Bren est allé en Écosse. Pour que je te foute la paix.

Cal capitule. Quel qu'ait été son but en lui mentant, il a échoué.

— C'est vrai, avoue-t-il. Donie ne m'a lâché que dalle, pas une seule info. Et quand je t'ai ordonné de me ficher la paix, c'était aussi du baratin. Ça ne me gêne pas du tout que tu viennes me voir. J'apprécie ta compagnie.

À cet aveu, Trey lève les yeux vers lui.

— J'en veux pas, de ton fric.

— Je sais. Je ne le pensais pas.

Elle s'immobilise, le temps de s'adapter à cette nouvelle donne. Le relâchement qu'il décèle sur ses traits lui noue la gorge.

— Alors pourquoi tu m'as dit tout ça ?

— Purée, petite. Tu crois que personne ne s'est rendu compte de ce qu'on fabrique, tous les deux ? On m'a clairement déconseillé de me mêler de ça. Ce qui t'est arrivé, là – il pointe du doigt son visage tuméfié –, c'est exactement ce que j'essayais d'éviter.

La jeune fille hausse les épaules d'un mouvement impatient.

— C'est rien, ça. Je vais m'en remettre.

— Pour cette fois, oui. Parce que c'est ta mère qui s'en est chargée, et qu'elle a fait le strict minimum pour qu'ils soient satisfaits. Le prochain coup, ils s'occuperont de toi eux-mêmes. Ou ils s'en prendront à ta mère. Ou à tes petits frère et sœurs. Ou à moi. Ils ne plaisantent pas, ces gars-là. Ils ne font pas dans le sentiment. S'ils ne t'ont pas tuée, c'est parce que la mort d'un enfant attirerait trop l'attention, mais, s'ils n'ont pas le choix, ils le feront.

Elle cligne rapidement des yeux. Elle se remet à engouffrer son petit déjeuner, tête baissée.

— Bon sang ! s'impatiente Cal, soudain à deux doigts d'exploser de colère. Qu'est-ce qu'il te faut pour que tu laisses tomber, à la fin ?

— Je laisserai tomber quand je connaîtrai la vérité. Sûre à cent pour cent. Pas des bobards qu'on me sort juste pour se débarrasser de moi.

— Ah bon ? C'est tout ce que tu cherches ? Juste la vérité ?

— Ouais.

— Tu parles. Si tu as la confirmation que Brendan s'est fait la malle, tu vas vouloir découvrir pourquoi, et ensuite tu essaieras de le retrouver. Si tu apprends que quelqu'un l'a contraint à fuir, tu vas tenter de te venger. Tu auras toujours un dernier truc à faire. Il faut savoir s'arrêter.

— J'en suis carrément capable. Ce sera quand…

— *Non*. C'est maintenant. Regarde ce qui t'est arrivé. S'ils reviennent s'en prendre à toi, comment ça va finir ? Le moment de s'arrêter, c'est tout de suite, point.

Trey redresse la tête vers lui comme si elle était en train de se noyer.

— Je demande que ça, d'arrêter. J'en ai super marre, de tout ça. Au début, la première fois que je suis venue ici, j'étais comme tu dis : j'aurais jamais lâché l'affaire. Maintenant, je veux juste être débarrassée, et plus jamais penser à lui. Je veux retrouver ma vie d'avant. Je sais pas ce qui est arrivé à Brendan, mais il mérite que quelqu'un sache. Même si c'est qu'une seule personne.

Cal n'était pas sûr, jusqu'à cet instant, qu'elle se rendait bien compte de l'immense probabilité que Brendan soit mort. Ils restent un moment en silence dans l'ombre écrasante de cette possibilité.

— C'est à ce moment-là que je m'arrêterai, conclut Trey. Quand je serai sûre.

— Très bien. L'autre jour, tu me questionnais sur mon code de conduite. Eh bien, voilà, tu as le début du tien.

Il contemple son visage tuméfié, éclairé d'un air de compréhension, et sent sa gorge se serrer en songeant à tout ce qui attend la petite, à tous les obstacles qu'elle devra franchir et qu'elle n'aperçoit même pas encore à l'horizon.

— Finis ton assiette, l'encourage-t-il. Ça va refroidir.

Elle ne bouge pas d'un pouce.

— Alors ? Tu vas m'aider ou pas ?

— Franchement, je ne sais pas. D'abord, je dois trouver les gens qui ont rendu visite à ta mère hier, et discuter avec eux. Quand ce sera fait, je devrais savoir ce qui est arrivé à ton frère, ou en tout cas savoir si on peut continuer à chercher sans y laisser notre peau.

— Et si on peut pas ?

— Je ne sais pas. On n'en est pas encore là.

Trey ne semble pas satisfaite par ces explications, mais elle se remet à saucer son jaune d'œuf avec son pain grillé.

— À ton avis, reprend Cal, c'est Donie qui a dit à ta mère de te faire ça ?

Trey ricane.

— Pas du tout. Elle l'aurait envoyé bouler.

— C'est aussi ce que je pense. Mais ces types sont venus deux jours après que tu es allée le voir. Ce n'est pas une coïncidence.

— T'as dit que si je m'approchais de Donie, tu raccrochais.

— Qu'est-ce que tu veux… On a le droit de changer d'avis. Comment tu l'as chopé ?

— Tous les jours, sa mère va à la messe en ville à neuf heures et demie, explique-t-elle, la bouche pleine. C'est Mike le Bigot qui l'emmène. Je me suis cachée dans la haie de chez Mike jusqu'à ce qu'il parte avec sa voiture, et j'ai traversé les champs de Frankie Gannon pour aller frapper à la porte derrière chez Donie.

— Tu as croisé du monde sur le chemin ou en repartant ?

— Non. Mais quelqu'un a pu me voir. Depuis une fenêtre. Je pouvais pas y faire grand-chose, à part marcher vite.

— Bon, dit Cal en allant mettre les assiettes dans l'évier. Je vais m'absenter un moment. Pas longtemps. Tu vas t'en sortir toute seule ?

— Ouais, bien sûr.

Elle n'a pas l'air enchantée à cette idée.

— Personne ne sait que tu es là, la rassure-t-il, alors pas besoin de t'inquiéter. Mais je vais quand même tout fermer à clé au cas où. Si quelqu'un passe pendant mon absence, ne réponds pas, ne regarde pas par la fenêtre. Tu ne bouges pas, et tu attends qu'il ou elle reparte. Compris ?

— Tu vas retourner voir Donie ?

— Ouais. Tu vas t'ennuyer, tu crois ? Tu veux un livre ?

Trey secoue la tête.

— Tu peux prendre un bain, si tu as envie. Ça t'aidera à te sentir plus légère après ce qui t'est arrivé hier soir.

Hochement de tête de la jeune fille. Cal suppose qu'elle n'en fera rien. Elle ne semble pas en mesure d'entreprendre une tâche aussi complexe. Le simple fait de se lever pour le petit déjeuner l'a éreintée. Tout à coup, on lit sur son visage un épuisement anormal chez un enfant, qui fait tomber mollement la paupière de son œil intact et creuse de profonds sillons entre son nez et sa bouche. Pour la première fois, elle ressemble un peu à sa mère.

— Repose-toi, va, lui recommande-t-il. Prends ce que tu veux dans le frigo. Je n'en ai pas pour longtemps.

Cal se rend chez Donie en suivant le même itinéraire que Trey, par les petits chemins et les champs de Francie Gannon. Le vent a arraché des branches aux arbres et les a jetées sur les routes, où elles gisent en vrac, fracassées. Les longs rayons dorés du soleil automnal leur confèrent l'aspect d'une récolte sinistre. Cal traîne les plus grosses dans les fossés. Malgré le manque de sommeil, il n'éprouve aucune fatigue. La marche et l'air vivifiant chassent ses courbatures, et il est toujours porté par le même étourdissement lucide. Il n'a que Donie à l'esprit.

Les éleveurs ont dû finir leur ronde matinale et rentrer prendre leur petit déjeuner ; Cal ne croise que quelques moutons de Francie, qui se figent en pleine mastication pour l'observer, le regard indéchiffrable, à son passage, pendant une durée déconcertante. Avec une agilité surprenante pour un homme de son âge et de sa carrure, il franchit le mur du jardin de Donie, au cas où les voisins jetteraient un coup d'œil par la fenêtre, ou que Francie chercherait à savoir ce qui avait dérangé ses bêtes.

Il atterrit dans un espace délabré envahi de pelouse, encombré de mobilier d'extérieur en plastique sans doute acquis dans une braderie de supermarché. La cuisine semble vide. Cal crochète la porte de derrière avec la carte de fidélité de son traiteur favori à Chicago et entre tout doucement.

Rien ne bouge. La pièce est vétuste, en piteux état, mais d'une propreté acharnée, le lino et la toile cirée renvoyant un lustre fatigué. Le robinet goutte lentement.

Cal se rend dans le vestibule. La maison est sombre, elle sent fort le détergent floral et l'humidité. Il y a trop de meubles, pour la plupart de la pacotille en pin verni virant avec l'âge vers un vilain orange, et des papiers peints aux motifs trop chargés. Sur la cheminée du salon, une lueur rouge vacille faiblement dans la poitrine d'un Jésus à l'air illuminé qui la pointe du doigt, et, le regard chargé de reproches, adresse un sourire affecté à Cal.

Bien qu'il prenne soin de se cantonner à un seul côté de l'escalier et d'appuyer son poids très progressivement, les marches grincent quand même sous ses pas. Il s'interrompt pour tendre l'oreille. Il n'entend qu'un ronflement lointain mais profond.

La chambre de Donie n'a rien de commun avec le reste de la maison, excepté les meubles en pin. Elle est encombrée dans sa quasi-totalité par des vêtements sales et des boîtiers de jeux vidéo. Un mur est occupé par un téléviseur de la taille d'une baie vitrée, un autre accueille un ensemble hi-fi haut de gamme dont les haut-parleurs saillent en tous sens tels des biceps bandés. Elle empeste un mélange d'odeurs de sueur, de cigarette, de pets et de draps crasseux. Au cœur de ces miasmes se trouve Donie, étalé sur le ventre dans son lit, vêtu d'un débardeur et d'un caleçon à motifs de Minions.

Cal traverse la pièce en trois enjambées, presse un genou dans le bas du dos du jeune homme, empoigne sa nuque replète et lui enfonce la tête dans l'oreiller. Il le maintient ainsi jusqu'à percevoir dans ses convulsions affolées un surplus de désespoir, et lui relève la tête le temps de lui laisser reprendre son souffle dans un long râle. Puis il lui inflige le même traitement à deux reprises.

La troisième fois, Donie aspire l'air en couinant comme un goret. Cal applique davantage de pression sur ses reins, lui lâche le cou et lui tord un bras haut dans le dos. Le petit voyou est aussi mou que de la guimauve.

— Espèce de petit con, gronde Cal à son oreille. T'as gravement merdé.

Donie se tortille en prenant de grandes inspirations chuintantes, réussit enfin à pivoter la tête et à apercevoir Cal. Aussitôt, le soulagement se peint sur son visage. Ce n'était pas le but recherché. La peur est un des rares leviers qui feront gamberger Donie. S'il a plus peur de quelqu'un d'autre, ce sera problématique. Par chance, Cal est d'humeur à y remédier.

— Brendan Reddy, lâche-t-il. Tu me dis tout.

— Je sais pas ce que tu…

Cal ouvre le tiroir de la table de chevet, y fourre les doigts de Donie et le referme violemment. Puis il lui plonge de nouveau la face dans l'oreiller pour étouffer son hurlement de douleur.

Il attend d'être sûr que le petit merdeux ait fini de brailler avant de le laisser tourner la tête.

— Tu sais ce que je vais demander pour Noël, moi ? lui siffle-t-il au visage.

Donie halète en gémissant.

— Que les branleurs dans ton genre arrêtent de sortir *toujours les mêmes conneries* ! T'imagines pas comme j'en ai marre de vos « Euuuh, ch'sais pas de quoi tu parles, ch'sais pas qui c'est ce type ». Tu sais très bien de quoi je parle. Je le sais, et ça aussi tu le sais. Et pourtant, tu peux pas t'empêcher de me baratiner. Par moments, je me dis que si j'entends ces bobards *encore une fois*, je vais péter un câble.

Il relâche Donie, s'écarte du lit et renverse une chaise pour en faire tomber un tas de bas de survêtement répugnants.

— Désolé de t'imposer mes problèmes personnels, reprend-il d'un ton aimable en tirant la chaise devant la table de chevet. Mais, de temps en temps, j'en ai vraiment gros sur la patate et il faut que ça sorte.

Donie se hisse en position assise, en se tenant les doigts et en soufflant entre ses dents. Un bourrelet de son ventre pâle et velu émerge entre son débardeur et son caleçon. L'entaille au sourcil que lui a laissée la crosse de Mart n'a pas complètement cicatrisé. Il morfle méchamment, depuis quinze jours.

— T'es beau gosse, mon grand.

— Ma main, putain…

— Va falloir t'en remettre. T'as plein de choses à me raconter.

— Tu me l'as *pétée*, merde.

— Aïe, raille Cal, en se penchant pour inspecter les doigts du jeune homme, qui sont violets et enflés, barrés de profondes rainures rouges.

Le majeur est plié selon un angle anormal.

— Si quelqu'un marche dessus, ça va faire un mal de chien.

— Qu'est-ce que tu veux, putain ?

— Mais bordel, t'es bouché ou quoi ? Brendan Reddy.

Donie hésite à poursuivre la stratégie de l'ignorance, jauge Cal et se ravise. Non pas qu'il ait l'air effrayé, mais il semble un peu plus éveillé que d'ordinaire, ce qui chez ses semblables revient plus ou moins au même.

— Mais t'es qui, en fait ? T'es dans le business ? T'es un flic ? Quoi ?

— Je te l'ai déjà expliqué : je suis juste un gars qui a besoin d'un passe-temps. Je raconterai notre conversation à personne d'autre, si c'est ce qui te chagrine. Sauf si tu me fous en rogne.

Donie se passe la langue à l'intérieur de la lèvre, où l'oreiller l'a comprimée contre ses dents, et contemple Cal de ses yeux bovins.

— T'as besoin que je te donne d'autres arguments ? enchaîne Cal. On a au moins une heure devant nous. Et en une heure, je peux me montrer très persuasif.

— Qu'est-ce que tu veux savoir sur Brendan ?

— Je vais te mettre sur la voie. Il allait se lancer dans la fabrication de meth pour tes potes de Dublin. Commence donc par là.

— Ce petit con se croyait dans *Breaking Bad*. « Vous avez que de la daube bricolée par des amateurs, moi, je peux vous fournir de la pure… » Quel bouffon.

Cal surveille ses yeux au cas où il aurait une arme cachée quelque part, mais Donie ne s'intéresse qu'à l'état de ses doigts. Il les examine sous divers angles, tente de les plier et grimace.

— Ça t'emballait pas, hein ?

— Je leur ai dit dès le début. C'est un branleur qui se prend pour un cador. Il va vous planter.

— Ils auraient dû t'écouter, acquiesce Cal. Ça nous aurait tous simplifié la vie.

Donie s'approche de la table de chevet encombrée. Cal le repousse sur le lit.

— Oublie.

— Sérieux, il me faut une clope.

— Ça attendra. J'ai pas envie de respirer cette merde. Ça schlingue assez comme ça, dans ta piaule. Tu leur es vraiment utile, aux caïds de Dublin, ou ils te gardent pour faire joli ?

Donie se redresse en prenant soin de ne pas solliciter sa main endolorie.

— Ils ont besoin de moi. On peut pas faire de business sans avoir quelqu'un du coin.

— Je suis sûr qu'ils t'apprécient à ta juste valeur. Et t'as dû t'occuper de trucs avec Brendan ?

— J'ai dû l'aider à déblayer la baraque où il s'installait. Lui fournir le matos qu'il lui fallait. (Donie retrousse les lèvres sur ses dents trop petites, comme s'il menaçait de mordre.) Il m'a filé une liste de courses, putain, comme si j'étais sa boniche.

— Il voulait quoi ?

— Du Sudafed. Des piles. Des bouteilles de gaz. Un groupe électrogène. Oui monsieur, non monsieur, vous m'en mettrez trois livres, monsieur.

— De l'anhydre ?

— Nan. Ce connard m'a dit qu'il préférait s'en charger, soi-disant que j'allais me foirer. (Donie ricane.) C'est lui qui s'est bien foiré, tiens.

— Comment ?

Donie hausse les épaules.

— Qu'est-ce que j'en sais ? Peut-être qu'il en a trop pris. En tout cas, P.J. Fallon s'en est rendu compte, et il a appelé les keufs. Ce petit con a dû le persuader de leur dire que c'était une fausse alerte, mais…

— Comment il s'y est pris ?

— P.J. est pas futé. N'importe quoi pourrait marcher.

Donie poursuit d'un ton pleurnichard :

— « Ma pauvre maman, si je vais en taule elle se retrouvera toute seule… » Sauf qu'en embobinant P.J., il a dû laisser échapper où il allait entreposer l'anhydre.

— C'est-à-dire ? Dans son labo ?

— Son labo, répète Donie avec un rire sarcastique. Une vieille turne perchée dans les collines. Ce bouffon jurait que personne d'autre était au courant. Pourtant P.J. et des potes à lui sont allés tout piquer. Pas que l'anhydre. Le générateur, les piles, tout ce qui avait de la valeur. Y en avait pour cinq ou six cents balles, facile.

Cal n'a pas besoin de demander si le petit groupe incluait Mart, cet enfoiré de M. Je-sais-tout : il savait vraiment tout, ou presque. Tout le temps que Cal dégoisait sur les félins sauvages, qu'il se promenait dans le coin à poser des questions innocentes sur qui pourrait lui faire son électricité, Mart savait exactement qui avait volé l'engrais, et pourquoi.

— Les mecs de Dublin l'ont appris ? s'enquiert-il.

— Un peu, ouais, répond Donie avec un sourire carnassier.

— Comment ?

— J'en sais rien, moi. Peut-être qu'ils avaient un guetteur sur place, pour vérifier eux-mêmes si c'était aussi sûr que l'autre guignol le prétendait.

Son sourire s'élargit. Maintenant qu'il est lancé, il semble étonnamment à l'aise avec cette conversation.

Cal a déjà eu affaire à des gens comme lui, par le passé : des individus que la douleur ou la peur n'affectent presque pas, sans parler du reste, comme si leurs émotions étaient atrophiées. Aucun d'entre eux n'améliorait la vie de son prochain de quelque manière que ce soit.

— Il flippait sa race, ce connard. À mon avis, il espérait qu'ils découvriraient pas qu'il s'était fait griller. Il cherchait du flouze pour remplacer le matos avant qu'ils s'en rendent compte.

— Comment ils ont réagi ?

— Ils m'ont demandé d'organiser un rendez-vous. Entre eux et lui.

— Où ?

— À la vieille baraque.

— Pour quoi faire ?

— Lui coller deux ou trois torgnoles, sûrement. Pour lui apprendre ce qu'il risquait à être un gros abruti et à attirer l'attention sur lui. Sauf qu'il est pas venu, l'enflure. Il s'est barré.

Les yeux de Donie se portent de nouveau vers son paquet de cigarettes. Cal claque des doigts sous son nez.

— Reste concentré, Donie. C'est tout ce qu'ils lui réservaient ? Quelques claques ?

— Du moment qu'il les remboursait, ouais. Ils voulaient qu'il leur fabrique la marchandise.

— Il le sait ?

Donie hausse les épaules.

— Cet abruti était à côté de la plaque. Carrément dépassé, quoi. Quand on veut bosser avec ces gars-là, faut connaître son affaire. Je te parle pas de chimie à la con. Faut pas jouer au débile.

— T'étais au rendez-vous ?

— Nan. J'avais d'autres trucs à faire.

Traduction : il n'avait pas été convié, et il ne sait pas si les Dublinois lui ont dit la vérité sur la venue ou l'absence de Brendan. Ce dernier était un optimiste. Il aurait pu sortir de chez lui d'un pas joyeux, convaincu qu'il allait tout arranger, et ne se rendre compte de son erreur qu'une fois trop tard.

— Les mecs de Dublin t'ont demandé où il avait pu se tirer ?

— Qu'est-ce que tu veux que j'en sache, moi ? J'étais pas sa nounou.

— Ils ont essayé de le retrouver ? Ils l'ont chopé ?

Donie secoue la tête.

— Eh, oh ! Je suis pas débile. J'ai pas posé la question.

— Joue pas au con avec moi. Ils l'avaient mauvaise comment ?

— À ton avis ?

— D'accord. Tu crois qu'ils auraient pu le laisser partir sans lui courir après ?

— Je veux pas le savoir. Ils m'ont juste dit de faire flipper les vieux. De m'arranger pour qu'ils la ferment et se mêlent plus de nos affaires.

— Et donc tu as charcuté les moutons.

Un nouveau sourire hargneux fend le visage de Donie, un rictus involontaire pareil à un spasme.

— Tu as dû prendre ton pied, commente Cal. Enfin, tu as pu exploiter tes talents innés.

— J'ai juste assuré le boulot.

Cal l'observe tandis que, assis au bord du lit, ses genoux dodus écartés en grand, il palpe son doigt cassé en lui coulant de temps en temps un coup d'œil avec l'air d'attendre la suite. Il lui cache quelque chose.

Donie ne pouvait pas souffrir Brendan, ce qui se comprend. Lui qui s'occupait des basses besognes pour ce gang depuis des lustres, voilà qu'il voit débarquer ce gamin arrogant à la grande bouche, et il se retrouve à être son larbin. Il voulait que ce blanc-bec disparaisse du tableau, et Cal a la nette impression qu'il a pris des mesures pour que ça se produise. Peut-être a-t-il raconté à Brendan qu'il n'allait pas s'en tirer avec quelques claques, pour lui faire une peur bleue et le pousser à partir. À moins qu'il l'ait accompagné, et qu'il ait choisi un endroit isolé de la colline.

Cal hésite à arracher la suite de l'histoire à Donie, lequel s'est mis à retirer des peluches de son nombril. Il préfère s'abstenir, parce qu'en cet instant il se moque éperdument de ce qu'il est advenu de Brendan Reddy. Il doit en découvrir le maximum sur cette histoire pour savoir qui a forcé Sheila à cogner Trey, et pourquoi. Le reste peut attendre.

— Et quand le boulot a été terminé, reprend-il, tout est revenu à la normale.

— Ouais. Jusqu'à ce que tu viennes fourrer ton nez dedans. Je veux une clope, mec, putain.

— En parlant de gens qui fourrent leur nez où il ne faut pas, reprend Cal. Trey Reddy.

Donie fait une moue méprisante.

— Ben quoi ?

— Elle t'a rendu visite, l'autre jour, pour te poser des questions sur son frère. Et juste après, quelqu'un l'a méchamment tabassée.

Nouveau ricanement de Donie.

— Y a rien de grave. C'est déjà un cageot, cette pétasse.

Cal lui expédie un coup de poing dans le ventre si vite que Donie ne voit rien venir. Il se plie en deux et s'effondre de côté sur le lit, le souffle coupé, avant d'être pris de haut-le-cœur.

Cal patiente. Il préférerait ne pas avoir à le frapper de nouveau ; chaque fois qu'il lève la main sur lui, il n'est pas sûr de pouvoir s'arrêter.

— On reprend du début, ordonne-t-il, lorsque le jeune homme parvient à se redresser et essuie un filet de bave sur son menton. Je veux la bonne réponse, cette fois-ci. Trey Reddy.

— Je l'ai jamais touchée.

— Ça, je le sais, ducon. Mais t'as dit à quelqu'un qu'elle était venue ici. À tes potes de Dublin ?

— Non, pas du tout. J'ai rien lâché à personne.

Cal relève le poing. Donie se glisse vivement vers l'arrière et pousse un jappement de douleur après s'être appuyé sur sa main par réflexe.

— Nan, nan, nan, attends. J'ai raconté *que dalle*, putain. La vérité ! Pourquoi j'aurais balancé ? J'en ai rien à foutre d'elle. Je l'ai envoyée chier, et j'y ai plus pensé. Point final. Sur la tête de ma mère.

Cal reconnaît chez lui l'indignation du menteur invétéré qui, pour une fois, est accusé à tort.

— D'accord. Quelqu'un d'autre l'a vue venir chez toi ?

— J'en sais rien, moi. J'ai pas fait gaffe.

— Les mecs de Dublin ont quelqu'un d'autre qui bosse pour eux, ici ?

— Pas à Ardnakelty. Y en a deux à la ville, un à Lisnacarragh, et un autre à Knockfarraney.

Excepté que Donie n'est pas forcément au courant, surtout si les Dublinois le soupçonnent de ne pas avoir joué franc-jeu avec Brendan. Si quelqu'un le tient à l'œil, c'est certain qu'il ne le saura pas. Cal regrette de ne pas avoir attendu la nuit et trouvé un moyen de pincer Donie dehors, au lieu de se précipiter, mais c'est trop tard.

Deux téléphones sont posés sur la table de chevet, parmi les cendriers, le sachet d'herbe, les mugs au fond de thé croupi et les emballages de cochonneries : un gros iPhone dernier cri de frimeur, et un pitoyable portable basique. Cal prend le second et fait défiler le répertoire, qui contient une demi-douzaine de noms. Il brandit l'appareil sous les yeux du jeune homme.

— C'est qui le boss ?

Donie le fixe d'un air impassible.

— Si tu préfères, enchaîne Cal, je peux les appeler un par un et leur expliquer qui m'a filé leur contact.

— C'est Austin, le boss. De ceux qui viennent ici, en tout cas.

Cal enregistre le numéro du chef, puis les autres, dans son mobile, tout en gardant Donie à l'œil au cas où il tenterait quelque chose.

— Ah ouais ? Et il doit passer bientôt dans le coin, ce monsieur ?

— Y a pas de planning, en fait. Ils me joignent quand ils ont besoin de moi.

— Il est comment, Austin ?

— Il vaut mieux pas l'emmerder, j'aime autant te prévenir.

— Je veux emmerder personne, t'inquiète, rétorque Cal en lançant le téléphone sur la table de chevet, où il atterrit au milieu d'un cendrier, dans un nuage de poudre grise. Mais parfois c'est comme ça, on n'y peut rien.

Après s'être levé, il époussette son pantalon pour en chasser tout résidu de la chaise. Il a l'impression qu'il lui faudrait passer dans un sas de décontamination.

— Tu peux te recoucher, va.

— Je vais te buter, l'informe Donie.

Son regard morne indique qu'il le fera sans hésiter, à condition qu'il ne rate pas son coup.

— Mais non, ducon, le contredit Cal. Si tu me dessoudes, t'as dix enquêteurs qui vont rappliquer dans le patelin pour interroger tout le monde en long et en large sur les petites combines qui ont cours dans le coin. Tu crois qu'ils te feront quoi, tes chefs, si tu leur fourres les flics dans les pattes ?

Donie a beau être bête à manger du foin dans la plupart des domaines, il a un flair expert pour s'y retrouver dans les voies complexes des ennuis. Il foudroie Cal d'un regard de haine absolue, que seuls peuvent décocher ceux qui ne représentent aucune menace.

— À plus, dit Cal en allant vers la porte, donnant au passage un coup de pied dans une assiette croûtée de Ketchup séché. Et fais le ménage, merde ! T'as pas honte de faire vivre ta mère dans une porcherie pareille ? Change tes draps, bordel.

En repartant, Cal flâne longuement sur le chemin qui passe derrière les champs de Francie Gannon, feignant de s'intéresser de près aux bas-côtés tout en vérifiant si quelqu'un surveille la maison de Donie. Si on le questionne, il prétextera qu'il a perdu ses lunettes de soleil, mais il ne croise que Francie, qui, chargé d'un seau apparemment très lourd, lui adresse un signe de la main et lui crie quelques mots inintelligibles. Cal lui rend son salut et continue à chercher, assez tranquillement néanmoins pour que l'agriculteur ne soit pas tenté de lui proposer un coup de main.

Ayant conclu que les lieux étaient dégagés, pour l'heure en tout cas, il accomplit le trajet du retour de plus en plus énervé, plus contre lui qu'autre chose. Depuis le début, il se doutait que le numéro de péquenot excentrique que lui jouait Mart était une façade ; il avait simplement été trop bouché pour assembler les pièces du puzzle, ce qui dans sa branche est un manquement impardonnable. Il aurait dû être reconnaissant envers Mart de s'être montré si protecteur, même si les motivations de l'éleveur étaient surtout d'empêcher Cal d'attirer davantage de problèmes à la communauté, mais il n'aime pas beaucoup passer pour un imbécile.

La matinée s'est parée d'une beauté somptueuse. Sous le soleil automnal, les verts des champs irradient d'un éclat improbable digne d'un mythe, et les petites routes se changent en chemins moirés de lumière où un lutin prêt à poser une énigme, ou une jolie jouvencelle chargée d'un panier, pourrait attendre au détour de chaque buis d'ajoncs et de ronces. Cal n'est pas d'humeur à savourer ce spectacle. Il a le sentiment que c'est justement cette beauté qui a endormi sa perspicacité, a fait de lui ce paysan qui contemple bouche bée sa poignée de pièces d'or jusqu'à ce qu'elle fonde et se transforme en feuilles mortes sous ses yeux. Si tout avait eu lieu dans quelque lotissement déprimant de banlieue aux maisons identiques et aux pelouses tracées au cordeau, il aurait conservé toutes ses capacités de déduction.

Il doit parler à Austin. Ce type a l'air d'un sacré comique. Si c'est le chef, cela dit, même au niveau local, il y a de très fortes probabilités pour qu'il appartienne à la catégorie des psychopathes pragmatiques, pas impulsifs. Dans cette situation, exceptionnellement, Cal y voit un avantage. S'il parvient à le convaincre que Trey ne constitue pas une menace, il est probable qu'il abandonne sa campagne d'intimidation, celle-ci étant un risque inutile, plutôt que de la poursuivre pour s'amuser. Il existe même une chance infime que Cal le persuade de fournir un élément de réponse à Trey contre sa promesse de se tenir tranquille. Afin de jauger Austin suffisamment pour le travailler au corps, Cal doit procéder face à face. Il va devoir lui téléphoner et organiser un rendez-vous, adapter sa stratégie à la volée, et espérer que sa rencontre se passera mieux que celle de Brendan.

La maison et le jardin ont le même aspect qu'à son départ, et les corbeaux vaquent allègrement à leurs occupations, bavardant en ratissant l'herbe en toute quiétude à la recherche d'insectes. Cal ouvre la porte aussi discrètement que possible, supposant que la petite a dû se rendormir, et jette un coup d'œil dans la chambre. Le lit est vide.

Cal pivote vivement sur lui-même, assailli par une pluie de scénarios d'enlèvement. En voyant la porte de la salle de bains fermée, ceux-ci laissent place à une image de la jeune fille gisant par terre, terrassée par une hémorragie interne. Pourquoi ne l'avait-il pas conduite de force à l'hôpital ?

— Trey ? l'appelle-t-il le plus calmement possible. Ça va ?

Après une seconde angoissante, Trey ouvre.

— T'es parti méga longtemps ! s'indigne-t-elle sèchement.

Elle est à fleur de peau. Cal aussi.

— Je parlais à Donie. C'est bien ce que tu voulais, non ?

— Il a dit quoi ?

La vive lueur de terreur qui flamboie dans son regard dissout l'agacement de Cal.

— Que ton frère s'est effectivement embarqué dans des affaires de drogue avec les types de Dublin. Il ne dealait pas, t'avais raison, mais il devait fabriquer de la meth pour eux. Sauf qu'il a merdé, et qu'il a perdu un paquet de leur matériel. Il voulait leur parler et se rattraper, mais ensuite Donie n'a plus eu de nouvelles.

Il ignore si ces informations allaient être trop à encaisser pour Trey, mais il ne veut plus rien lui cacher au prétexte de la ménager : la dernière fois, ça n'avait pas été une franche réussite. La petite a le droit, acquis à un prix dont elle porte les stigmates, d'obtenir des réponses.

Elle absorbe le tout avec une concentration qui réduit son agitation.

— C'est vraiment ce qu'il a dit ? Pas de bobards, cette fois ?

— Pas de bobards, non. Je suis à peu près certain qu'il ne me baratinait pas lui non plus. Je ne suis pas sûr qu'il m'ait tout raconté, mais d'après moi il ne m'a pas baladé.

— Tu l'as tapé ?

— Ouais. Pas trop fort.

— T'aurais dû le massacrer, cet enfoiré. Lui fracasser la tête.

— Je sais. J'aurais bien aimé. Mais je cherche des réponses, pas les ennuis.

— Faut que tu leur parles, aux mecs de Dublin. Tu les as contactés ?

— Du calme, du calme. Je vais le faire. Mais je dois d'abord déterminer la meilleure façon de m'y prendre, pour que ni toi ni moi ne finissions avec une balle dans la tête.

Trey médite cette réponse en se rongeant les petites peaux du pouce, et grimace lorsque son ongle accroche sa lèvre.

— Tu as vu Mart Lavin ? demande-t-elle en fin de compte.

— Non. Pourquoi ?

— Il est passé.

Cal se tape mentalement sur les doigts. Bien sûr que Mart allait remarquer la voiture de Lena et sauter sur la première occasion pour venir à la pêche aux potins.

— Il t'a vue ?

— Non. Je me suis cachée dans les chiottes. Comme tu ne répondais pas, il a fait tout le tour de la maison. Je l'ai entendu. Il regardait par les fenêtres. J'ai vu son ombre.

À ce souvenir, elle se remet à frémir sous l'afflux d'adrénaline.

— Ça tombe bien que j'aie tendu une bâche devant la fenêtre de ma salle de bains, conclut paisiblement Cal.

Il ôte sa veste et la suspend à sa patère derrière la porte, sans faire de gestes brusques.

— Tu sais pourquoi je l'ai accrochée, au départ ? C'est à cause de toi. Avant qu'on fasse connaissance. J'avais remarqué qu'on m'observait, du coup j'ai cloué ça là pour avoir un peu d'intimité. Et maintenant c'est à toi que c'est utile. C'est marrant, comme revirement, non ?

Trey hausse une épaule, apparemment calmée.

— Je sais pourquoi il est venu, en tout cas, reprend Cal, et ça n'a aucun rapport avec toi. Il a vu la voiture de Lena, cette nuit, alors il veut savoir si on se fréquente, elle et moi.

Il esquisse un sourire amusé en voyant la tête que fait Trey.

— C'est ta copine ?

— Non. C'est déjà assez compliqué comme ça. Tu veux quelque chose ? Un truc à grignoter ?

— Je veux voir ça, répond-elle en lui montrant son visage. Tu as un miroir ?

— Ça paraît beaucoup plus méchant que ça ne l'est, pour l'instant. Le gonflement va se résorber dans un ou deux jours.

— Je sais. Je veux voir quand même.

Cal ressort son miroir de rasage d'un placard et le tend à la jeune fille, qui s'installe à la table et y passe un long moment, à tourner la tête de-ci de-là.

— On peut toujours aller voir un médecin pour qu'il te recouse la lèvre, indique Cal. Pour éviter que ça laisse une cicatrice. On lui dira que tu es tombée de vélo.

— Pas la peine. Je m'en fous, des cicatrices.

— Je sais. Mais peut-être que ça te gênera, plus tard.

La petite fait la joie de Cal en lui décochant un regard méprisant au possible.

— Je me fiche d'être jolie, je préfère qu'on se dise qu'il faut pas m'emmerder.

— Je pense que tu es parée, là. Va faire un tour au village. Avant que tes contusions ne se résorbent.

Trey relève vivement la tête.

— J'y mettrai pas les pieds.

— Oh, que si ! Ceux qui ont ordonné à ta mère de te faire ça, il faut qu'ils sachent qu'elle a obéi, et qu'elle n'a pas fait le travail à moitié. C'est pour ça qu'elle s'en est prise à ton visage : pour qu'ils sachent. Tu dois être vue par quelqu'un qui transmettra le message.

— Genre qui ?

— Si seulement je le savais… Va juste chez Noreen. Achète du pain, ce que tu veux. Laisse-lui le temps de bien regarder ta figure, et marche comme si tu avais mal partout. Avec elle, la nouvelle va circuler très vite.

— J'ai pas d'argent.

— Je vais t'en donner. Tu n'auras qu'à me rapporter le pain.

— J'ai mal partout pour de vrai. Je peux pas aller aussi loin à pied.

La petite rentre la tête dans les épaules d'un air buté. Tout en elle est hostile à l'idée de laver le linge sale familial devant Noreen.

— Tu veux qu'ils reviennent pour vérifier ?

Une seconde après, Trey repousse le miroir.

— Bon, d'accord. Je peux y aller que demain, par contre ?

En percevant la grosse fatigue qui leste sa voix, Cal a l'impression d'être un monstre. Pour la seule raison qu'elle se montre encore battante, il a commis l'erreur de la croire plus vaillante qu'elle ne pouvait l'être dans son état.

— Oui, ça marche. Demain, ça ira très bien. Aujourd'hui, tu te reposes.

— Je peux rester ici ?

— Bien sûr.

Il cherchait justement un moyen de le lui suggérer. Donie serait un abruti de première s'il allait se plaindre à Austin de leur petit échange, mais Cal a appris depuis bien longtemps à ne jamais sous-estimer l'ampleur incommensurable de la bêtise humaine. Au cas où Austin aurait effectivement placé Donie sous surveillance, et que son indic avait repéré Cal, les Dublinois connaissaient désormais leur conversation dans les moindres détails. Il songe à tous les semblables d'Austin, et à ce qu'ils infligeraient à Trey s'ils jugeaient nécessaire de revenir. Tant qu'il n'a pas la maîtrise de la situation, la petite ne bougera pas de chez lui.

Elle bâille soudain à s'en décrocher la mâchoire, sans prendre soin de mettre la main devant sa bouche.

— Je suis claquée, annonce-t-elle, perplexe.

— C'est parce que tu es blessée, lui explique Cal. Ton corps utilise une tonne d'énergie pour guérir. Donne-moi juste deux minutes, et tu pourras te remettre au lit.

Il va chercher son marteau et des punaises, une chaise et une bâche de protection, qu'il emporte dans la chambre. Trey le suit et s'écroule sur le lit comme un pantin dont on aurait coupé les ficelles.

— Moi aussi, je me suis pris une raclée quand j'avais ton âge, lui raconte Cal, en montant sur la chaise pour punaiser la bâche par-dessus la fenêtre.

— C'est ta mère qui te l'a mise ?

— Non. Ma mère, c'était une crème. Elle n'écrasait même pas les moustiques.

— Ton père, alors ?

— Nan. Il n'avait pas une once de violence en lui, lui non plus. Quand il rentrait à la maison, il me rapportait des petites voitures et des bonbons, il offrait des fleurs à ma mère, il me montrait des tours de cartes, il restait quinze jours et il reprenait la route. Non, c'était deux gars de mon collège. Je ne me rappelle même pas pourquoi. Ils ne m'ont pas loupé, en tout cas. J'ai eu deux côtes fêlées, et j'avais la tête comme une citrouille pourrie.

— Pire que la mienne ?

— À peu près pareil. Plus de bleus, moins de sang. Ce que je me rappelle le plus, c'est qu'après, j'étais crevé. Pendant presque une semaine, je n'ai rien pu faire d'autre que squatter le canapé, allongé devant la télé, et manger ce que ma grand-mère m'apportait. C'est normal d'être à plat quand on s'est pris des coups.

Trey médite son récit.

— Tu t'es vengé ? Tu leur as cassé la gueule, après ?

— Oui. Ça a mis longtemps, parce que j'ai dû attendre d'être aussi grand qu'eux, mais ils ont eu leur compte.

Il descend de la chaise et tire un coup sec sur le plastique. La bâche ne bouge pas.

— Voilà. Tu n'auras plus besoin de te cacher dans la salle de bains si quelqu'un passe. Reprends toutes les forces qu'il te faut.

La petite bâille encore, se frotte l'œil et se blottit dans les couvertures.

— Bonne nuit, lui dit Cal, avant de refermer la porte.

Elle dort quatre heures. Cal décolle du papier peint dans la petite chambre, lentement et sans à-coups, afin d'éviter les bruits soudains. Des grains de poussière tourbillonnent et s'embrasent dans les rais obliques du soleil. Dans les champs, où l'on a récemment procédé à la récolte, les moutons échangent des bêlements, et une volée d'oies opérant une migration tardive font retentir une clameur lointaine. Personne ne vient chercher personne.

19

La faim finit par tirer Trey du lit ; Cal leur prépare des sandwichs au beurre de cacahuète, puis se rend au bourg. Même si Donie avait appelé Austin dans la foulée pour lui relater leur petit tête-à-tête, le caïd serait loin d'y voir une urgence nécessitant qu'il intervienne sur-le-champ, mais Cal préfère quand même être rentré avant la tombée de la nuit. Lorsqu'il sort de son allée en marche arrière, la maison, basse et flegmatique au milieu des étendues d'herbe haute et devant la silhouette brune des collines à l'horizon, paraît coupée du monde.

Il profite du trajet pour téléphoner à Lena.

— Salut. Comment vont les chiens ?

— Super. Nellie m'a massacré une chaussure pour se venger, mais c'était une vieille godasse.

Derrière elle, il entend des hommes s'interpeller. Elle est au travail.

— Comment va Trey ? s'enquiert-elle.

— Pas trop mal. Elle est toujours un peu secouée, mais il y a du mieux. Et toi ? Tes courbatures sont passées ?

— Tu te demandes si j'en fais assez abstraction pour être prête à remettre ça ?

— Oui, aussi. La gamine veut rester une nuit de plus. Tu me filerais encore un coup de main ? Si j'achète le matelas que je t'ai promis ?

Après un silence, Lena produit un bruit qui pourrait être un rire, un signe d'exaspération, ou les deux à la fois.

— Tu aurais mieux fait de prendre le chiot, persifle-t-elle. Ça t'aurait valu moins d'emmerdes.

— Ce n'est que pour une nuit.

Cal veut croire que c'est vrai. Ce n'est pas une situation qu'il peut laisser s'éterniser.

— Tu peux amener Nellie, reprend-il. Pour que tes autres chaussures soient hors de danger.

Il ne mentionne pas le fait que l'ouïe aiguisée d'un beagle pourrait se révéler utile, mais il est quasi certain que Lena n'est pas dupe.

Les voix d'hommes s'amenuisent ; Lena s'éloigne d'eux.

— Juste pour une nuit. Si tu fournis le matelas gonflable.

— Je suis en chemin pour l'acheter. Merci. Si jamais tu as besoin d'un service, tu peux compter sur moi.

— La prochaine fois qu'un des chiots a la courante, je t'appelle pour passer la serpillière.

— Je répondrai présent. Je peux t'inviter à dîner avec nous ?

— Non, je vais manger de mon côté et je viens après. Disons vers vingt heures. Vous pourrez vous défendre tout seuls d'ici là ?

— On va essayer. Quitte à ce que je pousse le bouchon, j'ai un autre service à te demander. Tu pourrais téléphoner à Sheila Reddy pour la prévenir que Trey va bien ?

Silence de la part de Lena.

— Il faut qu'elle sache, insiste Cal.

Il n'éprouve pas spécialement de sympathie pour Sheila, mais ça ne serait pas correct de la laisser dans le flou, à craindre que sa fille ne soit en train d'agoniser quelque part.

— Dis-lui seulement que sa fille est en sécurité.

— Mais oui, bien sûr. Et quand elle me demandera où elle est, je répondrai juste que je n'en sais rien, c'est ça ? Ou alors « Ah, ah, je te le dirai pas ! » et je lui raccroche au nez ?

— Non… je sais pas, moi, tu lui racontes que la gamine ne veut pas lui parler pour l'instant, mais qu'elle rentrera demain. Un truc dans le genre.

Après un autre silence derrière lequel Cal devine qu'elle hausse les sourcils, il ajoute :

— Je m'en serais bien chargé, mais Sheila risque de mal le prendre si elle découvre que j'héberge sa fille. Je n'ai pas envie qu'elle m'envoie la police. Ni qu'elle débarque chez moi comme une furie.

— Mais c'est pas grave si c'est sur moi que ça tombe, c'est ça ?

— Elle ne t'enverra pas les flics. Si elle rapplique chez toi, tu peux lui montrer que Trey n'est pas là. Et si elle vient après vingt heures, tu ne seras même pas là.

Après un temps de réflexion, Lena répond :

— Ça irait mieux si je comprenais comment je me suis laissé embringuer là-dedans.

— Ouais, pareil pour moi. Elle a un don, la petite.

— Il faut que je te laisse. À plus tard.

Après qu'elle a raccroché, Cal songe à l'éventail de bruitages dont Donna l'aurait gratifié pour exprimer ce que lui aurait inspiré la situation. Il envisage même de lui téléphoner et de tout lui raconter, pour le simple plaisir de les entendre encore une fois, mais il doute fort que ça l'amuse autant que lui.

Au bourg, c'est l'animation des jours de semaine : femmes âgées tirant d'un pas vif leur chariot à roulettes, d'autres plus jeunes jonglant avec poussettes, provisions et téléphones portables, vieux messieurs bavardant au coin des rues en agitant leur canne. Cal a le plus grand mal à dénicher un matelas gonflable, mais finalement le vendeur de la quincaillerie disparaît longtemps dans sa réserve et en revient avec deux modèles, chacun couvert de poussière et de toiles d'araignée collantes. Cal les prend tous les deux. Même si la perspective de passer la nuit dans son fauteuil ne lui fait pas peur, un seul matelas risquerait de donner à Lena l'impression qu'il a une idée derrière la tête.

Dans un magasin aux portants chargés d'une quantité impressionnante de vêtements en polyester déstockés, d'où provient à l'évidence le pull de Sheila, il trouve un bac soldeur rempli de draps en polyester eux aussi. Il y achète une couette supplémentaire et deux oreillers, ainsi qu'un pyjama, un sweat à capuche bleu et un jean qui semblent à peu près à la taille de Trey. Au supermarché, il fait le plein de steaks, de pommes de terre, de légumes, de lait et d'œufs, tout ce qu'il y a de plus nourrissant. Il en profite pour prendre un paquet des biscuits de Mart. Il lui faut un prétexte pour aller chez le fermier et le laisser le cuisiner au sujet de Lena, avant qu'il s'impatiente assez pour revenir fouiner.

Depuis quelque temps, le soir s'invite plus tôt. Lorsque Cal repart, la lumière déclinante drape les herbages de grands voiles d'ombre. Il roule plus vite qu'il ne le devrait sur ces petites routes.

Il réfléchit encore à la façon dont il va procéder avec Austin. Quand il était en activité, il aurait eu à sa disposition toute une panoplie de bâtons et de carottes. Il contemple le maigre croissant de lune qui flotte bas dans le ciel lavande et les champs aux couleurs approfondies par le crépuscule, de nouveau accablé de disposer de si peu de leviers.

Austin refusera de parler à un ancien policier, il accueillera très mal un concurrent, et il ne calculera même pas un quidam dont il ne sait rien. Cal conclut que la meilleure stratégie consiste à se faire passer pour un ancien du milieu, qui a pris sa retraite avant que sa chance tourne et s'est installé loin de chez lui pour éviter de replonger ou d'être rattrapé par la justice : assez dur à cuire pour protéger Trey et inspirer un minimum de respect, mais pas assez actif pour représenter une menace.

Il se rend compte qu'il réfléchit de nouveau comme un enquêteur, mais pas celui qu'il était par le passé. Il pense à la façon d'un infiltré. Cal n'a jamais aimé le travail en sous-marin, ni ceux qui le pratiquaient. Ceux-ci évoluaient dans un univers de miroirs déformants avec une aisance et une habileté qui le mettaient extrêmement mal à l'aise. Il commence à se dire qu'ils trouveraient leur place beaucoup plus facilement que lui dans les environs.

Lorsqu'il se gare dans son allée, on ne voit de sa maison que deux rectangles éclairés et une silhouette de toit se découpant sur un ciel indigo parsemé des premières étoiles. Cal sort de son 4 × 4 et en fait le tour pour sortir les matelas du coffre. Il entend alors un bruit de pas précipités dans l'herbe ; il a tout juste le temps de pivoter et d'apercevoir les formes sombres qui fondent sur lui dans la quasi-obscurité, de porter la main à l'endroit où aurait dû être son Glock, avant qu'on lui enfonce un sac rêche et poussiéreux sur la tête, qu'on le tire violemment en arrière et qu'il chute à plat sur le dos.

Le souffle coupé, il suffoque, puis quelque chose de dur s'abat sur sa clavicule, qu'il sent se fracturer. La douleur lui foudroie l'épaule, mais il parvient à prendre une bouffée de poussière et de saleté à l'air trop rare.

Il se vrille de côté, la bouche entravée par le tissu grossier, et fait de grands gestes à l'aveugle. Il saisit une cheville, tire dessus de toutes ses forces et perçoit le choc sourd de l'homme précipité à terre. Un coup de pied dans le dos le contraint à lâcher prise. L'objet dur percute son genou, la douleur lui coupe de nouveau la respiration, et une infime part de lucidité lui fait comprendre qu'ils sont plusieurs et qu'il n'a aucune chance.

Tout près de son visage, une voix d'homme gronde :

— Mêle-toi de ton cul, maintenant. T'as compris ?

Cal expédie un coup de poing, touche sa cible et entend l'homme pousser un grognement. Avant qu'il ait pu se mettre à genoux, l'arme s'écrase sur son nez, déclenchant dans toute sa tête une explosion de douleur à l'éclat aveuglant. Il s'étrangle en avalant son sang et le vomit en haut-le-cœur incontrôlables. Un rugissement assourdissant déchire alors le crépuscule, et Cal pense qu'ils l'ont encore frappé, que c'est la fin, puis tout s'arrête.

Dans le silence, une voix aussi limpide que rageuse, un peu plus loin, ordonne :

— Bougez pas, bande d'enfoirés !

Il faut un moment à Cal pour identifier l'origine du bruit, à travers l'implacable brouillard bourdonnant de sang et de points lumineux, et reconnaître la voix de Trey. Dans un troisième temps, il comprend qu'elle vient de tirer avec la Henry.

— Où est Brendan ? crie-t-elle.

Aucun mouvement. Cal tente tant bien que mal d'arracher le sac, mais ses doigts tremblent trop. Un homme hurle, tout près :

— Pose ça, petite garce !

La Henry rugit encore. Un hurlement rauque s'élève derrière Cal, puis des exclamations interloquées fusent…

— C'est quoi ces…

— Bordel, mais…

— *Bougez pas*, je vous dis !

— J'ai pris une balle, putain, elle m'a tiré dessus…

— *Il est où mon frère ?* Vous me répondez ou je vous bute tous !

Cal parvient à empoigner le sac et à le retirer. Tout tangue autour de lui et, dans sa confusion, il ne voit distinctement qu'une bande dorée s'étendant sur la pelouse tel le faisceau d'un phare et, dans ce trapèze lumineux, Trey qui pointe la carabine. Elle a jailli de la maison comme un lance-flammes, pleine à ras bord de rage accumulée, prête à tout réduire en cendres sur des kilomètres à la ronde.

— Trey ! crie Cal, qui entend l'écho de son exclamation dans les ténèbres de la campagne figée par le choc. Arrête ! C'est moi !

Il se relève avec difficulté, avance d'un pas lourd et vacillant, la jambe traînante, reniflant et crachant du sang.

— Ne me tire pas dessus !

— Dégage de là, putain ! lui renvoie Trey.

Son accent s'est fait plus brut et plus rugueux, descendu droit des collines, mais sa voix reste claire et déterminée.

Derrière Cal, quelqu'un halète entre ses dents.

— Mon bras, merde…

Puis quelqu'un d'autre ordonne sèchement, à mi-voix :

— Ta gueule.

Puis il n'y a plus un bruit. Les hommes scrutent les moindres mouvements de Trey, se gardent bien de ne pas la prendre au sérieux.

Cal écarte les bras en grand et se précipite devant eux.

— Trey ! crie-t-il. Non !

Il sait qu'il existe des mots auxquels il recourait pour persuader quelqu'un de lâcher son arme, des promesses, des paroles apaisantes. Rien ne lui vient.

— Reste pas devant ou je te flingue aussi !

Autour de Cal, tout continue à osciller et à se brouiller, mais la silhouette de la jeune fille demeure aussi stable qu'une statue. La lourde carabine à son épaule ne tremble même pas. Si ces hommes refusent de lui parler, ou s'ils lui mentent, et peut-être même s'ils lui disent la vérité, elle les massacrera.

— Trey, crie-t-il encore, d'une voix qui déraille. S'il te plaît. Laisse-les partir. Je t'en supplie.

Un silence glacial et absolu s'installe le temps de trois respirations. Puis la Henry crache de nouveau le feu. Les corbeaux s'enfuient de leur arbre dans un grand feu d'artifice noir de battements d'ailes et de panique. Cal relève la tête et rugit tel un animal hurlant à la lune.

Alors qu'il reprend une inspiration étranglée, partagé entre l'envie de se précipiter pour récupérer la carabine ou de se retourner pour constater les dégâts, il entend Trey ordonner d'un ton rageur :

— Maintenant, cassez-vous !

— On s'en va !

Cal est si désorienté qu'il lui faut une seconde de plus pour comprendre. Trey a tiré en l'air, dans les branches.

— Barrez-vous d'ici !

— Je saigne, bon Dieu de merde…

— Allez, allez, grouille…

Halètements rauques, voix entremêlées aux propos inintelligibles, pieds qui se pressent dans l'herbe. Lorsque Cal se détourne pour regarder ses agresseurs, son genou cède et il tombe lourdement, se réceptionne tant bien que mal pour terminer en position assise. Les hommes disparaissent déjà dans le noir, trois formes noires rapides, serrées les unes contre les autres et la tête courbée.

Cal presse sa manche de veste sur son nez pour endiguer l'écoulement. Trey reste immobile, carabine à l'épaule. Les corbeaux tournoient, hurlant des insanités, avant de se calmer peu à peu et de regagner le confort de leur arbre pour dégoiser à leur aise.

Lorsque au loin les voix étouffées deviennent inaudibles, Trey baisse son arme et s'approche de Cal. Celui-ci ôte sa manche assez longtemps pour lui rappeler :

— La sûreté. Enclenche la sûreté.

— C'est déjà fait, le rassure-t-elle, avant de se pencher pour l'examiner dans l'obscurité. C'est grave, tes blessures ?

— Je vais m'en remettre.

Il reprend maladroitement une posture qui lui permettra de se relever.

— Il faut qu'on rentre, la presse-t-il. Avant qu'ils reviennent.

— On les reverra pas, affirme Trey d'un ton satisfait. J'en ai eu un en plein dans le mille.

— C'est vrai.

Il ne sait pas comment lui expliquer que, s'ils revenaient quand même, ils seraient armés aux aussi. Il parvient à se mettre debout et reste un certain temps sur place, pivotant doucement le bassin afin de déterminer si son genou le portera.

— Allez, l'encourage Trey, en passant son bras libre derrière le dos de Cal pour supporter son poids sur son épaule grêle. On y va.

— Non.

Il songe aux blessures de la jeune fille, que pour l'instant il ne se figure pas en détail, mais dont il garde un souvenir horrifié. Trey ne tient pas compte de son refus et se dirige vers la maison, et Cal suit le mouvement. Ils traversent la pelouse en zigzaguant, sortant par intermittence du bandeau de lumière, s'appuyant l'un sur l'autre tels deux ivrognes. Tous les deux sont essoufflés. Cal a une vive conscience de chaque parcelle d'obscurité qui les entoure, et de chaque partie de leur corps qui offrirait une belle cible. Il tente de claudiquer plus vite.

Quand enfin il claque la porte derrière eux et la ferme à double tour, chaque muscle de son corps trépide. La clarté soudaine percute ses yeux de plein fouet.

— Va me chercher un torchon, lui enjoint-il. Et le miroir qui est là.

Trey laisse la Henry sur le plan de travail et les lui apporte, ainsi qu'un bol d'eau et la trousse de premiers soins, puis s'attarde à côté de lui cependant qu'il presse le torchon contre son nez.

— C'est grave, tes blessures ? demande-t-elle encore.

La tension dans sa voix émeut Cal, qui prend une profonde inspiration et s'efforce de recouvrer son calme.

— À peu près comme toi l'autre soir, répond-il, la bouche cachée par le tissu. Ils m'ont bien esquinté, mais j'ai déjà pris plus cher.

Elle reste une minute à l'observer, tout en se palpant la lèvre. Puis elle va brusquement fouiller dans le congélateur. En attendant que le saignement cesse, Cal relève sa jambe de pantalon pour examiner son genou. Celui-ci est violet et en train d'enfler, barré d'un trait plus foncé, mais après quelques tests Cal est quasiment sûr qu'il n'est pas fracturé. Sa clavicule, elle, est au minimum fêlée : il ressent une décharge de douleur chaque fois qu'il bouge l'épaule. Lorsqu'il en tâte la longueur avec une grande délicatesse, il ne constate toutefois aucun décalage de l'os. Ce n'est apparemment pas une fracture nécessitant d'être remise en place, ce qui est une bonne chose. Cal aime autant ne pas avoir à fournir d'explications à un médecin.

Trey dépose deux sachets de glaçons devant lui.

— Il faut quoi d'autre ? s'enquiert-elle.

— De quoi mettre mon bras en écharpe. La bâche qui recouvre la fenêtre de la salle de bains est assez longue pour qu'on puisse en couper une bande en bas. Les ciseaux sont dans ce tiroir, là.

Trey se rend dans la salle de bains et revient avec un morceau de toile plastifiée qu'elle façonne pour en faire une écharpe, sale mais opérationnelle. Après avoir aidé Cal à retirer sa veste en douceur et attaché l'écharpe, elle s'assoit sur le plan de travail, d'où elle peut surveiller la fenêtre de la cuisine.

Le saignement s'est arrêté. S'efforçant de ne pas montrer à la petite qu'il tressaille de douleur à chaque pression, Cal palpe son nez. Celui-ci a doublé de volume, mais son arête ne semble pas avoir dévié. Ses tremblements se sont assez estompés pour qu'il puisse se débarbouiller, en trempant un coin du torchon dans le bol. Le miroir lui renvoie l'image à laquelle il s'attendait : son nez a la forme d'une tomate, et deux yeux au beurre noir sont en train de se former, sans être toutefois aussi impressionnants que celui de Trey.

La jeune fille l'observe.

— On est beaux, tous les deux, ironise-t-il, la voix aussi étouffée et entravée qu'à travers le torchon. Deux chiens errants bien mal en point.

Trey hoche la tête. Cal peine à évaluer dans quelle mesure ces événements l'ont ébranlée. Il lit sur son visage la même acuité et la même dureté qu'il a perçues dans sa voix quand elle tenait les assaillants en joue. Ça ne devrait pas arriver à un enfant. Il voudrait y remédier, mais dans l'immédiat il ne sait pas comme s'y prendre.

Il se renverse sur sa chaise, applique un sachet de glace sur son genou et l'autre sur son nez, et s'emploie à faire baisser en régime son corps et son esprit, afin qu'ils puissent fonctionner correctement. Il se remémore les raclées qu'il a reçues par le passé, afin d'avoir plus de recul sur celle-ci. Par d'autres gamins à l'école, quelquefois. Et par l'abruti qui s'en était pris à lui avec un tuyau à la sortie d'une soirée à laquelle Donna et lui étaient allés pendant leurs folles années, s'étant mis en tête que Cal avait reluqué sa copine – il en avait gardé une cicatrice à la cuisse. Ce type avait essayé de le tuer, tout comme le camé qui, azimuté par quelque substance psychotrope, avait surgi d'une ruelle pendant une de ses patrouilles, si enragé que Cal avait dû lui casser le bras pour le maîtriser. Et voilà que l'histoire se répétait, à des milliers de kilomètres de Chicago, dans un coin paumé de l'Irlande. Il en éprouve un étrange réconfort.

— On a récupéré un chien mal en point, une fois, relate Trey, depuis le plan de travail. Brendan, moi et mon père, on allait au village, et on l'a trouvé sur le bord de la route. Tout écorché, en sang, avec une patte blessée. Mon père a dit qu'il allait crever. Il voulait le noyer pour l'empêcher de souffrir. Mais Brendan, lui, il a insisté pour le soigner, et mon père a fini par accepter qu'on tente le coup. On l'a gardé six ans, ce chien. Il a boité toute sa vie, mais à part ça il allait bien. Il dormait sur le lit de Brendan. Il est mort de vieillesse, finalement.

C'est la première fois qu'elle se confie autant, surtout sans raison apparente. Il croit tout d'abord que c'est l'effet de la tension, mais, en la voyant le regarder, il comprend ce qu'elle est en train de faire. Trey met en pratique ce qu'elle a appris auprès de lui : elle raconte tout ce qui lui passe par la tête afin de l'apaiser.

— Tu avais quel âge ? demande-t-il.

— Cinq ans. Bren a dit que je pouvais lui donner un nom. J'ai choisi Tache, parce qu'il avait une tache noire autour de l'œil. Si c'était maintenant, je trouverais une meilleure idée, mais j'étais petite.

— Vous avez découvert d'où il venait ?

— Non. Il était pas du coin, sinon on l'aurait connu. C'est quelqu'un qui l'avait balancé d'une voiture, sûrement, et après il s'était traîné. C'était pas un chien de race. Juste un bâtard noir et blanc.

— Ce sont les meilleurs. Ton frère a bien fait. (Il teste son genou, qui ne fonctionne pas trop mal, maintenant que le choc initial s'est amenuisé.) Je me sens mieux que ce que j'aurais cru, finalement.

Ce n'est pas une exagération. Des douleurs l'élancent un peu partout, et il a mal au cœur d'avoir avalé du sang, mais dans l'ensemble ça aurait pu se terminer beaucoup plus mal. Ça aurait été le cas si Trey n'était pas intervenue.

— Merci, en tout cas. De m'avoir sauvé la peau.

Trey hoche la tête, puis met deux tranches de pain à griller.

— Tu crois qu'ils étaient venus pour te buter ?

— Possible. Ça me va très bien de ne pas le savoir.

Il ne veut retirer aucun mérite à la petite, mais il ne pense pas qu'il y serait resté, à moins d'un dérapage. Il sait faire la différence : ce passage à tabac ne visait pas à le tuer. Comme il l'a indiqué à Donie, les Dublinois ne veulent pas de l'attention qu'attirerait sur eux un cadavre d'Américain. Ils tenaient seulement à s'assurer que leur message était bien transmis.

Maintenant que Trey a tiré sur l'un d'eux, il se peut que ça change. Tout dépend du sang-froid que possède cet Austin, de la capacité de persuasion de Cal, et de l'autorité que le chef du gang a sur ses troupes. Cal n'est pas d'attaque pour passer son coup de téléphone ce soir, mais il devra le faire le lendemain matin, dès qu'il pourra escompter sans trop de risques de se tromper qu'Austin sera réveillé.

Trey n'a de cesse de surveiller tour à tour la fenêtre, les toasts et Cal.

— Tu l'as chargée drôlement vite, la carabine, lui fait-il remarquer.

— Elle était déjà prête. Depuis que t'étais parti.

— Comment tu l'as sortie du coffre ?

— J'ai vu la combinaison quand tu l'as ouvert, l'autre fois.

Cal songe qu'il devrait lui faire la leçon, lui expliquer qu'elle ne doit pas toucher à une arme avant d'avoir la permission et un permis, mais en de pareilles circonstances cela pourrait être pris pour de l'ingratitude.

— D'accord. Et comment tu savais que tu n'allais pas me dégommer ?

Il lit dans l'expression de la jeune fille que c'est là une question tellement idiote qu'elle ne devrait même pas s'abaisser à répondre.

— T'étais par terre. J'ai visé plus haut.

— D'accord, dit encore Cal. Bref, passons.

L'idée qu'elle aurait pu atteindre un de ces hommes à la tête ravive sa nausée.

Les toasts sautent dans le grille-pain. Elle se penche pour sortir le cheddar du réfrigérateur et un couteau du tiroir.

— Tu en veux ? lui demande-t-elle.

— Pas maintenant. Merci.

Elle empile des tranches de fromage entre les toasts, sans s'encombrer d'une assiette, et en arrache un morceau avec les doigts pour épargner sa lèvre.

— Pourquoi tu m'as pas laissée les obliger à parler ?

Cal retire le pack de glaçons de son nez.

— Non mais attends, tu les braquais avec une *carabine*. Tu en avais déjà shooté un. Tu croyais qu'ils allaient dire quoi : « Eh ouais, c'est à cause de nous si ton frère est parti, désolés » ? Bien sûr que non. Ils allaient jurer leurs grands dieux qu'ils ne savaient pas ce qu'il est devenu, vrai ou pas. Et là, tu aurais eu le choix entre les abattre tous ou les laisser repartir. Dans tous les cas, tu n'aurais pas obtenu ta réponse. Ça m'a paru beaucoup plus malin de les renvoyer au bercail directement.

Trey y réfléchit, tout en mâchant des morceaux de sandwich avec précaution et en balançant son pied dans le vide. Sa vigilance intense s'est estompée. Son œil se pare de nouvelles nuances criardes, mais elle semble avoir repris du poil de la bête, physiquement et mentalement. Son intervention lui a fait du bien.

— J'avais trop envie de tirer dans le tas, avoue-t-elle.

— Je sais. Mais tu t'es retenue. C'est mieux comme ça.

Elle n'a pas l'air convaincue.

— J'en ai touché un, quand même.

— Ouais. Je crois qu'il a pris la balle dans le bras. Mais il courait sans problème, quand ils sont partis. Il s'en remettra.

— Il ira pas me dénoncer aux flics.

— Non. L'hôpital les préviendra peut-être, s'il doit s'y rendre. Il racontera que le coup est parti tout seul pendant qu'il nettoyait son arme, un truc comme ça. Ils ne le croiront pas, mais ils n'y pourront pas grand-chose.

Trey hoche la tête.

— Ils parlaient comme des Dublinois, tu trouves ?

— Je ne sais pas. Je t'avoue que je n'ai pas trop fait attention à ça.

— Moi, ils m'avaient plutôt l'air du coin.

— Sans doute.

Austin n'aurait pas eu le temps, voire la volonté, d'envoyer des gros bras de Dublin. C'était une mission pour ses hommes sur place.

— Tu as reconnu quelqu'un ?

Trey secoue la tête.

— Tu as vu avec quoi ils m'ont frappé ?

— Ça ressemblait à des crosses de hurling. J'ai pas bien vu. (Elle lève les yeux de son sandwich.) On doit être tout près du but, pas vrai ? Sinon ils viendraient pas s'en prendre à nous.

— Possible. Pas sûr. C'est peut-être juste qu'ils en ont marre qu'on leur cherche les poux. Ou ils sont fumasses que j'aie cogné Donie.

— Mais ça se peut quand même.

— Ouais, répond Cal, en partie parce qu'elle en a besoin, afin que tout le reste vaille la peine. Ça se peut qu'on soit tout près.

Au bout d'un moment, elle demande :

— Tu vas essayer de te venger ?

— J'ai d'autres chats à fouetter, pour l'instant. Il faut plutôt que je règle la situation.

Trey médite cette réponse et détache un bout de sandwich. Cal voit qu'une autre question la taraude, mais il ne peut pas lui tirer les vers du nez. Il fourrage dans sa trousse de premiers soins à la recherche de son ibuprofène, dont il avale une bonne dose à sec.

— C'est ma faute s'ils t'ont fait ça, déclare alors Trey.

— T'inquiète, va. Je ne te fais aucun reproche.

— Je sais. N'empêche que c'est vrai.

— Ce n'est pas toi qui m'as tabassé.

— C'est moi qui t'ai embarqué là-dedans.

En la regardant, il se sent terrassé par l'importance et l'impossibilité de dire ce qu'il faut, à un moment où il est à peine capable d'élaborer une pensée cohérente. Il aurait aimé que Lena soit présente, avant de se rendre compte qu'elle ne lui serait d'aucune aide. Il aurait voulu que Donna soit là.

— On n'a pas d'autre choix que de faire de son mieux, explique-t-il. Parfois, ça ne donne pas le résultat qu'on espérait. Et pourtant il faut continuer quand même.

Alors que Trey s'apprête à poser une question, elle tourne vivement la tête.

— Hé ! s'exclame-t-elle, alors qu'au même instant des phares illuminent la fenêtre de la cuisine.

Cal se met debout en s'appuyant sur la table. Son genou est encore douloureux, mais il est plus stable.

— Va dans la chambre, ordonne-t-il. Au moindre problème, tu t'enfuis par la fenêtre.

— Je vais pas…

— Je te dis que si. Allez.

Après un temps d'hésitation, elle obéit, en claquant fort les pieds pour bien montrer ce qu'elle en pense. Cal prend la Henry et va à la porte. Quand les phares s'éteignent et qu'il entend le moteur se couper, il ouvre en grand et se dresse dans l'embrasure, pour être bien visible dans la lumière. Il veut qu'on voie nettement la carabine. Il serait tout à fait incapable de viser, mais il compte sur son effet dissuasif.

C'est Lena, qui s'extirpe de sa voiture avec Nellie bondissant devant elle, et elle adresse un signe de la main à Cal dans le faisceau lumineux se déversant sur la pelouse. Avec tous ces événements, leurs projets lui sont complètement sortis de la tête. Il la reconnaît juste à temps pour ne pas se ridiculiser en braillant Dieu sait quoi. À l'inverse, après un temps d'arrêt, il songe à lui rendre son salut.

Alors qu'elle approche, Lena ouvre des yeux comme des soucoupes.

— Oh, putain, la vache ! s'écrie-t-elle.

Cal avait oublié la tête qu'il a.

— Je me suis fait casser la gueule, explique-t-il.

Se souvenant qu'il tient une carabine, il rentre à reculons et la pose sur le plan de travail.

— J'ai remarqué, merci, répond Lena en le suivant. T'as canardé quelqu'un avec ce machin ?

— Y a pas eu de mort. Pas à ma connaissance.

Lena lui saisit doucement le menton et fait pivoter son visage de droite à gauche. Sa main est chaude et rêche, ses gestes sont neutres, comme si elle examinait un animal blessé.

— Tu vas aller chez le médecin ?

— Pas la peine. Y a pas de gros bobos. Ça guérira tout seul.

— J'ai déjà entendu ça quelque part, commente Lena en lui jetant un dernier coup d'œil, avant de le lâcher. Vous faites la paire, tous les deux.

Trey est ressortie de la chambre et s'est accroupie pour câliner Nellie, qui se tortille et la lèche avec délice.

— Ça va, les blessures de guerre ? la questionne Lena.

— Super. Comment elle s'appelle ?

— Nellie. Si tu lui donnes une bricole à manger, tu te feras une amie pour la vie.

Trey va fouiller dans le réfrigérateur.

— Tu ferais mieux de rentrer, conseille Cal. C'est possible qu'ils reviennent.

Lena commence à vider les nombreuses poches de sa grande veste huilée.

— Ça serait peut-être une aubaine. S'ils débarquent, ce n'est pas exclu que je me débrouille mieux que vous deux.

La veste recèle une quantité de choses impressionnante : une petite brique de lait, une brosse à cheveux, un livre de poche, deux boîtes de pâtée pour chien, une lampe de lecture à pince et une brosse à dents, qu'elle agite à l'intention de Cal.

— Voilà. Je suis parée, cette fois-ci.

Cal a le sentiment qu'elle ne prend pas la pleine mesure de la situation, mais, si leurs visages tuméfiés n'y suffisent pas, rien de ce qu'il pourra lui dire n'y changera quoi que ce soit.

— J'ai acheté deux matelas pneumatiques, l'informe-t-il. Ils sont dans ma voiture. Je veux bien que tu fasses le guet pendant que je vais les chercher.

Lena hausse un sourcil.

— Tu veux que je te couvre ? Avec ce machin ? fait-elle en pointant le menton vers la carabine.

— Tu sais t'en servir ?

— Non, mais sérieux, s'esclaffe Lena, je ne vais pas me planquer derrière la fenêtre comme un tireur embusqué pendant que tu parcours les vingt mètres jusqu'à ta voiture. Toi, tu restes ici, de toute façon. Avec ton bras esquinté, tu ne peux rien porter. Je vais y aller. Où sont tes clés ?

Bien que cette idée déplaise fortement à Cal, il ne peut nier qu'elle n'a pas tort. Il contorsionne son bras valide pour sortir ses clés de sa poche de pantalon.

— Verrouille-la quand tu auras fini, lui donne-t-il pour instruction, sans toutefois être persuadé de l'utilité de la chose.

— Et tu ne peux pas me couvrir, non plus, ajoute Lena en attrapant le trousseau. Il faut deux bras pour tenir ce truc.

— Je vais le faire, moi, annonce Trey, tout en continuant de donner des tranches de jambon à Nellie.

— Pas question, refuse Cal.

Lena commence à l'agacer. Avant qu'elle arrive, il avait l'impression de reprendre peu à peu le contrôle de la situation, mais à présent celle-ci semble lui avoir échappé pour s'échouer dans un territoire situé entre le dangereux et le ridicule.

— Tu vas plutôt arrêter de distraire cette chienne, pour qu'elle puisse accompagner Lena. Range-moi ce jambon.

— C'est pas bête, ça, ironise Lena d'un ton faussement approbateur. Rien de tel qu'un beagle pour repousser une bande de malfaiteurs aux abois. Elle n'a pas mangé, ce soir… Je suis sûr qu'elle pourrait en dévorer au moins trois, s'ils ne sont pas trop gros. Ils étaient costauds ?

— Si tu veux aller chercher les matelas, c'est le moment. Il y a aussi des provisions à récupérer, tant que tu y es.

— C'est normal d'être grognon, va, après la sale journée que tu as passée, l'aiguillonne-t-elle, avant de se diriger vers la voiture.

Cal la suit jusqu'à la porte pour veiller sur elle, quoi qu'elle en pense et malgré le peu de secours qu'il pourrait lui apporter en cas de besoin. Trey, après une brève interruption pour jauger la situation, recommence aussitôt à gâter Nellie.

Une fois les courses déchargées, la chienne nourrie, les matelas gonflés et les couchages installés de part et d'autre de la cheminée, Lena et Trey ayant assuré le plus gros de l'effort, Trey ne cesse de bâiller et Cal est sur les rotules. Ses grands projets de préparer steaks et haricots verts sont retombés comme un soufflé. Trey devra tenir la nuit avec son sandwich au fromage.

— Au lit, lui annonce-t-il, en lui donnant les vêtements qu'il lui a achetés. Regarde : je t'ai pris un pyjama, et de quoi te mettre demain.

La jeune fille tient les affaires du bout des doigts comme si elles appartenaient à un lépreux, relève le menton et s'apprête à lui expliquer, Cal le devine, qu'elle ne veut pas de sa charité. Il prend les devants :

— N'essaie pas de m'embobiner. Tes habits sont pleins de sang. Ils vont tellement puer que demain ça attirera les mouches. Envoie-les-moi par ici quand tu te seras changée, je te les laverai.

Trey lève les yeux au ciel, va dans la chambre et claque violemment la porte.

— Te voilà avec une ado dans toute sa splendeur, commente Lena, amusée.

— Ça fait deux jours qu'elle en bave. Elle n'est pas au mieux de sa forme.

— Tu peux parler. Tu as l'air mûr pour aller te coucher, toi aussi.

— Ça ne serait pas de refus. Si ce n'est pas trop tôt pour toi.

— Je vais lire un peu.

Lena prend son livre et sa lampe de lecture parmi le bazar étalé sur la table, se déchausse et se met à l'aise sur un des matelas – elle a eu la prévoyance de se vêtir d'un sweat-shirt gris d'aspect douillet et d'un bas de survêtement, et n'a donc pas besoin de se changer. Nellie explore son nouvel environnement, renifle dans les coins et sous le canapé. Quand sa maîtresse claque des doigts, elle vient à petits pas sautillants et se roule à ses pieds. Lena se cale sur son oreiller et se plonge dans son roman. Cal n'est pas d'humeur à bavarder au coin du feu, lui non plus, mais il est chiffonné qu'elle lui ait coupé l'herbe sous le pied.

Trey rouvre la porte de la chambre, en pyjama, et fait glisser son sweat-shirt et son jean sales sur le sol en direction de Cal. Celui-ci s'aperçoit que le pyjama, décoré sur le devant d'une voiture de course, fait plutôt garçon. Il a encore du mal à songer à Trey comme à une fille.

— Tu veux que je reste un peu avec toi ? lui demande-t-il.

L'espace d'un instant, elle semble prête à accepter, puis elle hausse les épaules.

— Non, pas la peine. Bonne nuit. (Elle lui décoche un sourire sarcastique.) Appelle-moi si je dois venir te sauver la peau.

— Ah, ah, rétorque Cal alors que la porte se referme. Va te coucher, grosse maligne.

— C'est plutôt elle qui devrait te lire une histoire, ce soir, se moque Lena.

— Ça n'a rien de drôle.

Le jogging confortable de Lena ravive son agacement. Il n'a aucune intention de lui demander de l'aide pour se changer, aussi devra-t-il dormir dans ses habits ensanglantés.

— Je sais. C'est toi qui n'as pas pris la mesure du danger, lui fait-elle remarquer. C'est fini, les conneries, maintenant ?

— J'aimerais bien.

Il cherche le moyen le moins douloureux de ramasser le linge sale de Trey, mais jette l'éponge et va à son matelas.

— Mais je ne vois pas de solution pour les éviter.

Lena hausse brièvement un sourcil et se replonge dans son livre.

Étourdi de fatigue, Cal tourne le dos à Lena et se maintient éveillé en s'appuyant sur le genou jusqu'à ce qu'elle éteigne, et que, dans la maison enténébrée, il entende sa respiration ralentir. Alors, le plus silencieusement possible, il se dégage de sa couette, se lève et rapproche doucement le fauteuil devant la fenêtre. Nellie soulève une paupière, mais il lui susurre « Bon chien », et elle se rendort après avoir fait claquer sa queue par terre. Il pose la carabine sur le rebord de la fenêtre, s'assoit et plonge le regard dans la nuit.

La lune est gibbeuse, presque pleine, très haute au-dessus des arbres. Sous sa clarté, les champs revêtent un aspect flou, inquiétant, pareils à un brouillard dans lequel on pourrait se perdre, vaste mer où s'entrecroisent les lignes noires et nettes des haies et des murets. Il ne détecte que d'infimes mouvements, dans l'herbe ou entre les étoiles, ceux de petites créatures concentrées sur leur activité nocturne.

Il songe à ceux qui ont laissé leur vie dans ces étendues : les trois jeunes gens ivres dont la voiture a fait des tonneaux sous la voûte étoilée dans les environs de

Gorteen, le garçon qui s'est pendu de l'autre côté de la rivière, et peut-être, ou probablement, Brendan Reddy. Il se demande, sans forcément croire aux fantômes, si les leurs errent. Même si c'était le cas, suppose-t-il, même s'il prenait sa veste en cet instant pour arpenter petites routes et versants de collines, il ne les croiserait pas. Leur vie et leur mort avaient pris racine dans une terre dont Cal n'était pas constitué, qu'il n'avait ni ensemencée ni labourée, et ils l'ont réintégrée. Il pourrait passer droit à travers ces spectres sans jamais ressentir le moindre frisson. Il s'interroge : Trey les rencontre-t-elle lors de ses longues marches pour rentrer chez elle au crépuscule ?

— Va dormir, lui dit doucement Lena. Je vais monter la garde.

— Ça me va très bien, ici. Je n'arrive pas à trouver une bonne position, sur l'autre machin. Mais je te remercie, c'est gentil.

— Tu as besoin de sommeil, après la journée que tu as dans les pattes.

Il entend un bruissement de tissu et un grognement de Nellie, puis la silhouette de Lena se lève et vient vers lui à pas feutrés.

— Allez, insiste-t-elle en posant la main sur son épaule intacte. Va te coucher.

Cal ne bouge pas. Ils regardent dehors, côte à côte.

— C'est très beau, déclare-t-il.

— C'est tout petit. Affreusement petit.

Ces garçons auraient-ils eu un destin différent, médite-t-il, s'ils avaient eu à proximité une de ces immenses autoroutes désertes dont il rêvait quelques jours plus tôt ? Une autre échappatoire que l'alcool et le nœud coulant ? Sans doute pas, pour la plupart. Il a connu des tas de jeunes gens qui avaient une route interminable à disposition et qui avaient pourtant choisi la seringue ou une balle. Il se pose quand même la question pour Brendan Reddy.

— C'est ce que je suis venu chercher, lui confie-t-il. Un endroit petit. Un petit village dans un petit pays. J'avais le sentiment que j'y aurais moins de mal à comprendre comment ça fonctionne. Je ne suis pas sûr d'avoir vu juste.

Lena pouffe de rire. Elle a toujours la main sur son épaule. Cal se demande ce qui se passerait s'il posait la sienne dessus, se levait pour la prendre dans ses bras. Dans son état, il n'en serait pas capable même s'il en avait envie, mais il se pose malgré tout la question : dormiraient-ils ensemble, et si c'était le cas, se réveillerait-il au matin en sachant que, quoi qu'il arrive, il ferait sa vie là ?

— Va te coucher, insiste Lena en lui donnant une petite poussée pour le chasser du fauteuil.

Cette fois-ci, il obtempère.

— Réveille-moi dès que tu remarques quelque chose, dit-il. Même si ça te semble anodin.

— Ça marche. Et pour ta gouverne, évidemment que je sais me servir d'une carabine. Tu peux compter sur moi.

— Parfait.

Il se traîne jusqu'au matelas et s'endort avant même d'avoir remonté sur lui son sac de couchage.

À plusieurs reprises, un élancement douloureux ou une décharge d'adrénaline intempestive le tirent du sommeil. Chaque fois, Lena est immobile dans le fauteuil, les mains posées sur la Henry qu'elle tient sur ses cuisses, la tête de profil et les yeux levés vers le ciel.

20

Cal dort jusqu'à tard, et aurait volontiers continué si Lena ne l'avait pas réveillé. Son premier geste lui arrache un grognement de douleur, mais progressivement ses muscles se relâchent assez pour lui permettre de redresser le buste, effort accompagné par une demi-douzaine de grimaces différentes.

— La vache, grommelle-t-il, émergeant petit à petit.

— Le petit déjeuner est prêt, annonce Lena. Je me suis dit que tu ne le sentirais pas, vu l'état de ton nez.

— T'as ronflé, l'informe Trey, assise à table.

— Rien à signaler ? s'enquiert-il.

Il a mal partout où il s'y attendait, et à bien d'autres endroits encore, mais au moins sa voix est un peu moins nasale.

— Personne n'est venu ?

— Pas un chat, répond Lena. Je n'ai rien vu, rien entendu, Nellie n'a même pas remué une oreille, et je n'ai pas eu à canarder un seul bandit. Viens manger. Et toi aussi tu ronfles, annonce-t-elle à Trey, qui lui renvoie un regard perplexe.

Sur la table s'entassent visiblement tous les récipients que Cal possède, remplis de victuailles : bacon, œufs, une montagne de toasts. Trey est déjà en train de dévorer. Cela faisait si longtemps qu'on n'avait pas préparé le petit déjeuner à Cal que ce geste le touche plus que Lena en avait sans doute l'intention.

— J'ai fait ça seulement parce que je ne savais pas si on mangerait quelque chose de potable, avec toi, explique-t-elle en riant, après avoir vu sa tête. Si ça se trouve, tu n'es même pas capable de te faire cuire un œuf.

— Il sait cuisiner le lapin, intervient Trey, la bouche pleine. Et le poisson. Hyper bon.

— Je ne mange pas de lapin au petit déj, assène Lena.

Toutes les deux semblent avoir noué des liens, pendant qu'il dormait.

— Ni de poisson, d'ailleurs. Et je ne connais pas ton niveau d'exigence. Je préfère me fier au mien.

— Je te prouverai mes talents de cuisinier à l'occasion, si tu es partante. Pour te remercier. Quand ce sera un peu moins compliqué.

— On verra ça, oui, répond Lena, qui à l'évidence n'est pas convaincue que ce sera moins compliqué de son vivant, ou en tout cas de celui de Cal. Pour l'instant, mange ça avant que ça refroidisse.

Le repas est bon. Cal a une fringale de gras et de salé, et Lena n'a pas lésiné : elle a fait frire tout le bacon, et le pain grillé est si beurré qu'il en dégouline. La pluie est fine mais tombe en continu et en longs rideaux mouvants. Dans les prés, les vaches paissent, agglutinées sous le ciel morne. Il règne un calme de temps de guerre, étrange et inébranlable, comme si la maison subissait un siège si implacable qu'on n'avait rien d'autre à faire qu'attendre la prochaine étape.

— Tu as pu parler à sa mère ? demande Cal, profitant de ce que Trey passe aux toilettes.

— Oui, répond Lena en lui adressant un regard intraitable. Elle était assez soulagée pour ne pas poser trop de questions. Mais ça n'empêche pas que Trey doit rentrer chez elle bientôt. Sheila en bave déjà suffisamment sans avoir en plus à s'inquiéter pour elle.

— Elle ne peut pas partir d'ici tant que je n'aurai pas réglé la situation, rétorque Cal. Elle s'est mise à dos des types franchement pas recommandables.

— Et tu envisages de la régler quand, la situation ? le questionne-t-elle poliment. Simple curiosité, hein.

— J'y travaille. D'ici ce soir, j'espère.

S'il se montre convaincant au téléphone, il devrait obtenir d'Austin qu'il retienne ses sbires le temps qu'ils se rencontrent et trouvent un terrain d'entente. Cal essaie de compter l'épargne qu'il lui reste, au cas où.

— Magnifique, commente Lena. Préviens-moi si tu as besoin que je t'emmène à l'hôpital.

— Je pourrais te demander de rester ici encore un peu ? enchaîne-t-il, sans réagir à sa pique. Il va falloir que je m'absente un moment, et je ne veux pas que la petite soit toute seule.

Lena le fixe d'un long regard impassible.

— Il faut d'abord que j'aille voir les autres chiens, et je pourrai revenir m'occuper d'elle. Je dois être au travail à treize heures, ensuite.

— Ça me donne tout le temps qu'il me faut. Merci. Je te revaudrai ça.

Il a l'impression que c'est ce qu'il lui dit le plus depuis qu'ils se connaissent.

Lena laisse Nellie pour qu'elle tienne compagnie à Trey, qui s'est entichée de la chienne au point de s'étendre par terre avec elle de tout son long, sans se soucier de rien d'autre. La jeune fille paraît complètement remise, mentalement en tout cas, même si Cal ne se fiera pas à cette impression, et elle n'a pas l'air de trouver la situation exceptionnelle. En ce qui la concerne, tous les trois pourraient continuer à vivre ainsi pour le restant de leurs jours.

Avec d'infinies précautions et une litanie de jurons, Cal parvient à enfiler des vêtements propres. Lorsqu'il sort de sa chambre, Trey, armée des restes de bacon, tente d'apprendre à Nellie à rouler sur le dos. Cal ne parierait ni sur sa réussite ni sur son échec : Nellie ne lui semble pas particulièrement futée, mais la jeune fille est d'une ténacité à toute épreuve, et tant qu'il y aura du bacon et l'attention de Trey en jeu, la chienne se prêtera volontiers à l'exercice.

— Il est moins moche, ton nez, commente la petite.

— Il me fait un peu moins mal, oui. On va dire que c'est un début.

La gamine décrit des cercles avec le bacon, mais Nellie se contente de bondir pour l'attraper au vol.

— Tu vas arrêter de chercher Bren ? demande-t-elle.

Cal se refuse à lui expliquer qu'après la nuit dernière, il ne peut plus se désengager. Austin et ses lieutenants ne laisseront pas passer le fait qu'elle a tiré sur l'un d'eux.

— Non. Je ne supporte pas trop qu'on me bouscule.

Il s'attend à ce qu'elle le bombarde de questions sur sa stratégie d'enquête, mais apparemment cette réponse lui suffit. Elle hoche la tête et se remet à appâter Nellie.

— À mon avis, tu aurais plus de chances de réussite en dressant un des lapins pour qu'il ressorte du congélo, lui souffle Cal.

La confiance indéfectible de la jeune fille l'émeut tant qu'il en a la gorge nouée. Il a l'impression d'avoir le cœur en guimauve, en cette matinée.

— Laisse-la donc tranquille, cette gourde de chienne, et va plutôt faire la vaisselle. Je n'y arriverai pas, moi, avec mon bras estropié.

Au retour de Lena, il est presque onze heures. C'est en général le moment auquel Mart prend une pause thé. Muni des biscuits qu'il a achetés la veille, Cal va à la porte avant, préférant aller voir le fermier avant qu'il se pique de lui rendre visite. Il a forcément entendu les coups de feu, mais avec un peu de chance il n'en a pas identifié l'origine. Cal veut établir clairement qu'il n'y est pour rien.

— Prends un bain, dit-il à Trey en sortant. Je t'ai laissé une serviette. La rouge.

Trey lève les yeux vers lui.

— Tu vas où ? lui demande-t-elle vivement.

— J'ai des trucs à faire.

Lena, qui s'est assise par terre à côté de Trey pour observer ses maigres progrès avec Nellie, ne réagit pas.

— Je rentre d'ici une demi-heure. T'as intérêt à t'être lavée, d'ici là.

— Sinon quoi ? s'enquiert la jeune fille d'un ton curieux.

— Sinon tu vas voir.

Loin d'être impressionnée, elle lève les yeux au ciel et reprend ses efforts avec la chienne.

Le genou de Cal s'est assez rétabli pour lui permettre d'accomplir ce trajet, même s'il a l'impression qu'il boitera encore un petit bout de temps. Dès qu'il est assez loin sur la route pour ne pas être visible depuis ses fenêtres, il se colle à une haie pour s'abriter du plus gros de la pluie, modifie les paramètres de son téléphone pour dissimuler son numéro, et appelle Austin. Après plusieurs sonneries, il tombe sur une annonce de boîte vocale préenregistrée récitée par une femme à la voix snob. Il raccroche sans laisser de message.

La maison de Mart, tassée au creux des champs, semble grise et déserte derrière le voile de pluie, mais Mart et Kojak viennent ouvrir.

— Salut, dit Cal en tendant le paquet de petits gâteaux. Je suis passé au bourg, hier.

— Ben merde alors, s'exclame Mart en le scrutant de la tête aux pieds. T'en as une touche ! Qu'est-ce qui t'est arrivé, cow-boy ? Tu t'es battu contre des *bandidos* ?

— Je suis tombé de mon toit, répond Cal d'un air penaud.

Kojak le renifle prudemment, la queue basse. Les vêtements propres n'ont pas effacé la puanteur du sang et de l'adrénaline.

— J'y suis monté pour vérifier les ardoises, après la tempête qu'on s'est farcie, mais je ne suis plus aussi agile qu'avant. J'ai perdu l'équilibre et je me suis vautré.

— Prends-moi pour un con. T'as grimpé sur Lena Dunne, oui, lui renvoie Mart en gloussant. Ça valait le coup ?

— Arrête avec ça, proteste Cal avec un sourire gêné, en se frottant la nuque. Lena et moi, on est juste copains. Il ne s'est rien passé du tout.

— Je ne sais pas ce que tu appelles rien du tout, mais ça fait deux nuits que ça dure. Tu crois que je suis bigleux, mon grand ? Ou que je suis débile ?

— On a tapé la discute, c'est tout. Ça a duré jusque très tard. J'ai un matelas gonflable, pour les invités…

Mart rit si fort qu'il doit se tenir à l'encadrement.

— Vous tapiez la discute, tu dis ? Moi aussi, ça m'est arrivé de taper la discute avec des femmes, quand j'étais jeune. Mais je ne les ai jamais fait dormir sur un matelas gonflable toutes seules.

Il se dirige vers la cuisine et agite son paquet de biscuits pour inviter Cal à le suivre.

— Viens donc au sec boire un thé, comme ça tu pourras me donner tous les détails.

— Elle fait des œufs au bacon du tonnerre. Je n'ai pas plus de détails.

— J'ai pas l'impression que vous ayez beaucoup discuté, moi, insiste Mart en allumant la bouilloire, avant de chercher des tasses et sa théière en forme de Dalek.

Kojak se couche lourdement sur son tapis devant la cheminée, en gardant un œil méfiant sur Cal.

— Ce sont ses frères qui t'ont amoché comme ça ?

— Oh, oh… Elle a des frères ?

— Purée, oui ! Trois grands affreux qui te massacreraient sans ciller.

— Ben merde. Je vais peut-être devoir décarrer, finalement. Désolé pour tes vingt euros.

Mart rit et s'adoucit.

— T'inquiète pas, va. Ils sont pas assez fous pour se la mettre à dos.

Il jette une copieuse poignée de sachets de thé dans le Dalek.

— Dis-moi juste un truc et je te laisse tranquille : c'est une furie au lit ?

— Il faudrait que tu lui demandes, répond Cal d'un air sage.

— Allez, quoi, poursuit Mart, ses sourcils broussailleux s'arquant tandis qu'une nouvelle idée lui vient. C'est ça qui t'est arrivé ? Lena t'a un peu chahuté ? Si c'est ça, elle doit avoir une sacrée droite. C'est comme ça qu'elle prend son pied ?

— Mais non, putain ! Je suis tombé de mon toit, je te dis.

— Montre-moi ça de plus près, lui enjoint Mart, avant de se pencher pour examiner le nez de Cal sous tous les angles. Ça m'a l'air cassé.

— Ouais, je pense. Mais c'est pas de travers, par contre, en tout cas pas plus que d'habitude. Ça se recollera.

— Y a intérêt. C'est pas le moment de t'enlaidir, beau gosse. Et ton bras, qu'est-ce qu'il a ? Tu te l'es fracturé aussi ?

— Nan. Je crois que j'ai la clavicule fêlée. Et je me suis mangé un méchant coup sur le genou.

— Ça aurait pu être pire, va, philosophe Mart. Je connais un gars de Ballymote qui est tombé de son toit, pareil que toi, et il ne s'est pas loupé. Il s'est retrouvé en fauteuil roulant. C'est sa femme qui doit le torcher. T'as eu du bol. T'es allé voir le toubib ?

— Pas la peine. Il me conseillerait juste de me ménager quelque temps, et ça, je peux le faire moi-même gratis.

— Ou sinon Lena peut te chouchouter, enchaîne Mart, l'air grivois. Elle ne sera pas contente si t'es HS. Vaut mieux que tu sois vite remis sur pied pour pouvoir refaire des galipettes.

— T'es pas possible, Mart, maugrée Cal en ravalant un sourire, très intrigué par ce qu'il sent contre sa chaussure. Arrête un peu avec ça.

Sous la chaise devant lui se trouve un torchon raidi de sang séché.

En relevant la tête, il fixe Mart droit dans les yeux. Il voit passer dans son regard l'intention de lui mentir, de lui raconter qu'il a saigné du nez ou qu'un inconnu s'est présenté chez lui souffrant d'une mystérieuse blessure. En fin de compte, le vieil homme ne dit rien.

— Ah, d'accord, déclare Cal au bout d'un moment. Je me sens bien con, tiens.

— Mais non, pas la peine, le rassure Mart charitablement.

Il se courbe, appuyé sur le dossier de la chaise pour ramasser le torchon en poussant un grognement, puis traverse la cuisine sans se presser pour le mettre dans la machine à laver.

— T'en fais pas, va. Comment t'aurais pu y voir clair, toi qu'es pas d'ici ?

Il ferme le hublot et se détourne vers Cal.

— Mais maintenant, t'as compris.

— Tu vas m'expliquer ce qui s'est passé ?

— Laisse tomber, lui recommande Mart, doucement mais fermement, d'un ton auquel Cal a recouru des centaines de fois pour indiquer aux suspects que c'est la fin du voyage, que plus aucun choix ne s'offre à eux, que c'est inutile de lutter. Rentre chez toi, va dire à la petite de passer à autre chose. Ce n'est pas plus compliqué que ça.

— Elle veut savoir où est son frère.

— Dis-lui qu'il est mort et enterré. Ou qu'il s'est barré. Comme tu préfères, du moment qu'elle lâche l'affaire.

— J'ai déjà essayé. Elle veut des preuves. C'est son exigence, et elle n'en démordra pas.

Mart soupire. Il verse de la lessive liquide dans le tiroir de la machine et programme un cycle.

— Si tu ne lui accordes pas ça, explique Cal, elle reviendra à la charge jusqu'à ce que vous soyez obligés de la tuer. Elle a treize ans.

— Bon Dieu, grommelle Mart en lui décochant un regard par-dessus son épaule, il faut toujours que tu penses au pire. Personne n'a l'intention de tuer qui que ce soit.

— Et Brendan, alors ?

— Personne ne voulait le tuer, lui non plus. Tu ne veux pas te poser, cow-boy ? Tu me donnes le tournis, là.

Cal s'assoit à la table de la cuisine. La maison est froide et sent l'humidité. Le tambour du lave-linge roule par pulsations lentes et cadencées. La pluie ruisselle en continu sur les carreaux.

L'eau a bouilli. Mart en verse dans le Dalek et remue les sachets avec une cuillère. Il apporte tasses et théière, puis du lait et du sucre, avant de s'installer sur une chaise, laborieusement, et de servir.

— Brendan Reddy aurait fini comme ça de toute façon, dit-il, vu la voie qu'il prenait. Si ça n'avait pas été nous, ça aurait été quelqu'un d'autre.

— P.J. a remarqué qu'on lui piquait de l'anhydre, pas vrai ? demande Cal.

Sa marche jusque chez Mart a provoqué des élancements cinglants dans son genou. Il éprouve une colère sourde. Il a fallu que ça lui tombe dessus ce jour-là, précisément quand il n'est pas en état pour procéder avec doigté.

Mart secoue la tête. Il soulève une hanche, d'un mouvement douloureux, et sort son tabac de sa poche de pantalon.

— Non, tu parles. P.J., c'est un naïf. C'est pas qu'il soit débile ni rien, mais il n'a pas un brin de méfiance. Ça ne lui viendrait jamais à l'esprit qu'on puisse lui faire un coup pareil. À mon avis, c'est pour ça que Brendan a choisi sa ferme.

Il étend une feuille de papier à cigarette sur la table et la saupoudre soigneusement de tabac.

— C'est quelqu'un qui l'a balancé.

— Donie, conclut Cal.

Apparemment, tout le monde l'a roulé dans la farine, même cet âne bâté en survêtement. Il aurait dû s'en rendre compte tout de suite, dans sa chambre nauséabonde. Il devine aussi comment les Dublinois ont découvert que Brendan s'était fait pincer. Donie est assez familier des ennuis pour savoir en provoquer lui-même, quand il le veut.

— Exact. Ça n'a jamais collé entre eux, même quand ils étaient mômes. Il a sauté sur la première occasion de lui faire une crasse. Sauf que cet abruti est allé voir P.J., au lieu de m'appeler, ce qu'il aurait dû faire s'il n'était pas con comme ses pieds. Et je te le donne en mille, P.J. a prévenu la Garda.

— Et c'était un problème ? demande Cal, pour pousser Mart à se justifier. C'est ce que j'aurais fait, moi.

— Je n'ai rien contre les policiers, en principe, mais là je ne voyais pas en quoi ils auraient pu arranger la situation. On avait déjà un assez gros sac de nœuds sur les bras sans qu'ils débarquent pour poser des questions et arrêter du monde.

Les yeux plissés, il roule une cigarette rachitique, en prenant d'infinies précautions afin qu'elle soit bien régulière.

— Coup de chance, ils ont mis des plombes à arriver. Assez longtemps pour que P.J. vienne me mettre au courant, et que je parvienne à lui faire entendre raison. P.J. et moi, on a renvoyé les flics, et j'ai téléphoné à deux autres gars – des célibataires, qui ne devaient d'explications à personne –, pour aller récupérer l'anhydre.

Il arque un sourcil et regarde Cal tout en léchant le côté de sa roulée.

— Tu sais déjà où.

— Ouaip.

Cal se demande qui les surveillait, Trey et lui, sur le sentier de la colline.

— Ils ont trouvé une grosse quantité de Sudafed, et un stock de piles. C'était pas une surprise. Ils ont tout emporté. Si t'as un rhume cet hiver, cow-boy, ou si ton réveil est à plat, préviens-moi, j'ai tout ce qu'il te faut.

Cal a appris très tôt dans la vie à savoir quand il ne lui est pas nécessaire de parler. Il se réchauffe les mains autour de son mug, et écoute la suite en buvant son thé.

— Tu noteras, ajoute l'éleveur en pointant sa roulée vers lui, que je n'ai pas cru Donie sur parole. Le plus probable, c'était qu'il ait piqué l'anhydre lui-même, que son plan ait foiré, et qu'il essaie d'en profiter pour foutre Brendan dans la merde. Mais je connais un gars dont la maison donne sur la route par-là haut et qui a vue sur la vieille bicoque depuis chez lui, alors il a ouvert l'œil. Bingo, peu après que les policiers se sont ramenés, voilà notre Brendan Reddy qui déboule comme un dératé. C'est là qu'on a eu confirmation.

Il actionne son briquet et aspire avec délice une longue bouffée, avant de tourner la tête pour ne pas enfumer Cal.

— Après ça, Brendan s'est planqué quelques jours. Il réfléchissait aux solutions qui s'offraient à lui, à mon avis. Mais on n'a pas relâché la surveillance. Il ne pouvait pas rester enfermé jusqu'à la Saint-Glinglin. Ses potes allaient forcément lui demander des explications. Les gars et moi, ça ne nous dérangeait pas, mais on préférait toucher un mot au jeunot d'abord, pour qu'il connaisse notre position. On essayait de lui rendre service : on ne voulait pas qu'il s'engage bêtement auprès de gars de Dublin. Quand il est revenu à la maisonnette la fois d'après, on l'attendait.

Cal repense à la description que Trey lui a donnée de la scène : Brendan partant en vitesse, gai comme un pinson, pressé de dédommager Austin pour ce que les copains de Mart avaient confisqué, et de colmater son projet pour le remettre à flot.

— Il ne s'y attendait pas, commente Cal.

— Je te le fais pas dire, répond Mart, qui dévie momentanément du fil de son récit pour s'attarder sur ce point. T'aurais vu sa tête : comme s'il s'était retrouvé nez à nez avec un hippopotame. Un gars aussi futé, tu pourrais penser qu'il s'en serait douté, pas vrai ? Et qu'il aurait eu une longueur d'avance sur un crétin comme Donie. S'il avait été un peu moins fortiche en chimie et un peu plus lucide sur la nature humaine, il serait encore en vie.

Cal s'est détaché de tout sentiment et de toute pensée. Il est entré dans un état qu'il a connu des milliers de fois dans sa carrière, une bulle où même l'air est figé, où rien d'autre n'existe que le récit qu'il écoute et la personne qui le lui raconte, où lui-même s'est dissous pour n'être plus qu'observation, écoute et concentration absolues. Même ses douleurs lui semblent lointaines.

— On voulait juste lui expliquer le topo, reprend Mart en désignant le visage tuméfié de Cal d'un petit signe de tête. Comme avec toi, en gros. Histoire de mettre les choses au clair. Sauf que lui, il est resté buté. J'aime pas dire du mal des morts, mais il se prenait pas pour de la merde, ce branleur. Il nous répondait qu'on ne savait pas à qui on se frottait, que si on était pas trop cons on ferait mieux de retourner au cul de nos moutons au lieu de nous mêler d'affaires qui nous dépassent. Je sais bien qu'il n'a pas eu d'éducation, mais ma mère m'aurait flanqué une sacrée rouste si j'avais osé parler comme ça à des hommes assez âgés pour être mon grand-père.

Il attrape un vieux pot de confiture qu'il a recyclé en cendrier et en dévisse le couvercle.

— On a voulu lui apprendre les bonnes manières, sauf qu'il s'est rebiffé, et ça a dégénéré. Les esprits étaient échauffés. Le gamin a filé quelques gnons, un copain a vu rouge et lui a collé un méchant pain à la mâchoire. Le petit gars a valdingué en arrière et s'est cogné la tête sur une bombonne de gaz.

Mart aspire une longue bouffée de sa roulée et souffle sa fumée vers le plafond.

— Au début, j'ai cru qu'il était juste assommé, poursuit-il. Mais en y regardant de plus près, j'ai tout de suite vu qu'il était dans un sale état. Je ne sais pas si c'était à cause du coup de poing ou de sa chute, mais sa tête était tournée de traviole et ses yeux se révulsaient. Il a fait un bruit comme un ronflement, ses jambes se sont agitées de convulsions, et ça a été fini. Terminé en cinq secondes.

Derrière sa tête, la fenêtre donne sur des champs d'un vert si moelleux et si épais qu'on pourrait s'y enfoncer. Le vent souffle un murmure de pluie contre la vitre. Le lave-linge continue ses rotations.

— J'ai déjà vu un gars mourir vite, une fois, raconte Mart, quand j'avais quinze ans. La botteleuse mécanique ne ramassait pas bien le foin, et le gars est allé voir ce qui clochait, mais il n'avait pas coupé le moteur.

Sa main a été agrippée, et la botteleuse l'a happé. Le temps que j'éteigne tout, son bras et sa tête n'étaient plus là. Ça l'a déchiqueté comme une vulgaire feuille d'essuie-tout.

Il regarde sa fumée s'élever en volute et se dissiper dans la cuisine.

— Mon grand-père venait de mourir le mois avant, d'un AVC. Ça a traîné quatre jours. On a l'impression que la vie, c'est du costaud, quand elle met quatre jours à abandonner un homme. Mais quand elle s'évapore en quelques secondes, on se rend compte qu'elle est rudement fragile. Ça ne nous plaît pas d'être confrontés à cette vérité, mais les bêtes le savent, elles. Elles ne se font pas d'idées farfelues sur leur mort. La vie tient à pas grand-chose. Elle peut être soufflée en un clin d'œil. Il suffit d'un coup de crocs d'un renard. D'une botteleuse à foin, ou d'une bombonne de gaz.

— Qu'est-ce que vous avez fait du corps ?

Les sourcils de Mart tressaillent.

— On n'a pas trop eu le temps de s'en occuper, en fait. Pas sur le moment, en tout cas. Ça n'a pas arrêté, ce jour-là. Avant qu'on comprenne ce qui venait de se produire, on a reçu un coup de fil de notre guetteur, qui nous prévenait que les gars de Dublin arrivaient. On a posé le jeune sur une bâche qui était dans la pièce du fond, et on l'a transbahuté plus haut sur le versant, au-dessus de la baraque, aussi loin qu'on a pu dans les arbres. Quand on a entendu leur voiture – un Hummer noir énorme, je sais même pas comment ils ont réussi à passer dans les virages… Bref, on l'a allongé dans les fourrés et on s'est accroupis à côté.

Il coule un regard à Cal à travers les tourbillons de fumée.

— À un moment, j'ai hésité à le laisser dans la maison pour qu'ils le trouvent. Un peu comme un message. Mais à la dernière minute, j'ai préféré ne pas le faire. Pas la peine de leur donner plus d'infos que nécessaire, en fait. Ils finiraient bien par comprendre d'eux-mêmes, en voyant qu'il avait disparu.

— Qu'est-ce qu'ils ont fait ?

Mart sourit d'un air amusé.

— Ils n'étaient pas contents, tu penses, mais alors vraiment pas. Ils sont allés voir dans la maison, ils sont ressortis pour jeter un coup d'œil dans la cour, puis ils sont retournés à l'intérieur pour remettre ça. Quatre, qu'ils étaient, et pas un seul qui tenait en place. Ils s'agitaient dans tous les sens, comme s'ils avaient des puces. Et tu les aurais entendus, doux Jésus. On était assez près pour les écouter : c'était une belle journée de printemps, sans un souffle de vent. Je ne suis pas une vierge effarouchée, mais j'en avais les oreilles qui saignaient.

Son sourire s'élargit.

— Tu ne sais pas ce qu'ils ont fait d'autre ? Ils ont essayé de joindre Brendan. Cinq ou six fois. Je l'avais prévu, alors je venais de récupérer son téléphone dans sa poche, mais je n'arrivais pas à le déverrouiller, ni à baisser le volume. On a essayé avec l'empreinte digitale du jeune, mais il fallait un code en plus. Tu devineras jamais comment on s'est débrouillés, du coup. J'ai dit à Bobby de poser son gros cul dessus. Ça t'étoufferait n'importe quel bruit. Tu aurais vu sa tête quand ça s'est mis à vibrer et qu'il se faisait violence pour pas bondir. Il était rouge comme une pivoine. Avec les autres, on s'est tellement retenus de rire qu'on a failli éclater comme des baudruches.

Il écrase sa cigarette sur le couvercle du pot de confiture.

— Au bout d'un moment, ils ont laissé tomber, et ils sont redescendus vers leur énorme bagnole bien astiquée. Y en a un qui a pleurniché tout du long parce que ses belles godasses allaient finir couvertes de boue. On aurait dit une bonne femme toute pomponnée pour se rendre au bal.

Cal est à peu près certain que tout est vrai. Mart n'a aucune raison de lui mentir – il ne pourrait pas exploiter ces renseignements –, à part sa manie de toujours faire des secrets. Cal a le sentiment qu'ils ont dépassé ce stade.

— Où est Brendan, maintenant ?

— Là-haut, dans la colline. Enterré, hein, on ne l'a pas abandonné comme ça. La petite ne doit pas imaginer qu'il se fait bouffer par les rats et les corneilles. On a dit quelques prières pour lui, tout ça.

Mart ouvre le paquet de biscuits avec délicatesse, afin de ne pas émietter les bords.

— Ça s'est fini là-dessus, conclut-il.

— À part Donie qui vous a charcuté des moutons.

Mart pousse un soupir dédaigneux.

— Ça, je le compte même pas. Je l'ignore par principe, ce trou de balle. (Il tend le paquet à Cal.) Tiens, sers-toi. Tu l'as bien mérité. T'es un futé, pas vrai ? Tu t'es senti con, mais en gros tu avais tout pigé. Tu t'es planté que sur un point. Y a pas de honte à avoir.

— Donie a pensé que P.J. était forcément dans le coup, vu que c'était son anhydre. Comment il a appris que Bobby, Francie et toi vous étiez impliqués ?

Mart choisit un biscuit, en prenant son temps pour se décider.

— À mon avis, Donie surveillait ce qui se passait lui aussi. Il a dû nous voir tous les quatre à un moment donné et prévenir ses patrons illico. Il aurait fait un agent double du tonnerre, celui-là, s'il n'avait pas eu le QI d'une huître. Après, ces messieurs l'ont chargé de nous transmettre un avertissement pour qu'on ne se mêle plus de leurs affaires. (Il sourit à Cal.) On l'a reçue, leur mise en garde. Même si on n'a pas réagi comme ils l'avaient prévu.

— Bobby s'imagine toujours que c'est un coup des extraterrestres ?

— Ah, sacré Bobby, fait Mart d'un ton indulgent, en trempant son petit gâteau dans son thé. Il est ravi que des aliens s'en prennent à ses moutons, lui. Je veux pas lui gâcher son plaisir. Je pourrais pas, remarque : même si je lui montrais une vidéo de Donie à l'œuvre, il refuserait de me croire. Bref, peu importe ce qu'il pense. Donie savait qu'au bout de deux ou trois bêtes, j'aurais compris le message. Ce qu'il n'avait pas prévu, c'est que je découvrirais que c'était lui l'expéditeur. Il a cru que je partirais du principe que c'étaient les gros caïds de Dublin, ou quelqu'un qu'ils auraient envoyé de la ville, et que j'oserais pas lever le petit doigt. Maintenant, il est fixé.

— Si vous vouliez faire le ménage dans le coin, c'est plutôt de Donie qu'il aurait fallu se débarrasser, non ?

— Des Donie, il y en a partout. Ils te tapent sur le système, ces abrutis, mais au bout du compte ils n'ont pas beaucoup d'impact. On les ramasse à la pelle, alors si tu en chasses un, tu en as un autre qui prend sa place aussitôt. Brendan Reddy, il était d'une autre trempe. Ceux-là, on n'en croise pas tous les quatre matins. Et ce qu'il faisait, je te garantis que ça aurait eu un sacré impact sur le canton.

— Vous avez déjà de la drogue, dans le coin. Un paquet, même. C'est pas comme si Brendan voulait en introduire dans le jardin d'Éden.

— On perd assez de nos jeunes comme ça, déplore Mart.

Cal s'attendait à ce que le fermier donne l'impression de se justifier, mais ce n'est pas le cas. Son regard est franc, il s'exprime d'une voix calme et catégorique flottant sur le doux crépitement de la pluie sur les carreaux.

— Le monde a tellement changé qu'ils n'ont plus de repères. Quand j'étais jeune, on savait à quoi on pouvait aspirer et comment l'obtenir, et qu'à la fin on se retrouvait avec du concret. Une récolte, un troupeau, une maison ou une famille. C'est une force qui te construit un homme. Maintenant, on te fait miroiter tellement de machins que c'est impossible de tout avoir, et quand t'en as marre d'essayer, qu'est-ce qui te reste ? Quand tu as fini ta journée, tu as passé des coups de bigo pour fourguer des contrats d'électricité, ou tu as brassé du vent pendant quelques réunions, tu es maqué avec une pépée que tu as rencontrée sur Internet, et tu as récolté quelques likes sur leur YouTube, là. Rien qui vaille tripette. Les femmes, elles, elles s'en sortiront : elles s'adaptent. Mais les jeunes mecs sont complètement paumés. Il y en a quelques-uns, comme Fergal O'Connor, que tu connais, qui gardent les pieds sur terre. Les autres se pendent, ou bien ils picolent et ils se plantent dans un fossé, ils crèvent d'une overdose d'héroïne, ou ils se barrent. Je n'ai pas envie que ce coin finisse à l'abandon, que toutes les fermes ressemblent à ta baraque avant que t'arrives : condamnée à tomber en ruine à moins de taper dans l'œil d'un Ricain qui s'en fera un passe-temps.

Ayant senti les biscuits, Kojak vient se poster à côté de la chaise de Mart. Celui-ci lui tend le morceau qui lui reste, que le chien happe aussitôt.

— Je n'allais pas me tourner les pouces en attendant qu'on perde plus de nos jeunes gars à cause des projets délirants de Brendan Reddy.

— Vous avez perdu Brendan, souligne Cal.

— Je viens de t'expliquer que c'était pas volontaire, rétorque Mart, agacé. En plus, si on l'avait laissé faire, on en aurait perdu plus d'un. On ne fait pas d'omelette sans casser des œufs, comme on dit.

— C'est ce que tu pensais quand tu es allé voir Sheila Reddy, l'autre soir ?

Cal s'efforce de conserver une voix posée, mais il perçoit la colère qui y monte.

Mart n'y prête pas attention.

— C'était nécessaire. Y avait pas le choix, c'est comme ça.

Il donne à Kojak une tape sur le flanc pour le renvoyer à la cheminée.

— Et toi, reprend-il, c'est ce que tu pensais quand tu as collé quelques beignes à Donie, je parie. Tu ne t'es pas dit : « C'est bon, y a pas de mal. » Tu t'es dit que parfois, il y a des mesures à prendre, et que personne n'y peut rien, alors inutile de tergiverser. Autant être débarrassé. Et le pire, c'est que tu as eu raison.

— Pas sûr que je présenterais les choses comme ça.

Mart s'esclaffe.

— C'est ce que pensait Theresa Reddy, en tout cas, quand elle a tiré, hier soir. Tu n'as pas protesté, à ce moment-là.

— Celui qui a été touché, comment il va ?

— Il va s'en remettre. Il a pissé le sang, mais il n'y a pas mort d'homme. (Mart prend un deuxième biscuit et adresse un sourire espiègle à Cal.) Ça nous en a fait, de l'animation, ces derniers temps. Ne va pas croire que c'est toujours aussi trépidant, par ici. Tu seras rudement déçu, l'année prochaine, quand le plus gros événement, ce sera qu'une brebis a mis bas des quadruplés.

— Tu étais là, hier soir ? Chez moi ?

Mart rit, les traits plissés par une grimace amusée.

— Moi ? Tu plaisantes ! Avec mes articulations, je ne suis plus d'attaque pour faire le foufou.

Ou il ne voulait pas risquer que Cal le reconnaisse.

— Toi, tu es plutôt un cérébral.

— Je te veux du bien, mon grand. Depuis le début. Bois donc ton thé, rentre chez toi et raconte ce qui te chante à la gamine, et surtout dis-lui que c'est fini.

— La question, ce n'est pas le récit. Je vais lui expliquer qu'il est mort à cause d'une bagarre qui a mal tourné, c'est tout. Elle n'a pas besoin de savoir qui a tué son frère. Mais elle va réclamer des preuves.

— Elle ne peut pas avoir tout ce qu'elle veut. Elle devrait le savoir, à son âge.

— Je ne parle pas de preuves qui pourraient mettre quelqu'un dans la merde. Mais ça fait trop longtemps que tout le monde la baratine. Elle ne s'arrêtera pas tant qu'elle n'aura pas du concret.

— Tu penses à quelque chose en particulier ?

— Brendan portait une montre qu'il tenait de son grand-père.

Mart trempe son biscuit et regarde Cal fixement.

— Ça fait six mois qu'il est mort.

— Je ne te demande pas d'aller me la récupérer. Tu vas me dire où chercher, je la déterrerai moi-même.

— Tu as vu pire quand t'étais du métier, hein ?

— Ça n'a rien à voir avec je ne sais quel métier.

— Plus maintenant, peut-être. Mais chassez le naturel, il revient au galop.

— Il n'y a pas de peut-être. Et si je suis venu m'installer ici, c'est pour que le naturel reste loin, justement.

— Pour l'instant, c'est raté, constate Mart. Sans vouloir t'offenser.

— Brendan Reddy, ça ne me regarde pas.

Cal a beau avoir conscience que sous de nombreux aspects c'est la vérité, il doit se faire violence pour prononcer ces mots. Ne pas savoir s'il prend la bonne ou la mauvaise décision l'effraie.

— Je ne vais pas m'en occuper. J'aurais préféré ne jamais entendre parler de lui. Je veux juste aider cette gamine à retrouver un peu de sérénité, pour qu'elle puisse tourner la page.

Mart médite ces propos en savourant son petit gâteau.

— Et tu crois qu'elle va le faire ?

— Elle ne cherche ni à se venger ni à obtenir justice. Tout ce qu'elle veut, c'est passer à autre chose.

— Maintenant, peut-être. Mais dans quelques années ?

— Elle a des valeurs très fortes, explique Cal. Si elle promet d'en rester là, je suis sûr qu'elle tiendra parole.

Mart lèche les dernières miettes de biscuit détrempées sur ses doigts et observe Cal. Ses yeux ont dû être bleus, par le passé, mais leur couleur les a abandonnés et ils ont un pourtour aqueux. Ils lui donnent un air rêveur, presque mélancolique.

— Tu sais ce qui l'attend, s'il y a la moindre fuite.

— Parfaitement.

— Et tu es prêt à prendre le risque.

— Oui.

— Ben putain, va falloir que tu viennes taper le carton avec nous, parce que t'as pas peur de miser gros. Personne ici ne parierait autant sur cette gamine, moi compris. D'un autre côté, tu la connais peut-être mieux.

Il repousse sa chaise et débarrasse les mugs.

— Voilà ce qu'on va faire. Tu n'es pas d'attaque pour aller crapahuter dans les collines : tu ne tiendrais pas la moitié du chemin, et pas question que je te ramène sur mon dos. Tu m'aplatirais comme une crêpe. Tu vas rentrer chez toi et tu vas parler à la môme. Tu prends la température, tu réfléchis bien à tout ça. Après, si tu es toujours partant, tu restes au calme quelques jours, tu te requinques, et tu repasses me voir. Et là, on ira creuser.

Il décoche un sourire à Cal en mettant les mugs dans l'évier.

— Allez, file, lui enjoint-il, comme il l'ordonnerait à Kojak. Repose-toi, surtout. Si tu n'es pas remis sur pied bientôt, Lena risque de s'impatienter et de se trouver un autre jules.

Pendant l'absence de Cal, qui a le sentiment d'être parti très longtemps, Trey a renoncé à dresser Nellie. Lena et elle ont sorti le matériel de peinture pour s'attaquer aux plinthes du salon. L'iPod diffuse du Dixie Chicks, Lena chantonne la mélodie, Trey est allongée à plat ventre pour fignoler une encoignure, et Nellie s'est installée dans le fauteuil. Cal voudrait faire demi-tour et emporter ce qu'il sait.

Trey lui lance un coup d'œil en arrière.

— Mate un peu ça, dit-elle.

Elle se redresse et écarte les bras en grand. Vraisemblablement, Lena l'a persuadée de prendre son bain ; la petite est beaucoup plus propre qu'au départ de Cal, et elle porte la tenue qu'il lui a achetée en ville.

— Tu as la classe, la complimente-t-il.

Les vêtements, trop grands d'une taille, lui donnent un air si chétif qu'il en est bouleversé.

— Ça ne durera pas longtemps si tu te barbouilles de peinture, en revanche.

— Elle ne tenait pas en place, indique Lena. Elle voulait s'occuper. Je me suis dit que ça ne te dérangerait pas.

— Ça me va très bien. Si je ne m'en suis pas encore chargé, c'est parce que je n'étais pas pressé de ramper par terre comme ça.

— Tu sais pas ce qu'on devrait faire ? demande Trey.

— Je t'écoute.

— Ce mur-là, poursuit-elle en désignant celui qui accueille la cheminée. Le soir, il devient doré, avec le soleil qui entre par cette fenêtre. Ça rend bien. On devrait le peindre de cette couleur-là, du coup.

Stupéfait, Cal sent monter dans sa poitrine comme une bulle, qui pourrait être un rire ou un sanglot. Encore une fois, Mart avait raison : le voilà en compagnie d'une femme qui lui souffle des idées.

— Ça me paraît bien, acquiesce-t-il. J'irai acheter quelques échantillons de peinture, on choisira celle qui y ressemble le plus.

Trey hoche la tête. Ayant remarqué une anomalie dans la voix de Cal, elle le fixe longuement. Puis elle empoigne son pinceau et retourne à sa plinthe.

Lena se tourne vers eux deux.

— Bon. Je vais vous laisser.

— Tu ne pourrais pas rester encore un peu ? lui demande Cal.

— Désolée, j'ai des trucs à faire.

Cal attend le temps qu'elle enfile sa grande veste, fourre tout son barda dans ses poches, et appelle Nellie d'un claquement de doigts.

— Merci, lui dit-il sur le pas de la porte. Tu pourrais raccompagner la petite chez elle, plus tard ?

Lena hoche la tête.

— Tu as réglé la situation, finalement, commente-t-elle.

— Ouais. À peu près.

— Très bien. Bonne chance, alors.

Elle touche le bras de Cal, geste à mi-chemin entre le tapotement affectueux et la secousse. Puis elle retourne à sa voiture sous la pluie, Nellie gambadant à côté d'elle. Bien qu'elle ne sache rien avec certitude et qu'elle n'y tienne d'ailleurs pas, Cal a l'intuition qu'elle a une idée assez précise de la vérité depuis le début.

Il referme la porte, éteint la musique et va voir Trey. Son genou le fait encore assez souffrir pour qu'il ait du mal à trouver une position supportable ; il choisit finalement de s'asseoir par terre, une jambe à l'oblique. Trey n'interrompt pas ses travaux de peinture, mais il sent chez elle une tension extrême.

— Je suis allé parler à des gens, se lance-t-il.

— OK.

Elle ne lève pas les yeux.

— Je suis désolé de t'annoncer ça, petite. J'ai une mauvaise nouvelle.

— OK, fait-elle de nouveau au bout d'un moment, la gorge serrée.

— Ton frère est mort. Le jour où tu l'as vu pour la dernière fois. Il avait rendez-vous avec du monde, et ils se sont battus. Brendan a reçu un coup de poing, il est tombé et s'est cogné la tête. Personne n'a voulu le tuer. C'est une bagarre qui a très mal fini.

Trey continue à peindre, sans un regard pour lui. Cal ne voit pas son visage, mais il entend le sifflement saccadé de sa respiration.

— C'était qui ? demande-t-elle.

— Je ne sais pas qui l'a frappé. Tu m'as dit que tu voulais juste savoir ce qui était arrivé, pour passer à autre chose. Ça a changé ?

— Il est mort vite ?

— Ouais. Le coup de poing l'a assommé, et il est mort quelques secondes plus tard. Il n'a pas souffert. Il ne s'est rendu compte de rien.

— Tu jures ?

— Oui, je te le jure.

Le pinceau de Trey poursuit ses allers-retours sur le même segment de plinthe. Peu après, elle ajoute :

— C'est peut-être pas vrai.

— Je vais t'apporter une preuve. Dans quelques jours. Je sais que tu en as besoin. Mais c'est la vérité, Trey. Je suis navré.

Après quelques instants, elle pose son pinceau, s'adosse au mur et se met à pleurer. Au début, ce sont des pleurs d'adulte ; elle garde la tête droite, la mâchoire et les yeux fixes, des larmes ruissellent sur ses joues en silence. Puis une digue rompt et elle sanglote comme une enfant, les bras autour de ses genoux et le visage enfoui au creux de son coude, en mugissant de chagrin.

Cal brûle de prendre sa carabine, de remonter chez Mart et de conduire ce salopard au commissariat à la pointe de son arme. Il a beau savoir que ça ne réglerait rien, il en a malgré tout une envie si puissante qu'il doit fournir un immense effort pour se retenir.

Il se lève quand même, mais va chercher un rouleau d'essuie-tout. Il le laisse près de Trey et s'assoit contre le mur à côté d'elle. Le bras qu'elle replie par-dessus son visage lui évoque une aile brisée. Peu après, il pose la main sur sa nuque.

Elle finit par sécher ses larmes.

— Désolée, dit-elle en s'essuyant la figure dans sa manche.

Sa peau est rouge et marbrée, son œil intact est presque aussi gonflé que l'autre et son nez presque autant que celui de Cal.

— Tu n'as pas à t'excuser.

Il lui tend le rouleau. Trey se mouche fort.

— C'est tellement pas juste qu'on puisse pas tout arranger, lui confie-t-elle d'une voix chevrotante.

L'espace d'un instant, Cal s'attend à ce qu'elle fonde de nouveau en larmes.

— Je sais. Moi non plus, je n'ai jamais réussi à m'y faire.

Ils restent immobiles, à écouter la pluie. De temps à autre, Trey prend une longue inspiration chevrotante.

— Faut toujours que j'aille chez Noreen, aujourd'hui ? s'enquiert-elle. J'ai pas envie que tous ces connards me voient comme ça.

— Non, c'est bon. Ce n'est plus la peine. Les types d'hier ne viendront plus nous faire d'ennuis.

Cette réponse accroche l'attention de Trey.

— Tu leur as cassé la gueule ?

— J'ai l'air en état de casser la gueule à quelqu'un, là ?

La jeune fille esquisse un sourire triste.

— Non, reprend Cal. Je leur ai juste parlé. Mais c'est réglé.

Trey plie son carré de papier pour trouver un endroit propre et se mouche encore. Cal la sent qui intègre, petit à petit, les changements qui se sont produits.

— Ça signifie que tu peux rentrer chez toi, précise-t-il. Même si je suis content de t'avoir ici.

Trey hoche la tête.

— Je vais y aller, oui. Mais pas tout de suite. Je veux encore un peu de temps.

— Ça marche. Je ne peux pas conduire, de toute façon, alors on va attendre que Lena revienne du travail. Tu veux que l'un de nous deux vienne avec toi pour t'aider à expliquer à ta mère ?

Trey fait non de la tête.

— Je vais pas lui dire maintenant. D'abord, je veux la voir, ta preuve. (Elle détache brièvement le regard de son mouchoir.) Tu m'as dit que tu l'aurais dans quelques jours.

— Grosso modo. Mais à une condition : promets-moi que tu ne tenteras plus rien par rapport à ton frère. Plus jamais. Tu lâches l'affaire et tu passes à autre chose, comme tu l'as dit. Ta priorité, ce sera de retourner au collège, de retrouver tes copains et copines. Peut-être même tenir quelques jours sans mettre tes profs en pétard. Tu y arriveras ?

Trey prend une profonde inspiration.

— Ouais, pas de problème.

Toujours avachie contre le mur, elle garde les mains immobiles sur ses cuisses, comme si elle n'avait pas la force de les bouger. Abandonnée petit à petit par l'immense tension qui la torturait depuis des mois, elle semble soudain vidée de toute énergie.

— Pas seulement dans les jours qui viennent, insiste Cal. Pour toute ta vie.

— Je sais.

— Tu me le jures ? Parole d'honneur ?

— Je jure, oui.

— Parce que je prends un gros pari sur toi, là.

— Moi aussi, j'ai parié sur toi, hier soir, souligne Trey. Quand je les ai laissés se casser, les autres.

— Pas faux.

Il ressent de nouveau ce serrement à la poitrine. Il a hâte d'être à demain, ou à la semaine prochaine, au jour où il aura suffisamment repris des forces pour redevenir lui-même et réagir en conséquence.

— D'accord. Accorde-moi une semaine. Disons deux, histoire d'être tranquille. Après, reviens me voir.

Trey prend une autre grande inspiration.

— Et maintenant, on fait quoi ? demande-t-elle.

Elle est désemparée face à la perspective d'une vie sans quête pour guider ses actes.

— Aujourd'hui, j'ai juste envie d'aller pêcher. Je ne me sens pas d'attaque pour autre chose. Tu crois que c'est jouable pour deux pauvres éclopés comme nous ?

Trey prépare des sandwichs. Cal lui prête un pull supplémentaire et sa doudoune, dans laquelle elle a l'air ridicule. Elle l'aide à enfiler sa veste. Puis ils descendent, sans hâte, à la rivière. Ils y restent tout l'après-midi, sans prononcer un seul mot qui n'ait pas trait aux poissons. Lorsqu'ils ont pris assez de perches pour remplir les assiettes de Cal, de la famille de Trey et de Lena, ils plient leurs gaules et rentrent.

Après avoir partagé le poisson, Cal fourre les vieux vêtements et le pyjama de Trey dans un sac plastique. Lena passe récupérer Trey après son travail. Elle ne sort pas de sa voiture, mais, lorsque Cal vient la voir, elle baisse sa vitre et lève la tête vers lui.

— Appelle-moi quand tu auras fini tes bêtises, lui dit-elle.

Il hoche la tête. Trey monte en voiture, Lena relève sa vitre, et Cal les regarde s'éloigner dans l'obscurité qui s'accumule par-delà les haies, les phares scintillants dans la pluie.

21

Il pleut sans relâche pendant plus de huit jours. Pour l'essentiel, Cal reste chez lui afin de laisser guérir son corps. Sa clavicule, apparemment, n'est pas fracturée, mais plutôt fêlée ou contusionnée : à la fin de la semaine, il parvient à utiliser son bras pour de menues tâches sans trop souffrir, tant qu'il n'essaie pas de le lever au-dessus de l'épaule. Son genou, en revanche, est plus esquinté qu'il le croyait ; il ne semble pas pressé de désenfler. Cal le bande et applique régulièrement de la glace dessus, ce qui le soulage un peu.

L'oisiveté forcée et la pluie brumeuse confèrent à cette semaine une atmosphère onirique, hors du temps. Au début, Cal trouve cette sensation étrangement apaisante. Pour la première fois depuis des lustres, il n'a rien à faire, qu'il le veuille ou non. Il ne peut que rester assis devant sa fenêtre et regarder dehors. Il s'habitue à voir les collines estompées et brouillées par la pluie, donnant l'impression qu'il pourrait marcher dans leur direction sans s'arrêter et qu'elles s'éloigneraient sans cesse. Des tracteurs quadrillent les champs, vaches et moutons pâturent paisiblement. On ne peut savoir s'ils n'ont que faire de la pluie, ou s'ils s'en accommodent.

Le vent a dépouillé les arbres de leurs dernières feuilles ; dans le chêne aux corbeaux dénudé, leurs nids, amas de brindilles hirsutes, sont visibles au creux de chaque branche. Dans l'arbre voisin, un nid solitaire indique qu'un jour quelque oiseau a enfreint leurs règles mystérieuses et s'est vu ramener à l'ordre.

La fébrilité de Cal perdure quelques jours, atteignant quelquefois un pic pour des motifs aléatoires, comme la découverte d'un roitelet mort dans son jardin ou un hurlement nocturne dans les haies. Quelques bonnes nuits de sommeil l'en débarrassent. Elle venait essentiellement du corps de Cal, pas de son esprit. Son passage à tabac ne l'a pas profondément ébranlé. Parfois, on se bat, la vie est ainsi faite. Ce qu'on a infligé à Trey est de nature plus traumatisante.

Son devoir serait d'informer l'agent Dennis de ce qu'il a appris. Les raisons pour lesquelles il n'en fera rien sont si nombreuses, si inextricablement mêlées, que Cal ignore laquelle forme le tronc et lesquelles ne sont que des broussailles. Plus il reste enfermé à se tourner les pouces, plus cette question le taraude. Au bout d'un moment, il voudrait pouvoir passer ses journées à marcher, mais il doit mettre son genou au repos s'il veut être en état de gravir la colline. Il aurait aimé que Lena ou Trey lui rendent visite, mais ce serait une mauvaise idée : pour l'heure, tout doit être laissé en jachère. Il regrette presque de ne pas s'être équipé d'une télé.

Dès que son genou le lui permet, il boitille sous la pluie jusque chez Noreen, qui le gratifie de toute sa gamme de cris horrifiés quand il lui raconte qu'il est tombé de son toit. Tandis qu'elle lui dresse une liste de remèdes de grand-mère et de malheureux qui se sont tués dans une chute, Fergal O'Connor vient acheter un énorme filet de pommes de terre et une bouteille géante de sirop de fruits. Lorsque Cal le salue, le jeune homme incline la tête d'un air gêné et lui renvoie un sourire timide, puis paie et part en vitesse, avant que Cal ait pu le questionner de nouveau.

Au cours des derniers jours, Cal a songé à Fergal. De tous ceux qu'il a interrogés, ce bon bougre, pas très futé mais fidèle, est celui qui aurait pu le mettre sur la voie. Brendan avait manqué de perspicacité très souvent, mais il en avait eu assez pour se confier à Fergal, plutôt qu'à Eugene, lorsqu'il avait éprouvé le besoin de se vanter de ses projets. Fergal savait ce à quoi Brendan travaillait – pas forcément en détail, mais au moins dans les grandes lignes. Il était au courant que son copain avait été pris en défaut et qu'il avait peur, et il savait aussi que Brendan avait tort de ne pas craindre les types du coin autant que les caïds de Dublin. Fergal avait seulement omis la possibilité que les choses aient mal fini. Dans son esprit, c'est la nature qui peut vous jouer des tours ; les êtres humains sont fiables, ou en tout cas fidèles à eux-mêmes. Il était convaincu que Brendan, avec, depuis toujours, son côté aventurier, avait paniqué à l'idée de recevoir une raclée et reviendrait dès que le danger serait passé.

Cal ne le détrompera pas. Le jeune éleveur se rendra à l'évidence en temps voulu, s'il en est capable, à moins qu'il ne le souhaite pas. C'est à lui de décider du regard qu'il veut porter sur sa communauté.

Cal n'en dira rien à Caroline non plus. Elle voulait connaître la vérité, mais, même s'il pouvait la lui livrer sans risque, ce n'est pas à lui qu'incombe cette responsabilité. Elle aussi devra se forger son propre avis. Cal aurait voulu pouvoir lui expliquer qu'il s'agissait d'un accident, afin que son regard ne soit pas plus dur que nécessaire. Si elle vient le questionner un jour, il tâchera de trouver un moyen.

S'il est encore dans les parages. Coincé chez lui à contempler les silhouettes de collines recelant le cadavre d'un jeune homme quelque part au sein de leurs courbes oniriques, il a eu tout le loisir de caresser une autre idée : vendre sa maison et prendre un avion pour Chicago, ou peut-être Seattle. D'ici à quelques jours, il aura accompli ce que Trey attend de lui ; plus aucune responsabilité ne le retiendra ici. Il pourrait mettre les voiles en moins d'une heure.

Il paie ses provisions, après quoi Noreen le raccompagne à la porte en lui promettant d'envoyer Lena lui apporter des cataplasmes de feuilles de chou et le numéro d'un bon couvreur. Cal n'a aucun moyen de savoir si elle croit un traître mot de ce qu'il lui a raconté, mais il a conscience que, en ce qui la concerne, ça n'a aucune importance.

La pluie finit par cesser. Cal, qui la veille se sentait prêt à ronger ses boiseries s'il ne pouvait pas sortir et en finir, conclut qu'il serait sage de ne pas aller creuser avant que le versant ait dégorgé. Il reste donc chez lui ce jour-là, puis le lendemain, au cas où.

Il ne cherche pas à gagner du temps. La perspective de déterrer Brendan ne l'enchante pas, mais, quel que soit l'état du corps, il aura vu pire. Il sait la tâche qui lui incombe, et il est prêt à s'en acquitter. C'est ce qui adviendra ensuite qui lui semble plus flou.

À tout moment, Trey va venir réclamer sa preuve. Cal n'a eu aucune nouvelle d'elle depuis que Lena l'a reconduite chez sa mère. Ça ne lui plaît guère de la savoir là-haut sans personne d'autre que Sheila pour veiller sur elle, mais il lui a justement dit de lui accorder deux semaines, et c'est sans doute bon signe qu'elle s'y tienne. Elle a besoin de ce temps pour digérer ce qui s'est passé, et se préparer à ce qui va suivre. Mais il songe aussi qu'en cet instant, les quinze jours étant presque écoulés et le visage de la jeune fille suffisamment remis pour qu'elle ne rechigne pas à se montrer, elle allait s'impatienter.

Bien que l'on soit jeudi, Cal s'installe sur son perron tard dans la soirée et appelle Alyssa. Il se sent bête de céder à cette envie, mais, le lendemain, il ira marcher des kilomètres dans une colline déserte seul avec un homme qui a déjà joué un rôle dans la mort de quelqu'un sans être inquiété, et qui pourrait très bien estimer que Cal représente un risque inacceptable pour lui. Ce serait naïf de ne pas tenir compte de cette possibilité, et Cal a le sentiment de l'avoir été bien assez.

Elle décroche vite.

— Salut. Tout va bien ?

— Impeccable. J'avais juste envie de faire un coucou. Comment ça va, toi ?

— Bien. Ben a un deuxième entretien pour un super boulot, on croise les doigts.

Sa voix se fait plus lointaine, Cal entend de l'eau qui coule et des cliquetis de couverts. Elle l'a mis sur haut-parleur pour finir de remplir le lave-vaisselle.

— Et toi, tu fais quoi en ce moment ? lui demande-t-elle.

— Pas grand-chose. Il a plu toute la semaine, mais ça s'est dégagé, alors demain je vais aller me balader dans les collines. Avec mon voisin Mart.

Alyssa s'adresse à quelqu'un, vraisemblablement Ben, la voix étouffée par la main qu'elle plaque sur son téléphone.

— Waouh, génial, reprend-elle. Ça doit être magnifique.

— Ça l'est, oui. Je t'enverrai des photos.

— Carrément. Ici aussi il pleut. Une collègue a dit qu'il allait neiger, mais je crois qu'elle a sorti ça de son chapeau.

Cal passe la main sur son visage, en appuyant assez fort pour déclencher des douleurs à cause des hématomes. Il se rappelle quand il prenait le petit pied d'Alyssa tout entier dans sa bouche lorsqu'elle était bébé, et qu'elle riait à en avoir le hoquet. Au-dessus de son jardin, le ciel est tapissé d'étoiles éclatantes.

— Dis voir, déclare-t-il soudain. Je me retrouve dans une situation un peu délicate, et tu pourras sûrement m'aider. Tu as deux minutes ?

Le bruit cesse.

— Bien sûr. Qu'est-ce qui se passe ?

— J'ai une jeune voisine qui vient souvent chez moi pour que je lui enseigne la menuiserie. Son grand frère est mort récemment, et on ne peut pas dire qu'elle soit bien entourée : son père s'est tiré, et sa mère est complètement dépassée. Je voudrais l'aider à tenir le coup sans me mettre trop en avant, mais je ne sais pas comment m'y prendre. J'imagine que tu dois avoir ta petite idée.

— D'accord, répond Alyssa, avec une intonation donnant l'impression qu'elle retrousse ses manches. Elle a quel âge ?

— Treize ans.

— Il est mort comment, son frère ?

— Il s'est cogné la tête pendant une bagarre. Il avait dix-neuf ans. Ils étaient très proches.

— OK. La base, c'est de lui expliquer que tout ce qu'elle peut éprouver, c'est normal, mais éloigne-la de tout comportement agressif ou autodestructeur. Par exemple, c'est légitime qu'elle soit en colère contre elle-même, contre son frère ou celui avec qui il s'est battu, qu'elle en veuille à ses parents de ne pas l'avoir protégé, etc. C'est naturel, et elle n'a pas à se sentir coupable, insiste bien là-dessus. Mais si elle s'en prend à d'autres, tu dois lui dire qu'elle n'a pas le droit. Il faut l'aider à trouver un exutoire à sa colère. L'orienter vers les arts martiaux, le théâtre. Ou la course à pied. Tu pourrais aller courir avec elle, tiens !

Malgré l'océan qui les sépare, son ton espiègle arrache un sourire à Cal.

— Hé, ho ! s'exclame-t-il, en feignant d'être vexé, je pourrais très bien, si je voulais.

— Alors vas-y. Au pire, ça lui donnera l'occasion de rigoler, et elle en a sans doute bien besoin. Elle va chercher des moyens de retrouver un peu de normalité dans sa vie. Le rire, c'est parfait.

Cal est subjugué par son assurance et sa compétence. Sa petite fille chérie est devenue une adulte responsable, une bosseuse efficace et douée, qui possède des connaissances et un savoir-faire que lui n'a pas. Dire qu'il s'inquiétait pour elle comme un papa poule, craignant de la voir s'effondrer à tout instant, alors que depuis le début elle était juste éreintée par le travail acharné fourni pour opérer cette mue. Tout en l'écoutant parler de comportements régressifs et de la nécessité d'inciter par l'exemple à une expression saine des émotions, il se la représente assise sereinement à côté d'un équivalent américain de Trey, transformant adroitement et calmement ce discours en actions concrètes. Si Alyssa est ce qu'elle est aujourd'hui, médite-t-il, c'est qu'il n'a pas fait un si mauvais boulot que ça.

— Je n'en attendais pas autant, commente-t-il lorsqu'elle termine.

— Il faut dire que je ne manque pas de pratique. Parmi les enfants que j'accompagne, il y en a des tas qui ont perdu un proche.

— Ils ont de la chance de t'avoir.

Alyssa éclate de son merveilleux rire étincelant.

— C'est ce qu'ils pensent aussi, la plupart du temps. Pas toujours. Il y a des tuyaux qui vont te servir, tu crois ?

— Carrément. Je vais garder tout ça dans un coin de ma tête. Sauf la course à pied, bien sûr.

— Je peux tout t'envoyer par mail, si tu veux. Et si tu as un problème particulier, par exemple si elle se met à avoir des comportements à risque, préviens-moi et je t'expliquerai mes stratégies.

— Ce serait génial. Merci, ma belle. Sincèrement.

— Il n'y a pas de quoi. Tu vas t'en sortir. Comme un chef, même. Tu te rappelles quand Puffle s'est fait percuter par une voiture ? Tu nous as tous emmenés dans une forêt super loin, parce que c'est là que je voulais enterrer la chienne. Tu lui avais même gravé une pierre tombale.

— Je m'en souviens.

Il aimerait pouvoir appeler Donna et lui faire savoir qu'il croit avoir compris où elle voulait en venir, du moins dans les grandes lignes.

— C'était exactement ce qu'il me fallait. Tu vas y arriver. Mais, papa…

— Oui ?

— Ta petite voisine, elle a vraiment besoin de stabilité, pour l'instant. Il ne faudrait surtout pas que quelqu'un d'autre dans son entourage disparaisse du jour au lendemain. Alors, si tu envisageais de revenir dans pas très longtemps… il vaudrait mieux que tu l'orientes vers une autre personne à qui elle pourra se confier. Un voisin en qui tu as confiance, ou alors…

— Ouais, je sais, l'interrompt Cal.

Il est à deux doigts de lui demander si elle veut qu'il rentre, mais s'abstient : ce ne serait pas juste de la rendre responsable de cette décision.

— C'est ce que je pensais, mais je voulais juste vérifier.

À l'arrière-plan, Ben dit quelque chose.

— Il faut que je te laisse, papa. On sort dîner avec des copains…

— Vas-y. Salue Ben de ma part. Et passe le bonjour à ta mère. Je ne veux pas l'embêter, juste qu'elle sache que je lui souhaite le meilleur.

— Ça marche. À plus tard, alors.

— Attends, enchaîne-t-il avant qu'elle ait eu le temps de raccrocher. J'ai acheté un petit mouton en laine feutrée, l'autre jour. Ça m'a rappelé tous les jouets que tu avais quand tu étais petite, le raton laveur et tout le reste. Je peux te l'envoyer ? Ou tu ne veux plus de peluches, maintenant que tu n'es plus du tout une petite fille ?

— Tu plaisantes, ça me plaît trop ! répond Alyssa, un sourire dans la voix. Il s'entendra à merveille avec le raton laveur. Tchao.

— Tchao, ma puce. Bon dîner. Ne te couche pas trop tard.

Elle rit, puis met fin à la communication. Il s'attarde sur le perron et boit sa bière en contemplant les étoiles, en attendant le matin.

Le temps reste au beau ; la matinée amène un soleil d'hiver cru qui rase les champs et se faufile par la fenêtre de Cal. L'air de la maison s'est chargé d'une fraîcheur plus piquante que les radiateurs ne dissipent qu'en partie. Cal prend son petit déjeuner, refait le bandage de son genou, et enfile la quasi-totalité des vêtements en sa possession. Quand vient l'heure de la pause thé de Mart, il se dirige vers la ferme de son voisin.

La campagne s'est débarrassée de sa chatoyante parure d'automne et revêt une beauté nouvelle, nonchalante. Les nuances de vert et d'or se sont estompées pour prendre un aspect d'aquarelle, le ciel forme un immense lavis bleu pâle, et au loin les collines sont si nettes que Cal a l'impression d'en distinguer les moindres mottes de bruyère brunie. Les accotements sont encore humides, des flaques subsistent dans les ornières. Le souffle de Cal forme de la vapeur. Il marche lentement afin de ménager son genou. Il sait qu'il va au-devant d'une rude journée, dans un endroit tout aussi rude.

Dans un coin du jardin de Mart, Kojak gratte le sol pour déterrer quelque trouvaille trop intéressante pour être abandonnée. Mart vient ouvrir.

— Ça faisait un bail, mon grand, déclare-t-il en lui adressant un sourire. Je commençais à me demander s'il fallait envoyer quelqu'un vérifier si t'étais toujours de ce monde. Mais tu m'as l'air de péter la forme.

— Ça va. Assez bien pour aller creuser, maintenant qu'il ne pleut plus.

Examinant le visage de Cal sous tous les angles, Mart ignore sa remarque.

— Ton nez m'a tout l'air d'être comme neuf, commente-t-il. C'est Lena qui doit être contente, non ? À moins qu'elle t'ait largué ? Je ne vois plus sa voiture par chez toi.

— Elle doit être occupée. Tu serais dispo pour m'emmener la faire, cette promenade ?

Toute espièglerie s'efface de la figure de Mart.

— Tu as parlé à la gamine ?

— Ouais. Elle va se tenir tranquille.

— Tu es sûr ?

— Oui. Certain.

— Je te fais confiance, cow-boy. J'espère que tu as raison.

Il siffle Kojak, qui accourt en bondissant joyeusement pour échanger des politesses avec Cal, mais Mart lui fait signe de rentrer.

— C'est mieux qu'il ne vienne pas avec nous, annonce-t-il. Attends-moi une minute, j'arrive.

Il ferme derrière lui. Cal observe une nuée d'étourneaux qui tourbillonnent dans le ciel tel un génie sorti d'une lampe, puis Mart revient vêtu de sa veste huilée et la tête couverte d'un épais bonnet en laine d'un jaune fluo éclatant. L'espace d'un instant, Cal a pour réflexe de vouloir le charrier, de le surnommer DJ Papi Gâteau ou quelque chose dans cet esprit, avant de se rappeler que leurs rapports ne sont plus de cette nature. Il en éprouve un pincement de nostalgie. Il aimait bien Mart.

Ce dernier a pris son bâton de berger et une pelle carrée, qu'il lui tend.

— Ça, c'est pour toi. Tu pourras t'en servir, avec ta clavicule ?

— Je trouverai bien un moyen, répond Cal en posant l'outil en équilibre sur son épaule intacte.

— Et ton genou ? C'est une sacrée trotte, et la moitié passe même pas par des chemins. S'il te lâche dans la montagne, je pourrai pas t'aider.

— Fais venir P.J. et Francie. Ils pourront me porter dans la descente.

— Ils sont pas au courant de notre virée. Ça leur plairait pas. Ils ne te connaissent pas aussi bien que moi, tu comprends ? Faut pas leur en vouloir.

— T'inquiète pour mon genou. En avant.

Il va leur falloir marcher longtemps. Ils commencent par la route que Cal a empruntée pour aller chez les Reddy, mais, au bout d'un petit kilomètre, Mart pointe sa canne vers un sentier, trop étroit pour qu'ils puissent s'y engager côte à côte, à l'entrée presque dissimulée par des arbres rabougris et des herbes hautes.

— Tu l'aurais jamais repéré, pas vrai ? commente le fermier en souriant à Cal. Elle réserve pas mal de surprises, cette colline.

— Tu les connais, toi, alors passe devant.

Il n'a pas envie d'avoir Mart dans son dos.

Le sentier franchit des élévations du terrain et serpente entre des rochers, parmi des foisonnements épineux d'ajoncs jaunes et des étendues de bruyère haute sur tige dont les clochettes violettes flétries prennent l'aspect du papier brun.

— Tout ça, là, dit Mart en remuant un arbrisseau avec sa houlette, ça donnerait un miel succulent. Quand j'étais môme, il y avait un type, Peadar Ruadh qu'il s'appelait, qui vivait dans les hauteurs et qui possédait des ruches. Ma grand-mère nous envoyait souvent chez lui pour rapporter un pot de son miel. Elle ne jurait que par ça pour soigner les problèmes de reins. Une cuillerée matin et soir, ça te requinquait en moins de deux.

Cal ne réagit pas. Il ouvre l'œil au cas où quelqu'un les suivrait – en premier lieu, il ne serait pas étonné que Trey ait recommencé à l'épier –, mais il ne détecte aucun mouvement aux alentours. La terre mouillée s'enfonce sous leurs pas. Mart sifflote une mélodie grave et mélancolique au rythme singulier. Parfois, il chante quelques vers en gaélique. Dans cette langue, sa voix prend une sonorité différente, se fait susurrement rauque et lunaire.

— C'est une chanson sur un type qui va à la foire et qui vend sa vache, l'informe Mart par-dessus son épaule, pour cinq livres d'argent et une guinée d'or. Et il dit : « Si je bois tout l'argent et que je gaspille l'or, qu'on me fiche la paix, ça ne regarde que moi. »

Il se remet à fredonner. La pente s'accentue. Dans la plaine herbeuse en contrebas, les champs s'étendent sous la clarté crue du soleil, ras et pâles, divisés par des murets érigés là pour des raisons oubliées depuis des siècles.

— Après, il dit : « Si je vais au bois ramasser des baies et des noix, si je cueille des pommes aux branches ou si je conduis les vaches, et que je m'allonge sous un arbre pour me reposer, qu'on me fiche la paix, ça ne regarde que moi. »

Cal sort son portable, enclenche l'appareil photo et le lève pour capturer le panorama.

— Éteins-moi ça, ordonne Mart, s'interrompant au milieu d'un vers.

— J'ai dit à ma fille que j'allais me promener dans la colline. Elle m'a demandé de lui envoyer des photos, parce que les paysages d'ici lui plaisent beaucoup.

— T'auras qu'à lui dire que t'as oublié ton téléphone, rétorque le fermier.

Il reste immobile sur le sentier et attend, appuyé sur sa houlette, le regard rivé sur Cal. Au bout de quelques instants, ce dernier range l'appareil dans sa poche. Mart hoche la tête et reprend sa marche. Peu après, il se remet à chanter.

Des fougères, comme Cal n'en a jamais vu dans la plaine, dépassent des bords et viennent frotter contre ses chaussures. La canne de Mart émet un petit crissement régulier sur le chemin, en rythme avec la chanson.

— Ensuite, l'homme conclut : « On me traite de gougnafier, sans biens ni beaux habits, sans bétail ni fortune. Si je suis heureux de vivre dans une cabane, qu'on me fiche la paix, ça ne regarde que moi. »

Il quitte le sentier et se faufile par un espace dans un mur en pierre délabré et couvert de lichen. Cal le suit. Ils traversent une parcelle qui semble avoir été débroussaillée, il y a de cela bien longtemps, avant d'être abandonnée aux épaisses touffes d'herbes hautes. Dans un angle se dressent les vestiges en ruine d'une maisonnette en pierre, bien plus ancienne que celle de Brendan. Mart passe devant sans même un regard pour elle. Une bourrasque agite les herbes.

À mesure qu'ils gagnent en altitude, le froid plus vif transperce les couches de vêtements de Cal et presse son tranchant contre sa peau. Il a beau se rendre compte que Mart leur fait faire des tours et des détours, parfois revenir sur leur pas, les buissons d'ajoncs ou les massifs de fétuques sont trop semblables pour qu'il réussisse à s'y repérer. Il jette régulièrement un coup d'œil au soleil et au paysage pour avoir un point de repère, mais il sait qu'il pourrait chercher le chemin pendant un an sans jamais le retrouver. Il surprend Mart en train de l'observer d'un œil amusé.

Sans regarder son téléphone, il ne peut pas savoir avec certitude depuis combien de temps ils marchent – plus d'une heure, peut-être une heure et demie. Le soleil est haut dans le ciel. Il s'imagine les quatre compères entreprenant leur pénible ascension, le cadavre enroulé dans une bâche se balançant entre eux.

Ils traversent un épais bosquet d'épicéas en pente, et au bas de la déclivité débouchent sur un autre sentier étroit épousant une crête bordée de part et d'autre par un terrain plat. Des reflets d'eau scintillent parmi la tourbe et la bruyère.

— Reste bien sur le chemin, surtout, conseille Mart. Tous les ans, on a deux ou trois moutons qui s'embourbent et qui y restent. Il y a vingt-cinq ou trente ans de ça, un type faisait la route depuis Galway tous les ans – complètement barjo, le pauvre. Chaque vendredi saint, il gravissait la colline et la redescendait pieds nus, en récitant le chapelet tout du long. Il prétendait que la Vierge Marie lui avait dit qu'un jour, s'il persévérait, elle lui apparaîtrait en chemin. Si ça se trouve, ça s'est produit et elle a choisi le mauvais endroit, parce qu'une année il n'est pas revenu. On l'a retrouvé clamsé dans une petite tourbière. À même pas deux mètres cinquante du sentier, le bras encore tendu vers la terre sèche.

La pelle mord dans l'épaule de Cal, et son genou l'élance à chaque pas. Il se demande si Mart a l'intention de le faire tourner en rond jusqu'à ce que sa jambe lâche, puis de l'abandonner. Le soleil a amorcé sa descente.

— C'est là, annonce Mart en s'arrêtant.

Il pointe sa houlette vers un point précis de la tourbière, à cinq bons mètres du chemin.

— T'es sûr ?

— Évidemment. Tu crois que je t'aurais fait crapahuter jusqu'ici, sinon ?

Tout autour d'eux s'étend le large plateau. Les hautes molinies et la bruyère oscillent dans le vent, décolorées par l'automne. De petites ombres dérivent sur le terrain, projetées par des filets nuageux.

— Ça ressemble à un paquet d'endroits où on est déjà passés, commente Cal.

— Pour toi, peut-être. Si tu veux retrouver Brendan Reddy, c'est ici que ça se passe.

— Et il a sa montre sur lui, donc.

— On ne lui a rien pris. S'il la portait ce jour-là, alors il l'aura encore au poignet.

Côte à côte, ils contemplent la tourbière. Çà et là, des flaques miroitantes reflètent le bleu du ciel.

— Tu m'as dit de ne pas m'écarter du chemin. Si j'avance là-dedans, il y a pas mal de chances que je finisse comme le type au chapelet.

— C'était un gars de la ville, ce guignol, rétorque Mart. Il ne savait pas faire la différence entre la tourbe sèche et un marécage, ou alors il croyait que la Sainte Vierge allait l'en sortir par la peau du cul. T'étais même pas né que je venais déjà dans cette colline en débiter des briques, alors je te garantis que le terrain est bien compact jusqu'à là-bas. Comment tu crois qu'on y a enterré le gamin sans nous noyer ?

Cal imagine parfaitement ce qu'on croira s'il s'est trompé sur le compte de Mart. Un imbécile d'Américain, parti assouvir son envie de nature dans une campagne qu'il connaissait mal, a mis les pieds où il ne fallait pas. Alyssa se rappellera peut-être qu'il devait aller se promener avec son voisin, mais ce sera vain, car bien entendu cinq ou six bonshommes affirmeront avoir passé la journée à tailler le bout de gras avec Mart.

— Si tu préfères faire demi-tour, reprend Mart, au moins ça nous aura bien dégourdi les jambes.

— Je n'ai jamais été adepte de l'exercice pour l'exercice. Je suis trop fainéant. Quitte à m'être farci tout ce chemin, j'aime autant que ce soit dans un but concret.

Après avoir ajusté la pelle dans une position moins inconfortable, il s'écarte du sentier. Il entend Mart lui emboîter le pas, mais ne se retourne pas.

La tourbière s'enfonce comme une mousse élastique sous son poids, les vibrations de ses pas se répercutant dans ses couches profondes, mais elle le soutient.

— Décale-toi sur la gauche, explique Mart, et maintenant tout droit.

Loin devant eux, un petit oiseau s'enfuit à tire-d'aile et disparaît dans le ciel, ses sifflements brefs et aigus leur parvenant faiblement à travers le vaste espace froid.

— Là, indique Mart.

Devant les pieds de Cal, un rectangle de la taille d'un homme, aux bords irréguliers et à la surface inégale, se détache sur l'étendue d'herbe plus harmonieuse alentour.

— On ne l'a pas enterré aussi profondément qu'il aurait fallu, lui confie Mart. Mais le gouvernement a interdit de débiter la tourbe, dans le coin. Quand tu en auras fini, personne viendra le déranger.

Cal plante le bout de sa pelle au niveau de la délimitation, et appuie dessus avec sa jambe valide. La plaque s'enfonce sans mal ; sous l'acier, la tourbe semble épaisse et argileuse.

— Découpe le long des bords en premier, conseille Mart. Après tu pourras retirer le machin.

Cal réitère l'opération jusqu'à ce qu'il ait obtenu une dalle, qu'il soulève en faisant levier avec la pelle et laisse retomber sur le côté. Dans le carré ainsi créé, la tourbe est lisse et foncée. Une odeur richement parfumée lui parvient, lui rappelant celle des cheminées qu'il sent lorsqu'il se rend au pub à pied les soirs de froid.

— On dirait que tu as fait ça toute ta vie, commente Mart, avant de sortir son tabac pour se rouler une cigarette.

C'est un travail de longue haleine. Cal ne peut pas déployer beaucoup de force avec son bras blessé ; celui-ci ne lui sert qu'à stabiliser la pelle. Au bout de quelques minutes, son bras valide lui fait mal. Mart plante la pointe de son bâton dans le sol et fume, son bras libre posé sur le pommeau.

Le tas de tourbe grossit, l'excavation s'élargit et s'approfondit. Sur le visage et la nuque de Cal, sa transpiration devient froide. Il s'appuie sur le manche pour reprendre son souffle, et, l'espace d'un instant vertigineux, il est frappé de plein fouet par l'étrangeté de sa situation, sur une colline à des milliers de kilomètres de chez lui, en train de déterrer le cadavre d'un jeune homme.

Il prend d'abord pour de la mousse ou des racines la touffe orangée qui dépasse à l'endroit de sa dernière pelletée. Avec un temps de décalage, il se rend compte que la tourbe est plus foncée, que l'odeur qui s'échappe du trou s'est alourdie et le saisit à la gorge, puis il comprend que ce sont des cheveux.

Il pose la pelle et sort une paire de gants en latex qu'il a achetée pour ses travaux. Après les avoir enfilés, il s'agenouille au bord de l'excavation et se penche pour continuer avec les mains.

Le visage de Brendan affleure un peu plus à chaque poignée arrachée. Par quelque étrange alchimie opérée sur lui par la tourbière, son cadavre ne ressemble à aucun de ceux que Cal a pu voir. Rien ne manque, sa chair et sa peau sont intactes, ses cils reposent sur ses joues comme s'il dormait. Bien que près de sept mois se soient écoulés, il a gardé assez de lui-même pour que Cal reconnaisse le jeune homme souriant du profil Facebook. Sa peau parcheminée est toutefois d'un étrange brun rougeâtre, et le poids de la tourbe a commencé à le déformer comme de la cire tendre ; elle gauchit son visage, étale ses traits. Cela lui donne une moue absorbée, énigmatique, comme s'il se concentrait sur quelque chose que lui seul pouvait voir. Une image de Trey en train de poncer, fronçant inconsciemment les sourcils, apparaît à Cal.

La mâchoire du garçon a une ligne irrégulière. Cal la palpe. La chair semble épaissie et plus dense, et l'os a une texture affreusement caoutchouteuse, mais il trouve quand même la fracture provoquée par le coup de poing. Avec délicatesse, il abaisse la lèvre inférieure. Sur un côté, deux dents sont cassées.

Cal dégage une espace autour de la tête afin de pouvoir examiner l'arrière du crâne. Il procède lentement, avec une grande précaution, ne sachant pas dans quelle mesure le corps se tient encore et ce qui risquait de lui rester dans la main s'il se montrait trop brusque. Malgré ses gants, il perçoit la texture des cheveux entre ses doigts, enchevêtrement rugueux pareil à un faisceau de fines racines. À la base du crâne, il décèle un gros enfoncement où il ne sent aucune résistance de l'os, seulement des éclats mobiles. En écartant les cheveux, il parvient à distinguer la profonde entaille aux bords éclatés.

— Alors tu vois, déclare Mart derrière lui. Exactement comme je te l'ai dit.

Cal ne lui répond pas. Il commence à dégager la tourbe qui couvre le torse de Brendan.

— Qu'est-ce que tu aurais fait, si ça n'avait pas été le cas ? reprend Mart.

Petit à petit, le blouson de Brendan apparaît, un bombers noir à la manche cousue d'une pièce orange encore éclatant, aux pans ouverts dévoilant un sweat à capuche peut-être gris à l'origine, avant que la tourbière ne lui ait donné une teinte rouille. Brendan est étendu à l'oblique, moitié sur le dos et moitié sur le flanc, la tête tournée bizarrement. Le soleil l'éclaire de sa clarté impitoyable.

Son bras visible repose en travers de sa poitrine. Cal en suit le contour et creuse plus profondément. À proximité du cadavre, la tourbe n'a pas la même texture, elle est plus humide. L'odeur âcre et écœurante assaille Cal de plus belle.

— Il n'est pas seul, lui confie Mart. Mon paternel a trouvé un homme en creusant dans cette tourbière, quand il était jeune, il y a une centaine d'années de ça. Selon lui, le gars devait être déjà là avant que saint Patrick chasse les serpents d'Irlande. Plat comme une crêpe, qu'il était, avec des racines enroulées tout autour du cou. Mon père l'a recouvert et n'a jamais rien dit à personne, même pas à la police. Il a laissé cet homme reposer en paix.

Cal sort la main de Brendan de la tourbe. Il craint qu'elle ne se décroche du poignet, mais elle tient. Tachée du même brun rougeâtre que le visage, elle plie et se déforme comme si elle ne renfermait presque plus aucun os. La tourbière est en train de donner à Brendan une forme nouvelle.

Le poignet se courbe telle une brindille sous son propre poids. C'est celui qui intéresse Cal : lorsqu'il relève les diverses couches de manches alourdies par l'eau, la montre est là. Le bracelet en cuir s'est fondu avec la peau. Cal en défait l'attache et entreprend de le décoller le plus délicatement possible, mais la chair, masse blanchâtre et gluante, se distend et se rompt.

L'esprit de Cal se désolidarise de l'action. Ses mains gantées lui semblent appartenir à quelqu'un d'autre tandis qu'elles décrochent la montre avec soin, nettoient de leur mieux la tourbe détrempée et les matières plus répugnantes qui la maculent. Il remarque très clairement qu'en cet emplacement l'herbe est plus drue que celle des plaines, et qu'à force de rester agenouillé il a trempé tout le bas de son pantalon.

La montre est ancienne, lourde et digne : un cadran blanc cassé à bordure d'or, avec d'étroits tirets en or pour figurer les chiffres et de fines aiguilles en or elles aussi. La tourbe a durci le cuir, mais elle n'a pas affecté l'or, qui conserve son lustre pâle et serein. Des inscriptions sont gravées au dos : *BPB*, en majuscules cursives au trait presque effacé, et dessous, plus récente et en caractères droits : *BJR*.

Cal essuie ses gants sur l'herbe et sort un sac de congélation à glissière. Il voudrait ne rapporter aucune trace de tourbe, mais, malgré ses efforts, de petits fragments et traces de saleté souillent l'intérieur du sachet. Il le range dans sa poche.

Il contemple Brendan, révolté à l'idée de l'ensevelir de nouveau. C'est pour lui une aberration, à l'exact opposé de ce qu'il est au plus profond. Ses mains veulent continuer le travail, retirer le reste de la tourbe et étendre le jeune homme à l'air libre, dans la clarté froide. Il aurait tant voulu pouvoir prononcer au téléphone les mots qui auraient mis en branle la formidable machinerie qu'il connaît par cœur, les clic-clac des appareils photo, les bruissements des sachets plastique zippés, les questions qui fusent jusqu'à ce que plus aucune vérité ne reste dissimulée et que l'on ait déterminé le rôle de chacun.

Il est à peu près certain qu'il pourrait laisser tomber son portable sans que Mart s'en aperçoive. La localisation par GPS les mènerait ensuite assez près.

Cal éprouve de nouveau cette impression d'apesanteur, sent la tourbière perdre sa consistance sous ses genoux tandis qu'il échappe à la gravité. Lorsqu'il lève les yeux, Mart est en train de l'observer, fixement, la tête légèrement de côté ; il attend.

Cal lui rend son regard et songe qu'il se cogne pas mal de l'éleveur. Il peut le forcer à le ramener au pied de la colline, s'il le faut. Il est en mesure de se protéger, ainsi que Trey, le temps de lui obtenir un placement en foyer. Elle se débattrait comme un lion et lui en voudrait à mort, mais elle serait en sécurité. Et en moins de deux, il serait trop loin pour que ni la fillette ni personne d'autre ne puisse expédier une brique par sa fenêtre.

Il songe alors à Alyssa, à sa voix toute proche de son oreille, avec le même sérieux que lorsque, enfant, elle lui exposait les problèmes de ses peluches. *Ta petite voisine, elle a vraiment besoin de stabilité, pour l'instant. Il ne faudrait surtout pas que quelqu'un d'autre dans son entourage disparaisse du jour au lendemain.*

Cal n'a pas la moindre idée de ce qu'est la meilleure solution, ni même s'il en existe une, mais il sait ce qui s'en approche le plus. Il se courbe et replace Brendan dans la terre. Il aurait aimé l'étendre convenablement, mais, même s'il était sûr d'y parvenir sans provoquer de dégâts, il a compris pourquoi Mart et les autres n'ont pas fait cet effort – si quelqu'un venait extraire de la tourbe au mépris de la loi et tombait sur le garçon, on devait croire qu'il avait fini là par accident. D'ici peu, la tourbière aura suffisamment liquéfié ses os pour en effacer toute trace de blessure.

Il met donc le bras de Brendan en travers de sa poitrine et lui redresse le col de son blouson. Il récupère la tourbe qu'il a arrachée avec les mains et la dispose autour du corps et de la tête, lui recouvre le visage le plus doucement possible, jusqu'à ce qu'il ait disparu tout à fait. Puis il se munit de nouveau de la pelle et remet les briques en place. Cela lui prend longtemps ;

son bras valide tremble de fatigue. Il garde les mottes herbeuses pour la fin. Il les cale les unes contre les autres et les tasse, afin que leurs côtés s'imbriquent parfaitement et que l'herbe, en repoussant, gomme les cicatrices.

— Récite-lui une prière, lui enjoint Mart. Vu que tu l'as dérangé.

Cal se relève, le dos ankylosé ; il lui faut quelques secondes pour parvenir à se tenir droit. Il ne se rappelle aucune prière. Il essaie de deviner ce que Trey aurait voulu que l'on dise ou que l'on fasse au moment de porter son frère en terre, mais il en est bien incapable. La seule idée qui lui vienne, avec le peu de souffle qui lui reste, est de chanter la même chanson qu'à l'enterrement de son grand-père :

Je ne suis qu'un malheureux vagabond
Qui seul arpente le vaste monde
Je ne crains nul mal, péril ou corvée
Au pays radieux où je vais.
Je m'y rends pour retrouver les miens
Je m'y rends pour ne plus errer
Je vais seulement franchir le Jourdain
Seulement regagner mon foyer[1].

1. « *I am a poor wayfaring stranger / Travelling through this world alone / But there's no sickness, toil or danger / In that bright world to which I go. / I'm going there to see my loved ones / I'm going there, no more to roam / I'm only going over Jordan / I'm only going over home.* » Extrait de « The Wayfaring Stranger », chanson folk américaine du XIXe siècle reprise par de nombreux artistes.

Sa voix s'efface rapidement dans le vaste ciel froid.

— Ça fera l'affaire, conclut Mart, avant d'enfoncer davantage son bonnet sur ses oreilles et de déterrer son bâton. Allez, dépêchons. Je n'ai pas envie d'être encore dans les parages quand la nuit va tomber.

Pour redescendre, il leur fait emprunter un autre itinéraire, par une succession de plantations d'épicéas et des pentes assez abruptes pour que Cal doive parfois trottiner, au prix de cinglants élancements dans son genou. Ils passent devant des éboulis de vieux murets délimitant des champs, des empreintes de moutons à des endroits boueux, mais ne croisent pas âme qui vive de tout le trajet. Cette journée a tellement déboussolé Cal qu'il s'interroge : Mart a-t-il pu faire en sorte qu'hommes et animaux restent cachés ? Mart et lui se sont-ils égarés dans une bulle coupée du temps et ressortiront-ils dans un monde où un siècle se sera écoulé ? Il comprend que Bobby ait pu sombrer dans ses délires d'extraterrestres, à force de s'attarder dans ces collines.

— Voilà, mon bon monsieur, déclare Mart, brisant un long silence. Tu as ce que tu cherchais.

— Ouais, se contente de répondre Cal, se demandant si Mart attend un merci de sa part.

— La petite pourra montrer ça à sa mère, si elle veut, et lui expliquer d'où ça vient. À personne d'autre, par contre.

— Parce que Sheila s'assurera que la gamine la boucle.

— Ce n'est pas une imbécile, Sheila.

Le soleil qui filtre entre les branches des épicéas zèbre son visage d'un jeu d'ombre et de lumière.

Il gomme ses rides, lui donne l'air plus jeune et plus robuste, serein.

— Quel dommage qu'elle se soit collée avec cet abruti de Johnny Reddy. Il y a tout un tas de types qui se seraient bousculés au portillon, mais tu crois qu'elle les aurait regardés ? Elle n'en avait rien à battre, tu parles. Elle aurait pu avoir une belle maison, une exploitation, envoyer tous ses enfants à la fac. Regarde ce qu'elle est devenue.

— Tu lui as expliqué ce qui s'est passé ?

— Elle avait déjà compris que le jeunot ne reviendrait pas. Elle n'avait pas besoin d'en savoir plus. Ce que tu as vu là-haut, tu crois qu'elle s'en porterait mieux d'avoir ça dans la tête ?

— Je vais lui rendre visite quand je pourrai me resservir de mon bras. Je vais lui réparer son toit.

— Aïe aïe aïe, maugrée Mart, avec un tressaillement et une grimace. C'est pas ton idée la plus inspirée, mon grand, si tu permets.

— Tu crois ?

— Je te déconseille de rendre Lena jalouse. Ça risquerait de finir en eau de boudin, et tu as déjà assez foutu la merde comme ça, tu ne crois pas ? En plus, enchaîne Mart avec un sourire sarcastique, pourquoi Sheila voudrait de tes services ? Pour l'instant, tu n'as pas vraiment la réputation d'être doué pour réparer les toits.

Cal ne répond rien. Il a des crampes au bras à force de porter la pelle.

— Maintenant que tu le dis, remarque, reprend Mart, frappé par un déclic, tu me donnes une idée. C'est vrai que Sheila Reddy mériterait bien qu'on lui file un coup de main. Un peu de blé de temps en temps, ou quelques briques de tourbe, ou quelqu'un qui viendrait lui refaire sa toiture. Je vais en toucher un mot aux autres, pour qu'on réfléchisse à tout ça. (Il sourit à Cal.) Qui l'eût cru, dis donc ! T'auras fait quelque chose de bien dans le patelin, finalement. Je ne sais pas pourquoi je n'y ai pas pensé avant.

— Parce qu'elle aurait risqué de comprendre pourquoi tu lui faisais la charité. Maintenant qu'elle sait que t'es impliqué, ça ne change plus rien et, l'un dans l'autre, ça vous garantit qu'elle la bouclera.

— Écoute-moi bien, cow-boy, rétorque Mart d'un ton réprobateur. Tu as la fâcheuse habitude à voir le mal partout. Tu sais pourquoi ? C'est à cause de ton boulot. Ça t'a pollué le cerveau. Cette paranoïa, ça ne sert plus à rien, maintenant. Il faut que tu te détendes un peu, que tu voies le bon côté des choses, tu profiteras mieux de ta retraite. Installe donc une de ces applis qui t'apprennent à penser positif.

— À propos de voir le mal partout, rebondit Cal, la gamine va continuer à venir chez moi. Il faudra qu'on nous foute la paix.

— Je vais en toucher un mot à tout le monde, annonce Mart avec morgue, en tenant des branches pour Cal cependant qu'ils émergent des épicéas et s'engagent sur un sentier. Elle aura bien besoin de toi, la gamine, c'est sûr. Les femmes qui n'ont pas eu un bonhomme correct pour les élever, elles épousent des guignols. Je ne sais pas ce qu'on obtiendrait en croisant une Reddy avec un McGrath, mais ça serait une catastrophe pour le coin.

— Je le collerai au fond de la tourbière avant qu'il ait pu la toucher, lâche Cal, comme un cri du cœur.

Mart éclate d'un rire puissant, libre et joyeux, presque incongru.

— Je te reconnais bien là. Tu retournerais direct là-haut avec ta pelle, au pas de course. Bon Dieu, ce monde est fou, pas vrai ? On ne sait jamais où il va nous mener.

— Tu parles. Mais dis-moi, tu ne croyais pas que la petite était lesbienne, toi ?

— Alléluia ! s'exclame Mart, un sourire jusqu'aux oreilles. On recommence à tailler le bout de gras, tous les deux. Tu m'en vois ravi. Mais même qu'elle serait lesbienne, ça ne l'empêcherait pas d'épouser un guignol, non ? C'est pour ça qu'on a voté : les homos peuvent faire les mêmes conneries que les autres.

— Elle sait ce qu'elle veut, cette petite.

— Comme tous les jeunes. Ils ont raison, en Inde : ça devrait être les parents qui arrangent le mariage. Ils choisiraient mieux que deux jeunots qui ne savent pas ce qui est bon pour eux.

— Et toi, tu te serais retrouvé maqué avec une fille maigrichonne qui aurait voulu un caniche et un lustre dans le salon, lui fait remarquer Cal.

— Pas du tout, rétorque Mart d'un air triomphant. Mon père et ma mère n'ont jamais pu se mettre d'accord sur rien. Ils auraient été incapables de s'entendre sur un parti pour moi. J'en serais exactement où j'en suis aujourd'hui, libre et célibataire, mais sans avoir à me cogner les conséquences des conneries de Sheila Reddy.

— Tu te trouverais d'autres affaires où fourrer ton nez. Tu t'ennuierais, sinon.

— C'est pas impossible, reconnaît Mart, avant d'examiner Cal, les yeux plissés. Et toi, alors ? Je parie que ta mère t'aurait dégoté une petite pépée guillerette avec un boulot bien stable. Une infirmière, ou une prof. Pas une imbécile, pour toi. Pas forcément un top model, parce qu'elle aurait préféré t'épargner les embêtements qui vont avec, mais quand même jolie. Unc fille partante pour rigoler, mais qui a la tête sur les épaules, pas une déjantée. Et ton père, lui, il en aurait eu rien à secouer. Je te parie que j'ai tapé dans le mille.

Cal ne peut réprimer un petit sourire.

— En gros, c'est ça.

— Tu te porterais mieux que maintenant, tiens. Tu ne serais pas en train de crapahuter dans la colline avec un genou déglingué.

— Va savoir. Tu l'as dit toi-même : ce monde est fou.

Il s'aperçoit que Mart s'appuie pesamment sur son bâton. Ses pas sont plus tremblants et plus raides qu'à l'aller, ou même qu'au début du retour, et les traits de son visage se sont crispés de douleur. Ses articulations paient cher leur excursion.

Petit à petit, le chemin s'aplanit. Bruyère et fétuque laissent place à des broussailles débordant des bas-côtés. Des oiseaux se mettent à gazouiller et à pépier.

— Et voilà, annonce Mart, qui s'arrête où le sentier se faufile entre des haies pour déboucher sur une route goudronnée. Tu te repères ?

— Pas du tout.

Mart rit.

— Continue par là sur cinq cents mètres, explique-t-il, en pointant avec sa canne, et tu tomberas sur le chemin qui longe les terres de Francie Gannon. T'inquiète pas si tu le croises, il n'ira pas raconter des craques sur toi, ce coup-ci. Envoie-lui une bise de loin, il sera content.

— Tu ne rentres pas chez toi ?

— Tu rigoles ! Je file au Seán Óg's siffler quelques pintes. Je l'ai bien mérité.

Cal hoche la tête. Lui aussi boirait bien un verre, mais l'un et l'autre n'ont pas la moindre envie de passer davantage de temps ensemble.

— Tu as fait le bon choix en m'emmenant là-haut, dit-il.

— C'est ce qu'on verra. Fais un mamour à Lena pour moi, va.

Mart lève son bâton en signe de salut et s'éloigne en boitillant, le bas soleil d'hiver projetant son ombre loin sur la chaussée devant lui.

La maison est froide. Malgré ses nombreuses couches de vêtements et son intense activité physique, Cal est gelé – la colline s'est insinuée profondément en lui. Il a beau prendre une douche assez longue pour vider son ballon d'eau chaude, il sent encore le froid qui irradie de ses os, et il a le sentiment d'être imprégné de l'odeur pénétrante de la tourbe aux relents de mort.

Ce soir-là, il reste à l'intérieur, lumières éteintes. Il n'a pas envie que Trey lui rende visite, qu'elle le voie avant que le poids de cette journée se soit d'abord dissipé un peu. Il fourre tout ce qu'il portait sur lui dans son lave-linge et s'assoit dans son fauteuil, d'où il contemple les champs obscurcis par un crépuscule d'un bleu givre, et les collines qui perdent en netteté pour se fondre dans le lavis obscur. Il pense à Brendan et à Trey, qui se trouvent quelque part au sein de cette silhouette immuable, la tourbière opérant lentement sa magie sur le premier, l'air suave guérissant les plaies de la seconde. Il songe aux plantes qui pousseront là où son sang a imprégné le sol de son jardin, à ses mains creusant le sol, à ce qu'il a récolté et ce qu'il a semé.

Trey vient le lendemain. Lorsqu'elle frappe à la porte, Cal est occupé à repasser son linge sur la table. À son tapotement tout en retenue, il devine combien il lui a coûté d'attendre si longtemps. D'habitude, elle cogne comme une sourde.

— Entre ! crie-t-il en débranchant le fer.

Trey referme doucement derrière elle et lui tend un gros morceau de cake. Elle a l'air en bien meilleure forme. Elle a encore une grosse croûte entre la lèvre et le menton, mais il ne reste plus de son coquard qu'une légère ombre jaunâtre, et elle ne bouge plus comme si sa côte la foudroyait de douleur. Elle a même l'air d'avoir grandi d'un bon centimètre.

— Merci. Comment ça va ?

— Super. Ton nez a l'air moins abîmé.

— Ça s'arrange. (Il pose le cake sur le plan de travail et sort la montre d'un tiroir.) Je t'ai rapporté ce que je t'ai promis.

Il lui remet la montre, qui est propre : il l'a plongée dans l'eau bouillante un moment, puis l'a mise à sécher toute la nuit sur le radiateur. Il a conscience que l'opération l'a sûrement fichue en l'air, si la tourbière ne s'en était pas chargée avant, mais c'était nécessaire.

Trey retourne la montre pour observer l'inscription au dos. Elle a de petites marques sur les mains, roses et lisses, où les croûtes se sont détachées.

— C'est celle de ton frère. On est d'accord ?

Trey confirme d'un hochement de tête. Respirer semble exiger d'elle un effort. Il distingue les mouvements de sa poitrine filiforme.

Il attend, au cas où elle souhaiterait lui dire ou lui demander quelque chose, mais elle se contente de contempler la montre.

— Je l'ai nettoyée, explique-t-il. Elle ne fonctionne plus, mais je l'apporterai chez un horloger pour voir si on peut te la réparer. Si tu veux la porter, en revanche, il faudra que tu racontes à tout le monde que Brendan l'avait laissée chez vous.

Nouveau hochement de tête.

— Tu peux dire la vérité à ta mère, reprend-il. Mais à personne d'autre.

Quels que soient les torts de Sheila, elle a le droit de savoir.

Trey frotte vigoureusement le dos de la montre avec le pouce, comme si à force l'inscription finirait par avoir pitié et disparaître.

— Je sais pas qui t'a rendu ça, déclare-t-elle, mais il pourrait quand même te baratiner. Sur ce qui s'est passé.

— J'ai vu son corps, ma grande, rétorque Cal en douceur. Ses blessures coïncidaient avec la version qu'on m'a donnée.

Il l'entend qui ravale brusquement son air.

— Tu parles comme un policier, commente-t-elle.

— Je sais.

— C'est là que tu as trouvé ça ? Sur lui ?

— Ouais.

Il se demande bien comment réagir si elle le questionne sur le corps.

Elle n'en fait rien, mais s'enquiert :

— Il est où ?

— Enterré dans les collines. Je serais bien incapable de retrouver le chemin, mais c'est un bon endroit. C'est paisible. Beaucoup plus que tous les cimetières que j'aie pu voir.

Trey contemple la montre un moment, puis se détourne et ressort.

Cal la regarde par la fenêtre tandis qu'elle passe derrière la maison et traverse le jardin. Elle franchit la barrière du fond et s'éloigne dans le champ. Puis elle s'assoit à la lisière du bois, adossée contre un arbre. Sa parka se confond avec les fourrés ; il la distingue seulement grâce à la tache rouge de sa capuche.

Il envoie alors un texto à Lena. *Il ne te resterait pas un chiot à placer, à tout hasard ? Ça ferait beaucoup de bien à la petite. Elle en prendra grand soin.*

Quelques minutes s'écoulent avant qu'il reçoive une réponse : *Deux sont déjà réservés. Trey peut en choisir un des autres.*

Cal renvoie : *On pourrait passer les voir à l'occasion ? Si l'avorton est encore dispo, je voudrais faire un peu plus connaissance avec lui avant de le ramener.*

Cette fois, son téléphone vibre dans la seconde. *Ce n'est plus un avorton. Il me bouffe tout dans la maison. J'espère que tu roules sur l'or. Venez demain après-midi. Je serai là à quinze heures.*

Cal accorde à Trey une demi-heure de recueillement, puis sort de quoi bricoler dans le jardin, élément par élément : bâche, bureau, caisse à outils, pâte à bois, chutes, pinceaux, et trois petits pots de vernis qu'il a achetés en ville. Il apporte le cake, aussi : enfant, il était toujours affamé après avoir encaissé une violente émotion. C'est encore une belle journée venteuse, avec un ciel bleu limpide émaillé de quelques traînées cotonneuses. Le soleil de l'après-midi caresse doucement les champs.

Il retourne le bureau et examine le côté cassé. Les dégâts sont moins importants qu'il le croyait. Il s'attendait à devoir tout démonter et remplacer le panneau latéral, mais, bien que quelques éclats de bois soient irréparables, la majorité des morceaux peuvent être recollés. Les interstices devraient être assez fins pour qu'il puisse les reboucher. Avec délicatesse, agenouillé sur la bâche, il détache les fragments irrécupérables. Il dépoussière les autres à l'aide d'un pinceau, puis les badigeonne de colle, avant de les remettre à leur place. Il travaille le dos tourné au bois.

Alors qu'il replace une longue esquille, il entend un frottement de pieds dans la pelouse.

— Regarde un peu ça, dit-il sans lever le regard. On va s'en sortir comme ça, j'ai l'impression.

— Je croyais qu'on allait le démonter et mettre un nouveau côté, commente Trey d'une voix légèrement éraillée.

— Ça ne sera pas la peine. On trouvera autre chose à désosser, si tu veux. Ça ne serait pas du luxe que j'aie un autre fauteuil.

Trey s'accroupit pour observer le bureau de plus près. Elle a fourré la montre dans une de ses poches. À moins qu'elle l'ait jetée dans le bois, ou enterrée, mais Cal en doute.

— Ça a l'air nickel, commente-t-elle.

— Tiens, dit Cal en désignant les pots de vernis. Fais des essais sur des chutes, pour voir lequel a la bonne teinte. Tu devras peut-être faire des mélanges.

— Il me faut une assiette ou un autre truc, pour mélanger, commente Trey.

— Tu n'as qu'à prendre la vieille en fer-blanc.

Trey se rend à grandes enjambées dans la maison, d'où elle revient munie de l'assiette et d'une grande tasse remplie d'eau. Après quoi, elle s'installe en tailleur sur la bâche, dispose son matériel autour d'elle et se met au travail.

Dans leur arbre, les corbeaux se tiennent tranquilles, échangent quelques bavardages épars, filent de temps en temps rendre visite à un congénère dans un nid voisin. Un petit maigrelet se laisse pendre tête en bas afin de voir à quoi ressemble le monde sous cet angle. Trey mélange des teintes de vernis dans l'assiette, peint un carré bien net de chaque essai sur un morceau de tasseau et les identifie au crayon à papier, selon un code connu d'elle seule. Cal remet en place des éclats de bois et les fixe avec un serre-joint. Au bout d'un moment, il déballe le cake et tous les deux en prennent une part, qu'ils mangent assis dans l'herbe, au son de la conversation des corbeaux, en contemplant les ombres des nuages qui dérivent sur les collines.

REMERCIEMENTS

Je dois un immense merci à Darley Anderson, une agente de rêve, et à toute son agence, en particulier Rosanna, Georgia, Mary, Kristina et Rebeka. À mes formidables éditrices, Andrea Schulz et Katy Loftus, qui malgré la pandémie ont trouvé le temps, la volonté et la patience de rendre ce livre largement meilleur. Je souhaite aussi remercier chaleureusement les merveilleux Ben Petrone, Nidhi Pugalia, et toute l'équipe de Viking aux États-Unis. Les très talentueuses Olivia Mead, Anna Ridley, Georgia Taylor, Ellie Hudson, et tout le monde chez Viking au Royaume-Uni. Susanne Halbeib et tout le monde chez Fischer Verlage, Steve Fisher d'APA, Jessica Ryan, d'avoir été mon dictionnaire personnel d'américain de Caroline du Nord (toute erreur est de mon fait), Bairbre Ní Chaoimh, d'avoir comblé les failles de mon gaélique poussiéreux (idem), Fearghas Ó Cochláin, qui s'assure que je tue mes personnages de façon plausible, Ciara Considine, Clare Ferraro et Sue Fletcher, grâce à qui tout a commencé. Kristina Johansen, Alex French, Susan Collins, Noni Stapleton, Paul et Anna Nugent, Oonagh Montague et Karen Gillece, chez qui je trouve comme toujours ce cocktail inestimable de franches rigolades, discussions, soutien, créativité, et tout ce qui est indispensable dans la vie.

David Ryan, dont il est scientifiquement prouvé qu'il guérit la goutte, améliore le débit Internet, calme la gueule de bois et éradique les pucerons. Ma mère, Elena Lombardi, mon père, David French, et, encore une fois, l'homme le plus parfait que je connaisse, celui que je choisirais les yeux fermés pour rester coincée pendant un confinement, mon mari, Anthony Breatnach.

De la même autrice :

La Mort dans les bois, Michel Lafon, 2008 ; Points, 2009 (publié sous le titre *Écorces de sang*)
Comme deux gouttes d'eau, Michel Lafon, 2009 ; Points, 2010
Les Lieux infidèles, Calmann-Lévy, 2011 ; Points, 2012
La Maison des absents, Calmann-Lévy, 2013 ; Points, 2014
La Cour des secrets, Calmann-Lévy, 2015 ; Points, 2016
L'Invité sans visage, Calmann-Lévy, 2017 ; Points, 2018
L'Arbre du mal, Calmann-Lévy, 2021 ; Le Livre de Poche, 2022

PAPIER À BASE DE FIBRES CERTIFIÉES

Le Livre de Poche s'engage pour l'environnement en réduisant l'empreinte carbone de ses livres. Celle de cet exemplaire est de :
400 g éq. CO_2
Rendez-vous sur www.livredepoche-durable.fr

Composition réalisée par Belle Page

Achevé d'imprimer en février 2023 en France par
Maury Imprimeur – 45330 Malesherbes
Dépôt légal 1re publication : février 2023
N° d'impression : 268192
LIBRAIRIE GÉNÉRALE FRANÇAISE
21, rue du Montparnasse – 75298 Paris Cedex 06

68/1120/5